读客

读客科幻文库

跟着读客读科幻，经典科幻全看遍。

THE RISE OF ENDYMION

安迪密恩的觉醒

[美] 丹·西蒙斯 著
DAN SIMMONS
潘振华 译

文匯出版社

THE RISE OF ENDYMION

DAN SIMMONS

谨以此书献给**杰克·万斯**，最富想象力的世界创造者。

同时也献给**卡尔·萨根博士**，让我们缅怀这位集科学家、作家、教师于一身的前辈，正是他，架起了人类最崇高的梦想。

本书作者向以下人士致以谢意：

感谢凯文·凯利，他在著作《失控》中，论述了一种80字节生物的进化过程。感谢让–丹尼尔·布雷克和莫尼克·罗贝里，他们带我在巴黎的地下墓穴中作了一番巡游。感谢杰夫·奥尔，他是一名超凡的赛伯牛仔，勇敢地闯入赛伯空间，取回了被技术内核窃取的本书遗失的四十多页。最后还要感谢我的编辑，汤姆·杜普里，感谢他的耐心、热情，以及与我相同的好品味——对《神秘科学影院》的热爱。

“我们并非僵滞的死物，而是自我延续的模式。”

——诺伯特·维纳

《控制论，或关于在动物和机器中控制和通信的科学》

“世界万物的一般本质，可以比拟作蜡，现在塑一匹马，当把它敲碎后，又用其造一棵树，然后是一个人，然后又是别的什么东西，这些东西每个都只存在很短的一段时间。对于造物来说，被敲碎并非什么苦事，正像被捏合不是什么苦事一样。”

——马克·奥里略《沉思录》

“上帝手指伸出，意念一闪，

于是自然法则的掩藏之下，万物出现，看啊，出现了！

而我无从知晓，除了以这种方式，能否赐予人类此种天赋，

他奏出三种声音，但是第四种，不再是声音，而是一颗新星。”

——罗伯特·勃朗宁《阿布特·沃格勒》[①]

① 阿布特·沃格勒是法国作曲家。这段诗中的“除了以这种方式”是指作曲。

“如果我所说的还不够清晰，我想这也有可能，那么我现在把这一连串的思绪从头至尾讲给你听。事实上，一开始的时候，我看到人类是如何由环境改变。环境是什么？莫非他心灵的试金石？试金石又是什么？莫非心灵的检验？而心灵的检验又是什么，莫不是能够增强或改变其本性的东西么？它改变的本性又是什么，莫不是他的灵魂么？而他的灵魂，在来到这个世上，得到检验和改变之前，又是什么呢？是智慧生命，可是欠缺个性，这个性又是怎样出现的？是通过心之媒介？心怎样才能成为这一媒介，莫不是通过环境多变的世界？现在我想，既然你已熟知诗文与神学，你应该谢天谢地，我这封信，没有写得又臭又长——”

——约翰·济慈《给弟弟的信》

第一部

01

“教皇驾崩了！教皇万岁！”一阵响彻云霄的喊声，回荡在梵蒂冈的圣达玛索庭院中，在那儿的教皇寓所中，尤利乌斯十四世的圣体刚被发现。圣父是在睡梦中死去的。几分钟内，消息便不胫而走，穿越依旧被称作梵蒂冈宫的不搭调的建筑群，很快便渗透进了梵蒂冈城，速度快得就像是纯氧环路中窜动的火苗。转眼间，教皇驾崩的消息便烧进了梵蒂冈的办公楼群，又蹿进人山人海的圣安妮门，来到教皇宫和邻近的政府宫，也来到了圣彼得大教堂的圣器室，钻进一个个信徒的耳中，以至于正在主持弥撒的大主教转过头，朝会众望了望，想看看这突如其来的交头接耳声到底是怎么一回事。接着，他走出大教堂，跟四散而去的信徒一起来到圣彼得广场上，那儿已经人头攒动，有近十万旅客和来访的圣神官员听到了传言，那场景，就仿佛有一块临界质量的钚受到了猛烈轰击，发生了裂变。

出了交通繁忙的钟楼拱门，消息加速到了电子的速度，继而飞跃至光速，最后达到霍金驱动速度，以数千倍光速急速飞出佩森星球。稍近，就在梵蒂冈的古老城墙之外，整座庞大、令人冷汗直冒的圣天使堡，原哈德良陵墓所在的那片山石之地的深处，现是宗教裁判所神圣法庭的所在地，在那里面，电话和通信志正不断鸣响。那天早上，一个个梵蒂冈官员们匆忙赶回办公室，查看加密的通信线路，等待从上级那儿发来的信息。于是乎，城堡内无不是念珠的嗒嗒声，无不是浆洗长袍的瑟瑟声。在数千圣神主管、军官、政客、商团官员的制服和植入物中，私人通信器铃铃作响，嗡嗡震颤。在发现教皇没有呼吸的圣体后，不到三十分钟，佩森星球的新闻组织便已经准备好了新闻报道的前序工作：准备好遥控全息摄影机，将星系内的全套转播卫星连上通信线路，将最棒的记者派遣到驻梵蒂冈的新闻办公室等着。在一个几乎由教会全权统治的星际社会中，新闻不仅需要得到单独的确认，而且需要官方的批准。

教皇尤利乌斯十四世的圣体被发现后，过了两小时十分钟，教会通过梵蒂冈国务秘书——卢杜萨美——的办事处，发布一则通告，正式宣布陛下驾崩的消息。片刻之内，通告录音被发送至佩森这颗热闹星球的每一个广播频率，每一个全息可视频道。星球上的十五亿灵魂，所有拥有十字形的重生基督徒，他们大多数都是圣神国体的民事、军事、商团等庞大行政机构的成员或是梵蒂冈的雇员，于是，随着众人都好奇地驻足聆听这则消息，整颗佩森星球顿时停滞下来。然而，甚至就在正式通告发出之前，就已经有十几艘新型大天使级星舰离开了轨道基地，穿越了银河旋臂狭小的人类领域，几乎可以完成瞬移的驱动器刹那间杀死了所有船员，但却携带着教皇驾崩的消息，将其安然保存在电脑和编码收发机中，它将会递送给六十多个极其重要的隶属大主教管辖的星球和星系。回佩森时，这些大天使信舰将会载上一个个枢机，让他们及时参加选举。尽管如此，大多数有权选举的人将会选择留在自己的故星——即便拥有重生的允诺，但还是不愿面对死亡——只是送出加密的互动式全息晶片，携带着选举下一任教宗的选票。

另有八十五艘霍金级圣神舰船已经待命，它们多数是捷速型火炬舰船，随时准备加速到相对论速度，达到跃迁态，旅程所用时间以日或月计算，相对时间债从周到年不等。这些舰船将会在佩森等候十五到二十天时间，一旦新教皇被选出，就将立即把消息捎给一百三十个次要的圣神星系，那儿的大主教看护着十多亿的信徒。这些大主教管辖区内的星球，将会次第将教皇驾崩、重生、重选的消息捎给更加次要的星系、更加遥远的星球，以及偏地的无数殖民地。最后，有两百艘没有武装的无人驾驶信使舰船，会从佩森星系的庞大小行星基地的仓库中取出，组成一支舰队，船上的信息芯片将会携带一项正式宣告：尤利乌斯教皇的重生和重选。接着，它们将马上加速至霍金空间，将消息捎给远至圣神边界外的长城沿线的圣神舰队，他们正在那儿的防御圈巡逻，或者也许在和驱逐者交战。

尤利乌斯教皇已经死过八次。教宗的心脏很虚弱，但他不想治疗——既不想动手术，也不想做纳米修复。他的观点是，教皇必须自然地活过他的阳寿，然后，在死后，就会有另一位教皇被选举出来。但实际情况是，同一位教皇已经连任八次，不过，这并没有使他萌生退意。现在，尤利乌斯教皇的圣体已经停备妥当，有一个晚上的时间可以任人瞻仰，之后将会被转移至圣彼得后面的私人重生礼拜堂，甚至就在此时，枢机和他们的代表已经开始了重新选举的准备工作。

西斯廷教堂已经不向游客开放，它已准备好投票日的来临，正式仪式将在三周之内举行。里面搬进了装有罩盖的古旧席位，是为亲身出席的八十三名枢机准备的，还有全息像投影仪器和互动数据平面连接，是为那些远程投票的枢机安置的。审查员的桌子被放在教堂高高的祭坛前。小卡片、针、线、容器、盘子、亚麻布，还有其他物件，都被仔细地放置在审查员的桌子上，上面盖着一大块亚麻布。医务员和修正员的桌子放在祭坛一侧。西斯廷教堂的主门已经关闭，插上门闩，贴上了封条。在教堂的门外，在圣彼得的教皇重生附属建筑的防爆门外，瑞士卫兵突击队员全副武装，端着最尖端的能量武器，守护在岗位上。

遵循旧日的协议，择定的选举日必须在十五日到二十日之间。不管是永久居住在佩森上的枢机，还是离这儿不到三周时间债的枢机，都得取消一切日程安排，准备好进行教宗选举。诸事皆已准备妥当。

这世上的肥硕人士中，有些人认为自己的体重是一项弱点，是自我放纵和怠惰的征候。还有些人将其视为帝王之相，是与日增长的权势的外在表现。西蒙·奥古斯蒂诺·卢杜萨美枢机正是典型的后者。他块头很大，穿着枢机礼服，简直就像一座鲜红色的山峰，按标准年龄看，他似乎已年近花甲，但实际上，此人已活了两百多年，成功地经历过数次重生。卢杜萨美下巴上垒着层层垂肉，脑袋光秃秃的，说话时，声音低沉浑厚，振聋发聩，仿佛上帝在咆哮一般，不用扬声器，就能让整个圣彼得广场上的人全部听见，鉴于此，他可以说是个典型，依旧代表了梵蒂冈的兴旺和活力。教会核心阶层的许多人颂扬他——那时他还是梵蒂冈外交机构的一名年轻小职员——是他，为雷纳·霍伊特神父指明了方向，这位前海伯利安朝圣者当时满怀痛楚，受尽折磨，正是卢杜萨美，帮助他发现了驯服十字形的秘密，将它变成了重生的工具。他们颂扬他，如同颂扬刚驾崩的教皇，因为是他将教会从濒临灭亡的境地中解救了出来。

不管真正的传说为何，今日，就在圣父第九次驾崩后的第一日，陛下重生前的五日，卢杜萨美正处于极佳的状态中。身为一名枢机，卢杜萨美身兼数职，是罗马教廷中最有权势的人，他既是国务秘书，又是管理十二圣部的委员会会长，还是教义部的部长——这个最令人畏惧、最让人误解的机构，在经历一千年的中断后，现又重新拾起当日的威名，不过如今的全名叫全教宗教裁判所神圣法庭。此时此刻，教皇陛下尤利乌斯十四世的圣体正躺在圣彼得大教堂中，任人瞻仰，等夜幕降临，便将其移至重生附属建筑，如此一来，西蒙·奥古斯蒂诺·卢杜萨美枢机无疑是目前全宇宙最有权势的人。

那天早上，枢机并没有忘掉事实。

“卢卡斯，他们到了吗？”他朝一个男人低吼道，那人是卢卡斯·奥蒂蒙席，他的助手兼总管，两百多年来一直追随其左右，经历了漫长而又忙碌的年月。他是个瘦削的人儿，看上去很老，但手脚还是相当利索。相比之下，卢杜萨美枢机又肥又胖，永不显老，总是慢吞吞的。奥蒂是梵蒂冈国务部的副部长，头衔的全称是“译员代理人兼秘书”，人们通常称他为“代理人”，不过，对于这位高挑瘦削的本笃会官员来说，也许“译员”这个名称同样恰如其分，因为在他侍奉主子的两百二十年中，所有人——甚至连卢杜萨美本人——都不知道这个男人内心真正的观点和情感。长久以来，卢卡斯·奥蒂神父都是卢杜萨美的得力助手，以至于枢机秘书本人已经把他当成了自己意志的拓展，而非单独的一个人了。

“回大人，他们刚在秘密会客厅坐下。”奥蒂蒙席回答道。

卢杜萨美枢机点点头。很久以前，大流亡将人类送出濒死的地球，让他们逃亡在外，在星际间开拓殖民，自那时以来，梵蒂冈便一直保留着一个传承了一千多年的传统：重要的会议在重要官员自家的会客厅中举行，而不是私人办公室中。国务秘书卢杜萨美枢机的秘密会客厅非常小，不到五平方米，没有多少装饰，只摆着一张圆形的大理石桌子，上面没有即插即用的通信设备；还有一扇窗，如果取消偏振状态，就会变透明，可以望到外面凉廊上非凡的壁画作品；另外还有两幅油画，出自十三世纪的天才卡罗檀之手，其中一幅画展现了基督在客西马尼的剧痛，另一幅描绘了尤利乌斯教皇（是尚未当选教皇的雷纳·霍伊特神父）从一个分辨不出性别的大天使手中接过第一个十字形，而撒旦（以伯劳的形式出现）无能为力地作壁上观的景象。

会客厅中坐着四人，三男一女，是“天主教星际贸易独立组织泛资本联盟执行理事会”的代表，这个组织更为人熟知的名字是“圣神商团”。其中两个男人似乎是父子——赫尔维·阿伦和肯内特·海伊-摩迪诺，两人长得非常像，连精致昂贵的斗篷、豪华保守的发型、巧妙整出的旧地北欧面容都一模一样，甚至都别着一枚极其精细的红色别针，表明他们是马耳他罗得岛耶路撒冷圣约翰独立军事医院组织的成员，这个古老的组织又名马耳他骑士团。第三个男人拥有亚洲血统，身着一件简易的棉袍，他名叫矶崎健三，此人无疑是今日——继西蒙·奥古斯蒂诺·卢杜萨美枢机之后——圣神第二大有权势的人。最后一名是个年过五十的女人，黑色头发粗粗裁切了一番，脸颊瘦巴巴的，身上穿着一件纤维塑料材质的廉价工作服，她名叫安娜·佩里·考格纳尼，据称是矶崎健三的法定继任者，还有谣言说她和复兴之矢的那名女主教有染，是她的情人。

随着卢杜萨美枢机进入客厅，在桌旁就座，四人赶忙站起身，微微俯首。卢卡斯·奥蒂蒙席是唯一一个旁观者，他离桌子远远地站着，瘦削的双手紧握在法衣前。卡罗檀画中客西马尼的耶稣穿着黑色上衣，扭过头，展示出痛不欲生的眼神，盯着这一小群人。

阿伦和海伊-摩迪诺移步向前，单膝跪地，亲吻枢机手上那枚蓝宝石戒指，没等矶崎健三和那女人走近，卢杜萨美便挥挥手，摒除了进一步的礼节。四名圣神商团代表重新就座后，枢机开口说道："诸位老友，我们相交已有多年。你们知道，在圣父从缺的短暂期间，由我来代表圣座，我向诸位保证，今日在此谈到的任何话题，都将严守在这四面墙之内。"卢杜萨美微微一笑。"而这几面墙，我的朋友们，是圣神最可靠、保密措施最好的。"

阿伦和海伊-摩迪诺笑了，但脸上表情没多少变化。矶崎健三还是一副愉悦的面容。安娜·佩里·考格纳尼的眉头皱得更深了。"大人，"她说，"可以容我直言吗？"

卢杜萨美伸出胖嘟嘟的手掌。对于请求直言的人，或是发誓坦白的人，或是用到"诚实"这个字眼的人，他历来持怀疑态度。但他回答道："当然，我亲爱的朋友，遗憾的是，鉴于当前的紧迫局面，我们并没有多少时间。"

安娜·佩里·考格纳尼简练地点点头。她明白，枢机是在命令她言简意赅一点。"大人，"她说，"我们请求召开这次会议，想要和你谈一谈。我们的身份，不仅仅是作为陛下泛资本联盟的忠诚成员，也是作为圣座的朋友，您的朋友。"

卢杜萨美和蔼地点点头。那厚厚的下巴间的薄嘴唇弯弯一翘，露出笑容。“当然。”

赫尔维·阿伦清清嗓子。“大人，对即将到来的教宗选举，商团有着非常大的兴趣。”

枢机等他说下去。

“我们今日此行的目的，”海伊-摩迪诺接下话茬，“是要向大人保证，在即将到来的选举之后，联盟将继续以无限的忠诚，贯彻梵蒂冈的政策。而大人您，在我们看来，拥有两个身份，既是国务秘书，也是潜在的教皇候选人。”

卢杜萨美枢机微微点点头。他完全明白了，不知道什么原因，圣神商团——矶崎健三的情报网——在梵蒂冈的等级阶层内嗅探到了一丝造反的苗头。不知道用何办法，从这样一间防窃听的屋子中，他们窃听到了最细微的窃窃私语：是时候重新选一个教宗，代替尤利乌斯教皇了。矶崎健三明白，卢杜萨美将会成为那个人。

“在这令人悲伤的过渡期，”考格纳尼继续道，“我们认为，不管是以个人名义，还是以组织的名义，我们都有义务保证联盟将这份保持了两百多年的传统延续下去，为圣座和圣教的利益服务。”

卢杜萨美枢机又点点头，等着他们继续说下去，但四名商团领袖没有再开口。他寻思了片刻，琢磨着矶崎健三为何要亲自前来。*不信任属下的汇报，想亲眼见到我的反应*，他想道。*对于一切人和一切事，这个老人只相信自己的感觉和洞察力*。卢杜萨美笑了，*好策略*。他继续让沉默维持了一分钟，接着终于开口道：“朋友们，在这个万众悲伤的时刻，你们四个日理万机的头等人物能光临寒舍，我说不出有多高兴。”

矶崎健三和考格纳尼依旧不动声色，如氩一样毫无生气，但在另两名男子的眼神中，枢机看到了一丝翘首以盼的神色，很隐蔽，但还是被他瞧了出来。在这个节骨眼上，如果卢杜萨美愉快接受他们的支持，不管是以多么巧妙的说辞，都将让商团和梵蒂冈密谋者平起平坐——商团将得到大力支持，这群密谋者，将会拥有等同于下一任教皇的权力。

卢杜萨美靠近桌子，枢机注意到，在整个交谈期间，矶崎健三的眼睛一眨也没有眨过。“我的朋友们，”他继续道，“作为优秀的重生基督徒——”他朝阿伦和海伊-摩迪诺点点头，“作为医院骑士，你们无疑知道教皇选举的步骤，但还是请容我将过程重申一遍。一旦枢机或者互动代理物在西斯廷教堂中全部聚齐，关上大门，选举仪式便开始了，一共有三种方式：欢呼，委派，投票。如果是欢呼，所有的枢机选举人都会圣灵附体，异口同声喊出教宗的名字。我们每个人都会大喊*eligo*，也就是‘我选举’的意思，叫出一致选择的那个人的名字。如果是委派，我们会先在众人中选出几个人，比方说几名枢机，以他们作为候选者，大家从中做出选择。如果是投票，各名枢机选举人会秘密投票，直到有候选人得到三分之二以上的票数。这样新教皇就选了出来，在外等候的数十亿民众会看见弗玛塔，也就是一阵白烟，意味着教会再一次拥有了一位圣父。”

四位圣神商团代表静静地坐着，不发一言。对于教宗选举的程序，每个人都谙熟于胸，当然，他们知道的，不仅仅是那古老的机制，还有伴随其中的政治活动、压榨、交易、虚张声势、赤裸裸的敲诈，几个世纪以来，从未有过改变。现在他们开始明白，为什么枢机要将明摆着的事强调一遍。

“最近的九次选举，”肥硕的枢机继续说着，声音隆隆作响，“教皇都是通过欢呼选举出的……经由圣灵附体。”卢杜萨美顿了半晌。在他身后，奥蒂蒙席笔挺站着，旁观着一切，如他身后画中的基督，一动不动，如矶崎健三，眼睛一眨不眨。

“我丝毫没有理由相信，”卢杜萨美终于继续说道，“这次选举会有任何不同。”

圣神商团代表没有动弹一下。最后，矶崎健三微微俯首，他已经明白了枢机的潜台词。梵蒂冈城内，不会有任何造反行动。或者，即便有，也都尽在卢杜萨美的掌控之中，不需要圣神商团的支持。如果是前者，那么，现在还未到卢杜萨美枢机上台的时候，尤利乌斯教皇会再一次掌管教会和圣神的事务。这次来，矶崎健三这伙人冒了极大的风险，如果成功与未来的教宗结盟，那他们获得的报酬和权力将不可计量。但现在，他们面临着另一个可怕的结果。一个世纪前，矶崎健三的前任就是因为一个更小的失误，被尤利乌斯教皇逐出了教会，剥夺了十字形圣礼，那位圣神商团的领导者被发配到了远离教会之地——也就是远离佩森以及大多数圣神星球的社会上——最后命享真死。

“好了，各位，很抱歉，还有一些紧急的事务需要我去处理，我得先行离开了。”枢机说道。

没等他起身站立，完成教会巨子离开时应有的标准礼节，矶崎健三便迅速走上前，单膝跪地，亲吻枢机手上的戒指。“大人。”圣神商团的亿万富翁喃喃道。

这一次，卢杜萨美没有拒绝，他等到四名有权有势的首席执行官走上前，全都显示出敬意之后，才起身离去。

尤利乌斯教皇驾崩后的次日，一艘大天使级星舰传送进神林的领空。这是唯一一艘没有分配到信使任务的大天使飞船，它比那些新型舰船要小，名叫“拉斐尔”。

这艘大天使飞船先是沿着灰蒙蒙的星球确立起运行轨道，没过几分钟，一艘登陆飞船脱离船体，刺入大气层。船上坐着两男一女，三人看上去像是同胞兄妹，瘦削的体型、惨白的肤色、柔软的黑色短发、咄咄逼人的眼神、薄薄的嘴唇，全都是从一个模子里刻出来的。他们身着红黑相间的拟肤束装，质地朴实，袖口戴着精心制作的通信志。但是，他们竟然能出现在登陆飞船上，事情很是蹊跷——大天使级星舰在暴力穿越普朗克空间，完成传送的过程中，总是会将船上的全部人员杀死，之后舰载重生龛会将他们复活，那通常需要花上三天时间。

这三人不是人类。

登陆飞船形变出翼片，整个船体表面变得平滑，随之以三马赫的速度穿越晨昏线，进入明亮的半球。在其身下，神林，这颗先前的圣徒星球，慢慢转动，将景色展现在眼前：大片烧焦的伤痕，满是灰烬的原野，泥泞的水流，退却的冰川，四分五裂的土地；绿色的美洲杉扎根其上，挣扎着重新繁衍生息。登陆飞船放慢速度，趋至亚音速，来到赤道附近，飞行在狭窄的温和气候带那逐渐萌生的植被上方，它沿着河流，来到从前那棵乾坤树的残桩那儿。那树桩直径达八万三千米，虽然树干被毁，但仍高达一千米。它矗立在南部地平线上，就像一座黑色的平顶山。登陆飞船没有顾及乾坤桩，继续沿河往西前进，并继续下降，在河流流进一个狭小峡谷的时候，飞船着陆在附近的一块大石头上。阶梯探下，两男一女走了下来，仔细审视了一番眼前的场景。此处正值上午，小河汇入一条急流，哗哗流淌，声音嘈杂，远处河下游的浓密树林间，鸟儿和看不见的树栖生物啾啾而鸣。空气中混杂着各种气味——松针味，难以归类的奇怪味道，潮湿土壤的气味，还有灰烬的气味。早在两个半世纪前，这颗星球受到来自轨道上的攻击，被砍得伤痕累累，一切都被摧毁。星球上原本有许许多多两百多米高的圣树，有些没有逃走，就被大火点燃，持续烧了整整一个世纪，最后因为核冬来临，大火才终于熄灭。

“小心点。”三人沿山而下，来到河边，其中一个男子提醒道。“她编的单纤丝应该还在这儿。”

那名瘦削的女子点点头，从流沫背包中拿出一把激光武器，将光束设置成最广散射状态，向河面扫去。无形的细丝隐隐闪现而出，就像是晨露下的蜘蛛网，它们在河面上纵横往来，缠绕着一块块巨石，白色的水花泼洒着，让细丝时而隐没，时而显现。

“我们要去的地方没有。”女人关闭激光器。三人走过河边的一块低洼之地，爬上一块岩石斜坡。在神林受到熔烁武器攻击的时候，这儿的花岗岩熔化过，像熔岩一般淌到了山下，不过，有一块岩石表面非常平整，看那迹象，似乎最近刚刚受到攻击。那块巨石位于河面十米上方，在其顶部附近的位置，坚硬的岩石中被烧灼出了一个凹陷的弹坑，极为圆整，深度半米，直径五米。东南角曾有一条熔岩流汹涌而下，滚溅至下面的河边，形成了一条天然的黑石台阶。巨石顶部的这个圆形空穴中，石块的颜色质地和其余的地方不一样，更暗沉，更光滑，看上去像是花岗岩坩埚中磨得光亮的缟玛瑙。

其中一个男子踏入凹陷的空穴中，在光滑的岩石上横躺下来，耳朵贴上石块。片刻之后，他站起身，朝另两人点点头。

“退后。”那女子说道，碰了碰袖口的通信志。

三人朝后退了五步，紧接着，一束纯能光束从天空灼烧而下。幕布般的树林中，鸟儿和树栖动物惊叫四窜。片刻间，空气电离，酷热难当，四面八方都搏动着一股股冲击波。光束外围方圆五十米的区域内，树木的枝叶腾地蹿起火苗。圆锥状的纯光准确地对准了巨石上的圆坑，完全贴合，马上将光滑的石头变成了一汪冒火的熔岩。

两男一女没有丝毫退缩。面对着敞炉般的热量，他们身上的服装也焖烧起来，但这特殊质地的布料没有起燃，他们的皮肉也没有。

“可以了。”能量光束和范围越来越大的火焰风暴正发出猛烈的咆哮，那女子在嘈杂的声音下说道。金色光束消失了，热空气猛然扑进突然出现的真空。岩石上的凹坑成了一个圆形的熔岩湖，嘟嘟冒着气泡。

其中一名男子单膝跪地，似乎在侧耳倾听。接着，他向另两人点点头，继而相移了身体。一秒钟前，他还是个血肉之躯，一秒钟后，便成了一尊铬银雕像，只能看出那是一个男子的形象。在那水银般的皮肤表面，清清楚楚地反射出蓝色的天空、燃烧的森林、冒火的熔岩湖。他将一只手臂伸进滚滚熔岩，蹲下身子，手往下伸，接着用力拉出了一样东西，那银色的手看上去像是熔化了，变成了另一个银色的人形——一个女人的形体。那女性雕塑浸在嗞嗞冒气、噼里啪啦乱溅的熔岩炉中，那男性铬银雕塑将她拉出，扛着她走了五十米，来到一处没有着火的草地上，石头也还凉爽，不至于无法站立。另外一男一女紧随其后。

那男子相移出铬银形态，一秒之后，他扛着的女子也同样恢复了原形。她从水银表面下现出容貌，那长相，看上去和另一名穿着飞船装的短发女子一模一样，像是双胞胎。

“那小杂种呢？”获救的女子问道。她曾经拥有一个名字，叫拉达曼斯·尼弥斯。

“走了。”救她的那名男子回答。他和另外一名男子可能是她的兄弟，也可能是出自同一本体的克隆人。“他们完成了最后的传送。”

拉达曼斯·尼弥斯的表情微微扭曲了一下。她正在屈伸手指，移动手臂，似乎四肢刚刚抽过筋，现在正做着恢复运动。“至少，我杀了那该死的机器人。”

“不，他没死。”说话的是另一名女子，她没有名字的双胞胎姐妹。“他们乘‘拉斐尔’号的登陆飞船走了。机器人丢了条胳膊，但自动诊疗室救活了他。”

尼弥斯点点头，回头朝岩石山坡望了望，熔岩还在那儿流淌。在火光的映照下，河上的网状单纤丝现出原形，闪着白光。在他们身后，森林冒着熊熊大火。“被冻在……那里头……很不舒服。飞船的能量光束将我压得动弹不得。后来，石头把我包围，我也没法相移，我得集中极大的精神，才能保证相移界面不耗费太多能量，而又维持在活动状态。我在这儿埋了多久？”

“四个地球年。”尚未说过话的那名男子终于开口了。

拉达曼斯·尼弥斯扬扬纤细的眉毛，开口时，口气中含的更多是质问，而非惊讶。“但内核知道我在哪儿……”

“内核知道你在这儿。”另一名女子说。她的声音和面部表情同获救的女子毫无二致。“内核也知道你失败了。”

尼弥斯微微一笑：“这么说，这四年是对我的惩罚。”

“一次警示。”把她从石头中拉出来的男子说道。

拉达曼斯·尼弥斯走了两步，似乎在测试身体的平衡状态，声音有气无力：“那现在来找我又是什么原因？”

“那个女孩，”另一名女子说，“她即将回来。我们来，是为了恢复你的任务。”

尼弥斯点点头。

救她的那名男子将一只手搭在她瘦削的肩膀上。“请深思一下，”

他说，“如果你再失败，那么，困在烈火和岩石中的四年，同你面临的结果相比，将完全是小巫见大巫。”

尼弥斯沉默地盯着他，瞧了好一会儿。最后，四人整齐划一地转身离开熔岩池和熊熊燃烧的火焰，动作齐整得像是设计好的舞蹈动作。他们迈开大步，朝登陆飞船奔去。

在沙漠星球马德雷德迪奥斯，有一个名叫埃斯塔卡多平原的高原，在那沙漠中立着一个个空气发生器铁塔，它们排列得相当齐整，每隔十公里就有一个，像是组成了一个网格。在这个偏远之地，费德里克·德索亚神父正准备主持清晨弥撒。

沙漠小镇新亚特兰的居民不足三百，大多数是圣神的铝土矿工，他们一边工作一边等着死亡的到来，因为他们到时就能回家了。其中还混有一小撮原先的马丽亚派教徒，不过他们现已皈依天主教，这些人在有毒的荒地中牧狲，以此勉强糊口。每天清晨，德索亚都会在教堂中主持弥撒圣礼，但他很清楚地知道会有多少人前来参加：桑切斯老寡妇，据说在六十二年前的一场沙尘暴中，她杀死了自己的丈夫；双胞胎佩瑞尔兄弟，不知道为什么，他俩更喜欢来这座衰败破落的教堂，而不是矿区专用地那儿的公司教堂，那儿可是一尘不染，还有空调呢；最后是一位脸上有辐射疤的神秘老人，他总是跪在最后排的长凳边，从不领取圣餐。

屋外刮着沙尘暴——这星球的沙尘暴永不停歇。从德索亚神父的土砖教区房屋，到教堂的圣器室，只有区区三十米路，但他还是得加速快跑，同时将整个头部和肩膀覆上透明的纤维塑料头巾，以保护法袍和法冠，祈祷书深深地掖在法袍的口袋中，以免弄脏。但根本没用，每天晚上，当他脱下法袍，或是把法冠挂在吊钩上的时候，就会有沙子如红色瀑布般倾泻下来，就像是从摔碎的沙漏中流出的干血。每天早上，当他打开祈祷书的时候，就会发现满纸都是沙子，手指全被弄脏。

“早上好，神父。”帕布洛说，神父奔进圣器室，把门口那四分五裂的挡风门条放下来。

“早上好，帕布洛，我最虔诚的祭童。”德索亚神父应了一句。事实上，他心里默默纠正道，帕布洛是他唯一一名祭童。一个简单的孩子，简单，是从这个词古老的一面理解，既是指头脑迟钝，也是指老实、纯真、忠诚、友好。平日里，帕布洛都会在每天早上六点半过来，在德索亚主持弥撒时，帮忙打下手，而到了周日，他会来两次。尽管周日早晨的弥撒，每次来的都是这四个人，稍晚那次也只是多了六七个铝土矿工罢了。

小男孩点点头，又呵呵一笑，过了一会儿，笑容消失了，他本来穿着一件祭童袍子，现在套上了浆洗过的干净白法衣。

德索亚神父从男孩身边走过，一边走一边撩了撩黑发，接着打开祭服柜。外面的沙尘暴已经吞没了初升的太阳，虽是早晨，却是漆黑一片，这片高原沙漠似乎永远都是夜晚。这间冰冷空荡的屋子中，只有一盏忽明忽暗的圣器灯，发出微弱的光芒。德索亚屈下膝，认真地祈祷了片刻，接着开始穿他的职业服。

二十年来，身为圣神舰队的神父舰长，身为火炬舰船（如“巴尔萨泽”号）的指挥官，费德里克·德索亚穿的都是军队的制服，唯有这副十字架和衣领，才显露出他的神父身份。他穿过普氏战斗装甲、太空服、佩戴过战术通信植入物、数据平面护目镜、神圣手套——全部是火炬舰船舰长的随身用具——但和这简单的教区教士的法衣相比，那些制服没有一样打动过他。自从四年前被剥夺舰长的衔位，开除出舰队后，他又重新操起了这份旧业。

德索亚戴上礼拜用披肩，让它像一件长袍般从肩上披下来，一直垂到脚踝那儿。披肩是块白色亚麻布，要不是永不停歇的沙尘暴，可以说是洁净无瑕，接下来穿上的白长袍同样如此。他一面将饰带围在腰上，一面念着祷词。接着，他从祭服柜中拿出白色祭衣，用双手虔诚地捧了片刻，然后套上脖子，将两条丝带在胸前交叉。在他身后，帕布洛正在一个小房间中忙碌，脱掉肮脏的户外靴，穿上廉价的纤维塑料跑鞋——这是他妈妈叫他放在这儿的，专门在弥撒的时候穿的。

德索亚神父又穿上短祭袍，从正面看，这件服装显露出一个T字，它洁白无比，带着一点紫色的花式。德索亚已经为今天早上做好打算，他将为那个坐在前排的尚未确证的寡妇凶犯，以及坐在后排的带有辐射疤的无名者念上一段祈福弥撒，静静地执行忏悔礼。

帕布洛匆匆忙忙赶到他跟前，小男孩笑呵呵地喘着粗气。德索亚神父伸出手，摸摸孩子的脑袋，想要抚平孩子高高翘起的一撮头发，同时让这小家伙平下心来。德索亚拿起圣杯，抽回摸着孩子脑袋的右手，捧着蒙着纱巾的杯子，轻声说："开始吧。"随着正式时刻到来，那股庄严感席卷过孩子的身子，他的笑容也消失了。孩子在前面领路，两人走出圣器室的门，朝祭坛走去。

德索亚马上发现，教堂内有五个人，而不是四个。平常那几个都在——全都在平时的位子上或跪或站，但另外还有一个人，一个高个子，静静站在门廊和正殿交会处的黑影中。

在念弥撒新经的时候，德索亚神父的意识一直被这个陌生人的出现牵扯着，他尽力摒除一切杂念，把心思放在神圣的圣餐礼上，那是他的职责。

"上帝与你同在[①]。"德索亚神父念祷着，他相信，三千多年来，主的确一直与他们同在……与所有人同在。

"也与你的心灵同在。"德索亚继续念着，帕布洛在一旁和唱，神父微微扭过头，想看看光线有没有照亮正殿前躲在黑影中的高挑瘦削人影。没有。

在念圣经正典的时候，德索亚神父已经忘了这个神秘人，他僵硬的手指捏着圣饼，高举着，所有的注意力集中到了赐物之上。"因为这就是我的身体。"耶稣会教士一字一句念着，感受着那些字的分量，第一万次的请求，用救世主的血和慈悲，将自己在担任舰长时犯下的残暴罪孽洗清。

---

① 德索亚念的经文都是拉丁文。

在领取圣餐的环节，同往常一样，只有佩瑞尔兄弟走上前来，德索亚念了段经文，将圣饼赐予两个年轻人。他抑制住内心的冲动，没有抬眼朝教堂阴影中那个人身上望去。

弥撒几乎是在一片漆黑中结束。最后的祷念词和应唱，也全被号叫的狂风淹没。小教堂没有电，从来就没有过，墙上点着十支蜡烛，烛火摇曳，根本没法刺破黑暗。德索亚神父做完最后的赐福，接着拿着圣杯回到黑漆漆的圣器室，将它放回小祭坛上。帕布洛扭动身子，急匆匆地脱掉白法衣，穿上防风连帽衣。

"神父，明天见！"

"好的，谢谢你，帕布洛。别忘了……"话音没完，小男孩便跑出了门，奔向香料作坊，他和他爸爸、叔叔在那儿工作。破败的挡风雨条门周围，红色的沙尘暴漫卷着。

在平时，德索亚神父此时应该正在脱法衣，放回祭服柜。稍晚一会儿，他会把它们拿到教区的家中洗干净。但今天早上，他依旧穿着短祭袍、祭衣、白长袍、饰带、披肩。出于某种理由，他觉得还不能脱掉他们，就好似在煤袋战役的登陆行动期间，他不能脱掉普氏战斗装甲一般。

那个高挑的人影站在圣器室的门口，但仍旧躲在黑暗中。德索亚神父等待着，注视着，同时抑制住内心的冲动，没有在胸口划十字，也没有把剩下的圣餐饼高高举起，就仿佛它们能保护自己不受吸血鬼或者魔鬼的伤害。外头，风暴的咆哮声变成了妖精的厉叫。

那人向前走了一步，踏进圣器室烛灯投出的红光中。德索亚认出了她——吴玛姬舰长，圣神舰队指挥官马卢辛元帅的私人助手兼联络官。但德索亚马上在心里做了纠正——今天早上的第二次：她现在是吴玛姬元帅，红光下，他看见了女子衣领上的星章。

"德索亚神父舰长？"元帅问道。

耶稣会士缓缓地摇了摇头。在这个一天二十三小时的星球上，现在刚到七点半，但德索亚已经感到了疲倦。"我已经不再是舰长，只是神父，不过，我是德索亚。"他回答。

“德索亚神父舰长，”吴元帅重复道，这次的语气不再是询问，“军令已下，特此将你召回现役。给你十分钟的时间收拾行李，之后跟我走。军令传达完毕。”

费德里克·德索亚叹了口气，闭上双眼。他很想大喊。*主啊，求你了，别把这杯传给我。*他睁开眼，圣杯依旧在祭坛上，吴玛姬元帅仍旧等待着。

“遵命。”他回答道，声音轻缓，审慎，接着开始脱下神圣的法衣。

尤利乌斯十四世教皇驾崩并下葬后，第三天，从他的重生龛中发出一阵异动。细长的脐带线和机械探针悄悄退走，消失了。死气沉沉的圣体躺在石板上，但胸脯偶尔会起伏一番，抽搐几下，不多久，突然发出呻吟，又过了好几分钟，那具躯体竟用胳膊肘支起了身，最后完全坐了起来，一件纹满华丽刺绣的丝衣滑到了赤裸男人的腰部。

几分钟内，这个男人就这么坐在大理石板的边缘，颤抖的双手捧着脑袋。接着，他抬头一望，发现重生教堂的一面密墙悄无声息地滑开，一名穿着红色正装的枢机穿过幽暗的空间，丝布和念珠发出轻微的声响。在他身旁，还有一个高挑英俊的男子，一头灰发，灰色的双眸，这个男人穿着一件灰色法兰绒连体制服，虽简易，但很端庄。枢机和灰衣男子身后三步远处，跟着两名瑞士卫兵，他们身着源自中世纪的橙黑制服，但身上没带武器。

坐在石板上的赤裸男子眨眨眼，教堂中光线很暗，但他的眼睛似乎连这个也无法适应。不过，最后，他终于定睛凝视眼前的人物。“卢杜萨美。”刚刚重生的男子说道。

“杜雷神父。”卢杜萨美枢机应道。他手里拿着一只特大的银杯。

赤身男子咂咂嘴，动动舌，似乎一醒来就觉得嘴里含有什么剧毒的东西。他身材瘦削，一副苦行僧的面容，悲愁的双眼，新生的身体上有一条旧伤痕。在他的胸膛上，有两个十字形，它们微微鼓起，正闪着红色的光芒。“现在是何年？”他最后问道。

“公元三一三一年。”枢机回答，他仍旧站在这名赤裸的男子身旁。

杜雷神父闭上双眼。“自我上一次重生，过了五十七年。自远距传输器的陨落，过了两百七十九年。”他睁开眼，望着枢机，“自你下毒谋害我，杀死教皇忒亚一世起，已经过了两百七十年。”

卢杜萨美枢机哄然大笑:“算术做得不错，看来你从重生的混乱中恢复得很快嘛。”

杜雷神父的目光从卢杜萨美移向穿着灰色服装的高个男人。“阿尔贝都。你来这儿，是想做个见证人？还是，你想要给你驯服的犹大壮壮胆？”

高大的男人没有吭声。卢杜萨美枢机本已细薄的嘴唇现在抿得更紧了，几乎消失在了红润的下颌垂肉中。“伪教皇，在你滚回地狱前，还有什么话要说？”

“对你，我无话可说。”杜雷神父喃喃道，他闭上双眼，默默祷念。

两名瑞士卫兵抓住杜雷神父的细瘦胳膊，耶稣会士没有反抗，其中一名士兵把住重生男子的额头，把他的脑袋往后拉，亮出细瘦的弯脖子，那情景真像是一只鸭子引颈待宰。

卢杜萨美优雅地踏近了半步，从丝袖中抽出一把牛角柄小刀，咔嗒一声亮出刀刃。杜雷神父被两名士兵紧紧按住，毫无反抗之力，脑袋被往后按，露出的喉结倒似乎更加显眼了。卢杜萨美伸出手臂，姿势优美地向上一挥，像是投掷出了什么东西。杜雷的颈动脉霎时被割断，鲜血喷溅而出。

卢杜萨美朝后退去，不让鲜血沾染自己的衣袍。他将小刀藏回衣袖，举起宽口杯，接住勃勃喷涌的鲜血。当杯子几乎盛满时，鲜血也不再喷溅，他朝瑞士卫兵点点头，两名士兵随即松手放开了杜雷的脑袋。

刚重生的男子现在又成了一具死尸，脑袋下垂，双目紧闭，嘴巴微张，破开的喉部像是画笔画出的鲜艳红唇，咧出一副可怕的笑容。两名瑞士卫兵将尸体搬到石板上，掀去丝衣。已故男子赤身躺着，看上去极为惨白，羸弱不堪——裂开的喉咙，带有疤痕的胸脯，又白又长的手指，苍白的肚子，软趴趴的阳物，骨瘦如柴的双腿。即使是在一个拥有重生奇迹的年代，死亡也从不给人留下一点尊严，就连那些始终克己自制的人，也无法幸免。

士兵把漂亮的尸布拿开后，卢杜萨美枢机举起沉重的圣杯，将满满一杯鲜血倒上已故男子的双眼，倒进他张开的嘴巴，倒进外翻的伤口中，接着往下倒上尸体的胸膛、肚子、私处，那一大片鲜艳的红色，同枢机袍子的颜色相比，甚至有过之而无不及。

"你不是由肉体组成，而是心灵。"卢杜萨美念道。

高挑男子扬扬眉毛。"巴赫，是不是？"

"对。"枢机回答。他把空空如也的圣杯放到尸体身边，接着朝瑞士卫兵点点头，那两人便用一块双层的尸布盖住了死尸。鲜血立即将美丽的织物浸染了。"《耶稣，我之喜悦》。"卢杜萨美补充道。

"跟我猜的一样。"高个男人说道，他朝枢机望了一眼，目光中满是质疑。

"好，"卢杜萨美回答，"动手吧。"

灰衣男子沿着尸架绕了个圈，走到瑞士士兵身后，那两人即将处理完浸满鲜血的尸布。当他俩直起身，从大理石板那儿走回来的时候，灰衣男子举起两只大手，分别摆在两人的脖颈上。士兵的眼睛和嘴巴大张开来，但已经来不及喊出声，霎时，那睁大的双眼和张开的大嘴中，冒出白热的光芒，他俩的皮肤变得透明，可以清楚地看见身体内涌起的橙色火焰，接着，两人消失了——挥发了，溃散成了比灰还要细小的粒子。

灰衣男子双手对搓了一番，拍掉一层薄薄的灰烬。

"可惜啊，阿尔贝都顾问。"卢杜萨美枢机喃喃道，声音仍旧是浑厚的男中音。

在朦胧的光线下，灰衣男子望着半空中尘埃留下的细微痕迹，接着回头看了看枢机。他的眉毛又一次扬了扬，饱含质疑。

"不，不，不。"卢杜萨美解释道，"我是说尸布。那些污痕永远也褪不掉，每次重生后，我们都要织一块新的。"他转过身，开始朝密门走去，袍子瑟瑟作响。“来吧，阿尔贝都，我们得谈点事，中午之前，我还有一场感恩弥撒要主持。”

两人走后，密门随即关上，这间重生小室又变得静悄悄、空荡荡了。昏暗的光线中，只有一具裹着尸布的尸体以及几丝灰雾，那薄雾正在一点点四处移动，并且慢慢褪去，使人联想到不久前过世之人的灵魂，正慢慢离开这个尘世。

02

尤利乌斯教皇第九次驾崩，杜雷神父第五次被谋杀，在这一系列事情发生的同一时间，十六万光年之外，我和伊妮娅正流亡在被劫持的地球——旧地上。这是真正的地球，但环绕轨道的中心处，却不是太阳，而是一颗陌生的G型恒星。那是在小麦哲伦星云，并非旧地家园所在的银河。

对我们来说，那一周过得很奇怪。当然，我们并不知道教皇驾崩的消息，因为除了休眠的远距传送门外，这个乔迁新址的地球，没有任何方法可以和圣神空域联系。事实上，到如今这个份上，我已经知道，伊妮娅当时通过我们无法想象的手段获悉了教皇的死讯，但她对这些发生在圣神领空中的事只字未提，也没有人向她问及。在地球上四年的流亡生涯是那么简单、平静、深邃，我到现在也无法领悟透彻，要回忆也几乎带着莫大的痛楚。无论如何，那特殊的一周的确很深邃，但却一点也不简单，更不平静：周一，伊妮娅师从四年的老建筑师死了，周二那天晚上非常寒冷，我们在沙漠里为他举行了葬礼，仪式充满了悲伤，最后草草结束，周三那天是伊妮娅的十六岁生日，但建筑师的死使得整个塔列森团队都沉浸在悲痛和迷茫中，只剩下我和贝提克为她举行生日庆祝会。

机器人烤了块巧克力蛋糕，那是伊妮娅最喜欢吃的，而我，几天来一直在用心雕琢一根手杖，那本是根粗壮的树枝，是我们和老建筑师去临近的山上郊游时找到的。那天晚上，我们在伊妮娅的漂亮学徒小屋中吃着蛋糕，喝着香槟，但她始终默不作声，看起来心不在焉的，当时我觉得一切归咎于老头的死以及团队中弥漫的恐慌。现在我终于了解，她的魂不守舍，更多是由于意识到了教皇的驾崩，意识到了未来路途上即将聚集的暴虐事件，意识到有史以来最平静的四年即将结束。

我还记得那天晚上我们的谈话。那天，天很早就黑了，冷飕飕的。这栋舒适的小屋，是由岩石和帆布制成的，是她四年前作为学徒的入门之作。屋子外头，刮着猛烈的沙尘暴，山艾树和丝兰树被风压弯了腰，还发出刺耳的响声。提灯嘶嘶作响，我们坐在一旁，将香槟酒杯换成泡着热茶的茶杯，在沙子和帆布的咻咻声中，小声谈着话。

“总感觉事情怪怪的，”我说，“我们知道他老了，还生病了，但大家都没觉得他会死。”当然，我说的是老建筑师，不是离我们十万八千里远的教皇，他对我们来说无足轻重。伊妮娅的这位贤师，跟这颗流放地球上的其他人一样，身上没有十字形。他的死是终结，是现在的教皇无法达到的终结。

“他好像知道。”伊妮娅轻声说，“最近几个月，他将学生们召集起来，传授最后一点知识。”

“他给你传授了些什么？”我问，“我是说，如果不是什么秘密，也不是太私人的东西。”

伊妮娅捧着热气腾腾的茶杯，微微一笑：“他告诉我，一旦建造工程开始，建筑成型时，如果你把额外的费用开支一点点报出去，即便是双倍的价码，老板也会同意支付。他说，这是因为起步之后就回不了头了，也就是说，我手里就像是拿着六磅重的钓鱼线，我的顾客就像是条鳟鱼，已经咬住了我的钩。”

我和贝提克大笑起来。笑声中并没失敬之意——老建筑师是个极为罕见的奇人，一个真正的天才，个性很强——但就算是满怀悲痛之情怀念着他，我们也知道，他的个性中还有一些自私和偏执。我称他为老建筑师，并不是在拍他马屁，他是一个赛伯人，人格模板来自一名大流亡前的人类，生活于公元十九至二十世纪，名叫弗兰克·劳埃德·赖特[①]。塔列森团队的每个人都毕恭毕敬地称他为“赖特先生”，就连那些跟他一样岁数的老学徒也这么叫，但我总是把他当成老建筑师，因为在来到旧地前的旅途中，伊妮娅就是这么描述她的未来贤师的。

贝提克仿佛跟我想到一块去了，他说道：“有点怪，有没有觉得？”

“什么有点怪？”伊妮娅问。

机器人微微一笑，摸摸左胳膊光滑的断根，这几年来，他已经养成了这个习惯。登陆飞船载我们穿过了神林的远距传输器，船上的自动诊疗室也救活了机器人，但他身体的化学因子跟普通人类不一样，飞船无法为他培育出新的胳膊。“我是说，”他解释道，“如今教会已经统治了人类的全部事务，所以关于人是不是有灵魂，在死后这个灵魂会不会离开躯体的问题已经有了明确的答案，可是，以赖特先生的死来看，我们却发现，他的赛伯人格虽然脱离了他的身体，却仍旧存在，或者，在他死后，至少存在了些许时间。”

“果真如此？”我怀疑道。热乎乎的茶喝起来暖人心脾，味道很棒，是我和伊妮娅在印第安集市买的——事实上，是拿其他东西换来的。那集市在一个沙漠中，应该是斯科特斯戴尔城的所在地。

伊妮娅回答了我的问题。“是的，的确是这样。你们瞧，虽然家父的赛伯体被杀死了，但他的赛伯人格依旧存活着，被储存在家母脑后的舒克隆环中。我们还知道，之后它还在万方网中独立存在过，后来又住进了领事的飞船，在里面栖息了一段时间。赛伯人格能以某种整体性波阵面的形式存在，沿着数据平面或万方网的矩阵传播，最后回到他在内

① 弗兰克·劳埃德·赖特（Frank Lloyd Wright，1867–1959）：二十世纪美国最重要的建筑师之一，在世界上享有盛誉。

核中的人工智能本源所在。”

我知道这些，但从来没有弄懂过。“好吧，”我说道，“但赖特先生基于人工智能的人格波阵面去哪儿了呢？在我们这个麦哲伦星云中，不可能有任何连接通向内核的所在地。这儿根本没有数据网。”

伊妮娅放下空杯子。“肯定会有个连接，不然，赖特先生和其他聚集在这儿的重建赛伯人格不可能存在。别忘了，技术内核曾把远距传送门间的普朗克空间作为一种媒介、一个藏身地来使用，正因如此，垂死的霸主才毁灭了所有的远距传输通道。”

“缔结的虚空。”我说道，将诗人老头的《诗篇》中的词重复了一遍。

“对，”伊妮娅说，“不过，我一直觉得这个词又呆又笨。”

“不管叫什么名，”我说道，“我还是无法理解，它怎么能通到**这儿**……通到一个不同的银河中。”

“内核用来建造远距传输器的这种媒介，无处不在，遍及时空，”伊妮娅皱了皱眉，“不，不对，是时空嵌封在缔结的虚空中……它超越了时空。”

我左右四顾。提灯发出明亮的光芒，照得小帐篷内一片光亮，但外头黑漆漆的，狂风号叫着。“这么说，内核到得了这儿？”

伊妮娅摇摇头。我们以前讨论过这个话题，当时我就没弄懂，现在依旧不明白。

“这些赛伯人，他们的人工智能其实并不属于内核，”她说道，“赖特先生的人格不是。家父……第二个济慈赛伯人……也不是。”

她说的这些话我从没弄明白过。“《诗篇》中提到，济慈赛伯人，包括你父亲，是云门——内核的一个人工智能创造的。云门跟你父亲说，赛伯人是内核的一项试验。”

伊妮娅站起身，走到学徒小屋的入口处。伊妮娅的建造手艺很棒，两边的帆布被风吹得上下起伏，但完好无损，也很好地阻隔了外面的风沙。“《诗篇》是马丁叔叔写的，”她说，“在故事的真实性上，他尽力了，但还是有些地方，他并没有真正理解。”

“我也没能理解。”我说道，接着不再谈这个话题。

我走向前，双手抱住伊妮娅，四年前，我曾抱过她，现在，我感受到她背部、肩膀、胳膊在这几年来发生的细微变化。“丫头，生日快乐。”

她抬起头，望了望我，接着，脑袋靠在了我的胸膛上。“谢谢，劳尔。”

我和我的小朋友第一次见面时，她刚刚年满十二岁，这四年来，她的变化很大，臀部变圆了，运动衫下面，胸部挺拔了，可以说，她已经长成了一个大姑娘，但是，我还是无法把她当成“女人”来看。当然，她已不再是个孩子，但还没有真正成为一个女人。她还是那个……伊妮娅。那双炯炯有神的大眼睛完全没变——聪明伶俐，充满怀疑，还因为一些只有她知道的事，微微带着伤感——当她把目光定格在你身上的时候，那种被触动到的感觉，也比以往更加强烈。过去几年里，她的头发稍稍变深了些，去年春天她剪过一次头发，现在还是短短的，甚至我在海伯利安地方军中的那几年，头发都比她的要长。我摸摸她的头，那些头发短得刚好伸出我的指缝，但深色头发中，还夹杂着几根金发，那是在亚利桑那的时候，我们在烈日下工作，暴晒了好几天，结果头发的颜色也变淡了。

我们站在屋子里，倾听着风沙挫磨帆布的声音，贝提克坐在我们身后，沉默不语。突然，伊妮娅把我的双手紧紧捧在手中。那天，或许她的确已经年满十六，已经不再是孩子，而是一个年轻的女人，但是她的双手放在我的大手中，依旧显得那么小。“劳尔？”她开口道。

我望着她，等她说下去。

“你能为我做件事么？”她极其轻柔地问道。

“好的。”我回答得很干脆。

她捏紧我的手，凝视着我的双眼：“明天，你能为我做件事么？”

“好的。”

不管是她的眼神，还是紧握的力道，都没有丝毫缓和：“不管是什么事，你都能为我做么？”

这一次，我真的迟疑了。我明白这样的誓言会承担什么样的后果，虽然这个奇妙的孩子从来都没有要求我为她做过什么事——从来没有要求我和她一起进行这缓慢的疯狂冒险之旅。那是我和诗人老头——马丁·塞利纳斯之间的约定，当时我还没和伊妮娅见面呢。不管有没有违背良心，我知道，这世上有一些事我无法强迫自己去做。但是我最没办法做的事，是向伊妮娅说“不”。

“是的，”我说道，“我会为你做任何事。”

就在那时，我明白自己已经入了魔——也可以说，重获新生了。

伊妮娅没有说话，只是点了点头，最后一次捏捏我的手，便转身回到烛光下，回到蛋糕旁，回到等候着的机器人朋友身边。第二天，我得知了这一请求的真正含义，也明白了，兑现我的誓言是多么困难的一件事。

我得先中断片刻。我意识到，如果你们没有读过这个故事前几百页的话，你们或许还不知道我是谁。由于我每写下几页，就得把微薄的皮纸循环利用，所以以前写下的书页都已经不复存在，仅被存储在书写器的内存中。在那些已经失传的纸页上，我写下了真实的故事。或者，至少是当时在我眼中的真实故事。或者，至少是我尽力讲述的真实故事。大致如此。

这是关于伊妮娅的故事，当我写下头几页的时候，我不得不将薄纸循环利用，由于书写器从未在我眼前消失，所以我可以得出一个假设，没有一个人读过我讲的这个故事。事实上，我已经被流放至孤星世界阿马加斯特，写下故事的地方，是在星球轨道上的一个薛定谔猫箱——一个椭圆形的死亡牢狱中。猫箱只不过是个位置固定的能量壳，容纳了空气、食物循环设备、床、桌子、书写器，以及一小瓶氰化物毒气，由随机的同位素发射控制施放——这样看来，你们的确还没读过这个故事。

但我无法保证。当时，奇怪的事情正在发生。从那以后，奇怪的事情一桩接着一桩。对于以前和现在的这些书页，到底有没有人读过，或者，未来有没有人能读到，我还是保留自己的判断。

现在，请容我再次自我介绍一下。我名叫劳尔·安迪密恩，名字念上去像是“高人”——我的确很高，我的姓来自海伯利安这个偏地世界上“被遗弃”的大学城，安迪密恩。而我自己，也很有资格戴上“被遗弃”这个头衔，因为在那个与世隔绝的城市中，我遇见了诗人老头，马丁·塞利纳斯，禁诗《诗篇》的作者。那个城市，就是我冒险开始的地方。写下“冒险”这个词的时候，我微微带着讽刺之意，或许是因为，人生就是一场冒险。我的旅途以一场冒险开始——我试图从圣神手中救下十二岁的伊妮娅，护送她安全抵达遥远的旧地，自那之后，这场冒险就扩变到了我的一生，充满了爱与失，还有奇迹。

总之，故事中的这一周，发生了很多事：教皇驾崩，老建筑师死去，伊妮娅在流亡旅途中过了个不太顺利的十六岁生日，而我呢，已经三十二岁，依旧很高、很强壮，得到的训练主要集中在狩猎、争吵、看别人指挥队伍，依旧缺乏经验，摇摇晃晃地走在一条濒危之路上，快要和一个小女孩坠入爱河，而我本该像对待妹妹般保护她，她呢，似乎在一夜之间，变成了一个女人，作为她的朋友，我熟知她的一切。

还有一件事我得说一下，我在这儿写下的这些事——圣神疆界内发生的事，保罗·杜雷被谋杀，拉达曼斯·尼弥斯这个女魔头被救出，费德里克·德索亚的所思所想——并不是虚构，也不是猜测，不是像马丁·塞利纳斯那个年代里写的虚构故事。我**知道**这些事，详细到那天德索亚神父的思绪，阿尔贝都顾问的衣饰，并不是因为我无所不知，而是因为后来发生的一些事，我得到的一些启示，是它们让我变得几近无所不知。

以后，你们自然会明白其中的含义。至少，我希望你们会。

实在抱歉，这次重新介绍做得真是拙劣。伊妮娅的赛伯人老爸的模板，那个名叫约翰·济慈的诗人，曾经向朋友写过一封信，是他最后一封辞别信，他写道：“恭送别人时，我总是笨手笨脚。”[①]事实上，我也和他一样，不管是离别，还是见面，甚至在我痴心妄想的团圆中，都是如此。

---

① 摘自写给查尔斯·布朗的一封信。

所以，我将回到记忆中，回到一开始我分享、叙述的这个故事中，也许一时半会还难以理解，那么，就请你们稍稍忍耐一番。

伊妮娅十六岁生日那天过后，狂风号叫了三天三夜，尘暴也刮个不停。但这三天三夜中，女孩不见了。过去四年，我已经慢慢习惯了她不时的消失，按她的话讲，那是她的“休息时间”。头几次，一连好几天不见她人，我急得像是热锅上的蚂蚁，但后来，我便习惯了。然而，这一次，我比以往多了几分焦虑：被老建筑师叫作西塔列森的沙漠营地中，住着二十七名弟子和六十多名支持者，他的死，让他们心神不安、焦虑万分，而沙尘暴让那焦虑又增添了几分，历来如此。在西塔列森附近，赖特先生让他的实习弟子在沙漠中建了几栋砖石住宅，其中有一栋在主楼的南面，大多数家庭和支持者住在里面。营地的建筑群几乎像是一座城堡，有城墙、庭院、铺好石子的走道——刮沙尘暴的时候，沿着它，就可以在楼群中快速走动。但是一连好几天不出太阳，也见不着伊妮娅，不安开始在我心里滋生。

那几天，我都会去她的学徒小屋看看，一天好几次。那间屋子是离主营地最远的，位于北面，差不多有四分之一英里远，离山很近，但每次去，她都不在里面。她走的时候，没有关上屋门，她留了一张纸条，叫我不要担心，说这只是众多远足中的一次，水也带足了。虽然见不着她人，但每次去，我对这间小屋的赞美之情便增添一分。

四年前，当我和她乘着从圣神战舰上偷下来的登陆飞船，第一次抵达此地的时候，我们俩都已筋疲力尽，憔悴不堪，身上被烧伤，更别提还有一个机器人正在飞船的自动诊疗室中接受治疗，就在那时，老建筑师和他的弟子们热情地接待了我们。一个十二岁的小孩，通过远距传输器，从一个星球到另一个星球，不远万里找到他，想要拜他为师，对此，赖特先生似乎并不感到惊讶。我还记得那一天，老建筑师问伊妮娅，对建筑有多少了解。“一无所知。”伊妮娅静静地回答，“我只知道，你就是那个人，而我应该拜你为师。”

显然，这个回答让赖特先生很满意，老建筑师告诉她，在她来之前，他已经收下了很多弟子——后来我发现，一共是二十六名——这些人在向他表达出心声后，他叫每个人以自己的想法，在沙漠中设计并建造一间屋子，以此作为入门测试。伊妮娅也必须通过这一考验，老建筑师从营地中拿了些简陋的材料，供她使用——帆布、岩石、水泥、几根废弃的木材，但设计房屋的思路以及建造的体力活，全都是孩子自己的事。

伊妮娅开工前，还不是老建筑师的弟子，我在主营地附近草草搭了个帐篷，并和她遍览了众多的学徒小屋。它们大多数很像帐篷屋，但有一些变化，很耐用，有些很有时尚感，其中一个特别展示出设计得相当漂亮的裙摆门，但伊妮娅跟我说，这东西华而不实，它没法挡沙遮雨，即便是微风，都会把屋内弄得一团糟。一个个看下来，没有一个让我难忘。

伊妮娅花了十一天，完成了小屋的建造。碰到一些重体力活，我便帮她打打下手，比如帮她提重物、挖土。当时贝提克还在康复中，从自动诊疗室中出来后，便转移到了营地的医务室。其实我只是帮了一点小忙，所有的筹划和大多数工作都是伊妮娅自己干的。最后的成果，便是这间奇妙的小屋。这几天，她最后一段销声匿迹的时间里，我差不多每天要来四次。一开始，伊妮娅在地上掘出一个坑，小屋的主要区域就坐落在这个坑中，整个屋子的大部分都位于地面之下。接着，她在地上铺上石板，紧紧排列好，光滑的地板就铺好了。在石板之上，她又铺上华美的地毯，那是在十五英里外的印第安集市中换来的。这个开挖出的坑是小屋的核心，在四周，伊妮娅竖立起一米高的墙，但事实上，站在凹陷的主房间中，真正的高度要比外面看上去的高出很多。这些墙是用粗糙的“沙漠石”建造的，而这些石头，正是赖特先生用以搭建主营的建墙壁和上部建筑的材料，虽然伊妮娅从没听老建筑师讲过，但她用到的技术和他如出一辙。

第一步，她先从沙漠、山顶营地周围的旱谷和河流中，收集了足够的石头。这些石头大小不一，五颜六色——紫色，黑色，锈红色，深棕色——还有几块刻着岩石画，或是含有化石。收集好石头后，伊妮娅用木头搭建出墙的形状，接着拣出大块的石头，将它们平整的一面靠在墙的内侧。在烈日下，她连着干了几天，在河边铲沙子，用推车装回建筑工地，又在那儿将水泥和沙子混合在一起，用混合好的混凝土，将石头固定住。这是用混凝土和石头搭配出的粗糙产物，赖特先生称其为沙漠石匠术，但所得成果看上去极为漂亮，在混凝土中，透显出五颜六色的石头，到处都是裂纹和岩石的纹理。墙壁的高度约有一米，那厚度在白天可以将沙漠的热气拒之门外，而到了晚上，却又能将内部的热量保留在内。

伊妮娅建的这间小屋，第一眼看上去，似乎很简单，但事实上不尽如此，她在设计中加入了很多小花招，过了几个月，我才将它们全部领悟明白。稍稍猫下腰，就可以通过入口，进入门厅，然后跨下三级宽阔的台阶，绕上一番，来到另一个木石入口，可以把它视作通往主房间的大门。这个弯曲下沉的门厅，功效就像是气闸门，可以阻挡风沙和雨水的进入。她还在那儿搭了帆布，有点像是重叠的三角帆，增强了气闸门的功效。“主房间”只有三米宽，五米长，但看上去相当宽敞。有一个凸起的石桌，旁边围放了几把固定的长凳，营造出就餐和休息区。在屋子的北墙上，她设计了一个壁炉，还在边上安了不少壁龛和石椅。墙上甚至还有一个真正的石烟囱，但是烟囱完全没有碰到帆布或是木头屋顶。在石墙和帆布之间，在坐姿视平线的高度，她造了一扇百叶窗，从南至北，占满了一面墙壁。这面狭长的全景区，既可以用帆布盖住，也可以用百叶帘遮住，而且不用在外面动手。她在营地的垃圾堆里找到一些陈旧的纤维塑料杆，并用它们在屋子顶部将帆布塑造成圆滑的拱形，突立的尖顶、大教堂似的拱顶，以及折起来的古怪壁龛。

事实上，她还为自己造了间卧室。要到那里，须从主房间再跨下两级台阶，绕上一番，转个六十度。小房间建在一个坡度和缓的斜坡上，背靠一块巨石，也就是她的选址之地。在她这儿，没有水，也没有管道，营地的淋浴房和厕所间是共用的，位于一座附属建筑中，但伊妮娅在床边（她的床是一个用胶合板造的平台，上面有床垫和毯子），造了个漂亮的小石盆，还有一个浴缸，每周有好几次，她会在主厨房烧水，然后一桶一桶拎到小屋，舒舒服服洗个热水澡。

每天，光线会从帆布屋顶照进来，日出时暖洋洋的，正午时晒进来，像是涂上了一层黄油，到晚上，就变成黄澄澄的了。此外，伊妮娅选址时，特意将它安在巨人柱、多刺的梨丛和石松仙人掌旁边，这样一来，每天每一个不同的时刻，就会有不一样的影子投在不同的帆布面上。这个地方非常舒服，非常惬意。而当我的小朋友不在时，便空荡得无法用言语形容。

我说过，老建筑师死后，他的弟子和支持者开始焦急不安。或许，应该说“乱作一团”才对。伊妮娅消失的那三天，大部分时间我都在听他们焦虑万分的唠叨，差不多有九十个人吧，之所以不是聚在一起，是因为赖特先生不喜欢吃饭的时候聚着一大帮人，所以大伙是分拨在大餐厅吃饭的。随着日子一天天过去，沙尘暴的猛烈程度有增无减，这群人也似乎越来越恐慌。造成他们歇斯底里的，还有一个很重要的原因，就是伊妮娅的消失。她是塔列森的关门弟子，事实上，也是岁数最小的，但大家都已经习惯向她求教，聆听她的话语。在一周之内，他们一下子失去了两样东西：贤师和向导。

第四天早上，沙尘暴平息了，伊妮娅回来了。当时刚刚拂晓，我在外面慢跑，碰巧看见她正在穿越沙漠，从麦克道尔山的方向回来。晨光映衬出她的轮廓，那是一个瘦削的身影，短发飘飘，身后是璀璨的华光。霎时间，我回想起第一次见到她时的情景，那是在海伯利安的光阴冢山谷中。

她看到了我，莞尔一笑。“嗨，布。”[①]她叫道。她是在和我开玩笑，这典故出自一本古老的书，她很小的时候看过。

“嗨，斯科特。”我喊道，以同一典故回应她。

---

① 布和斯科特是美国作家哈珀·李《杀死一只知更鸟》中的人物。斯科特·芬奇是小说的叙述者，她是一个聪明的女孩。亚瑟·“布”·拉德力是斯科特的邻居，一位隐遁人士。斯科特童年时把他看成恐怖的代名词，很怕他。事实上他非常善良，常为孩子们留下一些陈旧的小礼物，并且在斯科特和她哥哥被袭击时拯救了他们。

我们在距离还有五步的地方停了下来。我有一股冲动，想要扑上去，紧紧抱住她，叫她以后别再这样不辞而别了。但我没有那么做。清晨低悬的阳光为仙人掌、油木丛、鼠尾草拉出了长长的影子，我们黑黝黝的皮肤也浸在那黄澄澄的日光中。

"士兵们怎么样？"伊妮娅问。看得出来，这三天她一直在禁食，虽然她曾答应我不再这样做。她一直很瘦，但现在，她穿着薄薄的棉衬衫，瘦得连肋骨也几乎凸显了出来，嘴唇也干燥得开裂了。"他们有没有不安？"她说。

"他们吓得尿裤子，连硬砖头也拉出来了。"我说。几年来，在这个孩子身边，我一直不让自己使用地方军时说的那些话。但她现在已经十六岁了。而且，她有时候也会说一些下流话，甚至连我都听不懂。

伊妮娅笑了。灿烂的阳光照亮了她短发中的金发。"我猜，这对建筑师们很有用处。"

我揉揉脸颊，摸摸粗糙的胡茬。"说正经的，孩子。他们真的相当不安。"

伊妮娅点点头。"是啊。赖特先生走了，他们不知道该做什么，该往哪里去。"她朝团队营地瞄了一眼，因为被仙人掌和板刷树挡着，那地方只露出一点点不对称的石头和帆布。阳光照射而下，在一些无法看清的窗户和一座喷泉上闪耀着。"让大伙在音乐厅集合，咱们得好好谈一谈。"话一说完，伊妮娅便大步朝塔列森走去。

于是，我们在地球上的最后一日便开始了。

现在，我得中断片刻。我打开书写器，听着自己的声音回荡在耳边，想起了整个故事有一大段空白期。此时此刻，我只是想将在旧地上的四年流亡生涯从头至尾讲述一遍——关于塔列森团队的学徒和其他人的一切，关于老建筑师的一切，他的奇思怪想、小小的冷酷感，以及卓越的才华和天真烂漫的热情。我想要写下这四十八个当地月（每次想起都让我感到惊奇，这里的一个月竟然和霸主和圣神的标准月完全一致）

中和伊妮娅的谈话，写下我对她惊人的见识和能力的慢慢了解。最后，我想叙述那四年中我经历的每一次远足——乘登陆飞船的环球旅程，在北美洲漫长的驾车冒险，在一些小岛上的短暂旅程，每个地方都聚着一群人，每一群人都有一个中心人物：一个赛伯人，人格模板取自人类历史上的各个伟人（在以色列和新巴勒斯坦的那群人围绕着的赛伯人，是拿撒勒的耶稣，拜访这群人的那次旅程很让人难忘）。但是，根本上来说，当我听着书写器，却发现本应是这些故事的地方，却被沉默替代，我也想起了当时漏掉它们的原因。

我前面说过，写下这些话的时候，我正在一个薛定谔猫箱中，沿着阿马加斯特星球的轨道上运行着，同时等待着两件事的发生：同位素粒子的放射，粒子探测器被激发。这两件事将同时完成，接着，安置在循环设备周围的势能场中的氰化物气体，就会被释放出来。死亡不会即刻到来，但也差不多了。前面我声明过，我会完完整整地将故事——我和伊妮娅的故事——从头到尾讲完，但我现在意识到，我做过编辑，极力试图在粒子衰变毒气涌来前，点到最重要的环节。

现在，我不会再口是心非了，不过，我得说，如果有时间，在地球上的四年的确值得好好讲述：团队共有九十个人，他们具有智慧人类所拥有的各种品质，高雅、复杂、偏执、有趣，他们的故事值得一听。同样，我探索地球的经历也值得大书特书，或许还能写成一部史诗，冒险时用的交通工具，既有登陆飞船，还有一辆一九四八年的“木疙瘩”旅行车，是老建筑师借给我的。

但我不是诗人，当年做猎人向导的日子里，我只能称得上是名纤夫，而现在，我的任务，是在伊妮娅长大成人，成为弥赛亚的路途上，跟在她的后面，不让自己误入歧途。的确，我会那么做。

老建筑师总是将团队所在的这个营地称为“沙漠营地”，不过大多数学徒称其为“塔列森”——在威尔士语中，意为“明亮的眉毛”。（赖特先生拥有威尔士血统。我花了几个星期的时间，试图回想起圣神或是偏地世界中哪个地方叫威尔士，后来恍然大悟，那是宇宙飞行普及前的地球上的威尔士，老建筑师生于斯、死于斯的土地。）伊妮娅经常把这个地方叫作“西塔列森”，从字面上看，就算是像我这样脑袋瓜不灵活的人，也会觉得应该有个“东塔列森”。

三年前，我曾就这个问题问过伊妮娅，她回答说，在二十世纪三十年代早期，原来那个赖特先生在威斯康星的春绿村建造了第一个塔列森团队营地，所谓的威斯康星，是一个行政地理区域，它隶属于古老的北美洲国家——美利坚合众国。我向伊妮娅问起，这第一个塔列森是不是跟我们这个差不多，她回答说：“不。事实上，有好几个威斯康星塔列森，它们既是家，也是团队营地，大多数先后被火烧毁。正因如此，赖特先生在造我们这个营地的时候，建了好多池塘和喷泉，这么多水，是为了救火用。”

“第一个塔列森是在二十世纪三十年代建成的？”我问。

伊妮娅摇摇头。“他在一九三二年组建了第一个塔列森团队，”她说，“但他招收弟子，组成团队，主要是为了获取劳动力，既是为了建造出他的梦想，也是为了筹集粮食，当时正值大萧条。”

“什么是大萧条？”

“是纯资本主义国家的一个经济不景气的阶段。”伊妮娅说，“别忘了，当时的经济还没有全球化，需要依赖民间货币体系，一些叫作银行、黄金储备、实物货币价值的东西。硬币啦，纸币啦，本来不值钱的东西，被假定成具有一定的价值。一切都是某种两相情愿的幻觉，到二十世纪三十年代，幻觉变成了噩梦。”

“老天。”我感叹道。

“是啊。”伊妮娅说，“总之，在那之前，公元一九〇九年，已到中年的赖特先生遗弃了自己的妻子和六个孩子，和一个有夫之妇私奔去了欧洲。”

听到这个消息，我不由得眨了眨眼。四年前我们遇到老建筑师时，他已经是个八十好几的老家伙，一想到他竟有绯闻，我就有点对不上号。我也在纳闷，这跟“东塔列森”有什么关系。

伊妮娅猜到了我在想什么。“当他和那个女人从欧洲回来后，”她说道，微笑地看着我全神贯注的表情，“就开始着手建造第一个塔列森，那是他在威斯康星的家，想要送给玛玛……”

“送给他妈妈？”我问道，有点糊涂。

“玛玛·博斯维克，”伊妮娅说，她为我一个字一个字念了遍，“钱妮夫人。就是那个女人。”

“哦。”

笑容不见了，她继续道：“这起绯闻，毁了他的建筑工作，他在美利坚合众国被烙上了污名。但他没有放弃建造塔列森，他坚持不懈，想要找到新的赞助者。他的第一任妻子凯瑟琳，不同意跟他离婚，新闻报纸——一种印在纸上、有规律分发的信息资料——成天登一些闲话，煽风点火，火上浇油。”

我向伊妮娅问起这个关于“塔列森”的简单问题的时候，两人正在院子里散步。我回忆起，她讲到一半的时候，我们在喷泉边停留了片刻。我总是很惊讶，这孩子真好像无所不知一样。

“后来，一九一四年八月十五日，塔列森的一名工人发了疯，用一把斧子把玛玛·博斯维克砍死了，就连她的两个孩子——约翰和玛莎——也没放过，那人把他们的尸体埋了，在营地中放了一把火，接着又杀了赖特先生的四个朋友和学徒，最后吞酸自尽。将整个地方全部付之一炬。”

“我的天。”我小声说着，望了望餐厅，就在我们说话的时候，老建筑师的赛伯体正在那儿，和他的几名老学徒一起用餐。

“他从不轻言放弃，”伊妮娅说，“几天后，八月十八日，赖特先生在塔列森的地界内，游览一个人工湖，结果脚下的堤坝破裂，他被卷进一条随着大雨暴涨的小河中。他排除万难，游出了洪流。几星期后，他开始了重建工作。”

就在此时，我觉得自己理解了她为什么要跟我讲这些事。“那我们为什么没在那个塔列森呢？”我问道。两人迈着步子，离开了沙漠庭院这个汩汩流淌的喷泉。

伊妮娅摇摇头：“问得好。但我怀疑，在这个重建的地球上，那个塔列森到底存不存在。不过，对赖特先生来说，那地方在他生命中有着举足轻重的地位。一九五九年五月九日，他死在了这儿……死在了西塔列森附近，但是，后来他的遗体被运了回去，葬在了威斯康星塔列森。”

我停下脚步。想到老建筑师的死，我心里的不安重新开始躁动。一直以来，我们的流亡生涯都处于稳定的状态中，平静，日日更新，但现在，伊妮娅让我想起，其实每件事、每个人都会有结束的那一天。或者说，在圣神向人类提供了十字形和完全重生前，曾经都有那么一天。但我们这个团队的每个人——甚至被劫持的地球上的每个人——都还没有臣服于十字形。

这是三年前的一次谈话。如今，老建筑师的赛伯体已经身故，遗体被葬在沙漠中的一座小型陵墓中，场面不怎么和谐，接下来，我们即将面对没有重生的死亡的结果，面对事情的结束。

伊妮娅洗澡去了，洗好后会去洗衣房洗衣服，在这当口，我找到了贝提克，两人开始忙着把开会的消息传给众人。伊妮娅是我们中年纪最小的，却负责起了会议的召集和领导工作，对此，蓝皮肤的机器人并没有表现出惊讶。他和我一样，过去几年一直默默注视着她，看着她成为了团队的核心。

我小跑着，从田间奔到宿舍，又从宿舍奔到厨房，在通向来宾露台的台阶上方，立着一座奇特的塔楼，我在那儿摇了摇大钟。如果有学徒或工人没被通知到，听到钟声，会过来看看是怎么回事。

在厨房间，有几个厨师和学徒已经摘掉了围裙，擦净了双手，将消息通知给他们后，我出了门，来到巨大的团队餐厅，有好些人正在喝咖啡，这间漂亮屋子北面有窗，可以看见麦克道尔山，有几个人见到我和伊妮娅从那边走回来，便知道有事情发生了。我把开会的消息通知给他们，接着朝赖特先生的私人小饭厅探了探，里面空无一人，于是我便向制图室跑去。这间屋子，或许可以说是营地最吸引人的，倾斜的帆布屋顶下，立着长排的制图桌和档案柜，透过两排偏移窗，清晨的阳光灌了进来。现在，太阳已经升得老高，阳光洒在屋顶上，被烤晒的帆布发出一股宜人的味道，闻上去就会令人想起如浓郁黄油般的阳光。伊妮娅曾经告诉过我，赖特先生之所以来到西部，建造第二座塔列森，其实真正的原因是喜欢野营的感觉，在阳光、帆布、岩石组成的世界中工作的感觉。

制图室里有十一二个学徒，都在一旁站着——自从老建筑师去世后，就再也接不到工程了。我告诉他们，伊妮娅要大家在音乐厅集合。在这日中时分，一个十六岁的小孩命令九十多个大人集合到一起，对于此，没有人提出异议，没有人抱怨，没人发表一点看法。要是有什么的话，那就是听到伊妮娅回来并接过管理权的消息，这群学徒终于舒了口气。

离开制图室，我去了图书室，在这个地方，我曾度过很多愉快的时光。接着，我又看了看会议室，那儿只有地板上的四个面板亮着。两个地方都有人，我把开会的消息告诉了他们。接着，我沿着沙石走道下的混凝土小路，一路小跑，在舞台剧院停下，向里面窥了一眼。老建筑师在世的时候，每逢周六晚上，会在里面放电影。一想起这个地方，我就高兴得想要笑，墙壁和屋顶是用厚厚的岩石搭成的，整个屋子长长的，缓缓而下，一条条胶合板制成的长凳摆放在里面，凳子上铺着红色的垫子，地板上铺着陈旧的红地毯，天花板上，来来回回拉着几百盏白色的圣诞灯。我和伊妮娅第一次来到营地的时候，惊讶地发现，老建筑师要每名弟子、每家人家在周六“穿戴整齐地赴宴”——古老的无尾夜礼服，黑领结，都是只有在古老得发霉的历史全息像中才能看到的东西。女士们也得穿上古老的奇怪装束。有些人从光阴冢或者远距传输器来到旧地的时候，没有带这些衣物，赖特先生就会为他们提供正装。

我们来到这儿的第一个周六，伊妮娅出席时，穿着无尾夜礼服、衬衫，系着黑领结，而没有穿赖特先生给的那些。一开始，我看到老建筑师露出震惊的表情，心里想，他肯定会把我们轰出团队，让我们在沙漠中勉强维生。但是，那张年老色衰的皱脸上，慢慢露出一副笑容，没过多久，便开始开怀大笑。此后，他便不再对伊妮娅的穿衣风格指手画脚。

周六正式宴会过后，我们要么一群人在一起听音乐会，要么在舞台剧院里看电影——那种古老的胶卷电影，得用一个机器来放。感觉很像是在欣赏石器时代的山洞壁画。但我和伊妮娅非常喜欢他选的电影，二十世纪的古老平面电影，很多都是黑白片，出于某种理由，赖特先生在看电影的时候，很喜欢在屏幕上放映出“音轨”摇摆扭动的画面。事实上，我们在那儿看了一年之后，一名学徒才跟我们说，以前放映的时候，“音轨”是看不见的。

今日，舞台剧院空空荡荡的，圣诞灯全都暗着。我继续往前跑，从一间屋子到另一间屋子，从一栋楼到另一栋楼，让学徒、工人、每家人都去集合起来，最后，我在喷泉边和贝提克碰头，两人一起来到音乐大厅，加入了众人的行列。

音乐厅非常大，有一个宽阔的舞台，还有六排软座椅，每排各有十六张椅子。墙壁由两种材质构成：一种是涂成切罗基红（老建筑师最喜欢的颜色）的红杉木，另一种是普通的厚沙岩。铺着红毯的舞台上没多少东西，只有一台大钢琴以及几棵盆栽。头顶拼成格状的木头和钢铁横梁上，按惯例覆盖着白帆布。伊妮娅曾经告诉过我，原来的赖特先生死后，帆布就被塑料取代，因为每隔几年，帆布就得替换一次，如果用塑料，就可以减少替换用的费用。但当**这位**赖特先生回来后，塑料又被撕掉，主制图室上的玻璃也一样被掀掉，重新覆盖上白帆布，这样一来，纯净无瑕的阳光又取得了统治地位。

我和贝提克站在音乐厅后面，喋喋不休的学徒和其他工人依次就座，有几名建筑工人站在过道上，还有几个站在后面，待在我和贝提克身边，似乎担心会把泥巴和尘土带到亮丽的地毯和家具上，把它们弄脏。伊妮娅掀开一侧的门帘，走了进来，跳上舞台。兀然间，台下的私语声全都停止了。

赖特先生建的这间音乐厅音效非常棒，伊妮娅并不需要大声说话就能让每一个人听见她的声音。她轻声说道：“多谢大家能聚在这里。我想，咱们得谈一谈。”

杰弗·彼得斯——一名年老的学徒，马上从第五排站起身。“伊妮娅，你不见了好几天，又到沙漠中去了。”

女孩站在舞台上，点点头。

“你和狮虎熊谈过话了？”

台下，没有人发出笑声。彼得斯极为严肃地问出了这个问题，九十名听众也同样严肃地等待着她的回答。我必须这么解释一下。

一切都得从头说起，两个世纪前，马丁·塞利纳斯写下了《诗篇》，讲述了海伯利安朝圣者、伯劳以及人类和技术内核之间的战争，故事解释了早期的赛伯空间网如何进化成了全球性的数据网。到了霸主时代，人工智能技术内核用秘密的远距传输和超光技术，将几百个数据网织成了一个秘密的星际信息媒介，称之为万方网。但是，据《诗篇》所说，伊妮娅的父亲，名叫约翰·济慈的赛伯人，在赛伯体死后，以数据人格的形式，来到了万方网的内核所在地，并发现天外有天，竟然还有一个更大的数据平面媒介，或许比我们的银河还要大，就连内核的人工智能也不敢探索，因为里面全是“狮虎熊”——这是名叫云门的人工智能的原话。我们只知道，这些神秘人，或是智能生物，或是神，就是一千年前在内核之前先一步劫持地球的幕后操纵者，还把它转移到了这儿。狮虎熊，是我们星球的邪灵守护者。团队中没人见过这些实体，没人跟他们说过话，没人有实实在在的证据，可以证明他们的存在。没人，除了伊妮娅。

“不，”站在舞台上的孩子说道，“我没有跟他们谈过话。”她低下头，似乎有点窘迫。她总是不太情愿讲这个话题。“但是，我想我听见了他们的话。”

“他们在跟你说？”杰弗·彼得斯说，音乐厅一片安静。

“不，”伊妮娅说，“我不是这个意思。我只是……听见了他们的话。就好像是透过宿舍的墙壁，偷听到了别人的谈话。”

台下发出几丝笑声。团队建筑的厚石墙中，宿舍区的是最薄的。

“好吧，”第一排的贝兹·金博说道，她是我们这儿的主厨，一个块头很大、通情达理的女人，“告诉我们，他们说了些什么。”

伊妮娅走到红毯舞台的边缘，望着一个个长者和同事。“我可以告诉你们一件事，”她轻轻说，“印第安集市不会再提供粮食和物品了。它没了。”

听到这句话，整个音乐厅顿时炸开了锅，像是伊妮娅扔下了一颗炸弹。当嘈杂的说话声慢慢平息下来的时候，一个魁梧的建筑工人，名字叫胡桑，在吵闹声中喊道。“你说它没了，是什么意思？我们以后去哪儿换粮食？”

大家的恐慌不是毫无缘由的。二十世纪的时候，在赖特先生那个年代，他的团队沙漠营地坐落在一个叫凤凰城的城镇附近，约有五十公里的路程。在沙漠营地那会儿，和威斯康星塔列森所处的大萧条年代不太一样，在后者那个时候，学徒们一边帮赖特先生进行施工计划，一边在肥沃的土壤中种植庄稼，但是到了沙漠后，就没办法再种了。所以，他们得驾车到凤凰城，要么以物换物，要么使用硬币或纸币，来获取基本物资。一直以来，老建筑师都依赖赞助人的慷慨解囊，他们借钱给他，却从不要求偿还，众人也因此活过了一月又一月。

而现在，在我们这个重建的沙漠营地中，没有城镇。唯一的道路是两条砾石车辙，一路通向西部几百英里的空茫之地。我之所以知道，是因为我曾乘登陆飞船在那片区域上方飞过，还驾着老建筑师的地行车穿越过。不过离营地约三十公里远处，有个印第安集市，每周开一次市，在那儿，我们用手工制品交换粮食和基本物资。在我和伊妮娅来之前，这个集市就已经存在了好长时间；显然，大家伙都认为它会一直存在下去。

“你说它没了，是什么意思？”胡桑重复道，喊声略带嘶哑，“那些印第安人哪儿去了？难道他们也是赛伯人，就跟赖特先生一样？”

伊妮娅双手做了个姿势，这几年来，我已经熟悉了这个手势——一个表示不可言说的优雅动作，在我眼里，已经把它等同于禅宗的表述方式：“无”。在此处，意思就是“问题没有意义”。[①]

“集市没了，因为我们不再需要它，”伊妮娅说，“那些印第安人是真实的——纳瓦霍、阿帕奇、霍皮、祖尼，但他们也有自己的生活，也要进行他们自己的实验。他们和我们交易，只是……协助我们而已。”

大家伙有点冒火了，但最后还是压住了火气。贝兹·金博站起身：“我们该怎么做，孩子？”

伊妮娅站在舞台边缘，似乎她才是那个翘首以盼的听众。“咱们这个团队到此结束，该解散了，”她说，“我们的这一部分生活必须结束了。”

后排有个年轻的学徒，正在大喊：“不，没有！赖特先生还会回来！别忘了，他是个赛伯人……一个创造出来的人！不管是谁创造了他，内核，还是狮虎熊，都可以再次送他回来……”

伊妮娅悲伤地摇摇头，但态度坚决：“不。赖特先生已经走了。团队结束了。没有印第安人为我们从远方带来粮食和物资，这个沙漠营地无法撑过一个月。我们必须走。”

台下一片安静，最后，有一个年轻的女性学徒打破了沉静，她名叫佩瑞特。“去哪儿，伊妮娅？”

也许，就是在此时，我第一次意识到，为什么大家伙会对伊妮娅言听计从，会将自己全部交托给她，而她，在我眼中只是一个孩子。老建筑师还在的时候，他会讲讲座，在交流会上滔滔不绝，在制图室中侃侃而谈，带着大家伙去山上野餐，外出游泳，要求大家互相照顾，吃最好的东西，在这种情况下，伊妮娅的领导能力便不那么明显，而现在，它重新显露在众人眼前。

① “赵州狗子”是禅宗最重要、最著名的经典公案之一。“僧问赵州：‘狗子还有佛性也无。’州云：‘无。’”这个“无”是对前面问题的否定。赵州是说，不管狗子有没有佛性，“你问得不对（问题不成立）”或“你的问题没有意义”。

“对，”一排排座椅上，大家此起彼伏，中间有人喊道，“去哪儿，伊妮娅？”

我的朋友张开双手，这回换了另一个姿势，我也知道什么意思，这次不再是“问题没有意义”，而是“你必须自己回答”。伊妮娅大声说道：“有两个选择。你们每一个人，到这儿，要么是通过远距传输器，要么是通过光阴冢。所以，要返回，你们可以通过远距传输器，或是……”

“不！”

“怎么可能？”

“绝不……我宁愿死！”

“不！圣神会发现我们，杀了我们的！”

如雷的喊声立即爆发了，全都是发自肺腑的。那是恐惧的声音，音乐厅中顿时弥漫起一股恐慌的气味，以前，在海伯利安的沼泽地中，会有一些动物误中捕兽夹，腿被夹住，现在我在大厅中感受到的恐慌，就同那时一样。

伊妮娅举起一只手，喊叫声停止了。“如果你们不想通过远距传输器回圣神空间，也可以留在地球上，自己照顾自己。”

台下一阵嘀咕，在听到可以不返回后，有些人舒了口气。我明白他们的感受——对我来说，圣神也已经成了一个可怕的妖魔。想到要回到那种地方去，我每星期就至少有一次上气不接下气地从睡梦中惊醒。

“但如果你们留在这儿，”女孩在音乐厅的边缘坐了下来，她继续道，“你们就无家可归了。这个地球上还有其他很多群人，但每一群人都有各自的事业，有各自的实验。你们无法融入到他们的队伍中。”

台下有人在喊叫，在发问，想要获得一些谜题的答案，他们在这儿待了那么长时间，还是没有解开这些谜。但伊妮娅毫不理睬，继续说她的话：“如果你们留在这儿，你们就浪费了赖特先生教给你们的知识，浪费了你们在这儿学会的东西。地球不需要建筑师，不需要建筑工人。现在不需要。我们必须回去。”

杰弗·彼得斯又开口了，声音尖厉，但没有火气。“难道圣神需要建筑工人和建筑师？需要我们为他们建那该死的教堂？”

“是的。”伊妮娅说。

杰弗一只大拳重重地砸在身前的椅背上。“要是被他们知道我们是谁……我们从哪儿来……他们肯定会把我们抓起来，甚至杀了我们！”

“没错。”伊妮娅说。

贝兹·金博问：“你也一同回去吗，孩子？”

“对。”伊妮娅一面说，一面跳下舞台。

现在，每个人都站了起来，都在冲身边的人嚷嚷。如今，团队的九十个人已经失去了依靠，杰弗·彼得斯为他们说出了心声，“我们能和你一起走吗，伊妮娅？”

女孩叹了口气。她的脸还是早上我看到她时那副模样，黑黝黝的，异常警觉，但也充满了倦意。“不。”伊妮娅回答道，“我觉得，离开这儿，就像是死亡或是出生，我们每个人，必须自行完成这件事。”她微微一笑，“或者，也可以几人一组。”

音乐厅又一下子安静了下来。伊妮娅重新开口的时候，感觉像是一件乐器从管弦乐队停奏的地方重新演奏了起来。“劳尔第一个走，”她说，“今晚就走。然后，你们每一个人，会挨个找到属于你们的远距传送门。我会帮你们，等大家都完成后，我最后一个离开地球。但我肯定会走，几个星期内就会走。我们所有人必须走。”

大家在往前挤，虽然没人吭声，但都在朝留着短发的女孩身边移动。“但我们中，有人能够重逢。”伊妮娅说，“我能肯定，我们中有人一定会重逢。”

但我也听出了这句使人宽心的预言还有另一面：我们中有些人会死，他们不会再和别人相见。

“对了，”贝兹·金博的声音很低沉，她的一只大胳膊搭在伊妮娅的肩上，“厨房里还有些食物，够我们最后吃顿大餐的了。今天吃的这顿，会让你们在几年内都难以忘记！就像我妈妈一直说的，要是去旅行，一定不要空着肚子走。谁和我去厨房，给我打下手？”

这时候，大家伙开始散开，家人、朋友各自一小撮一小撮聚在一起，还有些不合群的单独站着，似乎一下子蒙了，我们开始从音乐厅鱼贯而出，大家一面走，一面还是在朝伊妮娅身边挤。当时，我真想抓住她，摇晃她，直到把她的智齿摇落为止，然后问她，你他妈到底什么意思？“劳尔第一个走……今晚就走。”你有什么资格，命令我把你抛在身后？你怎么觉得，你就一定能使唤我？但她离我太远了，边上还围着那么多人。我能做的，就是大步跟在人群后面，随着众人一起走向厨房和餐厅，我的脸、拳头、肌肉、走路的样子，无不写满了愤怒。

有一次，我看见伊妮娅回头望了一眼，身边一大堆人挤着她，她吃力地扭过头，眼神在向我乞求：容我解释。

我冷冷地回看着她，没有给她任何回答。

快到黄昏时，她终于到了我身边。我当时正在大车库中，那是赖特先生命令建造的，位于营地东部五百米外。这栋建筑的四侧都是进出口，垂着帆布帘，但有几根岩石柱，支撑着耐久的红杉木屋顶，这栋建筑的用途，是为了安置我们的登陆飞船。

我站在登陆飞船敞开的舱口中，帆布大门拉开着，朝外面一望，就看见伊妮娅正穿过沙漠，朝我这边走来。我已经一年多没戴过通信志手环了，现在又把它重新套在了手腕上。这东西储存着我们前一艘飞船的记忆，那艘船在几个世纪前属于领事，在我学习如何驾驶登陆飞船的时候，它曾是我的联络员、我的老师。不过，现在我已经用不着它了，通信志的记忆已经上传至这艘登陆飞船中，在操纵登陆飞船方面，我也已经驾轻就熟。但戴着它，让我感觉非常有安全感。当时，通信志也在对飞船进行系统检查，也许你会说，它是在和自己聊天。

伊妮娅站在折起的帆布门内，落日在她身后投出长长的影子，也将帆布染成了红色。“登陆飞船怎么样？”她问。

我看了看通信志的读数。“一切完好。”我咕哝道，没有朝她看。

“如果再飞一次，燃料和电力够用吗？”

我还是没有抬头，越过舱门拨弄着驾驶座扶手上的触摸板：“那要看它去哪儿了。”

伊妮娅走到登陆飞船的台阶上，抓住我的腿：“劳尔？”

这一次，我终于没法躲开她的目光了。

“别生气，”她说，“我们必须这么做。”

我挪开腿：“天杀的，别老是冲我和大家发号施令，跟我们说必须做什么事。你只是个孩子，也许，有些事情我们并**不一定**要做，也许，我该丢下你，一个人离开。”我走下扶梯，按一下通信志，台阶缩了回去，与船体合而为一。我走出车库，开始朝帐篷走去。太阳低挂在地平线上，那是一个极圆的红色球体。在落日的照耀下，主营地的那些岩石和帆布建筑看上去就像是着了火，那是老建筑师最害怕的事情。

“劳尔，等等！”伊妮娅在身后追赶，我稍稍往后瞥了一眼，发现她已经累得不行了。整个下午，她一直在和人见面、谈话、解释，安抚他们，拥抱他们。我不由自主地想到，团队就像是一窝情绪化的吸血鬼，伊妮娅是他们唯一的能量源泉。

“你说过，你会为我……”她说道。

“对，对。”我打断了她的话。我突然有种感觉，她是大人，而我才是一个任性的孩子。为了隐藏我的困惑，我又一次背过身去，望着落日的余晖。在那一小会儿的时间里，我们俩默默地站着，望着光线暗去，天色慢慢暗沉下来。早先我已经得出一个结论，和我从小就熟知的海伯利安的日落相比，地球的日落更加迟缓，也更加美丽，而在沙漠中观看日落，则更为动人。过去的四年间，我和这个孩子，一起观看过多少次日落呢？我和她，在沙漠中的璀璨繁星下，曾度过多少次懒散的夜晚，一边享用晚餐，一边交谈？这会不会是我俩最后一次一起观看日落？这个念头不由让我沮丧，让我怒火中烧起来。

“劳尔，”伊妮娅又开口道，我俩的影子已经并在了一起，夜风冷飕飕的，“能跟我来吗？”

我没有说“好”，但还是一路跟着她，走过岩石地，在黑暗中，避让着丝兰树和矮仙人掌的棘刺，最后回到了灯火通明的营地。发电机的燃料油还能用多久？我思索着。我知道答案——维护发电机，给它加油，那是我的职责之一。主油箱中的储备能维持六天，备用油箱中的——是用来应付紧急情况的，还没开启过——能维持十天。现在，印第安集市没了，也就不再有补给渠道。电灯、冷藏库、电力设施，还能维持三星期，然后……会怎样？黑暗，腐烂，终结，塔列森四年来无休无止的建造、拆毁、重建，这些活泼的喧闹声，都将画上句号。

我本以为，伊妮娅可能是要领我去餐厅，但我们路过那些明亮的窗户时，她却没有进去，餐桌旁坐着一群群人，认真谈着话，当我们走过时，他们抬起眼，只往伊妮娅身上看了看——恐慌四处弥漫，在他们眼里，我就是个隐形人。接着，我们朝赖特先生的私人制图室和办公室走去，但到门口时，却没有停下脚步。往前走，到了漂亮的小会议室，有一小群人正坐在那儿看最后一场电影——三星期后，电影放映机就会停止运转——我们也没在那儿停下来，甚至到主制图室的时候，也没拐弯走进去。

我们的目的地是一个工场，在营地南面，离车道很远，由岩石和帆布制成。那是个很实用的外屋，用来操作吵闹的机器，使用有毒的化学品。到营地的头两年，我经常在这儿工作，但最近几个月不曾来过一回。

贝提克正等在门口。那张泰然自若的蓝色脸庞上，微微露出一抹笑意。那天，我们给伊妮娅惊喜，为她办生日会，机器人把生日蛋糕端上来的时候，他脸上的表情就如现在这般。

“怎么了？”我还是有点火大，看了看女孩疲惫的面庞，又望了望机器人自以为是的表情。

伊妮娅走进工场，打开灯。

小房间中央有张工作台，上面放着一条小船，长度不到两米。形状像是一粒两头尖尖的种子，整个船体，除了一个圆形的小座舱外，其他地方都用某种东西包裹着。座舱装有尼龙挡板，显然可以紧紧困住船员的腰身，一把双叶桨搁置在船边。我走向前，伸手抚摸着船体，外面那层包裹材料是用抛光玻璃纤维和内置铝带、铝配件制成的。团队中，只有一个人做得出这么细的手工活。我瞧了瞧贝提克，眼神中几乎带着责难。他点点头。

“这叫独木舟。”伊妮娅说，她也在抚摸光亮的船体。“来自旧地的设计。”

“我见过好多类似的船。”我说道，没有显出被这制作工艺打动的表情，“冰爪大熊的叛军用的小船，跟这东西差不多。”

伊妮娅仍旧轻抚着船体，所有的注意力都集中在了它身上，似乎我的话就是耳旁风一样。“是我叫贝提克为你做的，”她说，“他在这儿干了几星期了。”

“为我做的。”我蠢头蠢脑地说道。当我意识到眼前即将面临的事情后，肚子一阵抽痛。

伊妮娅走近了些，站在吊灯的正下方，灯光在她的眼睛和颊骨下方投下影子，让她看上去很成熟，不像是刚刚年满十六岁。“劳尔，我们的筏子没了。”

我知道她说的是哪个筏子。是那个曾载着我们穿越了众多星球的筏子，它最后在神林被割成了碎片，当时我们在那儿受到了伏击，差点就死在那里。它曾载我们在天龙星七号沿河而下，穿越希伯伦和库姆-利雅得的沙漠，横穿无限极海的汪洋大海。我知道她说的是哪个筏子。我也知道，这条小舟意味着什么。

“这么说，我得乘着它，沿原路返回？”我抬起手，似乎想要抚摸它，但却没有这么做。

“不是原路返回，”伊妮娅说，“而是沿特提斯河继续向下，穿越别的星球，穿越一个个星球，直到找到飞船为止。”

“飞船？”我重复道。在我们逃离圣神追捕的时候，领事的太空船受了重伤，我们把它留在了一个无名的星球上，让它藏在河底，进行自我修复。

我的小朋友点点头，疲惫的眼睛下有些影子，随着她的动作忽隐忽现。“劳尔，我们需要那艘船，如果你愿意，我希望你能乘着这条小舟，沿着特提斯河顺流而下，直到找到那艘船，然后乘着它飞到另一个星球，我和贝提克会在那儿等你。”

“圣神空域中的星球吗？”我问道，那简单的句子，却隐含着莫大的危险，我的肚子又是一阵抽痛。

“是的。”

“为什么是我？”我问，朝贝提克意味深长地看了一眼。当时，我冒出了一个想法，让我感到羞愧不已：*机器人也能去，为什么要派一个人类……派你最好的朋友去？*我垂下头，不敢正视他。

“这次旅途将会非常危险，”伊妮娅说，“劳尔，我相信你能办到。我相信，你能找到飞船，然后找到我们。”

我感觉自己的肩膀耷了下来。“好吧，”我说，“是不是要去送我们来这儿的远距传输器？”我们是从神林过来的，通过传送门后，到了一条小溪上，临近老建筑师的建筑杰作——流水别墅。那地方离我们这儿有三分之二个大陆远呢。

“不，”伊妮娅说，“那地方比较近。在密西西比河上。”

“好吧，”我又重复了这个词。我曾在密西西比河上飞过。那条河在我们东面，几乎有两百公里远，“什么时候出发？明天吗？”

伊妮娅摸摸我的手腕。“不，”她说，一脸疲态，但话音坚定，“就今晚。现在就走。”

我没有提出异议。我没有和她争论。我一句话没说，就抬起独木舟的船首，贝提克抬起船尾，伊妮娅则稳稳托住船腹，三人扛着这该死的东西，回到暗沉沉的沙漠黑夜中，回到登陆飞船上。

03

宗教大法官迟到了。

梵蒂冈空中交通管制系统为大法官的电磁车定制出飞行路线，让其行经太空港附近通常禁止通行的空域。梵蒂冈东侧的空中行道已被全数关闭；轨道上原有一架三万吨重的机械货船即将进入飞行通道，现在也被拦在外面，直到大法官的车子飞过着陆机位的东南角。

装备着特别装甲的电磁车内，宗教大法官约翰·多米尼各·穆斯塔法枢机大人正襟危坐，他没有看窗外或视屏上的美景：慢慢逼近的梵蒂冈，浸浴在玫红晨光下的城墙。他甚至没有瞅瞅身下的维多利奥·埃马努尔桥，这条交通干线有二十条车道，车来车往，非常繁忙，还闪闪发光，就像阳光下微波粼粼的河流，那是日光照在车玻璃和透明罩上造成的幻象。穆斯塔法对眼前的这些完全没有放在心上，他的注意力集中在通信志的屏幕板上，上面正滚动着最新的情报。

最后一段文字过去，被牢牢记在脑中后，便被彻底删除。接着，大法官对自己的助手法雷尔神父说道："之后，商团再没会见过别人？"

法雷尔神父是个瘦削的男人，灰色的眼眸毫无神采，他从来不笑，但双颊的肌肉稍稍抽搐了一下，对枢机来说，这便传达出了类似风趣的意味。“没有。”

“确定？”

“完全确定。”

大法官靠回到车座的软垫中，会心一笑。教宗选举前，商团只做了一次试探，会见了教皇候选人中的一位——卢杜萨美，结果不尽如人意，这次会见被完整地记录了下来，大法官将整个过程从头至尾听了一遍。枢机的笑容维持了片刻。卢杜萨美觉得自己的会客厅的防范措施非常严密，他说得没错，那间屋子可以阻挡所有的窃电、窃听器、隐形话筒、信息传输。屋内的所有录音设备，即便是植在与会者的身体内，也会被探测并追踪到。任何想以密光将信息发送出去的企图，都会被检测并阻滞掉。但大法官却获得了这次会谈的所有视频和音频记录，那是最令他感到愉悦的美妙时刻之一。

两年前，卢卡斯·奥蒂蒙席去一家梵蒂冈医院对眼睛、耳朵和心脏进行例行的替换手术。外科医生已经被法雷尔神父贿赂，神父以宗教法庭的势力威吓，就像是拿了个庞然大物架在医生的脖子上，如果他不将某种尖端设备移植在蒙席的身体内，他的小命就会不保。医生只得言听计从，但事成之后，那医生还是命享真死，没有重生——手术完不多久，他就意外出了车祸，掉进了北部大浅湾中。

卢卡斯·奥蒂蒙席的身体系统内，没有电子或机械窃听器，但视神经上连接着七只全生物纳米记录器，听觉神经系统连接着四只听觉纳米记录器。这些生物记录器不会在身体内直接发送信号，它们首先会将数据以化学形式存储起来，通过血液循环，将数据运送到某一信息发送器中，这一发送器同样以有机形态，安在奥蒂蒙席的左心室中。等奥蒂走出卢杜萨美枢机的办公室，离开安全区，十分钟后，发送器就会将此次会谈的压缩记录传送出去，经由附近的无线中继收发机，发送给大法官。这一窃听，并不是在卢杜萨美的保密屋中的实时窃听，因此穆斯塔法枢机还是有点担心，但它已经是现有技术和秘密行动所能达到的最佳结果了。

“矶崎健三害怕了，”法雷尔神父说，“他觉得……”

大法官竖起一根手指，法雷尔话说一半便打住了。“你无法确切知道他有没有害怕，”枢机说，“你无法知道他的想法。你只能听到他说的话，看到他的动作，以此来推断他的想法和反应。马丁，绝不要对你的敌人妄加猜测。那是自我放纵，后果可能致命。”

法雷尔神父俯下脑袋，表示同意和服从。

电磁车降落在圣天使堡顶部的登陆平台。大法官快步走出舱门，走下斜梯，法雷尔不得不小跑着，才能赶上自己的主人。安保突击队员穿着特属宗教法庭的红色装甲制服，走到他们的前头和身后，开始护送他们，但大法官挥手令他们散去。他还有话要跟法雷尔神父说。枢机碰上了助手的左臂，这动作不是出于慈爱，而是为了接通骨骼传导通道，以便不出声讲话，就能传出话语，他说道：“矶崎健三和商团领导没有害怕，如果卢杜萨美想要肃清他们，那这些人现在早就死了。矶崎健三必须把提供支持的意思传达给枢机，他做到了。现在害怕的，应该是圣神军事当局。”

法雷尔神父皱起眉头，他通过骨骼通道默默回应：“军事当局？可他们还没出牌呢，他们没有做出任何不忠的举动。”

“没错。”大法官说，“商团已经走了一步棋，他们知道，只要时候到了，卢杜萨美会求助于他们。几年来，圣神舰队和其余人等一直惴惴不安，生怕自己做出错误的抉择。而现在，他们怕的是自己等了太长时间。”

法雷尔点点头。他们已经乘升降机来到了升天使堡底下的岩石深处，现在正行经一个个的武装警卫，穿过致命的能量场，走过黑色的走廊。在一扇毫无记号的门前，有两名突击队员，他俩穿着红色装束，举着能量步枪，笔挺站着。

“退下。”大法官命令道。他抬起手掌按了按门口的面板，钢门开启，不见了。

整个通道的四壁全是岩石，除此之外便是黑影。走进房间，无不是明亮的灯光、设备、无菌的表面。一名名技师抬起头，望着大法官和法雷尔走进来。在一面墙上，安着一个个正方形的拉门，看上去像极了古老太平间里的多层藏尸柜。有一扇拉门开着，冷藏柜中有一架盖尼式床，上面躺着一名赤身男子。

大法官和法雷尔各自驻足在盖尼式床的两侧。

“他恢复得很好，”控制台边上站着一名技师，他对枢机和神父说，“我们让他维持在液面之下，但他马上就可以起来。”

法雷尔神父问道：“他这一次冰冻沉眠，有多长时间了？”

“按本地时间算，十六个月，”技师回答，“按标准算，十三个半月。”

“让他起来。”大法官说道。

没过片刻，男子的眼皮开始颤动。这是个身材矮小的男人，肌肉强健，但身形小巧，身体上没有任何标记或是瘀痕，手腕和脚踝被粘扣带绑缚，左耳后植着大脑皮层分流器，一根几乎难以看清的微纤将其连接至控制台上。

男子躺在盖尼式床上，低声呻吟。

“纪白森下士，”大法官说道，“能听见我的话吗？”

纪下士发出一声无法理解的声音。

大法官点点头，似乎很满意。“纪下士，”他愉悦地说道，“咱们继续上次的谈话吧？”

“多久……”纪下士喃喃着，从干硬的双唇中蹦出几个字，“我被……”

法雷尔神父已经走到技师的控制台旁，他朝宗教大法官点了点头。

约翰·多米尼各·穆斯塔法枢机没有理睬下士的问题，他轻声问道：“你和德索亚神父舰长为何放走女孩？”

纪下士睁开双眼，眨动着，似乎光线很刺眼，接着又闭上了。他没有开口。

大法官朝助手点点头。法雷尔神父伸出手，停在控制台触显的几个图标上，但没有按下去。

“再问一遍。”大法官说道，“你和德索亚为何放任女孩和他的同谋从神林逃脱？你们为谁工作？你们有什么动机？”

纪下士仰面躺着，双拳紧握，双眼紧闭。他没有回答。

大法官朝左侧微微扭了扭脑袋，法雷尔神父伸出两指，朝控制台上的一个图标按去。这些图标非常抽象，对于未经训练的人来说，它们就像是象形文字，但法雷尔对它们谙熟于胸。他选中的那个图标，翻译过来，意思就是“碾碎睾丸”。

盖尼式床上，纪下士大抽一口气，张开嘴，想要大叫，但神经抑制器已经将这一反应阻闭。矮个男子嘴巴大张，法雷尔神父似乎听见了肌肉和筋腱伸展的声音。

大法官点点头，法雷尔将手指从图标的启动区移开了。纪下士躺在盖尼式床上，整个身体不住地痉挛，腹部的肌肉绷得紧紧的，上下起伏。

“这些疼痛是虚拟的，纪下士，”大法官低声细语道，“是一种神经幻象。你的身体不会留下疼痛的记号。”

石板上，纪下士咬紧牙关，想要抬头看看自己的身体，但粘扣带将他的脑袋紧紧绑在原处。

“但也许，下一次就不会了，”枢机继续道，“也许这次，我们会采取不太优雅的古老方法。”他朝盖尼式床走近一步，让那男子看到自己的脸，“再问一次……你和德索亚神父舰长为何放跑女孩？你为何袭击拉达曼斯·尼弥斯？她可是你的同机船员。”

纪下士张开嘴，露出后槽牙。“日……日……日你祖宗。”他咬着牙骂道，抵御着席卷全身的一波波痉挛。

“好吧。”大法官说道，他朝法雷尔神父点点头。

法雷尔这次选的图标，翻译过来的意思是“右眼后接上高压电线”。

纪下士张开嘴，无声狂啸。

“再问你一遍，”大法官轻声说道，“快回答我。”

“恕我冒昧，大人，”法雷尔神父朝通信志看了看，“密会弥撒还剩四十五分钟就要举行了。”

大法官伸出手指一扬。“我们有时间，马丁。有的是时间。”他抓住纪下士的上臂，“下士，说出真相，你就可以好好洗个澡，穿好衣服，无罪释放。你背叛了你的教会、你的主，也因此犯下了罪行，但是教会的精髓在于它有一颗宽恕之心。只要解释一下，你为何要背叛，那么就可免去一切罪责。”

纪下士受着电击，全身肌肉痉挛，令人惊讶的是，他竟然朗声大笑。“日你祖宗，”他说，“你们给我用了吐真药剂，已经让我说出了一切。你知道我为什么要杀那个女魔头，为什么要放那个孩子走，你也绝不会放我出去的。日你祖宗。”

大法官耸耸肩，朝后退了一步。他望了望自己的金色通信志，轻声说道:“我们有时间。有的是时间。”他朝法雷尔神父点点头。

虚拟疼痛控制台上的这个图标，看上去像是个双括号，意思是“滚烫的阔剑插进食道”。法雷尔神父优雅地伸出两指，启动了它。

费德里克·德索亚神父舰长在佩森上重生后，在基督圣心军的梵蒂冈宅邸中度过了两周时间，他实际上是被软禁在了那儿。宅邸很舒服，很安静。有个重生医疗神父照顾着他的衣食起居，这是个胖胖的人儿，矮矮的，他是巴乔神父，一如既往地和蔼、热切。但德索亚恨透了这个地方，恨透了这个神父。

没有人告诉德索亚神父舰长，他是否可以离开圣心军宅邸，但德索亚明白，他必须留在此地，直到宣召送达。苏醒后过了一星期，他恢复了力气，适应了环境，便被宣召前往圣神舰队总部，在那儿，他会见了吴玛姬元帅以及她的指挥官马卢欣元帅。

会见期间，德索亚神父舰长始终保持着谨慎，未有过多行为，敬礼后，便稍息站立，洗耳恭听。马卢欣元帅做了一番解释，说他们检阅了四年前德索亚神父舰长的军事审判文档，发现这起案件的诉讼程序有不少不当之处，前后矛盾。经过进一步审阅，决定撤销原审判决，并立即恢复德索亚神父在圣神舰队中的舰长职务。现正准备为他安排一艘舰船，行使战斗任务。

“你以前那艘‘巴尔萨泽’号火炬舰船已经停用了一年，”马卢欣元帅说道，“它将会得到全面的改装，提升至大天使护卫舰的标准。你的继任斯通圣母舰长，身为它的舰长，非常出类拔萃。”

“是的，长官，”德索亚说，“斯通是名优秀的副官。我确信，她会是名优秀的指挥官。”

马卢欣元帅心不在焉地点点头，翻阅着笔记本的上等纸页。“是啊，是啊，”他说，“非常优秀，事实上，我们已经推荐她担任一艘新型行星级大天使舰船的舰长。神父舰长，在我们心中，也有一艘大天使舰船，为你准备着。”

德索亚眨眨眼，试图压制内心的反应：“‘拉斐尔’号，长官？”

元帅抬起头，那张满是皱纹的黝黑脸庞上，现出了一丝微笑：“对，‘拉斐尔’号，但并非你以前驾驶的那一艘。那个原始型号已经不再担任信使任务，我们也改了它的名字。这艘新型‘拉斐尔’号大天使……啊，神父舰长，你有没有听说过行星级的大天使舰船？”

“不，长官。没有。”但是，在那个沙漠星球上的小镇上有家酒馆，铝土矿工喝酒时常常高谈阔论，他曾听到过一些传言。

“你已经落后了四个标准年。”元帅嘀咕道，摇摇头，他的一头白发服服帖帖地梳在脑后，“吴元帅，让费德里克的知识面与时代同步一下。”

吴玛姬点点头。房间内的一面墙上安着一台标准战术控制台，她碰了碰上面的触显，于是，一架星舰的全息影像出现在她和德索亚之间，神父舰长一眼就可以看出，这艘船比他那艘陈旧的“拉斐尔”号庞大、光滑、精美，也更加致命。

“陛下令圣神的每一颗工业星球制造一艘行星级大天使巡洋舰，或者，至少为制造飞船出资。”吴元帅说道，听口吻像是在做简报。“过去四年间，已经建成二十一艘，并且全部开始服役。还有六十艘即将完工。”全息像开始旋转，慢慢放大，最后停在了主甲板的剖面图上。看这样子，似乎有一把激光切枪将其切成了两半。

“如你所见，”吴舰长继续道，“生活区，指挥甲板，C^3战术中心，面积都比原先的‘拉斐尔’号大……甚至胜过你以前驾驶的那艘火炬舰船。它所配备的驱动器，既有超光速瞬移基甸驱动器——其技术还处于机密状态，也有星系内聚变引擎，设备尺寸都减少了三分之一，而功率却得到了提升，也更易维护。新型‘拉斐尔’号载有三艘大气登陆飞船，一艘高速侦察机。舰上配有自动重生龛，可为二十八名船员及多达二十二名海兵或乘客使用。”

“它的防御性能呢？”德索亚神父舰长问，他依旧稍息站立着，双手剪在身后。

“十级密蔽能量场，”吴舰长做出爽快的答复，“最新的隐形技术。欧米伽级的电子对抗和干扰性能，同时还配有各种普通防御措施，如近战超动武器防御，抗能防御等。”

“攻击力呢？”德索亚问。从飞船的全息像上，德索亚可以看见一个个开口和阵列，他能辨认出这些攻击性武器，但他想要亲耳听见。

马卢欣元帅回答了他，口气中满是骄傲，似乎在炫耀自己新出生的孙子：“那个整整六米长的，是带电粒子炮，但能量来自超光驱动内核，而不是聚变引擎。只要目标在一天文单位内，就能把它轰成渣。它还配有新型霍金超动导弹，是超微型的，同你过去的‘巴尔萨泽’号上的相比，质量和尺寸都减小了一半。另有等离子刺针，弹头的当量几乎是五年前的两倍。还有死光……”

德索亚神父舰长极力控制内心的强烈反应。在圣神舰队中，死光是严禁使用的武器。

马卢欣看到德索亚脸上的表情，似乎看穿了他的所思所想。“费德里克，时代变了。这次的战争是为了扫清一切。驱逐者在黑暗中像果蝇一般繁衍生长，如果我们不阻止他们，一两年内，他们就会把炮火轰向佩森。”

德索亚神父舰长点点头。“长官，我可不可以问一下，出资建造这艘新型‘拉斐尔’号的，是哪一颗星球？”

马卢欣微微一笑，伸手朝全息像一挥。倍率放大，船体似乎在朝德索亚疾驰而来，影像穿过船体，朝战术舰桥逼近，移向战术中心显像井的边缘，直至神父舰长看到一块小型铜制铭板，上面刻着名字–“拉斐尔”号王舰。在名字之下有一行小字：**天国之门出资建造，为守护全人类而战。**

“你为何要笑，神父舰长？”马卢欣元帅问道。

“啊，长官，这是因为……啊，我去过天国之门这个星球，当然，那是在四个多标准年前，但当时在这颗星球上，除了十几个采矿的人以及轨道上的圣神卫戍地，其余地方空无一人。自从三百年前驱逐者入侵以来，这颗星球根本就没有人居住，长官。我无法想象，一个这样的星球可以出资建造一艘大天使舰船。在我看来，只有像复兴之矢这样的星球，才有财力建造这样一艘大天使，而且，那得花去整整一个星球的GNP。”

马卢欣还是坚定地笑着：“千真万确，神父舰长。天国之门就是个地狱里的臭水坑，那儿全是有毒的大气、酸雨、一望无垠的烂泥地、硫沼，自驱逐者攻击以来，它再没恢复过元气。但是陛下认为，圣神对那颗星球的管理权，如果转到私人企业，也许更为妥当。这颗星球仍旧拥有一笔很大的财富，含有大量重金属和化学品。所以，我们把它卖了。”

这一次，德索亚终于眨了眨眼。“把它卖了？长官，卖了一整个星球？”

马卢欣直率地呵呵一笑，吴玛姬开口道：“卖给了主业会[①]，神父舰长。”

德索亚没有开口，他也一脸茫然。

---

① 主业会：由施礼华创立于西班牙马德里，正确的成立日期是1928年（与下文有出入，疑作者笔误）。拉丁语意为“天主的事业”。其使命为鼓励社会各个层面的基督徒在俗世的生活中与他的信仰要能完全吻合实践，并且将基督的福音传播至全球及社会的各个层面及角落。

“主业会以前是个次要的宗教组织，”吴玛姬说道，“它……啊……我想……有一千两百年的历史了吧，成立于一九二〇年。过去几年里，这个组织不仅成为了圣座的重要联盟，也是圣神商团强有力的劲敌。”

“啊，是这样。”德索亚神父舰长说道。商团将整个星球买下，这件事情他很容易就能想象出来，但是他却无法想象，在自己两耳不闻圣神事的几年时间里，商团竟然让它的劲敌获得了如此大的权力。但这无关紧要，他转身看着马卢欣元帅。“我还有最后一个问题，长官。”

元帅看了看通信志上的时间显示，简练地点点头。

“我已经四年没有在圣神舰队服役，”德索亚轻声说道，“这四年里，我没有穿过军装，也没有得到最新的技术消息。我在一个遥远的星球上当神父，那个世界远离主流社会，可以说，我就像是在冰冻沉眠中度过了这四年。那么，长官，我有何德何能，可以指挥这样一艘新型的大天使级星舰呢？”

马卢欣皱了皱眉：“我们会让你获得全部信息的，神父舰长，圣神舰队对你有信心。还是说，你想拒绝这次任命？”

德索亚神父舰长迟疑了一秒钟。“不，长官，”他说，“我感谢大人您和圣神舰队对我的信任。我会尽力而为。”德索亚受过两次训练，知道必须遵守纪律，一次是作为神父和耶稣会士，另一次是作为陛下舰队中的军官。

马卢欣板起的脸庞展出笑颜：“是的，费德里克，你当然会。很高兴你能回来。我们会为你准备一艘飞船，在这段时间里，希望你能在圣心军宅邸中再住上几天。但愿这个安排合你的心意。”

*见鬼，德索亚心中想道，还得再和那些该死的圣心军待在一起，就像是在坐牢。*他说道：“当然，长官。那地方很舒服。”

马卢欣又看了看通信志。显然，此次接见到此结束。“神父舰长，在此次任命正式生效前，你还有什么请求吗？”

德索亚又迟疑了片刻。他明白，提出请求实乃不当之举，但他还是开口说道：“是的，长官，我有一个请求。在以前那艘‘拉斐尔’号上，我有三名部下，是从海伯利安上招募的瑞士卫兵……持枪兵芮提戈，嗯，他已经死了……但格列高里亚斯中士和纪下士从头到尾跟在我身边，我想……”

马卢欣不耐烦地点点头。“你想让他们去新‘拉斐尔’号上，继续担任你的部下。这请求听上去很合理。我以前有个厨子，一直带在身边，跟着我从一艘船到另一艘船……在第二次煤袋战役期间，这个可怜的人被杀死了。啊，我并不清楚这些人的情况……”元帅看了看吴玛姬。

“很巧，”吴元帅说道，“在查看你的复职文件时，我无意中看到他们的档案。神父舰长，格列高里亚斯中士现在正在星环地带服役，我确信，我们能把他调到你那儿。至于纪下士，恐怕……”

德索亚的腹部肌肉顿时抽紧了。纪下士和他亲身经历了神林的事件，当时，格列高里亚斯没有成功重生，还在重生龛中。他最后一次看到这位活泼好动的矮小中士，是在回到佩森后，当时军警将他俩逮捕，带入各自的牢房。德索亚曾握着这位下士的手，向他保证，有朝一日会重新相见。

“恐怕，纪下士已经在两个标准年前死了，”吴玛姬把后半句话讲完，“在人马座突出部战线，死于一次驱逐者攻击。据我所知，他获得了圣米凯尔银星奖章……当然，是死后追认的。”

德索亚简洁地点点头。“多谢。”他说道。

马卢欣展现出如父亲般的政客笑容，从桌对面，向德索亚伸出双手：“费德里克，祝你好运。用‘拉斐尔’号，让他们下地狱去吧。”

圣神商团的总部，准确说来，不是在佩森，而是位于落后星球轨道六十度的特洛伊点L5①上。那是一个中空的圆环，一个碳-碳材质的“油

① 指第五个拉格朗日点L5，其又名特洛伊点。拉格朗日点，是指一个小物体在两个大物体的引力作用下在空间中的一点，在该点处，小物体相对于两个大物体基本保持静止。1772年，法国数学家拉格朗日在关于“三体问题”的论文中推导证明出拉格朗日点的存在。在每个由两大天体构成的系统中，按推论有5个拉格朗日点，但只有两个是稳定的，分别是L4和L5，而特洛伊小行星就位于这两个区域，所以又名特洛伊点。

炸面圈”，壁厚两百七十米，宽一公里，整个圆环直径二十六公里，在其内部架满了密密麻麻的干船坞、通信天线、进料台，就像织了一张蜘蛛网。在这个巨型的商团圆环和梵蒂冈星球之间，飘浮着圣神舰队半数的轨道火力。矶崎健三曾经计算过，如果从商团圆环向佩森发动突然袭击，那么，发射出的武装火力，将在十二点零六纳秒之内被摧毁至无形。

矶崎健三的办公室坐落在一个透明玻璃泡中，而玻璃泡则蹲立在一根晶须碳材质的花茎上，花茎有四百米高，矗立在圆环的外缘。玻璃泡外壁弯曲，只要待在里面的首席执行官一时兴起，就可以改变其透明状态。在今日，这个玻璃泡只有一处区域处于偏振状态，以反射佩森那颗黄日的耀眼光芒，除此之外，其他地方都设置成透明状态。此刻，太空看上去漆黑一片，但随着圆环慢慢旋转，这个玻璃泡将会进入环状物的阴影下，矶崎健三只需抬头一望，就能马上看见满天的星辰，似乎一块沉重的黑幕被拉去，显现出成千上万的璀璨烛火。*或者，是敌人的无数营火*，矶崎健三想道。在这个工作日，黑暗第二十次降临了。

现在，矶崎健三办公室的四壁已经完全变得透明，这个卵状空间似乎成了一个铺着地毯的平台，独自屹立在浩瀚的太空中，上面放着现代化桌椅、光线柔和的电灯，抬头望去是一颗颗星辰，还有一条细长的银河，照亮了办公室的整个空间。但是，商团首席执行官之所以抬头仰望，并不是因为这熟悉的壮观景象，而是因为星野中的三条聚变尾焰，那是正在进站的三艘货船喷射出的，看上去像是天文全息像上的三条污痕。通过聚变尾焰，可以估算出它们与此地的距离以及德尔塔五号驱动器的状态，矶崎健三的这项本领已经练得炉火纯青，一瞥眼，他就能知道，货船进坞还有多长时间……他甚至能够知道这些船的名字。“抹大哈·惹事”号刚刚掠过波江五的一颗气体巨星，在那儿重新获得了燃料补给，那条尾焰现在烧得尤为红火。“艾玛·永恒”号皇舰的舰长如往常一样，装载着来自飞马座51号的核反应金属，朝圆环赶来，入坞的时候，减速度比商团的推荐数值还要高上百分之十五。最后，最小的那条痕迹只可能是“宗座施赈所”号皇舰，它刚刚从复兴星系的超光跃迁点传送而来，正在极力减速。抬眼一望，矶崎健三便获悉了这一切，就如同他清楚地了解佩森星系这部分天空中的三百多个最佳跃迁点在哪里。

一个升降管道从地板上升起，变成了透明的圆柱，星光将里面的乘客照亮。矶崎健三知道，这个圆柱只有在外面看才是透明的，站在里面的人，只会看到一面镜子，他们看不到首席执行官的办公室，只能盯着自己的镜中影像，直到矶崎健三将门开启。

管道中，仅仅站着一人：安娜·佩里·考格纳尼。矶崎健三点点头，于是，他的私人人工智能将管道入口旋转开启，考格纳尼穿过地毯，朝他走来，一路上，这位执行官同事兼门生甚至没有抬眼望望移动的星野。“午安，健三君。”

“午安，安娜。”他朝那把最惬意的椅子挥挥手，示意她就座，但考格纳尼摇摇头，仍旧站着。这名女子从不在矶崎健三的办公室中就座，而矶崎健三也从不停止这一尝试。

“密会弥撒快要结束了。”考格纳尼说。

矶崎健三点点头。就在此时，他办公室的人工智能将玻璃泡的墙壁变暗，在上面投出梵蒂冈的密光直播影像。

今日清晨，圣彼得大教堂中五光十色——红的，紫的，黑的，白的。即将被关入秘密议室中的八十三名枢机俯首，祈祷，屈身，跪地，起身，继而吟唱。这群选举人，理论上也是教宗的潜在候选人，在他们身后，是几百名主教、大主教、执事、教廷成员、圣神军事官员、圣神民事管理员、圣神行星总督，以及教皇驾崩时碰巧在佩森上、或是相离只有三星期时间债的高级官员，其次是来自道明会、耶稣会、本笃会、圣心军、马丽亚派、撒肋爵会的代表，以及一名来自圣芳济会的代表，这个修道团如今已经门庭冷落。后排是一些“尊贵的来宾”——来自圣神商团、主业会、宗教事务机构（又名梵蒂冈银行）的代表，来自梵蒂冈各附属管区、圣父福利会、圣座资产管理会，以及财政枢机院的代表。后排另有一些尊贵的宾客，分别来自宗座科学院、正义与和平星际宗座委员会，以及各类宗座学院，诸如宗座神职学院，还有其他利于管理圣神辽阔疆域的准神学组织。最后，可以看到一些颜色极为鲜亮的制服，分别隶属于海尔维希亚军[1]——瑞士卫兵及教廷护卫队的队长（由尤利乌斯教皇重新组建），还有迄今为止一直神龙见首不见尾的贵族卫队，如今，卫队队长终于现出其真面目，他是一名苍白的黑发男子，穿着紧致的红色制服。

矶崎健三和考格纳尼以行家的眼光，注视着这一盛会。两人都接到了出席弥撒的邀请，但近百年来，圣神商团的首席执行官一直沿袭着一个传统：每逢教会举行大型仪式，都缺席不去，而派驻梵蒂冈的官方代表前往。两人望着奎农枢机口颂圣灵弥撒，财政枢机出任虚权主席；最后，两人的目光定在了卢杜萨美枢机、穆斯塔法枢机以及前排六七个政治掮客的身上。

最后的祝祷过后，弥撒结束了，参与选举的枢机们庄严地列队进入西斯廷教堂，现在，全息摄影机的镜头前空无一人，那扇门被关闭，通向密会的入口被封住，在里面闩上门闩，在外面挂上锁链，瑞士卫兵的卫队长和宗座王室的长官正式宣布封闭密会现场。梵蒂冈新闻报道随即切换到解说和推测上，而画面依旧定格在紧闭的大门上。

“够了。”矶崎健三说道，于是，实时播送画面闪了闪，暗去了，玻璃泡重新回到透明状态，头顶是黑色的天空，阳光涌入屋内。

安娜·佩里·考格纳尼微微一笑。“选举很快就会有结果。”

矶崎健三已经坐回到椅子上，他双手合拢竖起手指，轻叩下唇。“安娜，”他说，“你觉得我们——作为商团首席官员的我们——真得拥有什么力量么？”

考格纳尼一向波澜不惊的脸上也露出了惊讶的神情。她说：“健三君，我的部门在上一财政年度盈利三百六十亿马克。”

矶崎健三仍旧竖着手指。“考格纳尼，”他说，“可否请您脱去外

---

① 海尔维希亚：瑞士的古名。

套和衬衣？”

他的门生没有眨眼。在两人共事——事实上，是作为属下和上司——的二十八个标准年中，矶崎健三从未做过、说过或表示过什么可以理解成性行为的暗示。但她仅犹豫了一秒，便解开外套脱下，放在那张她从未坐过的椅子上，接着又解开衬衣，叠起放在外套上。

矶崎健三站起身，绕过书桌，站在离她一米远的地方。“还有内衣，”他说道，同时脱下自己的外套，解开古式衬衣的扣子，露出赤裸的胸膛，上面光溜溜的，肤色健康，肌肉强健。

考格纳尼脱下内衣，露出形状完美的小小双乳和粉红色的乳头。

矶崎健三抬起一只手，似乎想要抚摸她，但只是指了一指，接着收回手，又指指自己的胸脯，抚摸着上面的十字形，那东西从胸骨一直延伸到肚脐上方。“这，”他说，“才是真正的力量来源。”他转过身，开始穿衣。安娜·佩里·考格纳尼抱着双肩，过了一会儿也开始穿衣。

两人重新穿戴好后，矶崎健三坐回到书桌后，又指了指那把椅子。出乎他的意料，这回，安娜·佩里·考格纳尼坐了上去。

“你是说，”考格纳尼开口道，“如果真的选出了一位新教皇，而我们和他结盟，成为他不可或缺的手下，不管我们做得多么成功，教会始终掌握着一个终极优势——重生。”

“不尽如此，”矶崎健三说，他又合拢双手竖起十指，仿佛刚才的小插曲根本就没有发生过，“我的意思是，控制了十字形的势力，就相当于控制了整个人类宇宙。”

“教会……”考格纳尼甫一开口，便马上停住了，“当然，十字形只是组成力量等式的一部分。是技术内核将这重生的秘诀提供给教会，但他们和教会结盟已有两百八十年……”

“为他们自己的目的，”矶崎健三轻声说，“安娜，他们有什么目的？”

办公室转入黑夜之中，星辰突然出现，考格纳尼仰起头，望着银河，花了几分钟思索着。“没人知道，”最后她回答，“欧姆定律。”

矶崎健三笑了："很好，沿着阻力最小的路前进，不会把我们带向教会，而是内核。"

"但阿尔贝都顾问只和陛下或卢杜萨美相见。"

"我们并不知晓全部内情。"矶崎健三补充道。"进入人类宇宙要怎么做，这完全取决于内核自己。"

考格纳尼点点头。她明白了其中的暗示：商团正在开发一种内核级别的人工智能，这是违法的，但它将会找到数据位面的大道，沿着它，来到内核的藏身地。三百多年来，教会和圣神执行着一条根本戒律——**严禁制造等同或超越人类的思想机器**。圣神使用的"AI"，更合适的说法是"万用工具"，而不是"人工智能"[①]，对于后者来说，差不多在一千年前，曾进化到脱离了人类的掌控。而这些万用工具只是一些低智商的思想机器，就像是矶崎健三办公室内的人工智能，或是德索亚以前那艘"拉斐尔"号飞船上的白痴电脑。但过去十几年里，圣神商团的秘密研究部门已经重新制造出了一种自主人工智能，等同甚至超越了霸主时代普遍使用的品种。这一工程的风险和收益几乎难以估量——如果成功，将会得到圣神贸易的全部控制权，圣神舰队和圣神商团原先的势均力敌局面也会被打破，但是如果被教会发现，他们就会被逐出教会，在宗教法庭的地牢中受尽折磨，最后被处以极刑。现在，前路逐渐展现出来了。

安娜·佩里·考格纳尼站起身。"我的上帝，"她轻声说，"那将是终极的迂回战术。"

矶崎健三点点头，又笑逐颜开："安娜，你知道你说的这个词源自何处么？"

"迂回战术？不知道……我猜，是某种运动。"

"那是一个非常古老的运动，可以用来替代战争，名叫橄榄球。"矶崎健三说。

---

① AI这个英文缩写，通常代表"人工智能"，但"万用工具"这个词的缩写也是AI。

考格纳尼知道，这听上去风马牛不相及的事，实际上事关重大。迟早，她的主人会向她解释其中的重要之处。她等待着。

“教会拥有内核想要……需要的东西，”矶崎健三说，“他们驯服十字形，这是交易的一部分。而教会必须以同样价值的东西作为交换。”

考格纳尼思索着，和数万亿人类的不朽具有同样的价值？她开口道：“我一直觉得，两百多年前，当雷纳·霍伊特和卢杜萨美联系上残存内核势力的时候，教会的交换砝码，是为技术内核在人类空间中重建隐秘的栖身之地。”

矶崎健三张开双手。“为了什么结果？对内核来说，能得到什么好处？”

“从前，内核是霸主不可或缺的一部分，”她说，“它们管理世界网、超光仪，当人们穿过远距传输器的时候，它们便利用数万亿人类大脑中的无数神经元作为某种神经网络，组成终极智能计划的一部分。”

“啊，对，”她的导师说道，“但现在已经没有远距传输器了，如果他们还在利用人类……用的是什么方法？在什么地方？”

安娜·佩里·考格纳尼不经意地伸手摸了摸胸脯。

矶崎健三笑了：“令人冒火，对不对？就像有个字卡在了喉咙里，可就是想不出那是什么。缺了一块拼板的拼图。但缺的那一块，刚刚被找到了。”

考格纳尼扬扬眉头：“那个女孩？”

“她重新回到了圣神的空间，”老迈的执行官说道，“我们安插在卢杜萨美身边的密探向我们证实，是内核透露了这一消息。事情是在陛下驾崩后发生的……只有国务秘书、宗教大法官和圣神舰队的首脑知道这个消息。”

“她在哪儿？”

矶崎健三摇摇头：“如果内核知道，他们也没把这个秘密透漏给教会或其他人类机构。但因为这个消息，圣神舰队召回了那名舰长——德索亚。”

“内核做出过预言，说此人将会直接影响女孩的抓捕。”考格纳尼说道，嘴角微微露出一丝笑意。

“那又怎样？”矶崎健三问道，他很为这位门生自豪。

“欧姆定律。”考格纳尼回答。

“没错。”

女人站起身，又一次下意识地碰了碰自己的胸脯：“如果我们先一步找到女孩，就能占得先机，开启和内核的会谈。所用方法，便是我们即将上线的新技术。”有不少首席执行官知道秘密人工智能工程的存在，虽然他们的办公室拥有严密的防窃听措施，但没人敢大声说出这个词。

“如果我们能把女孩抓到手，获取这个谈判的筹码，”考格纳尼继续道，“我们就占得了先机，在内核为人类安排的计划中，我们可以挤掉教会的位置。”

“如果我们能发现，内核从教会那儿得到了什么东西，作为掌控十字形的回报，”矶崎健三喃喃道，“我们就能提供同样的东西，甚至胜过教会的东西。”

考格纳尼心不在焉地点点头。她正在领会，这一切跟她这个主业会首席执行官的目标和成就有什么关系。各方各面都有关系，她马上明白了。“当前，我们必须先一步找到这个孩子……圣神舰队肯定已经利用了一切资源，那是从未向梵蒂冈表露过的资源。”

“反之亦然。”矶崎健三说，这种竞赛让他感到乐趣十足。

“我们也必须这么做，”考格纳尼说，同时转身朝升降管道走去，“利用一切资源。”她朝自己的导师笑了笑。“健三君，这是场终极的三方零和游戏，对不对？”

“正是，”矶崎健三回答，“胜者将得到一切——超越人类想象的力量、不朽和财富。而败者，则是毁灭、真死、世世代代的奴隶生涯。”他竖起一根手指，“但不是三方，安娜，是六方。”

考格纳尼在入口前停下脚步。“我能想到第四方，”她说，“内核，他们也有自己的需要，也想第一个抓到孩子。可……”

矶崎健三垂下手。“我们必须假设，在这场游戏中，这个女孩有她自己的目的，对不对？另外，不管是谁，或是什么东西，把她带到了游戏中，让她成为一枚棋子……啊，这些幕后人物，可称得上是咱们这场游戏的第六名玩家。”

“这幕后黑手也可能是五方中的一方。”考格纳尼微笑着说。跟矶崎健三一样，她也在享受这场赌注极大的游戏。

矶崎健三点点头，转过椅子，注视着商团圆环那根弯曲的带子上，太阳又一次开始升起。升降管道的入口关闭，安娜·佩里·考格纳尼离去时，他没有转身看一下。

祭坛上方，耶稣基督现出一副严厉冷酷的表情，将人类分成善恶两个阵营——一方受奖赏，一方遭诅咒。没有第三个阵营。

西斯廷教堂内，卢杜萨美坐在装有罩盖的位席中，望着米开朗基罗的壁画：《最后的审判》。一直以来，卢杜萨美都觉得这位基督是个专横霸道、毫无慈悲的人物，也许，让他俯瞰这新教宗选举的场面，倒还算是贴切。

现在，这个小小的礼拜堂已经十分拥挤，八十三个装有罩盖的席位中，分别坐进了八十三名亲身出席的枢机。还有一小块空地，可以容纳三十七名不便到场的枢机的全息像——每一个都将坐在装有罩盖的席位中。

这是枢机们被“关”在梵蒂冈宫的第一个早晨。卢杜萨美睡得很香，吃得很好——卧房是他梵蒂冈办公室中的一间小屋，膳食是梵蒂冈招待所的修女烹饪的简易餐饭：简单的食物，廉价的白葡萄酒，不过用餐地点是在壮丽的波吉亚寓所。现在，所有人都在西斯廷教堂中聚齐，座席摆好，罩盖立了起来。卢杜萨美知道，教皇选举大会的壮观景象已经有好几个世纪不曾有过——他想，那要追溯到大流亡前，大概是公元十九或二十世纪，当时枢机的数量非常多，以至于小教堂难以容纳全部座席。到了远距传输器陨落时，教会已经衰弱到非常渺小的地步，总共只有四十几名枢机，很容易就能全部坐进去。虽然圣神慢慢扩张，但尤利乌斯教皇一直将枢机的数量保持着较小的等级，从没超多一百二十名。由于有差不多四十名枢机无法亲自前来参加选举，所以，西斯廷教堂还是可以将永久居住在佩森上的枢机全部容纳进去的。

重大时刻来临了。教堂内的所有枢机选举人同时起立。在审查员桌子和祭坛旁边上的空地上，三十七名没有到场的枢机选举者的全息像忽闪而现。由于那片空地地方很小，所以全息像也很小，只有人形玩偶那么大，他们坐在玩偶状的木制座席中，全都飘浮在半空，就像是已逝选举者的鬼魂。一如往常，卢杜萨美笑了，这些缺席选举者的小样子真是太合适不过了。

过去几次，尤利乌斯教皇都是通过欢呼选举而当选的。现在，三名担任审查员的枢机中的一位举起一只手：虽然圣灵即将附上这些男女的身体，但是尚需一些协调工作。当审查员放下手的时候，按理说，八十三名枢机和三十七个全息像将会异口同声喊出声。

“选举雷纳·霍伊特神父！”卢杜萨美枢机喊道，他望见穆斯塔法枢机坐在装有罩盖的席位中，也喊出了同样的话语。

祭坛前的审查员停顿了片刻。欢呼声响亮清晰，但是，显然还没达到异口同声的效果。这一局面从未出现过，二百七十年来的历次欢呼都是即刻喊出的。

卢杜萨美小心翼翼地屏住笑容，他没向四周看。他清楚，到底是哪位新任枢机没有喊出尤利乌斯教皇的名字。他也知道，贿赂这些人，一共花去了多少金钱。他非常明白，他们冒的风险是何等巨大，如果被拆穿，几乎肯定会为此受苦。卢杜萨美知道一切，因为组织此次贿赂的，也有他的一份。

三名审查员互相商谈了片刻，接着，其中一人——也就是那位下令呼喊选举开始的人——开口说道：“进入投票程序。”

下发选票的过程中，枢机们都兴奋地交谈起来。在这些教会巨子的整个生涯中，还从未经历过投票的选举方式。那些缺席的枢机选举人的全息像马上被人遗忘了，虽然有几名事先准备好了用以投票的互动芯片，但大多数都没操这份心。

司仪在座席间来回走动，分发选票——每名枢机选举人都有三张。审查员也在密密麻麻的座席间走动，确定枢机们都有写字的笔。一切准备就绪后，审查员中那名执事枢机再一次举起了手，这一次，是表示投票开始。

卢杜萨美看了看选票卡。在其左上方，印着——“**吾人谨此宣告新主，心仪人选：**”——下方有一片空白，可以写上名字。西蒙·奥古斯蒂诺·卢杜萨美写上了“雷纳·霍伊特”，然后将卡片对折，高高举起，让众人看见。没过一分钟，八十三名枢机全都举起了卡片，互动全息像中也有六七人高举着。

审查员开始以级别高低叫号，令枢机上前投出神圣的选票。卢杜萨美是第一个，他走出座席，走到审查员的桌子旁。桌子边上就是祭坛，在其上方，壁画中面目可憎的基督凝视着这一切。卢杜萨美屈下身，跪拜在祭坛边，低头做了番默祷，起身后，他大声喊道：“我主在上，请您慧眼明鉴，卑职卢杜萨美，绝无二心，在此投下神圣的一票，选出我心目中的不二人选。”卢杜萨美庄严地举起对折起来的卡片，放在投票箱上的镀银器皿中。接着，他拿起银器，将选票倒进投票箱。执事枢机点点头，卢杜萨美朝祭坛鞠了个躬，便走回自己的座席。

第二位是宗教大法官穆斯塔法枢机，他威严地走到祭坛旁，投下了他的那一票。

等所有人全都投好票，开始计票时，时间已经过去了一个多小时。第一名审查员拿起投票箱摇了摇，打乱选票的次序。第二名审查员开始计算有效票数——其中包括从互动全息像抄写下的六票——将它们放进另一个投票箱。得出的票数和选举大会上的枢机人数一致。于是，审查程序继续。

第一名审查员拿起一张选票，打开，记下上面的名字，接着将卡片传给第二名审查员，后者做了个记录，继而传给第三名，也是最后一名审查员。此人是奎农枢机，他先是大声喊出选票上的名字，然后也做了下记录。

审查员曾在每个座席上都放了书写器，现在，在听到读票后，每个枢机都会在上面草草写下名字。选举大会结束后，这些书写器会被收集起来，销毁其中的文档，不让投票的记录遗留在这个世界上。

投票过程就这么继续着。对卢杜萨美来说，同其余亲身在场的枢机一样，心里只悬着一件心事：欢呼程序中那几个持不同意见的枢机选举人是不是真的写下了其他人的名字。

在每张投票卡被宣读后，最后那名审查员会将卡片刺在一根连有细线的针上，穿过上面的“人选”两个字。所有的选票都读完后，就把针抽出，将细线两头打上结。

获胜候选人被引进教堂。此人站在祭坛前，身穿一件简易的黑色法衣，看上去极为谦卑，有点不知所措。高阶执事枢机站在他面前，说道：“经法定选举，你被选举为最高主教，你是否接受这一结果？”

“我接受。”那名神父回答。

此时，一张座席被移了出来，摆在这位神父身后。执事枢机举起手，吟唱道：“既已接受法定选举，在场之徒众，在全能之主见证下，认你为罗马天主教之大主教，合法之教皇，主教学院之领袖。愿你得上帝之谆谆教导，如祂授予你全能之力量，掌管耶稣·基督之圣教。”

“阿门。”卢杜萨美枢机和道，他拉下绳索，垂下座席的罩盖，八十三个实体座席和三十七个全息座席同时照做，现在，只有新教皇一人站在那儿。这位神父——如今已是教宗——坐进了挂着教皇罩盖的座椅上。

“你选择何名称呼？”执事枢机问道。

“我选择乌尔班十六世。”坐在王座上的神父说道。

从枢机的座席中传来一阵嗡嗡的低语。执事枢机伸出手，和另两名审查员引领神父离座。台下的耳语声更响了。

穆斯塔法枢机从座席中探出身，凑到卢杜萨美身边："他肯定是指乌尔班二世。乌尔班十五世是个胆小鬼，生活在二十九世纪，只会哭鼻子，啥事不干，一门心思就知道看侦探小说，给前女友写情书。"

"乌尔班二世，"卢杜萨美沉思道，"没错，当然是他。"

几分钟后，审查员又领着神父回来了。现在，教皇已经穿上了一身白衣——一件带有白帽的法衣，白色小瓜帽，胸口戴着十字架和白色的绶带。新任教宗开始主持第一次赐福仪式，卢杜萨美俯身跪在教堂的岩石地板上，其余枢机，不管是真人还是全息像，都同他一样跪拜了下去。

事成之后，审查员和亲身出席的枢机走到炉子前，将由黑色细线拴系的选票烧毁，同时在火上加了点白色化学品，以让弗玛塔看上去和白烟没啥两样。

众枢机从西斯廷教堂中鱼贯而出，沿着通向圣彼得教堂的古老小径和走道，慢慢前行，到了那儿，高阶执事枢机单独走上阳台，向等待着的教民宣布新教宗的名字。

那天早上，有五十万教众挤在圣彼得广场上，他们正等候选举结果。人海之中，站着费德里克·德索亚神父舰长。几小时前，他实际上还被软禁在圣心军宅邸中，现在刚被释放。在傍晚前，他必须到圣神舰队太空港报到，然后乘穿梭机，到新的指挥岗位赴任。他跟在众人的步履之后，穿行在梵蒂冈中，接着便被人流卷走，男人、女人、小孩，汇聚成一条奔腾的江流，携着他朝广场奔去。

突然，从烟囱中冒出一缕白烟，刹那间，人群爆发出狂烈的欢呼。圣彼得教堂的阳台下，本已人山人海，又有数以万计的人绕过柱廊，经过雕像往前涌来，现在越发摩肩接踵。数百名瑞士卫兵挡着人群，不让他们进入大教堂，进入秘密之地。

当高阶执事出现并宣布新教皇将被冠以"乌尔班十六世"的名号之时，人群发出一阵喘息。德索亚发现自己也在大喘粗气，惊讶无比，震惊异常。每个人都以为新教皇会被称作"尤利乌斯十五世"，完全没想到新教皇竟然拥有了另外一个名字……啊，难以想象啊。

接着，新教宗走上了阳台，喘息声马上被欢呼声替代，一波又一波，毫不停歇。

那是尤利乌斯教皇——熟悉的脸庞，高高的额头，悲伤的双眼。雷纳·霍伊特神父，教会的救世主，他又一次当选了。教皇陛下举起一只手，做出熟悉的赐福祈祷的动作，等待教众的欢呼声平息下来，之后他将开始演讲。但狂喜的人群欢呼个不停；五十万人的口中发出响亮的吼声，毫无停歇之意。

为什么是乌尔班十六世？德索亚神父舰长思索着，很久以前，作为一名耶稣会士，他仔细地阅读并研究过教会历史。他在头脑中细细思量了一番，快速翻寻关于乌尔班教皇的记忆……大多数都不值得记忆，或者更糟。为什么……

“该死。”德索亚神父舰长大喊一声，但圣彼得广场上，无数信徒在持续不停地吼叫，这声咒骂也早已丢失在了其中。“该死。”他又骂了一句。

没等人群安静下来，没等新任的老教皇开始演讲，没等他解释自己为什么要选这个名字，没等他将必须宣布出的东西宣布出来，神父舰长便明白了。领悟之后，他的心顿时凉了下来。

乌尔班二世在公元一〇八八至一〇九九年担任教皇。德索亚想，应该是在一〇九五年十一月，这位教皇在勒芒召集了一次宗教会议，在会上呼吁发动一场大战，抗击近东的异教徒，以拯救拜占庭，解放东方的天主圣地。他的这一演讲引发了第一次十字军东征……那是无数血腥战役的起点。

人群终于安静下来。教皇乌尔班十六世开始讲话，熟悉但充满新生力量的声音降落在在场的五十万信徒的头颅之上，也进入了聆听直播广播的数十亿教众耳中。

在新教皇开口演讲前，德索亚神父舰长就已经转过了身。他推搡着往回走，挤过一个个静立不动的人儿，试图逃离圣彼得广场那兀然变得幽闭恐怖的禁闭区域。

毫无用处。人群正全神贯注，欢乐无比，德索亚陷在了这群狂热之徒中。从新教皇口中蹦出的那些词语，同样充满了喜悦，热情洋溢。德索亚神父舰长站在那儿，他无法逃离这一切，只能低下头。人群开始高呼："这是上帝的旨意。"这时，德索亚泪眼蒙眬。

圣战。光荣。对驱逐者问题的最后决议。超越想象的死亡，超越想象的毁灭。德索亚神父舰长紧紧闭上双眼，但脑海中依旧跳动着一幅幅画面：带电粒子束在黑暗的太空中闪耀，整个星球熊熊燃烧，海洋变成蒸汽，大陆变成熔岩河，环轨森林浓烟滚滚，烧焦的尸体在零重力下翻滚，脆弱的翼状生物被烧成灰烬……

亿万人高声欢呼，而德索亚潸然泪下。

04

那次深夜的离别，是我经历过的最折磨心灵的事。

军人都很擅长在午夜行军，我在海伯利安地方军服役的时候，感觉似乎所有重要的军事行动都是在凌晨时分展开的。所以，看到黎明前的黑暗，闻到深夜的气息，我总会联想到那种奇怪的感受，既恐惧又兴奋，既担心又期盼。那晚，伊妮娅向团队宣布消息后，她说我必须当晚就走，但我还是花了很长时间完成临行的准备：装好独木舟，打点好装备，决定哪些该留下，哪些该拿在身边，拆掉我在营地的帐篷和工作区。所以，直到凌晨两点，我们才乘上了登陆飞船，而抵达目的地的时候，几乎已经快日出了。

说实话，我感觉自己像是被女孩先发制人的宣告牵着鼻子走。我们在塔列森的四年里，许多人都会到伊妮娅跟前，请她给予指引和建议，但不包括我。当时我已经三十二岁，而她才十六岁。照顾她，看护她，那才是我的工作，而且——如果事关重大——我得告诉她该怎么做，什么时候做。我一点也不喜欢如此急转直下的形势变化。

我本以为，贝提克会和我们一起乘飞船走，一路送我到乘小舟离开的地方。但伊妮娅说机器人得留在营地，所以我又花了二十分钟，在营地里找到他，和他道别。

“伊妮娅说，有朝一日我们会重新相见。”蓝皮肤的男子说道。“我也相信，我们会再见的，安迪密恩先生。”

“劳尔，”我说了无数遍了，“叫我劳尔。”

“好。”贝提克说道，脸上滑过一丝微笑，带着拒不从命的意味。

“去他的。”我意味深长地说道，接着向他伸出手，与贝提克握了握手。我突然有股冲动，想要抱住这个同行旅友，但我知道，这样做肯定会让他不知所措。虽然机器人并非设计成拘谨屈从的奴隶，毕竟，他们是活生生的有机生物，而不是机器，但经由RNA培养及长期训练，他们已经无望地成了刻板的工具。至少，我面前这位就是这样。

接着，我和伊妮娅便离开了，我们登上登陆飞船，飞出停机棚，进入沙漠黑夜，静悄悄地升空。我已经尽己所能，找到了大多数的团队学徒和工人，和他们道了别，但时间已经很晚，人们都三三两两地各自待着在宿舍房间、帐篷和学徒小屋中。我真希望以后能和他们中的某些人再次相见，尤其是四年来一起工作的那些建筑工人，但我真的没有多少信心。

登陆飞船本可以直接载我们去目的地，只需伊妮娅敲入一串坐标，但我将控制器设置在半自动状态，这样一来，飞行过程中，我就能假装忙着一些事情。从坐标看，我们得飞上一千五百公里。伊妮娅说过，我们的目的地是在密西西比河沿岸的某个地方。登陆飞船只需飞行在次级轨道，最短只需十分钟就能抵达，但由于能量和燃料的匮乏，所以我们得尽量节约着用，于是，飞船一张开机翼，伸展到最大尺度，我们就将速度保持在亚音速，高度维持在舒适的一万米，在着陆前不再进行任何形变操作。登陆飞船的人工智能核心中，栖息着领事飞船的人格，是我在很久以前从通信志中传上去的，现在，我们便命令他保持沉默，除非碰到什么非常重要的事情要讲。接下来，我和伊妮娅躺了下来，在周围仪器发出的红光的包裹下，一面聊天，一面望着身下的黑色大陆慢慢移动。

“丫头，”我说，“为什么要这么急着走？”

伊妮娅撇了撇手，这动作做得很夸张，五年前我就见过。“我们得开始行动了，这很重要。”她的声音很轻，几乎有点死气沉沉，那股推动团队发展的活力和意志力都枯竭了。也许，只有我一个人认得出她这语气，她听上去像是要哭了。

“这事真的重要到，”我说，“非得在大半夜……”

伊妮娅摇摇头，朝黑漆漆的挡风玻璃外看了片刻。我意识到，她在哭，当她最后转过头来的时候，仪器发出的亮光让她的眼睛看上去红通通的，泪光闪闪。“如果你今晚不走，我会再也鼓不起勇气让你走的。如果你不走，我就再也鼓不起勇气，只能留在地球上……永远也不会回去。”

当时我有股冲动，想要过去握起她的手，但我没有那么做，我的大手仍旧握在全能控制器上。“嗨，”我说，“我们可以一起去找飞船。你跟我分道扬镳，这根本没什么意义。”

“不，有意义。”伊妮娅的声音非常轻，我必须往右边凑，才能听清楚她的话。

“或者可以让贝提克去取那艘船，”我说，“我和你留在地球上，然后等我们准备好了，就一起回……”

伊妮娅摇摇头：“劳尔，我**永远**也没办法准备好回去。一想到这个，我就几乎吓得半死。”

往日浮现在我脑海中：那疯狂的追赶，把我们追得从海伯利安逃出，穿越大半个圣神空间，无数人没命追赶，圣神星舰、火炬舰船、战斗机、海兵、瑞士卫兵，天知道还有什么——包括那个女魔头，她差点在神林杀死了我们——我们无时无刻不在躲避他们。最后，我说道：“丫头，我也这么想。也许，我们**应该**留在地球上，他们到不了咱们这儿。”

伊妮娅马上朝我看来，我明白她那表情的意思：不仅仅是倔强，也是指事已决定，不容商讨。

“好吧，”我说，“可你还没回答我，为什么不能叫贝提克带小舟去找飞船，而我和你一起走。”

“不，我说过，”伊妮娅说，“你只是没仔细听。”她坐在大号座椅上，转到一侧。“劳尔，如果你走了，并答应我，有朝一日在圣神空间的某个地方和我相见，我就会通过远距传输器做我必须做的事。接下来这些事，我必须独自完成。”

“伊妮娅。”我叫着她的名字。

“怎么了？”

“这真是太傻了。你没发觉吗？”

这个十六岁的孩子没有回答。在我们身下及左侧，在堪萨斯西部的什么地方，出现了一圈营火。我朝外望着黑暗中的亮光。“知不知道你那些外星朋友在下面做的是什么试验？”我问道。

“不知道，”伊妮娅回答，“而且，他们也不是我的外星朋友。”

“哪方面不是？”我问，“不是外星？不是朋友？”

“都不是。”伊妮娅回答，我意识到，对于这些神一般的智慧生命，这是她说过的最言之凿凿的一句话。这些神秘人绑架了旧地，我有时候觉得，他们也绑架了我们，仿佛放牛一般，把我们从远距传输器间赶来赶去。

“介不介意跟我说说这些不是外星也不是朋友的人？”我说，“毕竟，可能会出什么事……我可能无法成功抵达约会地点。我想在走之前，知道一些关于我们主人的秘密。”

话一出口，我就后悔了。伊妮娅颓然倒在座椅上，似乎我狠狠掴了她一巴掌。

“对不起，丫头，”这一次，我终于握住了她的手，“我不是那个意思，我只是有点生气。”

伊妮娅点点头，我又看见了她眼眶中的泪水。

我一面在心里骂自己，一面说道：“团队每个人都十分确信，这些外星人是群神一般的人，慈悲、亲切。大家嘴上说‘狮虎熊’，可实际上，他们心里想的是‘耶稣啊耶和华啊ET啊’，就是赖先生给我们看的那部古老的平面电影。每个人都确信，如果有朝一日这个团队解散了，那么这些外星人就会出现，像慈母般引领我们回到圣神。不危险，不混乱，不吵闹。”

伊妮娅笑了，但眼睛依旧泪光闪闪。“自从人类用熊皮盖住屁股，走出洞穴以来，他们就一直在等待耶稣、耶和华、ET的出现，等那些人救他们于水火。”她说，“他们会一直等下去。但这是我们自己的事……是我们的战斗……我们必须自行解决。”

“你说的我们，是指你、我、贝提克？我们得对抗八千多亿拥有重生秘诀的信徒？”我轻声说道。

伊妮娅又一次抬起手，做了个优雅的手势。“对，”她说，“目前来说，是。”

我们抵达目的地的时候，天仍旧黑得伸手不见五指，而且还下着滂沱大雨。时值深秋，那雨水冷冷的，还夹带着雹子。密西西比河是条大河——旧地最宽的河流之一——登陆飞船在河流上方盘旋了一圈，然后着陆在西岸的一座小镇上。事实上，这一切是我从显示屏上看到的，图像经过增强处理，而外面的真实景色，只是黑漆漆的一片以及哗哗的大雨声。

我们先是飞过一座小山，山上都是光秃秃的树木，又穿过一段空空荡荡的大路，有条狭窄的桥梁横跨在密西西比河上，最后着陆在一块路面铺平的空旷区域中，离河只有五十米远。这座河边小镇坐落在一个谷地中，四周矗立着山林，从显示屏上，我能看到小型木屋，大型砖石仓库，河边还有几栋高大的建筑，可能是谷粮仓。这些建筑可以追溯到十九至二十一世纪的旧地，这种式样在当时的这一区域很盛行。我不知道，为什么这个城市在遭受苦难深重的地震和火灾之后还能幸存下来，也许是狮虎熊重建的，但我也不知道他们为什么要重建。狭窄的街道上看不到人的踪迹，通过红外波段观察，也看不到热信号——既没有活的生物，也没有地行车内燃引擎发出的热量。不过另一方面，那是一个冰冷的雨夜，时间才刚到四点半，在这人见人厌的破天气中，有一点点常识的人，都不会在外面溜达的。

我俩都穿上了雨披，我提起小背包，说道："再见了，飞船。老实看家，别乱动。"飞船形变出一条阶梯，我们从上面走了下来，走进了大雨中。

小舟藏在飞船腹部的储藏库中，伊妮娅帮我把它拖了出来。我们沿着滑溜溜的街道，往河流那儿走去。在前一次沿河冒险的旅途中，我随身携带过夜视镜和各种武器，身边还有一个筏子，上面装满了稀奇古怪的小玩意。今晚，我手里只有一把激光手电，是我们在前往地球的旅途中仅剩的一个纪念品。我把它设置在节能状态，虽然光线非常暗淡，但还是将身前两米的街道照亮。除了手电外，我的背包中还有一把纳瓦霍狩猎刀，还有几块三明治和水果干。我已经准备好对抗圣神了。

"这是什么地方？"我问。

"汉尼拔。"伊妮娅回答，她使出吃奶的力，紧紧抓着滑溜溜的小舟。我俩踉踉跄跄沿着街道往前走。

此时，我不得不把细长的激光手电咬在嘴里，腾出双手，紧紧把住这条愚蠢小舟的船头。走着走着，街道到了底，出现了一条卸货斜坡，伸进了密西西比河的湍流之中，我放下小舟，拿下手电，说道："圣彼得堡[①]。"团队营地有个图书馆，藏书丰富，都是印刷书，我曾在那儿待过上万小时，遍览群书。

在手电投出的微弱光线下，我看见伊妮娅戴着兜帽的脑袋点了一下。

"真是疯了。"我说道，拿着手电对着空荡荡的街道扫了一番，又照了照砖石仓库，照了照黑漆漆的河流。奔腾的黑色水流令人心惧，一想到要在这条河上顺流而下，都让我觉得无比抓狂。

"是的，"伊妮娅说，"疯了。"冰冷的雨滴砸在她的兜帽上。

---

① 汉尼拔是美国密苏里州的一座小镇，也是马克·吐温的故乡。马克·吐温的《哈克贝里·芬历险记》中，有一个叫圣彼得堡的小镇，原型就是汉尼拔。

我绕过小舟，抓住她的胳膊。“你看见了未来的景象，”我说，“告诉我，我们什么时候能再见？”

她低着头。在微弱的光线中，我只能看见她那苍白的脸颊露出一小片模糊的区域。透过雨披的衣袖，我抓着她的胳膊，但又像是抓住了一根长久以来一直矗立在那儿的枯树枝。她开口说了句话，但声音太轻，雨声和流水声又太吵闹，我没有听清她在讲什么。“什么？”我问。

“我说，我没有**看见**未来的景象，”她回答，“我只是记得一部分。”

“有什么区别？”

伊妮娅叹了口气，走近了些。天非常冷，从口中呼出的气结成了雾，缠结在一起。我百感交集，内心充满了焦急、恐惧、期盼，肾上腺素狂涌。

“区别在于，”她说，“看见，是清楚地展现在眼前，而记得……则另当别论。”

我摇摇头，雨水淌进双眼：“我不明白。”

“劳尔，你还记得贝茨·金博的生日聚会吗？那天杰弗弹了钢琴，奇奇喝醉了酒，摔倒在地上，记得吗？”

“当然记得。”我回答。在这大半夜，在一场暴风雨中，在即将离别的时候，讨论这样一个话题，真让我感到冒火。

“什么时候？”

“什么？”

“是在什么时候？”她重复道，在我们身后，密西西比河从黑暗中奔腾而来，又在黑暗中奔腾而去，快得像是一列磁悬浮列车。

“四月吧，”我说，“五月头上。我记不清了。”

戴着兜帽的脑袋点了点：“那天晚上，赖特先生穿了什么衣服？”

换做以前，面对这个孩子时，即便心里冒火，我也从没想过要打她，打她屁股，冲她大嚷。但现在，我却有了那股冲动。“我怎么知道？我干吗要记得这个？”

“想想看。”

我吐出一口大气，别过头，望着耸立在黑夜中的黑色山峦：“见鬼，我不知道……灰色羊毛衫。对，我记得他当时穿着那件衣服，站在钢琴边。就是那件扣子很大的灰色羊毛衫。”

伊妮娅又点了点头，雨水正噼里啪啦地落在我们的兜帽上。“贝茨的生日聚会是在三月中旬。赖特先生没来，因为他感冒了。”

“那又怎样？”虽然这么说，但我心里已经明白了她说的这些话有什么意义。

“所以，我只是**记得**未来的一点景象。”她又重复了那句话，声音颤抖，似乎要哭出来了。“我不太情愿去相信这些记忆，如果你一定要我告诉你相见的日子，那可能就像是赖特先生的灰色羊毛衫。”

很长一段时间内，我再没说话。大雨落下，就像是一只只小拳头狠狠地砸着关得严严实实的棺材。最后我终于说道：“好吧。”

伊妮娅向前走了两步，双手环抱住我。我俩的雨披也亲密接触着，发出沙沙的响声。我们笨拙地抱在一起，我能感觉到她背部绷得紧紧的，胸部也更加柔软了。

她放开手，往后退了一步：“可以把手电给我用一下吗？”

我递给了她。她用手电照着把独木舟小舱中的尼龙裙往后拉，纤维塑料下，露出一截狭窄的光亮木头，上面有一个透明的保护面板，在雨水中闪闪发亮，面板内是个红颜色的按钮。“看见这个了吗？”

“看见了。”

“无论如何，都不要碰它。”

我当场放声大笑。在塔列森的图书馆里，我读过一些戏剧，有些十分荒诞，比如《等待戈多》。我有种感觉，我们是不是飞进了一场荒谬离奇的戏剧里了呢。

“我是说正经的。”伊妮娅说。

“要是这按钮不能碰，你装它干什么呢？”我反问道，抹了把脸上的雨水。

伊妮娅摇摇头。“我是说，不到万不得已的时候，不要碰。”

“丫头，我怎么知道什么时候才是万不得已的？”

“到时你会知道的，”她说道，又抱了抱我，“我们最好把船推到河里去。”

这时候，我俯下身，想要亲亲她的额头。在过去的四年间，我这样亲过她好几次，比如在她跑去静修前，我就这样祝福过她；在她发烧或是累倒的时候，我曾把她抱到床上，亲吻她湿乎乎的额头。但就在我凑过去的时候，伊妮娅仰起了脸，于是，自我和她在光阴冢山谷的风暴和混乱中相逢以来，我第一次亲到了她的嘴唇。

我想，前面我提到过，伊妮娅的眼神非常有力，非常亲切，甚至胜过于大多数人的身体接触……我也曾说过，和她进行身体接触会有一种突然触电的感觉。而这一吻……胜过这一切。那一晚，在这个曾经名为地球、现在隐没于小麦哲伦星云的星球上，在密西西比河西岸的汉尼拔小镇，在黑夜和风雨中，我已经三十二岁，我感受到了初吻带来的前所未有的感觉。

我激动地朝后退了一步，激光手电的亮光歪歪朝上，将我俩之间的空间照亮，我能看见她黑色双眼中闪动的光芒……看上去有点淘气，又似乎是安心，仿佛漫长的等待终于结束……但似乎又另有深意。

“再见，劳尔。”她一面说，一面抬起小舟的尾部。

我晕头晕脑地，将船头放进斜坡底部的黑色河水中，然后平衡着身体，爬下去钻进了座舱。贝提克为我量身定做出这条小舟，感觉像是一件非常合身的衣服。在摇摇晃晃拍打双手的时候，我小心不去碰那个红色按钮。伊妮娅推了一把，独木舟便浮在了水上，这儿的河水很浅，深度才二十厘米。她递给我双头桨片，接着是我的背包，最后是激光手电。

我开启手电，将光束朝她的方向照去。“传送门在哪里？”我问，声音像是从什么遥远的地方传来的，就像是有个第三者在说话。我的意识和情感还在回味刚才的那一吻，我已经三十二岁，而这孩子刚满十六岁，我的任务是保护她，保证她安全地活在这个世上，直到有朝一日回到海伯利安，回去看望诗人老头。这一切真是疯了。

“你会看见的，”她说，“等天亮就能看见。”

就是说，还有好几个小时。这真是一出荒谬绝伦的戏剧。“我找到飞船该干什么？”我问道，“我们在哪儿见面？”

“有个叫天山的星球，”伊妮娅说，“飞船知道怎么去那儿。”

“在圣神疆界内？”我问。

“差不离。”她回答道。她口中呼出的气凝结起来，悬浮在冷冷的空气中。“在霸主时期，它位于偏地。圣神让它加入了保护体，并答应会派传教士过去，但只是说说而已，这颗星球还没归顺。”

“天山，”我重复着，“好吧。我该怎么找到你？星球都是大家伙。”

在手电光束的照耀下，我能看到她的黑色双眼，湿湿的，也许是因为雨或者泪水的缘故，也可能两者兼而有之。“找到一座叫恒山的山，在那附近，有个叫悬空寺的地方，”她说，“我就在那儿。”

我握紧拳头，粗鲁地一砸。“好极了，这么说，我只要到当地的圣神驻军地敲敲门，问问这座悬空的寺庙在哪个方向，而你呢，就在那儿悬在空中等着我。”

“天山上只有几千座山，”她说，声音有气无力，饱含悲伤，“但只有几座……城市。飞船在轨道上就能找到恒山和悬空寺，但不能在那儿着陆，你得自己离船登陆。”

“为什么不能在那儿着陆？”我问道，这一连串莫名其妙的谜题不由让我火冒三丈。

“到时你就会明白的，劳尔。”伊妮娅回答，声音颤抖，像是同眼睛一样，也盈满了泪水。“求你了，快走吧。”

水流一直在试图把我从岸边卷走，但我划着桨，将轻快的小舟维持在原地。伊妮娅在河边走着，和我并驾齐驱。东方的天空似乎有点蒙蒙亮。

“你确定我们会在那儿见面吗？”我朝她喊道，大雨变得淅淅沥沥了。

“劳尔，我确定不了任何事。”

“连我们能不能幸免于此也不确定？”我不太清楚自己说的“于此”是指什么，我甚至不清楚我说的“幸免”是什么意思。

“尤其吃不准这事。”女孩回答，接着我看见她脸上展露出一直以来的那副笑容，充满了淘气和期盼，还有某种悲伤的意味在里面，夹杂着一种自然而发的睿智。

水流正极力把我卷走。“我多久才会找到飞船？”

“我想，只需几天工夫。”她喊道。现在，我俩已经相离数米，水流正把我拖进密西西比河的洪流中。

“找到飞船后，多久才能到……天山？”我喊道。

伊妮娅大喊着，但一波波水浪拍打着小舟，声音吵闹，她的回答也淹没在了其中。

“什么？”我大喊着，“我听不见。”

“我爱你。”伊妮娅喊叫着，这回的声音清晰响亮，穿越黑色的河水，进入了我的耳中。

奔腾的水流把我卷了进去，我开不了口，胳膊也不听使唤，最后才想到用桨片划水。“伊妮娅？”我拿起手电，朝岸边照去，瞥见那身雨披在光线下发着微光，兜帽的阴影下，有一个苍白的椭圆小脸蛋。“伊妮娅！”

她正喊着什么，朝我招着手，我也招了招。

水流突然变得十分强劲，一棵倒伏的大树缠在河中的沙洲上，我使出全身的力气，避过它，接着进入了中央河道，急速奔向南方。我回头望了一眼，但汉尼拔的一栋建筑已经把我心爱的孩子遮住了，再也看不见她了。

一分钟后，我听见了一声轰鸣，像是登陆飞船的反重力装置发出的声音，但当我仰头望去的时候，只看见一片黑影。或许伊妮娅正驾着飞船在我头上盘旋，或许那只是黑夜中的一片云。

河流载着我向南方前进。

05

德索亚神父舰长在佩森星系搭上“拉贵尔”号王舰，这是一艘大天使级巡洋舰，十分类似他将要执掌的飞船。舰上配有机密的瞬移驱动器，现又称作基甸驱动器，它会制造出可怕的涡流，将德索亚杀死，抵达目的地后，过了两天，而不是通常的三天，神父舰长便重生了。重生时间之所以缩短，是因为神父舰长得到的使命极为紧迫，所以，有一名重生医疗神父在一旁照料，他将会帮忙应付不完全重生的失败后果。醒来后，德索亚发现自己已经来到了位于“双十五–三五”的圣神舰队战略部署空间站，正环绕一颗了无生气的岩石星球做运动，远处，是旧地比邻区的波江五，它离曾经的旧地只有触手可及的几光年远，而这颗星球就在这黑暗的空间中旋转。

德索亚有一天时间来恢复元气，次日便得乘穿梭机前往“双十五–三五”的舰队集结区，那地方离这个军事基地有十万公里远。驾驶穿梭机的是名海军候补军官，她没有直接前往集结区，而是不厌其烦地绕了个圈，让德索亚神父舰长好好看看自己的新船。面对眼前的一切，德索亚禁不住热血沸腾。

显而易见，“拉斐尔”号王舰代表着圣神最尖端的技术水准。德索亚以前见过的圣神舰船，全都是从陨落前重新找到的霸主设计图中衍生出来的，而这一艘已不再如此。从总体的设计方案看，它极为修长，似乎无法胜任太空任务，又太复杂，无法胜任大气层飞行，但从整体效果看，它具有最简洁的破坏性。船体是可形变合金和纯定能区的混合体，可以快速完成外形变化和功能转换，几年前，这还是不可能完成的任务。德索亚定睛凝视着眼前的一切，随着穿梭机缓缓划出一条长长的弹道弧线，从“拉斐尔”号旁边擦身而过，那修长船体的铬银表面也在慢慢隐去，直至变得同周围的太空一样黑沉沉的了，本质上来说，它已经从眼前消失。与此同时，好几个设备管道和生活舱也被平滑的中央船体遮没，最后只剩下一些武器透明罩和密蔽场探测器。这么做的原因，要么是飞船正准备进行星系外跃迁检查，要么是船上的军官知道这艘穿梭机中坐着他们的新任指挥官，这群人正在舞刀弄枪，显摆本事。

德索亚知道，这两种猜测都极有可能是真的。

在这艘巡洋舰完全隐没前，德索亚注意到，聚变驱动球体多么像是一串珍珠，环绕在中央飞船的中心轴上，在以前那艘火炬舰船“巴尔萨泽”号上，它们是簇拥成一个肿瘤状物体的。同时，他也注意到，船上那些六角形的基甸驱动器阵列是多么小啊，甚至比原来“拉斐尔”号上的还要小。那些透明的生活舱正在缩回，指挥甲板的穹顶清澈透亮，阳光照射在上面，让他最后瞥到一眼飞船。接着，它消失了。德索亚在佩森读过一些文件，他还在圣神舰队总部接受了RNA教学注射，所以他知道，一旦进入战斗，这些透明的区域会变厚，生出坚韧的装甲，但德索亚更喜欢透过视窗望向太空的感觉。

“即将抵达‘乌列尔’号，长官。”候补飞行员说道。

德索亚点点头，“乌列尔”号王舰和新型“拉斐尔”号简直是一个模子里刻出来的，但随着穿梭机减速朝它靠近，神父舰长辨认出一些额外的构造，比如欧米伽刀生成器，亮堂堂的会议室，更为复杂精美的通信天线。正因如此，这艘舰船才成为了此次特遣部队的旗舰。

“即将入港，长官。”候补军官说。

德索亚点了点头，他在二号加速座椅上坐了下来。整个入港接合的过程非常平稳，接头卡紧，飞船的外壳和脐状线将穿梭机紧紧包裹，德索亚没有感受到任何颠簸和摇晃，他很想表扬表扬这位年轻的候补军官，但多年任职指挥官的习惯改变了他的主意。

“下回，”他说，“最后一刻接近的时候，不要喷射引擎。这是卖弄，旗舰上的高级军官会不高兴。”

年轻飞行员的脸耷拉了下来。

德索亚将手放在她的肩膀上。“不过，你干得很好，有朝一日，我会推荐你到我船上，担任登陆飞船驾驶员一职。”

垂头丧气的候补飞行员重新展露笑颜。“长官，那是我梦寐以求的。我在太空站……”她意识到自己跑题跑得太远了，便没再说下去。

“我知道，”德索亚说，站在旋转的闸门前，“我知道。但现在，我很高兴你不是这次圣战军的一员。”

闸门旋转而开，一名仪仗卫兵吹着哨子，示意他登上“乌列尔”号王舰。大天使乌列尔，如果德索亚神父舰长记得没错，在旧约中是总领天军的天使长。

九十光年外，在一个离佩森只有三光年远的星系中，原先那艘“拉斐尔”号跃迁进入实空，整个过程暴虐无比，坐在里面，骨头中的骨髓会被压榨而出，细胞会被切成两半，仿佛一把炽热的刀刃挥砍过辐射蛛纱，神经会被搅乱，就像是陡峭悬崖上的一块松脱的大理石。拉达曼斯·尼弥斯和她的克隆人同胞并不喜欢这种感受，但他们没有龇牙咧嘴，也没痛苦地大叫。

“这是什么地方？”尼弥斯问，她望着显示屏上慢慢变大的褐色星球。“拉斐尔”号正以二百三十倍重力水平减速。尼弥斯没有坐在加速座椅中，她把着一根支柱，就像是一名长期乘车上下班的旅客，乘在拥挤的地行车中，随意地抓着一根柱子。

“自由星。”她的一名兄弟回答。

尼弥斯点点头，之后四人再没说话。大天使进入轨道，登陆飞船脱离船体，号叫着刺入稀薄的大气层。

“他在这儿？”尼弥斯问。一根微纤从她的太阳穴伸出，接入登陆飞船的控制台。

“对。”尼弥斯的孪生姐妹说道。

自由星上有人居住，但自陨落之日起，他们就一直挤在半阴影区中的能量场圆屋里，没有技术可以跟踪这艘大天使，或是它的登陆飞船。这个星系内也没有圣神基地。同时，这颗岩石星球的向阳面非常炽热，连铅也熔成了液体，而背阴面则非常寒冷，那儿稀薄的空气几乎到了濒临冻结的程度。然而，在这颗毫无价值的星球的地底下，有八十万公里长的隧道纵横交错，每一条通道都是一个极为方正的三十平方米的正方形。大流亡早期及霸主开拓期间，曾发现过九个迷宫世界，自由星是其中之一，海伯利安也是一个。这世上的人——不管是死人还是活人——都不知道迷宫的秘密，也不知道谁是创造者。

尼弥斯操控登陆飞船，穿过背阴面一阵磅礴的氨水风暴，在空中悬停了片刻。外面黑漆漆的，只能透过红外放大屏幕看见下面的景象，那是一座冰崖。她操控飞船折起机翼，引导它向前进入迷宫的正方形入口。通道拐了个弯，之后便笔直向前，又延伸了数公里远。深层雷达显示，这条隧道下方还有无数通道，密密麻麻仿佛一个蜂窝。尼弥斯向前飞了三公里，在第一个隧道连接点处朝左转了个弯，接着往南行进了五公里，同时往地面下方降了五百米，最后降落在地面上。

红外屏幕上，只显示出从熔岩气孔中冒出的点点热气。而放大屏幕上什么也看不见。尼弥斯对着雷达显示屏上的反馈信号皱了皱眉，手指一扬，开启了登陆飞船的外部照明灯。

笔直的通道一望无垠，她目力所及之处的通道壁上凿刻着一排排水平的石板，每一块石板上都躺着一具赤裸的人类躯体。石板和躯体连绵不绝，通向远处的黑暗中。尼弥斯朝深层雷达的显示屏看了看，下层通道同样有无数石板相连，同样躺着无数具躯体。

“下船。”其中一名男性说道，他是把尼弥斯从神林的熔岩中拉出的那个。

尼弥斯没按正常方式使用气闸门，她不想多费周折。登陆飞船内部的空气直往外冒，发出垂死的啸叫声。但这个洞窟并非完全真空，那一点点压力对她来说已经够用，不必相移，就能活动自如。但此处的空气非常稀薄，其程度甚于地球化改造前的火星。尼弥斯的私人探测器显示出，此地的温度稳定在零下一百六十二摄氏度。

登陆飞船的照明灯下，站着一个人，那个人正等着他们。

“晚上好。”阿尔贝都顾问招呼道。这名高挑男子的衣着无懈可击，那是一件剪裁成佩森风格的灰色西服。他直接通过75兆赫的频率和他们通信，嘴巴没有动，但张口笑着，露出一口洁白的牙齿。

尼弥斯同自己的兄妹们一起，等待着。她知道，对她不会再有斥责和惩罚。三大派要她活着，完成接下来的任务。

“那个女孩，伊妮娅，已经回到了圣神的领地。”阿尔贝都说道。

“在哪儿？”尼弥斯的姐妹说道。那单调的声音中，含着某种殷切的语气。

阿尔贝都摊开双手。

“传送门……”尼弥斯开口道。

“这次没有调查出任何东西。”阿尔贝都顾问接下她的话茬，脸上依旧挂着那副笑容。

尼弥斯皱了皱眉。在霸主运行世界网的那几个世纪，内核意识的三大派没有找到任何方法，可以在使用虚无入口的同时，不在褶曲矩阵中留下调制微中子的记录。那个入口，是一种瞬移界面，众所周知的称呼是远距传输器。“神秘人……”她说。

“没错。”阿尔贝都说，他挥了挥手，似乎想拂去这段无意义的谈话。“但我们仍能记录到连接的发生。有很多人正通过远距传输网络从旧地返回，我们能肯定，女孩是其中之一。”

“还有别人？”尼弥斯的一名兄弟问道。

阿尔贝都点点头。“起初只有几个，现在多了起来。上一次记录到的激活信号，至少有五十个。”

尼弥斯抱起双臂。“你说，是不是神秘人正在终止他们的旧地实验？”

“不。”阿尔贝都说。他走到最近的一块石板前，低头看着躺在上面的那具赤裸的人类躯体。那是个年轻的女子，大约十七八标准岁的样子，一头红发，苍白的皮肤和圆睁的双眼上，覆着一层白霜。“不，”他重复着，“三大派达成一致，结论是，返回的只是伊妮娅的团体。”

“我们该怎么找到她？”尼弥斯的姐妹问道，显然，她是在75兆赫频率上全力沉思。“只要哪个星球在霸主时期拥有过远距传输器，我们就传送到那儿，亲自审问远距传送门。”

阿尔贝都点点头。“神秘人可以隐藏远距传输的目的地，”他说，“但内核却几乎可以肯定，它无法隐藏褶曲矩阵本身的真相。”

几乎可以肯定，尼弥斯注意到，阿尔贝都对技术内核的洞察力有了这样一个修正，这不太寻常。

“我们打算让你们……”阿尔贝都开口道，他指了指尼弥斯的姐妹，“稳定派没给你起名，是不是？”

“没有。”尼弥斯的孪生兄妹说道。柔软的黑色刘海垂在女子的额头上。她那薄薄的嘴唇没有露出一丝笑容。

阿尔贝都在75兆赫频率上咯咯地笑了起来。“拉达曼斯·尼弥斯需要一个名字，以便到‘拉斐尔’号上成为人类船员的同事。我想，你们其余三个也该有个名字，即便只是方便我称呼。”他指着尼弥斯的姐妹，“斯库拉①。”接着手指依次点了点两名男性，“古阿斯。布里亚柔斯②。”

---

① 斯库拉：希腊神话中吞吃水手的女海妖，有六个头十二只手，腰间缠绕着一条由许多恶狗围成的腰环，守护着墨西拿海峡的一侧。

② 古阿斯和布里亚柔斯是希腊神话中的百手三巨人中的两个。

三人得到了洗礼命名，但没人做出回应。尼弥斯抱着双臂说道：“顾问，你觉得这很好玩吗？”

“是的。”阿尔贝都说。

从登陆飞船中排出的空气缠绕在这些人周围，就像是惹人生厌的迷雾。得到“布里亚柔斯”这个名字的男子说道：“我们会留着这艘大天使，乘着它搜索所有的前环网星球，我想，应该先从特提斯河星球开始找起。”

“很好。”阿尔贝都说道。

斯库拉用指甲轻轻点了点自己被冻结的束装。“如果有四艘船，那搜寻就能快上四倍。”

“显而易见。”阿尔贝都说，“但我们否决了这一点，有好几个理由，第一，圣神没有多少空闲的大天使飞船，可以租给我们使用。”

尼弥斯扬扬眉毛。“打什么时候起，内核需要向圣神低三下四地请求租用东西？”

“自打我们需要他们的资金、他们的工厂、他们的劳动力，来建造这些飞船之日起，”阿尔贝都回答，他并没有特别强调什么，“第二个，也是最后一个理由，是因为我们想让你们四个待在一起，万一碰上谁或什么东西，你们一个人可能难以招架。”

尼弥斯的眉毛又拱了起来。她以为阿尔贝都会提及她在神林的失败，但说话的是古阿斯。“在圣神的世界里，有什么我们招架不了的，顾问？”

灰衣男子再一次摊开双手。在他身后缭绕的迷雾中，石板上的苍白躯体忽隐忽现。“伯劳。”他说道。

尼弥斯在75兆赫频率上轻蔑地哼了一声。“我只用一只手就把它打败了。”她说。

阿尔贝都摇摇头，那副笑容没有一丝变化，惹人抓狂。“不，”他说，“你没有打败它，你只是用我们给你的超熵装置将它送到了五分钟后的未来，这和打败它不能相提并论。”

布里亚柔斯开口道:“伯劳已经脱离了终极智能的掌控?”

阿尔贝都最后一次摊开双手。“我昂贵的朋友们，我们未来的神不再给我们传达密语。他们在互相开战，只有战斗的喧嚣声发出回响，从未来传回。如果我们的神有什么工作得在我们这个时代完成，那我们必须自行动手。”他看了看克隆四胞胎。“对于指示，你们清楚了么?”

“找到女孩。”斯库拉说。

“然后呢?”顾问说道。

“立即杀死她，”古阿斯说，“不能有任何犹豫。”

“如果她的弟子们插手呢?”阿尔贝都问，现在，那副笑容更加舒畅了，声音像是一名学校教师，又夸张又可笑。

“格杀勿论。”回答的是布里亚柔斯。

“如果伯劳出现呢?”他继续问，那副笑容突然消失了。

“摧毁它。”尼弥斯回答。

阿尔贝都点点头。“在我走之前，还有别的问题吗?”

斯库拉问道:“这儿有多少人类?”她指了指一块块石板、一具具躯体。

阿尔贝都顾问摸了摸下巴。“在这个迷宫星球的这条隧道中，有几千万。但这儿有许多隧道，”他再次笑逐颜开，“而且，还有另外八个迷宫星球。”

尼弥斯慢慢转过头，通过不同的频谱，观察着旋涡状的迷雾和延绵不绝的石板。没有一具躯体的热量显示高过隧道的周边环境。“这是圣神的杰作。”她说。

阿尔贝都在75兆赫频段上咯咯笑了起来。“当然，”他说，“内核三大派和我们未来的终极智能有什么理由要储存人类的身体呢?”他走到那名年轻女子的身边，拍了拍她那冻结的胸脯。洞窟中空气稀薄，无法传播声音，但尼弥斯能想象出一种声音:指甲点击冰冷大理石发出的声音。

“还有何问题吗?”阿尔贝都问，“我还有一场重要的会议要参加。”

75兆赫频段——或是任何频段上，都没人出声，四名兄弟姐妹转过身，重新登上登陆飞船。

“乌列尔”号王舰的圆形战术会议舱中，二十名圣神舰队军官齐聚一堂，其中包括“基甸”特遣部队的所有舰长和副官。在这些副官中，有一个名叫霍根·利布莱尔的指挥官，昵称“霍格”，三十六标准岁，在复兴二号受洗，是名重生教徒，他是曾经显赫一时的利布莱尔·弗里霍家族的子嗣，曾经，他们家族的庄园占地高达两百万公顷，而如今他们欠债累累，几乎每公顷欠下五马克。利布莱尔将自己的私人生活全部投入到了教会的事业中，而自己的职业生涯，则投入到了圣神舰队中。他也是一名间谍，如果可能，也是一名刺客。

当利布莱尔的新指挥官从通道进入“乌列尔”号的时候，他兴致盎然地抬起头，注视着。特遣部队的每一个人——甚至是圣神舰队的每一个人——都听说过德索亚神父舰长的大名。五年前，这名前火炬舰船指挥官曾被授予教皇触显，一个意味着无限职权的物件，用以执行某个秘密任务，但最终功败垂成。没有人知道那是什么任务，但由于滥用触显的权威，德索亚在圣神中树敌良多。德索亚神父舰长没有成功完成任务，最后淡出众人的视线，这事成了军官室和舰队教研室中津津乐道的谈资，生出了很多传言。最为人接受的说法是，德索亚被提交到宗教法庭，被秘密逐出教会，还可能被处决了。

但现在，他又回来了，还得到了指挥权，可以支配圣神舰队兵工厂中最弥足珍贵的财产之一：开始服役的二十一艘大天使巡洋舰中的一艘。

利布莱尔见到德索亚的容貌时，暗暗吃了一惊：神父舰长身材矮矮的，一头黑发，黑色的大眼睛充满了悲伤，更像是一副殉难圣人的画像，而不是战舰的指挥官。阿尔迪卡克蒂元帅迅速为众人做了介绍，这名矮壮的卢瑟斯人是特遣部队的指挥官，也是此次会议的主持人。

“德索亚神父舰长，”阿尔迪卡克蒂开口道，灰色的圆形房间内摆着一张灰色的圆桌，德索亚在上面就座，“我相信，你应该认识在场的几位军官。”这位元帅有两个闻名的特征：说话从不经过大脑，战斗从不显示怜悯。

“斯通圣母舰长是我的老朋友，”德索亚说道，他朝他的前任副官点点头，“还有赫恩舰长，是我上一次特遣部队中的一员。萨蒂舰长和雷蒙皮埃尔舰长，我们见过面。指挥官内川和巴恩斯-阿弗妮，我也有幸和他们共事过。”

阿尔迪卡克蒂元帅咕哝道：“巴恩斯-阿弗妮指挥官出席此次会议，是作为基甸特遣部队的海军和瑞士卫兵代表。”她说，“德索亚神父舰长，你见过你的副官了吗？”

神父舰长摇摇头，于是阿尔迪卡克蒂向他引介利布莱尔。副官伸出手，握住神父舰长的手，他吃了一惊，这名长官虽然矮小，但双手非常有力，那双眼睛中射出权威的光芒。霍格·利布莱尔想道，*不管这名男子的眼神像不像殉教者，他惯于发号施令。*

“好嘞，”阿尔迪卡克蒂元帅吼声如雷，“开始开会。由萨蒂舰长上呈简报。”

接下来二十分钟，会议舱中不断呈现着全息像和抛物线的透明图，就像是涌起了一团团迷雾。通信志和书写器上堆满了数据和潦草的笔记，房间内只有萨蒂柔和的声音，很少有人提问或要求解释。

利布莱尔草草地记着笔记，当听到基甸特遣部队的任务将涵盖哪些辖域时，他吃了一惊，但手里的活儿没有松懈——记下所有特别的情况和资料，留待舰长以后审阅。

基甸是第一支全部由大天使级巡洋舰组成的特遣部队。有七艘大天使分配到此次任务。早在几个月前，传统的霍金级火炬舰船就已经被派遣了出去，它们将抵达长城防御圈二十几光年外的偏地，在那儿的第一个突围点和特遣部队会合，并进行一次模拟战斗。但在第一次跃迁后，特遣部队的七艘飞船将会开始独立行动。

“有个形象的比喻，这就像是谢尔曼将军穿越乔治亚州的进军，那是大流亡前十九世纪发生在北美洲的国家内战[①]。”萨蒂舰长说完这话，半数军官便开始点按通信志触显，调出鲜为人知的军事历史。

“以前，”萨蒂继续道，“我们和驱逐者的战斗，要么发生在长城的无人地带，要么是在各自领地的边缘地带。很少有直捣黄龙、深入驱逐者领地的袭击。”讲到这儿，萨蒂停顿了片刻。“五个标准年前，德索亚神父舰长曾率领三贤特遣部队，长驱直入，进入驱逐者的腹地展开攻击。”

“神父舰长，有什么要补充的么？”阿尔迪卡克蒂元帅说道。

德索亚迟疑了片刻。“我们烧毁了一个环轨森林，”最后他说，“没有受到任何抵抗。”

霍格·利布莱尔觉得神父舰长的声音中透露出一丝羞耻的意味。

萨蒂点点头，似乎很满意德索亚的回答。“我们希望此次任务也是如此。据得到的情报显示，驱逐者在长城战线附近部署了大量防御力，以至于腹地非常空虚，他们的殖民区没有多少武装力量。差不多三个世纪以来，他们在部署军力、基地和家园时，由于受霍金驱动技术的限制，所以主要决策必须考虑到这一局限。”

会议舱中填满了战术全息像。

“有句老生常谈的话，”萨蒂继续道，“是这样说的：圣神内线作战的优势在于发达的交通和通信，而驱逐者的防御优势在于其隐蔽性和遥远的距离。一直以来，要想深入驱逐者的腹地，几乎是不可能完成的事，一是由于补给线易受攻击，二是驱逐者擅长打游击战，在我们大军没到前先打一枪，等特遣部队深入之后便逃之夭夭，这种方式非常具有破坏性。”

萨蒂顿了顿，看了看围坐在桌旁的各个军官。“女士们，先生们，

① 这里指的是美国联邦军将军谢尔曼在1864到1865年时领导的大进军。他在被任命为美国联邦军西路军总司令后攻占了乔治亚州的亚特兰大，并进行了一次破坏性进军，一路采取三光政策，直到大西洋沿岸，有效地把南部邦联分割成了两半，这次进军被称为“谢尔曼的大扫荡”。

这样的日子结束了。”有更多的全息像如迷雾般出现了，一系列代表基甸特遣部队的红点划出一条抛物线，从圣神的势力范围出发，如一把激光刀，切过一颗颗恒星，最后重新返回基地。

“我们的任务，是搜寻每一个星系内的驱逐者补给基地、每一个外层空间定居地，并将其摧毁，”萨蒂说道，柔和的声音逐渐变得有力，“包括彗星农场、罐状城市、‘皮辫绳’、圆环基地、拉格朗日点星丛、环轨森林、育婴星、透明罩蜂巢……所有的一切。”

“也包括平民天使？”德索亚神父舰长问。

霍格·利布莱尔听到指挥官的问题，不由得眨了眨眼。驱逐者为了适应太空，修改了自身的DNA，对于这群变种生物，圣神舰队有个非正式的称呼“路西法的天使”，经常简称为“天使”，其实是种讽刺，有点渎神，这个词很少会在高阶领导面前使用。

阿尔迪卡克蒂元帅回答道：“**尤其是**天使，神父舰长。驱逐者在黑暗中繁殖，那是一种野蛮的歪曲，乌尔班教皇陛下称这是一场圣战，是为了反抗这一野蛮行径。陛下已经发出了圣战通谕，宣称必须将这邪恶的变种从上帝的宇宙中连根拔除。德索亚神父舰长，**没有什么驱逐者可以称得上是平民！**对于这条指令，你觉得有什么难以理解的吗？”

桌旁的军官似乎全都屏住了呼吸，直到德索亚做出了回答。“没有，阿尔迪卡克蒂元帅。我理解陛下的通谕。”

简报继续。“下列七艘大天使级巡洋舰将参加此次行动，”萨蒂说道，“‘乌列尔’号王舰担任旗舰，其余分别为‘拉斐尔’号、‘米凯尔’号、‘加百列’号、‘拉贵尔’号、‘雷米尔’号、‘沙利尔’号。飞船将使用基甸驱动器，完成瞬移跃迁，依次抵达下一个星系，每一次花上两天多时间在星系内减速，船员在同一时间内完成重生。陛下给我们提供了上天赐予的新型重生龛，重生周期只需两天……成功重生的概率为百分之九十二。待特遣部队重新集结后，就将对驱逐者的军队和设施展开攻击，务必全部摧毁，事成之后，就进入下一个星系。如果哪艘圣神飞船受损，难以修复，我们必须抛弃它，船员转移至特遣部队的其他飞船，并将受损船只摧毁。不能让驱逐者有一丝一毫的机会夺取基甸驱动技术，虽然对他们来说，没有重生圣礼，这项技术也毫无用处。按计划，此次任务将会花去三个标准月的时间。有何问题吗？”

德索亚神父舰长举起一只手。“抱歉，”他说，“我已经好几年没接触时势，但我注意到，此次特遣部队的大天使级飞船的名字，都取自旧约中的大天使名。”

“对，神父舰长，你有什么疑问？”阿尔迪卡克蒂元帅催问。

“元帅，问题就出在这儿，按我的记忆，《圣经》中的大天使，只有七个有确切的名字。那其余的大天使级飞船呢？”

长桌旁顿时发出一阵咯咯的笑声，德索亚发现，正如他计划的那样，原来紧张的情绪因此消减了三分。

阿尔迪卡克蒂元帅微笑着回答道：“我们很高兴看到我们的舰长浪子回头，重新回到舰队。告诉你吧，其余天使，是梵蒂冈神学家在《以诺书》[①]以及其他圣经次经中找到的，虽然只是天使，但他们有可能晋级成‘荣誉大天使’。宗教法庭已经批准圣神舰队使用这些名字。我们觉得，建成的前七艘行星级大天使应该以《圣经》中的名字命名，这很合适，他们将把神圣之火带给敌人。”

咯咯的笑声变成了同意的声音，最后，指挥官和副官们都鼓起掌来，全场响起一阵轻柔的掌声。

阿尔迪卡克蒂元帅见没有人再提问，于是开口道：“哦，还有一件事，如果你们见到这艘船……”桌子中部的上方浮出一幅全息像，那是一艘样子非常古怪的星舰，按圣神舰队的标准，它非常小，形状是流线型的，聚变端口的旁边装有翼片，似乎设计的初衷是为了进出大气层。

“这是什么东西？”斯通圣母舰长问道，会议间内的气氛还相当活泼，她脸上也堆着笑容，“是驱逐者搞的恶作剧么？”

---

① 《以诺书》：一本伪造的并非真是以诺写的书。该书是一本关于犹太人的传奇，描写了约200位违抗神的天使和已婚女人。

“不，”德索亚神父舰长语气平缓地轻声说道，“这是环网时代的技术。一艘私人星舰……属于个人所有。”

又有几个副官笑了起来。

阿尔迪卡克蒂元帅挥挥手，平息了这阵笑声，那粗大的手穿透了全息像。“神父舰长说得没错，”这名卢瑟斯元帅吼道，“这是一艘环网时代的古老飞船，曾经属于一名霸主外交官。”她摇摇头，“在当时，他们有钱，造得出这种东西。总而言之，这艘船装备的是霍金驱动器，但由驱逐者技师改进过，有充分理由相信，它已经拥有了武装，我们应当认为它具有很大的危险。”

“如果和它遭遇，该怎么做？”斯通圣母舰长问道，“俘获它，当成战利品？”

“不，”阿尔迪卡克蒂元帅回答，“一旦见到，马上摧毁，把它熔成灰。有何问题吗？”

没人提问。各军官四散而去，他们将回到自己的飞船，准备初次跃迁。霍格·利布莱尔副官在乘穿梭机回“拉斐尔”号的途中，愉快地和自己的新任舰长聊着天，说着飞船已经准备就绪、船员士气高昂之类的事情，但他心中始终想着一件事：*希望我不必杀这个男人。*

06

一直以来我有一种体验：有些离别令人神伤，比如离开一家老小出去打仗，或是家中有人去世，或是和最爱的人分别且没有把握会团聚，这些事虽然让人痛苦，但过去之后，说也奇怪，总会有一种非常平静的感觉，差不多仿佛如释重负，似乎最糟糕的事情已经过去，不会再有更加让人害怕的事了。我和伊妮娅在旧地上分别的那个黎明前的雨天，也是如此。

我这只独木舟非常小，密西西比河非常宽。一开始，我在黑暗中划桨，带着强烈的警惕，几乎可以说是恐惧不已，肾上腺素在我的血管中奔涌，我睁大双眼，极力辨认汹涌水流中的暗桩、沙洲、随波逐流的废弃物。那一段河道非常宽，我猜最阔的地方得有一英里（老建筑师用的都是古老的长度单位，比如英寸、英尺、码，塔列森的大多数人也养成了效法的习惯）。河两岸似乎被淹没了，从那里的一棵棵枯木看，原先的河岸应该位于很低的位置，但现在，河水涨高了几百米，已经升到了两侧高高的岸壁边。

我和伊妮娅分别后，过了大约一小时，天慢慢亮了，首先映现出的是天边几朵灰云，接着我左侧黑乎乎的岸壁也被照亮，初升的太阳在河面上投射下浅淡冰冷的光。在这朦胧中，我有十足的理由感到害怕，残桩和沙洲乱糟糟地分布在河流中，河中央有些庞大的树木浸在水里，快速从我身边擦过，树根像是九头蛇怪的脑袋，而树干就像巨大的攻城槌，无论什么东西挡道，一概砸扁。我选择了一条自认为比较慈悲的水流，用力划桨，避免碰到那些漂浮的杂物，并试着静下心欣赏一下日出。

那天从日出到中午，我一直划着桨往南前进，在河两岸上没见到一处人类定居地，只有一次，当我在咸水中上下起伏、在枯树间挣扎的时候，一幢曾经雪白的建筑从眼前划过，倏忽即逝，那原先是河的西岸，现在岸壁全部泡在了水里，成了一片沼泽。我在岸边的小岛上停靠了两次，第一次是想歇口气，第二次是为了收拾收拾小背包，那是我唯一的行李。第二次靠岸时已经日上三竿，太阳暖暖地晒在河面和我身上，我坐在沙滩边，吃着一块冰冷的芥末肉三明治，是伊妮娅昨晚为我准备的。我带了两瓶水，一瓶挂在腰带上，一瓶在包里，我不敢多喝。因为我不敢保证密西西比河的水能喝，也无法确知什么时候能找到安全的补给。

看到城市和拱门的时候，已经是下午了。

不久前，在我右方出现了另一条河道，汇入密西西比河，让水道变得愈加开阔了。我有十足的把握，确信那条河是密苏里河，我问了问通信志，飞船的数据库肯定了我的直觉。没过多久，我就看到了拱门。

这个远距传送门看上去有点怪，和我们来到旧地旅途中穿越的那些不一样，它更大，更古旧，更暗沉，更加锈迹斑斑。或许，它以前屹立在河的西岸，没有淹在水中，而现在，金属拱门从水里拔地而起，最高点离水面约有几百米。另外还有一些建筑也淹没在了缓缓流淌的河水中，仅露出一些残骸，根据新近习得的建筑嗅觉，那是一些低矮的“摩天楼”，时间可以追溯到大流亡前。

“圣路易斯，”我询问了飞船的人工智能，通信志手环这么回答道，“‘大灾难’前遭到毁灭，在三八年的天大之误前，就被遗弃了。”

“毁灭了？”我一面问，一面将小舟的前进方向对准巨大的拱门。现在我终于发现，拱门后头的西岸弯成了一个极为圆整的半圆，形成一个浅浅的湖泊。圆弧状的河岸上，林立着古老的树木。我想，这是一个冲击坑，但我无法确知到底是陨石坑还是弹坑，是高能熔融出的凹坑，还是其他暴力事件造成的后果。“怎么毁灭的？”我问通信志。

“无据可查，”手环答道，“然而，有一些相关的数据条目，与这座拱门有一些联系。”

“那是远距传送拱门，对不对？”我一面问，一面和主水道西侧的强劲水流搏斗，让小舟的方向对准面向东方的拱门。

“最初并不是，”手腕上传来轻柔的声音，“在我的记录中，有一座建筑的位置和大小和这个拱门非常匹配，它被称为‘圣路易斯大拱门’，那是建筑史上的一朵奇葩，建于公元二十世纪中期，位于美利坚合众国的圣路易斯市。那座建筑象征着西部拓进，是为了纪念那些欧洲移民的后代——一群掌握霸权的原民族主义开拓者——而修建的，他们向西部迁移，取代了生活在那里的原始人——也就是未受保护的北美土著。”

“印第安人。”我说道，小舟上下颠簸，我气喘吁吁地划着桨，穿越最后的汹涌水流，终于对准了庞大的拱门。富丽堂皇的阳光已经普照大地一两个小时，但现在，冷冷的风和灰色的云又回来了。开始下起雨来，雨滴滴答答落在小舟的纤维塑料上，连两侧的浪尖也泛起了涟漪。现在，水流正载着小舟往拱门中奔去，我暂时放下木桨，确保自己没有意外碰到那个神秘的红色按钮。“这么说，这个远距传送拱门，是为了纪念那些杀死印第安人的家伙？”我说道，支起手肘，朝前凑去。

“原先的‘圣路易斯大拱门’并没有远距传输的功能。”飞船的声音十分一本正经。

“它从灾难中幸免下来了？就是造成……那玩意儿的灾难……”我拿桨指指冲击坑形成的湖泊以及那些淹在水中的建筑，说道。

“无据可查。”通信志说道。

“你也不知道它是不是远距传输器，是吗？”我再次气喘吁吁地用力划着。现在，拱门已经高高地耸现在头顶，顶部离我至少有一百米。寒冷的日光照射在它锈迹斑斑的侧面，发出暗淡的光芒。

“对，”飞船的储存器说道，“没有任何记录表明旧地拥有远距传输器。”

当然不会有这样的记录。技术内核将远距传输技术给予霸主时，旧地早已在一百五十年前天大之误造成的黑洞中土崩瓦解，或是被狮虎熊劫走了。但是，旧地上的确有一座远距传输器，而且可以运转，那是个小型拱门，在一条小河——事实上是小溪——之上，位于宾夕法尼亚西部，四年前，我和伊妮娅从神林传送过来的时候，就是从那里出来的。另外，我在旧地的旅途中，还见过另一些传送门。

“嗯，”我说道，与其说是在对通信志的白痴人工智能说话，不如说是自言自语，“如果不是传送门，那还得继续顺河往前。伊妮娅让我从这儿下水，总有道理。”

但我不太确信。这个拱门下，没有发出传输器应有的警示般的微光，也看不到对面有什么亮光。只看到湖泊对面的河岸，上方是黑漆漆的天空，还有一片黑色的森林。

我仰面躺下，望着拱门。当那钢铁圆拱遮盖住眼前天空的时候，我感到了一丝激动。小舟已经穿越了进去，但没有传送到另一个世界，光线、重力、气味都没有发生一丝变化。这玩意儿只不过是个年迈失修的建筑老怪，碰巧像是……

突然，一切都变了。

一秒钟前，我和小舟还在疾风骤雨的密西西比河上上下起伏，正朝原是圣路易斯市的那个浅浅的弹坑湖前进，下一秒，黑夜便突然降临，纤维塑料材质的小舟正在一条狭窄的水道上漂流，两边耸立着灯火通明的建筑，顶上盖着黑色的天窗，离我头顶有五百米高。

“耶稣啊。”我低声叹道。

“一名远古的弥赛亚式人物，”通信志说，“传说他留传下一些教义，于是，在这些教义的基础上，兴起了一些宗教，包括基督教，禅灵教，古式和现代天主教，还有一些新教教派，比如……”

“闭嘴，”我说道，“听话模式。”我下达的这一命令意味着只有当你向通信志说话的时候，它才会说话。

这条水道可能是人工挖掘出的，上面还有别的船也载着人。河面上有好几十艘划艇、小型帆船及另一些小舟，它们在河上来来往往。近处，在河滨大道和休闲广场上，在明亮的河面上方纵横交错的空中行道上，有好几百人正漫步而行，有些成双成对，有些三五成群。还有一些矮壮的人穿着鲜亮的衣装，独自一人悠悠漫步。

当我把背包提起来背上的时候，我感受到它变重了，我马上涌起一股直觉——这儿的重力至少比地球的高出一半。我慢慢仰起头，望着头顶的景色。成千上万的灯火通明的窗户、塔楼、走道、阳台、登陆平台，铬银般的列车轻轻发出哼鸣，从河面上透明的管道中经过，电磁车刺过头顶的天空，浮置平台和空中渡船载着人们来来回回地穿越这个不可思议的“峡谷”，每一次，光线都会更加明亮……于是，我明白了。

卢瑟斯。这里一定是卢瑟斯。

我见过卢瑟斯人，有些是阔绰的猎人，扛着枪来海伯利安猎鸭子或者半旋；有些是来自外世界的赌徒，腰缠万贯，在九尾娱乐场寻开心，我在那儿做过保镖；还有一些亡命国外的家伙，加入了我们的地方军，很可能是些逍遥法外的重罪犯人。河滨大道和休闲广场上正有一些人在漫步，脚下发出轧轧的响声，就像是某种力道十足的原始蒸汽机，而我以前见到的那些人就跟他们如出一辙，都拥有高重力水平下的低矮特征——又矮又壮，全身都是腱子肉。

似乎没人留意到我，也没注意到我的小舟，这让我暗暗吃了一惊。在这些土生土长的人眼里，我肯定是突然间从无形中冒了出来，就像鬼魂一样从身后的远距传送门中出现了。

我往后看了看，终于明白为什么他们没注意到我的出现。这座远距传送门很古老，这是当然，它是陨落的霸主和前特提斯河的一部分，它立在蜂巢墙壁之内，纤细的拱门上，点缀着平台，悬挂着走道，这个室内城市绝大部分都处在黑暗的阴影中，只有拱门正下方的这段水道处在亮光中，当我回头望去的时候，一艘小型摩托艇悄无声息地从那黑影中滑出，被悬垂在河上行道上的钠灯照亮，似乎就像是突然从虚无中冒了出来，正如我刚才那样。

由于我穿着厚毛线衫，外面套着外套，又紧紧缩在小舟船舱的尼龙裙中，显得胀鼓鼓的，很可能看上去健壮得像个卢瑟斯人，同边上的一个个人毫无二致。一对男女开着喷气雪橇“嘶”的一声从我身边经过，他们朝我挥了挥手。

我也向他们挥手致意。

“耶稣啊。”我再次叹道，这句话与其说是咒骂，不如说是祈祷。这一次，通信志没再多说什么。

写到这儿，我想先中断片刻。

此时此刻，故事讲到这里，虽然薛定谔猫箱中氰化物的存在，刺激着我想要快点讲完，但我又受着某种诱惑，想要将这环游星球的冒险之旅一五一十讲述一遍。事实上，自四年前我和伊妮娅抵达风平浪静的旧地之后，这是我真正意义上又一次开始的冒险。

自伊妮娅不容分说宣布我得立即从远距传输器走的那刻起，已经过了三十多个小时，在这期间，我自然而然地认为，这次旅途会跟我们前一次的很相像。那一次，我们从复兴之矢出发，最后到达旧地，中间穿过了一些或空荡或遭遗弃的地方，比如希伯伦、新麦加、神林以及那个没有名字的丛林星球，我们在那儿抛下了领事的飞船，将它藏在那儿。在少数几个星球上，我们碰到过当地居民，其中一个是无限极海，一个人烟稀少的海洋星球。讽刺的是，我和他们的接触，对每个卷进来的人来说，都是一场灾难。我几乎把他们的浮动平台整个儿炸平，他们逮捕了我，还刺伤我，朝我开枪，最后几乎把我淹死。在那个过程中，我遗失了旅途中带在身边的几样最珍贵的东西，包括古老的霍鹰飞毯，一件从希莉和梅闰传说的那个年代传承下来的物品，还有那把同样古老的点四五手枪，我一度认为属于伊妮娅的母亲——布劳恩·拉米亚。

但旅途的绝大多数时间，特提斯河载着我、伊妮娅和贝提克到过的绝大多数地方都是空空荡荡的，在希伯伦和新麦加上尤为空寂，带着一种不祥之兆，似乎发生了什么可怕的事，导致民众全都被掳走了，只剩下我们三个。

但这儿不是。卢瑟斯充满了生机，人流不息。我有生以来第一次明白，为什么这些覆盖全星球的建筑会被称为蜂巢。

上一次旅程中，我是在伊妮娅和机器人的陪伴下，穿越了那些无人区域，身边还有很多装备。但现在，我坐在小舟里，孑然一身，基本上可以说是毫无武装，身边不时经过一些圣神警察和卢瑟斯的重生神父，我便假装朝他们招招手。此处的水道不足三十米宽，河沿由混凝土和塑料筑成，没有一条支流，没有任何藏身地。桥梁和天桥下倒是有些隐蔽的地方，就像上游远距传送门下的那些黑色阴影，但河上交通非常繁忙，那些阴影之处，时常有船只经过，也就是说，没有一个地方可以容我躲藏。

我第一次想到远距传输之旅的荒谬之处。一旦我从小舟中爬出来，我的衣服肯定会和别人格格不入，会立即引起众人的注意。我的体型也不对，我带有海伯利安口音的说话腔调也会显得奇怪，我没有钱，没有身份芯片，没有电磁车驾驶执照，没有信用卡，没有圣神教区文书，没有常居地。河岸上有家酒吧，我把小舟停在边上，在那儿等了一分钟。空气中飘着一股烤鱼或是类似食物的味道，随同而来的还有酿酒厂酒桶中的发酵味，或是冰啤的味道，我本来肚子就饿了，现在更是直流口水，但我意识到，一旦跑到这种地方去，两分钟后我几乎铁定会被逮捕。

的确有人在圣神星球间旅行，多数是百万富翁，他们是生意人兼冒险家，乐意在冰冻沉眠中睡上几个月，还花去几年的时间债，乘着商团的运输船在星际间来回旅行，因为拥有十字形而自鸣得意，觉得他们返回时，工作、住所、家人肯定会在这个亘古不变的基督宇宙中守候着他们。但像这样的人很少，而且，没有人会不带钱，没有圣神许可就在星球间旅行。那可能是家咖啡店，也可能是酒吧，或是餐馆，管它呢，一旦我闲着没事逛进去，过两分钟，很可能就会有人打电话给当地警察局或是圣神军队，那些人只要一开始调查，就会发现我不是教徒，而是这个充斥着重生基督徒的宇宙中的一个异教徒。

我舔舔嘴唇，任由肚子咕咕叫着，因为疲劳和高重力，我感到双手无力，像是灌了铅，因为缺乏睡眠，心里又万分失落，所以眼睛里盈满了泪水，但我还是划着桨离开了河岸上的咖啡馆，继续往下游前进，暗自希望下一个传送门没有那么远，马上就能到达。

此时此刻，我很想写下当时的所见所闻，所有不可思议的景象，奇异的人，奇妙的声音以及碰巧发生的一些近距离遭遇，但我还是抵制住这股诱惑。事实上，我还从没到过像卢瑟斯这样的星球，这里住着这么多的人，这么拥挤，这么密闭，就那个我从混凝土河道上看到的蜂巢而言，要将那熙熙攘攘的地方探索一遍，起码得花上一个月的时间。

我沿着卢瑟斯的水道顺流而下，六小时后，终于看见了那个张开怀抱的拱门，我划着桨穿了过去，接着便来到了弗洛伊德星，这也是一个人口众多的繁忙星球，但我对它知之甚少，要不是有通信志的导航文件，我甚至都不知道这是哪颗星球。我把小舟藏在一个五米高的下水管道中，然后找到一处垫着许多工业用纤维塑料卷的铁丝栅栏，缩在里面美美地睡了一觉，按标准时间算，睡了差不多有一天一夜，但弗洛伊德星的白天有三十标准小时，所以当我找到下游五公里外的传送门，并穿过它时，才刚刚到傍晚时分。

弗洛伊德星住着很多圣神居民，这些人身着五颜六色的精致衣物，披着鲜亮的披肩，那儿原本阳光明媚，现在，河流将我带到了永埔星，这里的天空永远灰蒙蒙的，一个个伏窝静坐般的小村子建在岩石洞窟中，一座座岩石城堡栖息在峡谷的两侧。在永埔星的夜晚，天空被一颗颗彗星划出一道道印记，还有乌鸦般的飞行生物——可能是巨型蝙蝠而不是大鸟——扇动着皮状翅膀，低低地飞行在河面上，它们黑色的身体遮掩了彗星的光亮。

在这儿，有一些做买卖的筏夫朝我招手，我也向他们招手回应，但自始至终，我都划着木桨迎着激流往前进，那白沫翻腾的水流几乎把船颠翻，让我用尽了划舟新手的所有本事。在永埔星锃亮的城堡中，正回荡着响亮的警报声。我发狂般地划着小舟，穿过了下一个远距传送门，来到了一个酷热的地方，沙漠上悬着一颗烈日。通信志告诉我，这个繁忙的小型星球名叫维图-格雷-巴里亚那斯B。这名字我从未听说过，甚至在小时候那张古老的霸主时代地图上，我也不记得有这个名字，那张地图是外婆的，她放在旅队的大篷车中，我有时会偷偷爬进去，拿着光棒照着看。

我和伊妮娅、贝提克沿着特提斯河前往旧地的旅途中，曾经到过一些沙漠星球，比如希伯伦和新麦加，但奇怪的是，那些地方全都空空荡荡的，沙漠中没有一个人，城市也被遗弃了。但是，在维图-格雷-巴里亚那斯B，还有一些土砖样式的房屋簇拥在河边，每隔几公里，我就会看见一座码头或水闸似的东西，正把水通过虹吸管输送到灌溉地。沿着河流前进，一路上我能看见一片片绿油油的田野，水便是被送到这些田野中。幸运的是，这条河是这儿的一条主干要道，我从古老的传送拱门出来的时候，旁边正好有条大船，在它的掩护下，没人发现什么不对劲。于是我装出一副淡然的表情，继续划着木桨，行进在繁忙的河流要道上，来来往往的船只中，有快艇、筏子、游船、拖船、电动船、房船，甚至偶尔有浮在水面上方三四米的电磁浮置游船从旁经过。

这儿的重力很小，很可能只有旧地或海伯利安的三分之二，时不时地，我觉得如果我继续划下去，小舟就会浮起来。但是，如果说重力很小的话，那么这儿的光线——日光——则非常沉重，就像一只满是汗水的大手压在了我身上。才划了半小时，我就把第二瓶水也喝光了，我知道，我必须上岸补充水源。

对于低重力星球，人们肯定会觉得上面的居民应该是瘦竹竿一样的人，和卢瑟斯的桶状身型完全相反，但是，在沿河两岸的热闹小巷和拖船小路上，我看见的那些男人、女人和小孩，大多数都和卢瑟斯人一样又矮又壮。他们身上穿的衣服，也和弗洛伊德人那些五颜六色的衣装一样鲜亮。但这儿，虽然每个人的衣服都很鲜艳，但每人只有一种颜色——要么从头到脚都是深红的紧身衣裤，要么是蔚蓝的斗篷和披肩，或是翠绿的袍子、衣裤、帽子、围巾，抑或黄色的随风飘拂的雪纺长裙和头巾。我意识到，那些土砖房屋、店铺、旅馆的门窗，也都涂成了这些与众不同的颜色，我不禁琢磨起来，这其中有什么重要的含义？表示社会等级，政治优惠，社会或经济状况，或是代表了某种血缘关系？不管是什么，如果我打算上岸找点水喝的话，我这身灰不溜秋的卡其装和饱经风霜的棉布装，肯定会显得格格不入。

但我只有两种选择，要么上岸，要么就渴死。沿路有很多自助水闸，现在我又经过了一个，一艘巨大的游船从里面驶出，我便划着桨靠上码头，将上下起伏的小舟牢牢绑住，然后朝一个圆形的砖木建筑走去，我期盼那是一口自流井。我见到几个穿着藏红长袍的女人，她们正从那儿拎一些水壶一样的东西，所以我觉得我的猜测十之八九是对的。我吃不准的地方是，如果我从那儿取水，到底会不会侵犯他们的法律、法规、社会等级规则、宗教戒律，或是当地的习俗。不管是拉船路还是小巷中，我都没见到圣神的人，没有穿着黑衣的神父，也没有穿着红黑标准制服的圣神警察。但这并不能说明什么，如今没有圣神存在的星球已经不多，就连偏地也有他们的足迹，而通信志告诉我，维图-格雷-巴里亚那斯B也是偏地中的一员。我将手放进背包，偷偷将插在鞘中的狩猎刀塞进背心的背袋。我唯有一个计划，如果暴徒围过来，我就拔出刀吓唬吓唬他们，且退且走，回到小舟上。如果来的是圣神警察，拿着击昏器或是钢矛枪，那我的旅途就到此结束。

事实上，出于各种不同的理由，我的旅途的确很快就会结束——至少是暂时结束——但当我踌躇地往那口可能是井的东西走去的时候，我没有得到任何警告，不，或许有一个，离开卢瑟斯前，我突然感到有点背疼，自那之后，那疼痛一直困扰着我。

那的确是口井。

对于我格格不入的高个子和一身土褐色的衣服，没有人表示出什么特别的反应，甚至就连那些孩子也没有，他们穿着鲜红和亮蓝的衣服，正在玩游戏，看到我后，只是瞧了一眼，就挪开眼继续玩去了。我这样子出现在他们中间，一眼就能看出是个生人，但却没有一个人过来管闲事，似乎也没人留意我的一举一动。我在那儿畅快地喝着水，接着将两个水瓶重新灌满。此时此刻，不知道出于什么原因，我有一种想法，维图-格雷-巴里亚那斯B的居民，或者至少是这个村子的人，都非常礼貌，不会对我指指点点，横看竖看，也不会上前询问。虽然这只是这星球上的一个村子，它位于一条河的沿岸，那条河，也只是被遗弃了很长时间的特提斯河的一段。当我拧上第二个水瓶的瓶盖，转过身，打算回到小舟上的时候，我心里涌出一种感受：如果来了个长着三颗脑袋的突变外星人，或者，从更加真实的古怪领域讲，在那舒适的沙漠午后，似乎是伯劳本尊来了，正在自流井中饮水，也不会有一个市民向前搭话或是询问。

我在积满灰尘的小巷中走了三步，突然，一阵剧痛袭来。一开始，我蜷紧身子，痛得大喘粗气，甚至无法呼吸，接着我单膝跪地，继而侧躺了下身。我痛苦地缩起身子，要不是那剧痛让我无法喘息，让我力气全无，我肯定会大叫出声。我就像是一条河鱼被扔到了灰尘满地的河岸上，一波波的痛楚让我蜷得更紧了，就像是腹中胎儿的姿势。

在这儿我得说一下，我曾饱尝各种疼痛和不适之苦，在地方军的时候，有人对海伯利安军队做过研究，结果表明，大多数派到南方和冰爪叛军打仗的新兵，都不太能忍受痛苦。天鹰北部城市以及九尾镇的市民，如果发生什么病状的话，也是可以很快消除痛苦的，比如用药物，也可以打电话给自动诊疗所，或是驾车到最近的袖珍诊所，可以说，他们几乎没有经历过无法消除的剧痛。

作为牧羊人和乡下小孩，我在忍受疼痛上有更多的经验——不小心被刀划伤，被羊群踩断腿，从山区的岩石上摔下来，弄得全身青肿，在旅队大集合的时候和人摔跤，结果摔得脑震荡，骑马骑出疖子，甚至还在男子召集会上，围着营火和人吵架，被揍得鼻青脸肿。在熊爪冰架上，我受过三次伤——两次是被白地雷的弹片割伤，这还是幸运的，许多兄弟死在了那里，还有一次是被远程狙击手用切枪击伤，那次我伤得非常严重，到最后还有一位神父来看我，他差一点让我接受了十字形，不然，晚了就再没机会了。

但是，我还未曾经历过这样的痛楚。

我躺在那儿呻吟，气喘吁吁，那些礼貌的市民终于被这个满地打滚的鬼怪吸引住了，他们朝后退了几步，注意着这个陌生人，与此同时，我抬起手腕，询问通信志，我到底是怎么了。它没有回答。一波波难以忍受的疼痛袭来，趁着其中的间隙，我又问了一遍，但还是没有得到答复。接着我便记起，早先时候我已经将这该死的玩意儿设置在了听话模式，于是我叫了叫它的名字，将问题重复了一遍。

“安迪密恩先生，可否让我启动休眠的生物传感器功能？”白痴人工智能问道。

我还不知道这装置有生物传感器功能，更别说是休眠还是活动了。我大叫一声，把身子蜷得更紧，缩成一个胚胎的模样。感觉好像有人朝我的背上扎了一刀，还是把带倒钩的刀，在那里搅动了一番。那疼痛就如电流在高压电线中传导，迅速传遍全身。我连连呕吐，一名穿着纯白色袍子的漂亮女人拿起自己的凉鞋，又往后退了一步。

“怎么回事？”在刀刺般疼痛的间隙，我再一次气喘吁吁地问道，“我到底怎么了？”我询问着通信志，同时腾出另外一只手，在背上摸了摸，寻找血和伤口。我以为会在那儿摸到一根箭，或是一根矛，但什么也没有。

“安迪密恩先生，你快休克了。”领事飞船的人工智能迟钝地说道，“血压、皮肤阻力、心率、阿托品量，所有数据都证明了这个结论。”

“为什么？”疼痛从我的背部迅速扩散到整个身体，我呻吟了好长时间，才说出这三个字。接着我又呕吐起来，虽然肚中空空，但还是大吐特吐。穿着鲜亮衣服的市民和我保持距离，没有好奇地围观，也没有无礼地嘀咕凝视，但显然，是三三两两看一眼，离开，过后又换一拨人。

“怎么回事？”我再一次大喘着粗气，冲通信志手环低声询问，“是什么东西引起的？”

“枪击，”回应我的是那细声细气的声音，“刺伤，矛、刀、箭、飞匕。能量枪伤，切枪、极光、欧米伽刀、脉冲刀。密集钢矛枪射击。也许，是一根又细又长的针，刺进了肾脏上极、肝脏、脾脏。”

我疼得满地打滚，又摸摸背部，拔出原先佩戴在后腰的小刀的刀鞘，扔到一边。里面的背心和衬衣没有烧着或烧焦的感觉，也没有尖利的东西从背上戳出来。

那剧痛没有停息，再一次烧遍我的全身，我大声呻吟起来。冰架上那个狙击手用切枪击中我，范亚叔叔的羊羔踩断我的脚，那几次的疼痛都没让我这样失态过。

我感觉自己已经有点神志不清，无法凝聚起清晰的思维，但那些思维的大致方向是……维图-格雷-巴里亚那斯B的本地人……用什么办法……控制思想……那些水……有毒……无形射线……惩罚我……因为……

我放弃了思索，再一次呻吟起来。有个人走了过来，穿着亮蓝色的裙子，又或许是长袍，凉鞋非常漂亮，脚趾甲也涂成了蓝色。

“先生，”传来轻柔的声音，带着浓重的方言调调，“你出什么事了吗？”尼粗啥司了？

“啊嗷……”我大喊着做出回应，同时还不住地干呕。

“我能帮什么忙吗？”从上头又传来那悦耳的声音。般啥蛮？但我只能看到那蓝色的袍子。

“哦……嗷……哈……”我说道，疼痛已经让我有点昏晕。眼皮底下舞动着黑色的小点，最后，连凉鞋和蓝色的脚趾甲也看不见了，可那剧痛却没有一点缓和的迹象……我真想干脆昏过去，以逃脱这一切，但意识始终有一分清醒。

长袍在我身边瑟瑟作响。我闻到香水味、古龙水香味、肥皂味……感觉一只只有力的手抓住了我的胳膊、腿、身子。他们正设法把我抬起，这让那高压电线般的痛楚撕穿了我的后背，直直穿进我的头颅。

07

宗教大法官接到命令，需于梵蒂冈时间八点整随助手一同面见教皇。七点五十二分，大法官的黑色电磁车抵达望楼大道的检查站入口，那儿就是通向教皇寓所的所在地。大法官和助手法雷尔神父经过一系列探测器拱门和手持侦测器的盘查——首先是瑞士卫兵的检查站，接着是教廷护卫队的站点，最后是新组建的贵族卫队岗哨站。

约翰·多米尼各·穆斯塔法枢机和助手在最后一个检查站获允通行的时候，大法官给法雷尔使了个不易察觉的眼色。这儿的贵族卫队似乎都是一胞生的克隆人——不管是男的还是女的，都很瘦，头发平直，肤色发黄，眼神呆板。穆斯塔法知道，在一千年前，瑞士卫兵都是雇佣兵，受雇保护教皇；教廷护卫队，则由信得过的梵蒂冈居民组成，必须是罗马人，教皇陛下在公共场所露面的时候，由他们担任光荣的护卫工作；而贵族卫队，则是从贵族中遴选而出，是教皇陛下对他们忠贞不渝的奖赏。而今，瑞士卫兵是圣神舰队的正规军中最精锐的部队，教廷护卫队由尤利乌斯十四世于一年前刚刚重新组建，但现在，乌尔班教皇似乎把个人安危的守护工作交付给了贵族卫队——这群奇特的兄弟会。

宗教大法官知道，贵族卫队的这些孪生兄弟们的确是克隆人，是正在组建的秘密军团的早期雏形，也是一支新型战斗军的先头部队，这支军队由教皇和国务秘书下令组建，担任设计任务的是内核。大法官为得到这些信息，付出了昂贵的代价，他明白，要是卢杜萨美或者教皇陛下发现他知道这一切，那他就会失去自己的宝座——运气不好的话甚至可能失去性命。

穆斯塔法枢机行经底楼的护卫岗哨，搜身完毕，法雷尔神父整了整袍子，一名教皇助手伸出手，示意由他引领两人上楼，但穆斯塔法枢机挥挥手，表示不必麻烦。枢机亲自将门打开，走进古旧的升降梯，它将带他们进入教皇寓所。

要去教皇寓所，必须首先行经这条秘密通道，其起点位于最底层，由于这座重建的梵蒂冈坐落于一座山上，所以望楼大道的入口事实上位于地面之下。笼子发出吱吱嘎嘎的声音，慢慢往上升，法雷尔神父紧张地摆弄着书写器和几沓文件，但大法官很放松，升降梯带着两人行经位于底层的圣达玛索庭院，一层是奇异的波吉亚寓所和西斯廷教堂，升降梯吱嘎着继续上升，接着行经二层的教皇豪华寓所，宗教法庭大厅、图书室、觐见者套房，还有漂亮的拉斐尔诸室。到第三层，他们停了下来，笼门“砰”的一声打开。

卢杜萨美枢机和助手卢卡斯·奥蒂蒙席点点头，微笑着。

“多米尼各。”卢杜萨美招呼道，他握住大法官的手，力道十足。

“西蒙·奥古斯蒂诺。”大法官俯首行礼。这么说，国务秘书也应邀出席此次接见。穆斯塔法疑虑重重，顿生恐惧。他走出升降梯，一行人开始前往教皇的私人寓所，途中，大法官朝走廊尽头望了一眼，那里是国务秘书的办公室，心里不由第一万次地妒火中烧，艳羡此人竟能和陛下本人如此接近。

教皇接见他们的地方，是一个极为宽敞、灯火通明的画廊，这条画廊通向国务秘书的办公室，这间办公室连带着上下两层房间都是教皇陛下的私人领地。在平时，教宗总是显出一脸严肃的表情，但今日脸上却堆满了笑容，他穿着一件带有白帽的袍子，头上戴着白色小瓜帽，腰上束着白色的饰带，脚上穿了一双白鞋，在铺着地砖的地板上走动时很轻，极其细微的声音回荡在静悄悄的走廊中。

“啊，多米尼各，”乌尔班十六世说道，他伸出手，让他们亲吻手上的戒指，“西蒙，你们能来真是太好了。”

法雷尔神父和奥蒂蒙席单膝跪地，等待着自己的主人亲吻完毕，就轮到自己上前亲吻圣父手上的圣彼得戒指。

教皇陛下看上去相当精神，大法官想道，显然比上次重生时显得更年轻，更安宁。高高的额头和热烈的目光还是一如既往，但穆斯塔法觉得，今天早上，这位重生教皇的面容上还同时带着某种期待和满意的神色。

“今早，我们正打算去花园逛逛，”教皇陛下说道，“你们想跟我们一起去吗？”

四人点点头，紧紧跟随教皇快速迈出的步伐，一起走过画廊，接着沿平滑宽阔的台阶走到屋顶，陛下的私人助手保持着一定距离跟在后面。花园入口前的瑞士卫兵目视前方，站得笔挺。卢杜萨美和宗教大法官紧紧相随，离圣父只有一步之遥，而奥蒂蒙席和法雷尔神父也紧跟在两步外。

教皇的花园中小径分岔，错综复杂，里面有开满鲜花的棚架，汩汩流淌的喷泉，有修剪得极为整齐的树篱，有来自三百个圣神星球的各种树木，修剪得极为美观，还有岩石走道和奇异的开花灌木。最最重要的是外面罩着的十级密蔽场，从里面看是透明的，外面看则为不透明，既提供了隐私，也给予了防护。今早，佩森的天空非常明亮，万里无云，碧空如洗。

“你们俩记不记得，我们的天空曾是一片黄色？”教皇陛下开口道，众人迈着轻盈的步伐，沿着花园小径往前走，陛下的法袍发出沙沙的响声。

卢杜萨美发出低沉的声音，对他来说，这只是在低声轻笑。“哦，是的，”他说，“我记得，当时的天空黄得令人反感，空气几乎不能呼吸，而且总是非常阴冷，一年到头都在下雨，从没停过。佩森当时只是个处在边疆的星球，旧时的霸主之所以允许教会扎根在这儿，就是因为这个原因。”

教皇乌尔班十六世微微一笑，伸出手指，点点蓝色的天空和暖暖的阳光。“这么说，西蒙·奥古斯蒂诺，在我们待在这儿的时间里，这个星球有了某些进步？”

两名枢机轻声笑了起来，他们已在屋顶快速走了一圈，接着教皇又换了条路，开始沿花园中间的一条小径往前走。在狭窄的小径上，两名枢机和助手踩着一块块石头，以一列纵队跟在一袭白衣的教宗身后。陛下陡然停下脚步，转回身，在他身后，一汪喷泉轻轻发出汩汩的声音。

“你们，”他说道，语气中的诙谐意味全部消失了，“可听说了阿尔迪卡克蒂元帅的特遣部队已经跃迁到了长城之外？”

两名枢机点点头。

“这只不过是袭击的开始，今后，我们的炮火将愈演愈烈，”圣父说，“这……不是我们的愿望……也不是我们的预言……而是我们早已**确知**的事。”

宗教法庭和国务部的首领同他们的助手一起垂耳聆听。

教皇依次将四人注视了一番。“我的朋友们，今日下午，我们打算前往冈道尔夫堡[①]……”

宗教大法官克制住仰头望天的冲动，他知道，现在是白天，无法看见天上的教皇小行星。他明白，教宗说的“我们”只是一种表示尊贵的意思，并不是在邀请他和卢杜萨美一同前往。

“……我们会在那儿祈祷并沉思几天，编排我们的下一道通谕，”教皇继续道，“这道通谕会被命名为《人类救主》，它将是我们侍奉圣母教会的最重要的一份文件。”

宗教大法官俯首行礼。人类的救赎者，他想，那几乎可以说是代表

① 冈道尔夫堡：原是意大利的一座小镇，是教皇的避暑地。

了一切。

穆斯塔法枢机抬起头来的时候，教皇陛下正微笑着，似乎读懂了他的心思。“多米尼各，它将代表我们神圣的职责，必须让人类维持正统，”教皇说，“它将对我们的圣战通谕进行扩充、澄清。它将详细阐释我主的心愿……不，是我主的戒律……要求人类维持他们本来的面貌，不应被亵渎，不应被蓄意突变和毁坏。”

“这是对驱逐者问题的最后决议。”卢杜萨美枢机喃喃道。

教皇陛下不耐烦地点点头。“对，但不仅仅只有这层含义。我亲爱的好友，《人类救主》将会着眼于教会的职责，对未来做一番解释，从某种意义上说，它会为接下来的一千年布置出一份蓝图。”

仁慈的圣母啊，宗教大法官思索着。

“一直以来，圣神都是天父手里最得力的工具，”圣父继续道，“但在未来的日子里，我们将拟定出最基本的任务，让教会变得更加积极，所有基督徒在日常生活将全身心投入其中。”

将圣神星球更加紧密地统治起来，宗教大法官这么理解，他仍旧低垂着双眼，沉浸在教皇的话语中，陷入沉思。*但如何办到……用什么办法？*

教皇乌尔班十六世又笑了。穆斯塔法枢机不止一次注意到，虽然圣父脸上挂着笑容，但双眼仍旧带着痛楚和警惕。“通谕一旦颁布，”陛下说道，“你们就能更加清楚地理解我们为各个部门安排的职责，包括宗教法庭、外交部，以及一些尚未充分利用的实体和机构，比如主业会、正义与和平宗座委员会、一心会。”

宗教大法官极力隐藏自己的惊讶。一心会？这个宗座委员会，正式名称为“人类及基督发展一心宗座委员会”，几个世纪以来，都只是一个默默无闻、毫无实权的组织。穆斯塔法凝神想了片刻，才想起一心会会长的名字……应该是杜诺耶枢机，梵蒂冈的一个二流官员，一个上了年纪的女人，以前从未在梵蒂冈的政治中展现过身影，*这他妈到底是怎么回事？*

“宁为太平狗，不为乱世人呐。”卢杜萨美枢机说道。

“没错。”宗教大法官说道，他记起这是一句中国古代诅咒时势的俗语。

教皇又挪步走了起来，四人紧随其后。一棵造型优美的圣像木傲然挺立，上面开满了金色的花朵，从密蔽场外吹进来一阵微风，花儿翩然摇曳。

“我们新制订的通谕，也将涉及到这个新时代越来越严重的问题——高利剥削。”教皇陛下说道。

宗教大法官差点停下脚步。但他马上重整步调，多走上半步，跟紧教皇的步子。他极力掩饰自己的表情，维持着漠然的神色。他几乎可以感觉到身后的法雷尔神父表现出的震惊。

高利剥削？宗教大法官思索着。三个世纪以来，教会都严格控制着圣神和圣神商团的贸易……不允许回到过去那种纯资本主义的日子，也没人希望如此……但是教会所实施的控制手段程度甚轻。教会将要实施新的策略，是不是意味着它打算全面掌控所有的政治、经济和生活？今天稍后，尤利乌斯……乌尔班……会不会采取行动，废除圣神国民自治和商团贸易自由？在这一切中，军队的立足点又在哪里呢？

教皇走到一丛漂亮的灌木旁，停下脚步。那丛灌木长着亮蓝色的叶子，盛开着白色的花朵，“我们这棵伊利里亚龙胆木在这儿长得很好，”他轻声说道，“它是飞天白马星的布斯克大主教送来的礼物。”

高利剥削！宗教大法官脑子一片乱麻，但他还在绞尽脑汁琢磨着。一旦违反严格的贸易和利润控制措施……就将被处以极刑……逐出教会，失去十字形。来自梵蒂冈的直接干预。圣母啊……

“但是，今天叫你们来这儿，并不是要跟你们说这些，”乌尔班十六世说道，“西蒙·奥古斯蒂诺，可否请你告诉穆斯塔法枢机，我们昨日收到了什么令人不安的情报？”

他们知道我们的生物间谍，穆斯塔法惊恐地想道，他的心猛烈跳动起来。他们知道我们安插的密探……知道宗教法庭企图直接和内核接触……知道在大选前我们对其他枢机的试探……他们知道一切！他极力将表情控制得中规中矩，留神倾听，兴趣十足，仅仅因为圣父用了“令人不安”这个词，脸上才挂上了职业性的惊恐。

卢杜萨美枢机似乎带着庞大的质量耸立了起来，那低沉的话音仿佛发自男人的胸腔或肚子，而不是嘴巴。在他身后，奥蒂蒙席的身影让穆斯塔法的脑海中划过一个影像——他儿时在农业星球复兴二号的田野中见到的稻草人。

“伯劳又出现了。”卢杜萨美枢机说道。

*伯劳？这他妈跟我有什么……*穆斯塔法一直以来都是一个思维敏捷的人，但现在却晕头转向起来，他无法跟上这些快节奏的转变，无法领会其中的真相。他还是怀疑这其中有什么陷阱。看到国务秘书停下来等他回应，宗教大法官轻声说道：“西蒙·奥古斯蒂诺，海伯利安的军事当局能应付它吗？”

卢杜萨美枢机摇摇庞大的头颅，那下巴也随之扭动起来。“多米尼各，这魔鬼重新出现的地点，并非在海伯利安上。”

穆斯塔法现出一副惊愕的神情。*在审问纪下士的过程中，我获悉这怪物曾在四年前出现在神林，其意图，显然是想阻止尼弥斯杀害那个名叫伊妮娅的孩子。为了得到这些信息，在纪下士重新回到圣神舰队后，我安排人伪造了他的死亡，把他绑架了。难道他们知道这一切？可为什么要现在告诉我？*此时此刻，宗教大法官的脖子上似乎正悬着一把利剑，他正等着落下来。

“八个标准日之前，”卢杜萨美继续道，“火星上出现了一个凶残的恶魔，杀死了很多人，看情形，只可能是伯劳干的。这怪物在杀人之后，还将十字形从遇害者的身上剥了出来，导致无法重生的真死……死亡数量……非常大。”

“火星。”穆斯塔法枢机呆呆地重复着，他望了望圣父，乞求得到解释、引导，甚至是他害怕的谴责，但是教皇正在细看一棵玫瑰的花朵。在他身后，法雷尔神父向前走了一步，但宗教大法官挥挥手，示意他退后。“火星？”他重复道，几十年，甚至几个世纪以来，他都未曾感受到像现在这般呆笨和无知。

卢杜萨美笑了。“对……那是旧地星系的一颗星球，受过环境改造。陨落前，军部曾把指挥总部设在那里，但到了圣神的年代，这颗星球就没什么用处，没那么重要了，它太偏远，多米尼各，也不怪你不知道这个星球。”

“我**知道**火星在哪儿。”宗教大法官回应道，出口时，语气比他预想的还要尖锐，“我只是不明白，为什么伯劳会出现在那儿。”*还有，这他妈跟我有什么关系？*他在心里加上一句。

卢杜萨美连连点头。“的确，据我们掌握的信息，除了这次，伯劳这个魔鬼以前从未离开过海伯利安。但它的确到了火星，毫无疑问。火星上发生的恐怖事件……那儿的总督已经宣布启动紧急状态，罗伯逊大主教亲自向陛下请愿，要求施以援助。”

宗教大法官揉揉下巴，忧心忡忡地点点头。“圣神舰队……”

“当然。有一支舰队分队驻扎旧地比邻区，已经被派遣了过去。”国务秘书说道。教宗正弯腰观赏一棵盆景树，一只手抚在弯曲的小枝条上，似乎在给它赐福，看这样子，好像压根没有把他们的谈话放在心上。

“这支分队拥有充足的海兵和瑞士卫兵，”卢杜萨美继续道，“我们希望，他们能制伏并摧毁它，或者，要么制伏它，要么摧毁它。”

*我母亲跟我说，永远不要信任说话这么模棱两可的人，*穆斯塔法暗自寻思。“当然，”他大声说道，“我会在心里为他们念一段祈福弥撒。”

卢杜萨美微笑着。圣父正观赏那棵矮小的树木，现在，他抬起了头。

“说实话，”卢杜萨美说道，从这三个字中，穆斯塔法听出了一些暗含的意味，就像是一只被喂得圆滚滚的猫，正猛地扑向倒霉的老鼠，而这只老鼠正是宗教大法官自己，“我们觉得，从各种程度上来说，这是事关信仰的问题，而不是舰队可以解决的。两个多世纪前，圣父就得到了神启，明白伯劳是一个魔鬼，兴许是黑暗之子手下的操刀者。”

穆斯塔法唯有点头的份了。

“我们觉得，只有宗教法庭才是调查魔鬼出现的不二人选……只有它才能拯救火星上这些不幸的男女老幼，因为不管在精神还是物质层面上，它都经过严格的训练，有适当的装备，也有很好的准备。”

我还不如去死，约翰·多米尼各·穆斯塔法枢机想道，这名宗教大法官也是教义部的部长，这一圣部，又名“异端谬误圣裁会”。因为这句渎神之言，他不由自主在心里念了段忏悔经。

“明白了，”宗教大法官大声说道，他没有看清他敌人的精巧构思，只笑对这一切，“我马上委任手下……”

“不，不，多米尼各，”陛下说着，走过来抓住大法官的胳膊，“你必须马上走。恶魔的这一……显形……已经威胁到了我们整个基督教会。”

“走……”穆斯塔法呆若木鸡。

“我们从圣神舰队征用了一艘大天使星舰，最新型的一艘，”卢杜萨美轻快地说道，“它将配有二十八名船员，但你还能带上自己的工作人员和护卫，最多二十一人……二十一人，加上你自己。”

“当然，”穆斯塔法枢机说着，这次他真的露出了微笑，“当然。”

“就在我们说话的时候，圣神舰队正在战斗，和驱逐者战斗，他们都是撒旦以肉体显形的操刀者，”卢杜萨美低沉地说道，“但我们必须勇敢地直面这一来自恶魔的威胁……并通过教会自身的神圣之力，打败它。”

“当然。”宗教大法官说道。火星，他想，位于文明宇宙屁股端上最遥远的小疙瘩。要是在三个世纪前，我还能用超光仪打个电话，但现在，如果他们让我一直待在那儿，我就将永世不见天日了。得不到情报，没办法指挥我的手下。还有那个伯劳……如果这怪物还被内核亵渎神明的终极智能控制着，那按照它既定的程序，只要我一抵达，它就会马上把我干掉。妙极。“当然，”他再次说道，“圣父，我什么时候走？如果可以有几天或是几个星期的时间，让我把宗教法庭的事务安排妥当……”

教皇微微一笑，他捏捏穆斯塔法的上臂。“多米尼各，大天使将随时恭候，等你把随从挑选好，它就马上把你们送到火星。他们已经做了最佳安排，从现在开始，给你六小时的准备时间。”

“当然。”穆斯塔法枢机最后一次说道，他单膝跪地，吻吻教皇手上的戒指。

“上帝与你同在，祂将永远保护你。”圣父念着，用手点触着枢机俯下的脑袋，同时以拉丁文吟唱出更加正式的祝祷。

宗教大法官亲吻戒指，品味着嘴中宝石和金属的酸冷感觉，他曾认为这些人在智慧和谋略上都胜他一筹，想到他们要下的诡计，他不由又会心一笑。

在“拉斐尔”号第一次跳往偏地外空间的过程中，德索亚神父舰长到最后一刻都没有机会和格列高里亚斯中士谈上话。

这第一次跳跃，只是一次试验性质的跃迁，目的地是个无名星系，在星图上根本找不到它的位置。它位于二十光年外，在长城之外，跟波江五一样，这个星系的太阳是一颗K型恒星，但跟波江五那颗橙色的矮星不同，这颗恒星是个如大角星般硕大的巨星。

基甸特遣部队安全跃迁到那里，新型的两日自动重生龛正常运转，没出一丝故障，到第三日，七艘大天使已经减速进入巨型恒星所在的星系内部，正同九艘霍金级火炬舰船玩着猫抓老鼠的游戏，那九艘舰船先他们一步开赴于此，其间造成了几个月的时间债。它们得到的命令是隐藏在星系内，大天使的任务是把它们一个个找出来，继而摧毁它们。

其中三艘火炬舰船正处遥远的欧特云中，飘浮在原彗星群中，驱动器已经关闭，通信器处于静默状态，内部系统运行在最低能耗点。“乌列尔”号在零点八六光年外捕捉到它们的信号，发射了三颗虚霍金级超动导弹。德索亚和其余六名舰长站在战术空间中，星系的恒星面与腰部平齐，七艘大天使的聚变驱动器喷射出两百公里长的焰尾，就像是黑玻璃上齐胸高的钻石刻痕。他注视着欧特云中若隐若现的全息像，追踪着理论上的超动自导弹头，它们从霍金空间中出现，搜索出隐匿的火炬舰船，在战术计数牌上，显示出了虚拟结果：击毁两艘，一艘“确定严重受损，坠毁可能性极高”。

星系中没有类似行星的星球，但探测器侦测到在剩下的飞船中有四艘正潜伏在黄道面的行星吸积盘[①]内，等待发动伏击。“雷米尔”号、“米凯尔”号、“拉斐尔”号在远处展开攻击，未等火炬舰船的探测器侦测到大天使入侵者，四艘船便迅速被摧毁于无形。

最后两艘火炬舰船正藏在巨大K型恒星的太阳圈[②]中，开启了十级密蔽场防护，并从尾部拖曳出五十万公里的微纤散发热量。在这场模拟战役中，面对这样的操纵行为，圣神舰队紧锁眉头，但德索亚对两艘舰船指挥官的大胆行动置之一笑。也许，他在十年前也会采取这样的策略。

突然，这两艘火炬舰船高速冲出了K型恒星，在可见光谱上，能量场排放出阵阵热能，就如两颗炽热的原恒星被庞然大物般的父亲吐了出来，两艘船正设法接近特遣部队，而后者正以四分之三光速刺穿这个星系。最近的那艘大天使——“沙利尔”号——在船首一百公里外维持着三十级吻部能量场，以便在聚满分子尘的星系中开辟出一条道路，它没有转移一丝能量，便摧毁了两艘火炬舰船。如果那能量场突然失效，在如此高的速度下，将会导致惨重的伤亡。

接着，阿尔迪卡克蒂元帅在欧特云中咆哮起来，开始质疑“无确定把握的毁灭”，特遣部队也极力减速，绕着巨型K型恒星划出一道巨大的圆弧，所有指挥官和副官都集合在战术空间中，讨论模拟行动的开展状况，会议结束后，基甸舰船就将跃迁进入驱逐者空间。

一直以来，德索亚都觉得这些会议有点自以为是。三十几个男男女

---

① 吸积盘：一种由弥散物质组成的、围绕中心体转动的结构（常见于绕恒星运动的盘状结构）。

② 太阳圈：也称为日球，是太阳风吹入星际物质（由银河系渗入的氢和氦）的空间中造成的气泡。

女穿着圣神制服，就像巨人般站着——或者，以实际情况来说，是如巨人般坐着，因为众人以黄道面作为一个虚拟的桌面，他们讨论着击杀情况、策略部署、设备故障及探测率，而K型恒星在空间中央闪耀着明亮的光芒，被放大的舰船慢慢划出牛顿力学抛物线，就像是七粒余烬，在黑色的天鹅绒上燃烧。

会议进行了三小时，最后的结论是，“可能而非确凿的毁灭”不被接受，如果目标难以击中，他们应大范围地发射至少五颗人工智能控制的超动导弹，在得到三艘飞船毁灭的确凿证据后，再重新回收没有命中目标的导弹。他们对此进行了激烈的争论，在这样一个难以确保补给渠道的任务中，开销、发射率、消灭、储备是否能达到平衡。最后达成一项策略，让一艘大天使作为开路先锋，比整个部队领先三十光分，并先期抵达每个星系，以此作为吸引探测器和电子对抗的“目标点”，另有一艘保留一定时间差，飞行在一光时之后，对所有“无确定把握”的对象做扫尾工作。

他们几乎在战斗岗位上干了一天，也就是二十二小时，所有人的双手都在和重生后的微恙感觉抗争。就在这时，“乌列尔”号发来了密光信息，那是个跃迁坐标，位于一个驱逐者大量出没的星系，于是，七艘大天使便开始加速朝跃迁点飞去。德索亚神父舰长开始巡视每一名新船员，依次交谈一番，命他们“上床躺好”。他把格列高里亚斯中士和其下的五名瑞士卫兵留到了最后。

曾几何时，德索亚神父舰长为了追捕那个名叫伊妮娅的小女孩，踏上了漫长的旅途，他们穿越了一整条旋臂，旅程中他和格列高里亚斯中士在原先那艘“拉斐尔”号上共度了好几个月，在那几个月中，神父舰长曾厌倦直呼中士的姓氏，不想再叫他“格列高里亚斯中士”，于是他调出大个子男人的履历，想找到他的名字。但最后的发现令德索亚非常惊讶，中士没有名字。魁梧的军士出生在沼泽星球帕桃发，在北方大陆的一个武士部落中成年，那个部落的人出生时都有八个名字——其中七个是“弱名”，只有在“七项试炼”中幸存下来的人，才有权丢弃这些弱名，只以“强名”称呼。飞船的人工智能告诉神父舰长，通过“七项试炼”，幸存下来并丢弃所有弱名的人少之又少，差不多三千人中只有一个。对于这些试炼的本质，电脑中没有任何信息。此外，据记录显示，格列高里亚斯是第一个成为授勋海兵的帕桃发苏格-毛利人，之后又被选中，加入了瑞士卫队这一精英部队。德索亚一直想问问中士，“七项试炼”到底是什么，但他从没鼓足勇气去问。

今日，飞船内部已经设置为零重力，德索亚跃下升降井，穿过自动开启的舱门，进入光线柔和的军官起居室。格列高里亚斯中士见到他后，看上去相当高兴，看那样子，似乎打算给神父舰长来个大大的拥抱。但中士没有那么做，他把赤足钩在一根横档下，立正，大声喊道：“全体立正！”于是，五名士兵马上放下手中的活——他们有的在看书，有的在清洗，有的在拆卸维修——试图把脚站到舱壁上。在这片刻时间里，起居室中飘浮着零散的杂物——书写器、杂志、震动刀、冲击装甲、拆卸下的能量切枪。

德索亚神父舰长对中士点点头，开始审视五名突击队员。三男两女，都非常非常年轻，很瘦，但肌肉强健，体型完美地适应了零重力，显然经过特殊的战斗磨炼。五名队员都是战斗新手，且都有与众不同之处，得以被选中执行此次任务。德索亚能看见他们对战斗的渴望，他不由感到几许伤感。

德索亚进行了几分钟的检阅、介绍，和他们进行了司令官和队员之间的聊天，接着，他朝格列高里亚斯打了个招呼，示意他跟自己走，继而迈过船尾的柔和亮光，进入了发射舱。房间内只剩下他俩的时候，德索亚神父舰长伸出手。“中士，真他妈高兴，终于又见到你了。”

格列高里亚斯和神父舰长握握手，咧嘴大笑，这个大个子男人还是以前那副样子，方方的脸上有一道疤，头发剪得寸短，但那副笑容比德索亚记忆中的还要欢快。“神父舰长，我也真他妈高兴，又见到了你。可是，长官，身为神父的你，什么时候开始说这些亵渎神明的脏话了？”

“从我受提拔指挥这艘飞船的时候起，中士，”德索亚回答，“这几年你过得怎么样？”

“还过得去，长官。挺好。”

“你见证了圣安东尼入侵和人马座突出部的行动，”德索亚说，“纪下士牺牲的时候，你和他在一起吗？”

格列高里亚斯中士揉揉下巴。“不，长官。我是两年前到突出部的，但从没见到过纪下士，只听说他那艘运输舰被熔毁了，我没见到他。长官，那艘船上还有别的几个朋友。”

“抱歉。”德索亚说，两人笨拙地飘浮在超动武器储存舱中。神父舰长抓住一个把手，转过身，凝视着格列高里亚斯的眼睛。“中士，你通过了审问，过程还顺利吗？”

格列高里亚斯耸耸肩。“他们在佩森上把我关了几个星期，一直在用不同的方式问同一个问题。我把神林上发生的事全部告诉了他们——那个女魔头，还有伯劳老怪，但他们似乎不相信。最后他们似乎问厌了，就把我的军衔降到了下士，然后把我给放了。”

德索亚叹了口气。“真抱歉，中士。我本应举荐提拔你，称赞你一番的。”他悲伤地笑了几声，“跟我在一起的时候，你干得非常出色。幸运的是，我们都没被逐出教会，也没被处以死刑。”

“是啊，长官。”格列高里亚斯说道，他扭头看了看左舷，望着不断变化的星野。“可以肯定的是，他们对我们很不满意，”他重新望回德索亚，“还有你，长官。听说他们把你的职权什么的都夺走了。”

德索亚神父舰长微微一笑。“把我降级了，我又干回教区神父这个老本行了。”

“我听说了，长官，那是个沙漠星球，没有水，非常肮脏。在那个地方，连小便都能卖钱，一靴子值十马克。”

“没错，”德索亚回答，仍旧保持着那副笑容，“马德雷德迪奥斯，那是我的家乡。”

“哦，见鬼，长官，”格列高里亚斯说道，一双大手尴尬地握在了一起，“我不是有意冒犯，长官。我是说……我不……我没……”

德索亚把手搭在大个子的肩上。“中士，我没觉得这有什么冒犯的。你说得对，在那儿小便的确能卖钱……只不过是一靴子卖十五马克，而不是十马克。”

“是，长官。”格列高里亚斯说道，黑色的脸上泛起一阵红晕，让那张脸显得更黑了。

“还有，中士……”

“何事，长官？”

“由于你说了脏话，我罚你念十五遍《万福马利亚》，十遍《天父经》。瞧，我还是你的忏悔神父。”

“遵命，长官。”

就在这时，德索亚的植入物震颤起来，同一时间，飞船的通报器急急鸣响。“离传送还有三十分钟，”神父舰长说道，“叫你的小家伙们都躺到重生龛里，中士。接下来的这次跃迁，可要动真格的了。”

“好的，遵命，长官。”中士靠了靠脚，朝柔和的灯光跃去，但就在圆门自动开启的时候，他停了下来，“神父舰长，有件事不知当讲不当讲？”

“说，中士。”

“长官，就是一种感觉，”这名瑞士卫兵说道，他深深皱紧了眉头，“瞧，长官，一直以来我都很相信自己的感觉。”

“我也相信你的感觉，中士，说吧，什么事？”

“留神背后，长官，”格列高里亚斯说，“我不是指……什么具体的事。就是留神你的背后。”

“好，好。”德索亚神父舰长回答。他在那儿等了一会儿，目送格列高里亚斯回到自己的军官起居室，等那片柔和的亮光隐灭后，他便跃向主升降井，回到自己的死亡座椅和重生龛中。

佩森星系非常繁忙，挤满了商团的飞船、圣神舰队的战舰、大型阵列定居地（如商团圆环、圣神军事基地、聆听岗哨），还有成群的地球化改造过的小行星（如冈道尔夫堡），低租金的罐状城市（有数百万人热切地希望接近这个人类的政权中心，但穷得付不起佩森住宅的昂贵费用，便住进了这个地方），以及已知宇宙中最豪华的星系内私人飞船。此时此刻，矶崎健三暗自希望无人前来打扰，这位“天主教星际贸易独立组织泛资本联盟执行理事会”的首席执行官兼主席，征募了一艘私人舰船，他独自乘着飞船，在高倍重力下飞行了三十二小时，进入了远离佩森恒星的漆黑的外围环带中。

对他来说，就连挑选一艘飞船也是困难重重。虽然圣神商团拥有一小队飞船舰队，但那些都是昂贵的星系内行政穿梭机，矶崎健三必须做出假设，即便这些飞船已经极力排除了所有可能的窃听装置，但还是存在着莫大的隐患。他也想过，是不是可以将一艘商团货船的送货路线修改一下——它本来的贸易路线位于轨道聚居地之间——用于此次会晤，但矶崎健三最后还是否定了这个主意，他觉得，他无法保证飞船能通过敌人的盘查——梵蒂冈、宗教法庭、圣神舰队情报部、主业会，甚至是商团内部的敌人，还有无数的其他人，他们会窃听商团巨型贸易舰队的每一艘船。

最后，矶崎健三对自己做了番伪装，去圆环的公共码头买下了一艘陈旧的小行星跳跃舰，并命令自己非法改进过的通信志人工智能驾驶这艘船，飞出黄道带的营火区。途中，他的船被圣神安保巡逻队和固定岗哨盘问了六次，但这艘跳跃舰拥有许可证，它的目的地是个矿石场，当然，那个地方已经被开采了无数次，早已不剩什么东西，但对于铤而走险的采矿者来说，那里好歹是个合法的地点。每一次盘问，都没有涉及到私人问题，最后都获允放行。

矶崎健三觉得这一切就像是一场闹剧，是在浪费他宝贵的时间。如果这名接头人同意，他本可以在自己位于圆环的办公室中和他见面。但接头人没有同意，矶崎健三想，万不得已的话，他甚至得爬到毕宿五与此人会晤。

离开圆环后已经过了三十二小时，跳跃舰取消内部密蔽场，削减极高的重力，把处于睡梦中的矶崎健三唤醒。飞船的电脑非常愚蠢，只能显示出这颗岩石小行星的坐标和读数，但违法的人工智能通信志界面还是对整片区域进行了一番搜索，寻找其他飞船的踪迹——不管是活动的还是隐匿的——最后宣布佩森星系的这一区域空无一人。

“那么，如果这里没有船，他怎么来这儿呢？”矶崎健三喃喃道。

“长官，除了乘飞船，没有其他方法可以到达这里，”人工智能说，“除非他已经在这儿了，但是这看上去不太可能，因为……”

“住嘴。”矶崎健三命令道。他坐在跳跃舰透明的指挥座舱中，那里一片昏暗，能闻到一股润滑剂的气味。他注视着五百米外的这颗小行星，它已被过度开采，上面布满了坑洞，跳跃舰和它维持在速度同步状态，一起翻滚，所以，小行星看上去像是静止的，相反，处于旋转运动状态的，似乎是远处佩森星系的星野。除了这颗小行星，这儿再没其他东西，唯有全然的真空，全然的光辐射以及全然冰冷的死寂。

突然，从外部气闸门上传来了一声敲门声。

08

军队开始部署行动，暗沉沉的星舰组成的巨型舰队在宇宙的时空统一体上撕扯出一个个孔洞，教会的宗教大法官被派到饱经伯劳蹂躏的火星，圣神商团的首席执行官独自飞行至深层空间的秘密约会地会见一个非人角色，正当这一切发生的同一时间，我正无助地躺在一张床上，忍受着背部和腹部的剧烈痛楚。

疼痛是个有趣但令人不快的东西。在人的一生中，没有多少东西可以让我们的注意力如此集中。没有多少东西，听起来或是读起来比它更加让人厌烦。

这疼痛非常有趣。它残酷无情，能控制人的意识，对此，我非常吃惊。我已经忍受了好几个小时的剧痛，但它仍毫无停歇之意，在这段时间里，我曾试图集中精神，看一下四周的环境，或是思索思索其他事情，和周围的人聊上几句，甚至只是在脑子里简单地数一下有几张桌子，但是那疼痛不断地流进我意识的每一个角落，就像是钢水浇灌进碎裂坩埚的每一条裂缝。

当时，在我朦胧的意识中只剩下了几个简单的认识。我是在一颗星球上，按通信志所说，名叫维图-格雷-巴里亚那斯B，在从一口井里汲水的过程中，我被突如其来的剧痛袭倒；我在地上疼得打滚，有个全身裹着蓝袍的女人——脚上穿着凉鞋，露出的脚趾甲也涂成了蓝色——叫来其他一些穿着蓝袍的人，把我带到了这栋土砖房屋中，而后，我躺在这张软床上，继续和疼痛搏斗；屋子里有几个人——另一个穿着蓝袍、裹着围巾的女人，一个穿着蓝袍、缠着头巾的男人，至少有两个孩子，都穿着蓝衣服；这是些慷慨高尚的人，他们不仅忍受着我痛苦挣扎时口齿不清的呻吟和诉出的歉意，还不断地和我说话，拍抚我，在我额头上敷上湿巾，脱掉我的靴子、袜子和背心，用他们悦耳的方言语调在我耳边说着安心的话语，而我忍受着背部和腹部的剧痛，极力保持着尊严。

我在那屋子里已经躺了好几个小时，窗外，蓝色的天空已经褪变成玫瑰红色的晚霞，这时，在井边发现我的那名女子说道："公民，我们已经向本地的神父求助，他到庞巴西诺的圣神基地找医生去了。这几天，不知道什么原因，圣神的掠行艇和飞行器都没空，所以神父和医生……如果医生来的话……就必须乘船沿河走上五十划的路，不过，你可以放心，他们能在日出前到达。"

我不知道一划有多长，也不知道走完五十划的路需要多长时间，我连这颗星球的夜晚有多长也不知道，但是想到这剧痛或许终于能画上句号，我的眼睛便盈满了泪水。然而，我轻声说道："女士，求你，不要圣神医生。"

女子摸摸我的额头，她的手指凉凉的。"必须叫医生。拉蒙水闸这儿已经没有医生了，如果得不到医疗救助，你恐怕会没命的。"

我呻吟着，打着滚，别过了身。那疼痛在我体内穿袭，就像是狭小的毛细血管中被拉进了一根高压电线。我意识到，如果圣神医生来的话，他马上就会发现我来自外世界，然后会向圣神警察局或军队报案——如果"传教神父"还没那么做的话——如此一来，我铁定会被他们审问一番，然后遭到拘留。伊妮娅交给我的任务就这样早早地以失败告终。四年前，那个诗人老头，马丁·塞利纳斯，把我送上了这趟漫长的冒险之旅，他曾举起香槟酒杯为我敬酒——“敬英雄。”要是他知道这一祝酒词和现实有多么大的差距就好了。或许，他的确知道。

那一晚过得非常缓慢，像是在经历漫长的冰河期。那两名女子隔一会儿就来看我一下，她们不在的时候，那两个孩子会从黑漆漆的走道中朝我偷窥，他们穿的蓝袍子可能是睡衣，但头上没有扎头巾，那个女孩留着一头金发，我初次遇到伊妮娅的时候，她的头发跟这女孩的差不多，当时她大约只有十二岁，而我已经二十八岁。那个男孩比女孩年纪小，我猜可能是她的弟弟，小家伙看上去尤为苍白，头发被剃光了，每次他朝屋子里偷看的时候，总会害羞地摆摆手指，朝我招一招。在一阵阵剧痛的间隙，我会虚弱地抬起手，也朝他招招手，但每当我睁开眼睛想要再次看看他的时候，他就不在那儿了。

日出来而又去，医生却没有来。绝望在我内心如波涛般翻腾，我已经快要崩溃，要是这痛苦再持续一小时，我就撑不住了。出于本能，我觉得这些友善之人的家里没有止痛药，不然他们早就喂我吃了。整个晚上，我都在想我小舟里的那些行李有没有什么可以用得上的，但是储备箱中只有一些消毒剂和阿司匹林。我知道，后面那种药，对这种潮汐般凶猛的剧痛根本无济于事。

我想，我只能再坚持十分钟了。早些时候，他们把我的通信志手环拿了下来，放在了床边的一块土砖搁板上，抬眼就能望见，但我从没想过要用它来看看这里的一晚有多长时间。现在，高压电线般的痛苦在我身体内扭动，我挣扎着把手探过去，重新把手环戴在了手腕上，接着对飞船的人工智能轻声说道：“生物监控器功能还启动着吗？”

“是的。”手环回答。

“我要死了吗？”

“生命体征没有危险，”飞船仍旧用平常那四平八稳的声调说道，“但你似乎正处于休克状态。血压……”它继续喋喋不休地报着一些技术信息，我马上叫它住嘴。

“你有没有查出来是什么原因造成的？”我气喘吁吁地问道，剧痛过后是一波波作呕的感觉。虽然我早已吐光了肚子里的东西，但呕吐的感觉还是让我弓起了身。

“根据信息，跟阑尾炎很像。”通信志说道。

“阑尾……”这是个毫无用处的古老玩意儿，早就通过基因修改从人身上剔除了。“我有阑尾吗？”我对手环轻声说道。时近日出，静悄悄的屋子里突然传来袍子的瑟瑟声，还有几个女人的声音。

“没有，”通信志回答，“除非你发生了基因突变，但这非常罕见，可能性只有……”

“住嘴！”我嘘道，那两名穿着蓝袍的女子匆匆走了进来，还领着另外一个女人，她长得又高又瘦，显然出生于外世界，身上穿着一件黑色的连身衣，左肩是一块十字和蛇杖标的图案，代表圣神舰队医务军。

“我是莫莉娜医生，”那女人一面说，一面打开一只黑色的小提箱，“基地的掠行艇都在参与军事演习，所以那个年轻人来找我的时候，我不得不和他一起乘菲茨船来这儿。”她在我赤裸的胸脯上贴上一张黏性诊断贴，又在我肚子上贴了一张。“别自作多情地以为我大老远跑过来是为了看你……有艘基地掠行艇在南面八十公里外的吉罗唐巴附近坠毁，我不得不过去照料受伤的圣神船员，他们现在正在等医疗直升机，所以我抽空来看你一下。那帮人其实没什么严重的，只不过受了些擦伤，有个家伙断了条腿。但是基地不愿为了这点小事把正在演习的掠行艇派过来。”她一面说，一面从提箱中拿出一个巴掌大的装置，摆弄了一下，让它接受诊断贴的信号，“如果你是几星期前在航空港弃船潜逃的那几个商团太空员中的一员，”她继续道，“别指望从我这儿抢钱或麻醉药，跟我一起来的还有两名保安，他们就在外头等着呢。”她戴上耳机。“好了，年轻人，你哪里不舒服？”

我摇摇头，那汹涌的剧痛撕扯着我的后背，让我咬牙切齿。当能说出口的时候，我说道:“不知道，医生……我的背……我感到恶心……”

她没睬我，继续看着那个掌上装置。突然，她朝我凑过来，按了按我的左腹。“这里疼吗？”

我几乎放声大叫。“疼。”疼痛稍微平息后，我回答道。

她点点头，转身对着那位救我的蓝袍女子。“跟接我的神父说一声，叫他把那个大包拿进来。这个男人重度脱水，必须进行静脉输液，之后还要注射一管超级吗啡。”

就在此时，我意识到一件事，这件事，自我小时候看着母亲死于癌症之日起就已经为我所知，那就是，能超越意识形态和远大抱负，超越思想和情感的，只有痛苦。如果能从痛苦中解脱，我愿意为这个刻薄多话的圣神舰队医生做任何事。

“到底怎么回事？”我问道，她正在配置瓶子和管子。“这么疼……是什么东西造成的？”她手里拿着一根老式注射器，正在往里面填充一小瓶超级吗啡。如果她告诉我，我得了什么致命的疾病，今晚就会死，只要她快点给我注射这止痛剂，我就什么也不在乎了。

“肾结石。”莫莉娜医生说。

我脸上肯定挂满了疑惑的神情，而她继续说道：“你肾脏里有颗小石子……虽说是小石子，但也很大，排不出来……很可能是钙化形成的。这几天你小便困难吗？”

我回想起旅程刚开始那几天，小便时偶尔会疼，还尿不大出，但那几天我没怎么喝水，所以我把这一切归咎于此。“是的，可……”

“肾结石，”她一面说，一面在我左手腕上涂上药水，“会有点刺痛。”她将针管插进静脉，绑缚好。

由于背部杂乱无章的剧痛，我几乎没感觉到针头刺了进来。医生摆弄了一下静脉管，又将注射器连接到管子的一根分支上。“药物大概一分钟就会起效，”她说，“应该会消除你的不适。”

不适。我闭上双眼，不让她们看见我因欣喜而流下的泪水。在井边发现我的那位女子正抓着我的手。

一分钟后，疼痛的确开始减弱。这世上没有什么东西比消除疼痛更让人欢喜了，就好像震耳欲聋的嘈杂声音终于被切断，我的思维又清晰了。随着那股剧痛慢慢减弱，直至回到刀伤或者断骨的程度，我再一次变回到了我自己。这种程度的疼痛是我可以忍受的，也能让我保持尊严和判断力。超级吗啡起作用的时候，蓝衣女子正捧着我的手腕。

“谢谢你。”我捏了捏蓝衣女子的手，从干裂的嘴唇中吐出这几个字。“莫莉娜医生，也谢谢你。”我对圣神医师说。

莫莉娜医生凑过来低头看着我，轻轻拍了拍我的脸。“你会睡上一小会儿，但我先要问你几个问题，在我没问完前，别睡着。”

我迷迷糊糊地点点头。

“你叫什么名字？”

“劳尔·安迪密恩。”我发现自己撒不了谎，她肯定在注射液中放了吐真剂或是别的什么药物。

“劳尔·安迪密恩，你从哪里来？”她正拿着那个巴掌大的诊断装置，感觉像是一个录音器。

“海伯利安，天鹰大陆，我的部落是……”

“这儿是维图-格雷-巴里亚那斯B星的蔡德·拉蒙水闸，你是怎么来的？你是不是上个月从商团运输舰弃船潜逃的太空员？”

“独木舟。”我感觉所有东西都慢慢变得遥不可及，只有自己的声音在耳边回荡，一阵极暖的暖意充满了我的内心，和我体内肆意驰骋的欢愉感混成一团。“我划着独木舟，一路沿河而下，”我叽里咕噜地说着，“我是**通过**远距传送门来的，不，我不是那些太空员……”

“远距传送门？”我听见医生重复着这个词，声音听上去略带困惑，“劳尔·安迪密恩，你说你通过远距传送门来的，什么意思？是不是跟我们大家一样，从它下面划着水穿过去？在你沿河而下的旅程中，从它下面穿过？”

“不，”我回答，“我是从外世界来的，**通过**传送门。”

医生望了望蓝衣女子，接着转过头看着我。“你是从外世界通过远距传送门来的？你是说……它能运转？把你传送到了这儿？”

“对。”

“你从哪儿来？”医生问，她的左手按着我的手腕，检查着我的脉搏。

“旧地，”我回答，“我是从地球来的。”

有那么一小会儿，我感觉自己飘浮了起来，充满喜悦地脱离了痛苦，而医生已经走到了外面的走廊里，正和女士们谈着话。我听到了其中的一些片段。

“……显然神志有点错乱，”这是医生的声音，“不可能是从……旧地……来的，很可能是那几个太空员，嗑了药，头脑里全是幻觉……”

“我们很乐意让他留在这儿……”这回说话的是那个蓝衣女子，“我们会照顾他，等……”

“我们会把一名士兵留在这儿，还有那个神父……”传来医生的声音，“医疗掠行艇到吉罗唐巴接完伤兵，我们会再过来这儿，把他带到基地……可能是明天，或是后天……别让他逃走……军警很可能会……”

逃离了痛苦，我浮在了越涨越高的欢愉浪尖上，不再和浪花搏斗，任自己被水流推着往前，吗啡正张开它的臂膀，欢迎我的到来。

我做了个梦，梦到了一个月前我和伊妮娅的一次对话。那是个凉爽的盛夏之夜，我俩正坐在沙漠小屋的前厅里，喝着茶，看着天上的星辰次第出现。我们正在聊圣神的话题，但是每当我说圣神“不是”什么的时候，伊妮娅就会和我唱反调，把“不是”改成“是”作为回应。最后我终于生气了。

“瞧，”我说，“听你的意思，好像圣神从没想要抓你，也没想要杀你。就好像圣神舰船从没追得我们穿越半条旋臂，没有在复兴之矢把我们击落。要不是那儿的远距传输器……”

“圣神没有追我们，也没有击落我们，或是想要杀死我们，”女孩轻声说，“只是圣神中的某些势力。那些人只是在遵从来自梵蒂冈或是其他什么地方的命令。”

“好吧，”我说道，仍旧火气十足，“只不过是圣神中的某些势力想把我们击落，把我们杀死……”我顿了顿，“不过你说‘梵蒂冈或是其他什么地方’，这是什么意思？难道你觉得还有其他人在下命令吗？我是说，除了梵蒂冈之外。”

伊妮娅耸耸肩。这是个优雅的动作，但却让我非常恼火。作为一个十几岁的小孩，她有一些不太惹人喜爱的特点，而这是最不惹人爱的一个。

“难道还有其他人？”我问道，我和我的小朋友说话时，语气还从没这么尖锐过。

“永远会有其他人，”伊妮娅平静地说，“劳尔，他们不论是要抓住我，或是杀死我，都是正确的。”

梦中发生的事一如现实。我把茶杯放在前厅的岩石喷泉上，定睛凝视着她。“你是说，你……和我……应该被他们抓住，应该被杀死……就像待宰的畜生一样，他们有这个权力？”

“当然不是，”女孩说，她双臂抱在胸前，热腾腾的蒸汽从热茶中冒出，飘进寒冷的夜风中，“我是说，站在圣神的角度看，他们这么做，用特别的手段，想要逮住我，阻止我的行动，这一切都是正确的。”

我摇摇头。“孩子，我还从没听你说过这么颠覆性的话！你是说，他们应该派舰队来抓你？事实上，迄今为止我听你说过的最颠覆性的异端邪说是——爱是宇宙的基本力，就像引力和电磁力一样。可那是……”

“鬼扯？”伊妮娅接过我的话。

“故弄玄虚。”我说。

伊妮娅笑了，她用手指梳理着短发。“劳尔，对他们造成威胁的，并非我说的话，而是我的所作所为。通过所做的……通过接触……所传授出的东西。”

我盯着她。她的叔叔马丁·塞利纳斯曾在《诗篇》中编造出“传道者”的传说，我几乎忘了这档子事。两个多世纪前，诗人老头在这部令人困惑的长诗中做出了预言，认为伊妮娅将会成为弥赛亚……当然，他是这么告诉我的。到目前为止，我在这个女孩身上，还没看出什么弥赛亚的特质，除非以下这些事也算数——她穿过光阴冢的狮身人面像，来到了我们所在的未来，而圣神着了魔一般，想要抓她或是杀死她……还有我……因为在前往旧地的艰难旅程中，我是她的守护者。

“我还没听你传授过什么异端，或是什么危险的知识，”我又说道，语气中几乎带着愠怒，“我也没见过你做出什么事，对圣神造成威胁。”我伸出手，指指黑夜、沙漠以及远处塔列森团队灯火通明的建筑。这个超级吗啡造成的梦，更像是记忆，而非梦境，而我正注视着自己做出那个手势，就仿佛正在明亮小屋外的黑暗中观察这一切。

伊妮娅摇摇头，喝了口茶。“劳尔，你没看到，但那些势力看到了。他们早已把我当成一种病毒。他们是对的……病毒，这正是我将对教会做的事，就像是旧地上古老的艾滋病病毒，或是陨落后席卷偏地的红死病病毒……这个病毒将入侵机体的每一个细胞，它会重塑细胞中的DNA……或是至少感染细胞，让生命体崩溃，衰竭……死亡。”

在梦中，我就像夜幕下的一头老鹰，在伊妮娅的帆布岩石小屋上空飞扑，在旧地的陌生星空下高高盘旋，望着我俩——这个女孩和那个男人——坐在前厅的煤油灯下，就像是失落世界中的两个迷途的鬼魂。我们的确就是两个迷途的鬼魂。

接下来两天里，我时昏时醒，痛苦和意识时有时无，让我像是一条松脱束缚的小船，漂浮在大海上，一忽儿经历狂风暴雨，一忽儿经历明媚的阳光。蓝衣女子用玻璃杯给我喂了很多水，我不时步履蹒跚地走到厕所间，尿在一个滤器上，想要找到引起间歇剧痛的石子。没有石子，每一次我都摇摇晃晃走回床边，等着疼痛再一次启动。它真是效率十足，从未出过任何故障。即使在那时，我也能察觉出这一切完全不是英雄式冒险该有的东西。

医生给我看完病就离开了，她要继续顺河而下去掠行艇坠落的地方，临走前，她警告我不许惹麻烦，留下的圣神护卫和那名本地神父都有通信器，如果我犯事，他们就会向基地报告。莫莉娜医生明确告诉我，圣神舰队现在正在进行演习，如果我逼指挥官抽出一辆掠行艇，就为了把人抓到大牢里，指挥官将会很生气，事情会很严重。与此同时，她还叫我多喝水，有尿意的话尽量尿。如果最后还排不出石子，她会把我送到基地的监狱医院，用声波把它击碎。她给蓝衣女子留了四份注射用的超级吗啡，最后不辞而别。留下的那名护卫是个中年卢瑟斯人，体重是我的两倍，枪套中插着一把钢矛枪，皮带上挂着根神经刺棍，他眯着眼窥进来，瞪了我一眼，接着回到外头，继续在前门边站岗。

现在，我打算不再把这家人的女主人称为“蓝衣女子”。在忍受剧痛的头几个小时里，她在我眼里就是这副样子——当然，我也把她看成是救命恩人——在我到她家后的第二天下午，我得知她的名字叫德姆·瑞亚，她的初婚伴侣是另一个女人德姆·洛亚，后来那个年轻男子加入，与她们组成了三人婚姻，他名叫阿棱·米凯·德姆·阿棱，那个十几岁的小女孩名叫瑟斯·安珀尔，是阿棱先前三人婚姻体系诞下的女儿，那个苍白的光头小男孩名叫宾·瑞亚·德姆·洛亚·阿棱，看上去八岁左右的样子，是现在这个家庭的孩子，不过，我不知道哪个女人是他生物学意义上的母亲，我所知道的是，他得了癌症，快要死了。

“我们村的老医生……上个月去世了，还没人取代他的位置……去年冬天，他把宾送到我们族位于吉罗唐巴的医院，但他们只能给他施行放化疗，让他们尽量抱乐观态度。”那天下午，德姆·瑞亚坐在我床边，跟我述说着，德姆·洛亚则坐在旁边的一把直背座椅上。先前她们问了我一些问题，为了转移话题，我便向她们问及小男孩的事。在她们身后，阳光洒落在屋内的砖墙上，像血液般鲜红一片，但两个女人身上那精致的袍子依旧蓝得耀眼。蕾丝窗帘将光和影剪切成复杂的负空间形态。疼痛不断袭击着我，但我还是能得到片刻的喘息时间，我们就趁这个空隙谈着话。当时，我的背上剧痛无比，就像是有人用一根巨棍狠狠地砸着我，但是这点疼痛和石子移动时引起的剧烈痛楚比起来，实在是平淡无奇。医生说过，如果出现那样的疼痛，就是一个好迹象——石子移动时造成的疼痛是最厉害的。那剧痛感觉上的确聚焦在下腹部，但医生也说过，排出石子的时间没有个定数，或许会花上几个月，当然前期是石子够小，能够自然排出，她说，许多肾结石患者都不是这样自然排出的，那些石子要么是被音波震成粉末，要么是通过手术取出。我将意识拉回来，重新回到小男孩的健康状况这个话题上。

“放化疗。”我重复着，略带厌恶地吐出这几个字，就好像德姆·瑞亚说医生为小男孩开了个魔鬼般的处方：水蛭和几剂水银。在霸主时期，医生们知道如何治疗癌症，但陨落之后，大多数基因剪裁的知识和技术都失传了。而没有失传的东西，因为代价太昂贵，在世界网永远崩溃后，无法再和世人共享。圣神商团可以在星际间运载货物和商品，但这一过程非常缓慢，代价太高，有很大的局限。药物重新回到了好几个世纪前的水平。我的母亲就是死于癌症，她在位于沼泽地中的圣神医院接受诊断后，拒绝了放化疗法。

可是，既然拥有了十字形，人只要死去并重生，就能把一切复原，那么，为什么要治疗致命的疾病呢？在重生期间，十字形会将身体重组，即便是基因疾病也会被“治愈”。至于死亡，就如教会频频宣扬的，它和重生一样，是一种圣礼。就像祈祷一样，死亡是一种供奉。现在，一般人都能将疾病和死亡的痛苦无望，转化成基督救赎式牺牲的福泽。只要这个一般人拥有十字形就行。

我清清嗓子：“啊……这么说……宾还没有……”那晚上，男孩朝我招手的时候，我看到了他宽松的袍子下显露出的苍白胸脯，那里没有十字形。

德姆·洛亚摇摇头，那身蓝色的袍子是用半透明的丝布制成的。“我们都没有皈依十字教。但克利夫顿神父一直在……劝说我们。”

我只能不住地点头。背部和腹股沟的疼痛卷土重来，快得就像是电流通过了我的神经。

这群公民生活在维图-格雷-巴里亚那斯B星球的蔡德·拉蒙水闸，

他们穿的袍子颜色各异，在这里，我必须解释解释其中的含义。德姆·瑞亚以优美曲调般的声音，向我述说了一切。生活在这条长河边的大多数人，在一个多世纪前并不住在这里，他们是从附近的拉卡伊9352星系迁移过来的。那个星系的星球原先名叫“希毕雅图的苦涩”，圣神宗教狂热分子将其占领，把名字改为“必由恩典”，并开始劝说星球上从陨落中幸免的土著文明皈依天主。德姆·瑞亚的文明，是一个强调合作的部落，友善，开明，他们决定再次迁移，而不是皈依。于是，她的民族的两万七千人，花去大量金钱，将一艘古老的大流亡种舰改装了一番，冒着生命危险，让它载上所有人——男人、女人、孩子、宠物、家畜，让他们躺在冰冻沉眠箱中，花了四十九年的时间，完成了旅行，来到了附近的维图-格雷-巴里亚那斯B，在环网时代，这个星球上曾住有居民，但陨落之后，他们便全都灭绝了。

德姆·瑞亚的民族自称“阿莫耶特光谱螺旋”，名字取自哈尔普·阿莫耶特壮丽的哲学性全息交响史诗。在阿莫耶特的诗中，他将光谱的颜色作为人类积极价值的象征，这些价值互相作用，螺旋式并进，交叉影响，协同配合，互相撞击，他将这一切表现在交响诗中。阿莫耶特光谱螺旋交响乐应该是可以演奏的，交响乐、诗文和全息影像都是为了描绘出这种哲学性的互相作用。德姆·瑞亚和德姆·洛亚向我做了解释，他们的部落从阿莫耶特的诗中借用了这些颜色的含义——白色代表学术诚实和肉体之爱的纯净；红色代表艺术激情、政治信念、血气之勇；蓝色代表在音乐和数学上的内省发现、医疗助人以及万物的基本结构；翠绿代表和自然共鸣、和技术同乐以及对受威胁生命的保护；黑色代表人类神秘的创作；诸如此类，不一而足。三人组成的婚姻，非暴力以及其他文化特性，部分是从阿莫耶特的哲学体系衍生而来，而这种合作性文明很大程度上是光谱民族在希毕雅图的苦涩上建立起来。

“这么说，克利夫顿神父在劝你们加入教会？”疼痛消退一点的时候，我终于有力气好好思索，于是再次问道。

“对。”德姆·洛亚回答，她们三人婚姻体系的第三人，阿棱·米凯·德姆·阿棱，也走进了屋子，正坐在砖石砌成的窗台上。他一直在聆听我们的谈话，但很少开口。

“你们认为如何？”我问道，同时稍稍动了动身体，想要分散背上的疼痛。我已经有好几个小时没有问她要超级吗啡了，我能感受到内心深处的那股强烈的想要注射的欲望。

德姆·瑞亚抬起手，做出一个复杂的动作，让我想起了伊妮娅最喜欢做的那个手势。“如果我们全都接受十字教，那么，宾·瑞亚·德姆·洛亚·阿棱就有资格到庞巴西诺的圣神基地接受正式的医疗救助。即便他们治不好，宾死后……也会……回到我们身边。”她埋下头，那双富有意味的手藏进了袍子的褶皱中。

“他们不会只让宾一个人接受十字形。”我说。

“对，不会，”德姆·洛亚说道，“他们的立场从来不变，必须一家子人全都皈依才行，我们明白这一点。对这一要求，克利夫顿神父感到很遗憾，但他希望我们及时接受耶稣基督的圣礼，不然，晚了就来不及救宾了。”

“你们的女儿，瑟斯·安珀尔，对成为重生基督徒这件事是怎么想的？”我问道，虽然意识到这些问题是非常私密的，但我还是相当好奇，想到他们面对的是如此痛苦的抉择，就让我觉得自己受到的疼痛虽然真切，但不值一提，也让我的心思不再聚焦在自己身上。

“瑟斯·安珀尔很喜欢这个主意，她愿意加入教会，成为圣神的正式公民。”德姆·洛亚说，那张脸盖在柔软的蓝色头巾下，现在抬了起来，“这样一来，她就能到庞巴西诺或是吉罗唐巴的教会学院读书。她还觉得可以在那儿得到更好的机会，能和学校里的男孩女孩结成有趣的婚姻对子。”

我张口想要说话，犹豫再三后，最后还是说了出来。“可你们的三人婚姻体系不被……我是说，难道圣神会允许……”

“不会。”说话的是阿棱，他正坐在窗台边，眉头紧锁，我能看见他灰色眼眸中隐含的悲伤。“教会不允许同性或是多人婚姻体系，如果加入，我们一家子就会被拆散。”

三人互相凝望了片刻，那些眼神中饱含的爱意和失落感，多年后一直徘徊在我的脑海中。

德姆·瑞亚叹了口气。“但是，这件事无论如何都无法避免。我觉得克利夫顿神父说得对……为了宾，我们必须马上做，而不是等到他真的死了，永远离我们而去……那时再想加入就晚了。与其拿着蜡烛去教堂怀念他，我宁愿每个星期日带我们的孩子去听弥撒，之后和他一起在阳光下开怀大笑。”

“为什么说它无法避免？”我轻声问道。

德姆·洛亚又一次做出那个优雅的手势。“我们的光谱螺旋社会依赖其所有的民众……螺旋的每一个音阶和元件，都必须各就其位，让它们的互相作用创造出人类的进步和美德。但是，越来越多的光谱人抛弃了他们的颜色，加入了圣神。这样下去，整个中枢体系就会崩溃。”

德姆·瑞亚摸摸我的胳膊，似乎为了强调接下来的话。“圣神并没有用任何方法强迫我们加入，”她轻声说，优美的方言语调忽高忽低，就像是身后吹过蕾丝窗帘的微风。“只要加入教会，他们就会把药物和重生的奇迹提供给我们，我们敬重他们的做法……”她停下来，没再说下去。

“但这做起来很难。”德姆·洛亚说，原本平静的声音突然变得有点刺耳。

阿棱·米凯·德姆·阿棱从窗台边下来，走过来，跪在两个女人中间。他以无限的温柔摸着德姆·洛亚的手腕，又伸出另一只手臂将德姆·瑞亚抱住，那片刻时间里，他们三人沉浸在属于他们自己的世界中，我只是个局外人，环绕着他们的，是爱，是悲伤。

然后，疼痛又袭来了，就像是一根火焰标枪扎进了我的背部和下腹，又像激光一般烧灼着我。我忍不住呻吟起来。

三人以优雅而又果断的动作分开。德姆·瑞亚走去拿超级吗啡注射器。

那个梦同前一次的情形一样——是在夜里，我正飞翔在亚利桑那的沙漠上空，俯瞰着伊妮娅和“我”坐在小屋的前厅喝着茶，聊着天。但是，这一次的谈话全然不是记忆中的那些，它跟我们那晚谈的不一样。

“你怎么会是病毒？”我正在问身边的小女孩，“你教给大家的东西，怎么会对像圣神这么大、这么强势的东西造成威胁？”

伊妮娅望着外面夜幕下的沙漠，呼吸着夜晚花朵的芬芳。她开口时，并没有看我。“劳尔，你知道马丁叔叔在讲述《诗篇》的故事时，犯下的最大错误是什么吗？”

“不知道。”我说。过去几年里，她曾向我纠正过那首诗中的好几处错误和遗漏，还有一些判断错误的猜测，在旧地上旅行时，我们还一起找到过一些。

“有两方面，”她轻声说，外面沙漠上的夜空中，传来老鹰的鸣叫，“第一，他相信技术内核告诉家父的事。”

“相信他们绑架地球的事？”我问。

“一切，”伊妮娅说，“云门对约翰·济慈赛伯人说的话，都是谎言。”

“为什么？”我问，“他们当时正打算摧毁他啊。”

女孩看着我。“但当时我的母亲也在，她记录下了这番对话，”她说，“内核知道，她将把这一切告诉我的马丁叔叔。”

我慢慢地点点头。“然后，你的马丁叔叔又会把这一切当作事实写进那首诗中，”我说道，“可内核为什么要撒这些谎……”

“他的第二个错误更加难以察觉，也更加严重。”她打断我的话，但声音没有提高。西北方的山巅上，仍旧挂着一丝暗淡的霞光。“马丁叔叔相信技术内核是人类的敌人。”她继续道。

我把茶杯放在一块石头上。“为什么说这是错误？”我说，“难道他们不是我们的敌人？”

女孩没有回答，于是我举起手，伸出五指，一个一个数着。“第一，根据《诗篇》所说，攻击霸主的，事实上不是驱逐者……而是内核，他们才是隐藏在幕后的真正力量，这一切导致了远距传输器的陨落。虽然教会否认了这一观点，他们将一切归罪于驱逐者。你是不是说，教会是对的，诗人老头说的那些话是错的？”

“不，”伊妮娅说，“组织攻击行动的，的确是内核。”

“数十亿人死于非命，”我怒不可遏，几乎语无伦次起来，“霸主倒台了，环网毁掉了，超光线路也被切断……”

“技术内核内没有切断超光线路。”她轻声说。

“好吧，”我深吸了一口气，“假设是另一些神秘人……你的狮虎熊……干的。但是，攻击的幕后黑手，仍旧是内核啊。”

伊妮娅点点头，又为自己倒了点茶。

我弯下拇指，另一只手点点食指。“第二，技术内核建造的远距传送门，是不是用来吸取人类的神经网络用的，用以进行他们该死的终极智能计划，就像是某种宇宙水蛭？每当人们远距传输的时候，就被……那些该死的自主智能……利用了。我说得对不对？”

“对。”伊妮娅说。

“第三，”我又弯下食指，点了点中指，“在那首诗中，有一个瑞秋，就是朝圣者索尔·温特伯的女儿，她曾和光阴冢一起从未来逆时间回到过去。这个瑞秋说过，未来的某个时间……”我变了变声调，开始引用诗中原话，“‘……在内核孕育的终极智能和人类之神间展开了最后的战争’。没错吧？”

“没错。”伊妮娅说。

“第四，”我开始觉得数弄手指有点可笑，但还是非常生气，所以仍旧点下去，“内核有没有向你的父亲承认，是他们创造了他……创造了约翰·济慈赛伯人……只不过是为了设个陷阱，为了引诱——他们怎么说来着的？——对，人类终极智能的移情成分，而我们人类的这个神，应该会存在于未来的某个时候。对不对？”

“这是他们说的。”伊妮娅赞同道，喝了一口茶。她看上去很开心，这让我感到更加恼火。

“第五，”我弯下了最后一根手指，右手已经握成了一个拳头，“在海伯利安，在复兴之矢，在神林……想要抓住你，杀死你的，难道不是内核和圣神——见鬼，是内核命令圣神这么做的……追得我们穿越了半条旋臂，难道不是吗？”

“是的。”她轻声答道。

“还有那个女……魔头……在神林上为我们设下埋伏，把可怜的贝提克的胳膊切断了，要不是伯劳插手，那女魔头本来还可能割下你的脑袋，装进袋子里，这个怪物，难道不是内核创造的？”我愤愤地继续道，早忘了我们是在讨论老诗人的错误，甚至忘了弯手指这档子事。事实上，我正怒气冲天地晃着拳头，“难道不是那该死的内核，一直想要杀死你，还有我，如果我们蠢得想要回到圣神空间，那不是自寻死路么？”

伊妮娅点点头。

我激动得快要气喘吁吁起来，感觉似乎刚刚来了个五十米冲刺。“那么？”我软软地说道，松开了拳头。

伊妮娅摸摸我的膝盖。一如既往，她的这一碰触让我产生一种触电的感觉。“劳尔，我没有说内核做的事全然正确，我只是说，马丁叔叔把他们描述成人类的敌人，这是错误的。”

“但是，如果这一切都是真的……”我摇摇头，如坠云雾。

“在陨落前攻击环网的，是内核的某些势力，”伊妮娅说，“从家父会见云门的那段对话中，我们知道，内核内部对于大多数决定都无法达成一致。”

“可……”我开口道。

伊妮娅举起手，手掌朝外，我住了口。

“他们使用我们的神经网络，是为了终极智能计划，”她说，“但没有证据表明这一切对人类造成了危害。”

听到这话，我几乎瞠目结舌。想到这些该死的人工智能竟然用人类大脑作为神经虚拟存储器，用来搞他们那该死的计划，不由让我怒发冲冠。“他们没权力这么做！”我大叫。

“当然没有，”伊妮娅说，“他们应该请求我们的允许。对此，你会怎么说？”

“我会说，滚蛋，回去干你老娘。”话一出口，我就意识到，对于自主人工智能来说，这话显得多么荒谬。

伊妮娅又笑了。“你也许应该记得，一千多年来，我们一直在使用**他们**的脑力，而且是为了我们自己的目的。我觉得，我们也没有请求他们祖先的允许，那些是我们最初创造的硅基人工智能……或者，就事实而言，是最初的电磁存储器，最初的DNA实体。”

我气呼呼地打了个手势。“这不一样。”

“是啊，”伊妮娅说，“不管是过去，还是未来，那些被称作终极派的人工智能派别一直在为人类制造出麻烦——他们还想杀死我和你——但他们只是内核中的一派。”

我摇摇头。“丫头，我不明白，”我终于放低了声音，“难道你是说，人工智能有好坏之分？你记不记得，他们曾经想要**毁灭全人类**？如果我们妨碍他们，他们可能真会那么做？在我看来，这就足以让他们成为人类的敌人。”

伊妮娅又摸摸我的膝盖，黑色的眼睛非常严肃。“劳尔，别忘了，人类自己也几乎毁灭了我们自己这个种族。当时地球是我们唯一的家园，资本主义者却随时准备着将它炸成碎片。这都是为了什么？”

“对，”我无法反驳她，“可是……”

“就在我们说话的时候，教会正准备将驱逐者赶尽杀绝。那是种族屠杀……规模大得前所未有。”

“教会……还有其他许许多多人……并不认为驱逐者是人类。”我说。

“胡说，”伊妮娅大声说道，“他们当然是人类，是从普通的地球人进化而来，人工智能技术内核也同样如此。这三个人类裔族，都是动荡后的孤儿。”

“三个人类裔族……”我重复道，“老天爷，伊妮娅，难道你把内核也算作人类吗？”

“是我们创造了他们，”她轻声说，“很久以前，我们用人类的DNA增强了他们的计算力……增强了他们的智能，还创造出了机器人。而他们用人类DNA和人工智能人格创造出了赛伯人。现在，我们有一个人类机构当权，因为它效忠并联系着上帝……人类的终极智能，所以它可以给予一切福泽，也掌握着大权。也许，内核也处在类似的境地之中，因为他也拥有着一个终极智能。”

我只能朝女孩干瞪眼，无法理解这一切。

伊妮娅另一只手也摆在我的膝盖上。隔着呢制马裤我也依然能感受到她那强有力的手指。“劳尔，你记得人工智能云门和第二个济慈赛伯人说的话吗？那些被完整记录在《诗篇》中的话，是某种禅宗公案……或者，至少是马丁叔叔将它们译解成了那样。”

我闭上双眼，回忆着那首史诗中的章节。在我儿时，我和外婆会坐在旅队的营火旁，轮流背诵这首诗，但那已经是很久以前的事了。

没等我想起那些诗词，伊妮娅便开口念了出来。“云门对第二个济慈赛伯人说的话，是这样的——

[济慈/

你必须了解/

我们唯一的机会是

创造一个混血儿/

既是人类之子/

也是机器之子

让那庇护所迷人得

足以吸引逃之夭夭的移情/

让他找不到比这更好的家/＼

这个意识已经近乎神圣

就像人类在三十几代以来

一直供奉的神一样＼

这个幻想之物

可以横跨时空

通过这样的献祭/

结合/

产生了世界之间的纽带/

那可能会让两者都能

生存在那世界上]”

我揉揉脸颊，沉思着。夜风吹打着小屋入口的帆布，带来一股沙漠的甜美气息。地平线上耸立着旧地的古老山脉，在山岭之上，挂着无数陌生的星辰。

“移情，应该是组成人类终极智能的三位一体之一，是逃跑的那个，”我慢条斯理地说着，似乎在设法解决一个字谜。“是人类意识在未来进化出的个体，逆时间逃回到了过去。”

伊妮娅望着我。

“那个混血儿是约翰·济慈赛伯人，”我继续道，“既是人类之子，也是机器之子。”

“不，”伊妮娅轻声说，“这又是马丁叔叔的误解。他们创造那几个济慈赛伯人，并不是为了引诱移情，那些赛伯人并不是庇护所，而只是作为内核和人类合二为一的工具，换句话说，是为了制造一个孩子。”

这个花季少女将一双手摆在我的腿上，我望着它们。“这么说，你才是那个意识……‘神圣得就像人类在三十几代以来一直供奉的神’？”

伊妮娅耸耸肩。

“而你拥有‘……横跨时空的想象力’。”

“所有的人类都有这个能力，”伊妮娅说，“只不过在我做梦和想象时，能看见未来真的会发生的事情。记得我跟你说过的那些话吗，我说我记得未来？”

“记得。”

“嗯，此时此刻，我就是如此回忆着，我看见，你会在几个月后梦到这些谈话，当时你正躺在床上，恐怕，还经历着可怕的痛楚，你所在的星球拥有一个复杂的名字，而收容你的那家人，身上的衣服都是蓝色的。”

“什么？”

“没什么。到时候一切自然会清楚明了。当概率波坍缩的时候，所有的可能性都会存在。”

“伊妮娅，”我盘旋在沙漠小屋的上方，现在越发往高空飞去，底下的女孩和“我”越变越小，但我还是听见了我的声音，“把你的秘密告诉我……那些让你成为弥赛亚的秘密，让你成为‘两个世界的纽带’的秘密。”

“好吧，劳尔，吾爱，”她说道。在梦中，我长出了翅膀，两肋生风，我盘旋得越来越高，快要听不清他们说的话，也快看不清底下的东西，就在此时，伊妮娅突然变成了一个成年的女人，“我这就告诉你。听好了。”

09

基甸特遣部队跃迁进入第五个驱逐者星系的时候，已经深谙屠戮之道。

德索亚神父舰长曾在圣神舰队的指挥学校上过军事历史课，他知道，几乎所有太空战的交战地点，都位于一个特定的区域，比如说，和行星、卫星、小行星或是太空中的战术位置距离半个多天文单位的区域，对此，交战双方已经达成共识。他回忆起，在大流亡前的旧地上，这个共识也适用于原始的海战。那时，绝大多数大型海战发生在近陆地的海面上，这一点一成不变，仅有船舰技术在慢慢改变，从古希腊三排桨战舰，发展到钢铁船壳的战舰。直到航空母舰出现后，才彻底改变了这一局面，它们的远程攻击机群可以出其不意地打击处于遥远海域的敌方，这跟传说中的海军交战远远不同，对于后者来说，只有目击到敌方船只，并进入攻击范围内时，旗舰才会发射重炮。后来，巡航导弹、战略核弹、粗野的带电粒子武器的出现彻底结束了海战的时代，但在这之前，旧地的海军就已经开始怀念舰舷对轰和“丁字战法”的日子。

然而，太空战重新回归到这个达成共识的交战路子。霸主时代的那些大型战斗，不管是贺瑞斯·格列侬高将军和自己人的互相残杀，还是环网世界和驱逐者游群之间持续了几个世纪的战争，其交战地点都靠近星球或太空传送门。鉴于交战双方的飞行旅行经常是以光年和秒差距计算，所以，双方作战的距离实在是近得荒唐——只有区区几十万公里，有时甚至短到数万公里，通常来说还要短。但是，和敌人如此近距离作战，事实上是非常有必要的，因为考虑到常规武器——比如聚变动力激光束、带电粒子束或是普通攻击导弹——穿过一天文单位所需要的时间，就算对光来说，那也需要七分钟的时间才能从那可能的杀手处爬向目标，对于高能推进导弹来说，所需时间就更长了，搜索、追逐和猎杀将会花去好几天工夫，变成搜寻和对抗、攻击和躲避的游戏了。对于超光速性能的舰船来说，它们不可能在敌方空间内游弋，等着自导导弹攻上门来，另一方面，由于教会在人工智能上的限制，弹头的寻踪效率让人怀疑其是否达到了最佳效果。所以，在霸主所处的那几个世纪，太空战的种类非常简单——舰队跃迁进入有争议的太空，找到其他跃迁前来的舰队，更多则是星系内的静止防御体系，然后快速接近，进入致命的有效射程，进行短暂但威力巨大的炮火对轰，最后受伤严重的部队只得逃之夭夭——或者，如果防御部队无处可逃，就只能等着全数尽灭。其后，获胜的舰队就可开始瓜分战果。

从技术上说，和这些装备着瞬移驱动器的巡洋舰相比，德索亚以前驾驶的飞船虽然缓慢，但拥有更大的战术优势。从冰冻沉眠状态中醒来，至多只需几小时，快的时候几分钟就好了，所以，一艘装备霍金驱动器的飞船从超光状态下跃迁而来后，无须等太长时间，舰上船员就可马上投入战斗。然而，如果乘坐大天使，即便重生循环得到教皇特许，时间加快到有风险的两天，但全体船员做好战斗准备，也需五十标准小时的时间，甚至更多。从理论上说，这给防御者提供了优势，圣神可以对装备着基甸驱动器的飞船进行最优化使用，只需让人工智能驾驶这些无人飞船，瞬间进入敌方领空，大肆炮轰一番，接着马上重新跃迁而出，甚至防御者还不知道他们受到了攻击。

但是，这些理论在这儿并不适用。要想完成这样的任务，自主智能必须拥有先进的模糊逻辑处理能力，但教会严禁此类东西存在。更重要的是，圣神舰队早已设计出攻击策略，可以迎合重生的需要，这样就不会把优势拱手让给防御者。简单来说，战斗不会按共识打响。七艘大天使的构造，将会让它们像上帝的武力之拳突然降临在敌人头上，并且，他们现在正在如此这般行动。

基甸特遣部队前三次侵入驱逐者领空的行动中，斯通圣母舰长驾驶的飞船“加百列”号作为先锋，首先跃迁进入星系内，猛烈减速，开启所有远程探测器——电磁、微中子及其他侦测装置。“加百列”号上的人工智能虽然本领有限，但也足够胜任以下工作：将星系内所有防御地点和定居中心的位置和特征一一记录下来，并同时监控星系内迟缓的驱逐者攻击和商业舰船的行动。

三十分钟后，“乌列尔”号、“拉斐尔”号、“雷米尔”号、“沙利尔”号、“米凯尔”号、“拉贵尔”号将跃迁进星系。虽然特遣部队的速度降至只有四分之三光速，而驱逐者火炬舰船在发现目标后，便会开始加速，但后者依旧像是龟速慢爬，而前者就像是射出的子弹。特遣部队收到“加百列”号通过密光发出的情报和敌方目标信息，便将立即开火，使用的武器对光速的局限视若罔闻。超动导弹装备着改进的霍金驱动器，它将瞬间出现在敌方舰船中间，出现在定居中心上空，有些导弹的速度和方向非常精确，足以摧毁目标，另一些则经过精心的塑力，混合等离子或热核冲击波将精确引爆。与此同时，可回收的霍金驱动高速侦测器将跳跃至目标区域，跃迁进入实空，释放出传统的切枪光束和带电粒子束，就像是无数致命的海胆，将数万公里范围内的一切摧毁殆尽。

更可怕的是，特遣部队的大天使飞船上还配备着舰载死光武器，它将如无形的镰刀挥砍而出，沿着探测器和导弹的霍金尾波向前传播，最后进入实空，就仿佛是上帝挥砍下的一柄可怕的利刃。刹那间，无数神经突触将会被烧毁，乱成一锅粥。数以万计的驱逐者临死也不会知道他们受到了攻击。

此后，基甸特遣部队将会回到星系内，尾部喷射出几千公里的尾焰，将残存的敌人逐一扫灭。

有七个星系将会受到攻击，每一个都由配有瞬移驱动的无人舰船侦测，确认了星系内存在驱逐者，并指派了初步的攻击目标。每一个星系都有一个名字——通常只是些新校订的通用索引名，都是些无意义的字母和数字——但“乌列尔”号皇舰的指挥团队从旧约中选出七个大恶魔，以此命名七个目标星系。

德索亚神父舰长觉得这有点太过夸张，这一切就像是玄妙的数字命理学——七艘大天使，七个目标星系，七个大恶魔，七宗大罪。但他很快就习惯了以这种简略方式谈论七个目标。

这七个目标星系分别是——贝露佩欧鲁（懒惰），利维坦（妒忌），别西卜（暴食），撒旦（暴怒），阿斯蒙蒂斯（色欲），玛门（贪婪），路西法（傲慢）。

贝露佩欧鲁是个红矮星星系，让德索亚想起巴纳星系，但巴纳星系的恒星附近，飘浮着一颗漂亮且经过完全地球化改造的星球——巴纳之域，而贝露佩欧鲁则不同，这儿唯一的一颗行星是颗气体巨星，倒像是巴纳星系被人遗忘的孩子——旋转星。在那颗无名的气体巨星周围，的确有军事目标：一些补给站，可以让驱逐者游群的火炬舰船在开赴圣神长城作战的途中获得补给；巨大的汲吸船，可以将燃气从气态星球吸到轨道；修船坞和轨道船厂，数量可以以打计算。德索亚毫不犹豫地命“拉斐尔”号开火，将它们轰成渣。

大多数驱逐者定居中心都飘浮在气体巨星外的特洛伊点上，有几十个小型环轨森林，上面栖满了数以万计的适应了太空的“天使”，当特遣部队逼近时，绝大多数“天使”都惊慌失措地迎着微弱的红色阳光，张开了能量场翅翼。七艘大天使摧毁了他们精巧的生态建筑，毁灭了所有的森林、守牧小行星和灌溉彗星，烧焦了那些四处逃窜的驱逐者天使，就像是将一大片飞蛾抛进了火苗，与此同时，七艘大天使没有减慢一丝速度，时刻准备跃迁到下一个星系。

第二个星系是利维坦，虽然名字令人印象深刻，但是该星系的恒星却只是一颗类似天狼星的B型白矮星，散发着惨淡的光芒，身旁只有十几颗驱逐者小行星簇拥。此地跟贝露佩欧鲁不同，前一个星系有许多显眼的军事目标，德索亚也因此欣然展开攻击，而此地的这些小行星毫无防御，很可能是内部中空的育婴星，且人为加压，里面居住的驱逐者并没有为真空和超短波辐射改变自己。基甸特遣部队用死光毁灭了它们，继续往前。

第三个星系是别西卜，这是个类似半人马阿尔法星的C型红矮星星系，星系内没有一颗行星，没有一个定居地，只有一个驱逐者军事基地在三十天文单位外的黑暗中游荡，还有五十七艘游群舰船正在那儿接受补给和整装。其中已有三十九艘军舰准备好随时向基甸特遣部队扑来，展开袭击，它们大小不一，装备各异，小到微小的极速侦察舰，大到猎户级攻击航母。战斗持续了两分十八秒。全部五十七艘驱逐者舰船以及基地的复合建筑，要么被轰成了气体分子，要么成了毫无生气的石棺。整个交战中，没有一艘大天使受损，特遣部队继续向前。

第四个星系是撒旦，那儿没有一艘舰船，只有一些育饲聚居地，散落在同欧特云一样遥远的地方。基甸在这个星系中待了十一天，将路西法的天使烧戮殆尽。

第五个星系是阿斯蒙蒂斯，它居于一颗K型小矮星附近，那是颗橘黄色的宜人恒星，类似于波江五。当特遣部队抵达后，星系内火炬舰船一波波派遣而来，以防卫人口稠密的小行星带。特遣部队现在已训练有素，没费多少力，便用火力将这些攻击波摆平。“加百列”号发出信息，报告说在行星带中搜寻到八十二颗住人小行星，上面估计窝藏着一百五十万或突变或未突变的驱逐者。特遣部队从远处将八十一颗小行星摧毁，或是用死光扫过。接着，阿尔迪卡克蒂元帅下令抓捕俘虏。基甸特遣部队开始减速，沿着一条漫长的椭圆弧行进了四天，最后回到小行星带和剩下的那个住人行星。那个小行星形状像个马铃薯，长不到四公里，最宽的地方不足一公里，布满坑洞。据多普勒雷达显示，它的自转和公转模式毫无规律，只有混沌之神才能理解，但总体说来，还是在小心地以烤肉模式沿着中轴自转，生成十分之一的重力。据深层雷达显示，其内部是中空的。探测器显示，里面住满了驱逐者，数量约有一万。分析表明，这是颗育婴小行星。

六艘毫无武装的小行星跳跃舰猛地冲向特遣部队，“乌列尔”号在八万六千公里外将它们轰成等离子。一千名驱逐者天使张开能量场翅翼，顺着太阳风的风头，朝远处的圣神舰船飞去，一路划出长长的椭圆线，他们有的装备着低当量的能量武器，或是无后坐力步枪，但飞行速度非常缓慢，需要花上好几天工夫才能抵达目标。“加百列”号接到任务，它将用一千束相干光束将他们全数烧死。

各大天使间闪动着密光信号。“拉斐尔”号和“加百列”号发出收到命令的答复，开始接近那颗静悄悄的小行星，当相距还有一千公里时，出击门突然洞开，飞出十二个小人影——两艘船每艘各六个。这群瑞士卫兵突击队员、海兵、士兵背着喷射器朝小行星奔去，沿途被橘黄色的矮星发出的光芒照亮。士兵们没有受到任何抵抗，他们发现两扇防护气闸门，两队人马精确算好时间，同时炸开外门，以三对一组奔了进去。

“神父，请保佑我，我有罪。我有两个月没忏悔过了。”

“说下去。”

“神父，今天的行动……它让我感到焦虑。”

“焦虑？”

“我觉得……这是错误的。”

德索亚神父舰长沉默不语，他在虚拟战术频段上完完整整地目击了格列高里亚斯中士的攻击行动。任务过后，他也听取了他们的报告。而现在，他明白，在这间黑漆漆的忏悔室中，他将再次聆听一遍行动过程。“说下去，中士。”他轻声说道。

“遵命，长官。”中士在隔间的另一面说道，“我是说，是，神父。”

德索亚神父舰长听见大个子军官深深地吸了口气。

“我们没有受到任何反抗，毫无差池地来到了小行星上，”格列高里亚斯中士开口道，“我是说，我和另外五个年轻人。从‘加百列’号上下来的是克鲁日中士的小队，我们和他们通过密光保持着联络。当然，还有巴恩斯-阿弗妮和内川指挥官。”

德索亚依旧静悄悄地待在忏悔小隔间中。这个小隔间是组合式的，也就是说，当“拉斐尔”号加速推进或是处在战斗中时，可以把它搬走并储藏起来，它大多数时间都被收藏着，但现在，它被重新拼接了起来，正散发着各种气味——木头、汗水、天鹅绒，甚至是罪孽的味道，所有的忏悔都是这样进行的。他们正朝通往第六个驱逐者星系（玛门）的跃迁点攀爬，现在已经到了最后的阶段，神父舰长抽出半个钟头的时间，让船员们前来忏悔，但来的只有格列高里亚斯中士。

“所以，当我们着陆时，长官……神父，我让手下的小家伙们占领了南端的气闸门，就像模拟训练时一样。我们轻而易举地炸开了门，肯定会让你很满意，神父，接着启动了能量场，准备进行隧道战。”

德索亚点点头，一直以来，瑞士卫兵的作战服是人类宇宙中最棒的，无论所处的地方是空气、水，还是完全的真空，无论经受的是超短波辐射，还是枪林弹雨、能量光束、几千吨当量的烈性炸药，都可以毫发无伤，继续移动、战斗。新型突击作战服拥有四级密蔽场，甚至可以扛住飞船更加强力的能量场。

“驱逐者在里面向我们展开攻击，神父，在进出隧道的黑色迷宫中，战斗开始了。那些驱逐者有些已经为太空做出了改变，长官……是天使，但没有张开翅膀。不过，他们多数只不过是熟悉低重力战斗，穿着拟肤束装……那根本算不上什么装甲，神父。他们用切枪、步枪和射线攻击我们，但小行星内部很昏暗，他们用的只是一些基本的夜视镜，长官，而我们用的是滤波器，所以我们更有优势，我们先看到他们，也先朝他们开火。”格列高里亚斯中士又深吸了一口气，“我们只花了几分钟，便杀到了内门，长官。通道内想要阻拦我们的所有驱逐者，都被我们杀光了，尸体飘浮着……”

德索亚神父舰长聆听着。

“到了里面，神父……嗯……”格列高里亚斯清清嗓子。“我们两个小队同时炸开了内门，长官……南端和北端的门，并在身后的通道内留下了中继小球，用来转送密光信号，通过它，我们和克鲁日的小队一直保持着联络……还有飞船。跟我们预期的一样，内门装了自动防故障装置，但我们把装置一并炸掉了，接着，我们又破坏了紧急状况膜。小行星内部的确是空的，神父……啊，当然，跟我们想的一样……但我以前从未到过育婴小行星，神父。对，以前大多是军事小行星，但从没去过孕婴星……”

德索亚聆听着。

“它约有十公里长，中部的大部分空间，塞满了密密麻麻的低重力竹塔。内部岩壁不是光滑的球面，而是像外部岩壁一样的形状。”

“马铃薯。”德索亚神父舰长说道。

“是的，长官。跟外面一样，里面也布满了坑洞。到处都是洞窟……我觉得就像是为驱逐者孕妇准备的育儿巢。”

德索亚在黑暗中点点头，他看了看腕表，这位中士平时说话很简洁，但今天却有点不同，在超光跃迁之前，他们必须收好这个忏悔室，他不知道中士能不能及时将罪孽忏悔出来。

“神父，两扇内门被炸开后，空气狂风般地涌了出去，就像水从浴缸中排出去一样，整个地方的气压迅速下降，暴风怒号，空中全是泥沙和碎片，还有驱逐者的死尸，就像风暴中的树叶被狂风卷走。对驱逐者来说，这场面一定极为混乱。神父，我们当时开启了制服上的外部耳机，真是响得不可思议——狂风的怒号，驱逐者的尖叫，双方的切枪噼里啪啦对扫，仿佛我们手里握着的是无数避雷针。等离子炸弹轰轰地炸开，声音在大石洞中回响，回荡了好几分钟，最后空气差不多全流光了，才听不见了。真是太响了，神父。”

“明白。”德索亚神父舰长坐在黑暗中说道。

格列高里亚斯中士又深深吸了口气。“总之，神父，我们得到的命令是把每个东西都收集两个样本……成年男性，适应太空的和没有适应的；成年女性，怀孕和没有怀孕的；驱逐者小孩，未到青春期的和尚在襁褓中的……两种性别都要。所以我和克鲁日的两个小队就忙了起来，把他们击昏，装袋。那颗小行星内部的引力恰到好处……是十分之一重力……我们把袋子扔在地上，它们就会留在原地，不会随处乱飘。”

两人沉默了片刻，德索亚神父舰长刚想结束忏悔活动，但还未等他开口，黑暗中，格列高里亚斯中士对着两人之间的屏风，又开始小声说了起来。

“抱歉，神父，我知道这些你全都知道。我只是……这很难……总之，这一切让我感到不舒服，神父。那里面的大多数驱逐者没有变异……没有为适应太空改变自己，所以他们几乎都死了，剩下的也已经奄奄一息，有的是因为减压死掉的，有的是被切枪或榴弹轰死的。我们没有使用发下来的死亡之杖，我和克鲁日没跟手下说一句话……但我们都不想用那武器。

“而那些为适应太空而改变自己的驱逐者真的变成了天使，他们张开了各自的能量场翅膀，身体闪闪发亮。当然，在洞里面他们无法完全展开翅膀，即便真的张开了，也不会有任何好处……因为没有光，对于他们来说，要是有一丝太阳风吹过，十分之一重力也将变得非常沉重，无法承受……但他们不顾一切地张开了翅膀，有些想拿翅膀作为武器攻击我们。”

格列高里亚斯中士发出一声刺耳的声音，似乎是在轻笑，感觉很滑稽。“神父，我们有四级能量场保护，而他们却用那薄如蝉翼的翅膀攻击我们……总之，我们把他们全都烧死了，然后，从两队人马中各挑了三名，叫他们把装进袋子里的标本带出去，而我和克鲁日则领着各自小队剩下的两个人继续往前进，遵照命令扫清整个洞窟……”

德索亚仔细聆听着。还剩一分钟不到的时间，之后他必须结束此次忏悔。

“神父，我们知道这是颗育婴星。我们知道……大伙儿都知道……驱逐者，就算是那些将机器注释进自己细胞和血液中的家伙，就算是那些看上去完全不像人类的驱逐者……也还没学会如何让女性在完全的零重力和短波辐射中育婴养子。我们朝那该死的小行星前进的时候，我们就知道那是个育婴星……抱歉，神父……”

德索亚没有答话。

“但即便如此，神父……那些洞窟还是很像家……有床，一间间小房间，平板视屏，厨房……跟我们认为的驱逐者老巢完全不像。但那些洞窟大多数都是……”

“托儿所。”德索亚神父舰长说。

“对，长官，就是托儿所。里面是一张张小床，床上躺着一个个婴孩……不是驱逐者怪物，神父，不是那些跟我们作战的全身惨白、闪闪发光的东西，不是那些在星光下展开一百公里长翅膀的该死的路西法天使……仅仅是……婴孩。上百，上千，一个洞窟接着一个洞窟，全是。大多数房间中的空气早已排光，躺在床上的那些小家伙也早就死了。还有些小东西因为气压降低而飞出了小床，但大多数都被束缚在原处。不过，仍有几间房间是密封的，我们开火冲了进去。妈妈们……穿着袍子的女人，头发在十分之一重力下乱飞的孕妇……用指甲和牙齿攻击我们。我们没有理睬她们，任她们被暴风卷走，有些窒息而死，但是还有一些婴孩……神父，有好几十个……正躺在塑料呼吸箱里面……”

“保育箱。”德索亚神父舰长说。

“对，”格列高里亚斯中士低声说道，声音终于显露出倦意，“我们发送密光回报，请求指示。他们会让我们怎么处理他们，处理一个个保育箱里面的驱逐者婴孩？巴恩斯–阿弗妮回复了我们……”

“命你们继续行动。”德索亚神父舰长小声说道。

“对，神父……所以我们……”

“服从了命令，中士。”

“所以，我们掏出最后几颗榴弹，扔进了托儿所。等离子弹用光后，我们又用切枪扫射保育箱。一间房间接着一间房间，一个洞窟接着一个洞窟。那些塑料熔化了，淌到了婴孩身边，把他们盖住了。毯子也烧了起来，那些保育箱肯定充满了纯氧，因为好几个像炸弹一样爆炸了……我们不得不启动制服的能量场，即便这样……回来后我仍花了两个小时才把战斗装甲洗干净……大多数保育箱没有爆炸，它们像干柴般烧了起来，像火把般越烧越旺，里面的一切全都烧着了，就像个火炉。后来里面所有的房间和洞窟都已经暴露在真空中，但那些箱子……那些小小的保育箱……却仍旧含有空气，让火苗烧得透旺……我们把外部耳机都关掉了，长官。大家都关了。可是，不知为何，透过密蔽场和头盔，我们依旧能听到那些声嘶力竭的喊声。神父，我仍旧能听到……”

“中士。”德索亚的声音既严厉且干脆，充满了命令的口吻。

“有何吩咐，长官？”

“中士，你是在执行命令，我们都在执行命令。陛下早已颁下了教令，宣布驱逐者已舍弃人身，他们将纳米装置释放进自己的血液，改变了自己的染色体……”

“可是，神父，那些喊叫……”

“中士……圣父和梵蒂冈委员会颁下了教令，宣布这场圣战必须打响，为的是将人类从驱逐者的威胁中解救出来。你被授予了命令，并且服从了命令。我们是军人。”

“是，长官。”中士在黑暗中低声说道。

“中士，我们没多少时间了。等下次我们再好好谈谈。现在，我要你进行忏悔……不是因为你服从的命令有什么错误，而是因为你在怀疑这些命令。给我念五十遍《万福马利亚》，中士，一百遍《天父经》。我要你好好祈念一番……要诚挚地祈念，想明白这一切。”

“是，神父。”

“现在，诚心念一遍《忏悔经》……快……马上……”

低声念出的话语从屏风对面钻了过来，德索亚神父舰长举起手，做出宽恕赐福的手势。“我宽恕你……”

八分钟后，神父舰长和船员们躺在了加速座椅（也是重生龛）中，“拉斐尔”号的基甸驱动器开始加速，载着他们即时飞向目标星系玛门，其后将是可怕的死亡及痛苦缓慢的重生。

宗教大法官一命呜呼，他来到了地狱。

虽然这只是他第二次经历死亡和重生，但两次都令他难以忍受。而且，火星是座地狱。

约翰·多米尼各·穆斯塔法枢机乘坐新型大天使星舰“吉卜利尔”号来到了旧地星系，随行的是一帮扈从——二十一名宗教法庭官员和安保人员，其中还有他不可或缺的助手法雷尔神父。重生后，他们被慷慨地给予了四天的休息时间，以便能够恢复良好的意识，接下来，他们就将在火星的土地上工作。对于这颗红色的行星，宗教大法官读过很多资料，也多次听过别人的介绍，他头脑中已经形成了一个根深蒂固的观点：火星是座地狱。

“事实上，”当大法官第一次大声说出“火星是地狱”的结论时，法雷尔神父做出了这样的回应，“大人，这星系中另外有颗行星……金星……更加符合这一描述。温度达到沸点，压力有如千钧重担，上面都是液态金属湖，狂风就像是火箭的尾气……”

“闭嘴。”大法官充满倦意地一挥手，打断了助手的话。

火星：虽然它在古老的索美尺度上只达到二点五，分数极低，但也是人类拓殖的第一颗星球，是第一颗尝试地球化改造的星球，也是第一颗功败垂成的——在旧地被黑洞吞噬而亡后，因为有霍金驱动器，因为受大流亡的驱使，因为没有人想生活在这个永远封冻的铁锈天球上，因为整个星系中有近乎无限的更美丽、更健康、更宜居的星球，所以这个星球最后被撇在了身后。

旧地灭亡后，过了数个世纪，火星成了一个极其偏远的星球，如同死水一潭，以至于世界网没有在那儿建立远距传送门。对这个沙漠星球感兴趣的，只有新巴勒斯坦的遗孤（穆斯塔法惊讶地发现，费德曼·卡萨德这个传奇人物就出生在那儿的巴勒斯坦再分配营中）以及那些禅灵教徒。他们回希腊盆地，是为了重新演绎舒瓦德宗师在禅丘的开悟。那儿的地球化改造工程相当庞大，一个世纪以来，工程似乎确实取得了一些效果——巨大的冲击盆地灌满了海水，水手河沿岸种满了赛科拉德蕨，但挫折也接踵而至，他们后来不再有钱款投进去和熵抗争，接下来，持续六万年的冰河时代来临了。

在世界网文明的鼎盛时期，霸主的军事部队——军部——将远距传输器建在了这个红色的星球上，并在奥林帕斯山这座大型火山上建立了蜂窝般的定居地，一切都是为了奥林帕斯指挥学校。火星和环网贸易文明的相互隔离也给军部带来了好处，这颗星球一直是军事基地，直到远距传输器陨落后，一切才改变。陨落后的几个世纪，军部的残存势力在那儿形成了凶残的军事专政——也就是所谓的“火星战团”，他们甚至将邪恶的爪子伸向了半人马和鲸逖星系，要不是圣神的出现，它很可能会像晶种般勃勃生长，最后成长为第二个星际帝国。但圣神很快就将火星舰队征服，将“战团”赶回了旧地星系，它的军事首领也被剥夺了所有权力，只得在军部轨道基地的废墟和奥林帕斯山下的陈旧隧道中东躲西藏。圣神在旧地的小行星带和木星卫星间的地带之中建立了舰队基地，以此取代了“战团”，最后，他们派来了传教士和圣神总督，将火星收入囊中。

但这颗铁锈星球上，事实上已经没有多少人了，传教士的劝教工作和圣神官员的统治行为都只是徒劳。星球上的空气已经变得非常稀薄，气温也很低；大城市早已被掠劫一空，然后遭遗弃；巨大的西蒙沙尘暴重新出现，从一个极点吹向另一个极点；瘟疫在冰冻的沙漠中寻找猎物，当地的游牧民族原本都是高贵的火星人子嗣，现如今，残存的几伙人也被疫病整得十死其九，甚至更糟；有一些土地，曾是广大的苹果园和钉莓地，一度兴旺繁盛，但现在已经成了细长的白兰地仙人掌的天下。

奇怪的是，火星上幸存并重新兴旺起来的社会，竟是那些被蹂躏、被欺辱的巴勒斯坦人。这些人生活在冰冻的塔尔锡斯高原上，是公元二〇三八年核离散的遗孤，他们已经适应了火星的粗暴作风，当圣神传教士抵达的时候他们已经将伊斯兰文明延伸到了星球的许多地方，比如幸存的游牧部落，以及一些自由城邦。一个多世纪以来，这些新巴勒斯坦人拒绝臣服于残暴的“火星战团”，而现在，他们也不打算臣服于教会的自治管理。

伯劳出现的地方，就位于巴勒斯坦人的首都：阿拉法特-头巾。它在那儿大开杀戒，杀死了数百……甚至可能是数千人。

宗教大法官和助手们商量了一下，于是在轨道上和圣神舰队指挥官会面，最后，一行人着陆在星球上。首都“圣马拉奇”的主太空港已经对所有民间航空飞机关闭，只对军队车辆开放，但这不会造成太大的损失，因为按日程表，在一个火星周内，并没有一艘贸易或旅客登陆船预定着陆。六艘突击船一马当先，开赴在前，其后是宗教大法官的登陆飞船。当穆斯塔法枢机踏上火星的土地——或者，更准确地说，应该是圣神的停机坪——的时候，一百名瑞士卫兵和宗教法庭的突击队员已经在太空港列队站定。火星的官方欢迎团队都被一一搜身，并经由声波探测，确认安全后方能获允放行，这些人中，也包括罗伯逊大主教和克莱尔·帕洛总督。

接着，宗教法庭的一行人乘上地行车，从太空港飞速穿过衰败的街道，来到位于圣马拉奇郊外新建立的圣神总督府。此地戒备森严，除了宗教大法官自己的私人护卫，还有圣神舰队的海兵、总督的士兵、大主教的瑞士卫兵扈从以及驻扎在总督府周围的地方装甲军的一个战斗团。在那儿，大法官见证了伯劳出现的证据，记录采集于两星期前，地点位于塔尔锡斯高原。

“荒唐。”宗教大法官大叫。现在已经入夜，明日他就将飞到受伯劳攻击的现场，进行实地勘察。“这些全息像和视屏记录要么是两星期前的，要么是从高纬度上拍摄到的。我看到的，就是这几个全息影像，里面除了伯劳，就只有一些模糊不清的屠杀场面。另外就是这几张照片，只不过是些圣神子民的尸体，是民兵第一次进镇时发现的。可是，镇上的当地人呢？目击者呢？阿拉法特–头巾的两千七百名市民呢？”

“尚不知晓。”克莱尔·帕洛总督回答道。

“我们将大天使无人飞船送到了梵蒂冈，汇报了这一消息，飞船回来的时候，带着梵蒂冈的命令，令我们不要破坏现场，”罗伯逊大主教说道，“我们必须等你们来了再进行调查。”

宗教大法官摇摇头，拿起一张平面照。“这是什么？”他问道，“一座圣神舰队基地？位于阿拉法特–头巾郊外？这座太空港比圣马拉奇还要新。”

“不是圣神舰队的基地。”说话的是沃玛克，此人是“吉卜利尔”号的舰长，也是旧地星系特遣部队的新任指挥官。“不过，伯劳出现的前一周，这座太空港非常繁忙，我们估计，每天都有三十到五十船次的登陆飞船在那儿起降。”

“每天都有三十到五十船次，”宗教大法官重复着，“不是圣神舰队，那又是什么？”他朝总督和罗伯逊大主教怒吼道。

“是商团？”大法官见没人回答，于是追问道。

“不，”过了片刻，大主教才说道，“不是商团。”

宗教大法官抱着双臂，等待着。

“那些登陆飞船是由主业会租下的。”帕洛总督回复道，声音非常轻。

“目的是什么？”大法官问道。宗教法庭的护卫正沿墙而立，两两相隔六米，他们是唯一获准进入这座府邸的人。

总督摊开双手。“尚不知晓，大人。”

“多米尼各，”大主教说道，声音微微有些颤抖，“我们得到了明确的命令，不得打听这件事。”

宗教大法官愤愤地上前一步。“你们得到命令……谁的命令？谁有这个权力，命令首席大主教和管理一颗星球的圣神总督‘不得干涉？’”大法官怒气冲天，“以基督的名义！谁有这个权力？”

大主教抬眼望着穆斯塔法枢机，目光中充满了痛苦和反叛，“以基督的名义……千真万确，大人。那些主业会代表拥有来自正义与和平宗座委员会的官方触显。”他说道。“他们跟我们说，此次任务事关阿拉法特–头巾的安全问题，跟我们毫无关系，他们命我们不得干涉。”

宗教大法官的怒气几乎没有消减半分，他感觉自己的脸可能微微有点泛红。“圣神的安全问题，不管是在火星，还是其他地方，都是宗教法庭的职责！”他平静地说道，“正义与和平宗座委员会在这儿没有任何特权！这个委员会的代表呢？他们为什么没有前来见我？”

克莱尔·帕洛总督抬起细瘦的手，点了点大法官手里的平面照片。“那儿，大人。那些就是委员会的当局人士。”

穆斯塔法枢机低头望着泛着光泽的照片。阿拉法特–头巾满是灰尘的红色街道上，可以看见一具具穿着白衣的尸体。虽然图像纹理粗糙，但是显而易见的是，那些尸体都受过严重的伤害，各自摆出稀奇古怪的的姿势，都烂得肿了起来。宗教大法官很想大叫一番，然后下令将这些无能之辈严刑拷打，再将他们射杀，但他还是抑制住这股冲动，轻声开口道：“为什么？难道你们没有让这些人重生？没有询问他们？”

罗伯逊大主教勉强挤出一丝笑容。“明日您就会知道了，大人。明日，一切都会清楚的。”

电磁车在火星上不能用，所以他们乘上全副武装的圣神安保掠行艇，飞到塔尔锡斯高原。火炬舰船和“吉卜利尔”号监控着他们的行程，天蝎战斗机在空中的各级作战轨道上巡逻。离高原两百公里高的时候，五队海兵从掠行艇上空投而下，飞行在低空中，用声音探测器搜索着整片区域，并建立发射点。

在阿拉法特–头巾内，除了游移的沙子，没有一丝动静。

宗教法庭的安保掠行艇首先降落，椭圆形的城市广场上，曾经绿草茵茵，现在却满是沙子，起落架着陆在沙地中，外围飞船建立并连接起六级密蔽场，广场周围的建筑看上去热气缭绕，闪烁微光。海兵们已经围成一个防御圈，保护起中心的广场。现在，总督的圣神卫兵和地方自卫队也开始行动，他们来到广场周围的街道和小巷中，建立起另一个圆形防御圈。大主教的八名瑞士卫兵来到了密蔽场外，提供更稳固的防护。最后，宗教大法官的宗教法庭安保人员从掠行艇的斜梯上飞速而下，众人穿着黑色的作战装甲，各自跪地，在最里面建立起一个防御圈。

“无异况。”战术频段上传来指挥海兵的中士的声音。

“一号位一公里范围内无其他动静，也无任何活物。”地方自卫队的中士喘息道，“街道内全是尸体。”

“无异况。”瑞士卫兵的队长说道。

“确认，除了你们的人，阿拉法特–头巾内无任何反常活动。”传来“吉卜利尔”号舰长的声音。

“收到。”宗教法庭的安保指挥官布朗宁说道。

大法官觉得这一切愚蠢透顶，他非常不满地走下斜梯，穿过满是沙子的广场。他脸上戴着愚蠢的滤息面具，令他感到非常扫兴，圆形的强力呼吸器挂在肩上，就像是个松松垮垮的大奖章。

穆斯塔法枢机大步行经一个个跪在地上的安保人员，在他身后，法雷尔神父、罗伯逊大主教、帕洛总督和一大群官员紧紧相随，大法官专横地一挥手，下令在密蔽场内切出一个入口。布朗宁指挥官和几个穿着黑色装甲的人大叫着想要阻止他，他们正急急赶来，但大法官丝毫没有顾及他们，便穿过了入口。

“我要好好看看，到底在哪儿……”宗教大法官说着，跌跌撞撞走过广场对面的狭窄小巷。他仍旧没有习惯这儿的低重力。

“就在拐角……”大主教气喘吁吁道。

“我们最好等外围能量场……”帕洛总督说。

“到了。”法雷尔神父说道，一行人来到了一条街道上，他往前一指。

这一行十五人陡然停下脚步，以至于尾随在后的助手和安保人员不得不紧急停步，避免撞上前面的大人物。

“我的上帝。”罗伯逊大主教一面低声说着，一面在胸口画着十字，他脸上戴着透明的滤息面具，可以清楚地看见他那张脸一片惨白。

“基督啊！”克莱尔·帕洛总督喃喃道，“我已经看了两星期的全息像和照片，可……老天啊。”

“啊。”法雷尔神父说道，他向前迈了一步，走近第一具尸体。

大法官来到他身旁，单膝跪在红沙中。泥地中躺着一具扭曲的人形物体，看上去似乎是谁用血肉、骨头和软骨造出的抽象雕塑。要不是那张大咧的嘴巴中露出闪亮的牙齿，以及从四处游移的尘土中伸出的那一只手，他们肯定不会认出这是一个人。

过了片刻，大法官问道：“这是食腐动物干的？是食腐鸟，还是老鼠？”

“不。”回话的是皮耶特少校，总督的圣神舰队地面军指挥官。“两个世纪前，这儿的空气开始减少，自那之后，塔尔锡斯高原上就再也没有鸟类存在了。自那时起，运动探测器也再没发现老鼠……或是任何移动的活物。”

“是伯劳干的。”宗教大法官说道，语气中带着怀疑。他站起身，走到第二具尸体旁，那似乎是个女人，看上去像是五脏六腑都被挖了出来，被剁成了碎片。“这也是？”

“我们这么认为，”帕洛总督说道，“是民兵发现的这些，他拆下了安保摄像器，大人已经看过里面记录下的三十八秒的全息像。”

“那全息像看上去像是有十几个伯劳在杀人，”法雷尔神父说道，“而且很模糊。”

“当时正在刮沙尘暴，”皮耶特少校说，“只有一个伯劳……我们已经研究过个别相片。只是因为它的移动速度非常快，穿行在人群里，所以看上去像是出现了好几个。”

“穿行在人群里，”大法官喃喃道，他走到第三具尸体旁，那可能是个小孩，或是一个身材矮小的女性，“干下这事。”

"干下这事。"帕洛总督说，她望了望罗伯逊大主教，后者已经走到墙边，正扶在那儿。

街道的这一段区域躺着二三十具尸体。

法雷尔神父跪到地上，戴着手套的手伸向第一具死尸的胸腔，摸了上去。尸体已经冻住，鲜血就像是泻下的黑色冰瀑，也是冻住的。"就连一丝十字形也找不到？"他轻声说道。

帕洛总督摇摇头。"民兵带回两具尸体，想将他们重生，但无论如何都找不到一丝十字形。只要剩下一点点……哪怕是脑干中一毫米长的结点或是一点点的纤维，或是……"

"我们都知道。"大法官大声叫道，打断了总督的解释。

"奇怪的是，"说话的是厄多尔主教，宗教法庭研究重生技术的专家，"就我所知，我还从没见过这样的事，身体完好无损，却找不到一丝十字形。当然，帕洛总督说得对，就算还剩一点点十字形，也足以完成重生圣礼。"

大法官停下脚步，细细观察眼前的一具尸体。它被重重地扔在一根铁栏杆上，身体被戳出了十几个窟窿。"看这样子，似乎伯劳的猎物是十字形，它把这些人身体内的所有十字形全都扯出来了。"

"不可能，"厄多尔主教说，"完全不可能。那意味着要将足足五百多米的微纤……"

"的确不可能，"大法官同意道，"但是我们把这些尸体运回去后，我敢打赌，他们一个也活不过来。伯劳可能把其中一些人的五脏六腑都掏了出来，但它的猎物是十字形。"

安保指挥官布朗宁拐过街角，身后跟着五名穿着黑色装甲的士兵。"大人，"他在战术频段上说道，这一信道只有大法官才能听见，"还有更可怕的，得过一个小区……请往这边走。"

这群侍从跟着身着黑色装甲的男人，但是脚步迟缓，心中带着十分的不情愿。

一共记录到三百六十二具尸体。街道内有很多，但多数位于城内的建筑中，或是阿拉法特-头巾附近新建的太空港的小屋、机棚、飞行器中。他们摄取了全息像，宗教法庭的法医小队接管了接下来的工作，在把尸体运回圣马拉奇外圣神基地的停尸房前，记录下各个案发现场。他们确定，这些死者都是外世界的人，也就是说，其中没有一个是当地的巴勒斯坦人，也没有一个是火星土著。

太空港是最让圣神舰队专家感兴趣的地方。

“这里配有八艘登陆飞船，”皮耶特少校说，“这个数目非常大，就算是圣马拉奇航空港，也只有两艘。”他抬头望了望火星的紫色天空。“这些人有飞船，他们往返于火星和这些船舰。假设这些船配有登陆飞船，如果是运输船，每一艘飞船至少会有两艘登陆艇，那么，我们的讨论就属于军事后勤的范畴。”

大法官看了看大主教，但罗伯逊只是把手举了起来。“我们完全不知道这是什么行动，”这个矮个男子说道，“我已经解释过，这是主业会的事。”

“啊，”大法官说道，“就我们所知，所有的主业会人员都已经死了……真正意义上的死，无可挽救……所以，这件事属于宗教法庭的职责范围内。我问你，你一点也不清楚他们建这座通行港的目的么？会不会是为了重金属？也许是某种矿石开采行动？”

帕洛总督摇摇头。“这颗星球已经被开采了一千多年，已经没有任何值得开采运输的重金属，也没有任何矿物，连本地的废品厂都不会浪费时间去挖掘，更别提主业会了。”

皮耶特少校拉起护目镜，揉揉下巴上的胡茬。“大人，这儿有什么东西正被大量装船运出。八艘登陆飞船……复杂的网格登陆系统……自动化安全防护。”

“伯劳……不管是什么东西……把电脑和记录系统都摧毁了，如果没有的话……”布朗宁指挥官开口道。

皮耶特少校摇摇头。“不是伯劳干的，电脑是被可控炸药和定制的

DNA病毒破坏的。”他朝空荡荡的管理大楼环顾了一番，红沙已经从入口和缝隙中钻了进来。“我猜，在伯劳还没来之前，这些人就已经毁掉了自己的数据。我想，当时他们正想离开，这也就解释了为什么他们的登陆飞船会处于起飞待命模式……那些舰载电脑都被设置成了即将起飞离去的状态。”

法雷尔神父点点头。“但我们只得到了他们的轨道坐标，没有任何记录可以弄清楚他们将在那儿会见谁，或是什么东西。”

皮耶特少校朝窗外望去，外面正刮着沙尘暴。“那个停车场里停着二十辆地行车，”他喃喃道，似乎在自言自语，“每一辆都能运载八十多人。但我们在这儿只发现了三百六十几具尸体，要是主业会的特遣队总共只有这么点人，那么，要那么多车就太浪费了。”

帕洛总督皱皱眉头，抱起双臂。“少校，我们不知道这儿一共有多少主业会人员。正如你指出的，记录都被破坏了，也许有好几千……”

布朗宁走进大人物的圈子。“恕我冒昧，总督大人，这儿的机场周界线内有几座兵营，但只能容纳大约四百人。我觉得少校说得没错……我们找到的这些尸体，应该是这里的全部主业会人员。”

“指挥官，对这一点，你不可能有十足的把握。”帕洛总督说道，声音听上去非常不悦。

“对，夫人。”

她指了指沙尘暴，那些停放着的车辆几乎隐没其中。“我们有证据可以证明，他们需要运输器，以装载更多的人。”

“也许，他们只是先头部队，”布朗宁指挥官说道，“接下来会有大量人马到来。”

“那为什么要毁掉记录，破坏这些能力有限的人工智能呢？”皮耶特少校问，“看情形，他们似乎打算一劳永逸地撤离这颗星球，为什么要这样做呢？”

宗教大法官走进圈子中，举起戴着黑色手套的手。“停止推测吧。明日，宗教法庭将会开始人员罢免，执行审问。总督，可否使用你在宫邸的办公室？”

“当然可以，大人。”帕洛低着头，要么是在表示敬意，要么是为了隐藏自己的目光，或者两者兼具。

“很好。”宗教大法官说道，“指挥官，少校，呼叫掠行艇。法医队和收尸工会留在这儿。”穆斯塔法枢机凝视着外面越来越猛的风暴，现在，即便隔着十层窗户，狂暴的风声也清晰可闻，“当地人怎么称呼这沙尘暴的？”

“西蒙风，”帕洛总督说道，“这风暴经常覆盖整个星球。现在，每过一个火星年，风力便会增强一分。”

“本地人说，那些是远古的火星神祇，”罗伯逊大主教低声说道，“他们正在收回原本属于他们的东西。”

离旧地星系不到十四光年外，在那个名叫维图-格雷-巴里亚那斯B的星球上空，飞来一艘星际舰船，它曾经名为“拉斐尔”号，但现在已经没有名字了。完成制动减速后，它进入星球的同步轨道。舰上有四个生物，他们飘浮在零重力中，目光定格在绘图板上显示出的这个沙漠星球的图像上。

“对于远距传输能量场的扰动，我们取得的数据有多可靠？”名叫斯库拉的女子说道。

“相比其他数据要可靠得多。”回话的是拉达曼斯·尼弥斯，她的外貌看上去和斯库拉同出一胎。“我们会弄清楚的。”

“要从圣神基地找起吗？”说话的是名叫古阿斯的男子。

“最大的那个。”尼弥斯说。

“那就是庞巴西诺圣神基地，”布里亚柔斯说，他正核对绘图板上的代码，“位于北半球，在主河道沿岸，人口有……”

“人口有多少并不重要，”拉达曼斯·尼弥斯打断了他的话，“重要的是，伊妮娅和那个机器人，还有那个叫安迪密恩的杂种走的是不是这条路。”

“登陆飞船准备就绪。”斯库拉说道。

登陆飞船啸叫着穿进大气层，在穿越晨昏线的时候，飞船展开了机翼。通过异频雷达收发机，他们用梵蒂冈授予的触显扫清行进障碍，最后着陆在地，四周是天蝎机、运兵掠行艇、全副武装的电磁车。一名慌里慌张的上尉接待了他们，开始护送他们前往基地指挥官的办公室。

“你说，你们是贵族卫队的人？”索尔兹涅科夫指挥官问道，他一面细细审视四人的脸，一面看着触显界面上的信息。

“我们已经告诉了你，”拉达曼斯·尼弥斯平静地回答，“我们的文件、命令芯片和触显都这样告诉了你。指挥官，你还要多少证明文件？”

索尔兹涅科夫的脸和脖子“唰”的一下红了。他低头看着界面上的全息像，没有回话。从技术上说，贵族卫队的军官——这些教皇新军的成员之一——尽可以对着他耀武扬威。从技术上说，他们可以把他射杀，或是把他逐出教会，因为他们在贵族卫队的职位，集圣神舰队和梵蒂冈的权力于一身。从技术上说——据触显中的措辞和优先级编码看来——他们甚至能对星球总督行使特权，或是对首席大主教口授教会政策。从技术上来说，索尔兹涅科夫暗自希望这些苍白的怪物从来没有在这个偏地星球出现过。

指挥官挤出一丝笑容。“此地的军队任你们调遣，我有什么能帮上忙的？”

名叫尼弥斯的纤瘦苍白女子拿出一张全息卡片，伸手放在指挥官的桌子上，并激活了它。突然间，半空中浮出三个人的头像，与真人大小无异——或者，更准确地说，是两个人，因为第三张脸显然是一个蓝皮肤的机器人。

“我以为圣神已经没有机器人了。”索尔兹涅科夫说。

“指挥官，你有否收到任何报告，提到这三人中的任何一个曾经出现在你的领地上？”尼弥斯问道，她没有理会他的问题，“他们很可能会出现在主河道上，就是从北极流到赤道的那条河。”

“那其实是条人工河……”索尔兹涅科夫开口道，但马上停了下来。四人似乎对闲聊和额外信息都毫无兴趣。他叫来了自己的助手，冯纳拉上校，他走进办公室。

“他们叫什么名字？”冯纳拉拿着通信志站定待命后，索尔兹涅科夫问道。

尼弥斯说出了三人的名字，但对指挥官来说，这些名字没有任何意义。“这些不是本地人的名字，”他说道，冯纳拉上校正在检索记录，“本地有个土著文明，名叫阿莫耶特光谱螺旋，他们的人喜欢堆砌名字，就像是我在帕桃发上的猎狗喜欢收集枕套。你们瞧，他们的三人婚姻体系……”

“这些不是本地人。”尼弥斯打断了他的话。她那红色的制服衣领上，一张脸惨白得没有一丝血色，而薄薄的双唇同样如此。“他们是外世界的人。”

“啊，嗯，”索尔兹涅科夫开口道，他明白这些来自贵族卫队的怪物一两分钟后就会走人，不由得松了口气，“那我们就无能为力了。你们瞧，由于我们已经关闭了位于吉罗唐巴的土著太空港，所以庞巴西诺是维图-格雷-巴里亚那斯B上唯一一个可用的航空港，除了有几个航空员被关在我们的监狱里，根本就没有外人来。本地人都是那些光谱螺旋的族民……而且，嗯……他们喜欢颜色，千真万确，但站在他们里面，机器人将会引人注目，就像是……什么来着，上校？”

冯纳拉上校正在搜索数据库，现在抬起头来。“不管是图像还是名字，都找不到任何匹配的记录，除了四个半标准年前的一则全球公报，是圣神舰队发出的。”他满脸狐疑地望着这几名贵族卫队成员。

尼弥斯和她的兄弟姐妹未做任何评价，定睛看着他。

索尔兹涅科夫指挥官张开双手。“很抱歉，过去两周我们忙着进行一场大型演习，是我全权负责的，但要是有人到这儿来，和这些描述匹配……”

“长官，”冯纳拉上校说道，“的确有四名逃亡的航空员。”

见鬼！索尔兹涅科夫想道，他对着贵族卫队说道："有四名商团航空员吸食了违禁的毒品，他们没有面对指控，弃船潜逃。据我所知，他们都是男的，都已经有六十多岁，而且——"他转过身，意味深长地望了冯纳拉上校一眼，语气和目光都在命令他赶紧闭上臭嘴，"上校，我们已经在大油脂里面找到了他们的尸体，对不对？"

"是三具尸体，长官。"冯纳拉上校回道，他对指挥官的暗示视而不见，接着又开始检索数据库，"我们的一艘掠行艇在吉罗唐巴附近坠毁，医院派了……啊……艾伯尼·莫莉娜医生……和一名传教士一起去河下游照料那些伤员。"

"这些长官是在找一个小孩，一个三十多岁的男人，还有一个机器人，"索尔兹涅科夫大叫，"你说的这些到底和这事有啥关系，上校？"

"明白，长官，"冯纳拉说道，他惊愕地抬起头，"不过，莫莉娜医生通过无线电发来汇报，说在蔡德·拉蒙水闸治疗了一个来自外世界的人，那人生了病。我们猜，他就是那第四名航空员……"

拉达曼斯·尼弥斯迅速向前迈了一步，快得让索尔兹涅科夫指挥官不由得畏缩了一下。这个苗条女子的动作，有几分让他感觉不像人类能够做出来的。

"蔡德·拉蒙水闸在哪儿？"尼弥斯问道。

"那是人工河沿岸的一座村庄，在南方约八十公里外，"索尔兹涅科夫说道，他转身看着冯纳拉上校，似乎这一切的骚乱都是他助手的过错，"他们什么时候乘飞机把这名囚犯运回来？"

"明日早上，长官。按计划，有一艘医疗掠行艇将会在六点整飞到吉罗唐巴，载上那些伤员，然后他们会顺便……"上校停了下来，一脸讶异。四名贵族卫队的军官迅速转了个身，正往门口走去。

尼弥斯在那儿停了片刻，说道："指挥官，我们将从这儿飞往蔡德·拉蒙水闸，请保证我们通行无阻。我们将乘登陆飞船去。"

"啊，没那个必要！"指挥官说道，他检查着桌子上的屏幕，"这名航空员已经被捕，明天就将……嗨！”

四名贵族卫队军官已经迅速走下他办公室外的台阶，现在正在穿越停机坪。索尔兹涅科夫冲到平台上，朝他们大喊：“登陆飞船不允许在大气层内使用，除非是在庞巴西诺着陆。嗨！我们可以派艘掠行艇去。嗨！那名航空员肯定不是你们要找的人……他在我们的监禁之下……嗨！”

四人头也不回地走到登陆飞船边，下令伸出升降梯，一行人进入了飞船，不见了。庞大的登陆飞船开动推进器，升入高空，继而转换至电磁设备，穿越港口的周界线，往南加速前进，一路上，基地内警笛高鸣，各处人员四处奔走，寻求掩护。

“见他妈的鬼。”索尔兹涅科夫指挥官低声骂道。

“你说什么，长官？”冯纳拉上校说。

索尔兹涅科夫瞪了他一眼，那冒火的目光几乎可以把铅熔化。“立即派两艘作战掠行艇过去……不，派三艘。每搜掠行艇上派一队海兵。这是我们的地盘，我可不想让这些贫血的贵族卫队越俎代庖，这都是些吹毛求疵的家伙。我们的掠行艇一定要先抵达那儿，把那该死的航空员扣留……羁押在我们手里……即便一路上把所有的光谱螺旋的土著都变成兔唇也在所不惜。明白吗，上校？”

冯纳拉唯有瞪眼的份了。

“**行动！**”索尔兹涅科夫指挥官大叫。

冯纳拉上校开始行动。

10

那一夜非常漫长，痛苦让我无法入睡，让我翻来覆去地打滚，到了次日，情况没有任何好转。其间，我不时搬着输液设备走进浴室，强忍剧痛，尝试尿点尿出来，然后检查一下那个可笑的过滤器，看看能不能在里面找到让我痛得死去活来的石头。中午的时候，我终于排出了那玩意儿。

有那么一小会儿，我几乎无法相信痛楚竟是由这么一个小东西造成的。不过，接下来半个小时，疼痛的确减轻了许多。事实上，现在只有背部和腹股沟还剩下一点点疼痛的余波，但过滤器皿中的那个红红的小东西，只不过稍微比沙子大一点，根本没鹅卵石那么大，当我盯着它瞧的时候，我压根就无法相信，它竟能造成如此难以忍受的疼痛，而且还持续了那么长时间。

“别不信，”伊妮娅正坐在台子边上，望着我拉上睡裤，“在我们一生中，最痛苦的事，经常是那些最微不足道的东西造成的。”

“是啊。”我应道。我的头脑尚有几分清醒，明白伊妮娅并不在那儿，明白自己永远也不会像这样在别人面前撒尿，更别提在这个女孩面前了。这一切，都是自注射了第一管超级吗啡以来的幻觉。

“恭喜你。”这个伊妮娅幻象说道。她的笑容看上去极其真实——右侧嘴角一弯，略带淘气，又略带揶揄，多年来，我早已熟悉了这个笑容。她身上穿着绿色的工装裤和白色的棉衬衫，那是她在沙漠的烈日下工作时常穿的衣服。但我也能看见她身后的洗手池和软毛巾，仿佛她就是个透明人。

“谢谢。”我一面说，一面慢吞吞走回去，瘫倒在床上。我不相信疼痛会这么简单地消失。事实上，莫莉娜医生曾说过，也许会有好几颗小石子。

当德姆·瑞亚、德姆·洛亚和那名看守士兵走进房间的时候，伊妮娅不见了。

“哦，太好了！”德姆·瑞亚叫道。

“我们很高兴，”德姆·洛亚说，“大家都希望你不用去圣神医务室接受手术治疗。”

“把右手举到这里。”那名士兵命令道，他把我的手铐在了黄铜床头板上。

“我被捕了？”我晕乎乎地说道。

“你早就被捕了，”士兵咕哝道，他脸上罩着头盔护目镜，黝黑的皮肤上全是汗，“明天一早，掠行艇就会来接你，你溜不掉的。”说完，他便走到外面那棵大树下的树荫中了。

“啊，”德姆·洛亚说，她凉凉的手指摸着我被铐起来的手腕，“非常抱歉，劳尔·安迪密恩。”

“不是你们的错，”我感觉非常疲惫，昏昏沉沉的，连舌头都不想动一下，“你们对我很好，真的非常好。”虽然疼痛正在衰减，但还一息尚存，不至于让我睡着。

“克利夫顿神父想要过来和你谈谈，你觉得可不可以？”

那个时候，对我来说，同传教神父聊天就跟让小老鼠咬我的脚趾甲一样无大碍，我说道：“当然，有何不可呢？”

克利夫顿神父比我还要年轻，个头很矮，不过比德姆·瑞亚和德姆·洛亚及他们的族民要高，胖乎乎的，一张友好、泛红的脸庞，金黄色的头发稀稀疏疏，梳了个背头。我觉得自己很熟悉这一类人，从前在地方军中，就有位神父很像克利夫顿神父——真挚，不讨厌，有点像是那种“妈妈的大男孩”，之所以成为神父，也许是为了永远不必长大，为了永远不必负起责任。外婆跟我讲起过，海伯利安上好几个荒野村庄里的教区教士，都留有一种孩子气：教区居民对他们十分尊重，当他们看到任何年龄的女人都会手忙脚乱，不论是主妇还是老太太，他们也永远不会和其他成年男性打架。虽然外婆拒绝加入教会，但我觉得她并不是个积极的反教权主义者，她只不过是觉得，在这个庞大的圣神帝国中，教区教士竟然拥有这种脾性，实在是太可笑了。

克利夫顿神父想要和我讨论神学。

我想我当时发出了一声呻吟，不过，他肯定以为那是肾结石造成的，因为这位和善的神父只是凑近了些，拍拍我的臂膀，低声说道：“好啦，好啦，我的孩子。”

我有没有提到他至少比我年轻五六岁？

“劳尔……我能叫你劳尔吗？”

“当然，神父。”我闭上双眼，似乎又睡着了。

“劳尔，你对教会有什么看法？”

我闭着眼，转了下眼球。“教会，神父？”

克利夫顿神父等着我的回答。

我耸耸肩。或者，更加准确地说，我试图耸耸肩——一只手腕被铐在头顶上方，另一只胳膊插着输液针，这动作做起来真是大不容易。

克利夫顿神父肯定理解了我这难堪的动作。“那么，你对教会不感兴趣？”他轻声说道。

对于一个试图抓住我，甚至杀死我的组织，我还能表现出什么兴趣，我暗自思忖。“不是不感兴趣，神父，”我说道，“只不过教会……啊，从多数方面来看，它和我的生活并不相干。”

这位神父微微扬了扬一条金黄色的眉毛。“天哪，劳尔……教会是很复杂的……我也确定，教会并不是完全白璧无瑕的……但是我无法想象，你竟能以‘不相干’来指责它。”

我又想耸耸肩，但最后觉得那个样子难堪的痉挛动作实在是够了。“我明白你的意思。”我说，暗自希望谈话到此结束。

克利夫顿神父凑得更近了，手肘放在我的膝盖上，双手摆在胸前，这姿势与其说是祈祷，不如说是在劝说。“劳尔，你知道，他们会在明天早上带你回庞巴西诺基地。”

我点点头，我的脑袋还能动。

“你知道，圣神舰队和商团对叛离会有什么惩罚，是死刑。”

“对，”我说，“但只有经过公正的审判之后才能做出判决。”

克利夫顿神父没有理睬我的挖苦。他蹙紧额头，现出烦忧的神情，不过，我不太确信他到底是在担心我的命运，还是担心我永恒的灵魂。也许两者都有。“只有对基督徒才会审判，”他开口道，接着停顿了片刻，“对基督徒来说，这样的刑罚也只是一种惩罚，会有些许不适，甚至也许是短暂的恐惧，但之后他们便改过自新，继续他们的生命。而对你来说……”

“死亡。”我说道，帮他说完了他的话。“被一口吞没。永恒的黑暗。化归虚无。成了虫子的美餐。”

克利夫顿神父没有笑。“我的孩子，事情不必到这种地步。”

我叹了口气，现在已是维图-格雷-巴里亚那斯B的午后，比起我深深了解的那些星球——海伯利安、旧地，甚至是无限极海，或是我拜访过的其他地方（虽短暂，但印象深刻）——这儿的阳光更为与众不同，但这种不同又非常微妙，很难用言语形容。毋庸置疑，它非常美丽，我望着那深蓝色的天空，上面飘着紫罗兰色的云朵，黄油般浓艳的光线洒落在粉红的土砖和木制窗台上；我聆听着一些声音，小巷里孩子们玩耍的声音，瑟斯·安珀尔和他生病的弟弟的小声谈话，他们也在玩游戏，偶尔有什么有趣的东西令他们突然发出轻轻的笑声，与此同时，我想道——*就这么永远失去一切么？*

这时，伊妮娅的幻觉又出现了，我听到她正在说，*永远失去这一切，这是身为人所具有的本质，吾爱。*

克利夫顿神父清清嗓子，“劳尔，你有没有听过帕斯卡赌注[①]？”

“听过。”

“你听过？”克利夫顿神父似乎感到很惊讶。他似乎已经在心里准备好了要跟我说的话，但我却给他来了个下马威，让他措手不及。“那么你就该知道其中的意义。”他口气绵软地说道。

我又叹了口气。现在，疼痛已经稳定了下来，不再像前几天如巨浪潮汐般一再将我吞没。我回忆起孩提时，外婆曾和我说过布莱斯·帕斯卡，那是我第一次听到这个名字。后来我又在亚利桑那和伊妮娅谈过他，当时正值黄昏。最后，我曾在西塔列森装备精良的图书馆中查阅过他的《思想录》。

“帕斯卡是名数学家，”克利夫顿神父说，“生活于大流亡前……我想，是十八世纪中期……”

“事实上，他生活于十六世纪中期，”我说，“我想，生于一六二三年，卒于一六六二年。”说实话，对于这个准确的日期，我有点虚张声势。虽然十有八九是正确的，但我不敢把我的生命押在上面。我之所以记得这年代，是因为我和伊妮娅曾在某年冬天花了几星期的时间，讨论启蒙运动及其对大流亡前、圣神前的人和机构造成了什么样的影响。

“对，”克利夫顿神父说道，“但同他那个所谓的赌注比起来，他所生活的年代并没什么重要之处。劳尔，仔细想想吧——一边是重生、不朽以及永世的极乐，受益于基督的荣光；而另一边……你怎么说来着

① 所谓的帕斯卡赌注是这样的：如果你信神，结果神不存在，那你也不会损失什么；可是如果你不信神，结果神存在，那么你就会下地狱。

的？”

“一口吞没，”我说，“化归虚无。”

“比这个还要糟，”年轻的神父说道，声音充满了诚挚的信念，“虚无的意思是什么都没有，没有梦的沉睡，但帕斯卡认识到，没有基督的救赎，将会比这还要糟。那意味着永世的悔恨……无限的悲伤。”

“还有地狱？”我说道，“无尽的惩罚？”

克利夫顿神父双手紧紧捏着，对于等式另一边的这些描述，他显然感到非常不自在。“也许吧，”他说，“可是，即便地狱只是证明一个人永远失去了的他的机会……为什么要冒这个险？帕斯卡明白，就算教会是错的，而你热忱地接受了它的希望，结果也不会有什么损失。可如果那是对的……”

我微微一笑。“这有点愤世嫉俗，不是吗，神父？”

神父瞪着灰白的双眼，紧紧盯着我。“劳尔，跟你毫无缘由地慷慨赴死相比，这一点也不愤世嫉俗。你可以接受基督，让他作为你的主，和其他人一起献身于公益事业，服务于你的团体，服务于同为基督子民的兄弟姐妹，在此过程中，保全你的肉体和你不朽的灵魂，这一切，一点也不愤世嫉俗。”

我点点头，过了一会儿，我说道：“也许是因为他生活的那个时代。”

克利夫顿神父眨眨眼，没有听明白我的意思。

“我是说布莱斯·帕斯卡，”我解释道，“他生活的那个年代经历了一场前所未有的知识革命。在这场革命之上，哥白尼、开普勒和他们的同事正在解构整个宇宙，将它展开到原有的一千倍。太阳变成了……啊……只是一颗星星，神父。一切都天翻地覆。帕斯卡曾经说：‘我害怕这无尽苍穹中永恒的沉寂。’”

克利夫顿神父又凑近了些，我能闻到他光滑的皮肤上有一股肥皂和剃须膏的气味。“这也更说明了他的赌注中所蕴含的智慧，劳尔。”

他那张红扑扑、刚剃过须的脸压在我头顶，就像是一轮满月，我眨眨眼，想要躲开，恐怕，我还闻到了其他一些气味——汗水、痛苦、恐惧。我已经有二十四小时没有刷过牙。“我想，如果所打交道的教会已经变得非常腐败，它让民众臣服在它脚下，用的是一些卑鄙的手段，比如说以拯救他们的孩子为筹码，那么，我不会在它上面下任何赌注。”我说道。

克利夫顿神父猛地朝后退去，似乎被我打了一巴掌。他白皙的皮肤泛起一阵红晕。接着，他站起身，拍拍我的胳膊。“睡觉吧。等明早走之前，我们再来谈谈。”

但我已经没有机会。当时我要是在外面，抬头看看傍晚的那半片天空，就能看见一条火焰刺穿了蓝色的天穹。尼弥斯的登陆飞船着陆在了庞巴西诺圣神基地的降落跑道上。

克利夫顿神父离开后，我便睡着了。

我望着自己和伊妮娅坐在沙漠小屋的门厅中，时间还是夜晚，我们继续着我们的谈话。

“我以前做过这个梦。”我说，左右四顾，摸摸小屋帆布下的岩石。那石头还残留着白天的余温。

“我知道。”伊妮娅说，她重新倒了一杯茶，正在喝着。

“当时你正要告诉我一个秘密，让你成为弥赛亚的秘密，”那个“我”说着，“用云门的话说，是让你成为‘两个世界的纽带’的秘密。”

“对，”我那年轻的朋友说道，她又点了点头，“但首先，劳尔，告诉我，你回答克利夫顿神父的那些话恰不恰当。”

“恰不恰当？”我耸耸肩，“事实上，我很生气。”

伊妮娅喝了口茶。从杯中冒出一缕缕蒸汽，缭绕在她的睫毛周围。“不过，你并没有真正回答他关于帕斯卡赌注的问题。”

“我的那些回答已经足够。”我说道，火气又蹿了上来，“宾·瑞亚·德姆·洛亚·阿棱患了癌症，快要死了，教会却用十字形作为工具，那是腐败……是犯罪。我不会加入的。”

伊妮娅端着热气腾腾的杯子，望着我。“但是，如果教会不腐败，劳尔……如果他向世人无偿地提供十字形，那么，你会接受吗？”

“不。”这话竟然脱口而出，我自己也吃了一惊。

女孩笑了。“这么说，你从心底里反对它，并不是出于教会的腐败。归根结底，你是不愿意接受重生。”

我张口想要回答，但犹豫了一番，皱皱眉，又思索了片刻，将想说的话重新组合了一下。“**这种**重生我的确不愿意接受，没错。”

伊妮娅依旧笑意盈盈，她说道：“难道还有另外一种么？”

“教会从前认为有另外一种，”我说，“几乎是在三千年前，当时提供的重生是灵魂上的，而非肉体。”

“你相信这另外一种重生吗？”

“不。”我又这么回答道，这回甚至比前一次还要快，我摇摇头，“帕斯卡赌注从来没有激起过我的兴趣。从逻辑上看，它非常……浅薄。”

“也许是因为它只提出了两个选择。”伊妮娅说，沙漠中，黑漆漆的夜幕下，从什么地方传来一头猫头鹰的叫声，短促、尖厉，“要么是灵魂的重生及不朽，要么是死亡和诅咒。”

“后两个并不是同一件事。”我说道。

“对，不是，但对于像布莱斯·帕斯卡这样的人，对于害怕‘无尽苍穹中永恒的沉寂’的人来说，也许就是同一件事。”

“灵魂恐惧症。”我说道。

伊妮娅哈哈大笑，声音是如此诚挚，如此油然而发，我不禁爱上了它，还有**她**。

“宗教似乎总是提供给我们这样一种错误的二元论，”她一面说，一面把茶杯放在一块平坦的石头上，“要么是无尽苍穹的沉寂，要么是心灵确然的安逸。”

我哼了一声。“圣神教会提供的这种确定性更加注重实际。”伊妮娅点头说道，“现如今，那或许是它唯一的依靠。也许我们心灵信仰的蓄水池已经干涸。”

“也许，它早就该干涸了，”我严厉地说道，“迷信已经攫取了我们人类无数的生命。战争……大屠杀……对于逻辑、科学和医药的抵制……更别提那些利欲熏心的人积聚权力，就像圣神的这些人一样。”

“那么，劳尔，是不是所有的宗教都是迷信？所有的信仰都是愚蠢？”

我斜眼看着她，屋内传来的光线甚是昏暗，而外面的星光更加黯淡，它们照射在她瘦削的颊骨和圆滑的下巴上。“你什么意思？”我问道，心里有个想法，觉得她在给我下套。

“如果你对我存有信仰，那是不是愚蠢？”

“对你……存有信仰？以什么方式？”我问道，声音中含着疑虑，几乎带着愠怒，“对朋友的信仰？还是对弥赛亚的信仰？”

“有分别吗？”伊妮娅问，她又露出笑颜，通常这将意味着接下来会有一番争论。

“对朋友的信仰……那是友谊。”我说道，“是忠诚，”顿了半晌，我继续道，“是爱。”

“对弥赛亚的信仰呢？”伊妮娅问，双眼被光线照得闪闪发亮。

我做了个粗鲁的摆手动作。“那是宗教。”

“但如果你的朋友就是弥赛亚呢？”她说道，现在笑得更加直率了。

“你是说——‘如果你的朋友**认为**自己是弥赛亚，那该怎么样？’”我问道，继而又耸耸肩，“我猜，你得对她忠贞不渝，不要让她被送到精神病院去。”

伊妮娅的笑容突然消失，但我感觉这并不是因为我苛刻的话语。她的目光变得亲密可人。“我亲爱的朋友，我倒希望一切能那么简单。”

我被她的眼神触动了，内心涌起了一波焦虑，就像亲身到了翻腾的海浪上，泛起阵阵恶心感。我说道：“孩子，告诉我为什么你会被选中成为这名弥赛亚，是什么让你成为两个世界的纽带。”

面前的女孩——不，我意识到，是年轻女子——肃穆地点了点头。“我被选中，只是因为我是内核和人类诞下的第一个孩子。”

她早先说过这个，这一次，我点了点头。“这么说，你衔接着那两个世界……内核和我们？”

“众多世界中的两个，对。”伊妮娅说着，再一次抬起头望着我。“不是仅有的两个。那正是弥赛亚做的事，劳尔……我是一座桥梁，连接不同的世界，连接不同的时代，在两个矛盾的观念之间施以调和。”

“你连接起了这两个世界，这让你成为了弥赛亚？”我又一次问道。

伊妮娅迅速摇了摇头，几乎有点不耐烦，目光中似乎流露出一丝怒意。“不，”她厉声说道，“我是弥赛亚，是因为我能做的事。”

我瞧着她激动的样子，眨了眨眼。“你能做什么，丫头？”

伊妮娅伸出一只手，轻轻碰了碰我。“还记得我跟你说的话吗，我说教会和圣神这么对我是对的，我说自己是个病毒？”

“当然记得。”

她捏捏我的手腕。“劳尔，我能传播病毒，我能感染别人，以指数级扩散，我是瘟疫载体。”

“什么载体？”我说，“弥赛亚的载体？”

她摇摇头，脸上现出极其悲伤的神情，我真想上前安慰她，抱住她。但她仍旧紧紧抓着我的手腕。“不，”她说，“只不过是一小步，它将通往我们人类的下一阶段，我们能够成为的另一种类型。”

我深深吸了口气。“你曾说过你会教授爱的物理学，”我说，“你认为爱是宇宙的一种基本力。这是你说的那个病毒吗？”

她仍旧握着我的手腕，深深地看了我一眼。“那是病毒的源头，”她轻声说，“我所教授的，是**如何使用**这种能量。”

“如何使用？”我低声问道。

伊妮娅慢慢地眨了一下眼，似乎她才是做梦人，现在快要醒来。“暂且说有四个步骤吧，”她说，“四个阶段，四个层次。”

我静静聆听。她伸出手，握住我的手腕。

“第一，学会死者的语言。”她说。

“什么意……”

“嘘！”伊妮娅竖起另外一只手的食指，贴在唇边，示意我安静。

“第二，学会生者的语言。”她继续道。

我点点头，事实上我两句话都没听懂。

“第三，聆听天体之音。”她轻声说。

我在西塔列森遍览群书的时候，曾经读到过这个古老的词语[①]：其中混合着占星术，旧地的前科学时代，开普勒关于太阳系的小型木制模型——造型非常完美，恒星和行星由天使推动着……全是些故弄玄虚的东西。我不明白我的朋友到底在讲什么，也不明白在这样一个人类已经能以超越光速的速度穿越银河旋臂的时代，这句话又能怎样应用。

“第四步，”她说，眼神再次变得亲切起来，“学会走出第一步。”

“走出第一步，”我重复道，完全不明所以，“你是说你刚才提到的第一步……什么来着？学会死者的语言？”

伊妮娅摇摇头，慢慢将目光集中在我身上，就仿佛她刚才在琢磨别的什么事。“不，”她说，“我是说，**走出第一步**。”

我几乎屏住了呼吸。“好吧，我准备好了，丫头，教我怎么做吧。”

伊妮娅又笑了。“劳尔，吾爱，这就是讽刺之处。如果我选择这么做，我将永远被人们称作‘传道者’。但愚蠢的是，我并不必教导你们。我只需分享这一病毒，将这四个阶段告知每一个愿意学习的人。”

我低下头，她纤细的手指仍旧环绕在我的手腕上。“这么说，你已经把……病毒……传给我了？”我说道，同往常一样，这一接触让我感觉到惯有的触电感，除此之外别无其他。

---

① 天体之音是毕达哥拉斯提出的，他认为球形宇宙以地球为中心，排列有序，群星按照预定的速度运行，产生旋律，产生节奏，由此产生“天体之音”。

我的朋友哈哈大笑。“不，劳尔，你还没准备好。而且，要分享病毒，不是说接触即可，还需要进行共享礼。我还没决定该怎么做……或者说**该不该**做。”

“不知道该不该和我分享？”我问道，同时在想，*共享礼？*

“该不该和每个人分享，”她低声说，那副表情又变得严肃了，“还要等每个人准备好。”她重新和我对视。沙漠中的什么地方，有只狼在嗥叫。“劳尔，这四个……层次、阶段……不能和十字形共存。”

“也就是说，那些重生教徒不能学习？”我说道。大多数人类将被拒之门外。

她摇摇头。“他们能学……只不过，他们将不能重生。十字形必须被除去。”

我出了口大气。她说的这一切，我大多数都听不明白，因为这些话听起来是在故弄玄虚。*是不是所有将会成为弥赛亚的人，都会如此故弄玄虚？*我内心愤世嫉俗的一面以外婆沉稳的声音问道。但我还是大声说道：“要想移除十字形，只有把人杀死才能办到，必须是真死。”我一直在想，也许这才是我不愿加入十字教会的主要原因。或许，那可能只是因为我太年轻，还相信自己能够永垂不朽。

伊妮娅没有直接回答我，她说道：“你喜欢阿莫耶特光谱螺旋这个民族，是不是？”

我眨眨眼，想要搞清楚这一切是怎么回事。*那些经历、那些人、那痛苦，难道都是梦？还是现在的这些场景才是梦？或者，这是我记忆中的一次真实的谈话？可伊妮娅怎么会知道德姆·瑞亚、德姆·洛亚，还有其他人？*黑夜和岩石帆布小屋似乎泛起了褶皱，就像是梦境被撕裂了。

“是的，我喜欢他们。”我感觉到我的朋友已经松开握在我手腕上的手指。*我的手腕不是被铐在床头板上了么？*

伊妮娅点点头，喝了口凉茶。“光谱螺旋的人民还有希望，陨落后恢复起来的其余数千个文明也有希望。劳尔，霸主想要让人类基因趋向一致，而圣神的想法更甚。但是，劳尔，人类的基因组……人类的灵魂……不可能趋向一致。它——它们——总是准备着碰碰运气，冒险求变，求取多样性。”

“伊妮娅，”我说着，把手伸向她，“我不……我们不能……”突然间，我感到一阵可怕的坠落感，梦境就像是暴雨中的薄纸板，开始分崩离析。我的朋友无处可寻了。

“醒醒，劳尔。他们要来抓你了。圣神要来了。”

我挣扎着想要醒来，摸索着朝意识的大门前进，就像台行动迟缓的机器在往山上爬，但倦意和止痛剂压着我，不停地把我朝下拽。我不明白为什么伊妮娅要把我叫醒，我们在梦中谈得好好的啊。

“醒醒，劳尔。”*新新，罗儿*。说话的不是伊妮娅。我还没完全清醒，还没完全睁开眼睛，就认出了这轻柔的声音，这浓重的方言腔调，是德姆·瑞亚。

我笔直坐起身，发现她正在给我脱衣服！她已经把我宽松的睡衣脱去，现在正帮我套上汗衫。短裤已经穿上了，床尾摆着我的斜纹裤、外套衫，还有背心。她怎么做到的……我的手不是被铐在……

我抬头看了看手腕。手铐正躺在被褥上，已经被打开了。由于血液循环恢复正常，胳膊微微有点麻刺感。我舔舔嘴唇，不想在说话的时候淌下口水，弄脏被褥。“圣神？来了？”

德姆·瑞亚帮我穿好衬衣，就好像我是她的孩子——宾……或是更小的孩子。我挥挥手，把她的手推开，打算自己系纽扣，但手指突然变得十分笨拙。在旧地的西塔列森，大家用的是纽扣，而不是封片。我本以为自己早已习惯用这种东西，但照现在这种情况，我永远也系不上。

“……我们在无线电上听到消息，说有一艘登陆飞船在庞巴西诺着陆。船上有四人，穿着没人见过的制服——两男两女，他们到司令官那里询问关于你的事情。现在刚起飞——登陆飞船，还有三艘掠行艇。四分钟后，他们就会到这儿了。或许还用不了这点时间。”

“无线电？”我蠢头蠢脑地说道，“我怎么记得你们说过无线电坏掉了，所以那位神父才亲自去基地叫医生过来，不是吗？”

“克利夫顿神父的无线电坏了。”德姆·瑞亚低声说道，她扶着我，让我站起身，稳稳搀着我，让我把脚伸进裤腿，“我们自己也有无线电……是密光发送器……通过人造卫星中继……这一切圣神并不知道。我们还在一些地方安插了密探，有个人向我们发来了警报……快点，劳尔·安迪密恩，再过一分钟，那艘飞船就要来了。”

此时，我已经完全清醒了，对于摆在眼前的意欲除掉我的威胁，我内心涌起一股怒意，又有一股绝望，脸不由涨红了。*这些杂种怎么就不能让我歇口气？*四个人，穿着没人见过的制服。显而易见，是圣神。四年前，那位神父舰长——德索亚——在神林上帮助我们从陷阱中逃脱，但很显然，他们的搜捕行动并没有结束。

我看了看通信志上的计时器。一两分钟内，飞船就会着陆。这么短的时间内，我不可能逃到圣神军队找不到的地方。“让我走。”我一面说，一面推开穿着蓝袍的矮个女子。窗户开着，午后的微风通过窗帘柔柔地吹进。我想象着，似乎听到了掠行艇发出的近超声波状的哼鸣。“我得离开你们家……”我的脑海中划过一幅幅画面，圣神点火烧掉他们的家，而他们的孩子瑟斯·安珀尔和宾还在里面。

德姆·瑞亚把我从窗户边拉开。就在此时，这家的男主人——年轻的阿棱·米凯·德姆·阿棱——和德姆·洛亚一起走了进来。他们正扛着那个圣神卫兵，那个卢瑟斯大块头，这人留在这儿是为了看守我。瑟斯·安珀尔黑色的双眼炯炯有神，他正提着卫兵的一只脚，而宾则使尽力气把男人的大靴子拽下来。这卢瑟斯人睡得死熟死熟的，嘴巴大张，口水沾湿了作战制服的高领。

我望着德姆·瑞亚。

“十五分钟前，德姆·洛亚给他倒了点茶喝。”她轻声说着，同时优雅地挥了挥手，蓝色衣袖也随之拂动，“恐怕，我们已经把剩下的超级吗啡都用完了，劳尔·安迪密恩。”

“我得走……”我开口道，背上依旧很疼，但可以忍受，可双腿还是不住地哆嗦。

“不，”德姆·瑞亚说，“你这么出去，不消一分钟就会给他们抓住的。”她指了指窗外。从外头传来一声响亮的次音速咆哮——肯定是登陆飞船开启了电磁驱动器，紧接着是推进器发出的一声巨响，其后是一阵急促的厉叫。飞船肯定就悬浮在村子上空，正在寻找着陆地点。片刻之后，又传来三声音爆，窗户也随之震动了一番，两艘黑色的掠行艇正侧飞在隔壁的砖石房屋上方。

阿棱·米凯·德姆·阿棱已经把卢瑟斯人的制服脱了下来，让他躺到了床上，现在，这名卫兵身上只剩下一件保暖内衣。阿棱把男人右手的大手腕套进手铐中，接着把手铐的另一端咔嗒一声铐在了床头的木条上。德姆·洛亚和瑟斯·安珀尔正在收拾卫兵的制服、盔甲和大靴子，塞进了一只衣物包。宾·瑞亚·德姆·洛亚·阿棱把卫兵的头盔丢进口袋，接着，瘦瘦的男孩拿起了那把沉重的钢矛枪。我望着眼前这幅场景——小孩和枪在一起不是什么好事，就算是小时候，当我们的车队辘辘穿越海伯利安的荒野，我利用那些时间学习如何使用强力武器的时候，我就已经知道必须离这些东西远远的。但是阿棱只是笑了笑，把枪从小孩手里拿走，轻轻拍了拍他的后背。宾举枪的动作很地道——手指没有扣在扳机上，枪口没有对着自己和他父亲，在把枪递出去的时候，他甚至还检查了一下保险装置——从中可以看出，他以前就拿过这样的器械。

宾朝我笑了笑，他拎起装着卫兵衣服的袋子，跑出屋子。外面的响声越来越大，我转身朝窗外看去。

一艘黑色的掠行艇在天空中盘旋。沿着河岸有一条路，离我们不足三十米外的路上尘土飞扬。透过屋子间的空隙，我看见了这一切。那艘大一点的登陆飞船在南面，它慢慢飞低，最后消失在了房屋后，很可能是降落在了井旁的草地上，我就是在那儿被肾结石造成的剧痛击倒的。

我把脚伸进靴子，整理起背心来。这时候，阿棱把钢矛枪递给了我。出于习惯，我检查了一下保险装置和能量指示器，接着摇了摇头。

“不，”我说，“拿这玩意儿攻击圣神士兵，简直就是自杀。那些人的装甲……”事实上，当时我并不真的在意他们的装甲状况，而是在琢磨会受到什么样的回击——他们的攻击性武器，将会立马把这间屋子夷为平地。我想到站在外面的小男孩，他正拎着衣物袋，里面装着卫兵的装甲。“宾……”我说道，“要是他们抓住他……”

“我们知道，我们知道。”德姆·瑞亚说，她拉着我，来到了狭窄的过道里。我不记得这间屋子还有条过道。过去四十多个小时，我一直是在那个卧室和隔壁的浴室中度过的。“来，跟我来。”她说。

我又推开了她，同时把手枪递还给阿棱。“让我一个人走吧。”我这么说着，心还在扑通扑通直跳。我指指鼾声如雷的卢瑟斯人。“只要给医生发送密光信息就能验明我的身份，他们马上就会发现这个人不是我，要是那医生已经在掠行艇里，甚至不必费这点周折。”我望着蓝袍下一张张友善的脸庞。“告诉他们，是我打昏了卫兵，拿着枪叫你们……”话没说完，我便停住了，我意识到，只要这名卫兵一醒来，就会把谎言拆穿。这一家子人一同策划了我的逃跑计划，这一切将不证自明。我又看了看钢矛枪，想要伸手拿，又觉得非常不妥。只要朝熟睡的卫兵来一发万箭穿心，他将永远也不会醒来，也就永远戳穿不了谎言，不会危及到这些好人的安全。

只不过，我永远也没法这么做。如果是和圣神士兵来一场公平的较量，我或许会朝他开枪——事实上，我内心软弱和恐惧的一面，正被一股由肾上腺素激起的怒气取代，那腾腾往上蹿的怒火告诉我，要是能有这样一个机会，将会大快我心。可是，说实话，我永远也不会朝这个熟睡的人开枪。

但事实上也不会有公平的较量。圣神士兵，只要穿着战斗装甲，在面对钢矛枪或是任何达不到圣神突击枪标准的武器时，就能完全豁免它们的进攻，更别提登陆飞船中坐着的四个神秘人了。这些武器对瑞士卫兵也不会有什么效果。我死定了。这些对我这么友善的好人，也死定了。

后门砰的一声被打开了，宾无声无息地穿了过去，那身袍子不时飘起，显现出细瘦的小腿，腿上沾满了泥巴。我看着他，心里想着，这孩子得不到十字形了，他会死于癌症。而这些大人们，很可能会在圣神监狱中度过接下来的十几年。

“对不起……”我说道，搜索枯肠想要说点什么。士兵们正疾步穿过那些在夜晚散步的人群，我能听到街上传来的骚动声。

“劳尔·安迪密恩，”德姆·洛亚轻声说道，她们已经帮把我小舟上的背包拿下来了，她将包递给我，“请不要说话，跟着我们。**快**。”

过道的地板下有个入口，通进一条地道。一直以来，我都觉得隐蔽的通道是全息剧才会有的东西，但我还是跟着德姆·瑞亚进了入口，心中还有些跃跃欲试。大家组成了一队奇怪的队列——德姆·瑞亚和德姆·洛亚在我前头领路，快步走下陡峭的阶梯，我跟在后面，手里拿着钢矛枪，同时摸索着背上的背包，宾跟在他姐姐瑟斯·安珀尔后头，走在最后的是阿棱·米凯·德姆·阿棱，他仔细地锁上了地板门。身后没有别人。屋子里，除了鼾声如雷的卢瑟斯卫兵，已经空无一人。

阶梯一直往下伸，比起普通的地下室，这里要深许多。起先，我还以为四周的墙壁跟上面一样，都是土砖砌成的，但后来我发现，这条地道是从松软的岩石——或是砂岩——中挖掘出来的。往下走了二十七级台阶，我们终于来到了一座垂直升降井的底部，德姆·瑞亚在前开路，领着我们沿一条狭窄的通道往前，四周昏昏暗暗的，只有化学燃料球散发出暗淡的光芒。我琢磨着，为什么这个普通的工人阶级家庭，会在屋子底下挖一条地道呢。

德姆·洛亚似乎读出了我的心思，她披着蓝色头巾的脑袋转了过来，低声对我说道：“阿莫耶特光谱螺旋需要……啊……这样的秘密通道，以便和其他人家互通往来。尤其是在双食期的时候。”

“双食期？”我小声说道，同时低头走过一个光球。我们已经走了二十多米，我想，方向是在远离河道。地道在前面往右拐了个弯，但瞧不见尽头。

“这个星球有两颗卫星，双食期是指两次相随的日食，持续的时间很长。”德姆·洛亚说。“有将近十九分钟。这也是我们选择这个世界的主要原因……抱歉，这是个双关语。”

“啊，”我应道，虽然没有明白，但在当时，这似乎无关紧要，“圣神士兵拥有探测器，能找到这样的地道。”我低声对面前的女子说道，“还有深层雷达，可以透过岩石搜索东西。他们还有……”

“对，对，”身后的阿棱说道，“但他们会暂时被市长和其他人耽搁几分钟。”

“市长？”我蠢头蠢脑地重复道。在床上躺了两天，经历了两天的痛苦，我的腿仍旧很虚弱，背部和腹股沟还隐隐作痛，但疼痛已经减轻了许多。和我过去两天经历（在我体内肆意驰骋）的痛楚相比，现在这些完全是小菜一碟。

“市长现在正在驳斥圣神的搜查权。”德姆·瑞亚低声说道。地道变宽了，笔直通向前方，至少有一百多米。一路上，我们行经两处分岔道，这不是一个小小的地洞，而是个四通八达的地下交通网络。“圣神认可市长在蔡德·拉蒙水闸的权威，”她低声道，一家五口人的蓝色丝制长袍同样发出轻微的响声，在我们快步走过地道的时候，拂擦着沙岩，“在维图-格雷-巴里亚那斯B，我们有自己的法律，所以，他们不能随意行使圣神的搜查权和逮捕权。”

“但他们会想办法，从别的权威当局获取许可。”我说道，匆匆赶上两个女子的步伐。我们来到了另一个交界口，朝右转了个弯。

“对，他们最后会的。”德姆·洛亚说，“但现在，在蔡德·拉蒙水闸生活的螺旋族，已经全都挤到街上去了，各种颜色的族民都去了——红色，白色，绿色，黑色，黄色——有数千个。而且，住在附近水闸的人也在源源不断地涌过来，没人会告诉他们你被关在了哪幢屋子里。克利夫顿神父被我们用计诱出了镇子，所以，圣神士兵也不会通过他找到你。还有莫莉娜医生，她被我们的几个族民截留在了吉罗唐巴，所以现在她的圣神上司也无法和她取得联系。而那个卫兵，至少会睡上一个小时。这边走。”

我们朝左转了个弯，进入一条更宽的通道，最后见到了这一路上到现在的第一扇门，我们在那儿停了下来，德姆·瑞亚用手掌在上面按了一下，开了锁，接着我们便踏入了一个更大的空间，一个回声不断的石洞。脚下是一列金属阶梯，似乎是通向一个地下车库：一些细长的交通工具，长三四米，轮子非常大，尾部有翅翼、风帆、踏板，颜色是红黄蓝三原色，一簇簇地堆砌在那儿。这玩意儿，样子就像是四轮马车，装着蛛网般的吊架，显然是由风力和脚力驱动，周身覆着木头、明亮的丝制聚合纤维，还有有机玻璃。

“风力自行车。”瑟斯·安珀尔说道。

那儿有几个男人和女人，他们穿着翠绿的袍子和高筒靴，正准备让三辆车启程出发。其中一辆四轮车的后面，绑着我的小舟。

大家沿着阶梯往下，脚下发出咔嗒咔嗒的响声，但我在阶梯顶上停了下来，这一急停，几乎让可怜的宾和瑟斯·安珀尔撞在了我的身上。

“怎么了？”阿棱·米凯问道。

钢矛枪已经被我别在了皮带上，现在，我张开双手。“你们为什么要帮我？为什么大家都要帮我？到底发生了什么事？”

德姆·瑞亚往回走了一步，迈上金属阶梯，倚在栏杆上。她的双眼一如她的女儿，炯炯有神。“要是他们抓住你，劳尔·安迪密恩，他们会杀死你。”

“你们怎么知道？”我问道，声音很轻，但这个地下车库的声音效果很好，以至于下面那些穿着绿袍的男男女女全都放下了手头的活，抬头看着这边。

“我们听见了你的梦话。”德姆·洛亚说。

我昂起头，不明白她在说什么。我梦到了伊妮娅，梦到了我们的谈话。这些人从中能知道什么？

德姆·瑞亚往上走了一步，凉凉的手抓住了我的手腕。“劳尔·安迪密恩，我们阿莫耶特光谱螺旋有一个预言，提及过这个女子，这个叫伊妮娅的女人，我们把她叫作‘传道者’。”

在这地下墓穴充满寒意的光球照耀下，我听到这话，顿时起了一阵鸡皮疙瘩。诗人老头——马丁·塞利纳斯——将我的小朋友描述成一个弥赛亚，而他竟然将这玩世不恭的主张贯彻到了全部的一言一行之中。西塔列森的人们尊敬伊妮娅……但是，要相信这个精力充沛的十六岁小家伙是个世界闻名的历史人物？似乎不太可能。不管是在实际生活中，还是在那场超级吗啡造就的梦境中，我都和这个女孩谈到过这一点，可是……我的老天，我现在所在的这个星球，离海伯利安有数十光年远呢，而和隐藏着旧地的小麦哲伦星云，距离更是无穷无尽。这些人怎么会……

“哈尔普·阿莫耶特在创作螺旋交响诗的时候，就已经知道了‘传道者’。”德姆·洛亚说。“光谱民族的所有人都传承了这一移情的血统。从过去到现在，整个螺旋的存在，都是为了净化这一项移情能力。”

我摇摇头。“抱歉，我还是不明白……”

“请好好领会一下，劳尔·安迪密恩。”德姆·瑞亚说着，手指紧紧捏着我的手腕，几乎握疼了我，“你必须从这里逃出去，否则圣神就会占有你的灵魂和身体。而这两样东西，是‘传道者’所需要的。”

我斜眼看着这个女人，心里琢磨着，她是不是在说笑。但是那张没有一丝皱纹的愉快面庞非常严肃，不苟言笑。

“求你了，”宾说道，他的小手抓住我的另一只手，拉着我往前，“劳尔，求你了，快点。”

我匆忙走下阶梯。一名穿着绿袍的男子递给我一件红色的袍子，阿棱·米凯帮着我展开它，把它套在我身上穿的衣服外头，接着快速而麻利地把红色的带帽斗篷缠在我头上，换作我自己，可是绝对没办法像他这样把它折得服服帖帖。这时，我吃惊地意识到，这一大家子——两个成年的女人，十几岁的瑟斯·安珀尔，小家伙宾——他们都已经脱下了蓝色的袍子，全身上下一丝不挂，现在正在裹红色的袍子。我也发现，早先我以为他们像是卢瑟斯人，其实根本不对，虽然他们的个子比圣神的普通人要矮，而且肌肉强健，但是事实上，他们的身材比例非常匀称。三个成人身上没有一丝毛发，不管是头上还是其他地方都没有。不知何故，这倒让他们更显健硕，也让他们完美的体型更加迷人。

我扭过头，看着别的地方，同时发现自己脸红了。瑟斯·安珀尔笑了起来，推了推我的胳膊。阿棱·米凯是最后一个穿好的，现在，大家都穿上了红袍子。只要朝阿棱肌肉发达的胸膛看一眼，我就知道，如果要和这个矮矮的男子打上一架，我撑不了十五秒。但紧接着我便意识到，就算对手是德姆·洛亚或是德姆·瑞亚，我很可能也撑不上三十秒。

我拔出钢矛枪，把它递给阿棱，但是他挥挥手，示意我拿着，并教我怎么把它别在红色长袍的一条饰带上，袍子上有很多条这样的饰带。我想了想，觉得我那小舟里的确缺少武器——只有一把纳瓦霍猎刀，以及一把激光手电——于是便点点头，向他表示谢意。

我和女人、孩子们匆匆进入风力货车的后部，那儿放着我的小舟。上方的支索上，红色的风帆扬了起来。接着，我们周围和头顶又支起了一层红帆布顶篷，我们也不得不因此低头蹲下，后来又塞了一堆木板和一些木箱木桶。里面黑乎乎的，只能在后挡板和车盖间看到一丝光亮透进来。阿棱走到前面，那儿有两个装有踏板的鞍座，他爬到其中一个鞍座上，而我则蹲在那儿，听着外面脚踏岩石地面所发出的脚步声。有个男人——他也穿着红袍子——来到阿棱边上，跨上了另一边的鞍座，踩在了脚踏板上。

风帆仍旧收着，支索仍旧低垂在我们头上，我们开始沿着一条长长的斜坡往车库外驶去。

“我们要往哪儿去？”我压低声音，向德姆·瑞亚问道。她差不多就躺在我边上，身边的木头闻上去像是雪松。

“河下游的远距传送拱门。”她低声回答。

我眨眨眼。“你们知道？”

“他们给你用了吐真剂。”德姆·洛亚说，她正靠在箱子的另一面，“而且，你还说过梦话。”

周围黑乎乎的，宾也躺在我边上。“我们知道，‘传道者’要送你去执行一项任务。”他说起话来几乎带着一股快活劲儿，“我们知道，你必须赶到下一个传送门去。”他拍拍我们身边那个弯弯的小舟，“我真希望能和你一起走。”

“太危险了。”我说道，感觉车了已经驶出地道，来到了户外。淡淡的日光照亮我们头顶的布片，风力货车在那儿停了片刻，有两个男人摇动手柄，升起桅杆，扬起风帆。“太危险了。”当然我说的是他们带我去远距传输器这件事，并不是说伊妮娅派我执行的任务太危险。

“如果他们知道我是谁，”我小声对德姆·瑞亚说，“他们肯定会监视拱门。”

她点了点头，我能看见她那蒙头斗篷的轮廓。“对，他们会监视拱门，劳尔·安迪密恩。而且很危险。但再过十四分钟，天就要黑了。”

我看了看通信志。根据我前两天观察到的信息来看，离黄昏还有九十多分钟的时间，之后再过一小时左右，夜幕才会降临。

“离下游的拱门只有六公里的路，”瑟斯·安珀尔小声说，她正坐在小舟的另一面，“光谱人会举村欢庆。”

我终于明白了。“双食？”我低声问道。

“对，”德姆·瑞亚回答，她拍拍我的手，“现在，大家保持安静。我们要开进盐路的交通大道了。”

“太危险了。”我最后一次说道，货车嘎吱嘎吱地汇入了车流。我能听见货车甲板下的链条传动装备在隆隆作响，我能感觉到风吹响了风帆。*太危险了*，我的心里还在重复这句话。

要是早知道几百米之外有什么事在等着我，我就会明白，这一时刻的确非常非常危险。

我们沿着盐路辘辘前行，我透过货车木头和帆布间的空隙向外窥探。看样子，这条交通要道是一条坚硬的盐矿小道，一边是沿河而建的成群村落，另一边是伸向北方的网状沙漠。“瓦哈比荒地。”德姆·瑞亚低声道，货车已经起速，沿着盐路奔向南方。路上有另外一些风力货车，也在往南行驶，它们从我们身边轰鸣而过，帆满风正，货车上的两名踩车人正疯狂地踩着踏板。还有一些更加亮丽的帆布船抢风往北前进，风帆调整到不同的位置，踩车人探着身，使出吃奶的力气，让吱嘎作响的车子摇摇晃晃地维持住平衡，那车子只有两个轮子着地，另两个没有落地，在风中不停转悠着。

只花了十分钟，我们就驶完了六公里，出了盐路，转到了一条卵石铺成的斜道上，斜道的边上是一溜房屋——这次是白石房，而不是土砖屋。接着，阿棱和他的驾车同伴收起风帆，踩着踏板，让风力货车沿着鹅卵石街道慢慢前进，街道位于屋子和河道之间。沿河两岸，生着又高又细的蕨类植物，不时可以望见式样精巧的桥墩、露台，还有多层船坞，上面系着华丽的船屋。这座城市似乎在这儿到了尽头，而河道变得越发宽阔，更像是一条江河，而不是人工挖掘出的河道，我仰起头，看见了下游几百米之外那庞大的远距传送拱门。拱门锈迹斑斑，透过它，我只能看到河岸上的蕨类森林，还有东部和西部的沙漠荒地。阿棱操纵风力货车来到一条砖砌的载货坡道上，停在了一丛高高的蕨树的阴影下。

我看了看通信志。离双食还有不到两分钟。

就在那时，一股暖风扑面而来，一道黑影从我们头顶飞过。我们趴倒在地。那是一架黑色的掠行艇，已经飞到河流上空，离河面不到一百米。飞船慢慢倾斜船体，角度越来越大，我也清楚地看到了它那“8”字形的空气动力学外形。接着，它急速往下坠去，像是要扑向下方那些南来北往、穿越拱门的船只。这条宽阔的河道上船来船往，好不热闹：流线型的赛艇，上面坐着一排四到十二人的划船队；闪闪发光的机动船，拖出波光粼粼的尾流；还有一些帆船，从单人驾驶的基泰伯，到摇摇摆摆的横帆舢板船；有独木舟，有划艇，还有巍峨的船屋，在水流中翻腾；一撮无声的电动气垫船在水雾光晕的笼罩中前进，甚至还有些筏子，让我想起多年前和伊妮娅、贝提克的冒险之旅。

掠行艇向这些船只的头顶坠去，继而从传送门上方掠过，往南飞去，接着又转回来，穿过传送门，往北飞去，最后消失在了蔡德·拉蒙水闸的方向。

“过来。”阿棱·米凯说道，他把我们头顶的柏油帆布翻了起来，拉出了藏在里面的小舟。“得赶紧。”

突然间，又扑来一阵暖风，紧接着是一阵凉风，河岸上尘嚣阵起，蕨类植物在我们头顶瑟瑟作响，不住摇曳，天空突然变紫，继而转为漆黑，星辰次第出现。我仰头望去，久久凝视着天空，那颗月亮周围正笼罩着一圈珠状光环，另一颗月亮移动到了前一个的后面，但仍旧是个明亮的圆盘。

从河岸北方那儿，沿着直线状城市（包括蔡德·拉蒙水闸）的那个方向，传来了我这辈子听过的最难以忘怀、最悲哀的声音：一声长长的哀号，不像是警报，更像出自于人类的喉咙，紧随其后的是一声持久不去的唱诵，渐渐转向低沉，最后变成了次声波。我意识到，这是上百——甚至上千——号角正在吹响，同一时间，还有数千——也许是数万——人的声音加入了合唱。

四周变得越发黑暗，天空中星光璀璨，后面那轮月亮就像个背光的庞大圆屋顶，似乎随时都有可能掉落在这个黑漆漆的世界上。突然，南面辽阔大河及北面河道上的船只也开始鸣响汽笛和号角——粗腔横调的号叫，完全比不上那些悦耳的合唱声。接着，他们开始燃放照明弹和焰火：缤纷多彩的闪光弹，怒吼的圣凯瑟琳之轮①，红色的降落伞照明弹，五颜六色的辫状焰火——黄色、蓝色、绿色、红色、白色，是光谱螺旋？——还有数不胜数的空投炸弹。喧闹和光亮带着一种势不可挡的气势。

“快。”阿棱又说了一遍，他正在把小舟从货车底座上拉出来，我赶紧跑过去帮他，同时脱下身上用以隐蔽的袍子丢进了货车。接下来几分钟，我、德姆·瑞亚、德姆·洛亚、瑟斯·安珀尔和宾一起，帮着阿棱和五名男子把小舟扛到了河边，虽然有点慌乱，但动作还是整齐划

---

① 一种焰火的名字。

一。小舟最后被放到了河面上，我走进齐膝的河水中，水暖暖的。我把背包和钢矛枪放进小座舱，按住小舟，让它在水流中保持平稳，接着望了望两个女人、两个孩子、两个男人，他们身上的袍子被风吹得不住地翻腾。

“你们会怎么样？”我问道。肾结石还未完全治愈，我的背隐隐作痛，但此时此刻，更痛苦、更烦乱的事是那如鲠在喉的感觉。

德姆·瑞亚摇摇头。“我们不会有事，劳尔·安迪密恩，如果圣神当局想要找麻烦，我们只要到瓦哈比荒地下面的地道中躲一阵子，在那里面他们找不到我们，等风头过了，我们可以出来重新加入别的地方的光谱民族。”她笑了笑，整了整肩膀上的袍子。“不过，劳尔·安迪密恩，请答应我们一件事。”

“说吧，”我答道，“只要我做得到，就一定帮你完成。”

“如果可能，请你和‘传道者’抽个时间，一起回维图-格雷-巴里亚那斯B，来看看阿莫耶特光谱螺旋的人。我们会等她来跟我们布道，在那之前，我们不会皈依圣神基督教。”

我点点头，望着宾·瑞亚·德姆·洛亚·阿棱光光的脑袋，微风下，他那红色的头巾在周身飘动，由于接受化疗的缘故，他的脸颊显得有点憔悴，但双眼却闪着微光，不是因为焰火的反光，而是出自兴奋。

“好，”我说道，“如果可能，我一定会回来。”

接着，他们都伸手向前——不是和我握手，而是一种类似触摸的动作，他们用手指碰碰我的背心、胳膊、脸或背。我也摸了摸他们，然后扶着小舟调了个头，让船头进入水流，继而伸腿跨进船舱。先前我把船桨留在了船上的夹具中，现在它依旧在那儿。我将船舱的尼龙罩紧紧系在腰上，就仿佛前面将有猛烈的白浪迎接我。将手枪放在座舱的尼龙罩上的时候，我不小心碰到了罩着红色“紧急按钮”的透明塑料盖，伊妮娅曾让我看过这个玩意儿——但是，如果在这个星球的小插曲没有给我造成恐慌，那我再也不知道还有什么能有这样的威力。我左手抓住船桨，挥动右手朝他们道别。六个穿着袍子的人影已经融入了蕨草下的黑影中，小舟已经被卷进了中部河道。

远距传送门看起来越来越大了，头顶上，第一颗月亮已经跃出了那轮圆日，但第二颗更加庞大的圆月则开始用它那硕大的身躯将两者覆盖。焰火表演和汽笛声没有停歇，甚至更加猛烈了些。我划着船桨，向右岸靠去，同时慢慢靠近远距传输器，试图维持在水道中的小舟船队中，但也没有和谁靠得太近。

*如果他们打算拦截我，我想，那他们会在这儿出击。*我没有多想，便举起了钢矛枪，瞄着前面一艘船那弯曲的船体。现在，小舟已经进入了水流的掌控，起速向前。我把船桨放在支架上，等着穿越远距传输器。当传送门启动的时候，我边上不会有别的船或小舟。在我的头顶上，拱门映衬在璀璨的星空下，那是一个黑色的圆弧。

突然间，我右边不到二十米外的河岸上，传来一阵猛烈的骚动。

我举起枪，定睛凝视，但完全不明白眼前发生了什么，也不清楚听到的是什么声音。

两声仿若音爆的爆炸。像是频闪的白光。

*是焰火？*不，这些闪光更加明亮。*难道是什么能量武器在开火？*不，那亮光太明亮，也太涣散，更像是小型等离子弹发生了爆炸。

接着，一眨眼，我看见了什么东西，但那更像是视网膜上的残影，而不是真正的影像：两个身影互相扭抱，猛烈缠斗，就像是古老照片的底片，接着又是突然的剧烈骚动，又是一声音爆，一阵白光，影像还没从眼睛映入大脑，我就眨了下眼——尖刺、荆棘，两颗脑袋互相撞击，六只臂膀挥舞，火花四溅，一个人形，还有一个更为庞大的东西，一阵撕裂金属的声音，接着又是一阵撕心裂肺的喊声，不知是什么东西，还是什么人，声音之响甚至胜过了身后河面上怒吼的汽笛声。河岸上发生了这一连串莫名其妙的事情，最后炸出一阵冲击波，冲向河面，几乎把我的小舟掀翻，那阵波继续穿河前进，仿佛是一帘白色的水雾。

接着，我来到了远距传送拱门之下，跟以前一样，有一阵忽闪，刹那间让人头晕目眩，一阵白光包住了我，就像是闪光灯亮了下，我突然什么也看不见了。紧接着，我和小舟开始坠落。

的确是坠落。在空中翻滚着往下掉。和我一同传输过来的还有一段河水，就像是一片小瀑布般落了下去，但小舟已经脱离了那段水流，开始自由落体，一面落一面打转，我一阵惊慌，紧紧抓住小舟的船体，钢矛枪也随之掉进了座舱，但小舟继续往下落，而且转得更厉害了。

我眨眨眼，甩掉眼前回荡着的闪光残影。小舟船首向前，速度越来越快，但我还是试图看看下面还有多长的距离。

头顶是一片蓝天，四周是云朵——巨大的层积云，头顶和身下全是，都有数千米高；好几千米的上方还有卷云，而身下几千米外，是黑色的雷暴。

除了天空，别无他物。而我正在天空中，笔直地坠落。在我身下，与我一同传送而来的一小截水瀑分散成巨大的水珠，就仿佛有人舀了一百桶水，倒进了无底的深渊。

小舟打了个转，船尾和船头似乎想要掉个个儿。我在小舟中向前移动，差一点从一侧翻了出去，因为双腿盘坐，外加湿润的尼龙罩的绑缚，才让我安然坐在了里面。

我紧紧抓住座舱边沿，心里充满绝望与恐惧。冰冷的风鞭笞着我，在我身边咆哮，小舟的下落速度越来越快，朝自由落体的速度逼近。在遥远的下方是飞驰的闪电，在我和它之间，是数百万米的虚空。双叶桨从支架上松脱，掉了下去。

在这种境地下，我只能干一件事。我张开嘴，尖声喊叫。

11

坦白说，矶崎健三这辈子还没害怕过什么。他在富士星的蕨岛上长大，被培养成一名商业武士。他儿时接受过严格训练，对于恐惧和任何感到恐惧的人，都不屑一顾。他允许谨慎的存在——对他来说，这是不可或缺的商业工具——但是恐惧从不相容于他的本性，不符合他仔细构建的性格。

直到此时此刻。

气闸门的内门旋转而开的时候，矶崎健三往后退了一步，不管等候在门内的是谁，一分钟前，他是在一颗翻滚的小行星的表面，那儿没有一丝空气。而且，眼前的这个东西竟然没穿航空服。

当初乘上这艘小型跳跃舰的时候，矶崎健三决定不带武器，所以，不管是他，还是飞船，现在都没有任何武装。此时此刻，从正在敞开的气闸门中涌出一股冰晶，就像是一团汹涌的雾气，一个人形从中迈步走出，矶崎健三不由得暗自思忖，他这个决定是否明智。

那个人类形体的确是个人……或者，至少从外表看是个人。黝黑的皮肤，精心修剪的灰发，完美剪裁的灰色西服，灰色的双眸，眼睫毛的边缘仍旧覆着一层冰霜，脸上挂着一副纯洁的笑容。

“矶崎先生。”阿尔贝都顾问开口道。

矶崎健三颔首回意。他已经控制住了自己的心率和呼吸，现在，他集中精神让声音保持平静，不动声色：“你能回应我们的邀请，实在是太好了。”

阿尔贝都抱着双臂。在他黝黑英俊的脸庞上，仍旧挂着那副笑容，但矶崎健三没有受其愚弄。富士星蕨岛周围的海洋中，有很多很多鲨鱼，来源于早期巴萨德种舰的DNA配方和冰冻晶胚，那些鲨鱼的笑容就如阿尔贝都现在这般。

“邀请？”阿尔贝都顾问说道，声音嘹亮，“还是召唤？”

矶崎健三仍旧微微低着脑袋，双手随便地摆在两侧。“不是召唤，阿……先生？”

“我想，你知道我的名字。”阿尔贝都说道。

“三个世纪前，梅伊娜·悦石身边有个阿尔贝都顾问，为她出谋划策，据说，你和他是同一个人，先生。”圣神商团的首席指挥官说道。

“真要说起来，当时，我只是个全息体，还不是实体。”阿尔贝都说，放下交叉着的胳膊。“但是……人格……是同一个。另外，你不必称我为先生。”

矶崎健三微微颔首。

阿尔贝都顾问朝小型跳跃舰的内部走去，他伸出强有力的手指，抚摸着控制台、单人驾驶座和空空的高重力舱槽的边缘。“矶崎先生，对于你这样一个有权有势的人来说，乘这样一艘飞船真是太寒碜了。”

“我觉得它可以更好地进行自由行动，顾问。我可以这么称呼你吗？”

阿尔贝都没有回答，他盛气凌人地向首席执行官走了一步。矶崎健三没有退缩。

“你们把一个趋激性人工智能病毒放进佩森拙劣的数据网，想让它找到技术内核的终端节点，你觉得这是自由行动？”阿尔贝都的声音填满了跳跃舰的舱室。

矶崎健三抬起眼，面前这个男人比他高，灰色的眼睛放射出咄咄逼人的目光。“是的，顾问。如果内核仍旧存在，那我……商团……就有必要和它取得私人的联系。我们放出的那个趋激性病毒预先设置了程序，如果它被圣神的反病毒程序侦测到，就会马上自毁，如果它接收到来自内核的应答，而且能保证确凿无误，它才会开启感染程序。”

阿尔贝都顾问大笑起来。“健三君，用个比喻说吧，你们的趋激性人工智能病毒渺小得就像是酒杯里的一粒老鼠屎。”

商团的首席执行官听到这个粗俗的比喻，不由惊得眨了下眼。

阿尔贝都一屁股坐进加速座椅中，伸直身子，说道：“坐，我的朋友。你冒着这么大的风险大费周章地想要找到我们，如果事情败露，你可能会受到拷打，被逐出教会，被施以真正的死刑，还会丢掉你在梵蒂冈掠行艇停机场的停机特权。即使如此你也想跟我们谈谈……那就谈吧。”

矶崎健三的身子晃了几下，他开始寻找另外一块可以坐的平地，最后他坐在了图表桌的一块没放东西的空地上。他讨厌零重力，所以简陋的内部密蔽场维持着微分模拟零重力，但效果并不理想，他在那儿有点晕眩，几乎摇摇欲坠。他深深吸了口气，理清自己的思绪。

“你们在为梵蒂冈效力……”他开口道。

阿尔贝都立即打断了他。“商团先生，内核不为任何人效力。”

矶崎健三又吸了一口气，重新开口道。“你们和梵蒂冈都有自身的利益，但其中有部分重叠，所以技术内核为圣神的生存提供必需的指导和技术……”

阿尔贝都顾问微笑着聆听着。

矶崎健三心想，*我接下来说的话，将会让教皇陛下把我扔给宗教大法官，我会在苦刑机上坐上一百次，死上一百次。*他说道：“天主教星际贸易独立组织泛资本联盟执行理事会中有些人认为，联盟的利益和技术内核的利益很可能有更多共同之处，胜过于内核和梵蒂冈之间的利益关系。我们认为……啊……有必要对这共同的目标和利益进行一次调查，那会对双方都有裨益。”

阿尔贝都顾问的笑容更加灿烂了，但他没有应声。

矶崎健三觉得自己正往自己的脖子上缠绞索，他继续说下去。“两百七十五年来，教会和圣神国民当局维持着一项官方政策，宣称技术内核已经毁于远距传输器的陨落。但是圣神领地内各个星球上接近权威当局的无数人，都听说过内核幸存的传闻……”

“关于我们死亡的传闻被严重夸大了，”阿尔贝都说道，“继续。”

“由于联盟完全理解内核人格和梵蒂冈之间的同盟对双方都有裨益，”矶崎健三继续道，“所以，顾问，我们很愿意提出一些方式，让我们的贸易组织和你们取得一种类似的直接同盟，对你们的……啊……社会来说，会带来更加直接和切实的利益。”

“举几个例子，健三君。”阿尔贝都顾问说道，他躺倒在驾驶座椅上。

“一，”矶崎健三说道，声音慢慢变得有力，“圣神商团正在扩张，不管是局部地看还是在整个宇宙中，没有任何宗教组织能做到这一点。整个圣神内部，资本主义在重新夺回权力。这才是真正的凝聚力，它将几百个世界维系在一起。

“二，教会还在继续和驱逐者进行那无休无止的战争，还有圣神影响范围内的叛军。圣神商团认为这一切冲突都是在浪费资源，是在牺牲宝贵的人力物力。更重要的是，它还将技术内核牵涉到争论中，如此一来，就无法推动内核的利益，也无法促进内核目标的达成。

“三，教会和圣神正在使用一些显然是出自内核的技术，比如说可以瞬移的基甸驱动器，还有重生龛，另一方面，教会却没有对这些发明给予任何褒奖。事实上，教会依旧把内核视作数十亿信徒的敌人，声称内核实体因为和恶魔同盟，所以已经覆灭。圣神商团完全不需要这样的成见和诡计，如果内核和我们取得同盟，同时又打算继续隐藏自己，我们会认同这一方针。如果你们愿意，我们也随时乐意将内核的存在公布于众，让你们成为广受尊重的合作者。与此同时，联盟将永远终结把技术内核丑化成恶魔的做法，不管是历史，还是轶闻，还是在所有人类的头脑中，你们的这一形象都将被推翻。”

阿尔贝都顾问一副若有所思的样子，他望着左舷外的那颗翻滚的小行星。片刻之后，他开口道：“这么说，你会让我们变得富有，**并且**受人尊敬？”

矶崎健三没有吭声，他感觉自己在人类太空中的权力和未来，正在一条刀口上摇摇欲坠。他读不出阿尔贝都的心思：这个赛伯人的讽刺很可能是谈判的前奏。

“我们和教会之间的关系该怎么办？”阿尔贝都问道，“按人类的算法，我们双方已经静悄悄地合作了两个半世纪？”

矶崎健三令自己的心跳重新放缓。“我们不会中断内核已经建立起来的任何联盟，不管是有用的，还是有利可图的。”他轻声说道，“身为商业人士，我们联盟内的人都得到过专门的训练，可以看清任何基于宗教的星际社会的局限性。这些结构体系有个通病，那就是教条主义，等级制度森严……事实上，这些是一切神权政治的架构。而我们商业人士，则致力于让自己和商业联盟获得共同的利益，所以我们看到一种方法，内核和人类间合作的另一个层面，它可能是隐秘的，也可能有所局限，但它能让双方互惠互利。”

阿尔贝都顾问再次点了点头。“健三君，你记不记得，在你圆环的私人办公室中，你曾经命你的同事——安娜·佩里·考格纳尼——脱下了她的衣服？”

矶崎健三保持着一副不为所动的神情，但事实上，他正极力掩饰内心翻江倒海的变化。内核竟在偷窥他的私人办公室，并且记录下了一切事务，这不由让他打了个寒战，简直连鲜血都要冻住了。

“当时你问了个问题，”阿尔贝都继续道，“为什么我们要帮助教会改进十字形，‘为了什么结果？’我想你当时是这么说的，‘对内核来说，能得到什么好处？’”

矶崎健三望着这名灰衣男子，他越发感觉自己是和一条眼镜蛇一起被锁在了小型跳跃舰中，而那条蛇，已经直立起来，胀起了脖子。

“健三君，你有没有养过小狗？”阿尔贝都问道。

商团的首席执行官还在想着眼镜蛇，听到这话，他唯有瞪眼的份了。“小狗？”过了片刻，他说道，“不，我没养过，狗在我家乡的星球并不普及。”

“啊，对。”阿尔贝都说道，他重新露出一口白牙，“在你的岛上，鲨鱼才是宠物。我想，在你大约六岁的时候，曾经有过一条幼鲨，你想要驯养它。如果我没记错的话，你还给它起了个名字，叫作圭吾。”

这个时候，矶崎健三已经不敢说话，生怕自己的言行会激怒这条眼镜蛇。

“健三君，当你俩一起在汐子湖中游泳的时候，你用的是什么办法，不让这条慢慢长大的幼鲨把你吃掉？”

矶崎健三想要说话，但开不了口，最后他终于吐出了两个字：“项圈。”

“你说什么？”阿尔贝都顾问凑向前。

“项圈。”首席执行官说道，他眼前跳动着一粒粒极黑的小黑点，“电击项圈。我们得随身携带掌触发射器，跟我们的渔民用的是同样的装置。”

“啊，对，”阿尔贝都说，他仍旧笑容可掬，“要是你的宠物不听话，你就会给它点颜色瞧瞧，让它乖乖的。只需用手指碰一下。”他伸出手，半握成拳，似乎正捧着一个无形的掌上触键。黝黑的手指弯了下去，按向了无形的按钮。

矶崎健三所感受到的，并不太像是有电流通过自己的身体，更像是从胸膛中放射出的一波波纯然的疼痛，是从十字形所在的血肉中传出的，就像电报信号般，沿着十字形组织数百米的纤维、线虫、丛生结点辐射出去。这些东西，就像是肿瘤般扎根在他的体内。

矶崎健三痛苦地蜷起身子大叫。他跌倒在跳跃舰的地板上。

“我想，如果你的圭吾显出攻击性，那么你的掌上触键就会朝它发出一阵慢慢增强的电击。”阿尔贝都顾问沉思道，“健三君，是不是这样？”他的手指再一次朝空荡的空气点了点，仿佛在给一个掌上触键发信号。

疼痛加剧。矶崎健三禁不住尿了裤子，要不是肚子里早已没有任何东西，他肯定会把自己的肠子都吐出来，他想要大喊，但是牙关却紧紧咬着，就像是正经受剧烈的痉挛。他牙齿表面的珐琅质被咬成了碎片，舌头一角也被咬破，他尝到了鲜血的味道。

“如果最高级别是十成，那么，我想，对圭吾来说，这只能说是达到了二成的水平。”阿尔贝都顾问说道，他站起身，走到气闸门旁，键入开门代码。

矶崎健三在地板上扭动，体内的十字形正辐射着令人毛骨悚然的痛楚。他的身体和大脑简直成了无用的附属物，他想要尖叫，但牙关咬得紧紧的。双眼已经从眼窝中凸出，从鼻孔和耳朵中流出一丝丝鲜血。

阿尔贝都顾问已经将气闸门的代码全部键入，他再一次按了按手掌中的无形触键。

疼痛消失了。矶崎健三对着地板不住地呕吐，体内的每一根肌肉都在抽搐，而神经却似乎已经哑火。

“我会把你的提议带给技术内核的三大派，”阿尔贝都顾问正式说道，“三大派将严肃讨论并考虑这一提议，与此同时，我的朋友，我们也会将你的此次自由行动考虑在内。”

矶崎健三想要说点什么，但是他所能做的，只是蜷起身子，在金属地板上呕吐不止。令他恐惧的是，他那痉挛的肠胃吐出的只有一阵阵肠胃气胀的空气。

“此外，健三君。以后不会再有趋激性人工智能病毒释放进任何人的数据网了，对不对？”阿尔贝都迈步走进气闸门，门旋转关闭。

左舷外，那颗满身伤痕的无名小行星翻滚着，旋转着，唯有混沌之神才清楚它的力学规律。

维图-格雷-巴里亚那斯B这个干燥的板岩星球上，拉达曼斯·尼弥斯和三名兄弟姐妹驾着登陆飞船，仅仅花了几分钟，就从庞巴西诺圣神基地飞到了蔡德·拉蒙水闸村，但旅程却因为三艘军事掠行艇的出现而变得复杂。那个爱管闲事的索尔兹涅科夫指挥官真是个蠢货，竟然派这些船作为护卫。基地和掠行艇之间正传输着“安全”的密光信号，尼弥斯从中得知，基地指挥官派来的是他的助手，也就是那个笨头笨脑的冯纳拉上校，他将负责此次远征。此外，尼弥斯还知道，这位上校事实上根本管不了任何事——那是因为，冯纳拉身上安装了实时全息模拟接收器和密光发射器，指挥圣神士兵的真正人物，将是索尔兹涅科夫，他不必再露出那副满脸垂肉的脸庞。

等他们盘旋在那个村子上时——虽然“村子”这个词似乎太过正式，那只是一列四层砖房，沿着西河岸一溜排开，从基地飞往此地的整个途中，有几百个一模一样的住宅——掠行艇已经赶了上来，现在正盘旋着寻找着陆点，尼弥斯也在寻找够大够结实的地方，可以承受登陆飞船的重量。

那些砖房的大门被涂成了明亮的三原色。街上的人们也穿着同样色调的衣服，尼弥斯知道这些颜色的含义，她早已在飞船的记忆库和庞巴西诺的加密档案中搜索并查看了光谱螺旋民族的资料。这些数据只有一点引起她的兴趣：上面指出，这些人拥有怪癖，对于皈依十字教不太感兴趣，甚至对臣服于圣神的统治更加不感兴趣。换句话说，他们很可能会帮助一个造反的孩子、男人，以及一个独臂的机器人，帮他们躲避权威当局的搜查。

掠行艇着陆在河边的堤防道路上，尼弥斯将登陆飞船降落在一块公共用地上，在此过程中还碰坏了一座自流井的一角。

古阿斯在副驾驶员座椅上挪了挪身子，扬扬眉毛。

“斯库拉和布里亚柔斯出船进行正式搜查，”尼弥斯大声命令道，“你和我一起留在这儿。”虽然这几位克隆兄妹从三大派那儿为她带来了死亡威胁，并且，如果她再一次失败的话，他们真的会执行这条命令，但她注意到，他们也早已臣服在她的权力之下，对此，她没有表现出任何骄傲，也没有任何空虚。

一男一女走下斜梯，走进穿着鲜艳袍子的人群中。一队穿着战斗装甲的人小跑着迎上去，他们脸上的护目镜已经拉了下来。尼弥斯没有通过密光或视频捕捉器观察，她注视着通用视像频段，认出了头盔耳机中传来的声音——冯纳拉上校。“市长——一个叫赛斯·基亚的女人——拒绝让我们搜查房屋。”

在上校光亮的护目镜上，尼弥斯看到布里亚柔斯的倒影，那是一张轻蔑的笑容。她感觉像在看自己的镜影，只不过这个影子的骨架稍稍强健一点。

“你认可这个……市长……对你下达的命令？”布里亚柔斯问。

冯纳拉上校举起一只戴着金属护手的手。“在这些土著还没成为……圣神保护体的一分子前，圣神认可他们的权力。”

斯库拉说道：“你说那个莫莉娜医生留下了一名圣神士兵看守……”

冯纳拉点点头，经由这个琥珀色的变音头盔，他的呼吸声被放大了几许。“找不到那名士兵的踪迹。从庞巴西诺出来后，我们就一直想和他建立通信联系。”

“难道这名士兵没有通过手术植入跟踪芯片吗？”斯库拉问道。

“没有，芯片安装在冲击装甲内。”

“结果呢？”

“我们在好几条街外的一口井中找到了装甲。”冯纳拉上校说道。

斯库拉的声音仍旧很平静。“我猜，那名士兵不在装甲里。”

“对，不在。”上校回答，“只有装甲和头盔，井里面也没有尸体。”

“可惜。”斯库拉说道，她刚想转身离开，但马上又回头望了望圣神上校。“你是说，只有装甲。没有武器？”

“没有。”冯纳拉的声音显得非常阴郁，“我已经下令对街道进行搜查，并仍将继续询问市民，直到有人自愿走出来，跟我们说莫莉娜医生把那个失踪太空员关在了哪栋房子里。此后，我们就会包围那间屋子，令里面的人缴械投降。我已经……啊……要求庞巴西诺的民事法院给我们颁发搜查许可证。”

布里亚柔斯说道：“好计划，上校，只要冰河没有在搜查证颁发前先把整个村子埋了。”

“冰河？”冯纳拉上校丈二和尚摸不着头脑。

“没啥。”斯库拉说道，“如果可以的话，我们打算帮你们搜索临近的街道，等合适的授权到来后，接着挨家挨户搜查。”说完，她在内部频段上对尼弥斯询问道，现在怎么办？

待在他身边，就按你刚才说的去做，尼弥斯发来信息。谦恭一点，遵守纪律，我们不想让这些蠢货妨碍我们抓捕安迪密恩和那女孩。我和古阿斯会进入快时间开始行动。

狩猎愉快，布里亚柔斯发送道。

古阿斯已经等候在登陆飞船的闸门边，尼弥斯说道：“我负责村子，你去下游，到远距传送门那儿，在检查清楚之前，别让任何东西过去，不管是进来还是出去。如果想给我发送信息，就移出相移状态，我也会定期移出，检查一下通信频段。如果你找到他，或者那个孩子，给我发送封包探索确认。”在相移状态下，通过通用频段进行通信是可能的，但是所花费的能量极高，相移所需的能量就已高得不可思议，而前者比后者还要高出一个等级，所以，更为经济的方法是，定期移出相移状态，检查一下通用频段。否则即使只是发送封包探索警报，所需能量也等同于一个星球一年的能量消耗预算。

古阿斯点点头，于是两人整齐划一地进入相移状态，变成了一男一女两个铬制裸体雕像。闸门外的空气似乎变得醇厚，光线似乎变深，声音停息，运动暂停，一个个人形变成微微有点模糊的雕像，他们身上的袍子被风吹起皱褶，也僵住了，就像是青铜雕像的服饰。

尼弥斯并不懂相移的物理原理。即使不懂，也不妨碍使用。但她知道，这既不是对时间的逆熵操控，也不是超熵操控——虽然未来的终极智能已经掌握了这两种看似不可思议的技术——更不是某种“加速”行为，因为那会造成爆裂般的音爆，让尾波的空气温度提升至沸腾状态。这种相移，只是类似于向侧方跨了一步，进入了时空被挖空的分界线。“用句好听的话讲，你们就像是一只只老鼠，在时间之屋的墙壁中乱窜。”创造她的内核实体曾经这么说过。

对于这个比喻，尼弥斯丝毫没有感到不快。她知道，当她和兄弟姐妹们相移的时候，内核将会通过“缔结的虚空”向他们传递能量，量大得难以想象。三大派向他们的工具传递如此巨大的能量，那就是对他们的尊重。

两个镜面般的身影小跑着冲下斜梯，接着朝相反的方向跑去——古阿斯向南方的远距传输器前进，尼弥斯行经两个僵住的兄妹、一群圣神士兵的雕像以及固定不动的光谱人民，进入了砖房城市内。

她几乎没有花去一秒时间，便找到了屋子，在里面发现了那名圣神士兵。他被铐了起来，正睡在拐角临河的卧房里。她在下载的庞巴西诺圣神基地档案中搜寻，查明这名熟睡士兵的身份——是个叫格尔林·泡茨的卢瑟斯人，三十八标准岁，一个懒家伙，刚被释放的嗜酒瘾君子，离退休还有两年，受过六次降级处分，坐过三次牢，最后分配到守备部队，负责最普通的基地任务。浏览完毕，尼弥斯就删除了档案。她对这名士兵一点也没有兴趣。

拉达曼斯·尼弥斯在屋子里检查了一下，确认里面空无一人，于是，她移出相移状态，在卧室中站了片刻。各种声音和运动都回来了：被铐着的士兵打着鼾，行人在河边小道上走动，一阵微风摩挲着白色窗帘，远处车辆的隆隆声，甚至还有穿着武士装甲的圣神士兵发出的沙沙声，他们正在临近的街道和小巷里跑动，进行那毫无用处的搜寻。

尼弥斯站在圣神士兵跟前，伸出手，探出食指，似乎想要点点男人的脖颈。从她的指甲下伸出一根十厘米长的细针，尼弥斯将其刺进男人的脖子，皮肤上只现出一小滴鲜血，表示出东西侵入的迹象。士兵没有醒来。

尼弥斯抽回针，对针管内的血液进行了测试：$C_{27}H_{45}OH$的含量达到危险水平——多数卢瑟斯人都患有高胆固醇症——同时血小板数量低于正常水平，表示其患有免疫性血小板减少性紫癜，目前还处于早期，他早年很可能在某个驻防星球上待过，曾曝露在超短波辐射环境下，血液酒精含量达到一百二十二毫克每一百毫升。这名士兵处于酒醉状态，尽管他往日酗酒成性，很可能让他比较不容易受酒醉影响，还有——啊，有啦，存在一种名为超级吗啡的人工鸦片，其中混有高量的咖啡因。尼弥斯微微一笑，有人在茶或咖啡中下了足够剂量的超级吗啡，足以令这名士兵昏睡，但也很小心，没有下得太多，不至于造成危险，让他成瘾。

尼弥斯嗅了嗅屋内的空气。尼弥斯有能力探测并鉴别空气中独特的有机分子，她的这种嗅觉能力，同典型的气相色谱-质谱联用仪相比，要灵敏三倍。换句话说，她嗅觉之灵敏甚至胜过旧地一种名叫警犬的犬科动物。屋内充满了各种人的不同气味。有些味道很久远，有一些则是刚刚留下的。她辨认出卢瑟斯士兵的酒臭，女人留下的好几种细微的麝香味，至少有两个孩子留下了分子烙印——其中一个已到青春期，另一个还很小，但是正受着某种癌症的折磨，需要接受化疗。还有两个成年男性，其中一个的汗味带着这个星球上饮食的气味，另一个立即引起了她的注意，似乎既熟悉又陌生。陌生，是因为这个男人带着的气味，属于尼弥斯不曾去过的星球；熟悉，是因为这气味非常与众不同，她马上辨认了出来：劳尔·安迪密恩，他身上仍旧带着来自旧地的气息。

尼弥斯从一个房间走到另一个房间，但是其他房间内再也没有其他特别的味道：四年前遇到的那个小女孩的味道，名叫贝提克的仆人的消毒药水味。只有劳尔·安迪密恩来过这儿，就在几分钟之前，他没走多久。

尼弥斯顺着这条气味的踪迹，来到走廊地板下的活板门前，虽然门被好几把锁锁着，但她还是一把扯下了它，在下阶梯前，她驻足了片刻。她在通用频段上发了一段信，但没有从古阿斯那里收到回应，他现在很可能正处于相移状态。他们从飞船上下来到现在才过了九十秒。尼弥斯微微一笑，她可以给古阿斯发送封包探索确认信息，劳尔·安迪密恩和下面地道中的其他人心跳还没跳上十下，古阿斯就能跑回这儿。

但拉达曼斯·尼弥斯打算独自赢得这些分数。她仍旧笑意盈盈，一下跳进洞窟，往下落了八米，来到了地道的底部。

地道中点着灯火，尼弥斯嗅了嗅凉爽的空气，将劳尔·安迪密恩涌动着肾上腺素的气味同其他人的味道分了出来。这个出生在海伯利安的亡命徒很紧张，还生着病，或是受了伤。尼弥斯捕捉到那股汗味中隐含的信息，其中还微微带着一丝超级吗啡的味道。她可以确定，安迪密恩就是莫莉娜医生治疗过的来自外世界的人，她还给他开了止痛剂，有人拿这些药用在了倒霉的卢瑟斯卫兵身上。

尼弥斯进入相移状态，开始沿着地道往前小跑。现在，地道内充满了醇厚的灯光。不管安迪密恩和他的同谋领先她多长时间，她现在就能把他们逮住。尼弥斯打算在相移状态，砍掉那些捣乱者的脑袋，给自己来点乐子。对于实时的旁观者来说，这种斩首行为看上去会感觉有点超自然，似乎是由无形的刽子手执行的。但她需要劳尔·安迪密恩的信息，然则，他清不清醒无关大碍。最简单的计划是把他从光谱螺旋的朋友边上拖走，用相移场将他包裹起来，将一根针推进他的大脑，让其不能动弹，接着把他扛回登陆飞船，放进重生龛，完事后，就回去向冯纳拉上校和索尔兹涅科夫致以谢意。一旦飞船飞出轨道，他们就可以开始"审问"劳尔·安迪密恩：尼弥斯将会把一根微纤伸进这个男人的大脑，随意抽取RNA和他的记忆。安迪密恩将永远也不会苏醒，当她和兄弟姐妹们从这些记忆中获悉一切之后，她就会了结他的生命，把尸体扔进太空。他们的目标是找到那个名叫伊妮娅的孩子。

突然间，灯光熄灭了。

竟是在我相移的时候，尼弥斯思索着，*不可能*。没有任何东西可以如此迅速。

她来了个急停，地道内没有一丝光线，根本没办法获取增强效果。她切换到红外线，对前头和身后的过道扫描了一番。空无一物。她张开嘴，发射出声呐啸叫，接着迅速转过身，对身后也同样来了一遍。这里没有任何东西。超频尖叫在地道尽头传了回来。她改变了周身的能量场，朝两个方向放出深层雷达脉冲波。这条地道里面空无一物，但深层雷达记录到四面八方都是类似的地道，如迷宫一般。前方三十米外，在一扇厚重的金属门外，有个地下车库，里面有各种各样的车辆，还有许多人类的形体。

尼弥斯依旧无法相信，她从相移状态中脱出片刻，想要看看灯光怎么会刹那间就熄灭了。

一具形体竟站在她的正前方，霎时，四个满是刀刃的拳头砸在了她的身上，尼弥斯根本来不及做出反应，她感觉有十万台打桩机敲在了身上，自己被重重砸了出去，直直地飞过地道，把阶梯撞得四分五裂，穿进坚硬的石墙，深深地扎进了岩石中。

灯仍旧没亮。

宗教大法官在火星上待了二十标准日，他开始对它恨之入骨，甚至比对地狱的仇恨还要强上几分。

自从到火星之后，行星风暴——西蒙风——天天吹着。他和二十一名手下已经接管位于圣马拉奇市郊的总督府，理论上说，整座府邸就像是圣神太空船一样密不透风，里面的空气被再三过滤，窗户由五十二层高冲击塑料组成，大门更像是气闸门，而不是普通的门。可是，尽管如此，那位火星神祇仍旧神通广大地破门而入。

每天早上，约翰·多米尼各·穆斯塔法枢机洗淋浴的时候，一晚上积聚下的沙尘就会变成一条条污泥，如红色的小溪流进排水管中。每天早上，当宗教大法官的贴身男仆帮他穿上法衣和袍子的时候，虽然这些衣服都已经在前一夜洗得干干净净，但丝衣的褶皱中，总是残留着红沙的污痕。当宗教大法官来到府邸中那间巨大的充满回声的舞厅中，进行审问的时候，他能感觉到沙尘在自己脚踝的裤管、在领口、在头发、在精心修剪的指甲上慢慢堆积。

外面的场面甚是荒唐。掠行艇和天蝎战机停靠在地面上，太空港一天只开放几个小时，在那段时间里，西蒙风才会稍微平静下来，但这种情形非常少见。停放的车辆很快就变成了一坨坨、一堆堆红沙，就算是圣神那性能优良的过滤器也无法将这些红色粒子阻挡在外，它们仍旧勤快地钻进引擎、发动机、固态模块中。有几辆古老的履带式车辆、漫游车、聚变火箭航天机，照旧来往于首都和府邸之间，传送着食物和信息，但是实际上，火星的圣神政府和军队早已陷入了停滞状态。

西蒙风肆虐的第五天，消息传来，声称巴勒斯坦人攻击了位于塔尔锡斯平原的圣神基地。皮耶特少校——简言之，就是总督的地面军指挥官——带领一连圣神和地方军混杂的人马，乘着履带车和跟踪式装甲人员输送车出发。在距离平原一百公里的地方，他们受到了伏击，只有皮耶特和一半手下回到了圣马拉奇。

第二周，又有消息传来，巴勒斯坦人攻击了两个半球上的十几个驻防要塞。希腊盆地分遣队和南极站向“吉卜利尔”号发送无线电报，宣布自己打算向攻击军投降，之后，联络全部中断。

克莱尔·帕洛总督——现在在原属于自己助手的小办公室中办公——和罗伯逊大主教、宗教大法官协商了一下，最后通过了一项决议，打算向被围困的驻地发射战术核武器和等离子弹。穆斯塔法枢机同意将“吉卜利尔”号作为武器发射平台，作为对巴勒斯坦人的抗击，于是，它们从轨道上向南极一号发射出熔烁武器。地方军、圣神、舰队海兵、瑞士卫兵、宗教法庭指挥官都集中注意力，确保圣马拉奇的首都、市内的大教堂及总督府安然无恙，没有受到攻击的影响。在无情的沙尘暴下，城市周界线八公里范围内的土著，以及没有携带圣神下发的接收器的人，都被光束击中。尸体随后被复原，其中有不少是巴勒斯坦游击队成员。

“西蒙风不可能一直吹下去。”布朗宁指挥官咕哝道，他是宗教法庭安保部队的首领。

“它可能还会持续三到四个标准月。”皮耶特少校说，他的上肢被烧伤了，缠着绷带，显得庞大无比，“也许还要长。”

宗教裁判所的工作没有任何进展：最先发现大屠杀的几个民兵被重新审问了一番，还用到了吐真剂，继而是神经探针，但是供词照旧；宗教法庭的法医专家和圣马拉奇医院的验尸官一同工作，却只是确证了三百六十二具尸体没有一具可以重生——伯劳把十字形的每一个结点、每一条微纤都扯掉了；他们利用备有瞬移驱动器的无人飞船，将一系列问题带回佩森，其中牵涉到遇难者的身份，更重要的是，还有主业会在火星上行动的真正动机，建立高级太空港的原因，但是，过了十四天，无人飞船返回后，却只带回了遇害者的身份，没有解释他们和主业会的关系，也没有提到这个组织在火星上开展行动的动机。

沙尘暴吹袭肆虐的十五天后，更多报告传来，巴勒斯坦人还在攻击各处的护航队和守备部队。对于审问结果和证据进行了好几天的筛查，却也毫无结果。就在此时，“吉卜利尔”号上的沃玛克舰长通过安全密光打来电话，宣称出现紧急状况，宗教大法官和他的随从必须尽快返回轨道上，听到这个消息，大法官不由得高兴起来。

“吉卜利尔”号是一艘最新型的大天使星舰，当他们的登陆飞船即将飞完最后几公里，与飞船会合的时候，穆斯塔法枢机看见它，这艘船正有条不紊地运行着，看上去非常致命。对于圣神战舰，大法官几乎是一无所知，但是就算如此，他也注意到，沃玛克舰长已经让星舰处于随时能够展开战斗的状态：好几个通道和传感器阵列收进了星舰的壳体下，凸出的基甸驱动器显现出了闪闪发光的装甲，各种各样的武器口都处于完全待命状态。大天使身后，火星慢慢旋转，那是一个笼罩在灰雾中的圆盘，颜色就像是凝固的血迹。穆斯塔法枢机暗自希望这是他对这个星球的最后一眼。

法雷尔神父向他指出，火星星系特遣部队的所有八艘火炬舰船现在正处在“吉卜利尔”号五百公里范围之内，从太空的标准来看，这是一支紧密的防御编队。宗教大法官意识到，等着他的将是非常严重的事情。

穆斯塔法的登陆飞船第一个靠接上去，沃玛克在气闸门接待室中接见了他们。内部密蔽场让他们感受到了重力的回归。

“大人，请接受我的歉意，但我必须打断你的审理工作……”舰长开口道。

“没关系，”穆斯塔法枢机说，他摆摆袍子，把褶皱中的沙子抖了出来，“舰长，什么事这么急？”

沃玛克眨眨眼，望了望从大法官身后的气闸门中出来的随从们。其中，当然有法雷尔神父，后面跟着安保指挥官布朗宁，三名宗教法庭的助手，海军中士内尔·凯斯纳，重生医疗神父厄多尔主教，皮耶特少校——这位地面军指挥官原是帕洛总督的手下，现在被穆斯塔法枢机解放了出来。

宗教大法官看出舰长有一丝犹豫。“尽请随便说，舰长，这儿的这些人都已经得到宗教法庭的证明，没有任何嫌疑。”

沃玛克点点头。“大人，我们找到了那些船。”

穆斯塔法枢机盯着他，一脸茫然。

“大人，就是大屠杀前离开火星轨道的重型运输船，”舰长继续道，“我们知道，那天，他们的登陆飞船和某艘船会了个面。”

“对，”宗教大法官说道，“但我们猜它早已飞走了——早就跃迁到了它开往的什么目的地星系了。”

“是的，长官，”沃玛克说，“但这一次他们运气非常不好，竟然没有成功跃迁至超光速状态，我让登陆飞船进行了一次星系内搜索，最后在小行星带中发现了这艘运输船。”

“那不是它的目的地？”穆斯塔法问道。

舰长摇摇头。“我觉得不是，大人。运输船上一片死寂，它在那儿翻滚着，我们的仪器没有检测到船上有任何生命的迹象，它也没有开启任何动力系统……甚至连聚变驱动器也没有打开。”

"那真是一艘星际运输船？"法雷尔神父质疑道。

沃玛克舰长转身望着这名高挑瘦削的男子。"是的，神父，是'西贡丸'号皇舰。一艘三百万吨级的运输船，专门运输矿石散料，自霸主时代就开始服役了。"

"商团。"宗教大法官轻声说道。

沃玛克一脸严峻。"原先是，大人。但据我们的记录显示，八个标准年之前，'西贡丸'号就已经从商团的舰队退役并被熔成了废渣。"

穆斯塔法枢机和法雷尔神父交换了一下眼神。

"舰长，你上那艘船看过了吗？"布朗宁指挥官问。

"没有，"沃玛克说道，"由于其中牵涉到政治问题，所以我觉得最好由大人登船，授命搜查。"

"做得很好。"宗教指挥官说道。

"还有，"沃玛克舰长说道，"我希望海兵和瑞士卫兵的人数能够补足，派他们先去船上打探一下。"

"为什么，长官？"皮耶特少校问道。烧伤的肢体上部的制服看上去胀得相当庞大。

"事情不对劲，"舰长转身看着少校说道，接着他又转向大法官，"事情很不对劲。"

距离火星星系两百多光年远的地方，基甸特遣部队即将结束它的使命，它正在摧毁路西法。

这第七个驱逐者星系是他们讨伐战的最后一个目标，也是最难扫清的一个目标。路西法是个黄色的G型恒星，星系内有六颗星球，其中两颗虽然未经地球化改造，但已经适宜定居。星系内爬满了驱逐者：小行星外驻扎着军事基地，小行星带内是一群群育婴星，深处的海洋星球笼罩在天使般的环境下，燃料补给站运行在气体巨星的低层轨道上，还有一片环轨森林正在成长，如果用古老的太阳系视角看，那片森林的位置就处在金星和旧地的轨道之间。基甸部队花了十个标准日的时间，寻找到驱逐者占据的大部分结点，将这些肿瘤一一消灭。

事毕之后，阿尔迪卡克蒂元帅将众舰长召集到“乌列尔”号王舰上，召开了一次会议，表示计划有变：此次讨伐战非常成功，他们将搜寻新目标，将战斗继续下去。阿尔迪卡克蒂将一艘备有基甸驱动器的无人飞船派遣回佩森星系，获得批准，可以延长此次任务。七艘大天使将跃迁到最近的圣神基地，也就是鲸逖星系，他们将在那儿重整装备，修理一番，加足燃料，有五艘新的大天使将在那儿加入他们。探测器已经搜索到另外十几个驱逐者星系，基甸特遣部队一路杀过，已经毁掉了七个星系，但它们没有一个获悉大屠杀的消息。如果算上重生的时间，特遣部队将会在十个标准日内重新挥起屠刀。

七位舰长回到各自的飞船，准备从目标星系路西法跃迁至位于鲸逖中心的基地。

在“拉斐尔”王舰上，霍根·“霍格”·利布莱尔坐立不安。利布莱尔是这艘星舰的副官，这是他的官方身份，这个职位让他的权力仅次于德索亚神父舰长，除此之外，他也是名受雇的间谍，任务是暗中监视神父舰长的一举一动，如果发现任何可疑的行为，立即汇报——首先汇报给“乌列尔”号（阿尔迪卡克蒂元帅的旗舰）上的宗教法庭安保长官，接着，据这位副官所知，消息会沿着指挥链，一路汇报给著名的卢杜萨美枢机。此时此刻，利布莱尔被一个问题缠住了，他觉得很可疑，但是却无法理清这个疑虑的缘由。

这名间谍发现，在“拉斐尔”号上，德索亚神父舰长的船员们最近进行忏悔的举动太过频繁，这是让利布莱尔感到不安的一个原因，可他几乎无法将这个危险的消息通过密光发送给“乌列尔”号。当然，霍格·利布莱尔并不是一名受过正规训练的间谍，这也不是他的职业意向：他是个出身高贵的绅士，只不过境地有点潦倒，一开始，他因为财务状况拮据，被迫行使了复兴二号的绅士取舍权，加入了军队，但之后他的情况越发窘迫，竟接下了监视舰长的任务——他深信，这主要出自对圣神和教会的忠诚，而非急需钱款来收回自己的财产。

这些忏悔的举动并没有太大的反常之处——船员们是教会的信徒，也是重生的基督战士，有理由进行忏悔，况且，他们了解自己现在所处的境地，如果驱逐者的聚变武器或是动力光束成功穿透防御性密蔽场，他们就很可能会命享真死，这的确让信仰的迫切需求更加增添了几分。但是，自到了玛门星系起，利布莱尔感觉到，在这些忏悔礼中还有什么别的因素在作祟。在路西法星系的恶战间歇，“拉斐尔”号的全体船员和瑞士卫兵编制人员（不算困惑的副官，一共是二十七人）都在频繁地出入忏悔室，就像是太空员来到了偏地港口的妓院。

而忏悔室的保密措施非常好，就算是这位飞船副官也无法逗留窃听。

利布莱尔想不出这伙人在酝酿什么阴谋。兵变没有任何意义。第一，那是不可能的——近乎三个世纪以来，圣神舰队的船员从没发生过兵变，就算是预谋也不曾有过。第二，那太过荒谬——叛变者不会一群群地来到忏悔室，去和飞船的舰长讨论兵变之罪。

或许，德索亚神父舰长正在征召这些船员，想要进行什么邪恶的计划，但霍格·利布莱尔想不出这位神父舰长到底有什么法子，可以唆使这些忠诚的圣神太空员和瑞士卫兵去犯下滔天大罪。虽然船员们不喜欢霍格·利布莱尔——他历来不受人喜欢，不管是同学，还是船友，一直如此，他知道，这是上天对他与生俱来的贵族血统的诅咒——但他无法想象，这些人聚在一起，要针对他筹划什么邪恶的事情。如果德索亚神父舰长用什么法子诱使这些船员谋反，他们充其量也就是窃取这艘大天使——利布莱尔觉得，虽然这个可能性非常小，但他之所以被安插在船上，监视德索亚，就是出于这个原因——但是结果呢？除了瞬时的超光跃迁以及两天的仓促重生，“拉斐尔”号永远也不会摆脱基甸特遣部队其余大天使的联系圈，所以，如果这些船员叛变，想要窃取这艘船，其余六艘大天使会立即将他们击毙。

想到这些，霍格·利布莱尔不禁如坐针毡。他不喜欢死，除非迫不得已，他不希望经历死亡。更重要的是，如果在他的服役履历中来上那么一笔：曾和一群造反的船员同谋，这将搞砸他重新恢复复兴二号庄园主身份的大计。他意识到，卢杜萨美枢机——或是这条间谍食物链顶端的什么人——很可能会对他严刑拷打，然后将他驱逐出教，处以真正的死刑，同时受刑的还有其余船员，以便隐藏梵蒂冈安插间谍的事实。

想到这里，霍格·利布莱尔更加心神不宁起来。

他稍稍安慰了下自己，觉得这种叛变举动不仅不可能，而且极其愚蠢。现在已经不是古时旧地那会儿了，也不像利布莱尔读到过的别的水世界，在那种地方，在海洋中行驶的战舰会突然叛变，拉起海盗的旗帜，掠夺商船，恐吓港口。而现在，即便窃取了一艘大天使，你也无处可逃，无处藏身，无处获得装备和修整。圣神舰队会抽他们的筋，剥他们的皮。

霍格·利布莱尔副官苦苦推理，但还是感到坐立不安。

离到达通往鲸逖星系的跃迁点还有四小时的时候，利布莱尔正在飞行甲板上待机，这时候，从“乌列尔”号发来一则高优先级的信息流：发现五艘火炬舰船级驱逐舰，躲藏在靠外的气体巨星处，位于其内侧卫星的带电粒子尘环中，现在正逃向它们的跃迁点，并把G型恒星挡在中间作为防护，现命令“加百列”号和“拉斐尔”号从跃迁弧线中偏离，找到一条发射弹道，用余下的超光超动导弹摧毁这些火炬舰船，之后继续执行原任务，从路西法星系脱离。“乌列尔”号估计，其余五艘飞船离开后，这两艘大天使会在八小时后加速完成跃迁。

德索亚神父舰长确认收到信息，下令改变航道，利布莱尔副官监控着密光信道，“加百列”号的斯通圣母舰长也照做。*元帅没有把“拉斐尔”号独自留下*，副官想道，*并不只有我的主人不相信德索亚*。

这不是一场激动人心的追逐——事实上，压根称不上追逐。基于星系的引力动力学，驱逐者那些古老的霍金驱动火炬舰船需要花上十四小时，才能达到跃迁前的相对论速度。而两艘大天使将在四小时内进入开火点。驱逐者没有任何武器可以一路穿越整个星系，伤及大天使，而“加百列”和“拉斐尔”号，虽然弹药即将枯竭，但仍旧足以将火炬舰船摧毁十几次。即便所有的武器都没有命中，他们还能使用讨人厌的死光武器。

两艘大天使跃出恒星的阻挡，进入开火点的时候，掌舵的是利布莱尔副官——神父舰长到自己的房间里睡觉休息去了。基甸特遣部队的其余船只早已跃迁出了星系，利布莱尔坐在加速座椅中，转了个身，用蜂鸣器给舰长发了个信号，就在这时，爆破门突然打开，德索亚神父舰长走了进来，身边还跟着几个人。一时之间，利布莱尔忘记了自己的疑虑，甚至忘记了自己是名受雇的间谍，他瞪着双眼望着这群讨厌的人。除了舰长本人，还有那名瑞士卫兵中士——格列高里亚斯——和他手下的两名士兵。此外，还有武器系统官（武系官）单卡雷中校，能量系统官（能系官）坡·丹尼斯上尉，环境系统官（环系官）贝茨·阿盖尔中校，推进系统工程师（推系师）以利亚·胡赛因·梅耶尔上尉。

“搞什么……”利布莱尔副官开口道，话说一半便打住了。那名瑞士卫兵中士正拿着一根神经击昏器，枪口对准了利布莱尔的脸。

几星期来，霍格·利布莱尔一直在靴子中藏着一把钢矛枪，但此时此刻，他早已把那把枪忘得一干二净。他以前从没被谁用枪口指过，更甭提击昏器了。现在，他真切地感觉到了被枪指着的感觉，他几乎吓得快把尿撒在裤管里了。他集中精神屏住尿，但也因此没多少余地可以考虑其他事情了。

其中一名女性士兵走上前，从他靴子里把钢矛枪拿走。利布莱尔瞪着那把武器，就好似从来没见过它似的。

“霍格，”德索亚神父舰长说道，“很抱歉，我们不得不那么做。我们投票表决了一下，最后做出决定，没时间说服你加入我们。你得昏迷一小会儿。”

利布莱尔想起了这辈子看过的全息剧中的那些对话，他开始大声咆哮。“你们决不会得逞的。‘加百列’会灭了你们。你们会被严刑拷打，会被吊死。他们会把你们的十字形扯……”

大块头中士手里握着的击昏器发出嗡嗡的声音。要不是那名女性士兵抓住了他，霍格·利布莱尔肯定面部朝下一头砸向甲板。她把他轻轻放在了甲板上。

德索亚神父舰长坐回到指挥座椅中。“脱离路线，”他对正在掌舵的梅耶尔上尉说道，“键入跃迁坐标。全力紧急加速。全体进入作战岗位。”神父舰长低头瞥了一眼利布莱尔，“把他放进重生龛，设置成‘储存’状态。”

士兵们把沉睡的男子移了出去。

德索亚下令将飞船的内部密蔽场设置到零重力状态，以进入作战岗位，但是，在这之前，神父舰长产生了一股短暂的兴奋感，就像是跳崖者在一瞬间被重力俘获的那种感觉一样。事实上，他们的飞船现在正开动聚变引擎，往前加速，同时受着六百倍重力的折磨，那几乎达到了正常高推进力的百分之一百八。一旦密蔽场出现一丝中断，他们都将即刻毙命。但是跃迁点已经和他们相距不到四十分钟的路程。

德索亚不太确信自己的所作所为是否正确。背叛自己的教会和圣神舰队，这个想法是这世上最可怕的事。但是他也知道，如果他果真拥有不朽的灵魂，那么在这种情况下，他别无选择。

其实，德索亚神父舰长觉得这其中尚还包含着一丝奇迹——或者说，这件事情中至少还有一丝好运相伴——那是因为，有七人决定和他一起踏上这趟叛变之旅。八人，其中包括他自己，二十八名船员中的八人。现在，另外二十人都已被神经击昏器击中，正在重生龛中做梦。德索亚知道，大多数情况下，他们八人足以应付“拉斐尔”号的系统和任务：他很幸运——或是受到了福佑——有几名必需的飞行官都加入了他的队伍。一开始的时候，他以为只有格列高里亚斯，以及他手下两名年轻的士兵，还有他自己。

第一次提出叛变的是三名瑞士卫兵，当时他们已经“清洗”了路西法星系的第二颗育婴星。他们虽然都曾向圣神、教会、瑞士卫兵宣过誓，但是屠杀婴儿的行径实在是太过残忍。持枪兵符多娜和伊诺·德里诺先是到中士那儿说了他们的想法，接着和格列高里亚斯中士一起来到了德索亚神父舰长的忏悔室中，说出了他们的叛逃计划。起先，他们请求神父宽恕，想要弃船逃进驱逐者星系。德索亚叫他们想个别的计划。

接着，推进系统工程师梅耶尔上尉也来到了忏悔室，带着同样的忧虑。这位年轻人在战术空间中目睹了一切，眼睁睁看着这些美丽的能量场天使受到大规模屠杀，他感到恶心，甚至连重回祖先宗教（犹太教和伊斯兰教）的念头都有了。但是，他没有那么做，而是来到了忏悔室，向神父坦白了自己精神上的软弱。德索亚神父舰长告诉梅耶尔，他的忧虑并不和真正的基督教相抵触，那些话让梅耶尔大吃一惊。

次日，环境系统官贝茨·阿盖尔中校和能量系统官坡·丹尼斯上尉也循着良心的脚步，来到了忏悔室。丹尼斯是最难说服的一个，但是他的室友梅耶尔上尉不厌其烦地和他交谈，将他拉入了队伍。

武系官单卡雷中校是最后一个入伙的：这名武器系统官已经无法再下达死光攻击的命令。三星期中，他不曾睡过一个好觉。

德索亚意识到，他们在路西法星系逗留的最后一天里，剩下的多数飞行官和三名瑞士卫兵都没有叛逃的打算，对这些人来说，他们虽然对工作感到反感，但也深知其必要性。到最后的紧急关头，他们都将和霍格·利布莱尔副官站在同一战线上。德索亚神父舰长和格列高里亚斯中士决定不给这些人机会。

“神父舰长，‘加百列’号正在朝我们发信号。”丹尼斯上尉说道。这名能系官全身上下都接入了系统，其中包括能量系统控制台。

德索亚点点头。“所有人务必让自己的睡眠龛保持活动状态。”他知道，下达这条命令并无必要，事实上，每一名船员进入战斗岗位或是超光跃迁的时候，都是躺在加速座椅中的，而每个座椅，同时也被装配成一台自动重生龛。

在接入战术系统之前，德索亚看了看中央机井的显示屏，上面显示着他们的轨道线。他们正在远离“加百列”号，尽管后者已经将推进力提升至三百倍重力，并且改变了航向，试图和“拉斐尔”号取得同步。路西法星系的对面，五艘驱逐者的火炬舰船仍旧在慢慢悠悠爬向跃迁点。德索亚暗自希望他们能安然无恙，但他清楚知道，这些船到现在还能存在，只不过是因为“拉斐尔”号莫名其妙地改变了航向，让“加百列”号暂时分了心。他接入战术模拟。

刹那间，他就像巨人般站立在了太空中。路西法星系的六颗星球、无数卫星和熊熊燃烧的初生环轨森林沿着他的腰际朝外展开。在那璀璨恒星的远端，六粒尘埃般的驱逐者舰船拖着微小的聚变焰尾晃动着。“加百列”号的焰尾稍长，但“拉斐尔”号的是最长的，喷射出的璀璨光辉和中心的恒星不相上下。斯通圣母舰长正站在那儿等着，离德索亚只有几步之遥。

“费德里克，”她说道，“你到底在干什么？”

德索亚本不打算回应“加百列”号发来的信号。如果这能给他们赢得几分钟时间，他当然会选择保持静默。但是，他很了解斯通。她做事果断，从不拖泥带水。在一个单独的战术信段上，他朝跃迁图瞄了一眼。离跃迁点还有三十六分钟。

舰长！探测到四颗导弹！正在跃迁……就是现在！是武系官单卡雷中校，他正在安全线路上跟德索亚通话。

德索亚神父舰长让自己在战术现实中尽量保持平静，他不想在斯通圣母舰长面前显出惊讶的样子。他在自己的骨骼传输线路上默默道：*卡雷，没事，我在战术频道中看见了，它们在跃迁，目标是驱逐者舰船。*接着，他在战术上对斯通说道：“你朝驱逐者开火了。”

即便在模拟灯光的照射下，斯通的脸仍旧紧紧绷着。“当然，你为什么不开火，费德里克？”

德索亚没有回答，他朝中心的恒星走近，注视着那几颗导弹凭借着霍金驱动，突然出现在六艘驱逐者的火炬舰船面前。片刻间便引爆了：先是两颗聚变导弹，继而是两颗更大范围的等离子弹。所有驱逐者将防御性密蔽场提升至了最高级——在战术模拟中，以橙光显示——但是近距离的爆炸使其全部超载。图像从橙色变成红色，接着又变成白色。三艘舰船就这么灰飞烟灭，两艘被炸得四分五裂，碎片翻滚着奔向跃迁点，但它们永远也到不了那儿了。只有一艘火炬舰船完好无损，但密蔽场已经失效，聚变焰尾也已熄灭。即使舰上有人从爆炸中幸存下来，那他们现在也将死于未偏转的辐射风暴，后者正在将整艘飞船撕裂。

“你在干什么，费德里克？”斯通圣母舰长重复道。

德索亚知道斯通的名字是哈伦，但他决定不让谈话过于亲昵①。“我在执行命令，圣母舰长。”

就算是在战术模拟中，斯通的表情还是显出了疑虑。“德索亚神父舰长，你在说什么？”两人都知道他们的谈话会被记录下来。在接下来几分钟，不管谁活了下来，都将拥有这段交流的记录。

德索亚稳住自己的声音。“十分钟前，在阿尔迪卡克蒂元帅的旗舰跃迁前，他通过密光向我们传话，表示命令有变。我们在执行他的命令。”

斯通一副无动于衷的表情，但德索亚知道，她正在默声向副官传话，确认当时在“乌列尔”和“拉斐尔”之间发生了密光传输行为。的确有，但传达的事情其实微不足道：更新在鲸逖星系会合的坐标。

“是什么命令，德索亚神父舰长？”

“是特许信息，斯通圣母舰长，和‘加百列’号无关。”透过骨骼传输线路，他对武系官单卡雷说，**照原计划，锁定死光坐标，把执行器给我**。一秒钟之后，他的右手感觉到能量武器在战术模拟中的重量。斯通看不见这把枪，但德索亚能感觉到这把枪的存在。他握住枪把，手指扣在无形的扳机上，并装出一副随意的表情和动作。斯通圣母舰长的胳膊低垂着，却没有贴着身体，从这个不经意的姿势来看，德索亚明白，她肯定也拿着一把虚拟武器。在战术模拟的空间中，他们相离三米，两人之间，是两艘舰船的焰尾，“拉斐尔”号的非常长，“加百列”号的稍短一些，它们正在从黄道面上往他们胸脯攀爬。

“德索亚神父舰长，你的新跃迁点并不通向鲸逖中心。”

① 斯通以德索亚的名字称呼他，主要用于熟人间谈私事的场合用。

“圣母舰长，我得到的原命令已经撤销。”德索亚注视着大副的双眼。一直以来，哈伦都很擅长隐藏自己的情感和内心。在他们那艘火炬舰船“巴尔萨泽”号上，他不止一次地在牌桌上败于她的手下。

“神父舰长，你的新目的地是哪里？”

离跃迁点还有二十三分钟。

“圣母舰长，这是机密。我只能告诉你，在我们完成使命之后，‘拉斐尔’号将重新在鲸逖星系和特遣部队会合。”

斯通用左手揉了揉脸。德索亚注视着她右手钩起的手指，如果要启动死光，她并不需要举起那把无形的手枪，但是，拿枪械对准敌人，这是人类的本能。

德索亚痛恨死光武器，他知道斯通同样如此。那是懦夫的武器：在此次远征之前，它一直被圣神舰队和教会禁用。在古老的霸主时代，有一种死亡之杖，它能放射出镰刀般的光束，如镰刀般割出，瓦解生物的神经系统；而死光和它大不相同。从本质上来说，它们其实根本不是相干光束，而是利用强大的基甸驱动储能器在一个有限锥面的时空内扩展进超光速失真波，这可以导致一个实时空间矩阵体的细微扭曲——这就类似于一次失败的跃迁，没有进入古老的霍金驱动空间——但足以摧毁人类大脑的精美能量舞步。

同圣神舰队的其他军官一样，斯通同样憎恶死光武器，但不管如何深恶痛绝，现在，她有十足的理由使用它。“拉斐尔”号是圣神花巨资打造的舰队，她的首要目标，是阻止船员窃取那艘船，同时不能对船只造成损坏。然而，她面临的问题是，用死光杀死船员，很可能不会阻止“拉斐尔”号的跃迁，一切都要看飞船的船员预先编排的加速跃迁速度是多少。按传统，舰长都会手动控制跃迁的进行，或者，至少配有临时开关，随时可以超驰飞船的电脑指挥程序，但是，斯通无法保证德索亚会遵照传统操作。

“请让我和利布莱尔副官说话。”斯通圣母舰长说道。

德索亚笑了。“我的副官正在履行职责。”他沉思着，这么说，霍格是个奸细。能证实这个消息，对我们很有用处。

现在，“加百列”号追不上他们了，就算是加速到六百倍重力也没用。在对方飞船进入控制范围之前，“拉斐尔”号就可达到跃迁条件。不，如果斯通想要阻止他们，她必须杀死所有船员，接着用武器库里的最后一点弹药，将“拉斐尔”号的外部密蔽场超载，将其击损。如果她的猜测不对，如果德索亚果真是在执行圣神下达的命令，那她几乎肯定会被送交军事法庭，开除出圣神舰队。但是，如果她什么也不做，让德索亚窃走一艘圣神大天使，那么，斯通就会被送交军事法庭，开除出舰队，并且逐出教会，而且几乎肯定会被处以极刑。

“费德里克，”她轻声说道，“请减小推进力，让我们的速度同步。你仍旧可以继续执行你的命令，加速跃迁至秘密跃迁点。我只有一个请求，请让我登上‘拉斐尔’号，在你跃迁前，确认一切相安无事。”

德索亚犹豫了一下，在六百倍重力下，他无法拿这一伪命令掩饰他仓促的离去，因为不管“拉斐尔”号到哪里，船员们都得先经历两天时间进行缓慢的重生，之后才能继续使命。他注视着斯通的双眼，同时查看“加百列”号的微小图像，那艘飞船踏着白色的火焰柱，在三百倍重力水平下攀升。她还剩一点常规武器，很可能会一股脑儿发射过来，将他飞船的能量场超载。德索亚不愿回击：把“加百列”号炸成灰，并不合他的心愿。虽然他现在已经背叛了教会和祖国，但他不想成为真正的谋杀者。

那就只能用死光了。

“好吧，哈伦，”他轻松地说道，“我叫霍格把加速度降到两百倍重力，等你飞到我们边上。”他转过头，似乎在集中精神透过骨骼通道下达命令。

他的手肯定抖了一下，斯通的手也同样如此，无形的枪支微微抬起，手指扣紧了扳机。

死亡之波袭来的一刹那，德索亚神父舰长望见八粒火星脱离了战术模拟中的“加百列”号，斯通没有冒险——与其让“拉斐尔”号逃脱，她情愿将其炸成碎片。

圣母舰长的虚拟影像被拉向远方，消失于无形，死光冲进了她的飞船，切断了所有的通信连接，舰上的所有船员一命呜呼。

一秒钟之后，德索亚神父舰长感觉自己被猛然拖出了模拟空间，他大脑中的神经元被烧成灰烬。鲜血从双眼、嘴巴和耳中流出，但此时此刻，神父舰长早已死亡，“拉斐尔”号上所有有意识的实体都死了——包括C甲板上的格列高里亚斯中士和他的两名士兵，飞行甲板上的推系师梅耶尔、环系官阿盖尔、能系官丹尼斯、武系官单卡雷。

十六秒之后，八颗霍金驱动导弹闪入实空，在无声的“拉斐尔”号的四周引爆。

古阿斯在实空中注视着一切：劳尔·安迪密恩向穿着红袍的一家子道了别，接着划着桨片，朝远距传送拱门前进。这颗星球正在经历双月食。在人工河上空，烟火齐鸣，线状城市中拥着数千人，从他们口中发出奇异的叫声。古阿斯站起身，准备穿过河，把男人从小舟中揪出来。按照协议，如果劳尔·安迪密恩是单独一人的话，那就必须活捉他，把他带到星球上空的星际飞船中进行拷问——此次任务的目标是找到伊妮娅的下落——但没人说过不能对男人做点什么，他尽可以解除他的行动能力，让他再也无法逃走。古阿斯打算保持相移状态，挑断安迪密恩的脚筋和手筋，这一切可以瞬间完成，如同外科手术，这样一来，这个男人就不会有出血致死的危险，之后，他会被储存在飞船的医疗箱中，留待审问。

先前和尼弥斯分离后，古阿斯不费一秒便跑出了六公里，奔到了远距传送门，路经那一个个冻结的人形的时候，他看了看那些行人和奇怪的风力车。一到拱门那里，他就藏在了高高的河岸上的一棵柳树下，移出相移状态，回到慢时间。他的工作是守卫后门，一旦尼弥斯找到这个失踪的航空员，就会给他发送封包探索确认信息。

他在那儿等了二十分钟，其间和斯库拉以及布里亚柔斯在内部通用频段上交流了一下，但没有从尼弥斯那儿收到任何消息。这让他感到吃惊。他们都觉得，只要她进入相移状态，就会在实时的头几秒内找到这个失踪的男人。古阿斯没有担心，事实上，他根本不具有“担心”的能力，据他猜测，尼弥斯应该是在进行大范围的搜索，同时频繁地移出相移状态，花去些许实时的时间，接着又相移回去。他猜测，自己通过通用频段发出的询问是在她相移的时候送出的。他还觉得，尼弥斯虽然是他们的克隆人姐妹，但她是第一个从克隆槽中分离出来的，所以他坚信，相比斯库拉、布里亚柔斯以及自己，尼弥斯不太习惯共用通用频段。说实话，如果他们三个得到的命令只是把尼弥斯从神林上的岩石中拉出，然后当场把她结果掉，那他也不会介意。

河流上船来船往，每当一艘船从东面或是西面接近远距传送门的时候，古阿斯都会马上进入相移状态，穿过海绵状的河面，搜索一下船只，检查一下乘客。其中有些人，他不得不扒光他们的袍子，好确认那不是安迪密恩，不是机器人贝提克，也不是做了伪装的女孩伊妮娅。为了确定真假，他会用力嗅嗅他们的气味，接着用针抽取穿袍之人的组织DNA，证明他们只是维图-格雷-巴里亚那斯B的土人。所有人都是。

每次检查完毕，他都会走回河岸，继续观察。自离开飞船已过了十八分钟，这时，一艘圣神掠行艇在边上飞了一阵，接着穿过了远距传送门。古阿斯本应进入快时间，上船检查一下，对此，他感到无比厌倦，好在斯库拉已经到了飞船上，正和执行搜索任务的圣神士兵在一起，所以古阿斯也幸运地免去了这次劳神的努力。

太无聊了，她在通用频段上说道。

是啊，古阿斯附和道。

尼弥斯呢？说话的是布里亚柔斯，他已经回到了城市，那些笨拙的士兵已经通过无线电取得了搜查证，正在挨家挨户地搜索。

没收到任何音讯，古阿斯说。

在月食及相随的可笑仪式期间，他亲眼注视着风力运输车开过来，停下，劳尔·安迪密恩从中出现。古阿斯确信，那就是安迪密恩。不仅视像匹配，而且他还嗅探到这人身体上的气味，和尼弥斯上传给他们的一模一样。古阿斯本可以立即相移，接着走到有些戏剧性冻结的世界中，用针管抽取一点DNA组织，验证一下，但完全没有必要。这就是他们要找的人。

古阿斯没有在通用频段上发出广播，也没有向尼弥斯发送封包探索信息，他又等了一分钟。他心里跳动着一丝期盼，有一种愉悦的感觉。他不想和人分享，省得冲淡这股感觉。此外，他觉得，最好等到安迪密恩和光谱螺旋的一家子分手后再将他绑架，他现在正在小舟中和那些人挥手道别。

古阿斯望着劳尔·安迪密恩划着那条可笑的小舟，进入了渐渐变宽的人工河中。他意识到，最好是将安迪密恩连着小舟一起带走：那些光谱螺旋的人还在远望，如果他们知道他是想通过远距传输器逃走，那他们肯定觉得他会连人带船一起消失。在他们眼里，只会看到忽的一闪，安迪密恩就会从眼前传送出去。而事实上，古阿斯会保持相移状态，同时将相移场扩大，将男人和小舟扛在里面。小舟很有用，它可能会透漏出伊妮娅的藏身之处：上面沾染的行星气味，制造工艺，这些东西会向他们泄密。

北方的河流沿岸，人们喊叫着，欢唱着。月食快要结束。焰火在河流上空炸响，投下巴洛克式的阴影，落在锈迹斑斑的远距传输拱门上。安迪密恩已经扭过头，不再望向那群挥手的光谱螺旋人，他集中注意力，维持在最强劲的水流上，划着桨，朝远距传送门前进。

古阿斯站起身，伸了个懒腰，准备相移。

突然间，那东西出现在了他身边，距他仅厘米之遥。它至少有三米高，耸立在他跟前。

不可能，古阿斯暗自思忖，*我应该能感觉到相移造成的扭曲信号*。

流星焰火在天上炸开，血红的光芒泼洒在铬银甲壳上。在那水银状的平面上，戳起一根根金属利牙和铬银尖刺，将或黄或白或红的烟花倒影扭曲变形。古阿斯也看到了自己的倒影，歪扭，震惊。接着，他相移了。

相移只用了不到一微秒的时间，但不知何故，在能量场完全形成前，那怪物的四只利爪竟如探囊取物般伸了进来。刀刃般的手指挖进了古阿斯的合成皮肤和肌肉，目标直指他的一颗心脏。

古阿斯对这一击猝不及防，但他马上施以反击。他挥动银色的相移手臂，仿若舞动着一把平直的断头刀。它本可以切断晶须碳合金，就像是切进湿纸板一样不费吹灰之力，但不可思议的是，刀身竟没有砍进面前的这个高大身形。火星四溅，霹雳爆鸣，古阿斯的胳膊弹了回来，手指失去了知觉，金属桡骨和尺骨被震得粉碎。

那只探进自己体内的利爪扯出一串肠子，连带着数千米长的微纤。古阿斯意识到，自己已经被来了个开膛破肚，从肚子到胸口，全被挖空了。没关系，他还能运转。

古阿斯操起右手，握成一根尖利的大头棒，戳向那双闪闪发光的红眼。这一击足以致命，但那怪物猛地张开庞大的蒸汽铲似的下巴，然后立马合上，速度甚至快过相移，古阿斯的右臂一晃眼便被咬成两段。

古阿斯暴跳如雷，扑向这个鬼怪，想要合并两者之间的能量场，企图用自己的牙齿撕咬对方。但是，两只巨大的手牢牢抓住了他，指刃插进相移场，刺入血肉，让他动弹不得。面前的那个铬银的头颅猛地朝他锤来，银针般的尖刺刺穿了古阿斯的右眼，刺入了他大脑的右前叶。

古阿斯厉声狂叫，不是因为痛苦——虽然在他短暂的一生中，他第一次感觉到类似的感觉——而是出自无情的怒火。他搜寻着怪物的喉咙，啪嗒一声用力一咬，发出像是金铁相击一样的声音，但他依旧被怪物抓着，近身不得。

接着，怪物将古阿斯的另两颗心脏掏了出来，远远扔进了河水中。一纳秒之后，它猛地冲向前，咬入古阿斯的喉咙，长牙轻轻一合，便咬断了他的碳合金脊髓。古阿斯的脑袋就这么被咬了下来，他想要转入遥感控制，以重新掌控仍在战斗的身体。他还剩一只眼睛，透过鲜血和体液，他窥视着眼前的一切，同时在通用频段发出播报，但是头颅中的发射机被刺坏了，位于脾脏内的接收器也被扯了出去。

他感到一阵天旋地转——他首先看到的是那颗恒星重新开始显现，光晕环绕在第二颗卫星周围，接着又看到流星焰火，之后是五光十色的河面，之后又是天空，接着突然一片漆黑。古阿斯的有序思维开始消退，他意识到，他的脑袋是被远远地扔向了河中。在没入漆黑的河水前，他最后的眼膜图像看到了这样的画面：自己的无头躯干枉然无助地痉挛着，被那甲壳怪物紧紧地抱着，被刺在尖刺和荆棘上。接着，忽的一闪，伯劳从快时间的存在中相移了出去，紧接着，古阿斯的脑袋砸进水面，激起黑色的浪花。

五分钟后，拉达曼斯·尼弥斯赶了过来。她移出相移状态，河岸上空空如也，只有她兄弟的一具无头尸体。风力运输车和穿着红袍的一家子也都不见了。这段河流上看不见一条船，恒星正从第二颗卫星后头亮出身影。

古阿斯在这儿，她在通用频段上发出信息。布里亚柔斯和斯库拉仍旧在城市中和士兵在一起。那名沉睡的圣神士兵已经被找到，手铐也被解开。他们询问了市民，但没人回答那是谁的家。斯库拉正在催冯纳拉上校，叫他把事情结束。

尼弥斯移出相移场的时候，感觉到周身相当不适。她的每一根肋骨——不管那到底是骨头是还是永固钢——都断的断，折的折。好几处内脏都被捣成了肉酱，左手也动弹不得。按标准算，她几乎昏迷了二十分钟。昏迷！即便在神林上，在凝固的石头中干躺了四年，她也不曾昏迷过一秒钟。而且，这些损伤，都是透过无法渗透的相移场完成的。

没关系。等离开这个被内核遗弃的星球后，她会让自己的身体在静止状态中自行修复。尼弥斯跪到她兄弟的尸体旁，它身上全是抓痕，首级被割下，还被开膛破肚——几乎连骨头也被剔除了。现在那躯体还时不时地抽搐一下，断裂的手指挣扎着想要抓住什么并不存在的敌人。

尼弥斯不禁颤抖了一下——不是出于对古阿斯的同情，也不是对这种伤害感到厌恶，她只是对伯劳的攻击模式做了一下专业的评估，一定要说什么的话，她感到非常钦佩。更准确地说，她心中生出了一种全然的失落感，因为她错过了这次交锋。隧道里那次攻击来得太快，她根本来不及反应——她当时的相移正进行到一半——对这一点，她觉得非常不可思议。

我会找到他的，她发出信息，接着相移。空气变得醇厚，好似淤泥。尼弥斯沿着河岸而下，一路强行穿越带着密集阻力的水面，她沿着河床向前走，在通用频段上呼叫，同时用深层雷达探测着。

河下游差不多一公里处，她找到了古阿斯的脑袋，那儿的水流非常强劲。淡水甲壳动物已经把它的嘴唇和剩下的眼睛吃光了，现在正在它的眼窝里勘探。尼弥斯将它们掸开，拎着脑袋，回到了河岸上。

古阿斯的通用频段发射机被压扁了，声带也没了。尼弥斯探出一根微纤，直接接通了他的记忆中枢。那颗脑袋的右侧被砸扁了，脑组织和些许DNA处理胶体溢了出来。

她没有向他提问，而是移出相移状态，直接下载记忆库，一面接收，一面向剩下的两个兄妹发送下载下来的信息。

伯劳，斯库拉发来信息。

别废话，福尔摩斯，布里亚柔斯说道。

闭嘴，尼弥斯下令，**赶紧和那些蠢货了结了。我先把这儿打扫干净，然后回登陆飞船等你们。**

古阿斯的眼睛已经瞎了，正滴着液体，但舌头还残留下几许，现在正试着想要开口说话，努力吐出几个音节。尼弥斯把它举到耳边。

“其——其——”请。“巴——巴——巴——”帮。“夫——夫——”我。

尼弥斯放下脑袋，那具躯干正躺在水花四溅的岸上。她对着他审视了一番。许多器官都没了，好几十米的微纤散落在杂草和烂泥中，有一些已经蔓延到了水流中，灰色的肠子和神经胶块四分五裂，撒得到处都是。恒星正从双食中探出，光线慢慢变亮，照亮了几根骨头。不管是登陆飞船，还是大天使中的医疗箱，都无法为他重新克隆出丢失的部件。即便办得到，古阿斯也需要好几个月的时间才能复原。

尼弥斯把脑袋放到地上，用自己的微纤包裹住那具尸体，里里外外放进石头，加重它的重量。接着，她望望河面，确保河上没有船只，便把无头尸体远远地丢进了水流中。早先，她看到河中充满了食腐生物，都是些顽固且不挑食的东西。即便如此，她兄弟的身上，肯定还是有些东西不合它们的胃口。

她拎起古阿斯的脑袋，它的舌头还在咯咯叫着。尼弥斯把上面的眼窝作为把手，用拇指和食指夹着，以一个简单的低手投掷，用力把它扔出了河。脑袋没入了河水中，河面上仅仅拂起一列波纹。

尼弥斯小跑着奔向远距传送门，拱门的表面锈迹斑斑，外表看上去刀枪不入，但她轻轻松松地撕下一块隐藏盖板，从手腕上探出一根微纤，插了进去。

我搞不明白，通用频段上传来布里亚柔斯发来的编码，**它没通向任何地方。**

不是没通向任何地方，尼弥斯发出她的看法，同时收回微纤。**而是没有通向旧环网的任何地方。没有通向内核建立远距传输器的地方。**

不可能，斯库拉发来信息，**除了内核建造的传送门，不会有其他的。**

尼弥斯叹了口气。她的这些兄妹可真是些蠢货。**闭嘴，快回登陆飞船，**她命令道。**我们必须亲自汇报这件事，阿尔贝都顾问很可能会亲自下载这些报告。**

尼弥斯进入相移状态，在慢时间下，小跑着穿越醇厚漆黑的空气，奔向登陆飞船。

12

我没忘记还有一个紧急按钮。问题很简单——真到了紧急状况下，一个人不会马上想到按钮这回事。

小舟在深不见底的天空中无穷无尽地坠落。天空广袤无垠，偶被云层打断，那云层从青紫的深渊，到头顶数千米上空连绵的乳白云巅，横贯数万米的垂直距离。我的船桨已经丢了，当时我眼睁睁望着它打着滚，往下自由坠落。在空气动力学和自由沉降速度的作用下，我和小舟现在的坠落速度甚至超过了那块桨，在那惊心动魄的时刻，我早已不知该如何计算自由沉降速度。至于同我一道传送过来的那段河水，此时变成了一个个巨大的椭圆水球，它们翻滚起伏，在我前后随我一起坠落，一个个球体一会儿分裂，一会儿合并，像是在零重力中的样子，但紧接着便被狂风抽得分崩离析，看那样子，就像在不停下落的过程中，我的身边刮起了一阵局部的风暴似的。我有一把钢矛枪，是在德姆·洛亚的卧房里从那名沉睡的士兵身上解下来的，现在，它正卡在我大腿外侧和座舱尼龙罩弯曲的内封口间。我高举双臂，仿佛自己是一只鸟，正要展翅高飞，出于恐惧，我的双手紧握成拳。在一开始的那番尖叫后，我现在牙关紧锁，臼齿磨得嘎嘎作响。坠落一直持续，一刻也没有停歇。

在我的后面或者说上方，我曾瞥到过远距传送拱门，虽然“拱门”已经不再是一个合适的字眼：那庞大的建筑物毫无支撑地飘浮在空中，其实是一个金属环，一个圆环，一个锈迹斑斑的甜甜圈。在那倏忽即逝的片刻中，我透过亮闪闪的圆环看到了维图-格雷-巴里亚那斯B的天空，但那景象马上就消失了，在不断远去的铁环中，出现的只是云朵。在这满天的云朵中，那圆环是唯一一个实物，而我已经落在了它的下面，距它已有一千多米远。有那么一小会儿，出于虚幻、晕眩和惊恐，我曾想，要是自己是一只鸟，就能重新飞回头顶的这个远距传送环，栖息在它低处的宽阔拱面上，等着……

等什么？小舟正在旋转着往下掉，我紧紧抓着它的两侧，它掉过头，船首朝前，如铅垂般坠向底下遥远的紫色深渊中，而我也颠倒了过来，脑袋冲下，跟着小舟，笔直坠落。

就在这时，我记起了紧急按钮。*无论如何，都不要碰它*，在汉尼拔，伊妮娅帮我把小舟推下水的时候，她曾这么跟我说过，*我是说，不到万不得已的时候，不要碰。*

小舟重新沿着纵轴旋转，几乎把我颠了出来。我的屁股已经脱离了船体尾部的软垫，事实上，我正毫无束缚地飘浮在这个狭促的座舱中，周围是自由落体的水滴，翻滚着的木桨，还有这倒转的小舟。我觉得现在可以称得上是“万不得已的时候”，于是便拉开了塑料面板，用拇指按下了红色的按钮。

突然间，从座舱前、船首边、还有我的身后，扑地弹出一片片布料。数根绳子和大量布片鼓胀而出，我赶紧避开。小舟慢慢恢复平稳，接着猛力减速，几乎把我抛了出去。我紧紧抓住纤维塑料小舟的两侧，随它疯狂地摇摆。头顶上那团不成形的东西似乎在慢慢变成比降落伞更复杂的东西。此时此刻，就算体内仍旧受着肾上腺素的猛攻，臼齿还在嘎嘎作响，心内惊慌失措，但我还是认出了这块布料：是我和贝提克在西塔列森附近的印第安集市买的那块记忆布。这块压电布料由太阳能提供动力，几乎是透明的，超轻，超牢，可以记忆十几种预置的形状。当时我们本打算多买一些，用它替代建筑师的主画室屋顶的帆布，因为原先那些覆盖物经常变烂下陷，必须常修常换。但赖特先生坚持要留着那些旧帆布。他非常喜欢那种黄油般醇厚的光线。贝提克曾拿了十几米的记忆布，带到他的工作室，当时我没怎么多想。

直到现在。

坠落戛然而止，现在，小舟正悬挂在一个三角形的帆伞下。从船体上部边沿的几个战略位置上立起十几条尼龙-10吊索，由它们拉着帆伞。虽然我和小舟还在往下降，但现在速度已经降下，变得飘忽忽地下降，而不是脑袋往下的俯冲。我抬头看了一下——记忆布是透明的，透过它可以看见上面的景象——但远距传输环早被我甩在了身后，已经被云层挡住看不见了。狂风和气流正裹挟着我远离远距传输器。

我觉得自己应该好好谢谢我的两个朋友——女孩和机器人，他们竟然预知了这件事，在小舟中为我准备好了一切。但是，我头脑中第一个想法却是一句势不可当的骂人话：*真他妈该死！*太过分了。让我掉进这样一个只有云和大气、没有地面的星球，真他妈太过分了。如果伊妮娅早知道我会被传送到这里，她为什么不……

*没有地面？*我从小舟一侧探出身子，往下俯瞰。也许，按计划，我该轻轻地往下飘到什么看不见的地面上。

不，在我身下，是数千米的空无一物的大气，再往下，更低的层面上，是一片紫黑色的东西，唯有可怕的闪电，才能偶尔将那片黑暗暂时照亮。底下的压力肯定非常巨大，这又让我想起了另一点：如果这是一颗类木行星？——是旋转星？木星？还是别的类木星球？——为什么我能呼吸到氧气呢？就我所知，人类遇见过的所有气体巨星都是由性质恶劣的气体构成的——甲烷、氨气、氦气、一氧化碳、磷化氢、氰化氢，以及其他危险的气体，还有极少量的水。我从未听说过气体巨星拥有可供呼吸的氮氧混合物，但我的确在呼吸。相比我到过的其他星球，这儿的空气较为稀薄，还带着一丝氨气的臭味，但显而易见，我正在呼吸这里的空气。这样说来，这一定不是一颗气体巨星。那我究竟是在哪里？

我抬起手腕，对着通信志问道：“我到底在哪儿？”

半晌没有声音，一时之间，我还以为这东西已经在维图-格雷-巴里亚那斯B上损坏了。但紧接着便响起了飞船那傲慢的声音：“无法判断，安迪密恩先生，我有一些数据，但是还不完善。”

“告诉我。”

紧接着，它迅速唠叨了起来，就跟开机关枪似的，列出了一系列数据：以开氏计量的温度，以毫巴计量的大气压力，以克/立方厘米计量的平均密度（估算值），以千米/秒计量的逃逸速度（约计），以高斯计量的磁场（探测值），随后是一长串大气构成和成分比例。

“逃逸速度是54.2千米/秒，”我说道，“这是一颗气体巨星，是不是？”

“非常肯定。”传来飞船的声音，“类木行星的基准是59.5千米/秒。”

“但这儿的空气并不像气体巨星，对不对？”我能见到前头的层积云正快速累积，像是正在加速播放拍摄好的大自然全息像。高耸的云朵肯定触到了上方一万米之外，它的底部却消失在了底下的紫色深渊中。在那深渊中，一条条闪电摇曳着。照射在远侧的阳光似乎既鲜艳又暗淡：是霞光。

“这里的大气和我记录中的无一匹配，”通信志说道，“一氧化碳、乙烷、乙炔等其他碳氢化合物的量违背了索美平衡值，但这很容易解释，因为类木行星的分子动能和太阳辐射会分解甲烷。此外，一氧化碳的存在也是可以解释的，它们是甲烷和水汽在超过开氏一千两百度的纵深层发生混合反应后的标准产物。但是，氧气和氮气的含量……”

“怎么说？”我连忙问道。

“表明有生命的存在。”通信志说道。

我朝四周环视了一番，望望云层和天空，就仿佛有什么东西正在偷偷看着我。“地面上有生命？”我问道。

“值得怀疑，”传来那单调的声音，“如果这个星球遵循木星和旋转星的标准，那么，在所谓的地面上，压力将达到旧地大气压的七千万倍，而温度则会达到开氏两万五千度。”

“我们现在的高度是多少？”我问道。

“不可预测，”这个仪器说道，“不过，现在的大气压力是旧地标准压力的零点七六倍，按类木行星的标准看，我猜，我们正位于对流层和对流层顶的上方，在同温层的底部区域。”

“这么高的地方，难道不会很冷吗？那几乎是外太空了。”

“在气体巨星上不是这样，”通信志说道，那副带着学者派头的声音真让我忍无可忍，“温室效应会造成一个逆温层，将同温层的部分层面加热至与人类觉得最适宜的温度差不多。但是，上下几千米的温度将会有显著的落差。”

“几千米，”我轻声说道，“我们上下有多少空气？”

“尚不可知，”通信志又这么说道，“但根据推断显示，从这颗星球的中心到顶部大气层的半径，大约有七万公里。而这个拥有氧气、氮气、二氧化碳的层面，离星球的假定中心大约有三分之二的距离，其扩展出的厚度大约是三到八千公里。”

“三到八千公里的厚度，”我傻傻地重复道，“离地面五万公里……”

“约计，”通信志说道，“值得注意的是，在近地核的压力下，氢分子会变成金属……”

“对，”我应道，“够了。”我感觉自己快要倒在小舟一侧，感觉糟糕透了。

“我得指出一个异常之处，附近层积云的颜色很有趣，从中可以看出，里面存在着一硫化铵或是多硫化铵。但是，在远离对流层的高度，一般只会存在氨气卷云，不会有水云形成，只有在深达十倍标准大气压的地方才会有，因为……”

“够了。”我说道。

“我指出这一点，只是因为这儿存在着有趣的大气悖论……”

“闭嘴。”我喊道。

太阳落下后，气温转凉。但日落的景象异常美丽，我至死也不会忘记。

抬眼望去，在头顶非常非常高的地方，原本碧蓝的天空已经转变成海伯利安似的湛青色，接着变得更深，成了深紫色。遥远的顶部天空和遥远的底部深渊都慢慢暗去，而环绕在身边的云朵却变得愈发明亮。我说“云朵”，但是这个词非常可笑，根本无法传达眼前这一切所蕴含的雄壮气势。我成长于牧人的旅队中，自小生活在海伯利安的大南海和羽翼高原之间的无林荒野中：我熟悉云朵的一切。

在遥远的顶上，羽毛般的卷云和波纹状的卷积云被晚霞照亮，像是五彩缤纷的彩色蜡笔画：柔柔的粉色，亮亮的玫红，淡淡的紫色，逆光的金色。我就仿佛置身在一座庙宇中，顶上是高高的玫红色庙顶，四周矗立着数千根无规则的柱子。这些柱子正是那些群山般高耸的积云和积雨云，它们那铁砧般的底座消失在数千公里下的黑暗深渊中，就在我的小舟之下，而那圆形的尖顶则翻腾着插进头顶数千公里外沾染这光晕的卷层云中。西方数千公里外，富丽的低垂霞光照进云层的开口中，照亮了每一根云柱，光线似乎将那些云朵点燃了，就仿佛它们的表面是用可燃物制成的。

“一硫化物或是多硫化物。”通信志是这么说的。嗯，散射光下的茶色积云，不管是由什么构成的，都被晚霞用锈红色的光芒点亮。亮红的云条和血红的云束从云团中脱离，像是一面面深红的三角旗；玫红的毛状云织出一片卷云天顶，看上去就像是活人血肉中的一条条肌肉；翻涌的积云团白得让我不住眨眼，就像是得了雪盲症；条纹状的金色卷云从湍涌的积雨云塔中泼洒而出，就像是一张仰望天空的白皙脸蛋后飘动的浓密金发。光线越来越暗，越来越华丽，越来越强烈，甚至让我的眼眶中盈满了泪水，最后竟变得愈发灿烂。如同上帝之光般的亮丽光线近乎水平地射下，在一根根柱子间燃烧，不时在这里照亮几根，又在那里将别的几根覆盖在阴影下，一路上穿越冰晶云和一条条垂直落下的雨滴，投射出成百上千的简易彩虹和数千个复杂虹霓。接着，暗影从青黑的深渊中上移，将越来越多巨浪般的积云和雨云遮蔽，最后攀进高高的卷云和池塘水波状的高积云中，但一开始，那些暗影带来的并不是灰暗，而是无限多种精细的色调：闪烁的金光化成青铜色；纯白色化成奶油色，接着是深褐色；胭脂红混杂着鲜血般的殷红色，慢慢化成干血状的锈红色，接着褪变成秋叶般的茶褐色。随着垂直的晨昏线在我头顶穿过，小舟的船体也失去了光彩，上方的帆伞也笼罩进了暗影中。这些暗影缓缓地摸向高处——虽然当时我太过全神贯注，没有看通信志，但我肯定，那一定花了至少三十分钟——当黑暗最终爬到卷云天顶的时候，就仿佛有人一下吹熄了庙宇中的所有灯火。

那是日落最令人难过的时刻。

我记得自己当时眨了眨眼，这一切仍旧在头脑中翻江倒海：光、云之影，那些如火焰炙烤般的云团静如处子、动如脱兔，令人不安的奇异景象。当真正的黑暗降临时，我已经准备好闭目养神一番，整理一下思绪。闪电和极光就是在那时开始表演的。

海伯利安上没有极光——或者，如果有，我也从没见过。但我曾经见过旧地的北极光，当时我正乘着登陆飞船进行环球旅行，在一个曾被称作斯堪的纳维亚共和国的半岛上，我见到了那个景象。它们闪闪发光，沿着北方的地平线起伏舞动，就像是鬼魂舞者的薄纱长袍，令当时观看的我起了一身鸡皮疙瘩。

但是，这颗行星的极光完全不像旧地那样精细入微。一条条带状的光，固体条纹状的光，像立式钢琴的琴键那样黑白分明，清晰可辨——它们在高高的天空中舞动起来，那个方向，我觉得应该是南方。在我身下的黑暗虚空中，各种颜色的光帘也慢慢闪亮起来：绿色，金色，红色，蓝色。它们变得越来越长，越来越宽，越来越高，最后拉伸开来，和其他跃动的光帘相接，混为一体。看上去就好像这个星球正从闪亮的光芒中剪出一只只纸娃娃似的。就在片刻间，天空的每一部分都活跃起来，舞动着各种各样的颜色带，有垂直的、歪斜的、近乎水平的。云塔又一次现出了身影，数千冷光映射出那些巨浪和三角旗。我几乎能听到嘘嘘的尖厉之声，那是太阳粒子沿着这颗巨型星球周围的巨大磁力线，受着驱赶、往前运动所发出的声音。

我能听到那些声音：哗啦啦、轰隆隆、啪啦啦、砰砰砰，还有一连串噼里啪啦的声音。在小小的座舱中，我转身侧往一边，笔直往下看去。电闪雷鸣的景象开始了。

小时候在荒野上，我见过无数次雷雨。在旧地上，我、伊妮娅和贝提克经常会在晚上到她小屋外坐着，望着北方山岳上移动的巨大雷暴。但我不曾想过，这世间会有眼前这样的景象。

那深渊——这是我前面用到的称呼——跟黑色的地面毫无差别，遥远得令人发笑，想想便应是一片巨压和酷热之地。但是，现在那深渊中满是光芒，闪电从一处可见的地平线跳到另一处，就像是一连串核弹发生了爆炸，我目睹着这光亮与轰鸣声的链状反应，不由得在心中想象，整个半球的城市都在这片光海中毁灭的景象。我紧紧抓住小舟的一侧，心里念着一些安心的话语，希望这风暴离我有几百公里的距离。

但闪电却沿着高耸的积雨云爬了上来。一阵阵白光开始和成片的五彩极光相互较量。一开始，雷声是亚音速，声音很轻，但非常可怕，之后变成音速，非常响，更加可怕。在突如其来的下降气流和如升降机般飞快的上升暖气流的作用下，小舟和帆伞摇晃起来。我使出全身力气抓住小舟两侧，对着上天念叨，暗自希望自己看到的并不是真的。

接着，闪电开始在云塔之间闪现。

通信志评估过这个地方的大小，我自己也做过推理——这里的大气层深达数万公里，地平线非常遥远，从我这儿到日落之处，可以扔上好几十个旧地和海伯利安。但是，那一道道闪电束最终让我确信，这个世界是为巨人和神祇打造的，并不适合人类。

那闪电比密西西比河还要宽，比亚马孙河还要长。那两条河我都见过，而这些闪电束切切实实出现在了我的眼前。**我完全明白。**

我弯腰蹲坐在小座舱中，就好像如果这艘飞翔小舟被闪电束击中的话，这动作能帮上一点忙似的。我胳膊上的汗毛都竖立起来，脖子和头皮有一种缩紧的感觉，我意识到，原因正在于此——我的头发肯定就像一窝蛇，在那里扭动。通信志的触显面板上正闪动着超载警报，它很可能在朝我喊话，但是在那暴虐的漩涡之中，就算是激光炮在我耳边十厘米外开炮，我也听不见。热气流和内爆的低压气体捶打着我们，帆伞上下起伏，撕扯着吊索。有一次，一道闪电忽地炸下，让我失明了片刻，小舟踏着它的尾巴，往上一荡，甚至超过了水平线，高过了帆伞。我觉得吊索马上会支撑不住，我和小舟将会掉进帆伞和那一堆吊索之中，接着往下掉上几分钟——或者几个小时——最后，压力和巨热会结束我的惊叫。

小舟荡了过去，接着又荡回来，就像是一条发狂的钟摆，但始终位于帆伞下。

身下的雷暴横冲直撞，一束束链状闪电在一座座云塔中向上跃动，灼热的闪电束在巨塔间纵横交错，就像是狂暴大脑中的一个个神经元，正在发射蛛网般的电冲，除此之外，许许多多球状闪电和链状闪电竞相从云层中挣脱了束缚，浮在了小舟所在的黑色天空中。

我注视着身下不到一百米外的一条漂泊的球状电束，它正波动着，翻涌着，大小跟一颗圆形的小行星差不多——一颗电子小卫星。它发出的声音真是无法用言语形容，但是往事不请自来，从天而降，我想起自己曾有一次身陷天鹰大陆的森林大火中，想起了五岁时，曾有龙卷风刮过原野，在我们的旅队头上掠过，想起等离子弹在冰爪的蓝色冰川上引爆。但是，这些记忆即便全都合并起来，都不及眼前的这场能量风暴，它们正在小舟下翻滚，就像是蓝光和金光构成的失控巨石。

风暴持续了八小时之久，之后的黑暗又延续了八小时。我在头一个八小时里活了下来，在后一个八小时里睡了一觉。当我醒来时，身体还在颤抖，口渴难当，脑中徘徊着光和声的梦境，耳朵也暂时没恢复过来，很想撒泡尿，但却担心跪起来的时候会不会掉出座舱。此时，云柱已经取代了昨晚的庙宇巨柱，晨光已经将它们的另一侧涂上了光彩。日出比日落朴素一点：璀璨的白光和金光从卷云天顶开始，顺着积云和雨云往下爬，一直爬到我这一层，而我正在这里冷得簌簌发抖。我的皮肤、衣服和头发都湿了，在昨晚疯人院般骚乱的某个时刻，天上下过雨，而且还下得很大。

我跪到垫着软垫的船体上，左手紧抓着座舱的边缘，在确信小舟的晃动已经较为平稳时，便开始解决正事。在晨光下，金色的细长水流闪闪地发着光，坠入无垠的深渊。那深渊再一次变回高深莫测的黑紫色。我的后背下侧有些隐隐作痛，让我想起前几天的肾结石噩梦。现在看来，那段时日似乎已经恍如隔世，离我非常遥远了。*啊，我想道，要是现在再尿出一颗小石子，我可抓不住它了。*

我扣上扣子，坐回到座舱里，试图伸伸坐麻了的双腿，但我必须小心不让自己掉出去，心里琢磨着，自从昨晚上被吹得不知所终后——就好像我本来有前进方向似的——在这无垠的天空中，我到底该上哪儿去找远距传送环呢，就在这时，我突然发现自己并不孤单。

有活物正从深渊中爬起，并在我的四周打转。

起先，我只看到一只生物，而且不知远近，无法判定这位访客到底有多大。这东西可能只有几厘米长，离我这艘飘浮的小舟大约几米的距离；也可能长达数千米，离我非常非常远。接着，这生物游到了远处的云柱和更远处的积云塔之间，我终于意识到，几千米长是更加合理的猜测。随着它游近，我看见它身边还有无数小家伙，正跟着它一起穿越晨光下的天空。

在我尝试描述这个生物之前，我必须先说一句，人类在这条银河臂扩张的历史中，很少有这方面的记载，让我们有充分准备可以描述这些大型异星生命体。大流亡期间及之后，人类探索并开拓的几百个星球上，发现的大多数土著生命都是植物，要么就是一些非常简单的生命体，比如海伯利安的辐射蛛纱。那些进化了的大型动物总是很快地被捕杀殆尽——比如说无限极海的灯嘴鱼，或是旋转星的泽普棱。通常的结果是：这些星球只有很少的一些土著生命形式，而大多数都是经由人类改变的物种。人类改造了这些星球，以原始DNA形式带来了他们的细菌、蚯蚓、鱼、鸟和陆地动物，等等，将早期种舰中的晶胚解冻，并在随后的扩张中建造起育饲工厂。结果就会导致一种与海伯利安相似的生态——本地的植物群落蓬勃生长，比如特斯拉树、茶马树、堰木，本地幸存的昆虫活跃在其中，而与之共存的，则是慢慢兴盛的从旧地移植过来的植物，还有一些经过生物剪裁的变种，比如三枝杨、常蓝植物、橡树、绿头鸭、鲨鱼、蜂鸟、鹿。也就是说，我们并不习惯见到异星生物。

而这些从深渊中爬起来见我的，是如假包换的异星生物。

最大的那只让我想起了乌贼，那又是一种来自旧地的物种，它们在海伯利安大南海的温水湾中非常兴旺。眼前的生物很像乌贼，但它几乎是透明的，内脏清晰可见。它正不断地悸动，时时刻刻改变着形状，就像一艘星舰正在向战斗状态形变，我也因此很难判定到底哪里是体内，哪里是体外。它没有类似头的东西，就连如同乌贼般、可以称作头的扁状附件也没有，但我能辨认出好几条触手，不过，对于这些不断摇摆、收缩、伸展、颤抖的附肢，也许用“复叶”或“丝蕊”称呼它们更加合适。这些丝蕊不仅存在于那苍白透明的体内，在体外也有，而且我也无法确信，这生物在空气中的运动，到底是因为那些丝蕊的摆动，还是这巨型乌贼收缩扩张喷射出的气体所致。

我看过一些古书，也听过外婆的解释，我记得，旋转星上的泽普棱从外表看更加简单——这是一些飘浮在富含氢、氨、甲烷的旋转星大气中的巨型水母，拥有小气艇状的气袋，或是长着美杜莎般头发的气囊，里面容纳着氢气和甲烷的混合物，这些气囊储存大量氢气，并以此进行新陈代谢。我绞尽脑汁回忆起，泽普棱以一种大气浮游植物为食，后者飘浮在有毒的大气中，就像是多不胜数的空中甘露。在旋转星上，没有任何食肉动物……直至人类乘着浮空深潜器去那里开采稀有的气体。

随着这乌贼似的生物朝我靠近，我终于看清了它那错综复杂的内脏：一个个不断脉动的器官的苍白轮廓，一圈圈像是肠子的东西，一些可能是进食细丝的东西，一些或许用来繁殖和排泄的管道，还有些可能是性器官或是眼睛的附件。它无时无刻不在收拢，缩回弯曲的丝蕊，压缩空气前进，然后再度充分伸展开触手，完全就像在清水中游水前进的乌贼。它的长度达五六百米。

我开始留意到一些别的东西。在乌贼鱼的四周，簇拥着成百上千圆盘状的金色生物，大小不一，最小的大概只有我的手那么大，最大的大过巨型河蝠鲼（就是海伯利安上用来推动驳船的动物）。这些东西同样近乎透明，但体内布满了一种暗淡的绿光，可能是一种惰性气体，在这种生物自身的生物电子场的作用下，被活化至荧光状态。这些东西在乌贼鱼的身边成群游动，似乎时不时会被某种腔口吞没或吸收，只不过一会儿之后又从中出现。我不敢断言是乌贼鱼在吃这些浮游的圆盘，但有一次，我的确看见乌贼的内脏内有一些暗淡的绿光般的东西在移动，就像是透明血管中的血小板，朦朦胧胧的。

这怪物和它那群同伴游得离我更近了，同时还在往上升，最后，阳光照过它透明的身体，将影子投在我的小舟和帆伞上。对于它的尺寸，我得再往上加一点——它绝对有一千米长，当伸展至最大状态时，宽可达三百米。现在，那些有生命的圆盘已经浮在了我的两侧。我能看见它们正一面旋转，一面蜷缩，跟蝠鲼一模一样。

我拿出阿棱给我的钢矛手枪，咔嗒一声按开保险装置。如果这头怪物攻击我，我会马上把半盒钢矛弹朝它苍白的身体发射进去，希望这透明的表皮就像看上去一样薄弱。不管这东西利用了什么上升气体使自己浮在这条氧气层上，也许我有机会把它戳破，让那些气体泄露出来。

就在这时，那怪物如九头蛇怪般的丝蕊突然朝四面八方伸了出去，其中一些差一点碰到我的帆伞。我意识到，这怪物只须甩一甩其中一条触手，就可以马上毁掉我的船帆，我根本来不及动它半根汗毛，甭提戳破它了。我等在那里，半含期待，觉得自己随时会被拖进怪物的胃里——如果它有胃的话。

然而什么也没发生。我的小舟正向可能是西方的那个方向飘去，帆伞在热冷空气的作用下忽升忽降，云层高耸在我四周，乌贼鱼和它的同伴——我毫无根据地认为它们是寄生虫——位于“北方”，也就是上方，始终在水平方向上和我保持几百米的距离，垂直也大约有一百米的距离。我琢磨着，这怪物这么跟着我，是不是出于好奇，或是饥饿。我很纳闷，不知道它身边飘浮的那些绿色血小板会不会突然朝我发起攻击。

但我什么也做不了，只好把没啥用处的钢矛枪放到大腿上，从背包中拿出最后几块饼干啃了起来，又从水瓶中喝了点水。补给水已经维持不了一天了，我骂了自己一句，昨晚上那场可怕的风暴发生时，我竟然没想起来拿瓶子接点雨水，不过，我并不知道这个星球的水是不是可以饮用。

漫长的早晨过去，漫长的下午来临。有好几次，随风飘流的帆伞载着我钻进了云塔，于是我昂首对着滴水的雾气，舔舔嘴唇和下巴上的水珠。尝起来像水。每次当我从云雾中出来的时候，我都希望乌贼鱼已经离去，但每一次都能看到它依然忠于职守地逗留在我右上方的那个位置上。有一次，就在天上那光晕（就是星系的恒星）爬到天顶的时候，小舟被吹进了一个云柱中，那地方的气流非常猛烈，云柱被吹得蓬乱不堪，帆伞也几乎被吹得卷了起来。但它还是自己稳了下来，当我钻出云层的时候，高度已经升了数千米。空气变得更加稀薄，也更加寒冷。乌贼鱼依旧如影随形地跟在我的后面。

也许，它还不饿。也许，它在天黑后才开始进食。我挖空心思安慰了自己一番。

这段时间，我一直在搜索云层间的空荡天空，想找到另一个远距传送环的踪迹，但是连影也没见到。要在这种地方找那玩意儿，可真是蠢到家了。气流吹着我往西前进，但那反复无常的高速气流却一会儿把我往北方吹出一公里，一忽儿又偏向了南方，像这样经过两天一夜的吹刮后，我又怎么能在这茫茫云海中捞到那枚针呢？看上去完全不可能。但我还是坚持不懈地搜索着天空。

午后时分，我发现，在南面的深渊中还有另一些生物。在那庞大云塔的底部，有更多乌贼鱼在游动，日光刺入那片深渊，照亮了它们，在下面那酷热的黑暗深渊的映衬下，可以清楚地看到它们透明的身躯。

肯定有好几十只——不，几百只。这些脉动的动物在一座云塔的底部四处游移。我离得太远，看不清它们身边有没有血小板状寄生物，但感觉上有一股散射的亮光，就像是漂浮着的尘埃，暗示出它们的存在，肯定有成千上万。我琢磨着，这些怪物是不是通常都处在非常低的大气层面上，而身边这只仍旧紧紧地跟着我，保持着丝蕊一伸就能吃到我的距离，它是不是出于好奇才冒险上来的呢。

我的肌肉在痉挛，于是我爬出座舱，试图在小舟顶部伸展一下身体，同时紧紧抓着帆伞的吊索，维持平衡。这样做很危险，但是我必须伸展一下。我仰天躺在那儿，抬起双腿，凭空做了几下蹬自行车的动作。接着又做了几个俯卧撑，抓着座舱边缘维持平衡，当肌肉不再痉挛后，我爬回小舱，假寐了片刻。

也许，说起来会感觉很奇怪，那天下午，我的脑子一直在胡思乱想，当时明明还有异星乌贼鱼游在我的身边，随时都会把我吞下，又有那些异星血小板生物在小舟和帆伞的周围几米内舞动浮游。对于陌生之物，如果它并不总是展现出有趣的行为，那么，人类的大脑会很快习惯它们的存在。

我开始思念过去的几天，过去的几个月，过去的几年。我思念伊妮娅——想起抛下她独自离去——思念我所抛下的别的人：贝提克、塔列森的其他人、海伯利安上的老诗人、维图-格雷-巴里亚那斯B上的德姆·洛亚一家人、天空星七号上冰冻风洞中的格劳科斯神父，还有同一个星球上的奇查图克人，比如库奇阿特、奇阿库、库奇图、奇奇提库——伊妮娅确信，在我们离开那颗星球后，格劳科斯神父和我们的奇查图克朋友都遇害了，但她从没解释过她是如何得知的——我还思念身后的另一些人，回想起多年前离开家乡进入地方军服役时，外婆和部落的其他人和我挥手道别时的一情一景，那是我最后一眼看到他们。每一次，我的思绪都会回到离开伊妮娅的那个场景。

我离开了太多人，让太多人做了我本该做的工作，为我战斗。从现在开始，我将为自己战斗。如果我能再一次找到伊妮娅，我会永远和她在一起。这一决心开始像怒火一般在我体内熊熊燃烧起来，但要在这无垠的云海中找到远距传送环，就像大海捞针一样，这无疑给我绝望的情绪来了个火上浇油。

你认识

传道者

她碰触过

你（？！？！）

这些话不是通过声音说出的，也不是我耳中听到的。它们更像是有什么东西在我头颅内直接敲打。我头晕目眩，紧紧抓住小舟两侧以免自己被震得掉出去。

你是否被

传道者

碰触过/转变过

从那个人身上

学会了

听/看/走

（？？？？）

每一个字都像一记偏头痛打击着我。每一击都力道十足，绝对会打得脑出血。那些字在我头颅中呐喊而出，用的却是我的声音。也许我快要疯了。

我擦去眼泪，凝视着那头巨型乌贼及那群绿色血小板状的寄生物。那个庞大的生物正在搏动，收缩，伸展卷曲的丝蕊，穿游在寒风之中。我无法相信那些话是由这个生物说出来的。我也不相信心灵感应。我望着那群浮游圆盘，但它们的行为没有显示出多少具有高等意识的感觉，事实上就跟光柱下的尘埃毫无二致——甚至比不上同步运动的鱼群或是蝙蝠群。我喊道："是谁？谁在讲话？"说完，便觉得很傻。

我眯起眼，以为那一连串字会再次袭进我的大脑，但是，不管是那头巨大的生物，还是它的同伴，都没有回应。

“谁在说话？”我大喊道，风刮得越来越猛，但还是没有回应，只有吊索在击打帆伞布，发出噼里啪啦的响声。

突然，小舟猛地转向右边，抖动了一下，接着又转了个方向。我向左侧转去，期待会看到另一头乌贼鱼，一头朝我袭来的乌贼鱼。但是，朝我逼来的却是更加恶毒的东西。

在我聚精会神盯着从北面过来的异星生物时，一团滚滚的黑色积云从南面涌来，几乎把我包围。被风吹得乱七八糟的黑色长条云从受着热量驱动的暴风云中窜出，在我身下动荡，就像是黑漆漆的河水。底下的深渊中闪动着一道道闪电，从黑色的暴风云柱中窜出一个个涌动的球状闪电。离我极近之处，十几股龙卷风悬浮在我头顶流动的乌云下，盘旋着，一团团如蝎尾般的漏斗云飞速地朝我袭来。每一个漏斗都和那头乌贼怪差不多大，甚至还要大——它们正疯狂旋转，垂直高度达数千米——每一个还在生成一簇簇小龙卷风。我这薄纸般的帆伞肯定经受不住这些涡流的考验，就算是擦肩而过也支撑不住。而且，这些漏斗正极速朝我奔来，根本不可能打偏。

船舱在颠簸，在摇晃，我在里面站起身，幸好用左手抓住一根吊索，这才没有掉下去。我的右手握成拳头，高高举起，冲着龙卷风，冲着对面动荡的风暴，冲着远处无形的天空，挥舞起拳头。“天打雷劈的！”我大喊着，但这些呼喊早被咆哮的暴风盖过。我的背心被风吹得噼里啪啦乱响，一阵狂风几乎将我卷进大漩涡。我将身体远远探出小舟，迎着风暴支撑住，这样子就像我在冰架上见过的一个跳高滑雪运动员，他曾在半空中愚蠢地平衡了片刻，之后一头坠落。我再一次挥着拳头，大喊道:“混蛋，有种放马过来！我干死你们这些神！”

就像是对我的举动作出了回应一般，其中一个龙卷风漏斗从侧面逼近，急速旋转的圆锥体用最底端向下刺来，就像是在寻找坚硬的表面进行破坏。它从我身边擦过，离我只有几百米的距离，但是它经过时骤降的气压让小舟和帆伞打了几个转，就像是正在泄水的浴缸中的玩具船。这个狂风敌手离开后，我一头倒在滑溜溜的小舟上，要不是双手胡抓一通，幸运地抓住了一根吊索，我这条小命就要在这片虚空报销了。当时，我的两条腿已经完全掉出了船舱。

和擦身而过的那漏斗风一同而来的还有一阵冰雹。有些雹子甚至有我拳头那么大，它们砸穿了帆伞，重重击打着小舟，发出的声音就像是一阵钢矛弹击中了目标，它们也击中了我的腿、肩膀、后腰。疼得我几乎松脱了手。但也没多大关系，我意识到，虽然我紧紧抓着摇摆不定的小舟，但是帆伞已经被砸出了几百个窟窿，只不过因为顶盖的保护，我才没被冰雹砸成碎片，但现在三角形的薄布已经被打成了蜂窝。同刚刚突然得到升力一样，现在突然失去了升力，小舟便迅速坠向数千公里下的黑暗。周围的空中全是龙卷风，我紧紧抓住接在船体上的那段吊索，船体早已被砸扁，而吊索也没有了用处，但我撑在那里，并决定保持这个动作——一直撑在那里——直到我和小舟、收起的帆全都被压力压扁，或是被狂风撕成碎片。我意识到自己又开始喊叫起来，但这次的喊声听上去大为不同——几乎是在欢呼雀跃。

往下坠落了还不到一千米，我和小舟的速度便远远超越了海伯利安或是旧地的终极沉降速度，此时，那条乌贼鱼开始朝我冲刺过来，当时我已经把它忘在了脑后。它的速度肯定快如闪电，在空气中急速推进，就像是水里的乌贼鱼喷射流体，扑向它的猎物。当那长长的进食触须上下波动，将我包裹，无数巨大的触手缠绕、探索、包覆而来，此时此刻，我觉得它终于饿了，决定不让到手的晚餐溜掉。

以我和小舟当时的下落速度，如果这怪物忽然将我们拉住，来个急停，那我们铁定会粉身碎骨。但是乌贼鱼顺着我们的下落方向一起往下降，用它最细小的触须包裹住我和小船、船帆、吊索，那触须虽说细，但仍旧粗达两到五米。之后，它刹住降落速度，喷射出带有氨水味的气体，就像是对登陆飞船进行最后的着陆操作。停住后，它开始再一次往上升，往风暴行进，那儿的龙卷风还在肆虐，中部的层积云旋转着，漆黑一团。我半昏半醒，发觉乌贼鱼正飞向那搅动的云层，与此同时，它用触须转着破碎的小舟，将我和它一起送往那巨大的透明身体的一个开口。

啊，我迷迷糊糊想道，那是它的嘴巴。

吊索和破败的帆伞裹在我的周围，就像是特大号的裹尸布，像是被扔进了一堆土褐色的旗布，与此同时，乌贼鱼还在将我们拉近。我试着转身，想要爬回座舱，找回钢矛枪，拿着它一路开火，从这里杀出去。

当然，钢矛枪已经没了，早在剧烈的颠簸和坠落过程中掉出了座舱。一同掉落的还有其他东西，比如座舱的软垫，背包，背包里的衣服、食物、水、激光手电。所有的东西都没了。

我咯咯笑了起来，但是声音并不太成功；因为我正紧紧抓着小舟，而小舟正被触须拖进乌贼鱼身下那只裂开的洞口中，还差十五米就要进去了。现在，我清晰地看到了它的内脏——搏动着，消化着，上下蠕动着，其中几个脏器中还有绿色的血小板生物。随着我被拉近，迎面扑来一股非常强烈的清洗剂的气味——氨水味——我的眼睛一下子盈满了泪水，喉咙感到刺痛。

我想起了伊妮娅，但不是什么意味深长的思潮——只不过脑中闪过她十六岁生日那天的样子，一头短发，满身是汗，晒得黝黑，刚从沙漠中闭关回来。接着脑中得出了一条短短的信息：对不起，孩子，你叫我找到飞船，把它带到你那儿，我已经尽力了，对不起。

接着，极长的进食触须卷起，将我和小舟包拢，拉向上面的那只无唇大嘴，我意识到，那张嘴肯定有三四十米宽。我想起，跟我一同进入的，还有小舟上的纤维塑料，超级尼龙帆伞布，碳化纤维吊索，我最后的思绪是——希望这些东西会让你肠穿肚烂。

再后来，我被拖进了那股氨水和海鱼味中，我隐约意识到，这怪物内脏中的空气让人憋闷，于是决定从小舟上跳下，而不是干等着被消化，但还没等我付诸行动或是形成下一个连续的想法，我便已经失去了意识。

之后的事我就不知道了，也无法亲眼观察。那乌贼鱼继续往上升，穿进一片比无月之夜还要黑的黑云，那无唇的大嘴闭合起来，在毫无细缝的肉体上消失，而我、小舟和船帆正处在它底部器官的体液中，仅是个小小的黑影而已。

13

首席执行官矶崎健三见到瑞士卫兵找上门来的时候，并没有感到惊讶。

来的是一名海尔维希亚军上校和八名士兵，他们全身穿着橙蓝相间的制服，端着能量切枪和死亡之杖，他们抵达时，并未事先做出任何通报，他们要求进入矶崎健三的私人办公室，会见首席执行官，并向他出示了一个加密触显——命他穿戴正式，立即会见教皇陛下乌尔班十六世。

在上校的注视下，矶崎健三进入私人房间，快速冲了个澡，穿上他最适合正式场合穿的白衬衣，灰背心，红领结，缝着金色纽扣的黑色对襟半身服，最后是一件黑色的天鹅绒斗篷。

“我能否给我的合作人打个电话，下达几点商业指示，万一我错过了待会儿的会议，她也能替我履行职责？”一行人走出升降梯，进入了接待大厅，矶崎健三问道。那些士兵列成两队，站在一个个工作站之间，组成一条蓝金相间的走廊。

“不行。”这位瑞士卫兵军官说道。

一艘圣神舰队疾行侦察机停靠在矶崎健三的私人飞船停泊位上。圣神船员极为简练地朝圣神商团首席执行官点点头，令他坐上加速座椅，拴好安全带。接着，他们便开始朝星系内加速驶去，两艘火炬舰船飞上护航的位置，从战术全息画面上可以看见它们的身影。

他们把我当成了一名囚徒，而不是贵宾，矶崎健三思忖道。当然，他脸上并没露出什么表情，但是在一阵恐惧过后，他内心又泛起一波慰藉。自从上次和阿尔贝都顾问进行非法会晤后，他就一直在期待这事的到来。而且，自从那次给他造成莫大创伤的痛苦会面后，他几乎没有睡过安稳觉。矶崎健三知道，阿尔贝都没有理由不告发他们，把商团企图联系技术内核的事透露给教会，但他希望教会会认为这一切都只是他一个人的所作所为，不牵涉到其他任何人。矶崎健三默默向任何想要聆听的神祇感恩祷告，幸好他的朋友和同僚——安娜·佩里·考格纳尼——不在佩森星系，她为了一场大型商品交易会，去了复兴之矢。

矶崎健三的座椅位于瑞士卫兵上校和一名士兵之间，他夹在两人中间，望见驾驶员面前的战术全息画面。上面有一个个移动的光点和色点，还带着三维条形码，属于高度技术层面，但在这些黄毛小子还没出世前，他也曾当过飞行员。他明白，他们的目的地并不是佩森，而是那个拖尾的特洛伊点附近，正是那群圣神舰队的小行星基地和星系防御堡垒的中央。

是宗教法庭的轨道监狱，矶崎健三想道。圣天使堡已经够让人胆寒了，而它比圣天使堡还要可怕。据说那儿的虚拟苦刑机没有一刻是关着的。而在轨道的地牢中，没有人会听见你的尖叫。他确信，这条叫他会见教皇的命令完全就是陷阱，只不过是为了设法让他毫不反抗地离开圣神商团罢了。矶崎健三冒出一个想法，他觉得不出几天——也许不出几小时内——他的这身正装和斗篷就会变得鲜血淋漓、浸满汗液、破烂不堪，对此，他可以下任何赌注。

但他在所有方面都猜错了。疾行侦察机飞至黄道面上方，便开始减速，他终于知道他们的目的地是哪儿了：冈道尔夫堡，教皇的“避暑地”。

首席执行官的座椅上有个触显取景器，于是他调出外景——疾行机离开了两艘护航的火炬舰船，正朝那庞大的土豆形的小行星降落。冈道尔夫堡是个很小的世界，长四十多公里，宽二十五公里，蓝色的天空和富含氧气的大气由二十级密蔽场包裹，而密蔽场之外又有无数多余的能场包覆，山坡和平地上绿油油的，长满了青草和庄稼，雕琢成型的山岭被森林覆盖，流淌着涓涓溪流，一只只小动物奔跑其间。矶崎健三看见一座古老的意大利村庄从底下掠过，他知道，这片安平的景象带有很大的欺骗性：周围的圣神基地能够随时摧毁任何靠近的船只或舰队，与此同时，冈道尔夫堡小行星的内部密密麻麻布满了驻军地，里面容纳了一万多瑞士卫兵和圣神精锐士兵。

疾行侦察机变出机翼，开启无声的电力脉冲喷射器，飞完最后的十公里路。那群全副武装的瑞士卫兵已经起身，他们将护送飞船走完最后的五公里。那群人环绕住疾行机，以最慢的速度跟着它一起逼近城堡，在那流光溢彩的装甲和透明的面罩上，闪耀着富丽的阳光。矶崎健三看见好几名士兵都将探测器对准了飞船：用深层雷达和红外线确认舰上乘客和船员的数量和身份，保证与加密名单上的信息一致。

城堡中矗立着几座岩石塔楼，在其中一座上，开启了一扇门，疾行机飘浮着开了进去，脉冲喷射机关闭后，瑞士卫兵上前将飞机拖入，只看见他们的推进包喷射出蓝色的辉光。

气闸门旋转开启，八名瑞士卫兵在前面开路，走下斜梯，组成两列队伍，接着，矶崎健三在上校的护送下，走出飞船，下了斜梯。首席执行官正在寻找升降器的入口或是楼梯，但是塔楼的整个泊船层却是一路往下。电机和齿轮寂静无声。唯有擦身而过的塔楼石墙，显示出他们正在向下移动，接着，又拐向侧里，进入了冈道尔夫堡的地下深处。

他们停下脚步。冰冷的石墙中，出现了一扇门。灯火映现出一条由铮亮的钢铁铸成的走廊，每隔十米，便有一个纤维塑料材质的探头窥视着走廊。上校挥挥手，于是矶崎健三走到队伍前，进入了回声不断的走廊中。到了尽头处，一片蓝光泻在他们身上，与此同时，一系列探测器将他们里里外外搜查了一遍。铃声鸣了一下，又有一扇门出现，在他们面前开启，里面是间极为正式的会客厅。当矶崎健三和他的护卫队走进去的时候，里面的三个人站了起来。

该死，圣神商团首席执行官暗自咒骂，安娜·佩里·考格纳尼竟然已经在这儿了，她穿着那身华丽的丝袍，赫尔维·阿伦和肯内特·海伊-摩迪诺同样穿着一身华服，他们都是矶崎健三在“天主教星际贸易独立组织泛资本联盟执行理事会”的搭档。

该死，矶崎健三心里又一次骂道，他默默地朝三位同僚点点头，脸上没有流露出一丝情感。*因为我的行为，我们四个全都会被抓起来，我们都会被逐出教会，处以死刑。*

“这边走。”瑞士卫兵上校说着，打开一扇精心雕琢的大门。屋子里非常黑，矶崎健三闻到了各种各样的味道：烛火、熏香、渗水的石头。他意识到，瑞士卫兵将不会和他们一起步入那扇门。不管里面有什么在等待着他们，它等的是他们四个。

“多谢，上校。”矶崎健三愉快地说道。说完，他迈起坚定的步伐，领着三人进入了烟熏缭绕的黑暗空间中。

这是间小教堂，黑暗朦胧，但在远处的简易祭坛后，有一面石墙，还有两扇拱形的彩色玻璃窗，墙下的锻铁台架上点着几盏还愿烛，红色的烛火在黑暗中摇曳。在光秃秃的祭坛上，还点着另外六支烛火。远处窗户下的火盆中，燃烧着几条火苗，红润的光芒投射进这又长又窄的空间。教堂内只有一条椅子，高高的，椅背笔直，下面衬着天鹅绒垫，椅子放置在祭坛左侧。椅背上饰有什么浮雕图案，一眼看上去像是十字形，但是再仔细一看，却是教皇三重十字架的组合体。祭坛和椅子被安置在一个低矮的岩石平台上。

教堂内的其余地方没有一把椅子，没有一条长凳，但矶崎健三四人所行经的侧廊两侧的黑色岩石上，摆着四张天鹅绒软垫，两边各两张，都空着没有坐人。商团首席执行官伸出手指在石钵中蘸了蘸圣水，画了画十字，接着面朝祭坛，跪拜在软垫之上。在低头祷告之前，矶崎健三朝小型教堂环顾了一番。

在离祭坛最近的地方，跪着国务秘书西蒙·奥古斯蒂诺·卢杜萨美枢机——那是红润光线下的一座红黑夹杂的山脉，他正在低着头祈祷，肥硕的下巴也隐藏在他的教士衣领下。在他身后，跪着一个稻草人似的瘦长身影，那是他的助手卢卡斯·奥蒂蒙席。在过道的另一边，和卢杜萨美平行的那个位置，宗教法庭的大法官，约翰·多米尼各·穆斯塔法枢机也跪在地上祈祷着，那双眼睛紧紧闭着。他身边是那名臭名昭著的间谍和刑讯者——法雷尔神父。

在卢杜萨美这一边的过道上，还跪着三名圣神舰队官员：马卢欣元帅——那头银发在红光下闪闪发亮——还有他的助手吴玛姬元帅，另外一人的脸孔有点难以辨认，矶崎健三花了少许时间才记起他的名字——阿尔迪卡克蒂元帅。在宗教大法官这一边的过道上，跪着杜诺耶枢机，她是一心会的会长，这名女子已经年过七十，但还是非常硬朗，下颚强健有力，一头灰发剪得很短，目光有如火石之光。在这位枢机身后跪着一名中年男子，穿着蒙席袍，但矶崎健三没有认出他是谁。

除此之外，就是四名商团首席执行官——阿伦和海伊–摩迪诺位于宗教大法官这一侧，矶崎健三和佩里·考格纳尼在国务秘书这一侧。在小教堂内，矶崎健三数到十三人。他心想，这数字不太吉利。

就在此时，祭坛右侧墙上的一扇隐蔽门悄无声息地打开了，教皇在四人的陪同下走了进来。教堂内的十三人迅速站起身，垂首以待，但矶崎健三还是认出了教皇身边的两人，他们是陛下的助手，第三个人是教皇安保队的首领——这名官员从未露过真面目——但是第四人，一个穿着灰衣的男子，却是阿尔贝都神父。教皇陛下走近教堂内的时候，只有阿尔贝都一个人跟了上来。陛下伸出手，于是，他的臣民上前重新跪地，亲吻他的戒指，他也亲切地摸摸这些男男女女的脑袋，最后，乌尔班教皇十六世坐到了他的直靠背王座上，阿尔贝都站到了他的身后。

十三名权贵迅速起身。

矶崎健三垂下双眼，脸孔仍旧保持平静的沉思状，但内心却在怦怦直跳。阿尔贝都会把我们所有人都揭发吗？这儿的这些人，有没有像我一样试图和内核秘密接触？我们是不是要直接与陛下对峙？然后被带离这儿，十字形被剥夺，接着被处死？矶崎健三觉得，这一切是很有可能的。

“耶稣的兄弟姐妹们，”教皇陛下开口说道，“很高兴你们能在今日齐聚此地。在这个秘密的寂静之地，有一件事必须向你们道破，虽然几个世纪以来，它一直都是秘密，说出之后，它也必须保持在这个圈子内，直到圣座允许将其分享，才得对外宣布。我们以此令你们发誓，违者将逐出教会，失去光明的灵魂。”

十三名男女低声祈祷，发出默许声。

“最近的几月，最近的几年，”教皇陛下继续道，“发生了一些奇怪且可怕的事。我们从远处见证了这一切——在我主的帮助下，我们预见了其中一些——在我们的祈祷下，还有一些将不再发生，将饶过我们的子民，我们的圣神，以及我们的教会，那是对于意志、信仰和坚韧的测试。但是有些事，上帝决意要其发生，就算是祂最忠诚的奴仆，也不可能理解所有的事，明白所有的预兆；如果到了大难临头的时候，事情变得错综复杂，他们也只能相信上帝的大发慈悲。”

十三名权贵谨慎地垂下双眼。

“我们不以自己的观点叙述这些事件，”教皇陛下轻声说道，“相反，我们将让亲身经历的人做出详尽的报告。这些事情看似毫无关联，但听完之后，我们将尽力解释它们的联系。马卢欣元帅？”

银发元帅微微转身，面向陛下及众人，他清了清嗓子。“从一个名叫维图-格雷-巴里亚那斯B的星球发来消息，声称差一点捉到一个名叫劳尔·安迪密恩的海伯利安人，几乎在五年前，此人和我们的主要目标——那个名叫伊妮娅的女孩——成功逃脱我们的追捕。贵族卫队特别军的成员……”元帅朝乌尔班十六世教皇点点头，后者垂低目光，点头同意。“特别军的成员，”马卢欣继续道，“向维图-格雷-巴里亚那斯

B的我军军官暗示此人可能来到了星球上。但在我们的搜索结束前，他便成功脱逃。但我们找到了明确的DNA和微量证据，证明此人正是那个劳尔·安迪密恩，四年前他曾在无限极海被我们短暂地监禁过。”

卢杜萨美枢机清清嗓子。“元帅，如果你能解释一下，这名疑犯——劳尔·安迪密恩——是如何从维图-格雷-巴里亚那斯B逃脱的，也许会对我们有所帮助。”

矶崎健三没有眨眼，但他明白：此次会谈中，卢杜萨美在代教皇陛下说话。

“多谢，大人，”马卢欣元帅说道，“是的，看情形，这个安迪密恩在星球上出现，继而逃脱，都是通过古老的远距传送门完成的。”

教堂内没有人发出可以耳闻的声音，但矶崎健三感觉到，每个人的内心都被好奇和震惊摇撼着。过去四年里，的确有过传闻，说圣神舰队在追击一些异教徒时，发现这些人竟能启动那些蛰伏的远距传输器。

“这个远距传输器，在你检查的时候，是否处于活动状态？”卢杜萨美询问道。

“不，大人，”马卢欣元帅说道，“一共有两座，上游那座，肯定是这个亡命徒来到维图-格雷-巴里亚那斯B时通过的……下游定居点附近还有一座，两座都没有启动的迹象。”

“但是，你确信这个……安迪密恩……不是通过别的什么更为传统的方式来到这个星球的？也同样确信，他现在并没有躲藏在那个星球上的某个地方？”

“是的，大人。这个圣神星球拥有极佳的交通管制和轨道防御，任何飞向维图-格雷-巴里亚那斯B的太空船，都会在几光时之外被探测到。我们也已经将这颗星球翻了个底朝天……对数以万计的居民使用了吐真剂。安迪密恩已经不在那儿了。然而，的确有人看见河下游的远距传输器曾闪过光，就在那个时候，我们安置在那个半球上的探测器捕捉到大量的能量扰动，跟古老记录中的远距传输器置换场一致。”

教皇陛下抬起头，朝卢杜萨美枢机做了个细微的手势。

“我想，你还有另一个令人揪心的消息，马卢欣元帅。”卢杜萨美低沉地说道。

元帅点点头，脸色也变得更加严峻。“是的，大人……陛下。这件事，是圣神舰队历史上经历的第一次叛变。”

矶崎健三再一次感受到众人内心的震惊。他没有表露出任何情感或反应，但是眼角余光瞥到安娜·佩里·考格纳尼，她也在瞧他。

“我让阿尔迪卡克蒂元帅向我们汇报这件事。”马卢欣说道。他退后一步，双手折在身前。

矶崎健三注意到，阿尔迪卡克蒂是个强壮的卢瑟斯女人，看上去几乎难以辨认性别。她身材矮小，但非常健壮，就像是穿着制服的一块砖头。

阿尔迪卡克蒂没有浪费时间去清嗓子。她马上开始进行汇报，提到了基甸特遣部队，说起它远赴偏地攻击七个星系中的驱逐者据点的使命，七个星系的任务都完美达成，其后是在最后一个星系——代号“路西法”——中的奇袭。

“到此时，特遣部队的任务执行得远远高于预期和模拟，”阿尔迪卡克蒂元帅大声说道，“结果，当我们在路西法星系完成行动后，我让一艘基甸驱动无人飞船带上一则消息，将其派回佩森……带到陛下和马卢欣元帅手里……请求在鲸逖星系进行燃料补给，重新整装，接着延长基甸特遣部队的任务——在警报还没在偏地传播开来前，继续攻击新的驱逐者星系。我收到了基甸飞船带来的许可，于是着手带上部分特遣部队，出发前往鲸逖星系进行燃料补给、军备重整，并在那儿和另外五艘大天使飞船会合，这五艘船是在我们离开圣神领空后刚刚下线的。”

“你带了**部分**特遣部队？”卢杜萨美枢机压低嗓门，轻轻问道。

“是的，大人。”阿尔迪卡克蒂那带有卢瑟斯腔的平稳声调中，没有任何辩解或颤抖的意思，“有五艘驱逐者火炬舰船逃脱了我们的侦测，正加速朝霍金驱动跃迁点奔去，据推测，将会带他们进入另一个驱逐者星系。他们将传达出警报，把我们特遣部队的存在和战斗能力泄露出去。基甸特遣部队现在正在朝通往鲸逖星系的跃迁点进发，所以我没有转移整个部队的运行方向，只挑选了‘加百列’号和‘拉斐尔’号王舰，命令它们暂时留在路西法星系，将驱逐者火炬舰船拦截并摧毁。”

卢杜萨美剪起胖嘟嘟的双手，伸入衣袍。开口时，嗓音非常低沉。“接着，你的旗舰‘乌列尔’号，就和另外四艘大天使跃迁进了鲸逖星系？”

“是的，大人。”

“把‘加百列’和‘拉斐尔’号留在了路西法星系？”

“是的，大人。”

“而且，元帅，你十分清楚，指挥‘拉斐尔’号的，是德索亚神父舰长……此人在几年前被授予抓捕伊妮娅的任务，因失败而受到严斥，对不对？”

“是的，大人。”

“你也清楚地意识到，元帅，圣神舰队和圣座非常担心德索亚神父舰长的……啊……可靠性，所以宗教法庭在‘拉斐尔’号上安插了一名密探，监视德索亚神父舰长的一举一动，并随时向上级发送监视结果，对不对？”

“一名间谍，”阿尔迪卡克蒂元帅说道，“利布莱尔副官。是的，大人。我十分清楚，我所在的旗舰上也有宗教法庭的密探，他们在不断接收来自‘拉斐尔’号上的利布莱尔副官发来的加密密光信息。”

“这些密探是否向你们报过任何疑点，或是跟你们分享任何资料，阿尔迪卡克蒂元帅？”

“没有，大人。我不清楚宗教法庭对德索亚神父舰长的忠诚和心志到底有何担忧。”

穆斯塔法枢机清清嗓子，竖起一根手指。

卢杜萨美抬眼看了看教皇。矶崎健三等人早已迅速判断出，他已经全权负责起一项工作：宗教法庭审问官。

教皇陛下朝宗教大法官那个方向点点头。

“我觉得有必要向陛下和此地的各位说明，对德索亚神父舰长的监视，已经得到圣座的批准……以及指引，并由国务秘书和圣神舰队指挥官……马卢欣元帅口头授权。”

出现了片刻的沉寂。

最后，卢杜萨美开口道：“穆斯塔法枢机，你能否告诉我们，对德索亚的担忧的缘由出自何处？”

穆斯塔法舔舔嘴唇。“是，大人。根据我们的……啊……情报，在德索亚神父舰长追击那个名叫伊妮娅的目标，并和她产生少许几次接触的过程中，他很可能已经受到了感染。”

“感染？”卢杜萨美问道。

“是的，大人。据我们估计，这个名叫伊妮娅的女孩拥有一种本领，可以侵害被她接触的圣神子民，不管是身体上，还是精神上，都会受到她的感染。就这件事而言，我们的忧虑，主要是针对圣神舰队的星舰指挥官的绝对忠诚和服从。”

“穆斯塔法枢机，你这个情报是如何估计出来的？”卢杜萨美继续问道。

宗教大法官顿了顿。“大人，我们使用了各种各样的情报来源和方法。”

卢杜萨美追问道。“其中是不是包括，你拘捕并审问了德索亚神父舰长在前述失败追踪任务中的一名同僚船员？我想，他名叫……啊……纪下士？”

穆斯塔法眨眨眼。“对，大人。”宗教大法官微微转身，让自己面对着教皇、国务秘书和其余诸人。“这一拘捕行动不同寻常，但是在这样一个可能影响教会和圣神安全的处境下，的确很有必要。”

“当然，大人。”卢杜萨美枢机喃喃道，“阿尔迪卡克蒂元帅，请继续你的汇报。”

“在五艘大天使跃迁进入鲸逖星系后，过了几小时，”阿尔迪卡克蒂说道，“早在我们完成两日的重生周期前，一艘基甸无人飞船跃迁进入鲸逖领空。是斯通圣母舰长发来的……”

“‘加百列’号王舰的舰长。”卢杜萨美说道。

“对，大人，无人飞船携带着加密信息……加密代码只有经由我的眼睛才能解密……信息显示，驱逐者火炬舰船已经被摧毁，但是‘拉斐尔’号却违反命令，正朝一个未经许可的跃迁点加速前进，斯通圣母舰长令其停止，但它没有回应。”

“也就是说，”卢杜萨美低沉地说道，“陛下的圣神舰队有一艘船叛变了。”

“看情形的确如此，大人。事实上，这次兵变似乎是由飞船的舰长一手领导的。”

“德索亚神父舰长。”

“是的，大人。”

“是否曾试图联系过‘拉斐尔’号上的宗教法庭密探？”

“有，大人。但德索亚神父舰长说，利布莱尔副官正在履行他的职责。斯通圣母舰长觉得他在撒谎。”

“当被问及为何改变跃迁点，他又是如何作答的？”卢杜萨美问道。

“德索亚神父舰长回答说，我在特遣部队跃迁前，通过密光更改了他的命令。”阿尔迪卡克蒂元帅说。

“斯通圣母舰长是否相信他的解释？”

“不，大人。斯通圣母舰长朝‘拉斐尔’号逼近，最后发生了交火。”

“交火结果如何，元帅？”

阿尔迪卡克蒂迟疑了一次心跳的时间。“大人……陛下……由于斯通圣母舰长让无人飞船携带的是视网膜加密信息，所以，在我解开这条信息，并下令立即返回路西法星系的时候，我们已经在鲸逖星系待了一整天，也就是紧急重生所需要花费的时间。”

“元帅，你带了几艘飞船回去？”

“三艘，大人。包括我自己的旗舰‘乌列尔’号，它已经换上新船员，另两艘是在鲸逖星系和我们会合的大天使……‘米卡尔’号和‘伊兹雷尔’号。我觉得，让基甸特遣部队的船员进行加速重生的话，风险太大。”

“可你自己却接受了这一风险，元帅。”卢杜萨美说。

阿尔迪卡克蒂默不作答。

“之后发生了什么事，元帅？”

“我们马上跃迁到了路西法星系，大人。在那儿，我们的自动重生周期调整到了十二小时。许多人没有成功重生。我们将三艘船上成功重生的船员集合在一起，让他们充当‘乌列尔’号的船员，另两艘星舰则被留在被动但自动化的防御轨迹内，之后开始搜寻‘加百列’号和‘拉斐尔’号，但两艘船都没有找到。很快，我们在路西法的黄色恒星的远端找到了最后一艘信标无人船。”

“这一信标来自……”卢杜萨美催问道。

“斯通圣母舰长。信标含有‘加百列’号作战记录器中的历史记录，我们从中得知，战斗发生在两天前，斯通试图用等离子和聚变武器摧毁‘拉斐尔’号，但没有成功。于是‘加百列’号向德索亚神父舰长的飞船发射了死光。”

小教堂内一片寂静。矶崎健三望着祈愿烛摇曳的红色烛光，它们照亮了陛下的痛苦脸庞。

“交战的最后结果？”卢杜萨美问道。

“双方船员全部战死，”阿尔迪卡克蒂回答，“据‘加百列’号上的自动装置显示，‘拉斐尔’号已经完成了自动跃迁。早先，斯通圣母舰长已经命自己的船员进入重生龛的战斗岗位，她也设好程序，让‘加百列’号的飞船电脑将她和别的几名必要船员进行紧急重生，时间只有八小时，重生完成后，只有她和其中一名军官活了下来。斯通圣母舰长为信标做了加密，接着加速朝‘拉斐尔’号的跃迁点奔去。她下定决心，打算在德索亚和他的船员重生前找到他们的船，把它消灭……当然，在死光袭来时，德索亚那伙人必须已经进入了重生龛。”

“斯通圣母舰长知道这个跃迁点的目的地是哪儿吗，元帅？”

"不，大人。这其中牵涉到非常多的变量。"

"在得到这个信标携带的数据后，你是怎么做的，元帅？"

"我等了十二小时，让'米卡尔'号和'伊兹雷尔'号上的船员完成重生，以补足工作人员。接着，我让三艘舰船向'拉斐尔'号和'加百列'号的跃迁点传送过去，并留下了另一个信标，我相信，不出几个小时，鲸逖星系就会有大天使跟踪而来，它们会看到我留下的信息。"

"你觉得没必要等这些飞船？"

"是的，大人。我认为，一旦我的飞船做好战斗准备，就必须马上传送，这一点非常重要。"

"但你却认为有必要等另两艘船的船员重生，元帅。为什么不驾驶'乌列尔'号，立即开赴追击呢？"

阿尔迪卡克蒂没有迟疑片刻。"大人，这是作战指挥决策。我认为德索亚神父舰长很可能将'拉斐尔'号开进一个驱逐者星系……这个星系很可能拥有高度的武装，像这样的严重事件，基甸特遣部队还未曾经历过。我还觉得，斯通圣母舰长的'加百列'号很可能已经在那个未知星系中被敌人摧毁，当然，这可能是'拉斐尔'号干的，也可能是驱逐者飞船干的。我觉得，要进入这样一个未知之地，三艘作战军舰是最低的数量。"

"那么，真是驱逐者星系吗，元帅？"

"不，大人。或者说，在这次事件发生后的两个星期的调查过程中，我们并没有找到任何驱逐者的踪迹。"

"这个跃迁点把你带到了哪里，元帅？"

"带到了一颗红巨星的外壳边缘，"阿尔迪卡克蒂元帅回答，"当然，我们的密蔽场是启动着的，但能逃脱已经十分侥幸了。"

"三艘船都逃脱了吗，元帅？"

"不，大人。'乌列尔'号和'伊兹雷尔'号成功从恒星边缘逃离了，这也要感谢密蔽场的冷却法。但'米卡尔'号的船员全部殉难。"

"你是否找到了'加百列'和'拉斐尔'号，元帅？"

"只找到'加百列'号，大人。发现它的时候，它正在距红巨星两天文单位外的地方自由飘移。系统全部受损，密蔽场被打破，飞船内部已经熔成了一团熔融液。”

“是否找到斯通圣母舰长和其余船员，并将他们重生，元帅？”

“很不幸，没有，大人。尸体全部被毁，几乎没剩下什么组织器官，无法进行重生。”

“造成这一局面，是因为突然传送到了红巨星的边缘，还是由于‘拉斐尔’号或是未知驱逐者的攻击，元帅？”

“我们的材料专家还在研究，尚未得出答案，大人，但已经得出初步的报告，表明发生的超载既有自然原因，也有战斗所致。造成这种效果的武器，和‘拉斐尔’号的军备相一致。”

“你是说，‘加百列’号在红巨星边缘发生过一次自动交战，是不是，元帅？”

“是在恒星**内部**，大人。看情形，‘拉斐尔’号在那儿掉了个头，重新进入了恒星，当‘加百列’号一脱离霍金空间进入这个星系时，它马上发动了攻击。”

“在这第二次交战中，‘拉斐尔’号是否也有可能已经被毁？这艘船会不会早已在恒星内部烧成了灰烬？”

“有可能，大人，但我们的行动不是基于此种假设。据我们猜测，德索亚神父舰长已经跃迁出了星系，进入了偏地中的未知目的地。”

卢杜萨美点点头，那肥硕的下巴微微抖动着。“马卢欣元帅，”他低吼道，“可否请你为我们做一下评估，如果‘拉斐尔’号的确幸免于难，那么，我们面临的威胁有多大？”

年迈的元帅向前走了一步。“大人，我们必须作出假设，认为德索亚神父舰长和其他叛徒对圣神一直怀有敌意，他们窃取圣神的大天使飞船，是早有预谋的。我们也必须假设一个最糟糕的局面，认为他们窃取我们最机密、最致命的武器系统的行为，是在驱逐者的协同下完成的。”元帅深深吸了口气。“大人……陛下……只要拥有了基甸驱动器，那么，这条银河旋臂的任何位置，都可以瞬间到达。‘拉斐尔’号可以随意跃迁进入圣神的任何星系，甚至是佩森，而不会像现在的驱逐者飞船那样，留下霍金驱动的行踪信息。‘拉斐尔’号可以肆意破坏我们的商团运输线，攻击毫无防卫的星球和殖民地，圣神的特遣部队还来不及做出反应，就可对我们造成巨大的破坏。”

教皇竖起一根手指。“马卢欣元帅，我们是不是可以认为，基甸驱动这一珍贵的技术，将会落入驱逐者之手……他们将会复制……也会让敌人的飞船得到这珍贵的力量？”

马卢欣本就红润的脸颊和脖子这下都红到根了。“陛下……可能性不大。不，陛下……可能性微乎其微。基甸大天使的制造工序非常复杂，成本高得令人望而却步，秘密部件也保护得非常固全……”

“但是，是有可能的。”教皇打断道。

“是的，陛下。”

教皇举起手，仿佛一把利刃划过空气。“我想，我们已经听完了圣神舰队的朋友们带来的消息。马卢欣元帅，阿尔迪卡克蒂元帅，吴元帅，你们可以离开了。”

三名军官屈下身，埋下脑袋，接着站起身，退出了陛下的视线。那扇门在他们身后发出一声轻响，接着关上了。

现在，除了那几个沉默的教皇助手以及阿尔贝都顾问，教堂内就只剩十名权贵了。

教皇朝国务秘书卢杜萨美枢机点点头。“如何处置他们，西蒙·奥古斯蒂诺？”

“马卢欣元帅将收到一封斥责信，被转到参谋部。”卢杜萨美低声说道，“吴元帅将会暂时取代他的位置，临时担任圣神舰队总司令，直到找到合适的人选。对于阿尔迪卡克蒂元帅，建议将她逐出教会，并由射击队执行死刑。”

教皇悲伤地点点头。“现在，让我们分别听听穆斯塔法枢机、杜诺耶枢机、首席执行官矶崎健三、阿尔贝都顾问的故事，之后我们将结束此次会议。”

“……就这样，宗教法庭结束了对火星事件的官方调查。”穆斯塔法做出总结陈词，他朝卢杜萨美枢机望了一眼，“就在此时，沃玛克舰长发来紧急报告，建议我和手下的扈从返回星球轨道上的‘吉卜利尔’号大天使星舰。”

“请继续，大人，”卢杜萨美枢机低语，“可否请你告诉我们，沃玛克舰长这么急着请你回去，到底发生了什么十万火急的事？”

“是。”穆斯塔法回答，他揉揉下嘴唇，“沃玛克舰长找到了星际运输船，就是在阿拉法特–头巾这个火星城附近的未名基地装载货物的那艘船。找到它的时候，它正飘浮在旧地星系的小行星带，动力全失。”

“能否告诉我们这艘船的名字，大人？”卢杜萨美催问道。

“‘西贡丸’号皇舰。”

虽然矶崎健三想要竭力控制住自己，但他的嘴唇还是抽搐了一下。他的大儿子在早年的学徒生涯时，曾在这艘船上担任过船员。“西贡丸”号是一艘古老的矿石散装货船……他记得，那是艘巨型采矿舰，大约是三百万吨级。

“矶崎健三执行官？”卢杜萨美大声叫道。

“是，大人？”矶崎健三的声音非常平稳，不露声色。

“按这艘飞船的番号，它应该是在商团注册的船舶。是不是，矶崎健三？”

“是的，大人，”首席执行官回答，“但是，据我回忆，‘西贡丸’号皇舰已经随同另外六十多艘旧运输舰一起，按废铁变卖了。如果我没记错的话，那大概是在……八年前。”

“诸位大人？”说话的是安娜·佩里·考格纳尼，“陛下？能否容我说几句？”这名执行官刚才一直在小声对着超薄的通信志说话，现在，她摸了摸耳机。

“佩里·考格纳尼执行官，请说。”卢杜萨美枢机说道。

“据我们的记录显示，‘西贡丸’号是在八年三月又二天前卖给了独立的废铁承包人，后来又得到了信息，确认了这艘船已经在阿马加斯特的轨道自动铸造厂拆毁并回收。”

“多谢，佩里·考格纳尼执行官。”卢杜萨美说道，“穆斯塔法枢机，请继续。”

宗教大法官点点头，继续他的简报，只点到了一些至关重要的细节。在他讲述这一切时，脑中同时闪现出那些他没有详细描述的画面：

“吉卜利尔”号和相伴的火炬舰船慢慢减速，和黑色的运输舰取得速度同步，一起在那儿静静地翻滚。一直以来，在穆斯塔法枢机的脑海里，小行星带应该是一堆密密麻麻的集中在一起的小卫星，但现在，除了战术画板上的多重图像，眼前并没有一颗小行星：只有那足足一千米长的黑沉沉的运输舰，就像一堆锈迹斑斑的管道和圆柱体，丑陋，但非常实用。“吉卜利尔”号和“西贡丸”号的速度和轨道取得同步，在他们船尾后方仅仅三公里之外，挂着一颗黄色的恒星，那便是人类的起源之地，两艘舰船似乎已经静止，只有星辰在四周慢慢旋转。

穆斯塔法回想起自己做出决定，和登船士兵们一起检查飞船，他对此感到懊悔。穿戴瑞士卫兵战斗装甲有辱尊严：首先是一层单分子拟肤束装，接着是人工智能神经网，继而是太空服——相比配有冲击装甲聚合护套的民用拟肤束装，这身制服还要更加庞大——最后是配有各种设备的网带，还有可变形反推力包。“吉卜利尔”号已经用深层雷达将整艘巨船探测了十几遍，确定船上没有任何东西在走动，没有任何东西在呼吸。但当宗教大法官、安保指挥官布朗宁、海军中士内尔·凯斯纳、前地面军指挥官皮耶特少校、十名瑞士卫兵兼海兵突击队员从出击口跳下的时候，大天使仍旧退到了三十公里的攻击范围外。

穆斯塔法回想起，当他们背着喷气引擎朝死气沉沉的运输机前进的时候，自己的心脏猛烈地跳动着，当时，有两名突击兵托着他穿越了深渊，就仿佛他是一个普通的包裹。他回想起士兵们的金色护目镜上闪耀的日光，他们进行密光交流、打着手势信号，来到敞开的气闸门口，分别在两边站定。两名士兵首先冲了进去，反推力包无声地悸动，他们高举着突击武器。布朗宁指挥官和凯斯纳中士跟着两人的脚步迅速入内，一分钟后，战术频段上发来一段编码信息，于是，穆斯塔法在左右两名护卫的引领下，进入了气闸门黑漆漆的血盆大口中。

激光手电的光束照射出一具具飘浮的尸体，像是一间肉物冷藏间。冰冻的畜体，带着红色纹路的肋骨，挖去肠子的腹腔。一只只大嘴大张着，发出永恒的无声尖叫。从裂开的下颚和突出的血眼流下一道道早已干结的鲜血。在一束束光线中，飘着一块块内脏，它们正翻滚着沿着一条条轨线运动。

“船员。”布朗宁指挥官发来密光消息。

“是伯劳干的？”穆斯塔法枢机问。他心里正快速念祷着《玫瑰经》，不是为了得到心灵上的宽慰，而是想让自己的意识远离眼前这地狱一般的景象。早先他受过警告，戴头盔时不能呕吐。虽然有过滤器和洗刷器，可以在他窒息前清洗那片狼藉，但这并不百分百有效。

“很可能是伯劳。”皮耶特少校回答，他将护手伸进一具浮尸四分五裂的胸腔中。“你们可以看看十字形被扯出来的方式。跟阿拉法特-头巾的一模一样。”

“指挥官！”一名士兵已经从气闸门行进到了船尾，他通过密光说道，“中士！快来这儿！第一个货舱！”

布朗宁和皮耶特已经先大法官一步，来到了长长的柱形空间中。在这庞大的空间中，激光手电已经失去了光彩。

这儿也有尸体，但却没有被砍伤，也没四分五裂。从各面的船体上，探出一块块碳板，这些尸体被整齐地堆放在上面，用尼龙网带绑着。这些板子从船体各面一路伸出，只在中间留出一条零重力走廊。穆斯塔法和他的向导兼护卫沿着这条黑漆漆的走廊飘浮而下，激光手电向上下左右刺去。那是一具具冰冻的肉体，惨白的肉体，脚底上印着条形码，赤裸的身体上露出阴毛，双眼紧闭，在黑色碳板的映衬下，双手显得非常白，贴在髋骨两侧，阳物软趴趴的，乳房在零重力下冻得牢牢的，头发紧贴在惨白的头颅上，或是飘浮着，就像是冰冻的祥云。还有孩子，光滑的冰冷皮肤，鼓起的小腹，透明的眼睑。甚至还有婴孩，脚底板也印着条形码。

在四个长长的货舱中，有数万具尸体。全都是人类。全都赤身裸体。全都没有一丝气息。

“大法官，你有没有完成对‘西贡丸’号的检查？”卢杜萨美枢机催问道。

穆斯塔法意识到自己已经在默默的沉思中沉浸了好一会儿，他已经被那魔鬼般的可怕记忆占据了。“完成了，大人。”他回答道，声音嘶哑。

“你的结论是？”

“散料运输船‘西贡丸’号皇舰上，有六万七千八百二十七个人，”大法官继续道，“其中有五十一名船员，所有的船员尸体都有目可查，他们都被砍得四分五裂，跟阿拉法特-头巾上的遇难者如出一辙。”

“没有一名幸存者？没有人重生？”

“没有。”

“在你看来，穆斯塔法枢机，‘西贡丸’号皇舰上的这场屠杀，是不是伯劳这个魔鬼的所作所为？”

“在我看来，是的，大人。”

“在你看来，穆斯塔法枢机，‘西贡丸’号上其余六万七千七百七十六具尸体，是不是伯劳下的手？”

穆斯塔法仅犹豫了一秒钟。“在我看来，大人——”他转过头，朝坐在王座上的那个人垂下脑袋，“陛下……‘西贡丸’号皇舰上的六万七千多名男女老幼的死因，和火星遇难者的伤口没有吻合之处，也和传说中伯劳的攻击方式没有吻合之处。”

卢杜萨美枢机向前迈了一步，衣袍发出一阵瑟瑟的响声。“那么，穆斯塔法枢机，按照你宗教法庭法医专家的鉴定，这艘运输舰上这些人的死因，又是什么呢？”

穆斯塔法枢机的眼睛始终低垂着。“大人，不管是宗教法庭还是圣神舰队的的法医专家，都无法解释这些人的死因。事实上……”穆斯塔法没有说下去。

“事实上，”卢杜萨美替他继续下去，“‘西贡丸’号上发现的这些尸体……除了那些船员……既没有显示出明确的死因，也找不到死亡的特征，对不对？”

“正是如此，大人。”穆斯塔法的眼睛瞄了瞄教堂内其余权贵的脸，“他们不是活人，但他们……也没有显示出腐烂、尸青、脑腐的迹象……没有一丝通常死亡的迹象。”

“然而，他们并不是活的，对不对？”卢杜萨美问道。

穆斯塔法枢机揉揉脸颊。“我们没有本事将其复活，大人。我们也没有本事探测到任何大脑或细胞活动的迹象。他们……被停止了。”

“这艘散料运输舰，‘西贡丸’号皇舰，接下来是怎么处理的，穆斯塔法枢机？”

“沃玛克舰长从‘吉卜利尔’号上调了些一流船员，”大法官说道，“我们立即返回佩森进行汇报。四艘霍金驱动火炬舰船正在护送‘西贡丸’号返回圣神，按计划，它将抵达离圣神星系最近的拥有圣神舰队基地的地方……巴纳星系。我想……啊……是在三星期内。”

卢杜萨美缓慢地点了点头。“多谢，宗教大法官。”国务秘书走到教皇宝座旁，面朝祭坛屈下身，经过走道的时候，他在胸前画着十字。“陛下，请听杜诺耶枢机大人的解释。”

乌尔班教皇举起一只手，仿佛是在赐福。“杜诺耶枢机上前汇报。”

矶崎健三感到一阵晕眩，为什么要告诉他这些事？让圣神商团的首席执行官了解到这些事，到底有什么目的？一想到阿尔迪卡克蒂元帅被立即判以了死刑，矶崎健三不由打了个寒战。他们这些人会不会得到同样的下场？

不，他意识到，阿尔迪卡克蒂之所以被逐出教会，继而处以死刑，只是因为不称职。如果他、穆斯塔法、佩里·考格纳尼及其他人被控以某种叛国罪……那么，他们得到的，远不会是如此痛快、如此简单的刑罚。圣天使堡的苦刑机将会嗡嗡地吵上几个世纪。

显而易见，杜诺耶枢机选择重生成一名老妇。同大多数老人一样，她看上去非常健康——一口好牙，几无皱纹，黑色的眼睛又清又亮——但也喜欢以一头白发示人，短得几乎与头皮平齐，颧骨棱角分明，皮肤一点也不显松弛。她直入正题。

“陛下，各位大人……今天，我在这儿是作为一心会的会长，同时也作为主业会这个私人机构的实际发言人，来向大家作出汇报。因一些原因，主业会的管理者无法也不应出席今天的会议，过一段时间，你们自然会知道这个原因。”

“继续，大人。”卢杜萨美枢机说道。

“散料运输舰‘西贡丸’号皇舰，是由一心会为主业会购买的，七年前，这艘船即将拆毁并回收，但我们将它转移并交给了主业会。”

“为了什么目的，大人？”卢杜萨美问道。

杜诺耶枢机的目光将小教堂内这群人的脸一一打量了一番，最后停在了陛下身上，继而谦恭地垂下双眼。“大人，陛下，目的是为了运输这数百万无生命的肉体，正是穆斯塔法调查这次中断旅程中发现的这些。”

四名商团执行官发出了一丝响声，不太称得上是大喘粗气，但比一般的吸气声要响。

“无生命的肉体……”卢杜萨美枢机重复道，但声音非常平静，就像是一名正在诉讼的律师，已预先知道所有可能的问题的答案，“杜诺耶枢机，来自何方的无生命的肉体？”

“来自主业会被指派的星球，大人，”杜诺耶回答，“过去五年间，这些星球包括希伯伦、库姆-利雅得、永埔星、天龙星七号、帕瓦蒂、青岛–西双版纳、新麦加、毛四、伊克塞翁、兰伯特星环、希毕雅图的苦涩、无限极海北部沿海、复兴二号的地球化改造过的卫星、新谐、新地，以及火星。”

都不是圣神星球，矶崎健三想道，或者说，都是圣神只踏足过一次的星球。

“这些主业会和一心会的运输舰，运输了多少人，杜诺耶枢机？”卢杜萨美用他那低沉的嗓音问道。

“约有七十亿，大人。”老妇人回答。

矶崎健三集中精神，保持着平衡。七十亿具尸体。像“西贡丸”号这样的散料运输舰，大概可以运载十万具尸体，只要把它们像成捆的木材般堆积起来。要将七十亿具尸体从一个星系运到另一个星系，“西贡丸”号得走上七万次。太荒谬了。除非有好几十艘这样的散料运输舰……它们大多数都是新型的新星级……即便这样，也会花费成百上千次旅程。杜诺耶提到的每一个星球，在过去四年间，都已向圣神商团关闭门户——由于和圣神之间的贸易和外交争端，被隔绝了。

“这些都是非基督徒的星球。”矶崎健三发现自己不由自主大声说了出来，这将是他有史以来犯下的最严重的违反戒律的行为。教堂内的众人转过头，朝他看来。

“这些都是非基督徒的星球！”矶崎健三重复道，他甚至已经忘记了使用敬语，“或者是拥有大量非基督徒的基督徒星球，比如火星、富士星、永埔星。一心会和主业会是在彻底毁灭非基督徒。但为什么要运输他们的尸体？为什么不把这些尸体留在他们的家园，任它们腐烂，接下来再把圣神居民移居过去呢？”

教皇陛下举起一只手。矶崎健三闭上了嘴，教皇朝卢杜萨美枢机的方向点点头。

“杜诺耶枢机，”国务秘书继续道，就仿佛矶崎健三根本没有开过口一样，“这些运输舰的目的地是哪儿？”

“我并不知道，大人。”

卢杜萨美点点头。“这项计划是谁授权的，杜诺耶枢机？”

“正义与和平委员会，大人。”

矶崎健三的脑袋“唰”的一下转了过来。枢机把这一暴行……这一史无前例的大屠杀……的责难矛头……直接对准了一个人。正义与和平委员会有且只有一位会长……教皇乌尔班十六世，先前的尤利乌斯十四世。矶崎健三垂下双眼，盯着那双传教士之鞋，默想着能冲到这个恶魔跟前，掐住教皇那骨瘦如柴的脖子。他知道，角落里正站着几名沉默的护卫，他们不会让他得逞，半道就会把他截住。但他仍旧想要放手一试。

“杜诺耶枢机，你是否知道，”卢杜萨美仍继续道，仿佛枢机没有透露出什么可怕的事，没有说出无法出口的东西，“这些人……这些非基督徒……是怎么变得……没有生命的？”

变得没有生命，矶崎健三想道，他历来厌恶委婉的用词，*是被杀害了，狗杂种！*

“不，”杜诺耶枢机回答，“身为一心会的会长，我只是负责给主业会提供运输工具，让他们完成职责。至于这些舰船的目的地，以及货物的来历，并非……也从来不是……我应该关心的。”

矶崎健三单腿跪到了石头地板上，不是为了祈祷，仅仅是因为他站不住了。*诸神啊，大屠杀的帮凶以这种方式作答，有多少个世纪了？自贺瑞斯·格列侬高以来，自传说中的希特勒以来，自……很久很久以来。*

“多谢，杜诺耶枢机。”卢杜萨美说道。

老妇人退了回去。

不可思议的是，这次起身的是教皇本人，他走向前，白色的便鞋在石地上发出轻轻的响声。陛下在这群目不转睛的人中间走过——行经穆斯塔法枢机和法雷尔神父，行经卢杜萨美枢机和奥迪蒙席，行经杜诺耶枢机和她身后那位不知道姓名的蒙席，行经圣神舰队军官们曾立足过的空荡垫座，行经首席执行官阿伦、海伊-摩迪诺、安娜·佩里·考格纳尼，最后来到跪地的矶崎健三跟前，后者正濒临呕吐，视野中跳动着一粒粒黑点。

陛下将一只手放在矶崎健三的脑袋上，就算此时，执行官本人还在沉思如何将教皇杀死。

“起身，基督的子民，”这位谋杀了数十亿人的凶犯说道，“我们命令你，起身，聆听。”

矶崎健三站起身，双腿开立，胳膊和双手感到阵阵发麻，就好像有人用神经击昏器朝他开了一枪，但他知道，是他自己的身体在背叛他。此时此刻，他不可能将手指掐住任何人的喉咙。就算是独自站立也极其困难。

教皇乌尔班十六世伸出一只手，搭在首席执行官的肩上，稳住他的身子。“请听好，基督的子民。仔细听好。”

陛下转过头，俯下戴着主教冠的脑袋。

阿尔贝都顾问走到低矮讲坛的边缘，张口说话。

“陛下，诸位大人，敬爱的首席执行官们。”灰衣男子说道，阿尔贝都的嗓音顺滑柔畅，一如他的灰发、他的灰眸、他的灰色丝袍。

听到这个声音，矶崎健三不由得打了个寒战。他记起阿尔贝都将他的十字形变成痛苦的坩埚时，自己所经受的剧痛和尴尬。

“请告诉我们你是谁。”卢杜萨美用他最温和的口吻吼道。

乌尔班十六世教皇陛下的私人顾问，矶崎健三的内心正期待着这个回答。几百年来，阿尔贝都始终是那样一身灰色的样貌，他身上也有着很多的谣传。但对于他的身份，人们始终认为是陛下的**私人顾问**。

“我是一个模拟人，一个赛伯人，由人工智能技术内核中的某些派别所建造，”阿尔贝都顾问说道，“今天，我作为那些内核派别的代表，来此参加此次会议。”

教堂内的所有人，除了陛下和卢杜萨美枢机，都远离阿尔贝都后退了一步。没人说话，没人发出一声喘息，也没人喊出声，但小教堂内顿时弥漫起一股恐惧和憎恶的动物性气味，就算是伯劳突然在他们之间显形，那气味也不会如此强烈。矶崎健三感觉陛下的手指仍旧紧紧抓着自己的肩膀，他很想知道陛下是否能透过血肉感觉到他猛烈的心跳。

“杜诺耶枢机列举了一系列星球，从这些星球上运出的人类……通过内核的技术……变得没有了生命，用的是内核的机器人太空船，并通过内核的技术储存着。”阿尔贝都顿了顿，接着道，“正如杜诺耶枢机所说的，在过去的七年间，大约有七十亿非基督徒经由此种方式处理。在接下来几年里，还会有四五百亿得到类似的处理。现在，是时候向你们解释一下这个计划的缘由，从而争取到你们的一手援助。”

矶崎健三心里正在想——*也许可以在人体骨架上接上以蛋白质为基础的强力炸药，细微得甚至连瑞士卫兵嗅探器都探测不到。老天啊，要是来这儿之前能这么做就好了。*

教皇松开矶崎健三的肩膀，轻柔地走到讲坛上，行经阿尔贝都身边的时候，他碰了碰顾问的衣袖。教皇陛下坐回到直靠背的宝座上，瘦削的脸庞非常平静。“诸位，请你们仔细聆听，”陛下说道，“阿尔贝都顾问的讲话得到了我们的认可和批准。请继续。”

阿尔贝都微微俯下脑袋，接着转过身，面朝十位目不转睛的权贵。就连教皇的安保护卫也已经退到了墙边。

“你们知道的那些事，其主要是通过神话传说，但也通过教会历史，”阿尔贝都开口道，“认为技术内核在远距传输器的陨落中灭绝了。这并不准确。

“你们知道的那些事——主要是通过被禁的海伯利安《诗篇》——认为内核是由三大派构成的。稳定派想要保持人类和内核之间的现状，反复派认为人类是个威胁，计划摧毁它，他们通过三八年的天大之误毁掉了地球，而终极派只关心以人工智能为基础创造一个终极智能，某种硅基上帝，可以预言并统治整个宇宙……或者至少是这个银河。

“这一切都是谎言。”

矶崎健三意识到，安娜·佩里·考格纳尼抓住了他的手腕，她的手指冰凉，正用力捏着他。

“技术内核从来都没有分成三派。”阿尔贝都说道，他在祭坛和讲坛前来回踱步，“自一千年前内核进化出意识以来，它就一直存在着上千个截然不同的派系，他们常常在争斗，更多时候在互相合作，但总是在努力追求一个全方面的协议，朝自主智能和模拟生命应该进化的方向前进。这个协议从来没有成形过。

“就在技术内核向真正的独立进化之时，大多数人类的生活空间，都在一个星球——旧地——的表面及其近轨道周围。当时，人类已经发展出改变自身基因的能力……也就是说，他们已经有能力决定自己的进化方向。这一项突破，部分源自于公元二十一世纪早期在基因操纵方面的发展，但能够成为可能，主要是由于高级纳米技术的改进。起先，在早期内核人工智能和人类研究者的协力管理和控制下，纳米技术的生命形式……某种拥有智慧的自主生命，小到只有分子那么大，比细胞还要小……很快就发展出属于他们的‘存在的理由’。纳米计算机开始入侵并改造人类，大多是以病毒的形式，那就像是可怕的病毒性瘟疫。幸运的是，对于人类种族和现在被称作内核的自主智能种族来说，这场瘟疫的主要带菌者，都在人类大流亡前夕发射的早期种舰和其他低光速殖民舰船上。

“当时，有两股势力，其中一股后来发展成了人类霸主，另一股是技术内核中的预言势力，它们意识到那些种舰中发展出的纳米技术社会，最终将会毁灭人类，在数千个遥远的星系中创造出一个新的种族，一种被纳米技术控制的生物适应体。霸主和内核做出了反应，他们下令禁止高级纳米技术的研究，并向纳米技术种舰殖民地宣战——对于后者这一群体，我们熟知的称谓是：驱逐者。

“但另一些事件让这一斗争蒙上了阴影。

“新兴内核中还有一些势力，他们赞同和纳米技术人结盟——这不是一小股势力——他们发现了一些让内核中所有势力都感到害怕的东西。

“大家都知道，我们在霍金驱动物理和超光速通信上的早期研究，让我们发现了普朗克空间这一介质，有些人称其为‘缔结的虚空’。我们慢慢领会了宇宙的这一基本的统一构造，并使我们创造出了超光速通信——也就是所谓的超光仪，还有优雅的霍金驱动器，让远距传输器连接了霸主世界网，行星级的数据网进化成了由内核管理的万方数据网，还有今日的瞬移基甸驱动器，甚至还有进入宇宙逆熵磁泡的实验——我们相信，海伯利安上的光阴冢正是出自此物。

“但送给人类的这些礼物并不是无偿的。的确，内核中的某些终极派别为了他们自己的目的，利用远距传输器接入人类的大脑，创造出一个神经网络。这一做法是无害的……神经网络是在人类穿越远距传输器的普朗克空间时创造的，中间没有花去一点时间，也没有任何真正的空间，要不是四个世纪前，内核的一些派别将这一事实透露给第一位约翰·济慈赛伯人的人格，人类永远也不会知道这一实验的存在。但是，人类和内核势力中，有一部分认为这一做法缺乏道德，违反了隐私权，我同意这些人的意见。

“但这些早期的神经网络实验揭露出一个令人震惊的事实。在这个宇宙中……也许，在我们这个银河中，存在着另一些内核。在发现这个事实后，技术内核中发生了激烈的内战，到现在战争还没有停息。某些势力——不仅仅是反复派——做出一个决定，认为应该结束人类种族这一生物学实验。还制订出了计划，打算在霍金驱动器将人类送出旧地前，先让三八年的基辅黑洞作为一个‘意外’，掉入旧地的心脏。但内核中的其他势力延缓了这些计划，直到人类得到逃离的机器。

“最后，两个极端派别都没有成功……旧地没有被毁。它被那些异星的终极智能劫持了——但是，到现在为止，技术内核也不知道他们是怎么做到的。”

几名首席执行官互相小声嘀咕起来。穆斯塔法枢机跪倒在软垫上，开始祈祷。杜诺耶枢机的气色看上去非常不佳，她的那位蒙席助手正小声说着关切的话语。就连卢卡斯·奥蒂蒙席也看上去像是要昏厥了。

教皇陛下乌尔班十六世竖起三根手指。小教堂顿时静了下来。

“这一切，当然只是背景，”阿尔贝都顾问继续道，“今日要跟诸位说的，是要向大家解释一下，为什么我们要急于分享这一切。

“三个世纪前，内核中的极端势力——被激烈的争论和冲突肆虐了八个世纪的自主智能社会——做出了一个新的举动。他们创造了约翰·济慈赛伯人，将一个人类人格嵌入人工智能人格，并载入一具人类的躯体，经由普朗克空间界面连接内核。这个济慈人格有很多目的——作为某种陷阱，引诱人类种族终极智能的‘移情’；也作为一个原动力，推动事件的发展，最终引出最后一次海伯利安朝圣，导致光阴冢的打开，逼伯劳从隐蔽处现身，同时作为一个催化剂，导致远距传输器的陨落。为了达到最后一个目的，内核中的一些势力——创造了我的势力、我所效忠的这些势力——向首席执行官梅伊娜·悦石和霸主中的其他人泄露了一条消息，告诉他们内核正在利用远距传输器捕食人类的神经元，就像是某种神经吸血鬼。

“内核中的这些势力，将自己伪装成驱逐者，向世界网发动了最后的物理攻击。这些势力打消了将离散的人类种族一击毁灭的念头，他们想毁掉世界网形成的高级社会。悦石和其他霸主领袖向内核直接发起了攻击，毁灭了远距传输媒介，结束了神经网的实验，对内核内战中的反复派和终极派给予了重大的打击。

“但是，内核中我们这一势力，不仅致力于保护人类种族，而且希望保护和你们之间形成的同盟，所以我们毁掉了约翰·济慈赛伯人，但又有第二个制造了出来，他最后成功地完成了他的主要任务。

“这一任务是——和某个人类女子繁衍创造出一个孩子，这是个‘弥赛亚’，是内核和人类的结合。

“这个‘弥赛亚’正活在这个世上，是个名叫伊妮娅的孩子。

“三个世纪前，她出生在海伯利安，后来通过光阴冢逃到了我们这个时代。这么做不是出于恐惧——我们不会伤害她——而是因为**她的使命是要摧毁教会，摧毁圣神文明，终结你们所知的人类种族。**

“我们相信，她并不知道自己真正的目的，不知道自己所扮演的角色。

“三个世纪前，远距传输器陨落后，随之而来的是一个混乱的时代，于是，我所在的内核势力的残存部分——一个你们可能会看作是人道主义者的群体——联系到了当时的人类幸存者。”阿尔贝都朝陛下的方向点了点头。教皇也点了点头，示意他继续。

“雷纳·霍伊特神父是最后一次伯劳朝圣的幸存者。”阿尔贝都顾问继续道，他又开始在祭坛前来回踱步起来。烛火在他经过时微微摇曳。“他亲眼目睹了内核终极智能的操控力，见证了逆时送回的怪物——伯劳——所具有的破坏力。我们第一次取得接触的时候——人道主义者、霍伊特神父及垂死教会中的几个成员——决定保护人类种族，不让它们受到进一步的伤害，同时修复人类文明。十字形便是我们向人类施以拯救的工具——的的确确。

“你们都知道，十字形是个失败品。在陨落之前，被这一共生体重生的人类，在智力上会变迟钝，性征也会缺失。十字形是一种有机的电脑，里面存储着活人的神经和生理数据，可以恢复身体，但不能完全重建智力和人格。它能将尸体重生，但却窃取了灵魂。

“十字形的来源仍旧是个谜，但内核中的人道主义派相信，它是在我们的未来发展而出的东西，通过光阴冢送向过去。在某种意义上，未来的神送它回来，是为了让雷纳·霍伊特神父发现它的存在。

“这些共生体的失败之处，只是在于简单的信息存储和恢复需求。人类大脑中有无数神经元，人类身体中约有10^{28}个原子。十字形要重建人类的意识和身体，不仅需要记录下这些原子和神经元的蛛丝马迹，还必须记住包含人类记忆和人格的整体驻波的精确布局。同时还必须提供能量，重建这些原子、分子、细胞、骨骼、肌肉、记忆，让那重生的生物体和先前存在于那具皮囊中的人一模一样。单单靠十字形，是无法成功做到这一点的。这个生物机器最多也只能通过原版复制出一个拙劣的样品。

“但内核拥有这些计算能力，可以对这些信息进行储存、恢复、改造、重组，以完成人类的重生工作。三个世纪起来，我们一直在这么做。”

杜诺耶枢机和穆斯塔法枢机、法雷尔神父和杜诺耶的蒙席助手分别交换了一下眼神，矶崎健三望见了他们眼中的惊恐。这是异端，是亵渎神灵，它意味着重生圣礼的终结，物质和机械将再一次取得统治权。矶崎健三感到非常不舒服，他朝海伊–摩迪诺和佩里·考格纳尼望了一眼，发现两人正在祈祷。亚伦看上去像是怔住了。

“诸爱卿，”陛下开口道，“不要怀疑。不要舍弃信仰。现在，你们的想法是在背叛我主基督，是在背叛神圣的教会。重生圣迹不仅仅是一项奇迹，是这些被称作技术内核的朋友们帮我们实现的一个奇迹，它也是万能基督的功业，正是祂引领上帝的另一些子民找寻到他们的灵魂和救赎。我主的这些造物，是通过祂最微不足道的工具——人类——创造出来的。继续，阿尔贝都。”

面对屋内众人震惊的表情，阿尔贝都看上去略微有点逗乐的样子。但他开口时，沉着的面容马上恢复到平易近人的状态。

“我们给予了人类不朽，作为交换，我们别无所求，只想默默同人类保持联盟。我们只希望能和我们的创造者保持和睦。

“过去的三个世纪里，这一同盟关系给人工智能和人类都带来了裨益。正如陛下所言，我们找到了我们的灵魂。而人类获得了数千年没有……也许是从没有过的和平和稳定。我承认，这一同盟对我的势力带来了很大的好处。我们这个被称为人道主义者的派别，已经从一个又小又卑微的团体壮大成内核中的主要势力，取得了很多的民意，但也没发展成统治党派，因为内核中没有势力能取得统治地位。以前交战的那些派别，现在差不多全都支持我们的观点。

“但不是全部。”

讲到这，阿尔贝都停下了脚步，他站在祭坛正前方，目光扫过台下的一张张脸，灰色眼眸中射出的目光令人生畏。

“但内核中还有一群势力希望除掉人类……他们由以前的终极派和赞成纳米技术的进化论者组成，这群势力打出了王牌——那个名叫伊妮娅的孩子。这个小女孩是名副其实的病毒，她能将病毒释放进人类的身体中。”

卢杜萨美枢机走向前，男人肥硕的脸庞泛着红晕，表情庄重。那细细的眼睛闪着微光，开口时，声音非常尖锐。

“告诉我们，阿尔贝都先生，这个名叫伊妮娅的孩子有什么目的？”

“她的目的，”灰衣男子说道，“有三个方面。”

“第一个目的是什么？”

“为了破坏人类肉体永生的机会。”

“一个孩子如何能做到这一点？”卢杜萨美问。

“她不是一个孩子，甚至不是人类，”阿尔贝都说，“她是一个受过基因剪裁的赛伯人孕育出来的东西。当她还在她母亲的子宫中时，她赛伯人父亲的人格就已经和她取得了联系。在还没出生前，她的意识和身体就已经混在了内核的邪恶势力中。”

“但是，她怎么能窃取人类的永生之礼呢？”卢杜萨美追问道。

“她的血，”阿尔贝都回答，“她能传播一种病毒，破坏十字形。”

“真正的病毒？”

“对，但不是自然形成的病毒。那病毒经内核的邪恶势力的设计剪裁，是一种纳米技术瘟疫。”

“但是，圣神有数千亿重生基督徒，”卢杜萨美继续道，语气就像是一名律师，正在引导自己的证人，“区区一个小孩，又怎能对这么多人造成威胁？难道这病毒会在受害者之间传播？”

阿尔贝都叹了口气。“就我们所知，一旦十字形死亡后，这病毒就会带上感染力。和伊妮娅接触后，这些重生基督徒就会被剥夺重生之礼，并且将会向其他人传染病毒。同样，那些从未得到十字形的人，也能成为这一病毒的传染源。”

“有什么治疗方法吗？比如免疫药？”卢杜萨美问道。

“没有，”阿尔贝都回答，“人道主义者已经研究了三个世纪，想要找到对策，但是，由于伊妮娅病毒是一种自主的纳米技术形式，它会构造自己最适宜的变种携菌体，我们的防御永远也跟不上它的步伐。也许，如果我们有自己的纳米生物军团，将其施放进人类中，有朝一日我们能赶上伊妮娅病毒的脚步，最终打败它。但是，我们人道主义者痛恨纳米技术，所以，我们只能面临这样一个悲哀的事实，一切纳米技术生命都超出了我们的控制——超出了任何人的控制。纳米技术生命的进化精髓在于自主、自由意志，它的目的完全不同于那些静止不变的生命形式。”

“你是说，人类。”卢杜萨美说。

“对。”

“伊妮娅的第一个目的，”卢杜萨美枢机说道，“或者，更准确地说，是创造她的那些内核邪恶势力的第一个目的，是要摧毁所有的十字形，从而摧毁人类的重生之礼。”

“对。”

“你说有三个目的。那另两个是什么？”

“第二个目的，是摧毁教会和圣神……也就是说，摧毁现在所有的人类文明，”阿尔贝都说道，“当伊妮娅病毒传播出去后，当重生被剥夺后……由于远距传输器仍旧无法运转，基甸驱动器对于单寿命的人类来说，也变得不再实用……这样一来，第二个目的也就达成了。人类将回到陨落后的那种四方割据的部落文化。”

“第三个目的呢？”卢杜萨美问。

“事实上，最后一个目的就是这个内核势力一开始的目标，”阿尔贝都顾问说道，“消灭人类。”

安娜·佩里·考格纳尼执行官大声叫喊起来。“不可能！就算是……旧地被毁灭……被劫持，或是远距传输器的陨落，也没有将人类彻底消灭。我们的族类广泛分布在这个宇宙中，不可能灭绝。有这么多星球，这么多文明。”

阿尔贝都连连点头，但样子非常悲伤。“对，但那是过去。这场伊妮娅瘟疫几乎能散布到宇宙的每一个角落。那种杀死十字形的病毒会变化出新的阶段，它们将入侵人类DNA的每一寸土地。当圣神陨落后，驱逐者也将再一次入侵……这一次他们会马到成功。他们早已臣服于纳米技术，改变了自己的基因，已经不再是人类。没有了教会，没有了圣神，没有了圣神舰队，人类没有了保护，驱逐者将搜刮幸存人类的DNA，用纳米技术的瘟疫感染他们。人类……我们所知的人类，教会一直在保护的人类……几年后就将不复存在。”

“之后会有什么东西？”卢杜萨美枢机用他低沉的嗓音问道。

“无人知晓，”阿尔贝都轻声说道，“就连伊妮娅、驱逐者或是释放这一终极瘟疫的内核邪恶势力也不知道。纳米技术生命形式将会按他们自己的议程进化，由着他们的奇思怪想改造人类的形体，只有他们掌控着自己的命运。但那命运将不再和人类有关。”

“上帝啊，上帝啊，”矶崎健三念祷着，但他惊讶地发现自己正在朗声大叫，“我们该怎么做？我们该怎么做？”

令人惊讶的是，回答他的竟然是教皇陛下。

“三百年来，我们一直在担心这一危险的瘟疫，一直在和它斗争。”陛下轻声说道，他那悲伤的双眼表现出莫大的痛苦，“我们最初的努力，是想要在伊妮娅散布传染病之前抓住她。我们知道，她从她的时代逃到我们的时代，这不是源于恐惧，因为我们无意伤害她，而是因为她想要将病毒洒向整个圣神。

“事实上，”陛下补充道，“我们怀疑伊妮娅并不知道她所携带的病毒会对人类造成什么样的影响。从某些方面来说，她只是内核邪恶势力的一枚无知棋子。”

海伊–摩迪诺执行官突然开口，语气非常强烈。“在这个孩子从光阴冢中出来的那天，我们本该用等离子弹将海伯利安轰成渣，应该给整个星球消消毒，不该冒一丝风险。”

对于这不可饶恕的打断，陛下没有感到不快。“是的，孩子，的确有人强烈要求那么做。但教会不忍心下令杀死这样一个小女孩，更加不愿意毁灭那么多无辜的生命。我们和内核中的预言势力协商了一下……他们发现，在抓捕女孩的最后行动中，有一个名叫德索亚神父舰长的耶稣会士能出上一份力……但我们想要和平地抓住小女孩的所有企图都落了空。四年前，圣神舰队本可以将她的飞船轰成灰，但舰队得到的命令是不能这么做，除非万不得已。所以，我们继续努力斗争遏制她的病毒入侵。矶崎健三，你们所必须做的，是继续支持教会的尝试，即便我们已经加强了这些尝试。阿尔贝都先生？”

灰衣男子再次开口。

“想象一下，这场即将到来的瘟疫，就像是一颗富氧星球上的森林大火，所到之处一切都将化为乌有，除非我们能遏制住它，将它扑灭。我们首先要做的，是移走森林中不必要的枯木和树枝——也就是易燃物。”

“非基督徒。”佩里·考格纳尼执行官喃喃道。

“正是。”阿尔贝都顾问说。

“这就是他们为什么必须被终结的原因，”宗教大法官说，“‘西贡丸’号上的那数千人，其余数百万，数十亿人。”

教皇乌尔班十六世举起手，这次是在令手下住口，而不是赐福。“不是被终结！”他一脸严峻地说道，“我们没有伤害一条生命，不管是基督徒，还是非基督徒，都没有。”

诸权贵困惑地面面相觑了一番。

“陛下所言不虚。”阿尔贝都顾问说。

“但他们没有知觉……”宗教大法官甫一开口，便马上顿住了，

"圣父，我深感歉意。"他对教皇说道。

陛下摇摇戴着法冠的脑袋。"约翰·多米尼各，无须道歉，这些话题引人动情。请解释一下，阿尔贝都。"

"是，陛下，"灰衣男子说道，"'西贡丸'号上的那些人确实没有知觉，陛下，但他们也没有死亡。内核……内核中的人道主义势力……完善了一项技术，可以将人类暂时置于停滞状态，既没有死亡，但也没有知觉……"

"就像是冰冻沉眠？"亚伦执行官说道，此人在皈依前，经常通过霍金驱动器旅行。

阿尔贝都摇摇头。"更加复杂，但危害也更小。"他点起精心修剪过的手指甲，打了个手势。"过去七年间，我们处理了七十亿人类。接下来的十年里，或是更长时间里，我们还必须处理四百二十多亿。偏地有许多许多星球，非基督徒占多数人口，就算在圣神空间内也有很多。"

"处理？"佩里·考格纳尼执行官问道。

阿尔贝都露出狰狞的笑容。"首先，圣神舰队将星球隔离，但他们并不知道这一行动的真正目的。接着，内核的机器人飞船抵达轨道，用我们的停滞设备扫荡星球的住人区域。而一心会则提供飞船、资金和人力劳动。主业会使用运输机将这些停滞的肉体转移……"

"为什么要转移？"宗教大法官问，"为什么不把它们留在他们的家园？"

回话的是教皇陛下。"它们必须被藏在伊妮娅瘟疫无法企及的地方，约翰·多米尼各。它们必须仔仔细细……漂漂亮亮地安置在安全之处，直到危险过去。"

宗教大法官俯下脑袋，表示理解和恭顺。

"还有一件事，"阿尔贝都顾问说道，"我的势力创造出了……一种士兵……他们只有一件使命，就是在伊妮娅散布出致命的病毒前，找到并抓住她。四年前，我们启动了第一个，她的名字叫拉达曼斯·尼弥斯。这些搜猎者只有几个，但他们的装备可以应付内核邪恶势力扔给他们的任何障碍物……甚至是伯劳。”

“控制伯劳的，是内核的终极派和其他邪恶势力？”法雷尔神父问道。这是这个男人第一次开口说话。

“我们是这么认为的，”卢杜萨美枢机回答，“这个魔鬼似乎是和伊妮娅站在一起的……在帮她传播病毒。同样，终极派似乎找到了什么办法，可以为这个女孩开启特定的远距传送门。恐怕，恶魔已经在我们的时代找到了一个人选……还有同盟。”

阿尔贝都竖起一根手指。“我必须强调一点，一切拥有单一意识的造物都是非常危险的，就算是尼弥斯和其余的搜猎者也一样。一旦我们抓住小孩，这些赛伯人就会被终结。他们的存在，只是因为伊妮娅瘟疫所引起的巨大危险。”

“圣父，”矶崎健三说道，双手紧紧合十，“我们还能做些什么？”

“祈祷，”陛下说道，那双黑色的双眼充满了痛苦和责任，“祈祷，并支持我们圣母教会为了拯救人类所做的一切付出。”

“反抗驱逐者的圣战将继续下去，”卢杜萨美枢机说道，“我们会尽一切力量，将他们拒之门外。”

“为了达到这一目的，”阿尔贝都顾问说道，“内核发展出了基甸驱动器，现在正在研究新的技术，帮助人类提升防御能力。”

“我们将继续搜寻这个女孩……不，应该是女子。”卢杜萨美补充道，“一旦将她缉拿归案，我们将会把她隔离起来。”

“如果无法将她缉拿归案呢，大人？”宗教大法官穆斯塔法枢机问道。

卢杜萨美没有回话。

“我们必须祈祷，”教皇陛下说道，“在这个对教会、对人类种族十万火急的时刻，我们必须请求基督的帮助。我们每一个人都必须尽一切能力，还要对自己提出更高的要求。我们必须为基督的所有兄弟姐妹的灵魂祈祷，甚至是为伊妮娅的灵魂祈祷，尤其要祈祷这一点，事实上，她无意将她的族类带进如此危险的境地。”

“阿门。”卢卡斯·奥蒂蒙席念祷着。

当小教堂内其余诸人都跪倒在地，埋下脑袋的时候，教皇乌尔班十六世站起身，走到祭坛前，开始吟唱感恩弥撒。

14

伊妮娅。在别的意识出现前，她的名字首先浮现了出来。我还没想到自己，便想起了她。

伊妮娅。

接着，疼痛、噪声、倾泻的雨水一股脑儿地出现了。唤醒我的主要原因是疼痛。

我睁开一只眼，另一只眼似乎被血块或别的东西黏住了，怎么也睁不开。没等我记起自己是谁，是在什么地方，我就感受到身上无数伤口传来的疼痛，右腿的疼痛尤其严重。接着，我记起了自己是谁，继而记起了自己在什么地方。

我大笑起来。或者，更准确地说，我**试图**大笑。但由于嘴唇开裂肿胀，上面布满了鲜血和黏糊糊的东西，一边嘴角根本张不开。于是那笑声变成了某种发狂的呻吟。

我被某种浮空乌贼鱼一口吞掉了，那个星球上，全是一望无垠的空气、云朵和闪电。现在我是在那头怪兽闹哄哄的肚子里，正被一点点地消化。

的确闹哄哄，如爆炸般，轰隆隆、啪啦啦，一种吵闹的撞击声，就像是大雨落在热带森林中的声音。我用一只眼瞄了一下，黑漆漆的……突然划过一道闪电……接着又是漆黑一片，只有视网膜上留下红色的余影……接着又闪过一阵白光。

我回忆起，我乘坐帆伞下的小舟沿途前进，一场可怕的龙卷风和行星级的风暴朝我扑了过来，最后那头怪兽把我吞了，但是，眼前并不是那场风暴。这是雨滴落在树冠上的声音。击打在我脸庞和胸脯上的东西，是那破烂的尼龙绳、帆伞的残骸、湿乎乎的棕榈叶，以及碎裂的玻璃纤维。我斜眼朝下望去，等着闪电照亮眼前的一切。小舟的确还在，但已经四分五裂，我的腿也在……大部分还卡在小舟的船壳中……左腿完好无损，还能动，但右腿……我痛苦地大叫。右腿显然是断了，虽然没看见有骨头从肉中戳出，但我肯定，小腿肯定是骨折了。

尽管如此，我身上其他地方似乎都没有大的损伤。只有擦伤和刮伤，脸上和手上凝结着斑斑血迹，裤子已经和碎布没有差别，衬衣和背心也褴褛不堪。我转转身，弓弓背，伸伸胳膊，屈屈手指，扭扭左腿的脚趾，又试图扭扭右腿的，我差不多算是完整无缺……背部没骨折，肋骨没断，神经也没损伤，只不过右腿有点问题，那里传来的疼痛就像是血管中拉进了带刺的铁丝网。

下一道闪电划过的时候，我试图评估一下自己身处的环境。我和破裂的小舟似乎是陷在了森林中一棵树的树冠上，卡在了断裂的枝丫间，还被破烂的帆伞和黏人的吊伞索裹住了。这里正在遭受着热带风暴的袭击，棕榈叶不断朝我们砸来。四周黑漆漆的，唯有闪电不时打破黑暗。我现在正挂在树上，无法判定离地面有多少距离。

树？地面？

我飞了半天的那个星球根本没有地面……或者说，虽有地面，但我碰到它时，早已被压力压成了拳头那么小的东西。况且，在那类木星球的核心之处，就连氢气也会被挤压成金属形态，怎么可能会有树呢？如此说来，我已经不在那个星球上，也不在那头野兽的肚子里。那我是在哪儿？

雷声在四周轰鸣，就像是等离子弹爆炸了。风渐起，吹得小舟在那不牢靠的树顶上摇晃，我也痛得大叫起来。我大概昏迷了一小会儿，因为当我醒来的时候，风已经平息了下来，大雨正捶打着我的身体，就像无数只冰冷的拳头。我擦去眼旁的雨水和血块，终于发觉自己在发烧，即便淋着冰冷的雨水，我的皮肤还是非常烫。我在这儿待了多久了？我的伤口中，爬进了什么恶毒的微生物？在那个浮空乌贼怪的肠胃中，它和我分享了什么细菌？

照逻辑看，我在那个类木星球的云朵中飞着飞着，后又被触手乌贼怪吞噬之类的都是热病下的一场梦，在逃出维图-格雷-巴里亚那斯B后，我直接被传送到了这里……不管这里是什么地方……其余一切都是梦中的场景。但是在这暴雨之夜中，我周围包裹着的，是那已经展开了的破破烂烂的帆伞。我的记忆也栩栩如生。还有一些逻辑无法解释却合乎情理的事实。

风摇动着树木。破损小舟在碎裂枝叶组成的不牢靠巢穴中往下滑了一点，从断腿处传来一阵刺骨的疼痛。

我意识到，我最好清醒地认清我目前的处境。小舟随时都会滑下去，树枝也很可能断掉，这一大团碎裂的玻璃纤维，牵扯的尼龙-10吊索，湿乎乎的记忆帆伞破布，都将坠向下面的黑暗之中，把我和那条断腿一起拖下去。现在，闪电出现的频率减少了，我被丢在黑暗中，浸在雨中，摇摇晃晃。没有闪电，我无法看清身下的东西，只知道有更多的树枝，隔着大片的黑暗，还有灰绿色的粗厚树干，以螺旋形紧紧地互相扭缠。我没有认出这是什么树。

我在哪里？伊妮娅……这回你把我送到了哪里？

我不再想这些事。这差不多就像是某种祈祷，我不打算养成这样一个习惯——向一个女孩祈祷，而这个女孩，四年来我和她一同旅行，保护她，和她共进晚餐，和她辩论。我想，尽管如此，丫头，你本可能送我去一些容易应付的地方。我是说，如果你在这事上有选择的话。

雷声轰鸣，但是没有闪电照亮下方。小舟动了动，开始往下陷，破裂的船头突然一歪。我朝身后抓去，舞动双手，想要抓住先前看到的一根粗树枝。那里有一大堆碎裂的树枝，裂开的锋利茎秆儿，还有带着锯齿边的棕榈叶。我又抓又扯，想要把断腿从小舟破裂的座舱中抖脱出来。但那些树枝很松软，结果我只拉出来半条腿，疼痛让我一阵犯晕。我觉得眼前有黑点在舞动，但这夜黑得伸手不见五指，所以事实上也没什么差别。我冲着摇晃小舟的一侧呕吐起来，接着再次伸手，想要在纷乱的断裂树枝中找到牢固的抓手。

话说回来，我到底是怎么到那树梢上去的？

无关紧要。此时此刻，除了逃出这片乱糟糟的碎裂玻璃纤维，还有这缠结的吊伞索，其他一切都无关紧要。

用我的小刀，从这片缠人的乱麻中砍一条路出去。

但我的小刀已经丢了，我的皮带也丢了，我的背心口袋被扯掉了，背心也被扯成了一身烂布，连衬衣也几乎没了。我奉若至宝，拿来对付那些乌贼鱼的钢矛手枪也丢了……我隐约记得，当龙卷风将帆伞撕得四分五裂时，它跟我的背包一起掉出了小舟。衣服、激光手电、定量食物包……一切都没了。

闪电一闪而过，而轰鸣的雷声早已远去。这时，在倾盆大雨中，我的手腕闪烁了一下。

通信志。这该死的手环一定是坚不可摧的。

通信志对我有什么帮助？我吃不准，但聊胜于无。我抬起左手腕，凑到嘴边，在噼里啪啦的雨声中，冲着它大叫道："飞船！通信志，启动……飞船！嗨！"

没有回应。我记起来，这东西在那个类木星球的闪电风暴中曾经发出超载警报。令人费解的是，我感到了一丝失落。虽然通信志中的飞船记忆顶多也只能算是白痴仆从，但这么多年来，它一直陪伴在我身边，我已经习惯了它的存在，它也曾帮我驾驶登陆飞船，带我们从流水别墅到西塔列森。而且……

我摇摇头，甩去这些怀旧之情，再一次伸手往四周摸索，寻找抓手，最后抓住了挂在周围如同细瘦藤蔓般的吊伞索。的确管用。帆伞带肯定紧紧卡在了上面的树枝上，吊伞索支撑住了我的重量，我的左腿在滑溜的玻璃纤维上挣扎，将断腿从小舟的余骸中拉出。

疼痛让我眼前黑了几秒……甚至可以媲美肾结石最疼的时候，只不过时断时歇，就像是一波波的攻击……但当我的意识重新集中起来的时候，我正紧紧抱着棕榈树螺旋状的树干，而没有躺在残骸中。几分钟后，一阵风从丛林的树冠上吹下来，四分五裂的小舟掉了下去，有几片被还没断掉的吊伞索挂住，其余的则翻滚着坠入黑暗之中。

现在怎么办？

等天亮吧。

如果这个星球根本没有天亮呢？

那就等疼痛平息。

疼痛怎么会平息？显而易见，那断裂的大腿骨正撕扯着神经和肌肉。你在发高烧，还在这大雨和破败的植物中昏迷了一段时间，伤口暴露，每一种致命的微生物都可以肆意侵入，天知道你在这种境地下待了多长时间？很可能已经有坏疽进入了，你闻到的臭烘烘的烂植物味可能就是你身上的。

坏疽不会那么快生成，对不对？

没人应答。

我试着用左臂吊在树干上，腾出右手摸向受伤的大腿，但只轻轻一碰，就让我疼得呻吟起来。如果我再一次昏过去，我肯定会从这根树枝上掉出去。我稳住身子，试着碰碰左小腿：大多数地方已经没有知觉，但感觉并没受到大的损伤。也许，只不过是大腿骨下部的普通骨折。

只不过是普通骨折，劳尔？在这样一个丛林星球上，暴雨或许永远也不会停。没有医疗箱，没办法生火，没工具，没武器。就只有一条断腿，还发着高烧。哦，对了……只要这真的只是普通的骨折。

闭上你的臭嘴。

雨水击打着我的身体，我衡量着几个选择。我可以扒住树挨过今晚剩余的时间……也许还有十分钟，或是三十个小时……或者，我可以爬下去，到丛林的地面上。

有野兽在等着呢，你是要自个送上门去？好主意。

我叫你闭嘴。丛林地面或许可以给我一个遮雨的庇护所，让我找到一块柔软的地方搁腿，还能用树枝和藤蔓做成夹板。

“好，就这样。”我大声说道，同时在黑暗中四处摸索，寻找着吊伞索、藤蔓或是树枝，下定决心到下面去。

我猜，我花了整整两三个小时才从树上下来。也可能有五六个小时，或是一两个。闪电不再出现，在这近乎黑暗的境地下，几乎不太可能抓到什么把手，但在厚实的丛林树冠上，出现了一丝奇怪的红光，极其微弱，几乎难以看清。我让自己的眼睛慢慢适应，我在这儿找到一根绳索，那儿找到一根藤蔓，又找到一根坚硬的树枝。

*是日出？*我觉得不是。光线似乎太涣散，也太微弱，几乎像是化学品引起的。

我觉得自己身处的这树冠大概离地有二十五米，可等我下到那儿时，粗树枝却继续一路往下，但密密麻麻的锋利棕榈叶已经少了很多。没有地面。我在两根树枝的分叉处栖息了片刻，从疼痛和头晕眼花的状态中恢复过来，然后重新开始往下降，随即发现身下只有湍急的水流。我赶紧抬起左腿，红光的亮度刚好让我看清四下横流的河水，那滚滚的急流在螺旋向上的树干间涌动，漆黑的水打着漩涡从身边冲过，就像是滚滚的石油。

“见鬼。”我骂道，看来今晚我什么地方也去不了，先前我还曾打算制造一条木筏。我现在到了另一个星球上，也就是说，上游和下游肯定分别有一座远距传输器，我肯定是乘什么东西过来的。以前我造过木筏。

是啊，当时你身体棒棒，吃得饱饱，还有两条腿，有工具……比如斧子和激光手电。而现在，你连两条腿都没有。

给我闭嘴，求你了。

我闭上双眼，想要睡上一觉。高烧让我冷得不停颤抖，但我没有顾及这一切，心里盘算着，下次见到伊妮娅的时候，该怎么向她讲述这个故事。

难道你真以为还能见到她？

“快闭上你的嘴。”我再一次喊道，身边雨打树叶的响声和身下狂怒的水流之声将我的声音淹没得无影无踪。我突然意识到，自己该沿着刚才费力、痛苦爬下来的路，重新顺着树枝往上爬几米。因为水可能会涨起来，很有可能。真是嘲讽啊，费那么大力下来，却变得更容易被水卷走。最好往上三四米，先等一分钟，让我喘口气，让那一波波疼痛缓和一下。顶多等两分钟。

我睁眼醒来，看见的是淡淡的日光。我正四仰八叉地躺在好几根下垂的树枝上，离身下那打着旋的灰色洪流只有几厘米远，那水流正在螺旋形的树干间猛烈地涌动。光线仍旧昏暗得像是晦暗的黄昏。我只知道自己已经睡了一整天，又要面对一个冗长的夜晚。雨还在下，但已经很小。气温是那种热带的温热，虽然高烧让我很难判断，而湿度几乎接近百分之百。

我浑身上下都在疼。断腿使我痛苦万分，脑袋、背部和肚子也疼得厉害，但很难将它们区分开来。脑袋里像是有一颗水银球，每当我动一动头，它就会笨重地滚动一下。我感到一阵眩晕，接着又是一阵恶心，但肚子里已经没什么可以吐出来。我挂在缠结的树枝上，思忖着冒险的荣耀。

丫头，下一次你差人跑腿的时候，叫贝提克去吧。

光线没有暗下去，但也没有变亮。我动了动位置，审视着流过身边的水流：灰暗，涌出一个个漩涡，泛着波纹，同时还卷携着零碎的棕榈叶和枯死的植物。我仰起头，但看不见小舟和帆伞的踪迹，昨天那个漫长夜晚掉落下来的所有玻璃纤维和布片都早已被卷走。

看上去似乎在发洪水，像是海伯利安托柴海湾的沼泽地中发生了溪水溢流，堆积的淤泥形成了一个堰塞湖，会持续一年，造成了短暂的水患，但我知道，这个被淹没的森林，这无边无垠的湿地丛林，很可能永远也不会改变。不管这儿是哪里。

我审视着流水。浑浊、晦暗，就像是灰色的牛奶，可能只有几厘米深，也可能有几米。无法从淹在水中的树干上看出什么线索，水流很急，但还没到湍急的地步，如果我好好抓着汹涌水流上的树枝，站到水里面，并不会被它卷走。如果运气好，如果水里面没有海伯利安沼泽地里那种泥胞、吸血扁虱、咬指雀鳝，或许我可以蹚水走到……什么地方去。

劳尔，我的老伙计，蹚水需要两条腿，对你来说，更可能是在烂泥里单脚跳吧。

那好吧，单脚跳过烂泥。我用双手紧紧抓住头顶的树枝，放下左腿，伸进水流中，同时将断腿靠在身下的宽树枝上。这一动，又一阵疼痛袭来，但我咬牙坚持着，将脚掌踏进凝滞的水流中，接着是脚踝、小腿，然后是膝盖，接下来，我动了动，看看能不能站住……我绷紧前臂和二头肌，断腿在树枝上滑下，一阵撕心裂肺的剧痛让我不由大喘一口气。

水深不到一米半。我可以用健全的那条腿站在里面，水流也只不过在我腰部流动，溅泼着我的胸膛。而且，水很暖和，似乎还减轻了断腿的疼痛。

这温热肉汤中可有好多活泼好动的微生物，大多是从种舰时代变异过来的，它们正馋涎欲滴呢，劳尔老伙计。

“闭嘴。”我呆呆地说道，同时向四周望去。我的左眼肿了起来，结着一层痂，但还是能看。脑袋疼得厉害。

灰暗的水流上，四面八方地矗立着无数根树干，伸向灰蒙蒙的细雨中。滴水的棕榈叶和树枝是一种非常暗的深绿色，看上去几乎像是黑的。左手方向似乎微微有点光，而且那个方向的烂泥似乎更加坚实一点。

于是我朝那个方向移去，一面从一根树枝抓向另一根树枝，一面移动左腿往前进，时而在低垂的棕榈叶下猫猫腰，时而像慢动作的斗牛士一般转向一侧，绕开漂浮的树枝和其他残骸。整个向光亮前进的过程花了几个小时。但我没有更好的选择。

丛林中泛滥的大水最终汇入了一条河流。我抓住最后一根树枝，感觉身下的水流正试图将那条健全的腿拖进去。我向眼前无边无垠的广阔水域望去，河面暗暗的，看不见河对面——不是因为河宽得没有尽头（水流和漩涡从左流向右，从中可以看出，这是一条河，而不是什么湖或是江），而是因为河面上缭绕着一层迷雾，一层低矮的云雾，它们遮蔽了一百多米外的一切。河水灰暗一片，暗绿的树木湿淋淋的，云雾灰蒙蒙的。天色看上去似乎在变暗。夜幕正在降临。

我已经用这条腿尽了全力。高烧烧得非常厉害，虽然丛林里很热，但我的牙齿却在颤抖，双手几乎控制不住地抖动。在泛着洪水的丛林里艰难前进的过程中，骨折有点加重，疼得我想要大叫。不，我承认，我**的确**一直在喊叫。起初声音很轻，但随着时间慢慢推移，疼痛越来越厉害，情况越来越糟糕，于是我开始大声喊叫起地方军的古老行军曲，接着是在湛江上当船夫时学会的下流打油诗，最后变成了纯粹的喊叫。

你这建木筏的想法就是这副德性？

我已经习惯了脑中的刻薄话语。我意识到它并没有催我躺倒在地，慢慢等死，而只是批评我为了活命所作的努力并不足够，我便开始和它友好相处。

嗨，劳尔老伙计，来了个绝妙的乘木筏的机会。

河流卷过来一棵完整的树，麻花状的树干在深深的河水中不断翻滚。现在，我站在那儿，水已经没到了肩膀，离真正的河水只有十米的距离。

“是啊。”我大声说道。手指抓着光滑的树皮，慢慢滑脱。我挪了挪位置，把自己拉上去一点。这一次，有什么东西磕到了我的脚，让我眼前一黑。“是啊。”我又说了一遍。*我保持清醒的概率有多大？天不黑的概率呢？或是我坚持下去，赶上另一班树木筏子的概率？*朝那棵浮树游过去几乎不可能。我的右腿已经废了，另一条腿和两条胳膊正不住颤抖，像是中风了。我现在的力气只够抓着这条树枝再坚持一分钟。

“是啊，”我再一次说道，“见他妈的鬼！”

“打扰了，安迪密恩先生，你是在跟我说话吗？”

突然冒出的声音吓得我差点放开手里抓着的树枝。但我还是用右手紧紧抓住，放下左手，在暗淡的光线下审视左手腕。通信志正微微亮着，上一次我看的时候并不是这样的。

“啊，我真该死。飞船，我以为你坏掉了呢。”

“先生，通信志的确坏了。记忆被擦除，神经电路已经完全不起作用。只有通信芯片还在紧急备用能源下运转。”

我朝自己的手腕皱皱眉头。“我不明白。如果你的记忆已经被擦除，神经电路也……”

河水牵扯着我的断腿，不断引诱我松手。我暂时沉默了几分钟。

“飞船？”最后我终于说道。

“有何吩咐，安迪密恩先生？”

“你在这儿？”

“当然，安迪密恩先生。我遵照你和伊妮娅的命令，一直在这儿待着。我很高兴，所有必需的修理工作都已经……”

“现身。”我命令道。天几乎黑了。迷雾的触须越过漆黑的河面，朝我盘卷而来。

飞船呈水平状升了起来，湿淋淋的，船头离我仅二十米，船体仍有一半在中部河道中，就像是一块突然冒出来的巨石，挡住了水流的去路。一艘黑色的浮置游船，全身倾泻着吵闹的溪流。在船首，在远处迷雾中那湿淋淋的黑色鲨鳍上，导航灯闪烁着亮光。

我大笑起来。也可能是在大哭，或者，仅仅是在呻吟。

“你是想自己游过来呢，先生？还是要我到你那边去？”

我的手指快要支撑不住了。“到我这边来。”我一面说，一面用双手紧紧抓住树枝。

飞船有一层冰冻沉眠甲板，伊妮娅在飞出海伯利安后的旅程中，常常睡在里面。那儿有个自动诊疗箱，虽然非常古老——见鬼，整艘船都非常古老——但自动诊疗功能还能用，它被保存得很好，并且，四年前，据这艘喋喋不休的飞船所说，驱逐者在领事还健在的日子里，曾对它进行过修补。

我躺在温暖的紫外线下，柔软的附件正在探测我的皮肤，敷药于青肿之处，缝合纵深的伤口，通过静脉点滴注射止痛剂，最后完成了诊断。

“安迪密恩先生，是复合骨折，”飞船说，“你要看看X光片和超声波图像吗？”

“不，多谢，”我回答，“该怎么治疗？”

“已经开始了，”飞船说，“就在我们说话的时候，骨头正在被固定。等你睡着后，会开始塑胶黏合和超声移植。由于要对受损的神经和肌肉组织进行修复，医生的建议是，至少睡上十个小时来完成治疗。”

“够短的了。”我说道。

“安迪密恩先生，诊断结果最令人担心的是你的高烧。”

“是骨折引起的，是吗？”

“不，”飞船回答，“看样子，你的肾脏受到了非常严重的感染。没有得到应有的治疗，严重程度远远大于你的断腿，在你的腿出问题前，它就会要了你的命。”

“真令人高兴。”我说道。

“此话怎讲，先生？”

“没啥，”我说道，“你说你已经被完全修好了？”

“完全修好了，安迪密恩先生。要是不介意我自夸一下，事实上，我比事故前还要好上几分。瞧，因为损失了一些物资，一开始我以为得从河流的底层渣石中合成碳-碳模板。但我很快就发现，驱逐者对我进行修补时，留下了一些压缩阻尼器的零件，没有用完，通过回收它们，自动修复的效率可以提高百分之三十二……”

“好了，好了，飞船。”我说道。疼痛消失了，我几乎有点晕乎乎的。“完成修复一共花了多长时间？”

“五个标准月，”飞船说道，“按本地时间算，是八个半月。这个星球拥有两颗月亮，它们的运行毫无规律，所以月运周期很古怪，据我推测，它们是被俘获的小行星，因为……”

“五个月，”我说道，“那其余三年半时间，你一直在这儿等？”

“是的，”飞船回答，“这是你们的命令。我希望贝提克和伊妮娅安然无事。”

“我也这么希望，飞船，但我们很快就能知道了。你准备好离开这个地方了吗？”

“飞船的所有系统都运转起来了，安迪密恩先生。静候你的吩咐。”

“那我就吩咐你，”我说道，“我们走。”

飞船将全息像传送到我面前，图像显示我们正在从河面上升起。天已经黑了，但夜视镜显示出了高涨的河水，以及上游仅仅几百米外的远距传送门。由于迷雾的存在，先前我没有看到它。我们在河上腾空而起，升上纷乱的云朵。

“跟上次比，河水涨高了。”我说道。

“是的。”飞船说。眼前现出星球的弧线，太阳在蓬松的云朵上再一次出现。“每个轨道周期，也就是大约十一标准月的时间，就会出现一次涨潮，每次涨潮会持续三个标准月。”

“这么说，你现在知道这是哪个星球了？”我问，“上次我们走时，你还不能确定。”

“现在我非常确信，这个星球并不在通用目录索引的两千八百六十七个星球中，”飞船回答，“据我的天文观测显示，这并不是圣神空间，也不在以前的世界网或是偏地的领土内。”

“不是古老的世界网，也不是偏地，”我重复道，“那是哪儿？”

“这星球在一个名叫NNGC-4645德尔塔的偏地星系的西北部约两百八十光年外。”飞船回答。

由于止痛剂的作用，我感觉有点头晕眼花。“一个新世界，在偏地之外。那它怎么会有远距传输器呢？为什么这条河会成为特提斯河的一部分？”

“无从知晓，安迪密恩先生，但我得提一下，在河底休息的时候，我曾通过远程遥控装置观察到这儿有许多种有趣的生命形式。除了你、伊妮娅和贝提克在下游观察到的河蝠鲼状生物，这里还有三百多种鸟类，以及至少两种类人动物。”

“两种类人动物？你指的是人类。”

“不，”飞船说，“是类人动物。但显然不是旧地的人类，其中一种非常小——身高不超过一米，左右对称，但骨骼架构与我们完全不同，肤色是红色的。”

我突然想起，在我们在此短暂逗留的时间里，我和伊妮娅曾乘坐现已丢失的霍鹰飞毯进行侦查，发现过一个红色岩石造成的庞大建筑，光滑的岩石中凿有微小的台阶。我摇摇头，清除这些念头。“真有趣，不过，我们还是先设定好目的地吧。”星球的弧线已经清楚地展现在了眼前，星辰明亮闪烁。飞船继续升高，飞过一个马铃薯形状的月亮，加速驶离轨道。无名的星球变成了一个炫目的球体，布满了被阳光照亮的云层。“你知道一个名叫天山的星球吗？”

“天山，”飞船重复道，“是的。据我回忆，我从没到过那儿，但我有这个星球的坐标。是个小型星球，位于偏地，住有大流亡后期的中国难民。”

“去那儿没啥困难吧？”

“预期不会有什么困难，”飞船回答，“只是一次普通的霍金驱动跃迁。但我还是建议你在跃迁的时候使用自动诊疗室，作为你的冰冻沉眠舱。”

我又一次摇摇头。“飞船，我不想睡。至少得先等它把我的腿治好。”

“安迪密恩先生，我建议不要那么做。”

我皱皱眉头。“为什么？前几次跃迁，我和伊妮娅不是都保持清醒状态的么？”

“是的，但相对而言，那几次只是在古老世界网内的短途旅行，”飞船说，“现在你们称其为圣神空间。而这一次，旅途的范围将大得多。”

“大到什么程度？”我赤裸着身体，突然感到一丝凉意。我们最长的跃迁，是跳往复兴之矢星系的那次，旅程花了十天的飞船飞行时间，还和等候我们的圣神舰队之间产生了五个月的时间债。“这次旅程有多长？”我再一次问道。

“三个标准月，十八天，六小时，还有几分钟。”飞船回答。

“这点时间债还不算太糟。”我说道。我上一次见到伊妮娅，是在她刚刚过完十六岁生日的时候，这次旅程只会让她比我多出几个月的时间，或许她的头发会长长一点。“我们跃迁前往复兴星系的时候，时间债比这还要长呢。”

“安迪密恩先生，这不是时间债，”飞船说道，“是飞行时间。”

这一次贯穿全身的寒意货真价实。我的舌头似乎不听使唤了。“三个月的飞行时间……那时间债有多长？”

“对于在天山等待的人来说吗？”飞船说。现在，丛林星球已经落在了身后，变成了一个小黑点。我们正朝跃迁点加速而去。“五年，两个月，一天，”飞船说道，“你知道，时间债的算法并不和超光速运行时间呈线性函数关系，它涉及到其他一些因素，比如……”

“啊，老天，”我一面大声喊，一面在自动诊疗箱中抬起手腕，摸向湿冷的额头，“啊，见鬼。”

“安迪密恩先生，你感到疼痛吗？疼痛感应仪没有显示，但你的脉搏不太稳定。我们可以加大止痛剂的用量……”

“不！”我厉声大叫，“不，没事。我只是……五年……啊，该死。”

伊妮娅知道这事吗？她知不知道，我们的这次分别，对她来说将横跨她生命的好几年？也许我本该叫飞船穿越下游的远距传输器。不，伊妮娅的吩咐是取回飞船并乘它飞到天山。上一次，远距传输器带我们到了无限极海。谁知道它这次将会带我们去哪里。

“五年，”我喃喃道，“啊，见鬼。她将……见鬼，飞船，到时候她就是二十一岁了。已经成年。我将错过……我看不到……她不会记得……”

“你确定你没有感到疼痛吗，安迪密恩先生？你的生命体征非常紊乱。”

“别管它，飞船。”

“需要我将自动诊疗舱配置到冰冻沉眠状态吗？”

“过一会儿，飞船。告诉它，今晚治疗我的腿，处理我的高烧，到时候让我睡去。我想至少睡上十小时。离跃迁还有多久？”

“还有十七小时。跃迁点在星系内。”

“很好，”我说道，“十小时后叫醒我。准备好丰盛的早餐，就是我们前一次旅行中庆祝‘星期日’时我常吃的那些。”

“好的，还需要什么吗？”

“嗯，你有没有什么全息记录……是我们前一次旅程中时……关于……关于伊妮娅的？”

“有，安迪密恩先生，有好几小时的记录。比如那次你们在外部瞭望台上，在零重力水泡中游泳的记录。那次关于宗教和理性的讨论。在中央机井的飞行课……”

“很好，”我打断了他的话，“整理好，我吃早饭的时候想看一遍。”

“我将为你准备好自动诊疗，明天七小时的歇息后，你将迎来三个月的冰冻沉眠时间。”飞船说道。

我深深吸了口气。“好。”

“安迪密恩先生，医生希望现在开始修复神经损伤，并注射抗生素。你想睡觉了吗？”

“是的。”

“要不要做梦？药物可以分别为两种神经状态定制。”

“不要做梦，”我回答，“现在暂时不要。以后有的是时间做梦。”

“好的，安迪密恩先生。睡个好觉。”

第二部

15

圣神的飞船和士兵终于来到了天山，消息传到我耳朵里的时候，我还在帕里集市岩台，随行的有贝提克和几个当地人。

“我们得告诉伊妮娅。”我说道。在我们四周、头上、脚下，是数千吨重的台架，上面人头攒动，人来人往，大伙讨价还价，此争彼笑，台架也随之一起晃动，发出吱嘎吱嘎的响声。几乎没人听到圣神来临的消息，即便听到，也没人会理解其中的深意。传达消息的是个僧侣，名叫占定，他在达赖喇嘛的冬宫里任教，当时刚刚从首都布达拉回来。幸运的是，占定每隔几个星期就会在悬空寺（这是伊妮娅的工程）兼任竹具工的工作，去寺里的路上，他恰好在帕里集市看见我们，于是向我们打招呼。就这样，我们成了布达拉宫外的头几个知道消息的人。

“五艘船。”占定是这么说的，“有好几十个基督徒。半数是战士，穿着红黑相间的制服。剩下半数中的半数是传教士，所有人一身黑袍。他们到了兰错那儿，对，就是湿婆阳元山附近的水獭湖，租了附近的红教宁玛派寺庙，把寺的一部分作为小礼拜堂，尊奉他们的三位一体神。达赖喇嘛不允许他们驾驶飞行机器，也不允许他们跨越中原的南部山脉，但准许他们在那片地区里自由走动。”

“我们得告诉伊妮娅。”我第二次对贝提克说道，集市上人声嘈杂，所以我凑得很近，以便他能听见我的话。

“我们得去洛京告诉所有人。”机器人说。他转过身，叫其他几人去把余下的东西买好，并叮嘱他们别忘了安排脚夫搬运购置好的建筑材料——缆绳和额外的盆景竹。接着，他举起厚重的背包，系紧安全带上的攀登器件，完事后，向我点了点头。

我举起自己那只沉重的背包，在前面开路，出了集市，顺着梯子爬下平台，来到缆索平台。“我想，走高路比走道要快，你说呢？”

蓝皮肤的男人点点头。我先前在这个问题上犹豫过，吃不准要不要跟他商量回程走高路，因为对贝提克来说，只用一只手，是很难应付缆绳和滑道的。在我们重新团聚后，我很惊讶地发现，他没在手上装金属钩，左胳膊剩下的半截前臂，依旧是一段光滑的残肢。但很快，我就发现他用一条皮带和数条皮质附件，弥补了失去五指的不足。“嗯，安迪密恩先生，”他回答我，“高路比较快。我同意，除非你想用飞行员去送信。”

我瞧了他一眼，觉得他是在开玩笑。飞行员是一族各自独往独来的人，是群疯子。他们站在高高的建筑上，直接架着滑翔伞飞下，顺着从巨型峭壁上吹来的山风，穿越山脊和高峰之间的广阔天地，而不仅仅受限于缆索或桥梁这些工具。他们观赏鸟儿，找寻上升的暖气流，仿佛那是他们生命的源泉……的确是。如果变化莫测的风突然转向，如果上升力突然消失，如果他们的飞行风筝突然出现问题，那他们根本找不到降落的平地。迫降在峭壁上，几乎就意味着死亡。落入下方的云朵中，那铁定意味着死亡。他们需要估算会吹什么风，测算上升气流、下降气流、急流，过程中不容许出一丁点差错……任何错误都将导致死亡的下场。正因如此，他们才独自生活，膜拜神秘异教，开出极大的价码替人办事，比如应达赖喇嘛的请求从布达拉捎信到别处，或是在佛陀庆典的时候拉出祈文横幅，或是替商人将用以打败竞争对手的紧急文件递送至总公司，以打败竞争对手，或者——如传说中所说——前往东方的泰山，由于一百多公里的天堑和致命云层的阻隔，这座山每年有好几个月与天山的其他地方相互隔绝，无法互通往来。

“我觉得，我们不能把这条信息托付给飞行员。”我说。

贝提克点点头。“没错，安迪密恩先生，但这儿的集市上能买到滑翔伞。就在飞行员行会的摊子上。我们可以买两架，这样就能走最短的路回去。虽然很贵，但我们可以卖掉几头柴羊。”

我永远也搞不明白这位机器人朋友是不是在开玩笑。我回忆起最近一次挂在滑翔伞下的经历，不由得想要哆嗦，但忍住了。“你在这个星球上乘过滑翔伞吗？”我问道。

“没有，安迪密恩先生。”

“那其他星球呢？”

“也没有，安迪密恩先生。”

“你觉得要是我们乘的话，成功回去的概率有多大？”我追问道。

“十分之一。”他不假思索地回答。

“那么，在现在这个傍晚时分，乘索道和滑道的概率呢？”我说。

“只要天没黑，就有九成的把握。”他回答，“如果没到滑道太阳就下山了，就要小一点。”

“那就乘索道和滑道。”我说道。

集市常客在索道前排了很短的一条队伍，一会儿工夫便轮到我们上出发平台。这块竹子搭建的平台位于帕里集市台架底层之下，离上面约有二十米，它向外额外伸出了五米左右，凌驾在深渊上方。在我们身下，除了几千米深的空气，别无其他，在那一片空无的底部，唯有无所不在的茫茫云海，在隆起的岩石山脉上翻腾，仿佛白色的浪花溅泼在石桩之上。我知道，云海之下的几千米深处，充满了有毒气体，还有翻涌的酸海，我们的整颗星球，除了山岳，都被它们覆盖了。

缆索师傅朝我们挥挥手，示意我们过去，于是我和贝提克一起踏上跳台。这个转运站上连接着二十多根缆索，一根根线缆伸向四面八方，它们先是稍稍倾斜向下，随后探进深渊，最后从视野中消失，就像是一张黑色的蛛网。离我们最近的缆索终站位于北方，距离超过一点五公里，那个平台位于一个小山顶上，在白色壮丽的卓木拉日——“白雪王妃”——的背景衬托下，那山顶尤为显眼，但我们此次行程要往东走，将穿越山脉与山脉间的天堑，来到二十多公里外的另一个终点站，往那个方向通去的缆索一点点往下降，最后和远方岩石峭壁上的夕阳余晖融为一体，看上去似乎在半道中消失了。我们最后的目的地，还要越过那个终站，往东北行进超过三十五公里的距离。如果从走道走，需要先沿帕里山脉往北行进一段路程，然后往东横穿一系列的吊桥和小道，整个旅程非常漫长，得花上大约六个小时。如果通过缆索和滑道走，所花时间不到走道的一半，但现在已近傍晚，而滑道尤为危险。我又朝低垂的落日望了一眼，再一次琢磨起来，这主意是否明智。

“快准备好。”缆索师傅喊声如雷，这是个皮肤晒得黝黑的矮个男子，穿着一件朱巴[①]，衣服斑驳变色，缀满补丁。当我们走到装备器械的缆绳前的时候，他正嚼着一块柴苏根，接着转身把残渣吐到了平台外。

“准备好了。”我和贝提克异口同声道。

“互相保持距离。”缆索师傅又咆哮道，他朝我指了指，示意我先开路。

我拿出全身轭具，晃了晃，把滑动吊索理出来，把胳膊伸进那套鼓鼓囊囊的吊索装备，这东西被我们戏称为刑架。我摸索了一番，找到双轴承滑轮装置，用一个钩环将其钩进吊索的吊环，接着又将其套进另一个钩环，打个单环结，作为滑轮制动的备用摩擦制动器。接着我拿出身边最好的D型平衡钩环，用它将滑轮的双轨夹在一起，轨底连上缆索。继而拿出安全绳索，在上面系上一根短短的普鲁塞克吊索，将绳索穿进头两个钩环，最后将其扣上胸前的轭具，连接点位于吊索下方。这一

① 朱巴：指传统藏服。

切花了不到一分钟，我举起双手，抓住滑轮上的D环控制器，上下跳了跳，看看滑轮和扣索是不是牢牢固定住了。一切稳稳当当的。

缆索师傅凑过来，以专家的眼光检查了一下双头D环，看看是否连接好，滑轮是否固定。他将滑轮前后试移了一米，确保几乎无摩擦力的轴承在紧密的机体中作平滑运动。最后又将全身重量压在我的肩膀和轭具上，让我感觉像是又背上了一个旅行包。确认吊环和制动绳索很牢靠之后，他终于放开了我。我很确信，他并不在乎我是否会摔下去死翘翘，但二十公里长的编织细缆伸向远方，直至消失不见，如果滑轮卡在上面什么地方，那么，清理难堪场面的，就是这位缆索师傅了，到时候他得坐在绳梯或是绳座上，吊在几千米高的空中，而往来游客只能干等着，最后发生骚动。不过，他看上去对装备很满意。

“走。”他说道，拍拍我的肩膀。

我挪了挪背上鼓鼓囊囊的高耸着的背包，顺势跳进半空。轭具的带子绷紧，缆索下弯，滑轮轴承发出极其轻微的嗡嗡声，我的两个拇指按住D环控制器，慢慢松开制动，开始迅速向前滑动，片刻之后，便沿着缆索飞驰起来。我抬起腿，靠坐在轭具座椅中，就好像过去三个月来，已经养成了这个老习惯。我们的目的地，昆仑山脉，正发出明亮的光芒。黑暮逐渐填满身下的深渊，夜影顺着身后的帕里山脉朝下移动。

我突然感觉到缆索的拉力起了一丝变化，又听见一阵嗡嗡声，原来贝提克也跳了下来，紧跟在我身后。我回头望了一眼，他已经出了跳台，两条腿以安全方式笔直地伸在前头，整个人在弹性起降器中轻荡。还能看见一条绳链将他左臂上的皮带连在了滑轮的制动索上。贝提克朝我招了招手，我也招手回应。速度越来越快，我坐在轭具中，赶紧转回身，注意着从我身边尖啸而过的缆索。有时候，鸟儿会停在缆索上休息。有时候，缆索上会结出冰块，耸起一个尖刺。还有一些极少的情况，有些人出了意外，或是掉出了安全带——天知道什么原因——而滑轮还留在缆索上。甚至还有一种情况，虽然极为罕见，但仍旧不得掉以轻心：有些人出于恶意的心理，或是本身有精神病症状，会在缆索上停留片刻，在上面系上一个楔索，或是弹簧凸轮，给下一个游客留下一个小小的惊奇。犯下这一罪行的犯人会被判以死刑，将会从布达拉或洛京最高的平台上扔下去，但是，对于遭遇楔索或是凸轮的人来说，这根本无法给他们带去多少抚慰。

不过，这些不测一个都没有在我身上变为现实。超轻缆索下是一片空茫寂寥之地，我安然穿了过去，耳边听到的，只有空气的轻啸，以及速度调整时滑轮制动发出的轻微哼鸣。虽然时近晚春，而且阳光依旧照在我们身上，但在这八千米的高空中，空气总是非常寒冷，呼吸倒没什么大碍。自从抵达天山后，我每天都会感谢掌管进化的神祇，让这样一颗重力稍低的行星——零点九五四的标准重力——在海拔这么高的地方富含氧气。我低头俯瞰，脚底下几千米外，是一片云层，我想象着，在那难以体会的压力之下，是一片滚滚的海洋，劲风吹过，搅起千层浪，而那空气，其实是光气[①]和浓烈的一氧化碳。天山星球上没有真正的地表，唯有浓汤般的行星海，还有无尽的险峻山峦和高峰，耸立至数千米高的高空，触及氧气层，以及类似海伯利安的灿烂阳光。

记忆拨动着我的心弦。我想起几个月前遇到的另一个云海星球，想起了离开那个星球后，在飞船中度过的第一天，当时我的热度和断腿尚未痊愈，也还没开始往跃迁点进发，我无所事事地对飞船说："我想知道，我到底怎么穿过远距传输器来到这儿的。我脑中只记得一个巨型……"

飞船坐在河底，还是原来我们撇下它的那个地方，它播放出浮标摄影机拍下的全息影像，来回答我的问题。那是在夜晚拍摄到的影像，画质已被提高，正下着雨，传送拱门闪着绿光，树梢在摇曳。突然间，一条比飞船船体还要长的触须穿过了远距传输器的开口，载着一个看上去像是玩具船的物体，上面挂着一大块满是窟窿的帆伞织物。那条触须优雅、缓慢地扭了一扭，于是，帆伞、船只、船舱中耷拉着的小人，便向

① 光气：一种无色的挥发性液体或气体，剧毒。

前滑移——事实上，是扑动——了一百米左右，消失进了猛烈摇动的树梢中。

“你当时为什么不来救我？”我问道，毫不掩饰口气中的怒火。我的腿还是疼得厉害，“为什么让我在雨中吊了一晚上，却什么也没做？我差一点死掉。”

“我没有得到明确的指示：你一返回，就来接你。”飞船说道，声音傲慢，像个天才的白痴，“你可能有重要的任务在身，无法容许任何打断。如果几天之内没有从你那儿得到音讯，我会派一艘履带式无人探测车，进入丛林，查明你是否安好。”

我对飞船的推理发表了自己的看法。

“你说的这话很奇怪，”飞船说，“虽然在我的基础结构以及其他的DNA计算部件中，的确有一些有机元件，但严格意义上说，我并非生物学上的有机体。我没有消化系统，除了偶尔会排放废气和乘客的臭气外，并没有排泄的需要。因此，不管是真实情况，还是比喻形式，我都没有称得上肛门的器官。因此，我很难有资格被称为……”

“闭嘴。”我说道。

索道之旅花了不到十五分钟。随着昆仑山脉的峭壁慢慢逼近，我小心翼翼地制动减速。还剩最后几百米的时候，我和贝提克的影子投上了那片闪着橙色光芒的广阔山壁，于是我俩成了两个皮影木偶——那时的我们，操控起降器的吊环，开始放慢下降的速度，摆动双腿，准备登陆，看上去就像是两个用棍支着的奇怪小人偶，附肢夸张地摆动。随着我减速逼近登陆台，滚轮制动的声音由原先的轻微哼鸣，变成了响亮的呜呜。那块岩石平台有六米长，后面的山壁上铺着一层柴羊毛，羊毛历经风雨，已经又黑又烂。

我朝它滑去，踏上平台的时候蹦了一下，离山壁还有三米的时候停了下来。在岩石上站定后，我便训练有素地迅速解下滑轮和安全绳。片刻之后，贝提克也滑了下来。虽然只有一只健全的胳膊，但他在缆索上比我优雅得多，着陆后的惯性冲刺，他只用了一米不到便停了下来。

我们在那儿站了一分钟，望着挂在帕里山脉山缘上的落日，柔和的光线浸浴着结冰的山巅，山顶南部刮着猛烈的疾风，但它兀自岿然不动。我和贝提克按各自的习惯将轭具和装备理好，完事后，我开口道：“到中原时天应该黑了。”

贝提克点点头。“安迪密恩先生，我很希望能在天黑前把滑道的旅程走完。但看现在的情形，并不会如我所愿。”

想到在一片漆黑的夜里滑行在滑道上，甚至还没真正上去，我便害怕得连阴囊也缩紧了。我不由得想到，男性机器人是不是也有类似的生理反应呢。“走吧。”我说道，同时疾步往平台下面走去。

先前在索道上一路往下，我们已经下降了几百米的高度，现在，我们得把这点高度补回来。天山星球的一座座高山上，并没多少平地，脚下的登陆平台很快到了尽头，我俩走上一条架在岩壁上的竹架走道，身下是一片深渊，边上连栏杆也没有。我们顺着它快步往下走，靴子踩在架子上，发出嗒嗒的响声。夜风变得猛烈起来，我拉上保暖外套，又穿上柴羊毛朱巴，快步往前的时候，背上沉重的背包也在一蹦一跳。

鸠玛尔攀升器位于登陆平台以北，距离不到一公里。一路上没有碰到一个人，但远远望去，云层起伏的幽谷对面，在帕里和洛京之间的走道上，正燃着一根根火把。相比我们这儿，巨渊那一边的台架和曲径般的吊桥，现在真是热闹极了，有一大群人正往北进发——他们无疑是要前往悬空寺聆听伊妮娅晚上的公开演讲。我想赶在他们之前先到达那里。

鸠玛尔攀升器由四条固定绳索组成，它们沿着垂直的岩壁往上升，高度几乎有七百米。红色的绳索是上升用的，几米外，荡着蓝色的绳索，专门用来从山顶下降。现在，暮影已经把我们笼罩，风越刮越猛，冷飕飕的。“一起上？”我对贝提克说，指了指中间一根绳索。

机器人点点头。他那蓝色的面容完全没变，还是十多年前记忆中和我们一起离开海伯利安时候的样子。我在期待些什么——看到机器人变老吗？

我们从背包的网兜中拿出动力上升器，接在身边的绳索上，晃了晃高悬的微纤绳，仿佛这样就能知道绳子是不是稳稳固定在上头。缆索师傅会检查这些固定的绳索，但只是偶尔，它们很可能会被谁的鸠玛尔扣钩扯破，或是被隐蔽的尖锐岩石刮花，也可能是结满了冰。到底怎样，很快就能知道，

我和贝提克在动力上升器上扣上一条菊状链，连上一条绳梯。贝提克解下一段六米长的攀登绳，我们用锁钩将其连上各自的安全带，现在，就算是固定的绳索断掉，另外一个人也能阻止同伴落入深渊。理论上是这样的。

天山上，大多数人都拥有动力上升器，这是一项伟大的技术，它由一个密封的太阳能电池供电，尺寸不比我们的双手大多少，有一个把手，利于抓握，是攀登装备中的一流设备。贝提克检查了一下连接，点点头。我用拇指按了按两个上升器，将其启动，指示灯亮起绿光。我将右边的上升器向上升了一米，将其夹住，抬腿往上，踩进绳梯的环状支撑位，确认摆脱束缚，接着把左边的上升器升到更高处，将其紧紧夹住，摆动左腿，踏上两格之上的支撑位，如此这般，交替往上，直至爬到七百米的上方。我俩不时停下来，吊在绳梯上，望着山谷对面的走道，那儿闪耀着火把的光芒。现在，太阳已经西沉，天空很快变成了深紫色，明亮的星辰次第出现。我估摸着，黄昏的光芒大概还剩下二十分钟就要褪去。到那时，我们就得在黑暗中进行滑道之旅了。

风儿在身旁号叫，我不禁打了个哆嗦。

最后两百米，垂直的山壁上结满了冰，固定式绳索悬垂在那儿。我和贝提克的背包中都带着折叠式鞋钉，但我们没拿出来穿，只是重复着那些累人的动作：上升，夹住，踩好，摆脱绳梯，休息一秒钟，继续上升，夹住，踩好，摆脱，休息，上升。七百米的路程，花了大约四十分钟完成。当我们踏上结满冰的平台上时，天已经完全黑了。

天山有五颗月亮：其中四颗是被俘获的小行星，但轨道够低，反射了不少光；第五颗很大，和旧地的月亮不相上下，但右上方的区域曾受

到过巨大的撞击，形成了一个巨坑，上面布满裂纹，对于星球这一边的人来说，抬眼一望就能看见一条条纹路，就像是闪光的蛛网。这颗大月亮的名字叫“先知”，现在正从东北方升起，而我和贝提克正慢慢沿着狭窄的冰脊往北走，风流急速下冲，温度在零度以下，我们紧抓着固定缆索，以免被狂风卷走。

我已经戴上了保暖兜帽，还在脸上盖上了面罩，但双眼和裸露在外的皮肤，还是受着寒风的叮刺。我们不能在这儿逗留太久，但我心里又有一股冲动，想要站起身，做一番眺望，当我站在昆仑山脉的缆索终站上时，我就会远眺整个中原，俯瞰天山的世界，而现在就跟那时如出一辙。

我驻足在滑道前部那块平坦、开阔的冰原上，原地转上一周，将东南西北尽收眼底。朝西南部远望，帕里山脉在先知的照耀下闪着光芒，横亘在我们中间的，是一片翻涌的云海，被月光照得白茫茫的。在帕里北部的高高山脊上，燃着一长串火把，那儿正是走道的所在之地，在更北面还能看见被照亮的吊桥。越过帕里集市，往更远处看，天空下闪着一丝光点，我想，那应该是布达拉，达赖喇嘛的冬宫，在火把的照耀下，光辉闪闪，璀璨夺目，那是这星球上最宏伟的岩石建筑的所在地。我知道，就在那儿的北部几公里外，是圣神刚被获准驻扎的地方——兰错，它躲藏在希文岭（即“湿婆阳元山”）的阴影中。我想象着，基督的信徒们会不会联想到这一来自异教的侮辱，虽然脸上戴着保暖面罩，但我还是不由得笑了。

越过布达拉，向更远处眺望，在西方几百公里之外，是库库诺尔的山岭王国，那儿有数不胜数的高悬村庄和危险的桥梁。沿着名叫“桑坦嘉措”的绵长山脉往南，在极远处，是黄教格鲁派的领地，尽头之处是楠达德维峰，据说印度的福佑女神就栖息在那儿。再往西南方看去，差不多就在地平线附近，现在太阳依旧照耀着的地方，是慕士塔格，那儿住着好几万伊斯兰教徒，守护着阿里和伊斯兰历史上其他圣人的陵墓。从慕士塔格，顺着山脉往北走，就进入了一片我尚未见过的土地——甚至飞临这颗星球时，从轨道上也没看到——从锡安山到摩里亚山之间的区域，是“永世流浪的犹太人”的高原之家，亚伯拉罕和以撒这两座双子城，以拥有天山上最棒的藏书馆而骄傲。在它们西北方，矗立着须弥山——意为世界的中心，还有一座哈尼峰，说也奇怪，它竟也是世界的中心，再往西北方前进，六百公里之外，矗立着四座旧金山峰，霍皮-因纽特文明在冰冷的山脉和崎岖的山沟间勉强维生，同时也确信他们的山岭与世界的中心接壤。

现在，我转过身，朝正北方看去，可以望见我们这一半球最高的山峰，也是我们这个星球的北部分界线，因为从那儿往北几公里，山脉就到了尽头，淹没在了光气云之下。那座山峰，正是卓木拉日，“白雪王妃”。不可思议的是，夕阳余晖依旧照耀着卓木拉日的冰雪顶峰，与此同时，先知也洒下了柔美的光线，照亮了它的东部山脉。

从卓木拉日开始，两座山脉——昆仑山脉和帕里山脉——并驾齐驱，一路往南，两者间的巨大天堑慢慢拉宽，到我们刚刚穿越的空中索道以南，距离变得几乎无法逾越。我又转了个身，背对北风，朝南部和东部望去，追踪着蜿蜒曲折的昆仑山脉，想象着南方两百公里外点燃着火把的地方——西王母城（“西”是指中原的西南部），有三万五千人安身在那儿的谷底和山沟中。

西王母之南，在气流之上，只能看见一座高峰，那是高野山的顶峰——有一群信徒住在那里低海拔地区的冰冻地道城市中，据他们说，弘法大师，即佛教真言宗的开山祖师，正躺在真空冰墓中，等条件成熟，就会从冥想入定状态中苏醒。

高野山之东，在地平线之外，矗立着冈仁波齐山，那儿是俱吠罗——印度财宝之神——的住所，同样也是湿婆的住所，虽然显而易见的是，湿婆本人并不介意和他的阳具被一千多公里的云层分开。帕瓦蒂，湿婆的妻子，据说也栖息在冈仁波齐山，不过谁也不知道她对这一分离有什么意见。

贝提克在这颗星球上的第一年，曾去过冈仁波齐山，他告诉过我，那座山非常美丽，它是这个星球最高的山峰之一——海拔一万九千米——贝提克曾向我描述，说它就像是个大理石雕塑，耸立在一个画着条纹的岩石基座上。机器人还说，在冈仁波齐山的顶峰，在那高高的冰雪之地，一个空气稀薄得连风也吹不起来，连呼吸也相当困难的地方，坐落着一座碳合金材质的寺庙，供着佛教的明王，上乐金刚——一个至少有十米高的巨人，全身同天空一样蓝，头戴骷髅项链，面露喜色，拥着自己的明妃，张手起舞。贝提克说，那位蓝皮肤的神祇跟他有点相像。几座小型雪峰组成一幅曼荼罗图案，正中心是一座圆形高峰，而大殿就位于圆峰峰顶的正中心，里面容纳着上乐金刚所在圣地的神圣之圆——物质化的曼荼罗，即坛场，凡是在那儿冥想的人，将会获得脱离轮回苦海的般若心经。

贝提克说，从冈仁波齐山的上乐金刚坛场，向遥远的南部望去，可以看见数百万米厚的闪闪发光的冰层将一座座山峰掩埋，但有一座拔地而起，那山名叫赫尔迦佛，意为“亡者的蜜酒厅”，那儿住着大流亡时期移民过来的冰岛人，有几千人，这些人已经重新回到了维京人的路子。

我朝西南方望去，要是有朝一日能穿越那儿的南极圈，就会看见别的一些山峰，比如阿贡山，那又是一个世界的中心，已经是不下第三个了，那儿每六百年举行一次艾卡达萨鲁德拉祭典，现在刚到第二十七年，据说巴厘的妇女跳起舞来极为优雅，无比美丽，无人能超越。顺着山脉，从阿贡山往西北前进，过了一千多公里，就到了乞力马扎罗，那儿的居民住在山脚的平地，每隔一段时间，就会将埋在肥沃山沟中的亡者挖出，带着骨骸往上爬，离开适宜呼吸的空气，来到更高处——他们会穿上手工缝制的拟肤束装，戴上抗压面具——在几乎一万八千米的高空，将家人重新葬在如石头般坚硬的冰块中，那一具具骷髅透过冰层，凝视着高峰，似乎永远怀揣着希望。

过了乞力马扎罗，我现在只知道一座山的名字——克罗巴特里克，这座山以没有蛇出名，但就我所知，天山上没有一个地方有蛇。

现在，我转身面对东北方向。寒风迎面吹来，猛烈捶打着我，催促我赶紧前进，但我花了最后几分钟，望向我们的目的地。贝提克似乎也不怎么着急走，不过，他也许只是在担心即将面临的索道，正忧心忡忡，才和我一起驻足了片刻。

在北部和东部，昆仑山脉的陡峭山壁的对面，是中原的领地，在先知的光芒下，五岳闪着光芒。

在我们北面，走道和十几座吊桥横跨广阔的空间，通向洛京镇及嵩山的中心山峰，但这座山其实是中原五岳中最低的一座。

我们前头，矗立着华山，中原最西的山峰，从我们这里可以直通其西南部，但却必须经由一岭极为陡峭的冰脉，从这里可以很清楚地看见上面的蜿蜒滑道。这座山无疑是五岳中最美的一座。从华山开始，索道还剩下最后几公里的路，一路通向洛京北部的崎岖山脊，伊妮娅建造的悬空寺正是位于那儿，寺庙建在一面陡峭的山壁上，面朝北方，深渊的对面，就是恒山，坐落在北方的圣山。

南方两百公里之外，是另一座衡山，那儿是中原的边界。北方那座恒山陡峭、高大、连绵，相比之下，这座只是个平淡无奇的小土墩。暴风狂吹，大雪纷飞，我努力朝北方望去，往事浮现在脑海中，那是来到这个星球的头一个小时里，当时我乘着领事的飞船，飘浮在恒山和悬空寺之间，现在想起来，一情一景历历在目。

我再一次朝东方和北方望去，视线越过华山和嵩山低矮的中心山峰，即使是在三百公里之外，也很容易就能看见泰山那不可思议的顶峰，它的整个轮廓映衬在缓缓升起的先知上。那是中原的最高峰，高达一万八千二百米，山上有一座泰安镇，盘坐在九千米高的地方，从泰安开始，一级级台阶扶级而上，穿越雪地，穿越石壁，一路通向顶部的玉皇庙。

我还知道，在北部那座恒山之外，矗立着佛教的四大名山，吸引着无数香客——西部是峨眉山；南部是九华山；北部是五台山——那儿的紫府迎接着四方来客；在遥远的东方，是普陀山，虽不是很高，但极为美丽。

在这块长期经受风吹的冰冻山脊上，我又站了最后几秒，朝洛京望了一眼，希望看见悬空寺上插着的一列列火把，但是视线很模糊，也许是高处云层的原因，又或许是被大雪阻隔，只能看见一个隐约的小点，在先知的照耀下闪着光。

我转过身，对着贝提克，指了指滑道，跷了跷大拇指，示意准备就绪。风力太强劲，说话根本听不见。

贝提克点点头，从背包的外口袋中拿出折叠式薄片雪橇，摊展开来。我也摸出薄片雪橇，拿着它走到滑道的起点，我意识到自己的心脏正猛烈跳动着。

滑道非常陡。这正是它吸引人的地方，也是最危险的地方。

我确信，如今在圣神，仍旧有一些地方遗留着旧地的古老风俗——滑雪运动。在那项运动中，人们坐在平底雪橇上，沿着特别处理过的冰道极速下滑。这跟我们现在的滑道如出一辙，唯有一个例外，就是我和贝提克用的不是平底雪橇，而是薄片雪橇，它们的长度不到一米，边上微微上翘，就像个勺子，将我们包在里面。刚拿出来的时候，这薄片雪橇，与其说是雪橇，不如说是薄片，松软得就像是铝制包衣，但当我们从吊索中转移来一点动力，往薄片结构中的刚性元件发去压电信息后，小小的薄片便膨胀了起来，片刻之内便成形了。

伊妮娅曾告诉过我，在以前，整个滑道上设有固定的碳-碳绳索，坐雪橇的人会用工具紧钩在上面，就像我们钩在索道或是缆绳上一样，他们会使用特殊的低阻力扣钩环，类似缆索滑轮，来维持速度。这样一来，就可以用缆绳制动，或者，如果雪橇意外从半空飞脱，扣绳就能作为安全带，阻止人的下落。虽然在身上绑上这样一根安全绳，会勒出瘀痕，甚至让人骨折，但至少不会让人跟雪橇一起坠出去。

但伊妮娅说，这些绳索并没起什么作用。它们需要经常维护，才能保持畅通无阻和正常运转。突如其来的冰风暴会把它们冻在滑道的一侧，那些以时速一百五十公里前进的人，钩在绳索上的扣环将会突然撞上固定的冰块。最近一段时间，很难保持索道的畅通：滑道的固定绳索太难维护。

所以滑道被弃用了。但后来，一些寻找刺激的少年和匆忙赶集的大人们发现，有九成的概率，可以直接让薄片雪橇稳稳当当地一路下滑——也就是说，通过使用冰镐，就能保持低速，在凹槽中前进。“低速”，是指低于每小时一百五十公里。成功的概率有九成，当然得需要高超的技巧和很好的条件，而且最好是白天。

我和贝提克曾乘过三次滑道，一次是从帕里带药回来救一个小女孩的命，另两次只是为了熟悉弯道和直道。那三次旅程非常刺激，也非常可怕，但最后我们还是安全通过了。但三次都是白天……也没有风……前头还有别的人在下滑，为我们引路。

而现在天已经黑了，月光下，眼前的漫长道路调皮地闪着光。路途表面看上去结了冰，跟岩石一样崎岖不平。我不知道今天……或者这星期……有没有人走过这条道，有没有人检查过路上有没有裂纹、冰鼓、断面、塌陷、裂口、冰针，或是其他障碍物。我不知道古老雪橇运动的路途有多长，但这条滑道有二十多公里，沿着阿布鲁齐支脉的峭壁一侧，从昆仑山脉，一直连接至华山西面的缓坡上，在那里逐步趋近平路。走道在北部几公里外，沿山下迂回而上，虽然更安全，但也更慢。到了华山，距离洛京的台架就只有九公里的路，还需乘三次索道，当然那段路其实很容易，再稍稍走上一点路，通过山沟中的路，来到一条峭壁边的路，最后就到了悬空寺。

我和贝提克并排而坐，就像雪橇上的两个孩子，等着爸爸妈妈从后推上一把。我的蓝皮肤好友头戴保暖兜帽，脸覆面罩。我朝前倾倾身，抓住他的肩膀，把他拉近，以便他能听到我的喊话。寒风中夹杂着冰针，螫刺着我。“我来开路，好不好？”我喊道。

贝提克转过头，我俩盖着织物的脸颊触碰在一起。“安迪密恩先生，我想应该由我开路。这条路，我比你多走过两次。”

“在天黑的情况下吗？”我喊道。

贝提克摇摇头。“安迪密恩先生，现在很少有人会在天黑了之后走这条路。但我对它的路况记得很熟，每一个弯道和直道的具体位置，都在我脑子里。我相信，有我在前面带着，你也能找到合适的制动位置。”

我只犹豫了一秒钟。“好。”我说道，手上戴着手套，捏了捏他的手。

如果有夜视镜，那么沿滑道滑下这段路，就跟白天一样容易，虽然在我看来，还远远没到不费吹灰之力的程度。但我已经把它丢了，遗失在了远距传输的冒险旅程中，虽然有备用件，但它们都在飞船上呢。“带上两套拟肤束装，两套呼吸器。”当时伊妮娅叫瑞秋传的是这些话，她本应提到夜视镜的。不过，我们今天的远足，按本来的计划是很轻松的：去帕里集市，找家旅馆过一夜，第二天再和其他当地人集合，叫上一伙脚夫，载上货物，把沉重的材料拖回建筑工地。

也许，我突然想到，我对圣神来临的消息反应过度了。但现在为时已晚。即便我们沿原路返回，要想在昆仑山脉上从那些固定绳索上往下降，也和滑道一样棘手。或者，是我在自欺欺人。

我望着贝提克在左胳膊的腕带上装配好三十八厘米的冰用攀登锤，另一只手拿着常用的七十五厘米冰镐。于是我盘腿坐进雪橇，拿出自己的冰锤，放在左手，又用右手握住长长的冰镐，拖在地上，就像个农夫。我朝机器人举起拇指，示意准备就绪，然后望着他在月光下疾驶而去。他先是回头望了一眼，接着熟练地用短短的冰锤稳住雪橇，一大片冰屑飞溅而起，雪橇贴着边沿急速朝前冲去，很快就消失在了眼前。我先在那儿等了一会儿，让他稍稍拉远距离，保证自己不会被飞溅的冰屑砸到，但也够近，可以在先知的橙光下看到他的身影，差不多相距十米远的时候，我便驶了出去。

二十公里的路。以平均时速一百二十公里计算，只需十分钟就能走完。但那是冰寒刺骨的十分钟，肾上腺素急涌的十分钟，心惊肉跳的十分钟，不瞬间做出反应就会死的十分钟。

贝提克棒极了。他转的每个弯都极其完美，先是运行在高倾弯道的底部，这样就可以让自己运动的最高点——以及几分钟后我的最高点——正好晃动在冰道的唇缘；接着，以恰到好处的速度落出倾斜的弯道，准备驶入下一段下降的直道；之后雪橇重重击向冰面，在长长的冰坡上蹦跳而下，速度快得根本看不清周围的一切，那砰砰的声音直接从我的尾骨和脊骨往上传来，让眼前的一切变成双重甚至三重的影子，连脑袋也被震得嗡嗡作响，接着飞溅的冰屑重新模糊了视线，在月光下营造出一个个光晕，亮得可以媲美天空中飞旋的明星——这些璀璨的星辰甚至在和先知的光芒以及小行星卫星快速翻滚的亮光竞争；接下来，我们开始在冰道下部减速，重重跳跃，继而又开始爬升，慢慢进入一条向左的急转弯道，那角度夸张地让我屏住了呼吸，之后我们又滑进一条角度更小的右转弯道，继而沿着一条极为陡峭的直道砰砰地急速下行，以至于我和雪橇似乎都在尖叫着自由坠落。一时之间，我竟然俯瞰到了月光照耀下的光气云层——那些芥子气在月光的照耀下发出绿闪闪的光芒——接着我们像拍出的球一般，绕过一系列旋道和DNA螺旋爬坡路线，雪橇每次都在冰道的边缘摇晃一下，以至于有两次我的冰用斧都砍了个空，挥进冰冷的空气中，但两次我们都落了回去，重新回到直道——与其说是脱出弯道，不如说是被吐了出来，就像在冰面上射出的两颗步枪子弹。接着，我们又高高倾斜，驶出，然后加速冲进直道，射过阿布鲁齐支脉上八公里长的陡峭冰壁。现在，滑道的右壁成了行进通道的地面，大片碎片被冰镐吐出，落入纵深的深渊。我们的速度越来越快，冰冷稀薄的空气刺入我的面具、保暖服、手套、保暖靴，冻僵我的血肉，甚至撕扯着我的肌肉。我像个白痴般地笑了，既是出于恐惧的龇牙咧嘴，也是因为高速带来的纯然喜悦。我感到脸颊上冻住的皮肤正在保暖面具下拉展，同时无时无刻不在调整胳膊和双手，以应付冰镐柄和冰锤闸的每一个变化。

突然，贝提克转向左边，长短两把斧子的弯曲利刃深咬进冰面，溅出一路碎屑（根本没有任何意义，这样的动作会把他——不，是我俩——弹出内壁和垂直的冰墙，最后一起大叫着落入黑色的深渊中。但我相信他，不到一秒，我便果断地将大斧子的刀刃狠狠砸下，又用冰锤重重一击，我向斜里滑去，似乎要滑向右侧而不是左侧，速度达到每小时一百四十公里，几乎快要飞出狭窄的冰壁，我的心也因此跳到了嗓子口。但我矫正并稳定了一下，最终飞速驶过冰面上的一个洞，要不是这疯狂的偏道之举，我们本可能漏进那个洞，极速冲进六到八米宽的破裂岩脊中，瞬间毙命。之后，贝提克窜下内壁，冰镐在月光下闪了一下，最后插进冰地，稳住雪橇，接着继续极速沿阿布鲁齐支脉而下，奔向通往华山冰冻坡道的最后几个弯道。

我紧紧相随。

等到了华山上之后，我俩都已经冻得不行，浑身颤抖，在雪橇里坐了好几分钟，根本没法站起来。过了许久，我俩一起站了起来，将雪橇的压电电容接地，折好，放回背包。我们默默地走在华山山肩的冰冻小路上——我不出声，是因为敬畏贝提克的反应和勇气，而他沉默的原因我并不知道，但我衷心希望他不是在生我的气，因为我草率地做出了沿这条路返回的决定。

最后的三段索道之旅相形之下显得有点虎头蛇尾，唯有两点引人注目：月光洒在我们四周的高峰和山脉上，非常漂亮；我的手指已经冻僵，几乎难以握住D环制动器。

过了月光照耀但又无比空寂的上坡道，洛京便出现了，那里闪耀着火把的璀璨光辉，但我们没有上主台架，而是从梯子那儿进了山沟的狭窄小路。北山壁的黑影将我们包围，只有通向悬空寺的那条高路上点着哔剥作响的火把，将这片黑暗打破。我们一路小跑，跑过最后的几公里路。

等我们到达的时候，伊妮娅正要开始她傍晚的讨论会。小小的台塔中，挤着约摸一百来个人。她的目光扫过等候着的人群的脑袋，当看到我之后，便命瑞秋开始讨论。我和贝提克站在刮着大风的门口，她立即来到了我俩跟前。

16

我承认，当首次来到天山的时候，我非常困惑，还有点沮丧。

我在冰冻沉眠中睡了三个月又两星期。我本以为冰冻沉眠时不会做梦，但我大错特错。整个旅途的大部分时间，我都在做噩梦，醒来时迷糊不堪，恐惧不已。

虽然离脱出星系外围的跃迁点只有十七小时的路程，但在天山星系，我们必须在抵达最外围的冰冻星球时，便马上从超光速状态跃迁而出，并在星系内进行整整三天的减速。这些时间里，我沿着螺旋阶梯在几层甲板上跑上跑下，甚至还叫飞船伸出小型瞭望台，跑到外头活动。我告诉自己，这是为了让自己的腿尽快恢复——虽然飞船声称医疗箱已经将其治好，并消除了疼痛，但其实还是很痛。不过，事实上，我知道这一切都是为了排除自己紧张的情绪。我不知道自己以前有没有这么紧张过。

飞船想把这个星系的所有细节全都告诉我，真是折磨人——黄色的G型恒星，叽歪、叽歪、叽歪——啊，这些我用眼睛就能瞧见……十一颗行星，三颗气体巨星，两条小行星带，星系内部还有大量彗星，叽歪、叽歪、叽歪。可我感兴趣的只有天山。我坐在全息井的软垫中，望着它发出明亮的光芒，这颗星球真是亮极了。亮得令人目眩，像是一颗镶嵌在黑色太空中的璀璨珍珠。

"你看见的是这颗行星位于底层的永久云层，"飞船发出单调乏味的声音，"其反射率高得引人注目。还有一些位于高处的云层——看见明亮半球右下方的暴风雪漩涡了吗？就是那些高耸的卷云，它们在北极极冠处投下了影子。这些云将会为人类居民带来暴风雨。"

"山呢？"我问道。

"在那儿。"飞船回答，它圈出北半球的一片暗影，"根据数据库内那张陈旧的航图，这是一座高峰，位于东半球的北部区域——名叫卓木拉日，意为白雪王妃。你能看见从它南面延伸出的纹路吗？一开始两者靠得很近，越过赤道后，它们开始远远分开，最后消失在南极的云层中，看见了吗？那是两座巨型山脉，分别是帕里山脉和昆仑山脉。它们是这个星球上最初的人类栖息地，极其类似早期白垩纪达科层剧烈隆起所导致的……"

叽歪、叽歪、叽歪。而我想到的仅仅是伊妮娅、伊妮娅、伊妮娅。

让人奇怪的是，在这个星系内，没有圣神舰队的飞船向我们发出质问，没有轨道防御，没有月球基地……就连那个巨大的靶心状的月球上，也没有任何基地——那个月亮看上去就像是有人向光滑的橙色球面发射了一颗子弹——没有记录到霍金驱动的行踪，或是微中子喷射、引力透镜，甚至是巴萨喷气机的清晰尾流，没有任何高级技术的痕迹。飞船说星球的某个地方正在发射一丝微波，但是当我将信息传送进来的时候，发现用的是大流亡前的汉语，这让我吃惊不小。我还没到过不说环网英语的世界呢。

飞船在东半球上空进入星球同步轨道。"你的命令是找到一座名为'恒山'的山峰，它应该位于卓木拉日东南约六百五十公里之外……在那儿！"全息井的远视图陡然缩放，迅速定格在一座美丽的冰雪山峰上，那座高峰刺穿了至少三层云层，其顶峰在天穹中闪耀着清朗的光芒。

“我的天，”我低声道，“悬空寺呢？”

“应该在……这儿。”飞船扬扬得意道。

我们正垂直俯视着一座陡峭的山脊，有冰，有雪，还有灰色的山岩。在那难以置信的山石的底部，涌动着浓密的云层。就算只是通过全息显像器看着这一切，我也不由紧紧地抓住了椅垫，脑子一阵晕眩。

“在哪儿呢？”我问道。放眼望去，根本看不到任何建筑物。

“那个黑色的三角形，”飞船一面说，一面把灰色岩石上我本以为是个影子的地方圈了出来，“还有这条划线处……这儿。”

“你用了多大的倍率？”我问道。

“三角形的最长边大约是一点二米。”从通信志传来的声音是我再熟悉不过的了。

“对于人类的住所来说，这也太小了。”我指出。

“不，不，”飞船说，“那只不过是人造建筑的一小部分，是从一块凸岩下伸出来的一部分。我猜，整座悬空寺就位于这块凸岩下。从这儿看，那岩石几乎超过了九十度……它朝后倾斜了六十到八十米。”

“能给个侧景吗？让我看看悬空寺？”

“可以，”飞船说，“但需要将位置定在更北的轨道上，这样一来，就能用望远镜从恒山上方望向南方，同时用红外线看透八千公里厚的云层，望见里面的山峰和山脉，而悬空寺就建于其中，此外，我也必须……”

“跳过这些，”我说道，“你只要朝悬空寺区域……见鬼，朝整座山脉……发送密光……看看伊妮娅在不在那里等我们。”

“通过哪个频段？”飞船问。

伊妮娅没有提及任何频段。她只说过不能着陆，必须用别的法子下来。看着这垂直甚至是比垂直更甚的冰雪峭壁，我开始明白她的意思。

“如果你在呼叫通信志分机，那就用任何可以使用的通用频段播报，”我说，“如果得不到回复，那就拨打能拨的所有频段。也许可以试试早先获取的那个频段。”

“那些信号来自西半球的最南象限，”飞船的声音很耐心，“我从这个半球没有获取任何微波辐射。”

“请照我说的做。”我命令道。

我们在那儿停了半个小时，用密光扫荡山脉，接着朝整个区域的所有山峰发送了通用无线电信号，继而又将简短的询问编码灌进这个半球。但没有得到任何回应。

“真有不用无线电的住人星球？”我问道。

“当然，”飞船回答，“在伊克塞翁，使用任何微波通信都是违反当地法律和习俗的。在新地，有一个族群……”

“好吧，好吧。”我打断道。我已经不下一千次地想到，是不是有什么办法可以改编这个自主智能的程序，让它不再如此惹人生厌。“带我们飞下去。”我说道。

“去哪儿？”飞船问，“东方的高峰上有一片广阔的定居区，在我的地图上，那地方名叫泰山。昆仑山脉的南方有一座城市，名字应该叫西王母。帕里山脉上，以及其西部一个叫库库诺尔的地方，还有其余定居地。此外……”

“带我们到悬空寺。”我说道。

幸运的是，这个星球还是有足够的磁场，可以让飞船的反重力装置运行，于是我们得以悬浮在天空中，慢慢往下降，而不必骑着聚变焰尾降落。虽然顶部卧室的全息井和屏幕更加实用，但我还是到外面的瞭望台上观看了一切。

看似过去了好几个小时，但事实上，不出几分钟，我们便悠悠地浮在了八千多公里高的地方，随风飘动，北面是那座奇异的山峰——恒山，还有那座悬空寺所在的山脉。在下降过程中，我亲眼望见晨昏线迅速从东而来，据飞船所说，此地正值日暮时分。来瞭望台时，我手里拿着一副双筒望远镜，但现在我没用它，而是裸眼凝视着眼前的一切。我可以清清楚楚地望见悬空寺。我看见了它，却几乎无法相信。

在那巨大斑驳的灰色悬空花岗岩下，有一片看似是一抹光影的东西，其实是一连串的建筑，它们从东延伸至西，连绵了好几百米。我立即认出了这些建筑蕴含的亚洲情结：一些拥有斜屋顶和曲屋檐的塔状建筑，它们那精巧铺砌的外表在明亮的日光下闪闪发光，如同镀上了黄金；建筑上部的低矮砖墙内是圆形窗户和月状拱门，通风的木廊上配有精心雕琢的栏杆；精致的木制柱子被涂抹得犹如凝固的鲜血；屋檐、门扉和栏杆下垂挂着或红或黄的旗幡；屋顶的大梁和塔楼的楼脊上立着复杂的雕像；吊桥和楼梯上装饰着很多花彩，后来我才知道那是转经轮和祈愿幡，每当有人用手转一下经轮，或是风儿吹一下旗幡，就向佛陀发出了一次祷告。

这座寺庙还在建设中。我看见一堆原木高高地堆成了小山，有人正拿着凿刀凿刻山脊的石壁，我看见了台架、粗粗造就的梯子和桥梁，那些绳梯有着木制的脚蹬和绳编的扶手，有一些直立的身影正将空空的篮子拉上梯子和桥梁，还有更多弯腰曲背的影子正背着装满岩石的篮子，他们下到一块宽阔的石面上，将石头从那地方倾倒了下去。由于靠得非常近，所以我能看见其中大多数人穿着色彩艳丽的袍子，长得几乎盖到了脚踝——强风吹过那儿的岩石表面，有好些被吹得噼啪作响——这些袍子看上去非常厚，带有衬垫，足以抵御寒风。后来我知道，这些衣服名叫朱巴，在此地非常普遍，它们的材料可能是厚实防水的柴羊毛，也可能是礼仪用丝绸，甚至可能是棉花，虽然最后一种材料罕见而又珍贵。

我一直很紧张，不敢让飞船出现在这些当地人面前——生怕这会引起恐慌，或是引起激光切枪攻击，或是别的什么——但我不知道除此之外还能怎么办。我们之间的距离仍旧达好几公里，所以，在这座北峰的白色背景墙下，飞船至多也就是日光照射在黑色金属上所发出的一丝不同寻常的亮光。我本希望他们会认为我们只是一只鸟儿——我和飞船已经在屏幕上看见过好多鸟儿，多数展开双翅可达好几米长——但这一希望很快便破灭了。一开始，我看见寺庙上的几个工人停下了手中的活，朝我们的方向望来，接着人越来越多，越来越多。但没有人恐慌。没有人四处奔跑寻求躲藏，也没有人去取武器——我没看见任何武器——但显而易见的是，他们已经看见了我们。我望着两个穿着袍子的女人向上跑过一系列一路走高的寺庙建筑、吊桥、阶梯、陡梯，然后奔过倒数第二座建筑台架，来到最东面的平台上，那里似乎有人在岩壁上凿洞。有几间看上去像是建筑小屋的东西，其中一个女人走了进去，片刻之后，她和几个穿着袍子的高个身影一起走了出来。

我放大双筒望远镜的倍率，心在胸膛里扑腾扑腾直跳，但那栋建筑旁飘着一些烟雾，我无法看清那最高的人影是不是伊妮娅。但透过朦胧的缭绕烟雾，我的确瞥见了一丝金发——长发刚刚及肩——一时之间，我放下望远镜，直勾勾盯着远处的山壁，就像个白痴般咧嘴傻笑。

"他们在发信号。"飞船说道。

我重新拿起望远镜观看。另一个人——我想，是一个女的，但头发的颜色比刚才那个深——正在挥动两把手持信号旗。

"那是种古老的通信码，"飞船说，"名叫莫尔斯电码。第一个字是……"

"安静。"我命令道。我在地方军学过莫尔斯电码，还曾在冰架上用两块该死的绷带叫来了医疗直升掠行艇。

去……东……北……十……公……里……外……的……山……沟。

停……在……那……里。

等……指……示。

"听到了吗，飞船？"我问道。

"听到了。"每当我对飞船表现出粗鲁之意，它的声音总显得冷冰冰的。

"走，"我说道，"我好像看见东北约十公里外有条缝，我们从东面过去，尽可能保持距离。我想，他们在悬空寺那儿不会看见我们，我也没看到那个方向的岩壁上有什么建筑。"

飞船没发出任何意见，便带着我飞了出去，掉过头，沿着陡峭的岩壁一路前行，最后我们来到了那条山沟上——那是条垂直的裂痕，从高高的冰雪顶峰处，朝下笔直坠落了数千米，但底部比寺庙的水平面还高四百米，而寺庙现在已经消失在了西面的那个岩壁外。

飞船垂直悬浮攀升，最后我们来到了山沟底部之上五十米的地方。我惊讶地发现，这条裂口两侧的陡峭岩壁上，竟有溪流在往下流淌，滚滚流进山沟的中部，最后像瀑布般倾泻进稀薄的空气中。整条裂痕中长满了树木和苔藓，它们大片大片地从溪流中挺立起来，高达好几百米，慢慢往上，就只剩几条多彩的苔藓攀向高处的冰层。一开始我觉得此地肯定没有受到人类的打扰，但紧接着我便看见北部崖壁上凿刻出的台阶——我想，它们的宽度刚好可以让人踏足——接着我又看见几条穿进鲜绿苔藓中的小路，还有小溪中巧妙安置的垫脚石，最后还发现一座饱经风霜的微小建筑——实在太小，不像是什么小屋，更像是一座拥有窗户的凉亭——它蹲坐在山沟那翠绿开口的最高端，小溪在旁边哗哗流淌，头顶的常绿植物被风刮得极富造型。

我指了指，于是飞船朝那儿升去，悬停在凉亭旁。我终于明白在这儿为什么难以着陆，虽说不是不可能。领事的飞船还没那么大——在安迪密恩这座老诗人的城市中，它曾在那儿的一座石塔中藏了好几个世纪——但就算张开尾翼或是展开可伸缩支架，垂直降落在这儿，也会压坏树树草草，或是苔藓地衣。在这陡峭的岩石世界中，这些东西看上去太珍贵了，不容受到如此践踏。

于是我们便悬停在那儿，等待着。过了三十分钟，一名年轻的女子从通往岩石平台方向的一条小路上拐了出来，热诚地向我们挥起手来。

那不是伊妮娅。

我承认，当时我非常失望，我心中想见小丫头的愿望再一次达到了执念的程度，以至于开始生出一些团圆相聚的荒谬幻想来——在一片开满鲜花的田野上，我和伊妮娅互相朝对方奔去，她又一次变成了那个十一岁的孩子，而我又成了她的保护神，我们俩都因为重新见到对方而喜悦地大笑，我举起了她，原地打着转，将她抛向空中……

啊，绿色的田野倒的确有。飞船仍旧悬停在半空，一条阶梯架下，通向凉亭旁开满鲜花的草地。年轻女子穿过小溪，在一块块踏脚石间轻巧地跃动，最后爬上绿色的山丘，微笑着朝我走来。

她大约二十出头的样子，优雅的体态和仪表，跟我记忆中的小朋友一模一样。但我从没见过这个女子。

*伊妮娅怎么可能在五年间变了这么多？她会不会进行了易容，以逃脱圣神的追捕？是不是我忘记了她的样子？*最后这个似乎是不可能的。不，不可能。飞船向我保证，如果伊妮娅在这颗星球上等我，她会度过五年又几个月的时间，但我的这趟旅程——包括冰冻沉眠那段时间——只不过是四个月的时间而已。我所经历的时间才只有几个星期，不可能忘记她的样子。我永远也不会忘记她。

“你好，劳尔。”那女子说道，她长着深色的头发。

“你——好。”我应道。

她走近了些，朝我伸出手。我和她握握手，她握得很紧。“我叫瑞秋。伊妮娅说起过你，她讲得一点没错。”她大笑起来，“当然，我们绝没料到会有人乘这样一艘飞船过来……”她朝那个方向挥挥手，我的飞船正停在那儿，就像一只竖立的气球，顺着微风微微摇摆。

“伊妮娅还好吗？”我问，声音有点异样，“她人呢？”

“哦，她在悬空寺里，在忙呢。现在正在换班，是一天里最忙的时候，她走不开。她叫我过来帮你搞定飞船。”

*她走不开。到底在搞什么？我几乎刚从地狱里爬出来——经受了肾结石和断腿的痛苦，被圣神士兵追击，还被丢进一个没有陆地的星球，然后被一头外星生物吞进肚子，接着又被吐出来——她就这么轻描淡写地说走不开？*我咬着嘴唇，克制着自己，不把自己的想法说出来。但我得承认，当时我激动的情绪已经非常汹涌了。

“搞定飞船，你这是什么意思？”我一面说，一面左右四顾，“这儿肯定有地方让它着陆啊。”

"事实上没有。"这个名叫瑞秋的女子说道。在明亮的阳光下，我仔细打量着她，她的年纪应该比伊妮娅要大一点，也许在二十五岁上下。眼睛是棕色的，眼神伶俐，深褐色的头发剪得很随意，跟以前的伊妮娅如出一辙。皮肤黑黑的，肯定是长时间暴露在日光下的结果。工作让她的双手布满了老茧。由于时常微笑，眼角周围还带着细纹。

"嘿，听我说，"瑞秋说道，"你可以去飞船里把你需要的东西拿下来。拿个通信志或通信仪，一旦你需要它的时候就能叫它回来。然后，在储藏柜中拿两件拟肤束装，再拿两个吸氧器。最后叫你的飞船飞到第三颗卫星那儿——就是那颗第二小的，它其实是被俘获的小行星。那上面有个很深的撞击坑，飞船可以藏在里面，这颗卫星的轨道几乎和我们同步，它始终以一面对着我们。所以，只要你以密光向它发出信息，它就会马上飞回来。"

我满心狐疑地看着她。"带拟肤束装和吸氧器干什么？"飞船上的确有这两样东西，用于普通的真空环境，省去了穿宇航服的麻烦。"这儿的空气正好，不算太稀薄。"我说。

"的确，"瑞秋说，"在我们这个高度的大气中富含氧气，这很让人惊讶。不过，伊妮娅让我叫你带上拟肤束装和吸氧器。"

"为什么？"我问。

"我也不知道，劳尔。"瑞秋说。她的目光很平静，似乎完全没有狡诈和欺骗的意思。

"为什么要把飞船藏起来？"我问，"这里有圣神的人吗？"

"还没有，"瑞秋说，"但最近六个多月来，我们一直在等待他们的光顾。此时此刻，天山上还没有任何太空飞船，附近也没有……除了你的飞船之外。也没有任何飞行器、掠行艇、电磁车，或是飞行机、直升机……只有滑翔伞……但他们从没飞远过。"

我点点头，但还是迟疑着。

"今天，杜巴看到了他们无法解释的事。"瑞秋继续道，"我是指你的飞船在卓木拉日飞过的情景。但最后他们用‘缘分’[①]一词解释了一切，这样难题就迎刃而解了。”

“缘分？”我纳闷道，“杜巴又是什么？”

“缘分就是神迹，”瑞秋说，“佛教的预言，在天山的这一地区很盛行。杜巴是……啊，字面意思是天顶，是指住在高处的人。还有竹巴，指住在山沟中的人……也就是低处山谷中的人。还有创巴，指住在林谷中的人……主要是那些住在帕里山西部地段及更远处的大蕨林和盆景竹台中的人。”

“你说伊妮娅在悬空寺？”我倔强地问道，不愿听从年轻女子叫我把飞船藏起来的“建议”。

“对。”

“我什么时候能见到她？”

“到那儿之后就能见到。”瑞秋微笑道。

“你认识伊妮娅有多久了？”

“四年左右吧，劳尔。”

“你是这个星球的人？”

她又微微一笑，耐心地面对我的审问。“不。你见到竹巴和其他人之后，就会知道我不是本地人。这儿的多数人是汉族人、藏族人，以及其他中亚血统的人。”

“那你是哪里人？”我冷冷地问，即便自己听来都觉得十分粗鲁。

“我出生在巴纳之域，”她回答道，“一个偏居一隅的农业星球。到处是玉米地、林地，黑夜漫漫，有几所大学，除此之外没多少东西。”

“我听说过这地方。”我说。但这更让我狐疑了。巴纳之域在霸

① “缘分”的藏文是Tendrel，Ten的意思是“依赖”，drel的意思是“业力的联系”，Tendrel可以解作“互相依存的联系”，即万事万物都是互相依存的，不能独立存在。

主时期名噪海外的“优秀大学”如今早已变成了教会的学院和神学院，我突然很想看看这个年轻女子的胸脯——我是说，看看那儿有没有十字形。把飞船送走，然后踏进了圣神的陷阱，这种事实在是不难想象。“你在哪儿碰到伊妮娅的？”我问，“巴纳之域吗？”

“不，不是。是在阿姆利则。”

“阿姆利则？”我重复道，“从没听说过。”

“很正常。阿姆利则在偏地之外，是个索美尺度很低的星球，一个世纪前才有人定居，是逃离帕瓦蒂内战的难民，几千名锡克教徒和几千名苏菲派教徒在那儿勉强维生。伊妮娅到那儿，是受雇设计一座沙漠社区中心，而我正好受雇在那儿进行调查工作，督导建造工人。之后我就和她在一起了。”

我点点头，但还是犹豫不决。我内心充满了某种情绪，并非失望，它们像怒火般冲击着我，但又不太像愤怒，似乎有点嫉妒的意思。要真是嫉妒，那可太荒谬了。“贝提克呢？”我突然有种直觉，觉得机器人已经在过去五年的某个时间死去了，“他是不是……”

“他昨天去帕里集市买补给了，这是两周一次的例行工作。”名叫瑞秋的女子说道。她抓住我的上臂。“贝提克很好。今晚月出时，他就应该回来了。快，拿好你的东西，叫你的飞船藏在第三颗月亮上。你最好自己听伊妮娅解释。”

最后，我就拿了几样东西：一件替换衣服，一双好用的靴子，小望远镜，一把带鞘的小刀，还有拟肤束装和吸氧器，以及一只巴掌大小的通信器。我把所有东西塞进一只帆布背包，跳下阶梯，来到草地上，向飞船下达了命令。我内心有个声音希望飞船对这个重新进入蛰伏状态的命令表现出愠怒（这回是在一个没有空气的月亮上），但飞船静静地接受了我的命令，并暗示它每天会通过密光检查一下，确认通信装置是在运行状态。接着，它升向高空，直至变成一个小点，最后消失了，就像一个断了线的气球。

瑞秋递给我一件羊毛朱巴，叫我套在保暖夹克外。我注意到，她在外套和裤子外还套了一套尼龙轭具，辅助带上还挂着金属制的攀登器械。于是我问她那有什么用。

“伊妮娅已经在悬空寺为你也准备了一套轭具。”她开始喋喋不休地说起吊索上的器具，“这是运用这个星球最先进的技术制成的，布达拉的五金匠制作这种工具，开价着实不菲，制造这样一套需要鞋钉、索轮、折叠式冰镐、冰锤、导缆器、安全钩、岩锥、尖钩，随你列举。”

“我也需要用到这些东西？”我狐疑地问道。我在海伯利安自卫队学过基本的冰上攀登术，比如坐式垂降、借用裂缝攀爬等。在鸟嘴师从阿弗洛·休谟时，我还曾顺着绳索爬上采石场。但我对真正的登山运动没有把握，我不喜欢高的地方。

“你会用到，而且马上就会习惯的。”瑞秋向我保证，接着便出发了，她跳过一块块岩石，轻盈地沿着小道向上爬，向悬崖边缘前进。她身上那副轭具的零件丁零当啷地作响，就像是铁钟的鸣响，或是山地山羊脖子上铃铛的声音。

陡峭的山壁上有一条小道，我们沿着小道走了十公里。道路很狭窄，右侧是令人晕眩的万丈深渊，北面那座不可思议的高山和底下不断搅动的云层发出炫目的光芒，富氧大气涌动着令人心醉的能量，但在我习惯了这一切之后，这段路走起来也就极其容易了。

“没错。”当我提到大气时，瑞秋回答道，“如果这里有可燃的森林或草原，那富氧大气就会变成大麻烦。你应该见见雨季的闪电风暴。不过我们这儿的易燃物，就只有山沟那儿的竹林和帕里雨带那边的蕨林，它们都是易燃物种。而我们使用在建筑上的竹木，其材质非常密，极难点燃。”

接下来我们沉默了一段时间，以一列纵队向前走，我的注意力都集中在了小道上。我们刚转过一个角度狭小的弯道，头顶的悬岩让我不得不猫下了身子，就在这时，小道登时变宽，眼前的景象豁然开朗，悬空寺出现在了眼前。

现在，我正位于悬空寺的东下方，从这么近的距离看，它还是犹如被施了魔法般，悬在半空中，下面空无一物。其中几座既低矮又古老的建筑的底部有岩石或砖头，但大多数都临空搭建。主建筑上方七十五米之上，是一块巨大的悬岩，这些塔状的建筑都遮蔽在它的下方。不过有一条条梯子和一个个平台歪歪扭扭地一路向上，几乎到达了悬岩的下部。

我们来到一大帮人中。五颜六色的朱巴和无处不在的攀绳并不是这儿唯一的共性：这些人礼貌地盯着我，从他们的脸庞看来，大多数人似乎都带有旧地东亚人的血统。对于标准重力水平的星球来说，这些人的身高相对来说有点矮小。瑞秋领我穿过人群，爬上梯子，进入其中的一些建筑，经过散发着熏香和檀香味的厅堂，接着又出来，穿过门廊、吊桥，走上精致的台阶，所经之处，这些人无不点着头，充满敬意地退到两侧。不久，我们便来到了悬空寺的上层，那儿的建造工作正如火如荼地进行着。先前我透过望远镜看到的小人们现在变成了生机勃勃的人类，他们拉着装满石块的重篮子，吆喝着嗓子，一个个洒着热汗，辛勤地劳作着。在飞船里看到的无声的效率十足的活动，现在变得热闹非凡，锤子重重击打，凿子叮叮作响，鹤嘴锄应和着，同任何建筑工地秩序井然的热闹场景一样，这些工人们一面喊，一面打着手势。

爬上几条台阶，又越过三级通往最高处平台的长阶梯，我停下了脚步，喘了口气，接下来就是最后一段阶梯了。不管氧气如何富足，这段攀爬还是很累人。瑞秋正注视着我，目光平静，很容易被误会成是冷漠。

我抬头一望，看见一名年轻女子正迈步从最高平台的边缘下来，姿势相当优雅。刹那之间，我的心紧张得扑腾扑腾直跳，*是伊妮娅*！但我留意到她走路的样子，看到她那黑色的短发，我知道那不是我的小丫头。

我和瑞秋从阶梯的底部退开，那女子从最后几级梯级上一跳而下。她长得很魁梧，很结实，跟我一样高，面容冷峻，眼眸竟是紫色的，标准岁数大概在四十或五十上下，皮肤黝黑，很健康，从眼角和嘴角的白色皱纹看来，她是个很喜欢笑的女人。“劳尔·安迪密恩，”她猛地伸出手，“我是西奥·伯纳德。这些建筑中有我的一份力。”

我点点头。跟瑞秋一样，她也握得相当紧。

“伊妮娅刚收工。”西奥·伯纳德朝阶梯指了指。

我看了看瑞秋。

“你自己上去吧。”她说，“我们还有事情要做。”

我双手交替往上爬，竹梯上约有六十级梯级，我一面爬，一面想到，如果从这上面掉下去，下面的狭小平台压根就接不住你，等待着你的将是永无止境的深渊。

我爬上平台，看见了几栋简陋的小屋，还有一大片凿过的岩石，最后一座寺庙应该会建在这里。十米之上，是数万吨重的岩石，那正是悬岩，它弯在我的头顶，就像是花岗岩材质的天顶。一群长着剪尾的小鸟在那儿的裂缝间飞扑四窜。

面前有两栋小屋。正在这时，从较大的那栋里出现了一个身影，我的眼睛定在了她的身上。

是伊妮娅。那双无所畏惧的黑眼，那副不自觉的笑容，那轮廓鲜明的颊骨，小巧的双手，随意修剪的金褐色头发。在岩壁的劲风吹袭下，她的头发翩翩起舞。跟上一次见面时相比，并没长高多少，我仍旧不用弯腰就能亲吻到她的额头。但她的确变了。

我猝然吸了口气。我这辈子当然见过别人长大成人，但这些人大多数都是我的朋友，看着他们长大的同时，我也在长大成人。显而易见，我还没有生育过子女，我唯一一次仔细观察别人长大的经验，就是和这个孩子相处的那四年又几个月的时间。我意识到，伊妮娅在大多数地方仍和五年前她十六岁生日时相差不多，除了所剩无几的那点婴儿肥，她的颊骨愈发瘦削，面容更加刚毅，臀部变宽了，胸部微微凸起。她穿着鞭裤，高筒靴，一件从西塔列森带来的绿色衬衣，一件在风中摇曳的卡其夹克。和旧地时相比，她的手臂和双腿强壮了，有力了。但这些在我眼里都不是什么大变。

她身上的一切都变了。我认识的那个孩子消失得无影无踪，取而代之的是一个女人，一个陌生的女人，现在，她正穿过简陋的平台，疾步朝我走来。让我陌生的，不仅仅是那改变了很多的面容，瘦削体态下精壮的肌肉，更是……一种刚毅。一股气度。就算在儿时，伊妮娅也是我这一生见过的最有生气、最活泼、最完美的人。现在，儿时那个孩子不见了，起码是隐匿在了成年之下，在那生龙活虎的光环下，我能看出一种刚毅。

“劳尔！”她迈过最后几级台阶，来到我身边，靠近我，有力的双手抓住了我的两条胳膊。

有那么一小会儿，我还以为她会和从前那个十六岁的孩子一样……重复我们在旧地最后一分钟所做的事……亲吻我的嘴唇。但她没有那么做，只是抬起一只手指修长的手，放在我的脸颊上，抚摸着我脸上和下巴上的皱纹。那双黑色的双眼中洋溢着……什么呢？不是欢乐。或许是活力。我希望，那是幸福之情。

我的舌头像是打了结，我想说点什么，但甫一张口就打住了，我抬起右手，似乎要去摸她的脸，但又放了下去。

“劳尔……见鬼……见到你真是太高兴了！”她放下手，用力抱紧了我，力道真是大极了。

“丫头，我也很高兴见到你。”我拍拍她的背，手掌感受着她夹克的粗糙质地。

她退后了一步，那副笑容更灿烂了。她抓住我的上臂。“找飞船的这一路是不是很糟糕？快告诉我。”

“五年！”我说道，“你为什么不告诉我……”

“我说了。我朝你喊了。”

“什么时候？在汉尼拔？当时我已经……”

“对，后来我又朝你喊‘我爱你’。记得吗？”

“记得，但是……如果你知道……五年，我是说……”

我俩马上说了起来，几乎是喋喋不休地说着。我试图把我的旅途经历告诉她，穿越那一座座远距传送门，在维图-格雷-巴里亚那斯B上受到了肾结石的袭击，阿莫耶特光谱螺旋的人民，云海星球，又像水母又像乌贼的怪物。始终是我在问她问题，在她回答前，我又继续喋喋不休地说下去。

伊妮娅一直在微笑。“劳尔，你样子没变。一点儿也没变。但当时，见鬼，我本来猜你会变一点点。只有……多长时间来着……一两星期的旅途，再加上在船上的冷冻舱里睡上一觉。”

在这阵幸福的眩晕中，我又感受到一阵怒意。“该死的，伊妮娅，你应该把时间债的事告诉我。还有传送到那个没河没陆地的星球的事。我也许会死的。”

伊妮娅点着头。“但我也不是那么确信，劳尔。一切都没有定数，只有普通的……可能性。这就是为什么我和贝提克会在小舟上额外加一个帆伞的原因。”她又笑了笑，“我猜那东西很管用。”

“但你知道这一别会是很长一段时间。对你来说是好几年。”这不是一个问题。

“是，我知道。”

我张口想说话，但内心的怒意来得快去得也快，最后我抓住了她的臂膀。“丫头，很高兴重新见到你。”她又抱了抱我，这次亲了亲我的脸，小时候我跟她讲笑话或是说了让她高兴的话时，她总会这样做。

“快来，”她说，“中班结束了。我带你看看我们的平台，给你介绍几个人。”

我们的平台？我跟着她爬下阶梯，走过先前和瑞秋同行时看到的几座桥。“伊妮娅，这一路走来，你还好吗？我是说……一切都还好吗？”

“都好。”她扭过头来，又笑意盈盈地看着我，“劳尔，一切都好。”这里有三座叠在一起的塔楼，我们走在最高那座塔的侧边小道上。这条道非常窄，我们走在上面，平台也在不住地微微颤动，当我们走到塔楼间狭小的平台上时，整座建筑都震动了起来。最西面还有一座塔，我发现人们正从里面出来，人群正沿着峭壁上的一条狭窄道路迤逦而行。

“这儿有点晃，但其实很结实。”伊妮娅注意到我心里的疑虑，“我们用坚硬的竹松木制成横梁，又在岩壁上钻洞，把横梁架在里面。整座建筑就是这样支撑起来的。”

“木头肯定会烂的。”我跟着她走到一条短短的吊桥上，风把桥吹得左右晃动。

“会。”伊妮娅说，“这座寺庙在这里已经有八百多年，这些横梁被替换过好多次。具体次数没人知道。和这儿的地板相比，他们的记录更加不可靠。”

“他们雇你，要你把这座建筑建成？”我问。我们来到了一块红木材质的平台上，尽头处有条梯子，通向上方的一个平台，之后是一条更加狭窄的小桥。

“是啊，”伊妮娅说，“我在这里有点像是建筑师，又像是建筑工头。我第一次到这儿的时候，在布达拉那儿监造了一座道观。达赖喇嘛觉得我有能力建成悬空寺。过去几十年来，好多自告奋勇的革新者都一败涂地。”

“你到这儿的时候。”我重复道。现在我们来到了建筑中部的一块高高的平台上。四周立着雕刻得很漂亮的栏杆，边缘矗立着两座小塔。伊妮娅在第一座塔的塔底停下脚步。

“一座庙？”我问。

“我的地盘。”她莞尔一笑，招招手，叫我进去。我朝里面看了一眼，这是个三米见方的小屋子，木地板打磨得又光又亮，上面铺着两块小小的榻榻米。最让人震撼的是远处的那块墙壁——事实上那里根本没有墙壁，那是一块中式移门，已经折了起来，屋子的尽头就这么完全敞开着，暴露在天空之下。睡在这里的人要是梦游，没准会踏进无尽的深渊。西墙边靠着一只低矮的木台，上面放着一只漂亮的芥黄色花瓶，瓶内插着三支柳条状的枝子，一阵阵微风顺着峭壁往上吹来，枝上的叶子发出瑟瑟的响声。这是屋内唯一一件装饰。

“在屋内我们要脱鞋，不过刚才你走的那段走道不算。”说完，她领我来到旁边那座塔里，它和第一座几乎一模一样，只不过这里的移门被拉上了，旁边地板上放着一块蒲团。“这是贝提克的东西。”她指了指蒲团边上一个涂着红漆的小柜子，“我们打算让你住在这里。快进来。”她甩掉靴子，走过榻榻米地垫，拉开移门，最后盘腿坐在垫子上。

我脱掉靴子，把包裹放在南墙边，走到她边上坐下。

“噢，劳尔。”她又抓住了我的臂膀，“哎呀。”

在那片刻时间内，我完全说不出话来。不知道是不是海拔太高，还是氧气太足，把我弄得太激动了。我集中注意力，望着外面的一队人，他们穿着鲜艳的朱巴，从寺庙里走出来，沿着峭壁上狭窄的小道和小桥往西行进。透过屋子敞开的大门朝对面望去，可以看见恒山那闪闪发光的山丘，在午后的阳光下，山上的冰原正闪着亮光。“天哪，”我轻声说，“丫头，这真是太美了。”

“是啊。但如果不小心的话，也是极其致命的。我和贝提克明天带你上峭壁，教你一些进阶课程，攀登器具的使用啦，攀登规则啦。”

“应该是基础课程吧。”我禁不住地一直看着她的脸和眼睛，要是现在再碰碰她的肌肤，我真怕会碰撞出火花来。当她还是个孩子时，每当我们碰到对方，就会有一种触电感，我现在记起了这种感觉。我深深吸了口气。“好吧，”我说，“你到这儿之后，达赖喇嘛，暂且不管他是谁，说你可以负责这里的寺庙建造工作。那么，你什么时候到这儿的？怎么来的？你什么时候碰到瑞秋和西奥的？你还认识这里的哪些人？我们在汉尼拔道别后，发生了什么事？塔列森的那些人去哪儿了？圣神军有没有追你？你的建筑知识从哪儿学来的？你现在还和狮虎熊谈话吗？你怎么……”

伊妮娅竖起一只手，哈哈大笑起来。“劳尔，一个问题一个问题来。瞧，我也想好好听听你的旅程。”

我和她目光对视。“我梦见我们在梦中谈话。”我说，“你跟我说有四个步骤……学会死者的语言……学会……”

“生者的语言。”她接下我的话，“是的，我也做过这个梦。”

我必定是弓起了眉头。

伊妮娅微微一笑，双手放在我的两手之上。她的手变大了，包住我一双特大的拳头。我记起小时候，我只用一只手就能把她的两只小手包起来。“劳尔，我的确记得这个梦。在梦中，你非常痛苦……你的背……”

“肾结石。”一想到这个，我不禁缩了下身子。

“嗯，对，即使相隔数光年，我们也还能做同一个梦，我想，这就说明我们还是一对好朋友。”

“数光年，”我重复道，“好吧，你是怎么跨越数光年来到这儿的，伊妮娅？你还到过什么地方？”

她点点头，开始述说整个故事。微风从敞开的移门墙那里吹进来，撩拨着她的发丝。述说这些的时候，暮光正高高地照射在北方的高山之上，还有东部和西部的峭壁上，颜色越来越艳丽。

伊妮娅是最后一个离开西塔列森的，那是在我划着小舟漂下密西西比河后的第四天。她说，其余学徒通过不同的传送门离去，登陆飞船用尽了最后一丝能量，把他们送到各个传送门——金门大桥、大峡谷、拉什莫尔山[1]的岩壁顶、肯尼迪宇航中心历史园锈蚀的起飞台。似乎都是在旧地的西半球。伊妮娅的那个远距传输器位于一个名叫圣菲的空旷城市北部的印第安村落中，它建在村内的一栋砖屋内。贝提克同她一起传送走。听到这话之后，我不禁眨眨眼，妒火中烧，但并没说什么。

跨越远距传输器，她首先来到了一个名叫伊克塞翁的高重力星球。那儿是圣神的领地，不过主要集中在另一个半球。伊克塞翁一直没有从陨落的伤痛中复原，伊妮娅和贝提克出现在一个长满丛林的高原上，那里有一座座迷宫般的废墟，杂草丛生，面目难辨，主要居民是重生的美

① 在美国南达科他州的黑山地区，有一座拉什莫尔山，山高1800米左右，刻有华盛顿、杰斐逊、罗斯福、林肯4个巨大的石雕像。

国土著，后来又有放浪变节的基艺家前来，想要把旧地全部有记录的恐龙种类都复原，于是，原本就不稳定的局面更加恶化了。

伊妮娅给故事添上了一丝趣味。由于贝提克的皮肤是蓝色的，一看就知道是个机器人，所以他在身上涂上了当地人使用的绘脸颜料，以此隐藏自己的身份。她作为一个十六岁的小姑娘，为了赚钱——或者说为了交换食物和毛衣——大胆地领导起伊克塞翁旧城的重建工作，这些城市包括坎巴、伊琉姆特、毛维尔。而她也确实干得不错。伊妮娅不仅帮着为三座老城的中心和无数小屋做了重新规划和重建工作，而且还发起了一系列“论坛”，十多个互相敌对的部落也前来听她演讲。

讲到这里，伊妮娅显得小心翼翼，但我很想知道这些“论坛”都是干什么的。

“就是普通的事情，”她说，“他们会就话题发起讨论，我也会提出一些值得思索的问题。大家会就此讨论。”

“你教导他们吗？”我想起了那个预言，说这个约翰·济慈赛伯人的孩子将会成为“传道者”。

“是苏格拉底式的吧。”伊妮娅说。

“什么苏……哦，对。”我记起来，从前在塔列森图书馆，她和我讲过柏拉图。苏格拉底是柏拉图的老师，他以诘问的方式教授知识，导引出人们早已知晓的真理。我觉得这种手法相当不可靠，即使是在最好的情况下。

她继续说下去。在讨论小组中，有几个人成了热忱的听众，每天晚上都会来，并跟着她一起在伊克塞翁的一个个废墟城市间游走。

“你在收弟子。”我说。

伊妮娅皱皱眉。“劳尔，我不太喜欢这个词。”

我抱起双臂，朝外望去。山霞照亮了数千米之下的云层，北山映照在璀璨的晚霞中。“也许你不喜欢，但是，丫头，我觉得这个词没有任何不对。师傅到哪儿，弟子便跟到哪儿，想从她那里学到最后一点知识。”

“是学生跟着老师。”伊妮娅说。

“好吧，”我不想和她吵，我想听完她的故事，“继续说吧。”

伊克塞翁没什么好说了，她说。她和贝提克在这个星球待了大约一个当地年，也就是五个标准月。他们在那里造的大多是石屋，她设计的式样都很古典，几乎是希腊式的。

“圣神呢？”我问，“他们有没有过来四处打探？”

“有几个传教士也参加了讨论，”伊妮娅说，“其中一个……克利福德神父……还和贝提克交上了朋友。”

“难道他——他们——没有把你供出去吗？他们肯定还在找我们啊。“

“我敢肯定，克利福德神父没有那么做，”伊妮娅说，“不过，后来的确来了一些圣神士兵，开始在我们工作的西半球搜寻我们。部落的人把我们藏了起来，我们躲了一个月。但傍晚的讨论会没有取消，克利福德神父也仍旧来，当时掠行艇还在丛林上方来来回回地飞行，想要找到我们呢。”

“后来呢？”我就像是一个两岁的孩子，只会一刻不停地提问题，叫别人快点讲完故事。虽然只不过是几个月的分离而已——包括噩梦肆虐的冰冻沉眠——但我已经忘了自己是多么爱听这个小朋友的声音。

“没多大事发生，真的，”她说，“我建完最后一幢建筑——供人们玩耍和集会的古老圆形剧场——就和贝提克离开了。有几名……学生……也离开了。”

我眨眨眼。“和你一起吗？”瑞秋说她是在一个名叫阿姆利则的星球遇到伊妮娅的，之后便和开始她同行。也许，西奥来自伊克塞翁。

“不，伊克塞翁没人跟我一起走。”伊妮娅轻声说着，“他们要去别的地方，他们有东西要去教别人。”

我盯着她看了一会儿。“你的意思是，现在狮虎熊也允许别人进行远距传输了？还是说，古老的传送门全都开启了？”

“不，”伊妮娅说，不过我不知道她回答的是哪个问题，“不，远距传输器仍和从前一样毫无声息。只不过……啊……出现了几个特例。”

这回我还是没有催她一说究竟。她继续说下去。

离开伊克塞翁之后，伊妮娅传送到了茂伊约。

“希莉的星球！”我嚷道。外婆的声音浮现在我脑海中，那声音在教我海伯利安《诗篇》的韵律。茂伊约是其中一个朝圣者故事的发生地。

伊妮娅点点头，继续说着。早在环网时期，茂伊约就被革命的火苗和霸主的攻击重重挫伤，在陨落这段过渡期，它慢慢恢复过来，之后在圣神扩张期得到重新开拓，但当地人并没有加入其中，他们凭着对希莉的信仰，扎根在移动小岛上，和他们的海豚伙伴一起展开了反击，直到圣神军队和瑞士卫兵的到来。现在，茂伊约正被复仇之火烧成一个基督化星球，其中一座大陆，赤道群岛上的居民，以及数千移动小岛都被送到“基督学院”接受再教育。

但伊妮娅和贝提克传送到的那个移动小岛，仍然掌控在叛军的手里。这群叛军是一群新异教徒，自称希莉派，他们在夜晚起航，在白天则漂浮在空空如也的群岛中，这些人处处与圣神作对。

“你在那儿造了什么？”我问。在我的记忆里，《诗篇》中的移动小岛上，除了帆树下的树屋，并没有别的什么建筑。

“树屋。”伊妮娅说，她莞尔一笑，“很多树屋。还有些水下穹屋。这些异教徒大多数时间都待在那里面。”

“这么说，你在那里帮他们设计建造树屋。”

她摇摇头。“开什么玩笑？这些人是人类世界中最棒的树屋建造者，仅次于失踪的神林圣徒。我在那儿**学习**如何建造树屋，他们非常亲切，让我和贝提克帮忙。”

“做苦役。”我说。

“没错。”

在茂伊约，伊妮娅只待了大约三个标准月。她就是在这儿遇到西奥·伯纳德的。

“她是异教徒叛军的一员？”我问。

“不，她是个脱逃的基督徒，”伊妮娅纠正道，“她一开始是作为一名拓殖者来茂伊约的，但最后逃走了，加入了希莉派。”

我皱皱眉，并没听懂。“她是十字形的人？”我问。想到重生基督徒，我仍然感到紧张。

“现在已经不是了。”伊妮娅说。

“这怎么可能……”就我所知，基督徒本身没有任何办法去除身上的十字形，只有教会通过某种神秘的逐教仪式，才办得到。

“这一点我以后解释。”伊妮娅说。她讲完故事前，这句话还会说上好几次。

从茂伊约离开之后，她和贝提克、西奥·伯纳德远距传输到了复兴之矢。

“复兴之矢！”我几乎大叫起来。那里是圣神大本营。多年前，我们在复兴之矢险些被击落。那是个工业高度发达的星球，拥有许许多多的城市和机器人工厂、圣神中心。

“复兴之矢。”伊妮娅笑道。这趟旅途并不简单，他们被迫把贝提克伪装成一名严重烧伤的伤员，让他戴着合成皮面具。他们在那儿待了六个月，贝提克自始至终戴着面具，这并不是一件舒服的事。

“你在那儿做些什么？”我问。很难想象，我的朋友和她的朋友们竟在复兴之矢那拥挤的城市中躲了那么长时间。

“就一件工作。”伊妮娅说，“在达芬奇——也就是圣马修，我们造了一座新教堂。”

我只能干瞪眼，一分钟过后，我开口道：“你造了一座大教堂？圣神大教堂？基督教堂？”

“当然，”伊妮娅平静地说道，“我和这一行能力最出众的石匠、玻璃工人、建筑工、工匠一起干活。一开始我只是一名学徒，但在离开前夕，我已经成了首席设计师的助手了，他正在设计教堂中殿。”

我只有摇头的份了。“那么，你还……召开论坛？”

"是的，"伊妮娅说，"比起另外几个星球，复兴之矢有更多人过来参加讨论。在结束前，我已有了数千名学生。"

"竟然没人背叛你，我真是惊讶。"

"有人背叛，"她说，"但不是学生。有一个玻璃工人把我们出卖给了当地的圣神卫戍部队。我和贝提克、西奥差一点就被抓住了。"

"通过远距传输逃跑的？"我说。

"通过……传输，对。"伊妮娅说。许久之后，我才意识到，她说这句话的时候有那么一点犹豫，似乎对这个词的正确性还有疑问。"有人跟你一起离开吗？"

"有，但不是和我一起，"她又笑道，"有几百人传输到了别的地方。"

"哪儿？"我疑惑不解地问。

伊妮娅叹了口气。"劳尔，你记得我们的讨论吗？我说圣神把我当作一个病毒？而且我觉得他们的想法是对的？"

"记得。"

"嗯，我的这些学生们也携带着病毒，"她说，"他们要去别的地方，要去感染其他人。"

她一连串的星球和工作之行还在继续。之后是帕桃发星球，她在那儿待了三个月。她发挥了建树屋时积累的经验，在那一望无垠的沼泽地上互相交叉的树枝和树干之间，建造了一座座大厦。

接着是阿姆利则，她在那儿的沙漠中工作了四个标准月，为游荡在绿沙地间的锡克族和苏菲族游民部落建造帐篷屋和集会地。

"你是在那儿遇到瑞秋的。"我说。

"没错。"

"瑞秋的全名叫什么？"我问，"她没跟我说过。"

"她也没跟我说过。"伊妮娅继续讲她的故事。

阿姆利则之后，伊妮娅和贝提克，外加两位女性朋友，被传输到了格鲁姆布里奇·戴森D。这地方是霸主地球化改造的一次失败尝试，殖民者逐渐屈服于蚕食的甲烷-氨气冰川和冰晶风暴，人数越来越少，这些人慢慢退却至生态小屋和轨道建筑中。但星球上的人民——大多数是逊尼派穆斯林工程师，来自失败的跨非洲基因回收工程——他们顽强挺过了陨落，最后竟然将格鲁姆布里奇·戴森D改造成了一个拉普兰[①]式的苔原星球，上面有适宜呼吸的空气，适宜旧地的植物群和动物群生活，其中包括游荡在赤道高地上的多毛猛犸。还有数百万公顷的草地，极其适合马匹生活，但旧地的马匹已经在家园被黑洞吞噬的灾难中绝种，于是，基因设计师拿出了种舰中的备货，饲育出上千匹马，然后是上万匹。游民部落在南大陆的绿地中游荡，和庞大的牧群一起生活，构筑成一种共生体。而农夫和城市的人民则迁移进了赤道的高大山丘上。那里还有凶猛的野兽，它们在加速自主基因实验的那几个世纪中进化出来，获得了自由。其中有变异的食腐兽群，穴居的夜怖，三十米长的草蟒（源于海伯利安的草海），还有富士岩虎，郊狼，高智商的灰熊。

星球上的人类拥有技术，不用一年时间就可以把这些适应自然的杀手捕猎殆尽，但这些居民选择了另一条路：游民部落甘愿冒险，只要青草还在生长，河水还在流淌，那就将庞大的马群保护起来，和野兽直接对峙，他们让城市居民筑起城墙——这一堵长达五千多公里的墙，将会把两个地区分隔开来：一边是野性十足的高地，一边是马群的大草原，还有南方正在进化的丛林。这座城墙不仅仅是一座墙，也将是格鲁姆布里奇·戴森D上的一座巨大的直线状城市，它最矮的地方也达三十米高，土墙上还有华丽的清真寺和宣礼塔，顶部的走道宽阔得足以让三架马车并排通行，而不用担心互相碰撞。

星球上的殖民者人数已经非常稀少，他们忙着其他工程，没多少时间来盖墙，于是种舰仓库中的应用机器人接下了这件苦活。伊妮娅和她的朋友加入了建造工程，在那儿干了六个标准月，城墙在他们手下慢慢

① 拉普兰：位于芬兰、挪威的北部，它有四分之三处在北极圈内，独特的极地风光和土著民族风情，使它成为旅游胜地。

成形，沿着高地底部和草地边缘一路向前延伸。

“贝提克在那儿找到了两个兄妹。”伊妮娅轻声说。

“我的天啊。”我低声道。我几乎忘记了这档子事。几年前，在天龙星七号一座冻在星球冰冻大气的摩天大楼中，我们坐在格劳科斯神父列满书籍的书房里，围着暖意融融的加热立方体……贝提克曾提起过，他跟随伊妮娅和我一起踏上这一冒险之旅的一个原因是：他想要找到自己的四个兄妹，虽然这听起来有些奇怪。准确说来，是三个兄弟和一个妹妹。儿童时代的训练期刚过不久，他们便失散了。不过，不知道机器人加速运行的早年能不能被称为“儿童时代”。

“他找到他们了？”我惊喜地叫道。

“两个，”伊妮娅说，“一个哥哥，名叫安提比。还有个妹妹，妲利亚。”

“他们长得像他吗？”我问。在空荡的安迪密恩上，诗人老头有好几个机器人奴仆，但除了贝提克，我没特别注意其他人。这一切发生得实在太快，也太多了。

“很像，”伊妮娅说，“但也有不同。也许他会跟你多说一点。”

她的注意力回到故事上。在格鲁姆布里奇·戴森D，他们花了六个标准月建造这座直线状城墙，之后被迫离开。

“被迫离开？”我问，“圣神吗？”

“准确来说，是正义与和平委员会。”伊妮娅说，“我们还不想走，但别无选择。”

“这个正义与和平委员会是什么东西？”我问。她说话的语气让我寒毛直竖。

“这以后再说。”她说。

“好吧，”我说，“但你得跟我解释解释另外一件事。”

伊妮娅点点头，等我提问。

“你说你在伊克塞翁待了五个标准月，”我说，“茂伊约是三个月，复兴之矢六个月，帕桃发三个月，阿姆利则四个月，然后在这个——格鲁姆布里奇·戴森D——大约六个标准月，是不是？”

伊妮娅点点头。

“然后，你说你是大约一个标准年前来到这里的？”

“对。”

“那也只有三十九个标准月，”我说，“三年又三个月。”

她在等着我说下去，嘴角微微抽搐了一下，但我意识到，这不是笑……看上去更像是在强忍着不哭。最后，她说道：“劳尔，你一直很擅长算术。”

“我的旅行却造成了五年的时间债，”我轻声说，“对你来说就是六十个标准月，但你却只提到了三十九个月。丢掉的二十一个月呢，丫头？”

泪水已经在她眼里打转，那只小嘴微微颤动着，但最后她还是轻柔地说道：“对我来说，一共是六十一个标准月，还有一星期又六天。”她说，。“五年又两月一天的时间债，加上在船上的四天加速减速时间，还有八天的旅行时间。你忘了加上旅行时间了。”

“好吧，丫头。”我说，她的情绪还没有平息，那双手抖个不停，“你想跟我说说这丢失的……多少时间来着？”

“二十三个月，一星期，六小时。”她说。

几乎是两个标准年啊，我想。而且她不想跟我说这两年间发生了什么。我以前从没见过她神经这么紧绷过，就好像她正紧紧地抱着身子，不让自己被某种可怕的离心力卷走。

“以后再说。”她指了指门外悬空寺西面的悬崖，“看那儿。”

在狭窄的悬崖小道上，我辨认出几个身影，有两条腿的，还有四条腿的。他们离这儿还有好几公里的路。我走到背包旁，拿出双筒望远镜，仔细审视那几个身影。

“那群动物是柴羊，”伊妮娅说，“那几个搬运工是在帕里集市雇的，他们明天早上会离开。见到你认识的人了吗？”

见到了。那人穿着朱巴，戴着兜帽，那张蓝色的脸庞同五年前没有任何变化。我转身望着伊妮娅，但是，显然她不想去谈这丢失的两年时间。我没说什么，任她再次改变话题。

贝提克回来的时候，伊妮娅已经开始问我问题，我们一直谈个不停。几分钟后，瑞秋和西奥走了进来。我们敞开大门，将榻榻米地垫卷起来，露出一个烧火盆，伊妮娅和贝提克开始为大家烧东西吃。有不少人走进来，我和他们一一互相介绍了一番——两个工头，分别叫乔治和阿布；一对姐妹，席矻矻和席恺伊，她们负责栏杆的装饰；穿着丝制礼袍的是乐乐，穿着军装的是美仁；一名教导僧，名叫占定，他的师傅是堪布拿旺扎西，是悬空寺的住持；有个女尼名叫东卡聂错；还有个贸易商人，名叫卓莫错奇，来自朵穆；一个叫孜本夏格巴的人，是达赖喇嘛派到这儿监造悬空寺的监工；罗莫顿珠，著名的登山家和滑翔师，这人可能是我有生以来见过的最引人注目的人，后来我还发现，他是少数几名飞行师之一，会和杜巴、竹巴、创巴共饮共餐。

吃的东西有糌巴和馍馍——将烤熟的大麦粉混合在柴羊奶茶里，揉成面团，搓成圆球状，然后跟另一种蒸熟的球状面团一起吃，后一种面团有馅，馅里面有蘑菇、柴羊舌、加糖培根肉，还有一点点梨，贝提克说那些梨是从传说中的西王母花园中采下来的。人越来越多，一只只碗被递下来分发给大家。其中有个桑坦，贝提克小声跟我说，他是现任达赖喇嘛的哥哥，他已经在悬空寺当了三年的僧侣。另外还有几个来自林谷的创巴，包括工匠大师昌济肯张，他蓄着长长的胡子，还上了蜡；佩里桑珠是翻译，年轻的林西吉普是搭脚手架的，他一脸阴郁，有点不高兴。那天晚上过来的僧侣中，并非所有人都是源自旧地的中国种舰殖民者。和我们一起欢笑、一起举杯的人中，还有大滝治之和远藤健四郎，他们是无所畏惧的高空索具工；沃铁·玛耶和雅努斯·库提卡，他们是竹匠大师；金秉勋和维奇·格罗塞，他们是制砖工。洛京（这是离我们最近的峭壁城市）的市长也来了，他的名字叫查理奇恰干布，这人身兼数职，既是所有寺庙神官的管事，也是两宗都（地区长老议会）的委员，还是伊桑（字面意思是“文字之巢”，一个秘密的四人团体，它评价僧侣的进步，并委派各任祭司）的顾问。查理奇恰干布是我们中第一个喝醉的人，最后占定和另外几个僧侣把鼾声如雷的市长从平台边缘拖到角落里，让他在那里呼呼大睡。

还有另外几个人——当夕阳余晖散去，先知和她的三个兄妹洒下月光，照亮底下的云层时，小塔里至少挤了四十个人——但我忘了他们的名字，那一晚，我们吃着糌巴和馍馍，海饮啤酒，让悬空寺的火把熊熊燃烧着。

那天晚上数小时后，我出去解手。贝提克给我指了去厕所的路。我原本以为这里的人会直接站在平台边缘解决这事，但贝提克说，在这个星球上，住宅都是多层结构，大多数人要么是在谁头顶，要么是在谁底下，这样做会很失礼。厕所建在悬崖内，每个厕位用竹子环绕，有卫生设施，比如巧妙排布的管道和闸门，让污水排进悬崖的深谷中，还有从岩石中凿刻出的洗手盆。甚至还有个淋浴区可供洗浴，水还是被太阳晒热的。

当我洗完手，擦干脸，重新走回平台上时，冷丝丝的微风让我清醒了下来。我走到贝提克身边，站在月光下，望着灯火璀璨的塔楼，众人正围成几个同心圆，圆心之处坐着我的小朋友。笑声和吵闹声业已不见。众僧侣、善士、装配工、木匠、石匠、寺院住持、市长、砖匠，一众人轻声向这个年轻女子提问，而她则一一作答。

这场面让我想起了一些事——最近看到的某个画面——片刻之后，我便想了起来：跨越四十天文单位减速进入星系时，飞船拉出了一幅星系全息像，十一颗行星环绕着一颗G型恒星运行，两条小行星带，无数彗星。现在，伊妮娅无疑就是这颗恒星，屋内的其余男女环绕在她周围，就如同飞船投影下的那些行星、小行星和彗星。

我靠在一根竹竿上，望着月光下的贝提克。“她最好当心一点，”我轻声对机器人说，一个字一个字相当仔细，“不然这些人会把她当神看待了。”

贝提克微微点点头。“安迪密恩先生，他们没把伊妮娅女士当作神。”他小声道。

“很好，”我把手搭在机器人肩上，“很好。”

“不，”他说，“虽然伊妮娅女士极力劝说，但他们中很多人已经开始坚信，她就是神。”

17

我和贝提克把圣神到来的消息带回去的那天晚上，伊妮娅离开了讨论组，走到门口，专注地聆听我们的消息。

“占定说达赖喇嘛允许他们待在水獭湖的旧寺庙里，”我说，“就在湿婆阳元山下。”

伊妮娅沉默不言。

“达赖喇嘛不允许他们使用飞行器，”我说，“但他们能在那片地区自由走动。什么地方都能去。”

伊妮娅点点头。

我真想一把抓住她，摇晃她。“丫头，那就意味着他们很快就会知道你的消息。”我厉声说道，“不消几星期，也许不消几天，这儿就会有传教士出现，四处打探，向圣神领地汇报消息。”我出了一口大气，“该死，要是只是传教士，没有士兵，那还是幸运的呢。”

伊妮娅又沉默了一分钟。接着她说道：“不是正义与和平委员会，已经算是幸运的了。”

“那是什么东西？”我问。她以前跟我提过这个词。

她摇摇头。“没什么，劳尔，他们现在还不重要。他们来这儿，肯定……肯定有比扑灭异端之火更重要的事。”

我在这儿的起初几天里，伊妮娅和我谈起过发生在圣神领空及周边地区的战斗——火星上发生了巴勒斯坦人起义，使得圣神撤出了这个星球，从轨道上动用核武，轰向了它的身躯；兰伯特星环带和无限极海的自由贸易者揭竿而起；伊克塞翁和另外几个星球也在不断发生战斗。复兴之矢有着庞大的圣神舰队基地、无数酒吧和妓院，现已成了充满流言和情报的马蜂窝，如今圣神舰队的大多数战舰都是基甸驱动的大天使舰船，所以消息都是最时鲜的。

来天山前，伊妮娅听到的最神秘的流言是：有一艘大天使级战舰叛变了，逃进了驱逐者的领空，如今正不断对圣神空间展开突袭，攻击圣神商团的船队——不是摧毁这些满载乘客的运输舰，而是毁掉它们的飞行能力——这样做，是为了破坏圣神舰队中的特遣部队，阻止它们攻击长城外的驱逐者。伊妮娅和贝提克在复兴之矢的最后一周听到一些流言，说那里的舰队基地处于危险的境地中。还有一些流言说，现在大量舰队都滞留在佩森星系保卫梵蒂冈。在这个关于“拉斐尔”号的故事中，暂且不管哪些是真哪些是假，有一件事无可争议：教皇陛下向驱逐者发起的圣战，已经被这一游击战术延缓了下来。

但是，现在我站在伊妮娅面前，等着她对圣神抵达天山的消息作出回应，于是，上面的一切似乎再无重要之处。我们现在该怎么办，我想到，远距传输到下一个星球？

但是，伊妮娅没有提逃跑的事，而是说道：“达赖喇嘛将举办一场正式宴会，欢迎圣神官员。”

“然后呢？”我呆了半晌后说道。

“然后我们得确保我们也得到了邀请。”她说。听到这话，我真怀疑自己的下巴是不是掉了下来，感觉似乎正是这样。

伊妮娅摸摸我的肩膀。“这事我来负责，”她说，“我会和查理奇恰干布和堪布拿旺扎西谈谈，这场宴会我们一定要去。”

我几乎成了哑巴，目送她走回讨论组，回到那群沉默的人中，在柔和的提灯光芒下，他们的脸庞显得很平静，充满了期盼。

现在，我读着薄皮纸上的这些话，真真切切地记起了一切：我被关在阿马加斯特轨道上的薛定谔猫箱中，在这最后的时日里，匆匆忙忙地写下了这些文字，心中确信量子物理的几率法则将会马上把氰化物释放进我身处的这个闭合循环的世界。可是，令我惊讶的是，我的叙述竟然用的是现在时。接着，我记起了这样做的理由。

当我被施以死刑，关进这个薛定谔猫箱（事实上是卵形的）中时，我只获准带上极少的一些私人物品，来踏上这通向终点的放逐之旅。衣服是自己的。他们还一时兴起，给了我一块小毯子，铺在薛定谔牢房的地板上。这是一块古老的毯子，长两米不到，宽一米，磨损得很厉害，一端缺了一个口。这是领事霍鹰飞毯的复制品。数年前在无限极海上时，我丢了真正的那块，后来它又回到了我的手中，详细情况我已经写在前头的故事中了。我已经把那块真的毯子给了贝提克，而这些虐待者把这没用的复制品放进这间死刑室，他们肯定觉得很有趣。

就这样，他们给了我衣服、这块假霍鹰飞毯，还有从飞船上拿下来的触显式掌上日志。日志的通信功能已经被取消，所以它已经不能透过薛定谔猫箱向外发送信号，或是用来呼叫某人。不过，他们在已经不能审讯我的过程中仔细研究过它，日志的内存仍旧完好如初。在天山时，我养成了记笔记和记日记的习惯。

我把这些笔记输出到薛定谔猫箱的书写器屏幕上，一面复习，一面写下新的篇章，我想，促使我用现在时进行叙述的原因，在于这些笔记带来的置入感。关于伊妮娅的一切回忆都如此鲜活，在天山工作或探险的漫长一日后匆忙记下的这些内容，让我回忆起的景象是如此生机勃勃，以至于我不禁因再度的失落而潸然泪下。随着我慢慢写下这些，我让那一个个瞬间复生了。

有一些讨论组的讨论被原封不动地记录在触显日志上。在最后的日子里，为了再一次听到伊妮娅的声音，我又将它们播放了一遍。

“告诉我们技术内核的事。”听到圣神抵达消息的那晚，讨论照常进行。其间，一名僧侣请求道：“请告诉我们有关内核的事。”

伊妮娅犹豫了一秒钟，便马上微微颔首，仿佛在向自己的思想发令。

“很久很久以前。”她开始讲述，一旦需要进行大段的解释，她都会以这句话作为开始。

“很久很久以前，”伊妮娅说，“一千多标准年前，大流亡前……三八年的天大之误前……我们人类所知的自主智能生命，便唯有人类自己。然后，我们有了一个想法，可不可以通过一项庞大的工程，设计出另一种智能——用大量的硅制造出一种开关式检测装置，构成的部分有晶体管、芯片、电路板……那是一台机械，拥有许许多多互相联结的电路，换句话说，是模仿——请原谅我用这个词——模仿人类大脑的形态和功能。

“当然，人工智能并不是这样进化而来的。他们差不多是在人类懵懂无知时，兀然出现在了这个世上。

“你们必须首先想象旧地的样子，那时的人类尚未拥有外世界殖民地。那时还没有霍金驱动器，没有星际旅行。所有的鸡蛋都在一个篮子里，那个篮子就是我们美丽的蓝白水世界——旧地。

“基督纪元二十世纪末，这个微小的世界出现了原始的数据网。最基本的星球无线电通信，进化成了一种由古老硅基电脑组成的分布式密集系统，除了通用通信协议，这些电脑没有组织和阶层的需要，也没有别的任何需要。就在那时，内存分配式集群意识的产生便无可避免了。

“今日的内核人格最早的直系祖先，并不是那些刻意创造人工智能的项目，而是一些模拟人工生命的偶然尝试。二十世纪四十年代，技术内核的曾祖父，一个名为约翰·冯·诺依曼的数学家，对人工生命的自我复制作出了全面的论证。早期的硅基电脑小到足以被个人所用时，好奇的业余人士便马上开始尝试，试图在这些机器狭限的CPU周期中创造合成生物。于是，在二十世纪六十年代，超生命产生了，这是一种会自我复制、储存信息，能够交互作用、代谢、进化的生命。在那个世纪的最后十年，它逃脱了个人电脑的小池塘，进入了萌芽中的行星数据网，当时它被称作互联网。

“早期的人工智能蠢如泥垢。或者更准确的比喻是，蠢如泥垢中的早期细胞生命。在培养皿一般的温暖数据网中，漂浮着一些早期的超生物，其中有一种存在于虚拟电脑RAM[①]中的80字节生命体，所谓的虚拟电脑，是由电脑模拟出来的电脑。这些生命最后被释放进了数据网，其中一个人，名叫汤姆·雷伊[②]，这个人不是人工智能专家，不是电脑程序员，也不是赛伯飙客——在当时，这些人被称作黑客。他是一名生物学家，昆虫收藏家，植物学家，鸟类观察者，他曾跑去森林，花了数年为一个名为E. O. 威尔森的大流亡前科学家收集蚂蚁。在观察蚂蚁的过程中，汤姆·雷伊迷上了进化，并想象能否在电脑中使人工智能完成真正的进化，而不单单是模拟。他联系了一些赛伯飙客，但这些人之中没人对这个主意感兴趣，于是他开始自学计算机程序。赛伯飙客说，代码序列的进化和变异在电脑中无时无刻不在发生，它们被称为“bugs”，是一些会导致崩溃的程序。这些人说，如果代码序列进化成了另一种东西，那它们几乎肯定就无用了，也无法存在，这就跟大多数变异体一样，它们会搞砸电脑软件的运行。于是汤姆·雷伊为他的代码序列生物创造了一台虚拟电脑，接着，他编写了一段80字节的代码序列生物，它会复制，会死亡，会在虚拟电脑中进化。

“80字节复制自身，创造出更多的80字节，这些80字节的原人工智能细胞生物将迅速塞满这个虚拟的宇宙，就像早期地球这个极乐世界上池塘绿藻一层层地叠加复制一样。但汤姆·雷伊为每个80字节设计了一条数据标签，换句话说，就是给他们设了年龄，又创造了一个刽子手程

① 静态随机存取存储器。

② 此人确有其人。全名托马斯·雷伊，美国生态学者。创立并发展了一项旨在创建人工智能地位的计划。

序，取名为收割者。收割者在这个虚拟的宇宙中漫步，将每个到达年龄的80字节生命和无法存活的变异体处理掉。

“但是，进化，却不会让刽子手的活儿那么轻松。80字节变异出一种79字节的生命，不仅仅存活了下来，而且很快就在繁殖速度和数量上胜过了80字节。这些超生命，如今的内核人工智能的祖先们，一出生便开始优化他们的基因。很快，它们又进化出一种45字节的生命，几乎把早期的那些80字节生命全给淘汰了。作为他们的创造者，汤姆·雷伊发现这些古怪的45字节开始找不到足够的代码让他们进行复制了。而且，就在80字节快要覆灭的时候，45字节也慢慢衰灭了。于是他对45字节的生命进行了解剖。

“结果他发现，所有的45字节都是寄生体。他们需要从80字节身上借用复制的代码来复制自身。他又发现，79字节免疫于45字节的寄生。但就在80字节和45字节快要双双灭绝的时候，45字节又变异出了新的品种。那是一种51字节的寄生体，它们以79字节为食。事情就这么继续。

“我之所以要说这些，是要你们明白，从人工智能第一次出现的时候起，这种生命就是寄生式的。不单单是寄生，是超寄生。每一次新的变种都是寄生，以早先的寄生种为食。经过几百亿代后，也就是几百亿的CPU周期，这种人工智能变成了超超超寄生物。在创造出这种超生命的几个月后，汤姆·雷伊在他的虚拟载体中，发现了一种繁荣兴旺的22字节生命……这种生命在算法上非常高效，这是汤姆·雷伊和人类编程人员力所不能及的，就算编写31字节也做不到。这些超级生命，在被创造出来后仅仅过了几个月，便进化出了无与伦比的效率，大大超越了他们造物者的力量！

“二十一世纪早期，在旧地迅速进化中的数据网和人类的宏世界中，人工智能生命的圈子已经在蓬勃发展。虽然DNA运算、磁泡记忆体、固定波前并行处理、超级网络等一系列突破刚刚迅猛发展起来，但人类设计师已经创造出了极为精巧的硅基实体，一造就是上百亿。从椅子到商店货架上的豆罐，从地行车到人体仿生部件，微芯片无处不在。

这种机械越变越小，到最后，人类的家庭和办公室中，它们的数量已经成千上万。每当工作者坐上她的椅子，椅子便会马上认出她，从她原始的硅基电脑中，拉出她一直在工作的文件，接着和咖啡壶中的另一个芯片说上几句，叫它热上咖啡，然后在不打扰工作者的情况下，直接命令通信网络自动处理电话、传真和原始电子邮件，并和主屋或办公室的电脑互动，维持理想的温度，诸如此类。在商店货架的豆罐中，微芯片会时刻留意它们的价格变化，当库存减少时会下订单订货，会跟踪消费者的购物习惯，还会和商店及店内的其余商品互相交流。这一互动网络变得越来越复杂，越来越热闹，就像旧地远古时期的大海中泛起的生机勃勃的泡沫。

“汤姆·雷伊造出80字节生命体后，过了四十年，人类已经习惯了人工智能的存在，他们和汽车、办公室、电梯……甚至身体中的无数人工智能生命对话、交流，与此同时，医疗显示器和原始分流器开始向真正的纳米技术发展。

“技术内核就是在这一时期成为了自主生命。一直以来，人类都认为，如果要让人工智能获得真正的生命，那它必须是自主的。它必须和星球上的有机生命一样进化，一样发展出多样性。事实的确如此。这些超生命就同全星球的生物圈一样，生活在一个生机勃勃的数据网中，包裹着整个世界。内核的进化源头，不仅是数据网信息流中的抽象之物，也是由数万亿微小自主的芯片驱动的机械实体，他们能在人类宏观世界中执行世俗工作、互相交流。

“很快，人类和数百亿进化的内核实体成为了一个共生体，就像是刺槐树和咬人蚂蚁的关系，这种蚂蚁为刺槐提供保护，对它们进行修剪，帮助它们繁殖，同时也以刺槐花蜜作为自己唯一的食物来源。这种关系被称为协同进化，人类完全理解这种关系，因为旧地的许多生物都是在这种互惠的协同进化舞步下创造出来的，并因此而不断得到优化。但是，人类眼中的自在共生关系，在早期的人工智能看来，只不过是新的寄生机会。

“电脑可以被关机，软件程序可以被关闭，但原内核的集群意识早已经在新兴的数据网中定居下来，只有发生行星级灾难，它才会消失。

“内核最终用三八年的天大之误，创造了这样一场灾难，但在这之前，它们已经发展出了崭新的远超行星级别的生存环境，并迁移了进去。

“关于霍金驱动器的早期实验，是由资深内核势力进行的，只有它们明白其原理，这些实验揭示了一种底层的普朗克空间的存在，也就是缔结的虚空。今日的内核人工智能，以DNA为基础，有着波形的结构，使用基因算法驱动，功能上可进行并行处理，它们完成了早期霍金驱动飞船的构建，又开始设计远距传输网。

“人类一直将霍金驱动器视为一条穿越时空的捷径，认为这一技术实现了古老的超级驱动器的梦想。他们认为远距传送门是一种可以从时空中钻进钻出的便利虫洞，这是人类的先入之见，得到了人类自己的数学模型的支持，也得到了内核最强大的人工智能计算器的确证。但这一切都是谎言。

“普朗克空间，即缔结的虚空，是一种多维度的环境介质，有其独有的现实结构，同时——内核很快便发现——也有其独有的拓扑结构。从传统意义上讲，霍金驱动器根本就不是一种驱动器，而是一种登入设备，可以在足够长的时间内接触到普朗克空间的拓扑体，从而改变四维时空连续体中的坐标。另一方面，远距传送门却是真正地进入了缔结的虚空。

“对人类来说，这一事实是显而易见的——从时空在这里的一个洞踏进去，立即在另一个远距传输孔洞中出现。我的马丁叔叔曾有个远距传输器建成的家，相邻的房间位于不同的星球。霸主的世界网，便是由远距传输器创造出来的。还有一个发明，名叫超光仪，是一种超光速通信媒介，可用来在星际间进行即时通信。这时，建立星际社会的所有先决条件都已经满足。

“但内核没有为人类完善霍金驱动器、远距传输器和超光仪。事实上，内核对于缔结的虚空，根本没有作出过任何贡献。

“从一开始，内核就知道霍金驱动器只是一个意欲进入普朗克空间的失败尝试。它们知道，驾驶霍金驱动飞船，就像是为了让一艘远洋船航行，在船尾引爆一系列的炸药，让它骑浪而行。有效，但方法太过拙劣低效。它们对此心知肚明，虽然表面上装得若无其事，并声称自己是这些发明的主人。在世界网的鼎盛时期，这世上也没有数百万远距传送门……只有一个。其实，众多远距传送门只不过是一个进入普朗克空间的入口，在跨越时空的操控之下，造成了有无数门的假相。如果内核向人类解释其中的原理，它们可能会用到一个类比来说明：就像手电筒的光束在一间密闭的房间内迅速照过一圈，其实没有很多光源，只有一束在快速变换。但内核从没有费心解释这件事……关于这一真相，即使到了今天，它们仍对它守口如瓶。

“内核知道，缔之虚的拓扑结构可以被调整，以即时传输信息，这就是超光仪的原理，但它们如此使用普朗克空间介质，是笨拙的，会给它带来破坏性的打击，这就好比用人工地震，在两块大陆间进行通信。但内核向人类提供了超光服务，却没有解释其原理，因为它们有自己的目的。对于普朗克空间的介质，它们有自己的计划。

“在内核最早开展的实验中，它们意识到一件事：缔之虚是一个极适合它们生存的环境。进入其中，它们便再也无须仰赖电磁通信、密光，甚至是调谐中子播报组成的数据网络。它们再也不需要人类或机器人发射探测器为他们扩展这一网络的物理界限。只需简单地把内核的主要势力移入缔之虚，人工智能就可以远离它们的碳基对手，得到一个安全的藏身地……一个无处不在的藏身之地。

“就是在内核人格从人类的数据网迁移进缔虚万方网时，它们发现普朗克空间并非一个空寂的世界。在它那超元维度的高山下，在折叠的量子空间河谷中，潜伏着……某种异物。异人。那里有智慧生命。内核探测了一番，便马上被这些异人的潜能震住了，它们惊惧地退缩。云门，这个自称创造并杀死家父的内核人格，把这些异人称为狮虎熊。

“内核的撤退非常仓促，它们对普朗克空间宇宙的侦查极不完全，所以它并不清楚狮虎熊到底栖息在真实时空的何处……也不知道它们是否真的存在于真实的时空中。内核人工智能也无法知道，这些异人到底是像人类一样从有机生命进化而来，还是像它们这样从人工生命进化而来。但在那惊鸿一瞥之下，内核就已发现这些异人可以操控时间和空间，而且做起来不费吹灰之力，就像是人类锻造钢铁一般。这种力量远超内核的理解力，它们极度惊慌，于是立即撤退。

“当他们正在为这个发现而恐慌时，内核刚巧正打算启动毁灭旧地的计划。我的马丁叔叔在诗中写下了这一段颂歌，内核安排了三八年的天大之误，基辅小组“意外地”让黑洞掉进了旧地的五脏六腑，但他的诗篇没有提到另外的一些事，因为他自己也不知道。他没有提内核在发现狮虎熊后的恐慌，它们急成一团，想要阻止早已安排好的毁灭地球的计划。但地球已经在土崩瓦解，而那黑洞正在地核中茁壮成长，要把它掏出来可不是件容易的事。不过，内核又有了一个计划，并马上开始行动。

“就在这时，家园星球消失了……不是像人类想的那样被毁灭，不是像内核希望的那样被拯救……仅仅是，消失了。内核知道，这件事肯定是狮虎熊干的，至于是怎么干的……旧地被移到了哪里……为了什么理由……就毫无头绪了。它们算了算将一整颗星球远距传输所需的能量，得出结果后，它们再一次瑟瑟发抖起来。这些智慧生命可以使用这种能量源来引爆整个宇宙的核心，容易得就像人类在寒夜中点燃营火。内核实体几乎吓得屁滚尿流。

“现在，我得回过头去说说内核为什么要摧毁地球，之后又为什么想重新拯救它，原因还要追溯到汤姆·雷伊的80字节内存生物。我说过，数据网中这些正在进化的智能生命，对于进化，只知寄生、超寄生、超超超超寄生，再也不知其他。但内核明白纯寄生的弱点，要想超越寄生状态和寄生心理，继续成长下去，唯一的办法就是响应这个物理宇宙的进化——也就是说，既有抽象的内核人格，也拥有物理意义上的躯体。内核有多种传感输入装置，也可以创造神经网络，但为了达到非寄生的进化，它需要的是一套稳定的、协调运作的神经反馈电路系统——眼睛、耳朵、舌头、四肢、手指、脚趾……乃至于整个身体。

“为了这个目的，内核创造了赛伯人——由人类DNA长成的躯体，通过超光仪连接到基于内核的人格。但是，赛伯人进入人类社会后，他们便难以被监控，也显得格格不入。这样一个星球，住着数百亿蓬勃进化的人类，赛伯人在上面永远也不会感到自在。所以内核一开始的计划是毁灭地球，把人类的数量削去九成。

“内核的确有过详细的计划，它们曾打算在旧地死亡后，将幸存的人类纳入它们的赛伯人世界，把这些人当作备用的DNA库存，以及奴隶，就像我们看待机器人那样。但它们发现了狮虎熊，惊慌失措地撤出普朗克空间，于是计划就变得复杂了。在内核评定并抹除这些异人的威胁前，它们只能继续和人类的寄生关系。内核为世界网设计出远距传输器，就是为了这个目的。对人类来说，踏过远距传输介质的旅程是瞬时的，但在普朗克空间永恒的拓扑结构下，人在那一点的停留时间尽可以随内核所需，想要多长就多长。内核能够在那刹那间接入数百亿人类大脑，它们每天数百万次地使用人类的头脑，以此创造出巨大的神经网络，为它们自身的计算目的所用。人类每一次穿越远距传输器，对于内核来说，就相当于切开了一个人类的头骨，抽取一块灰质，将其与其他千千万万脑组织一起置于工作台上，互相衔接，组成了一台庞大的并行处理有机计算机。人类个体迈出一步，瞬时间便跨越了普朗克空间，从没有人注意到其中有什么不对。

“云门告诉家父，也就是约翰·济慈赛伯人，他说内核由三个互相争斗的阵营组成——终极派迷恋于创造它们的上帝，即终极智能；反复派想要将人类赶尽杀绝，之后继续它们的目标；稳定派想要维持和人类的现状。他的说法完全是谎言。

“技术内核从来就没有三派……而是成千上万派。内核，是对无政府超寄生态的终极实验，并将其发挥到了极致。这些组成联盟的内核势力，互相之间争夺权力，它们有的会存在几个世纪，有的一微秒之后便会消失。数百亿寄生人格潮起潮落，为了控制或预测事件，建立邪恶的联盟。瞧，内核人格不想死，除非是不得不死——梅伊娜·悦石将死亡炸弹投向了远距传输介质，不仅仅造成了远距传输器的陨落，也杀死了数百亿本来不朽的内核人格——但每个个体都拒绝不战而降，为别人让路。但是，与此同时，内核的超级生命需要靠死亡来完成进化。而死亡，在内核的宇宙中，也有它重要的作用。

“汤姆·雷伊一千多年前创造的刽子手程序仍旧存在于这个内核的宇宙中，也进化出了数百万种不同的形态。其实刽子手也是内核的一派，这一点云门从来没提过，但比起终极派，它们是一群更庞大的集团。正是这些刽子手，创造了名为伯劳的物理构件，它们是它最初的控制者。

“有趣的是，躲过刽子手屠刀的内核人格，所用的方法不仅仅是通过正常的寄生，还寄生尸体。好几个世纪前的原22字节生物，正是通过后一种方法在汤姆·雷伊的虚拟进化机中进化繁荣起来的——他们窃取被刽子手消灭的正在复制的其他字节生物残碎的代码。无数变种内核人格能幸存并繁荣到现在……正是基于尸体超寄生。它们不仅做爱，还和死尸做爱！

“内核现在还想从人类身上得到什么？它为什么要复兴天主教，让它建立起圣神？十字形是怎么运作的，它们对内核有什么用处？那些所谓的基甸驱动大天使飞船真正的工作原理是什么，它们对缔结的虚空会造成什么影响？内核又如何处理狮虎熊的威胁？

“这些问题，且待下回讨论。”

得知圣神来临的第二天，我在高台脚手架上打造砖石。

来到天山星球的头几天里，我发觉瑞秋、西奥、阿布和乔治等人都不太相信我能在悬空寺的建筑工地站稳脚跟。这里的工作不仅艰苦，还需要具有高超的技巧才能胜任，我也对自己有过怀疑。但当我在这儿的岩壁、台架、缆绳、脚手架和滑道上花了几天学习绳索装备和攀登规则之后，便自告奋勇地要求工作，失败一次也不要紧。不过我没有失败。

伊妮娅知道我曾拜阿弗洛·休谟为师，参与建造过鸟嘴庄园，熟悉岩石和木材的使用，建造过古怪建筑、桥梁、露台和塔楼。这些经历对我很有用，不出两星期，我便从一名基础脚手架工人，升级到高台装配工精英和顶台石匠。按照伊妮娅的设计，这里最高的建筑将会盖到上面那块庞大的悬岩，还将在岩石山壁上凿刻出各种走道和护墙。这便是我们现在的任务，沿着这片空荡之地的一侧，凿岩石、铺砖石，建造走道，而脚手架危险地悬在无底深渊之上的半空中。三个月来，我劳作在陡峭的山壁和滑溜的盆竹上，身体变得更加精瘦、强壮，反应也更加敏捷。

罗莫顿珠，技巧高超的滑翔师和登山家，自告奋勇地徒步攀爬至顶部的悬岩，为脚手架的最后几米设置一个锚点。在最后的时刻，我、维奇·格罗塞、金秉勛、大滝治之、远藤健四郎、昌济肯张、桑坦，以及另外几个砖匠、石匠、高台装配工，无不定睛望着罗莫，看着他毫无防护地爬过悬岩之上的岩石，看上去就像是旧地的飞蝇，强有力的四肢在极薄的攀登服下屈伸，每次总有三处牢牢固定在滑溜溜的陡峭山石上，腾出一只手或脚去寻找那些牢靠的小地方来抓扶，或者是极狭窄的裂缝，在那儿安插一个螺旋，作为锚点。看着他这样做，实在太让人心惊肉跳，但也是一种殊荣——就仿佛坐进时间机器，回到过去看毕加索画画，看吴侨之读诗，或是听梅伊娜·悦石演讲。有好几次，我都觉得罗莫会一脚滑落，摔进深渊——坠进底下的毒气云，会花上几分钟——但每次他都神奇地牢牢固定在原地，要么是找到一处不滑的地方，或是奇迹般地发现一条裂口，手指一抓，就撑住了整个身子。

最后他大功告成，绳索都锚定，悬荡着，缆绳的结点也都牢牢固定住，罗莫滑向一开始的那个固定点，侧滑了五米，接着落进悬岩起降架的镫具中，晃晃悠悠地来到我们的工作平台，就像是传说中的超级英雄着陆一样。桑坦递给他一杯冰啤酒，健四郎和维奇拍拍他的背。昌济肯张，我们那位胡子上蜡的工匠大师，突然大声唱起一首颂歌。我摇摇头，像个白痴一样傻笑。今天的天气也令人愉快——蓝色的天空，恒山这座北方圣山在云层的天堑外闪着明亮的光芒，风力也适中。不过，伊妮娅说再过几天雨季就要降临，南方的季风会带来几个月的阴雨，到时岩石会很滑，最后还会下雪。但是，在这样一个超级完美的日子里，那一切似乎还都遥不可及。

有人碰了碰我的胳膊肘，我回头一看，是伊妮娅。今早在脚手架上没怎么见到她的人，她可能坐进了山壁的轭具中，在指导走道和护墙的砖石工作。

我还在傻笑，还没抚平代人式肾上腺潮涌。“缆绳已经准备好，可以开始搭建了，”我说，“要是接下来三四天还是好天气，这里的木走道就可以完工了。接下来，就可以着手去建那座最后的平台——”我指了指悬岩的尽头之处，“之后就欢呼吧！除了上色和润饰，你的工程就算是大功告成了，丫头。”

伊妮娅点点头，但是，她的心思显然并不在和罗莫一起庆祝的那堆人身上，也不在即将完成的工程上。“劳尔，能过来和我走走，聊一聊吗？”

我跟着她爬下脚手架的梯子，来到一层永久平台，又爬出一块岩台。随着我们走过，一群绿色小鸟从一条裂缝中展翅飞走。

从这个角度看，悬空寺真是一座艺术品。上了色的木制品闪着深红色的微光，但并不鲜艳。阶梯、栏杆、装饰都美轮美奂，细致复杂。大多数塔楼都拉开了移门墙，暖暖的微风吹过，经幡和床单扑扑作响。悬空寺有八座秀丽的神殿，沿着渐升的走道，排成缓缓上升的次序。每一座塔楼神殿，分别代表了佛陀八正道中的一项内容。神殿弯成三条轴线，代表的是三无漏学：慧、戒、定。在缓缓上升的阶梯和平台组成的“慧”轴线上，两座冥想神殿分别代表“正见”和“正思维”。

“戒”轴是“正语”“正业”“正命”“正精进”。要去后三座冥想神殿，必须费力攀爬一条没有台阶的阶梯。有一天晚上，伊妮娅和堪布拿旺扎西对我解释过这样做的原因，那是因为佛陀想让他的修行方式成为艰苦不懈的献身。

位于最高处的塔楼是八正道的最后两项——“正念”和“正定”。

我马上注意到，若是站在最后那座塔上朝外望，只会看到岩石山壁。

我还注意到，悬空寺并没有佛陀的雕像。我小时候曾向外婆问过关于佛陀的事，她从沼泽尽头图书馆借来的一本旧书中看过一点资料，于是稍稍给我解释了一下，她说佛教徒都尊崇佛陀的雕像，并向他祈祷。我曾经问伊妮娅，这里的佛雕去哪儿了？

伊妮娅作了解释，在旧地，据说佛教徒分成两个大类——小乘佛教是一个较为古老的思想学派，名字具贬意。小乘之所以被称为“小”乘，是指它无法普度一切众生，另一个较为流行的学派是大乘佛教。小乘佛教的教义中，曾有十八个部派，所有部派都认为佛陀是一位老师，并主张学习研究他的教义，而不是膜拜他，但是到了天大之误发生时，小乘佛教只剩一个部派尚还残存，名为上座部佛教，而且只在旧地的两个行省苟延残喘——斯里兰卡和泰国，那是两个疾病和饥荒肆虐的偏远地区。大流亡时被带走的其余佛陀教派，都属于大乘佛教学派，它们都很重视佛像的尊崇和济世度人的冥想，他们的僧人穿藏红袈裟以及其他外在性的装饰，这些也是外婆说给我听的。

但是，伊妮娅说，在天山这个偏地或古老霸主佛教最为盛行的星球上，佛教已经返璞归真，回归了理性、冥想、学习，及对佛陀教义细致虚心地解析。因此，在悬空寺没有一座佛像。

我们在石台的尽头停下脚步。在我们身下，鸟儿展翅翱翔，盘旋飞舞，等着我们离开，以重新回到山沟的巢穴中。

“有什么事，丫头？”

“接待宴会明晚在布达拉宫的冬宫举行。”伊妮娅说，因为早晨在高台脚手架上干了活，所以她的脸庞微微泛红，布满灰尘。额头上还被刮出了一条伤痕，凝结着几滴深红色的小血滴。“查理奇恰干布将官方人员的与会人数控制在十人以下。”她说道，“堪布拿旺扎西理所当然是其中之一，另外还包括监工孜本夏格巴，达赖喇嘛的侄子嘉乐，兄弟桑坦，还有罗莫顿珠，因为达赖喇嘛听人说起他高超的本领，想见见他。朵穆的卓莫错奇会作为贸易商人代表前去，还得从乔治和阿布里面选一位，作为代表工人的工头……”

“无法想象他们中一个去一个不去。”我说。

“我也是。”伊妮娅说，“但我觉得应该乔治去，他比较会说。阿布也可以跟我们一起去，到那儿之后，可以等在宫殿外。”

“那就是八人了。”我说。

伊妮娅抓住了我的手，她的手指已经被辛苦劳作弄得坚硬粗糙，但是，我觉得那仍旧是这个世界上最柔软、最优雅的手指。“我是第九个。”她说，“这个半球的各个城镇和地区应该都会有人过来，到时候会有很多人。或许，我们连圣神那些人的影都见不到。”

“或许我们会被第一个引见。”我说，“墨菲定律①。”

“是啊，”伊妮娅说道，我又见到了她儿时的那副笑容，隐含着某种调皮或危险的意味，“想作为我的舞伴去吗？”

我大出一口气。“无论如何我都不想错过。”我说。

---

① 墨菲定律的内容是：会出错的，终将会出错。引申出来就是指，任何事都没有表面看起来那么简单，如果你担心某种情况发生，那么它就更有可能发生。

18

达赖喇嘛宴会召开的前一晚，虽然很累，但我还是失眠了。贝提克不在，他和乔治、阿布滞留在了洛京这个山沟城市，护送三十包建筑材料的运送。本来是昨天就要回来的，但脚夫罢工了。明天一早，贝提克会重新雇些脚夫，领着队伍走完最后几公里路，回悬空寺。

我翻来覆去睡不着，于是翻身爬下蒲团，穿上一条呢制马裤，一件褪色的衬衣，穿好靴子和保暖的轻便外套。走出塔楼的睡房时，我发现伊妮娅的塔楼中仍旧点着灯火，不透明的窗户和屏风门上映现着暖暖的光。她又在熬夜工作了。我轻手轻脚地走过去，不去晃动平台，以免打扰到她。我从一条梯子上爬下，来到悬空寺的主层。

晚上这地方总是空无一人，每次我都感到惊奇。一开始我还以为这是建筑工人走光了的缘故——他们大多数都住在洛京周围悬崖边的木屋里，但慢慢地我就发现，其实晚上很少有人在悬空寺里溜达。乔治和阿布一般住在工头小屋，但他们今晚和贝提克在洛京。悬空寺住持堪布拿旺扎西有些晚上会和僧侣们待在一起，但今晚他回到了洛京。好多僧侣都喜欢这里朴实无华的住所，而不是洛京那些正式的僧院，这些人包括占定、桑坦，还有女尼东卡聂错。滑翔师罗莫偶尔会住在这里的僧房，或是空荡的僧院，但今晚他不在。他已经早早地出发前往冬宫，说想爬爬布达拉南部的楠达德维峰。

在悬空寺东边的底层，离我好几百米的地方，是僧房的所在地，我能看见几丝提灯光芒，非常微弱，只有在我注目时才会发觉。除此之外，星空下的悬空寺又黑又静。先知和另外几轮月亮都还没升起，不过东部地平线已经现出一点亮光，看样子它们就快冒出头来了。天上的星辰明亮得不可思议，跟在太空中看到的一样明亮璀璨。今晚，我能看到数千星辰，比在海伯利安和旧地上看到的多得多，我伸长脖子，最后终于看见了一颗缓缓移动的星星，那应该是一颗小卫星，我的飞船就藏在上面。我随身携带着通信触显日志，只需对它轻轻低语几声，就能询问一下飞船。但我和伊妮娅已经决定，既然圣神已经近在咫尺，那我们就必须保留和飞船之间的密光通信，以备紧急之需。

我衷心希望不会有紧急情况发生。

我沿着悬空寺西部的梯子、台阶和短桥往下爬，回到底部建筑下的一条砖石小道。夜风渐渐吹起，整座建筑在寒风下发出吱吱嘎嘎的声音。经幡在头顶猎猎作响，云雾缭绕在深渊中的山石上。云顶之上，星辰闪烁着光芒。风不大，不像我一开始住在这里时的狼嚎声，但它一路吹袭，穿过一条条裂缝、一根根横木，我身周的整个世界也都细语呢喃起来。

我走到“慧”之台阶，爬到“正见”宝阁中。我在露台上站了片刻，望着外面，又黑又静的僧房正蹲坐在东面的一块巨石之上。我的指尖摸过精细的雕刻，那上面浸透着矻矻和恺伊两姐妹无限高超的木雕技巧和心血。风变大了，我包紧外套，爬上螺旋形的楼梯，向“正思维”的塔楼前进。复原塔楼的东墙上，伊妮娅设计了一扇极为圆整的大窗，它面朝东方，正对着缓降的山麓，先知已经从那儿探出了脑袋，这轮月亮正缓缓升起，明亮的光线首先映照出塔楼的天顶，然后是后墙，这块灰泥墙壁上，凿刻着《经集》①中的经文：

① 南传上座部佛教巴利语佛典。共分五品。

正如火苗被大风吹灭，
已经消失，无以命名，
牟尼摆脱了名和身，
已经消失，无以命名。
当一切现象消失时，
一切谈论方式也消失。[①]

我知道，这段经文述说的是佛陀谜一般的死亡，但我在月光下看着它，脑中在浮想联翩，觉得它是不是能用在我或伊妮娅，或是我们两个人身上。似乎不行。那些僧侣在悬空寺辛苦劳作，是为了追寻悟道之路，但我和他们不同，我并不追求任何高于生存需要之物。吸引我，取悦我的，是星球本身，是无数亲眼见过、踏足过的星球。我并不愿意将这个星球和我对它的感觉抛在脑后。对于生命，我知道伊妮娅和我有一样的感受——涉入生命的百花园，就像是天主教的圣餐礼，只不过圣餐成了星球，必须细细咀嚼它。

不过，想到世界万物的精华，人类和各种生命的精华，会消失，无以命名，我心底便产生了一种共鸣。这些天，我一直想把这个地方的精华化成词语，结果毫无进展。

我离开“慧”轴，穿过用来烹饪和进餐的长平台，开始攀爬“戒”轴的台阶、桥梁和平台。现在，先知和它的两位侍从已经爬上了山脊，它们投下明亮的光线，将四周的岩石和红木抹上了醇厚的月色。

我穿过代表“正语”和“正业”的两座塔楼，在“正命”环形塔中停下了脚步，喘了几口气。在“正精进”塔楼外，放着一个蓄满饮用水的竹桶，我在那儿畅饮了一番。平台和屋檐下，经幡猎猎作响，我轻轻走过长长的连接平台，来到最高的建筑中。

---

① 选自《经集》第五品“彼岸道品”第七章。

伊妮娅最近正在建造“正念”冥想塔，塔里仍然弥漫着新鲜竹木的气味。顺着陡峭的阶梯往上爬十米，便是“正定”塔楼，它蹲坐在这座寺庙的顶部，窗户面对着悬崖峭壁。我在那儿站了好几分钟，并第一次发现，月亮像今晚这样升起时，塔楼的影子会落在对面的峭壁上，伊妮娅精心设计了塔楼的屋顶，这样一来，影子和峭壁上自然形成的裂痕和污点合起来，便形成了一个字，我认出那是中文的“佛”字。

这时，我不禁打了个冷战，虽然当时的风一点也不大。我的胳膊上起了鸡皮疙瘩，脖子后感到一阵阴冷。就在那时，我意识到——不，我看见——不管伊妮娅的使命是什么，她将注定失败。我和她都将被捕，被审问，很可能还会被严刑拷打，被处以死刑。在海伯利安时，我曾答应过诗人老头，现在看来，那誓言当真是白费唇舌。摧毁圣神，当时我这么答应诗人。拥有数百亿信徒、数万全副武装的男女、数千战舰的圣神……把旧地带回来，我这么起过誓。啊，我的确去了旧地。

透过窗户，我想望望外面的天空，但只能看到月光下的峭壁，还有缓缓黏合的“佛”字。三条竖线就像是划在石板色皮纸上的墨汁，三条横线顺滑涌动，在负空间中形成了三块白色表面，黑暗中，那三张白色脸庞凝望着我。

我答应过要保护伊妮娅，为此我发过死誓。

我抖掉寒意和不祥的感觉，走出塔楼，来到“正定”平台，然后扣上缆绳，在嗡嗡声中穿越三十米的虚空，来到顶台的平台。在顶台上，是我和伊妮娅各自的休憩塔楼。我顺着最后一条阶梯往顶层爬，一面爬，一面心想——也许这回我能睡着了。

在触显日志中我并没记下这话，但在我慢慢写下这些文字的此刻，我终于记了起来。

伊妮娅睡房的灯已经灭了，我很高兴——她熬夜熬得太晚，工作也太劳累。对于一名过度劳累的建筑师来说，高台脚手架和悬崖缆绳可不是一个合适的地方。

我走进自己的小屋，合上日式移门，甩掉靴子。一切一如我走之前的样子——外移门微微合上，月光明亮地洒上睡垫，风和山脉的低声絮语擦刮着四壁。提灯都灭着，小屋黑黑的，但有月光，还有我对屋子的记忆。榻榻米地板上空无一物，除了睡垫和门口的一个柜子，那个柜子里放着我的帆布背包、一些食物、酒杯，还有我从飞船上带来的呼吸器，以及攀登装备。总之，屋子里没有什么东西可以绊倒我。

我脱下外套，把它挂在门口的钩子上。柜子上放着一脸盆水，我洗了把脸，然后脱掉衬衣、袜子、裤子和内裤，把它们塞进柜子里的小袋子里。明天是洗衣服的日子。我叹了口气，在冥想塔楼中感受到的不祥预感，现在已经褪变成了疲惫。于是我走到睡垫旁。除了在地方自卫队以及和两个朋友在领事飞船里同行的那段时间，我历来是裸睡。

在那抹月光对面的黑暗中，传来一阵轻微的骚动，我猛地一惊，趴下身子，摆出战斗的姿势。赤身裸体会让人感到比平常更无助，然后我意识到——肯定是贝提克提前回来了，于是松开了右拳。

“劳尔？”是伊妮娅的声音。她探身向前，来到月光下。她抱着我的睡毯，裹着下身，但肩膀、胸脯和腹部还是一丝不挂。先知射下柔和的光芒，映照着她的头发和颊骨。

我张口想说话，又迅即决定转身去拿衣服和外套，但中途却改变主意，单膝跪到睡垫上，拾起床单，裹住身子。我不是老古板，可这是伊妮娅啊。她到底……

“劳尔。”伊妮娅又叫了一声，但这次语气中没有了疑问的意味。她跪步朝我移来，身上的毯子落了下来。

“伊妮娅，”我蠢头蠢脑地说道，“伊妮娅，我……你……我不……你不是真……”

她竖起一根食指，掩上我的嘴唇，片刻之后又挪开了，但没等我开口，她便靠了过来，将双唇探向原先食指所掩的地方。

从前，每当我碰触到我的小朋友，都会感到一种触电的感觉。我早就解释过这事，每次说起都感觉很傻，但我始终把原因归结在她身上……她散发着灵光……一种独特的人格魅力。我说的是切实的真话，而不是什么比喻。可是，此时此刻，我感受到了我俩之间那一股前所未有的强烈悸动。

有那么一小会儿，我完全处于顺从状态，被动地接受伊妮娅的吻，而不是在共同享受。但紧接着，那股温存和不懈战胜了思潮，战胜了疑虑，战胜了所有别的感觉。我开始主动吻她，双臂环抱住她，把她拉近，即便这时她也已经抱住了我，强健的十指在我的后背游移。五年多之前，她在旧地的河边和我吻别，那一吻匆忙、强烈，带着疑问和许多其他的意味——但仍旧是一个十六岁少女的吻。但现在的吻，温暖、湿润，是一个女人发出的触动，我立即作出了回应。

这一吻持续了天长地久。我隐约意识到自己的裸体和欲火有点出格，得稍稍控制一下。但这感觉非常遥远，相比那永不停歇的拥吻带来的逐渐扩张的暖意，根本没什么重要的。最后，我们的嘴唇分离，虽然感觉有种麻木肿胀的感觉，但却还想继续吻下去，我们互相亲吻对方的脸颊、眼睑、胳膊、耳朵。我埋下头，亲吻她的脖颈，感受着她的脉搏，嗅闻着她身上的芬芳。

她跪坐着向前移动，微微弓起后背，双乳摩挲着我的脸颊。我捧住一个，几乎是虔诚地亲吻着乳头。伊妮娅双掌捧住我的后脑勺，俯下脸，朝我探来，我能感受到她的喘息和悸动。

"等等，等等，"我仰起脸，朝后靠去，"别，伊妮娅，你……我是说……我觉得你不……"

"嘘，"她轻声道，又探身朝我靠过来，又开始吻我，接着抬起头，那双黑色的眼睛似乎含聚了整个世界，"嘘，劳尔。没错。"她又朝我吻来，同时倚向右侧，我们俩卧在了睡垫上，拥吻不放。渐起的风刮擦着米纸墙，整个平台应和着我们的拥吻和身体运动，一起摇晃起来。

这真是一个难题。我该怎么开口讲述这样的事？该怎么和你们分享一个人最私密、最神圣的一刻？把这事写在纸上，感觉是一种侵犯。如果不说，那又是在说谎。

第一次目睹自己心爱之人的裸体，是人生最纯粹、最不可征服的神灵显现之一。如果这个宇宙有真正意义上的宗教，那它必须包含这一接触的真理，不然就永远空洞下去。对于人类来说，和真正值得爱的人做爱，是献给他们的少数几项无条件奖赏之一，它平衡着人类的其余状态：痛苦、失落、尴尬、孤独、愚蠢、妥协、笨拙。和正确的人做爱，会弥补他们犯过的许许多多错误。

我以前的做爱对象都不是正确的。就在我和伊妮娅第一次接吻，拥躺在地上时，甚至在我们时缓时快运动前，我就已经明白了一切。我意识到，我以前从来没有真正和谁做过爱——当兵时休假离开，和女朋友做爱，或是当游船工时，认为机不可失时不再来和女船工做爱，我以为我探究并发现了其中的一切，但事实上那甚至不是开始。

这次才是开始。我还记得，有一刻伊妮娅跨坐在我身上，手紧紧抓着我的胸膛，她的胸脯则浸满汗液，而双眼却注视着我——定睛注视着我，目光那么热烈，那么温存，就仿佛我俩的目光已经把我们亲密地连接在了一起，紧密得就像是大腿和性器的结合。在未来，每当我们做爱时，我都将会记起这一时刻；就好像在那亲密无间的起初瞬间，我早已知道了所有的未来时刻。

我俩拥在一起，躺在月光下，床单、毯子和垫子卷曲起来，乱糟糟地丢在了一边。从北方吹来凉风，吹干了我们身上的汗水，伊妮娅的脸颊枕在我的胸口，我的大腿跨于她的臀部之上。我们还在互相抚触——她的手指撩弄着我胸膛上的毛发，我的手指游走于她的脸颊曲线上，一只脚缠绕着她强壮的小腿，脚底在她的腿肚上滑上滑下。

“这是不是一次错误？”我低声道。

“不，”她也细语道，“除非……”

我的心猛烈跳动。“除非什么？”

“除非你在自卫队时没打那些针，我想你肯定打了。”她低声道。

我有点着急，所以没听见她声音中流露出的一丝揶揄。

“什么？针？什么意思？”我转了个身子，手肘支着脑袋，“哦……打针……该死。你知道我打了。老天。”

“我知道你打了。”伊妮娅低声道，我已经听出了其中的笑意。

我们这些海伯利安小伙加入地方自卫队的时候，政府会按惯例给我们注射一系列经圣神批准的药剂——抗疟剂、抗癌剂、抗病毒剂，还有避孕剂。在圣神宇宙中，由于大多数人都选择了十字形，也就是选择了不朽，所以就有了避孕措施。如果一个人结了婚，想建立一个家庭，可以向圣神当局提出申请，要求得到避孕的解药；也可以简单地去黑市购买。如果既没有选择十字架之道，也没打算成家，那药效将会持续到老龄或死亡的到来。多年来，我都未曾想过自己曾打过那一管药剂。事实上，我想起来，十年前在领事的飞船上，贝提克曾问起过这事，当时我们正在讨论防病药物，我提到了自卫队的诱导制剂，我们十一二岁的小朋友正蜷在全息显像井的躺椅上，读着一本从飞船图书馆借来的书，似乎完全没有注意我们的谈话……

“不，”我仍旧支在手肘上，“我是说错误。你……”

“我。”她低声道。

“已经二十一岁了。”我把话说完，“而我……”

“你……”她低声道。

“……比你大十一岁。”

“不可思议，”伊妮娅说，她抬头望着我，整张脸映照在月光下，“在这样一个时刻，你的算数还是那么好。”

我叹了口气，俯身趴了下来。床单上沾染着我俩的气味。风愈发猛烈，墙壁被刮得发出响亮的声音。

“我冷。”伊妮娅轻声道。

在以后的日子里，要是她说出这句话，我就会马上把她拥在怀里，但在那个晚上，我只是应了一声，站起身合上了移门。那风比往常要冰冷。

“别。”她说。

“什么？”

“别关。”她坐起了身，床单齐胸包裹着身子。

“但是太……”

“让月光照着你。”伊妮娅轻声道。

那声音可能让我的身体有了反应，或者是因为我看见她在毯子下等着我的到来。这间小屋内，除了我俩的气味，还有榻榻米和天花板散发出的新鲜稻草味，以及群山吹来的新鲜凉爽的空气。那寒风并没有减慢我对她的反应。

“过来。”她低声说，张开毯子，像一件披风，把我裹住。

第二天早晨，我忙碌起来，开始了铺悬岩走道的工作，但感觉自己像在梦游。部分原因是缺乏睡眠——就在先知落下，东方显出晨光时，伊妮娅偷偷回到了自己的塔楼——但主要是因为心里有一种纯然的惊慌失措感。生活转了个弯，而这个弯我从没预料过，也从未想象过。

我正在往峭壁上安置支座，用以搭建高空走道，高台装配工大滝治之、远藤健四郎、沃铁·玛耶在我前头钻孔，而金秉勋和维奇·格罗塞在我后头和下方铺砖块，木匠昌济肯张在后头铺平台的木地板。如果我和这些高台装配工从木梁上掉下去，如果罗莫昨天没有展示他的自由攀爬绝技，没有在峭壁上安置固定缆绳，那什么也救不了我们。

现在，当我们需要从一条梁上跳到另一条梁上时，只需把轭具的扣环牢牢扣在绳索上，一切便万事大吉。我以前从上面掉下来过，但固定绳索阻止了我的坠落。每一根绳索能支撑五倍于我的重量。现在，我在一根根固定梁间跳跃，停在下一根吊在绳索那摇摇晃晃的横梁上。风很猛，似乎要把我刮下来，但我用一只手抓住悬梁，三根手指抵在峭壁上，平衡住身子。我摸到第三根固定绳的末端，扣下，打算扣在罗莫安下的七根绳索中的第四根上。

对于昨晚发生的事，我还是不清楚怎么回事。我是说，我知道自己的感受——激动，迷惑，狂喜，坠入爱河——但我不知道该怎么看待这件事。早上，在前往僧房旁的公共餐厅吃早饭前，我打算拦下伊妮娅，但她已经吃好，到东边的走道去了，那儿的平台雕刻人员碰到了一些麻烦。之后，贝提克、乔治、阿布跟着脚夫们一起回来了，于是我花了一两个小时，理好材料，把木梁、凿刀、木材和其他东西搬到新建的高空脚手架上。搭建木梁的工作开始前，我去东部平台看了下，但贝提克和孜本夏格巴在和伊妮娅商量事情，所以我小跑着回到脚手架，继续忙活了起来。

现在，我正往今早建好的最后一条木梁跳去，大滝和远藤用微小的可控弹药在岩壁上凿出了小孔，我时刻准备将木梁安在这些小孔中。沃铁和维奇会用水泥将它牢牢固定。不消三十分钟，它就会变得极为牢固，昌济就可以在上面搭建工作平台。我已经习惯从一根木梁跳跃到另一根木梁，稳住身子，然后蹲下来安置下一根木梁。现在，我开始安置最后一根木梁，摆动左胳膊平衡住身体，手指抓着吊在缆绳上的木梁。但那木梁突然摆动到了远处，我没有了倚靠，失去了平衡。虽然安全绳会拉着我，但我不喜欢坠落的感觉，不喜欢悬吊在最后一根木梁和新钻的空洞间，无能为力。如果没有足够的冲力，反弹回木梁上去，那我就得等远藤或别的装配工跳下来救我了。

刹那间，我下定了决心，猛地一跃，抓住了摇摆的木梁，奋力扭动。由于安全绳还松弛着，要绷紧还有好几米，所以现在我全身的重量都在手指上了。木梁很粗，我很难抓住，我感觉自己的手指在生铁板坚硬的木材上慢慢滑动。但我使劲抓着，不让自己掉下去，然后成功地把沉重的柱子晃回了最后的木梁那儿，乘势一跃，跃过两米的距离，着陆在滑溜的木梁上，双臂摆动，稳住身子。面对自己的愚蠢，我不禁哈哈大笑，我稳住了身子，站在那儿喘了几口气，望着脚下几千米外汹涌的云层。

昌济肯张正朝我这儿过来，从一条木梁跳向另一条木梁，每次都迅速地扣住了固定绳索。他的眼神中有一丝恐惧的意味，我立即觉得伊妮娅出事了。我的心猛烈跳动起来，焦急的思潮迅速席卷了我的全身，让我几乎失去了平衡。但我及时回过神，站在最后那条固定横梁上，稳住了身子，担惊受怕地等着昌济。

昌济跳到最后那条横梁，来到我身边时，他已经气喘吁吁，说不出话来。他急急地朝我打了个手势，但我没明白这动作的意思。他或许是看见了刚才滑稽的一幕：我摇摇摆摆、手舞足蹈地跳到了悬吊的横梁上，所以他在为我担心。为了告诉他一切安然无事，我举起手，向扼具绳索摸去，想让他看看，锁扣正紧紧扣在安全绳上呢。

但我的手没摸到锁扣。我并没有和最后那条固定绳相连。刚才那一跳、平衡、悬吊，都是在没有安全绳的情形下完成的。要是我掉下去……

我突然感到一阵眩晕，跌跌撞撞迈了三步，紧紧贴在冰冷的峭壁上。悬岩似乎有一种把我推走的意思，就仿佛整座山脉正在向外倾斜，要把我从横梁上推下去。

昌济把罗莫的固定绳拉过来，从扼具的背包中拿出一个锁扣，把我扣在了绳索上。我点点头，向他表示感谢，也不想因为他在这儿而把饭碗丢了。

悬崖弯角的十米外，大滝和远藤在朝我招手。他们又漂亮地钻出了一个孔洞，想叫我跟上他们的速度，把横梁安置上去。

前往布达拉参加达赖喇嘛晚宴的一行人，在公共餐厅吃完午饭便上路了。我在那儿看见了伊妮娅，但除了一道意味深长的眼神交流，以及她脸上露出的让我腿儿发软的笑容，我和她没有在私底下说上什么话。

我们在底层平台集合，有成百上千的工人、僧侣、厨师、学者和脚夫从上面的平台朝我们挥手、欢呼。云层已经开始在东方山脊的低矮隘口间缭绕，但悬空寺上方的天空仍旧蔚蓝一片，高高的平台上红色经幡猎猎作响，显眼得让人咋舌。

我们都穿着旅行服，宴会用的礼服装在防水背包里，我的也在我那个帆布背包里。按惯例，达赖喇嘛的宴会在迟暮时分举行，所以离我们出场还有十多个小时，不过，高路上的旅行就要花上六个小时，而且早先来洛京的信使和飞行员带来了一个坏消息，说是昆仑山外的天气很糟糕，所以大家都生龙活虎地开始了行军。

队伍次序是按礼仪来的。查理奇恰干布——洛京市长，悬空寺的管事——走在最前面，他身后几步外，是和他同级的堪布拿旺扎西，悬空寺住持。在我眼里，两人的“旅行服”比我想象的礼服还要华丽，而且身边围绕着一群像马蜂般的助手、僧侣和护卫。

在两名神父政客身后，乐乐快步行走着，这位年轻的僧侣是现任达赖喇嘛的侄子。之后是桑坦，他已经出家三年，是达赖喇嘛的兄弟。两人步子轻快，很爱笑，一如那些身体和思维都处于巅峰期的年轻人。他们的脸庞呈现出深褐色，一口白牙闪闪发亮。桑坦穿着一件鲜红的爬山用朱巴，在我们一行人沿着通向洛京山谷的狭窄走道往西前进的时候，他在我们队伍中看上去就像是一面会走动的经幡。

孜本夏格巴——达赖喇嘛派来监督伊妮娅建造工程的监工——和乔治同行，后者是我们胖乎乎的建筑工头。乔治有个形影不离的同伴，就是阿布，但他现在不在这儿。因为没受到邀请，阿布有点伤心，他留在了悬空寺。我想，这是我第一次看到乔治的脸上没有笑意，他沉默着很少言语，但孜本夏格巴滔滔不绝，舞动着手臂，打着夸张的手势，兴奋地讲着故事。有好几名工人和他们同行，至少是要陪着到洛京。

朵穆的卓莫错奇，这位从南方来的贸易商人着装艳丽，他身边的同伴只有一位，这么多月的高路旅程历来如此——那是一匹超大的柴羊，身上载满了商人的货物。这匹柴羊毛茸茸的脖颈下挂着三个铃铛，随着我们一路前进，铃铛发出叮叮当当的响声，就像是寺庙的祷告铃。罗莫顿珠会在布达拉宫和我们相会，不过队伍里有一样东西，代表了他的存在：那是柴羊最顶上的粗呢背包，里面装着他的滑翔伞。

我和伊妮娅在队伍的最后面。有好几次，我打算和她说说昨晚的事，但她都竖起食指，掩着嘴唇，不让我说下去，然后朝我们身边的商人和其他人点头致意。我只能和她简单闲聊几句，说了最近几天在悬空寺悬岩宝阁和走道上的工作，但我的脑子仍纠结着那些问题。

不久，我们来到了洛京，那里的坡道和走道上列满了挥舞锦旗和经幡的人群。城市居民从山谷的平台和悬崖的木屋中向他们的市长和我们这些人欢呼。过了山谷城市洛京，就在我们快要抵达前往布达拉的唯一一条索道的起跳平台前，我们遇到了前去参加达赖喇嘛宴会的另一队人马：多吉帕姆和九名比丘尼。多吉帕姆坐在一乘肩舆中，由四名肌肉发达的男性扛着。她是桑顶寺寺主，那座寺里除她之外都是比丘僧，和悬空寺位于同一座山脉上，但它位于三十多公里外的南山，而悬空寺在北山。多吉帕姆已经九十四高龄，她三岁时，被认作是金刚亥母转世。她是个非常自负的人，在六十多公里外的危山之中的羊卓雍错，有座专为比丘尼而建的寺院，名为先知寺。七十多年来，寺众一直视她为寺主、活佛。现在，成了金刚亥母的她，以及九名比丘尼同伴，还有约三十多名抬舆的男人和护卫，正等在索道旁，将肩舆那硕大的扣钳链接起来。

多吉帕姆从帘中朝外窥探，暗中审视我们的队伍，接着招手叫伊妮娅过去。伊妮娅随口和我说过，她曾多次去过羊卓雍错的先知寺，见过亥母，两人结成了好友。贝提克还私下告诉我，这位多吉帕姆最近向先知寺的僧尼和桑顶寺的僧侣说，伊妮娅才是活佛转世，而不是达赖喇嘛。贝提克说，她的这一异端邪说已经传了出去，但由于金刚亥母在天山星球很受欢迎，所以达赖喇嘛还不曾对这一无理论断作出回应。

现在，我看着这两个女人——年轻的伊妮娅和肩舆内的老迈身影——肆意畅谈，朗声大笑，两边的人马都等着越过这条穿越郎玛深渊的索道。显然，多吉帕姆坚持要我们先行，因为抬舆的男人将肩舆抬到了一边，九名比丘尼深深鞠了个躬，伊妮娅朝我们示意，令大家走到平台上。查理奇恰干布和堪布拿旺扎西的助手把他俩扣在索道上，但两人看上去面色尴尬——我知道，不是因为担心安全问题，而是因为这里面违反了某种礼节，但我并不知道是什么，也不感兴趣。在那时，我只想和伊妮娅单独在一起，和她说会儿话。或者，再亲她一下。

步行前往布达拉宫的途中，下起了大雨。我在这地方待过三个月，经历过好几次夏季阵雨，但这次是雨季前的雨，冰冷刺骨，还有重重雾霭笼罩在我们四周。乌云迫近前，我们已经过了一条索道，但等我们逼近昆仑山的东麓时，高路上已经又湿又滑，还结满了冰。

高路有好几部分组成：山岩，陡峭山壁上的砖铺小道，华山西北麓的木制高路，还有这些冰雪山麓连接昆仑山的一系列平台走道和吊桥。之后，是这星球上第二长的吊桥，它连接着昆仑山和帕里山，其后又是一系列的走道、桥梁、山岩，它们沿着帕里山的东侧山壁，一路通向西南方的帕里集市。在那儿，我们穿经一个山谷，沿着山岩小道，笔直西行，最后便到了布达拉。

通常来说，晴天的话，这段路只需花上六个小时便能走完，但这天下午雾气缭绕，冰雪交加，于是这段长途跋涉变得很令人阴郁，也很危险。市长兼管事查理奇恰干布和住持堪布拿旺扎西的助手手持鲜红或鲜黄的雨伞，试图为两位贵人遮风挡雨，但冰冻山岩差不多每个地方都很狭窄，这两位贵人列成一队走在前头，不弄湿身体是不可能的事。吊桥简直就是噩梦——桥的“地板”，仅仅是一条粗壮的麻绳，上面连着或垂直或水平的绳子，作栏杆用，头顶是另一条粗壮的麻绳。通常来说，踏在脚下的麻绳上，同时两手握着侧绳，要保持平衡是一件轻而易举的事，但在这样一个暴雨天，必须聚精会神才行。不过，本地人在雨季里走起来同样健步如飞，虽然吊桥在大家伙的重量下上下弹动，结了冰的绳索似乎要从手里滑走，但走得慢吞吞的也只有我和伊妮娅。

尽管暴雨猛烈异常，还是有人点燃了帕里山东侧高路上的火把——或许正是暴雨的原因。浓雾之中，那些火苗发出光芒，帮助我们找到了正确的道路，我们沿着木制走道转弯，下坡，登上冰冻的台阶，穿过一条条桥梁。黄昏时，我们抵达了帕里集市。天很黑，所以看上去像是已经很晚了。在这里，又有一些前往冬宫的团体加入了我们的队伍，向西穿过山谷时，人数至少达到了七十人。多吉帕姆的肩舆仍旧一颠一颠地和我们同行，我想，除了我之外，其他人可能也有点嫉妒她淋不到雨的位置。

我承认，我还有点失望：按原计划，我们本应在黄昏时抵达布达拉，还能在那儿欣赏欣赏西北山麓上的山霞浸染的场面，望望宫殿北部和西部的高山。我以前从没见过冬宫，正强烈盼望着看看那块土地呢。事实上，帕里和布达拉之间的宽阔高路只不过是一系列点着火把的山岩和走道而已。我的背包里有激光手电，不过，我也不知道带上它是为了防止宫中发生不测时的无用举动，还是只是为了在黑暗中寻路罢了。在这条交通最为繁忙的走道上，岩石、平台、麻绳栏杆上都结着冰，甚至连台阶上也是。我不敢想象如果在晚上走索道会是什么情形，但据说有几个酷爱冒险的宾客会走那条路。

我们比宴会原定开始时间提前两小时抵达紫禁城。乌云已经散去少许，雨雪减弱了一些，当我抬起头，第一次看到冬宫的时候，我不禁激动得透不过气来，原本因为没有在黄昏抵达而产生的失望情绪也被抛在了脑后。

冬宫建造在黄顶山的一座高峰上，其后是一座更高的高峰——库库诺尔。透过云雾，我们看见的第一座建筑是哲蚌寺，里面住着三万五千名僧侣，这座僧院由一层层高高的石建筑垒叠起来，矗立在垂直的悬崖上，成千上万的窗户闪着提灯的光芒，露台、平台喝入口处都点着火把，而在哲蚌寺的后方及上方，布达拉宫拔地而起，那金灿灿的屋顶伸进翻涌的云层中。这就是达赖喇嘛的冬宫，即使在暴风雨的黑暗掩盖下，它仍旧闪耀着万丈光芒，而连闪电缭绕的库库诺尔也被它反照得更加明亮。

到了这儿，助手们和其他同行者便该返回了，只有我们这些受邀的朝圣者继续往紫禁城前进。

现在，高路变成了一条五十米宽的大道，平坦开阔，这才算是一条真正的干道。道路上铺着金色的石块，两侧点着火把，四周是无数的庙宇、神龛、小禅寺、宏伟僧院的附属建筑，还有军事防御哨所。雨已经停了，大道上闪着金灿灿的光芒，成千上百身着鲜艳衣袍的朝圣者和紫禁城的居民行进在哲蚌寺和布达拉的庞大石墙和大门前，出出进进，奔忙不迭。一小群一小群穿着藏红袈裟的僧侣默声往来；廷官身着亮红和艳紫两色的礼服，头戴一顶看上去像是倒扣茶碟的黄帽，有意地四处巡行，检阅身着黑白箭头蓝装的士兵；官方信使穿着或橙红或金蓝的紧身制服，缓缓跑过；宫女穿着天蓝色、湛青色、大蓝色的丝质长裙，走过金色的石地，裙摆在潮湿的路面上发出轻轻的滑摆声；红教僧侣一眼就能认出，他们头戴倒扣茶碟般的红帽，帽子是丝质的，饰有深红流苏；刨巴人——住在林谷中的人——头戴柴羊皮帽，身着饰有白红褐金艳丽羽毛的衣装，腰带上别着金色的巨型仪剑，大步走过；最后是紫禁城的平民，他们身上衣色的艳丽度比高官差不到哪里去，厨师、花匠、仆从、教师、石匠、私人贴身男仆都穿着或绿蓝或金橙的丝质朱巴，那些在达赖喇嘛冬宫中工作的人——数千强壮的人——穿着红金两色的衣装，望着眼前的一切，所有人都戴着一顶柴羊毛边的帽子，硬硬的帽檐有五十厘米宽，遮挡烈日，保护久在宫中的苍白肤色，同时也为遮挡雨季的雨。

在这种场面下，我们这群湿漉漉的朝圣者似乎显得太阴沉，太寒酸，但当我们进入哲蚌寺外墙处一扇六十米高的大门，开始穿越祈楚桥时，我却根本没有念及我们一行人的仪表。

祈楚桥宽二十米，长一百一十五米，由最新的碳塑钢建成。它闪闪发亮，就像是黑色的铬合金。祈楚桥下……是一片虚无。桥横跨在山脊的一条裂缝上，数千米之下便是光气云。以我们行进的方向为基准，在东侧，哲蚌寺的建筑群耸立在我们头顶，足有两三千米高，在寺院和冬宫之间，无数蛛网般的缆索连接着平坦的墙壁和闪亮的窗户，如蕾丝般划满了头顶的天空。在西侧——我们前方——六千米高的布达拉宫矗立在悬崖之上，低矮的云层笼罩其上，不时有闪电划过，映现出成千上万的岩石面和成百上千的金色屋顶。如果此地受到攻击，祈楚桥可以在三十秒内收进西部悬崖，这样一来，陡峭山壁与山顶第一尊堡垒之间的五百米之路，便没有了任何台阶、落脚点、平台或窗户。

我们走过祈楚桥时，它没有收回。桥两侧站着穿着正装的士兵，每一名士兵都拿着致命的长枪或能量步枪。在祈楚桥的尽头，我们在帕郭卡灵（意为西门）前驻足了片刻，这是座八十五米高的华美拱门。巨型的拱门内点着灯火，光芒从无数精巧的装饰中闪耀而出，最亮的光来自两只巨大的眼睛——每一只直径超过十米，它们一眨不眨，越过祈楚桥和哲蚌寺，向东部眺望。

从帕郭卡灵底下走过时，大家都停了片刻。穿过它，再迈出一步，我们就将踏向冬宫的土地，尽管真正的大门还在我们前方，还有三十多步路。进入大门，便是数千级台阶，它将带我们攀上冬宫。伊妮娅曾告诉过我，全天山的朝圣者到这儿，要么是膝行而来，要么是每迈一步便拜伏在地——简直就是在用身体量度这数百乃至数千公里的路——只是为了在西门时得以通行，在祈楚桥的最后一段俯首叩地，向达赖喇嘛施以敬意。

我和伊妮娅对望了一眼，一起跨了过去。

在正门，我们向守卫和官员呈上请帖，便开始攀登数千级台阶。我惊讶地发现，那台阶竟然是机动阶梯，不过朵穆的卓莫错奇小声说，阶梯经常是关着的，以便让信徒最后一次表现出虔诚，之后他们就会被容许进入冬宫的上部区域。

往上，在公共区域层，又是一番忙碌的景象：检查请帖，仆人们将我们的湿袍脱下，又有一些仆人护送我们来到沐浴更衣的房间。管事查理奇恰干布得到了宫殿七十八层的一组小套房；大家在外走廊里走了好长时间，似乎过了好几公里的路，右边是一扇扇窗户，在暴风雨光线的映照下，窗户上显现出哲蚌寺的红屋顶，途中又有一些仆人前来响应我们的请求。我们每个人都至少有了一间挂有帘子的小房间，正式宴会过后我们可以在里面睡上一觉，隔壁的一间浴室内有热水，可以洗澡，还有现代化的声波浴。

我在悬空寺没有正式礼服——在那艘藏在第三颗卫星上的飞船上，也没有这样的衣服——不过，罗莫顿珠和另外几个跟我体形相似的人给我提供了参加晚宴的衣装：黑裤子，擦得光亮的高筒靴，白色丝质衬衫，外罩金色背心，还有一件红黑两色的X形羊毛罩衫，腰间系深红色的丝腰带。晚宴披风的材质是一种上乘的武士丝，产自慕士塔格的西部地区，主色是黑色，但边缘有红色、金色、银色、黄色的精巧装饰。这是罗莫拥有的第二好的披风，他和我说得清清楚楚，如果我把它弄脏，或是撕坏，或是丢失，那他铁定会把我从最高的平台上扔下山去。罗莫是个随和的人，很容易相处——据说，作为一名独行的飞行家，他几乎不为人所知，但我还是觉得他没有跟我开玩笑。

宴会上，银镯子是必不可少的，贝提克借给我几个，是他在西王母一个漂亮的集市上一时心血来潮买下的。我头上戴了一顶饰满羽毛和柴羊毛的红帽子，是向阿布借的，阿布耗其一生，就是在等待受邀前往冬宫的这一刻。我的脖子里还戴了一条用银链拴着的玉制中原护符，是我的工匠大师朋友昌济肯张借给我的，他今天早上跟我说，他曾参加过三次冬宫的宴会，每一次都吓破了胆。

接着，穿着金色丝衣的仆人来到我们的房间，宣布时辰已到，该去宴会大厅集合了。外走廊挤满了成百上千的来宾，他们沿着铺砖的走道慢慢移动，裙裾摩挲，环佩叮当，空气中弥漫着各种各样互相冲突的气味：香水味、古龙水味、肥皂味、皮革味。在我们前头，我偶然瞥见了老迈的多吉帕姆——金刚亥母活佛，两名比丘尼搀扶着她，一行人穿着优雅的藏红色长袍。亥母身上没有戴任何首饰，但一头白发精心扎成了发髻，垂着漂亮的发辫。

伊妮娅的礼袍很简朴，但美极了。一件深蓝色的丝袍，靛蓝色的兜帽盖着裸露的肩膀，玉制中原护符垂在胸口，一根银色的发针别着头发，脸上蒙着一面薄纱。今晚，我见到的大多数女子都戴着面纱，以示庄重。这真是个很聪明的主意，它隐藏了我的小朋友的外貌。

伊妮娅搂住我的胳膊，众人排成一列，在没有尽头的走廊上行走，一会儿右转，一会儿乘上自动螺旋阶梯，朝达赖喇嘛的楼层前进。

我朝伊妮娅凑近，低声对着她蒙着面纱的耳朵说道：“紧张吗？”

那张蒙着面纱的脸露出一丝笑容，她捏捏我的手。

我低声追问：“丫头，你有时候会看见未来。我知道你有这本事，那么……我们今晚能活着回去么？”

她凑过来，我微微弯下腰，聆听她轻声的答复。“劳尔，每个人的未来，只有少数几件事是定下的。大多数事情都像流水般……”她伸手指了指路边的一个打着旋的喷泉，又朝螺旋阶梯上指了指，“但我觉得没什么好担心的，你说呢？今晚有几千名来宾。达赖喇嘛只能亲身接见少数几人。他的这些来宾……还有圣神……不管是谁，都没理由操心我们在这里这件事。”

我点点头，但并不信服。

突然，桑坦——达赖喇嘛的兄弟——大声叫嚷着跑下正在上升的阶梯，这举动很不成体统。但这名僧侣脸上带着笑意，似乎难以抑制内心的激动，他在对我们这一行人说话，可阶梯上的几百人都侧身聆听着。

“这位外星来宾是个大人物！”他狂热地说道，“我师傅是礼部副官的助手，我刚和他说过话。我们今晚要见的这个人，不仅仅是传教士！”

“不仅仅是传教士？”管事查理奇恰干布说道，他穿着多层的红金两色丝袍，全身散发着灿烂的光芒。

“没错！”桑坦咧嘴笑道，“是圣神教会的一位枢机，一位很有地位的枢机。还有他手下的好几位大人物。”

我感觉肚子一阵翻腾，接着又是一阵自由落体的感觉。

“哪一位枢机？”伊妮娅问。她的声音听上去很平静，兴味十足。我们快要抵达螺旋阶梯的顶部，成百上千名来宾开始嗡嗡细语，声音充斥在我们周围。

桑坦整整僧袍。“一位名叫穆斯塔法的枢机，”他欢快地说道，“我想，是个和圣神教皇关系很亲密的人。圣神敬重我的爱弟，所以派他作为大使前来。”

伊妮娅的手紧紧搂着我的胳膊，但我无法看清她面纱下的表情。

“还有另外几位重要的圣神来宾。”桑坦继续道，我们已经来到了宴会楼层，他转了个身，“其中有几个奇怪的圣神女人，我觉得像是军人。”

“你知道她们的名字吗？”伊妮娅问。

“其中一位，”桑坦答道，“是尼弥斯将军，她的皮肤很苍白。”达赖喇嘛的这位兄长转向伊妮娅，露出灿烂真挚的笑容，“伊妮娅女士，这位枢机明确要求和你见面。你，还有你的护卫，安迪密恩先生。听到这个要求，礼部部长很惊讶，但还是安排了一次私人接见，出席人员包括你们、圣神人员、总管事，当然，还有我的爱弟达赖喇嘛。”

上升之路到头了，阶梯滑进了大理石地板。伊妮娅挽着我的手臂，跟我一起踏进了主宴会厅的喧嚣之中。

19

达赖喇嘛年仅八岁。这事儿我早知道了——伊妮娅、贝提克、西奥和瑞秋多次和我说起过——但当我看见这个小孩坐在衬着垫子的高台上时，我还是感到了惊讶。

巨大的宴会厅中肯定至少有三四千人。好几部自动阶梯将来宾同时送入一个有太空船机库那么大的前厅中。金色柱子拔地而起，二十米之上的天花板上，绘满了手绘壁画；脚下或蓝或白的地砖上刻着精致的嵌像，有来自《中阴得度》——《西藏度亡经》——中的内容，还有巨型种舰载着旧地佛徒迁徙的绘像；甚至还有一座巨大的金色拱门，穿过之后，便来到了宴会厅。宴会厅比前厅还要大，天花板是一面巨型天窗，透过它，可以清晰地望见外面翻涌的云层，摇曳的闪电，还有提灯照耀下的山腹。那三四千来宾穿着华丽的服饰，一个个华彩照人——顺滑的丝绸，雕饰般的亚麻，褶皱层叠、染成五颜六色的羊毛，丰富的红黑白三色羽饰，精致的发型，精巧美丽的镯子、项链、脚环、耳饰、宝冠，还有缀满各色金石的带子，白银、紫晶、黄金、翡翠、琉璃。在这优雅华丽的服饰中，散落着几十名僧侣和住持，他们穿着简朴的袍子，衣色有橙、金、黄、藏红、红，在一百只火光摇曳的三脚火盆的照射下，那剃得精光的脑袋闪闪发亮。然而，这个厅堂实在是大极了，即便几千人拥在里面，也没把它装满——拼花地板在火光下闪亮，从人群外围到金光闪闪的高台，之间还有二十米的空间。

就在一列列来宾从自动阶梯踏进前厅的砖地上时，小号吹响了。有黄铜小号和骨制小号，吹奏的僧侣排成一列，从阶梯一直延伸到拱门入口，六十多米的距离全是那持续不断的号声。上百个小号连续吹出同一个音调，持续了一分钟，接着一个个号手齐刷刷地变调，吹出低沉的音调，就在我们进入主宴会厅的时候——身后的前厅就像是一个巨大的回音室——这低沉的音调又突然升高，前进队列两旁有二十根四米长的号角，声音嘹亮异常。吹响这些庞大乐器的僧侣站立在小型壁龛中，巨大的号角放置在拼花地板上的台座上，喇叭的末端卷曲向上，就像是直径数米的莲花。持续低沉的音调中，还有另外一种声音——很像远洋舰的雾号闷在冰川中发出的隆隆声——是一只巨大的铜锣在发出震响，它的直径至少有五米，每隔一定时间就被敲击一次。空气中弥漫着一股来自火盆的熏香气味，这细微的芬芳烟雾在众来宾缀满珠宝、披着头巾的脑袋上移动，似乎在应和喇叭、小号和铜锣高低起伏的音调，微微闪光，变换游移。

所有人都转向达赖喇嘛，望向他身边的侍从，还有他的宾客。我抓住伊妮娅的手，向右边走去，远远躲开高台。一群群重要来宾在前面紧张地走动着。

忽然，低沉的号角声停止了。铜锣最后一声震响的余音也慢慢飘远。所有来宾都已经到场。仆人使出全身的力气，将身后的大门推上。在这间巨大而又具有优秀回音效果的大殿中，我能听见无数火盆中的火苗正发出毕毕剥剥的响声。高高的顶上，暴雨突然捶打在水晶天窗上。

达赖喇嘛正盘腿坐在一块平台上，这姿势使他和台下站立的来宾视线平齐，他身下垫着复合丝垫，面露微笑。男孩的脑袋光秃秃的，身着一件朴素的红色喇嘛袍。在他右下方坐着总管事，在达赖喇嘛十八岁成年之前，由此人统领一切——当然也需要和另外几名高僧协商。伊妮娅和我说起过这位总管事，他名叫雷丁图拉，据说是狡神转世，但我远远看过去，只能看见普普通通的红色袍子、一张瘦长的棕色脸庞、眯成缝的眼睛和零星的小胡子。

达赖喇嘛的左边是管事，住持长。此人已经相当老迈，他正望着来宾方阵，绽放出大大的笑颜。他左边是先知，是个瘦瘦的年轻女子，头发剪得非常短，红袍下是一件黄色的亚麻衬衣。伊妮娅曾解释过，先知的工作是在深沉的迷睡状态下预言未来。先知的左边站着五名圣神特使，他们的脸大部分都被达赖喇嘛所处高台的镀金支柱挡住了。我只能看见一名穿着红色枢机服的矮个男子，还有三个人穿着黑色的法袍，至少有一个人穿着军队制服。

在总管事的右边，站着传令员，也是达赖喇嘛的安保长，此人便是名扬四海的卡尔·林迦·威廉·永平寺，禅宗射手、水彩画家、空手道大师、哲学家，曾是飞行师、花艺家。永平寺大步向前走来，他体格强健，健壮的肌肉下，似乎包裹着成卷带钢，开口时，声音充斥了整个庞大的大殿：

“敬爱的来宾，来自外世界的客人，杜巴，竹巴，创巴——住在高山之巅、宏伟山谷、林谷坡地中的各位——札萨，敬爱的官员，红黄两教，众僧侣，住持，格策[①]修习僧，第四层以上的柯萨者，穿戴速疾的世尊，众尊之夫、之妻，寻悟者，我谨代表达赖喇嘛，仁耀荣光，高明言语，纯洁之心，神圣智慧，捍卫信仰，无边之海——欢迎你们今夜前来！”

小铜号和骨喇叭吹响高昂清晰的音符。大号的响声就像是恐龙在咆哮。铜锣把我们的骨头和牙齿都震疼了。

传令员永平寺朝后退去。达赖喇嘛开口了，孩子的声音轻软无比，但在巨大的殿堂内非常清晰且坚定。

---

① 即沙弥，是出家并守护沙弥十戒的僧侣，女子称为格策玛。

“多谢诸位今夜前来。我们本应在更亲密的场合接见我们来自圣神的新朋友。你们中，有许多人请求觐见……今晚，你们会得到我私人的召见，并得到我的赐福。我已经下达要求，会和你们其中一些人面谈。你们今晚将会得到我私人的召见。今晚及其后几日，我们来自圣神的朋友将会和你们中的一些人进行面谈。在和他们谈话的过程中，请记住，他们也是我们弘扬佛法、追寻觉悟之道的兄弟姐妹。请记住，我们的呼吸便是他们的呼吸，我们所有人的呼吸也是佛陀的呼吸。谢谢你们。请享受今夜的庆典吧。”

话音一落，台座等物便静悄悄地滑进了一块敞开的墙壁中，一道帷幕滑落，将其遮蔽，接着又是一道帷幕，接着墙壁合上了，然后主宴会厅中的数千人齐齐地吐出了一口气。

在我脑海里，那一晚像是一出荒诞不经的节日舞会，但也是一出正式的宴会。那名神秘的枢机正坐在被帷幕罩起的台座上，他是我有生以来遇到的级别最高的教会官员，周围的排场和状况真是盛况空前。身穿红袍、头戴红帽或黄帽的僧兵护送几位幸运儿穿过一道道帷幕，最后通过一扇门，进入达赖喇嘛所在的房间，而我们其余人在火把映照下的拼花地板上走动攀谈，巡视放满上佳食物的长桌，或是和着小型乐队的音乐翩翩起舞——那里的乐器不是铜号、骨喇叭、四米大号。我当时问伊妮娅想不想跳支舞，但她笑了笑，摇摇头，接着领着我们一行人来到最近的宴会桌。很快，我们和多吉帕姆以及她手下的九名比丘尼开始畅谈起来。

虽然知道自己可能会失礼，但我还是问这位风度翩翩的老妇人，她为何被叫作金刚亥母。我们咬着炸成球状的糌粑，喝着美味的茶，多吉帕姆朗声大笑，向我们娓娓道来。

在旧地，在全是僧侣的藏传佛教僧院中，担任住持的第一位女性很有名望，据说是金刚亥母转世，那是一位具有可怕神力的女性半神。据说，为了吓走敌兵，第一位多吉帕姆女住持不仅把自己变成了猪，还把僧院中的所有人都变成了猪。

我又询问这位现任的金刚亥母转世，她有没有变成猪的能力。这位风度翩翩的老妇人抬起头，坚定地说道："如果这样能吓跑这些侵略者，我马上就变。"

我和伊妮娅跟众人攀谈交游，聆听音乐，瞭望巨大天窗外的闪电，在那三个多小时里，多吉帕姆说的这句话，是我听见的唯一一句针对圣神使者大声说出的反面言辞，但在华丽的丝质着装和节日的喜庆氛围下，似乎涌动着一股焦急的暗流。这是很自然的事，因为几近三个世纪以来，天山星球一直都和圣神和后霸主时代的人类社会互不往来——除了偶尔会有自由贸易商人乘登陆飞船而下。

桑坦说达赖喇嘛和圣神宾客有意接见我们，但现在夜已深，我慢慢觉得这不可能是真的，就在这时，几名廷官走了过来，他们头上戴着又大又弯的红帽或黄帽，看上去像是某些插画中的远古希腊头盔，这些人找到我们，请我们跟着他们前往觐见达赖喇嘛。

我看看我的小朋友，心里做好准备，如果她表现出一丝恐惧或缄默，就马上拉着她撒腿就跑，并掩护我们的撤退之路，但伊妮娅只是顺从地点点头，挽住了我的胳膊。于是我们跟着官员，穿过辽阔的大殿，宴会宾客形成的人海为我们让出道路。我俩款款而行，手挽手，仿佛我是她的父亲，正要在传统的教会婚礼上把她交给未来的女婿……又像是我们本身就是一对情侣。我的口袋里放着激光手电和触显式日志通信两用装置。如果圣神决意要抓住我们，那激光器并没有多大用处，但我已经下定决心，若有万一，就把飞船召唤下来。我绝不会让他们抓住伊妮娅，我会让飞船喷射出炽热的反作用推进火苗，飞下来直接砸穿漂亮的天窗。

我们穿过外部帷幕，来到一间遮着天棚的房间，外面的乐队声和狂欢声仍旧相当清晰。到这儿之后，几名红帽官员命我们手掌朝上，伸出双手。我们照做，他们继而将一条白色的丝巾放在我们手中，两头垂下，接着一扬手，请我们穿过第二道帷幕。我们在那儿见到了管事，他鞠了个躬，欢迎我们的到来，伊妮娅回了个优雅的屈膝礼，而我则笨拙地鞠了个躬。之后，他领着我们穿过一扇门，来到了一个小房间，达赖喇嘛正在那儿和他的客人一同等待着我们。

这间私人房间像是达赖喇嘛所坐平台的一种扩充——随处是金制、镀金、丝质的锦缎，装饰绚丽的挂毯，上面绣着各种图案：盛开的花朵，盘绕的巨龙，旋转的曼荼罗，其中左旋“卍”字随处可见。身后的门关上了，若不是左墙边放的三台显示器有音频获取装置，不然外面宴会的声音肯定完全听不见了。显示器正实时播放着主宴会厅各个位置上的宴会情景，男孩和他的客人正全神贯注地观看着。

我们停下脚步，等到管事示意我们继续向前，才重新迈开了步子。我们一面听着管事的低声细语，一面朝高台逼近，达赖喇嘛已经朝我们的方向转过身来。“上师抬手前，不必鞠躬行礼。见到他抬手就向前行礼，等他放手后，你们才能起身。”

当距离高高的台座还有三步的时候，我们停下了脚步。台座上铺着闪亮的布罩，垂褶的垫子。传令员卡尔·林迦·威廉·永平寺用悦耳但洪亮的声音说道：“上师，负责悬空寺建筑工作的建筑师及其助手觐见。”

助手？我跟在伊妮娅身后，向前迈了一步，心里困惑不已，但也很感激传令员没有公布我们的姓名。我眼角能瞥见五名圣神人员的身影，但按照礼节，我必须将视线对着达赖喇嘛，且稍稍埋下目光。

伊妮娅在高台的边缘停下，她的双手仍旧举在胸前，丝巾整洁地捧在手中。管事将好几个东西放在丝巾上，高台上的男孩伸出手，迅速拿起它们，将它们放上台座右侧。那些东西取走后，一名仆从走向前，拿走白色丝巾。伊妮娅双手合起，似乎在祈祷，接着向前鞠躬行礼。男孩露出文雅的笑容，他探身向前，将手摸向我的小朋友——我的挚爱。那只手放在了伊妮娅的头顶，手指弯曲，就像是褐色头发上的一顶皇冠。我意识到，这是在赐福。男孩移开手指后，从边上的一堆东西上拿起一块红色丝巾，放在伊妮娅的左手中。接着，他用力握住伊妮娅的右手，脸上的笑容愈发灿烂。就在我走向前，和达赖喇嘛进行同样的快速礼仪时，管事向伊妮娅示了下意，叫她站到总管事的低矮座位前。

管事同样在我的白色丝巾上放了几样东西，就在达赖喇嘛迅速将它们取走前，我及时看清了它们的样子。其中有一个小型金浮雕，呈现出三山形，后来伊妮娅解释说，这代表了天山星球，还有一幅人体像，一本代表言语的程式化书籍，一个代表思维的圣冢或寺庙形状的东西。没等我好好看看它们，出现和消失的礼节就已经结束。红色丝巾放进了我的一只手，男孩的小手握进了我的大手，那一握出奇坚定。虽然稍稍埋着头，但我能感受到他灿烂的笑容。我退到伊妮娅身旁。

总管事和我们进行了同样的礼节，同样迅速——白色丝巾，象征性的物体摆上来，又被拿走，继而是红色丝巾。但总管事没有和我们握手，我们得到总管事的赐福后，管事示意我们抬起头，正眼注视。

我差一点马上抓起激光手电，疯狂扫射。除了达赖喇嘛、僧侣仆从、管事、总管事、先知、传令员、矮小的枢机、三名穿着黑色法袍的男子，还有一名穿着蓝黑两色圣神舰队制服的女子。它刚从一名高个神父身后走出，所以我们终于看到了它的脸。那双黑色的眼睛定睛凝视着伊妮娅，头发剪得很短，柔软的刘海垂在苍白的额头前。皮肤没有一丝血色，目光如同某种爬虫——冷漠、全神贯注。

五年多之前——对于伊妮娅来说，是十多年前——我、伊妮娅和贝提克在神林上受到袭击，想要杀死我们的，正是这个女魔头。这个残忍的杀人机器甚至打败了伯劳，如果不是德索亚神父舰长在轨道太空船上插手，她早已将伊妮娅的脑袋割下，装进袋中。德索亚用尽飞船的聚变核力，才将这个女魔头制伏，把它封进了熔岩中。

而现在，这个魔头又回来了，它那残忍的黑色双眼紧紧盯着伊妮娅的脸。为了找到她，它显然搜遍了千山万水，而现在，它终于找到了她。找到了我们。

我的心猛烈跳动，两腿突然发软，但是震惊之余，我的头脑如同人工智能般运转了起来。激光手电插在披风的右口袋中，通信装置在裤腿的左口袋里。我可以用右手将锋利的激光射向女魔头的眼睛，然后马上按一下按钮，设置成散射光，将圣神神父照瞎。我可以用左手启动通信志的发信功能，通过密光将预设的信息发往飞船。

但是，就算飞船立即作出响应，飞行过程中没有被圣神战舰拦截，砸透天窗，降落进宫殿，还是需要几分钟时间。在这几分钟时间里，我们铁定已经死了。

我十分清楚这个女魔头的速度——它和伯劳对战的时候，速度快得根本看不见，仅留一点模糊的铬影。我永远也不会有办法从口袋中拿出激光手电或通信装置。当我的手还伸在半途的时候，我们就已经死了。

我僵立在那儿，伊妮娅必定也马上认出了这个女人，但她没有和我一样作出震惊的反应。从外表看，她根本没有一丝反应，脸上仍挂着笑容，目光扫过圣神宾客——包括那魔头——然后重新回到了高台上的男孩身上。

首先开口的是总管事雷丁图拉。“我们的客人请求召见你们，他们从上师口中听说了你们在悬空寺的建筑工作，希望见见担任设计师的女子。”

总管事的声音跟他的容貌一样痛苦压抑。

达赖喇嘛开口了，这个小男孩的声音虽然轻软，但落落大方，和总管事的小心谨慎形成了鲜明的对比。“我的朋友们，”他朝我和伊妮娅指了指，“请允许我向你们介绍来自圣神的贵客。天主教神圣法庭的约翰·多米尼各·穆斯塔法枢机，教皇外交使团的让·丹尼尔·布雷克大主教，马丁·法雷尔神父，吉拉德·勒布朗神父，以及来自贵族卫队的拉达曼斯·尼弥斯司令官。”

我们点了点头。这些圣神权贵——包括那魔头——也点头致意。似乎没人注意到这是否违背了礼节：竟然由达赖喇嘛进行介绍。

约翰·多米尼各·穆斯塔法枢机用一种圆滑温和的声音说道：“多谢上师。但这两位非凡的人物，你们却只说他们是建筑师和助手。”枢机朝我们微微一笑，露出又小又尖的牙齿，“你们，还有名字吧？”

我的脉搏又加速跳动起来，一想起激光手电，右手食指便抽搐了一下。伊妮娅仍旧微笑着，但似乎没打算回答枢机的问话。我的思绪急速奔驰，想出了一个使用化名的念头。但这又有什么用呢？这些人肯定知道我们是谁，这一切都是一个陷阱。尼弥斯女魔头绝不会轻易放我们离开这间房间……它可时刻等着我们呢。

令人惊讶的是，这回开口的又是达赖喇嘛上师。“阁下，我很乐意为你们完成介绍。这位受人尊敬的建筑师名叫阿难。她的助手，据说是众多技巧娴熟的助手之一，名叫须跋。”

听罢此言，我不由得眨了眨眼。有谁跟达赖喇嘛说过这两个名字吗？伊妮娅和我说过，阿难是佛陀的大弟子，他也是一位老师；须跋是四处游历的苦行僧，是佛陀的最后一位弟子，他在佛陀涅槃前临往拜谒，成为他的追随者。伊妮娅还说，达赖喇嘛以这两个名字介绍我们，显然是觉得此中含有讽刺的意味。但我不明白。

“阿难女士，”穆斯塔法枢机微微鞠了个躬，“须跋先生。”他仔细看了我们一眼，“请原谅我的愚钝和无知，阿难女士，但和布达拉及天山周边区域的大多数人相比，我觉得你并不像本地人。”

伊妮娅点点头。“阁下，事情不可一概而论。这颗星球各个地区的居民来自多艘种舰，源自旧地的多个地区。”

“当然。”穆斯塔法枢机咕哝道，“我必须说一句，你的环网英语说得太标准了，没有一点口音。我可以问一下，你和你的助手来自天山的哪个地区吗？”

“当然，”伊妮娅答道，她的声音和枢机一样平和，“我在这个星球的家乡位于摩里亚山和锡安山之外的山脊地区，在慕士塔格西北部。”

枢机慎重地点点头。就在这时，我发现他的衣领是一种鲜红色的波纹绸，颜色和他的袍子、帽子一模一样，后来伊妮娅跟我说，那衣领在教会中被称为“拉巴”或“拉比”。

“据旅馆主人所讲，那个地区住的多数是希伯来和穆斯林信徒，敢问，你们也是么？”

“我没有这些信仰，”伊妮娅说，“如果将信仰定义为相信超自然的东西。”

枢机的眉毛微微扬了扬。那个名叫法雷尔神父的男子朝自己的主人瞥了一眼。拉达曼斯·尼弥斯可怕的眼神一刻也没有动摇。

“尽管如此，你还是耗费了大量时间和精力，为佛教信徒建造了一座寺庙。”穆斯塔法枢机愉悦地说道。

“我受雇为他们重建美丽的楼群，”伊妮娅说，“他们挑中我进行此项工作，这是我的荣幸。”

“尽管你没有……啊……你并不相信超自然的东西？”穆斯塔法问。他的声音已经开始带有讯问的腔调。宗教法庭的大名，就算在海伯利安农村的沼泽地中，我们也有所耳闻。

“也许正是因为如此，阁下，”伊妮娅说，“也因为他们相信我和我同事的能力。”

“这么说来，这项工作自有其理了？”枢机逼问，“即使它没有任何深意？”

“也许，干好一项工作就是一种深意。”伊妮娅回答。

穆斯塔法枢机轻声笑起来，不是什么高昂好听的声音。“说得好，女士，说得好。”

法雷尔神父清清嗓子。“锡安山之外的地区。”他若有所思地说道，“我们在轨道上勘察的时候，发现在那儿的山脊上建有一座远距传送门。真是奇了，我们本以为天山从来没加入过环网，但翻看记录，却发现这座传送门建于陨落之前不久。”

“但从没用过！”年轻的达赖喇嘛叫道，他竖起了一根细细的手指，“从来没人用霸主的远距传输器来往于天山。”

“确实。”穆斯塔法枢机柔声说道，“啊，或许是我们多虑了，不过我必须致以歉意，陛下。我们的飞船在轨道上探测这座远距传送门，由于太过兴奋，不小心把周围的岩石熔化了，传送门已经埋在了里面，恐怕再也挖不出来了。”

趁他说话的当口，我朝拉达曼斯·尼弥斯望了一眼。她定睛凝视，我从来没见过她眨眼睛。那目光牢牢固定在伊妮娅身上。

达赖喇嘛挥挥手，表示随它去。“没关系，阁下。一座从来没用过的远距传送门，对我们来说派不上什么用处……除非你们圣神找到了什么办法，可以激活这些传送门？”他对这个念头哈哈大笑，笑声悦耳，充满了孩子气，但又带着智慧的机警。

“不，陛下。”穆斯塔法枢机笑着说道，“圣神也没有什么办法可以重新激活环网。而且，几乎可以肯定的是，我们最好不要那么做。”

我的紧张感迅速转变成一种极度的憎恶。这个样貌丑陋、穿着红色枢机服的矮个男人的言下之意是：他知道伊妮娅是怎么来到天山的，她要是想逃跑，这条路可行不通了。我朝我的小朋友望了一眼，但她似乎依旧心平气和，对这段话只是略微有点兴趣。难道还有另一座圣神不知道的远距传送门？至少这解释了为什么我们现在还活着：圣神封住了伊妮娅的老鼠洞，并派出了一只猫，或是好几只猫——轨道上的外交飞船，星系内无疑还隐藏着更多战舰——正随时恭候着她。如果我来迟几个月，他们肯定会俘获我的飞船，甚至将它摧毁，而伊妮娅仍旧飞不出他们的手掌。

但为什么要恭候她呢？为什么要玩现在这场游戏？

“……我们很想看看你的——叫什么来着？——对，悬空寺？这名字听上去很有意思。”说话的是布雷克大主教。

总管事图拉皱起了眉头。“不太好安排，阁下。”他说，“雨季要来了，走索道会很危险，就算是高路，在冬季的暴风下也很不安全。”

“不！”达赖喇嘛叫道。总管事朝上师转去，瘦脸上露出不悦之色，但后者毫不理睬。“我们很乐意安排行程。”男孩继续道，“无论如何，你们一定要看看悬空寺，还有中原的所有地方……甚至是泰山，爬爬这座泰岳的两万七千级台阶，看看顶上的玉皇庙、碧霞祠。”

“上师，”管事低语道，他刚和总管事交换了一个父母亲般的眼神，现在垂下了脑袋，“我应该提醒你一句，春季时毒云潮会涨起来，而接下来的七个月里，中原和星球各处没有任何路通向泰山，所以中原的泰岳只能通过索道抵达。”

达赖喇嘛孩童般的笑容消失了……我想，不是因为盛怒，而是因为自己被人当小孩看待，这令他非常不悦。接下来开口时，他声音尖厉，语气中带着命令。我认识的孩子不多，不过我倒是认识很多军官，如果我的经验直觉没错，那这个孩子将会成为一名令人畏惧的司令官。

“管事，”达赖喇嘛说道，“我当然知道索道会停止使用，大家都知道。但我还知道，每年冬季，会有一些勇敢的飞行员从嵩山飞往泰岳。除此之外，我们还能怎么把圣旨颁发到泰山的信徒中去？我们的一些翼伞还能搭载一名以上的飞行员……或叫乘客，是不是？”

管事的脑袋埋得如此之低，额头都似乎要擦到地砖上了。他的声音有些颤抖。“是，是，当然。上师，当然。我知道你知道这些，上师。我只是想……我只是想说……”

总管事图拉厉声说道：“上师，我敢肯定，管事是想说，虽然每年都会有一些飞行员飞到泰山那里去，但在这过程中，其实有很多人身亡了。我们不想让这些贵宾有任何闪失。”

达赖喇嘛的笑容又回来了，但比起几分钟前，这笑容显得更为老到，更为狡猾——几乎带着嘲弄的意味。他对穆斯塔法枢机说道：“阁下，你不惧怕死亡，是吗？你莅临此地，目的正是如此，是吗？向我们展示你们基督重生的圣迹？”

“上师，不单单只有一个目的。”枢机轻声道，“我们来此，主要是替我主捎来好消息，谁愿意听，我们会和他分享；同时，也是想和你们这颗美丽的星球讨论是否有贸易往来的可能。”枢机向男孩回敬了一个笑容，“上师，虽然十字架和重生圣礼是上帝直接赐予的礼物，但很可惜，如果要完成圣礼，我们必须取回身体或是十字形的一部分。据我所知，掉进你们的云海之人都没能找回遗骨？”

“没有。”男孩附和道，他脸上的笑容更灿烂了。

穆斯塔法枢机挥了挥手。“那么，也许我们还是应该限制一下行动，就算悬空寺和其他目的地可以通行，也还是不去为好。”他说。

众人沉默了片刻，我又望了望伊妮娅，心想面谈大概快要结束，不由琢磨着散会的信号会是什么，也许管事会领我们出去。尼弥斯女魔头那如饥似渴的眼神仍旧紧紧地盯着伊妮娅，我的胳膊都不禁起了鸡皮疙瘩。突然，让·丹尼尔·布雷克打破了沉默。“我刚才正和上师、总管事图拉讨论一件事，”他对我们说，似乎我们能将某个争论彻底解决，“我们的重生圣迹和佛教徒关于转世的悠久信仰，这两者之间有着非常惊人的类似。”

“啊。”坐在黄金宝座中的男孩感叹道，脸上容光焕发，似乎有人说起了一个让他十分感兴趣的话题，“但并非所有的佛教徒都相信转世之说。暂且不管他们迁徙到天山后，佛学理论在这里发生了翻天覆地的变化，就算在这之前，也并非所有的佛教教派都接受重生的概念。我们知道，佛陀不愿意和他的弟子谈论是否有来生这样一件事。这个问题和佛道无关，”他说，“禁锢在个人存在[①]的枷锁中，不可能得到回答。先生们，多数佛教教派，都可以进行深入的探索和体会，并当成悟道工具所使用，而不会堕入鬼神的概念下。”

大主教满脸困惑，但穆斯塔法枢机迅即说道：“但是，你们的佛陀不是说过这样一句话吗？——上师，你们的经文中肯定有这一段，如果我说错了，请马上纠正我——‘是有不生、不长的非缘生法存在。如果没有了这不生、不长的非缘生法，则一切生的、长的、因缘和合的就无从解脱。[②]’”

男孩笑容坚定。“没错，的确有这样一句话，阁下。很好。但是，

---

① 佛教哲学中，将个人的存在归结为“五蕴”，由色、受、想、行、识五要素构成。五蕴加在一起，通俗来说叫作“众生”“个人”“我”，其实就是苦（佛教四圣谛：苦、集、灭、道）。但佛教有一个无我论，多数宗教都认为人身上有一个恒常不变的、永久长存的和绝对的实体，但佛法不承认这灵魂、自我或我的存在。

② 这一段话是对涅槃的概括。

在我们的物理宇宙中，难道没有一些元素，同样受制于我们物理宇宙的法则，它们还不被我们完全了解，却可以描述成不生、不长的非缘生法？”

“上师，就我所知没有。”穆斯塔法枢机说道，口吻友好，“但我不是科学家，只是个可怜的神父。”

男孩没有顾及穆斯塔法的外交手腕，他似乎决意将这话题讨论下去，“穆斯塔法枢机，我先前已经说过，自我们登上这个多山星球后，佛教的形式已经有了很大的发展，如今更大程度上是以禅宗的精髓为核心。旧地有一位伟大的禅宗大师，名叫威廉·布莱克，是位诗人，他曾说过——‘永恒爱恋时间的儿女①。’”

穆斯塔法的笑脸没变，因为他没有听懂。

达赖喇嘛的笑容却消失了。男孩的表情虽和蔼，但很严肃。“穆斯塔法枢机，你认为布莱克先生的意思是，没有终点的时间是毫无价值的时间？任何长生不死的人——即使是上帝——也会嫉妒慢时间的儿女？”

枢机点点头，但没有表示出同意的意思。“上师，我不明白上帝为何要嫉妒可怜的凡人。上帝当然不会嫉妒。”

男孩浅淡近无的眉毛竖了起来。“可是，你们的基督上帝，难道不是无所不能的吗？他，当然，必定也拥有嫉妒的能力。”

“啊，上师，这真是个小小的悖论。我承认，我在逻辑辩论和玄学理论上都学术不精。但是，身为枢机主教，从教义问答书和我自己的灵魂深处，我知道上帝是不会嫉妒的……尤其不会嫉妒他的这些带有瑕疵的子民。”

“带有瑕疵？”男孩问。

穆斯塔法枢机高傲地笑了，声音就像是一名博学的神父在向孩子布道。“人类有瑕疵，因为他们会犯下诸多罪孽，”他轻声说，“我主不

---

① 摘自《天堂与地狱的婚姻》。

会嫉妒这些罪孽深重的人。”

达赖喇嘛微微点了点头。“有一位禅宗大师，名叫一休，他曾写过这样一首诗——

三世犯之孽，
随我灭而灭。[①]”

穆斯塔法静候了片刻，但达赖喇嘛没有再念下去，于是他问道：“上师，他说的三世是指哪三世？”

“这是太空旅行发展出来之前的诗句，”男孩在垫子上稍稍动了动身子，“三世是指过去、现在、未来。”

“很好。”这位宗教法庭的枢机说道。在他身后，助手法雷尔神父正盯着男孩，目光冷淡，似乎带着厌恶。“但是，上师，我们天主教徒认为，这一罪孽，或者说罪孽的后果，或是罪孽的责任，并不会随着一个人的死亡而终结。”

“确实，”男孩微笑道，“正是出于这个原因，我很想知道你们为何要用那十字形生物延长自己的生命。”他说，“在我们看来，人死之后，所有罪孽都被洗清。而你们认为会有最后的审判。那么，为什么要推迟这一审判？”

“在我们看来，十字形是我主耶稣基督赐予的圣礼，”穆斯塔法枢机和声说道，“为了免除我们的罪孽，我们的救世主将自己牺牲在十字架上，让我们有了选择在天堂中永生的机会，这是审判的第一次推迟。十字形是救主赐予的另一件礼物，这或许是为了给我们充足的时间，在最后的审判前将一切都收拾好。”

① 一休在1457年写了一篇作品《一休骸骨》，借一个关于骸骨的梦，来说明他的信念，认为这个世界的一切壮丽辉煌，只不过是过眼云烟的幻象而已。人，只不过是副骸骨，外面披上五颜六色的皮，男女相爱，只见色相罢了。一旦停止了呼吸，肉体腐败，颜色尽失，爱欲也就消失了。你再也分辨不出谁生前有钱有势，谁又是贫穷低贱了。

“啊，没错，”男孩叹了口气，“不过，或许一休是想说，这世上并没有罪人，也没有罪孽，‘我们的’生命并不属于我们自己……”

“千真万确，上师。”穆斯塔法枢机打断了达赖喇嘛的话，仿佛在表扬一名迟钝的初学者。总管事、管事，以及高台周围的其他人，都对这一粗鲁的打断大惊失色。“我们的生命并不属于我们自己，而属于我主基督……为了侍奉祂，侍奉圣母教会。”

“……不属于我们，而属于宇宙，”男孩继续道，“我们的功业——不管是善是恶——也都为宇宙所有。”

穆斯塔法枢机皱皱眉。“上师，说得很妙，但或许太抽象了。没有上帝，这个宇宙只能是一台机器……没有思想，没有关爱，没有感觉。”

“为何？”男孩问。

“恕在下愚钝，您说什么，上师？”

“若没有你们所定义的那个上帝，宇宙为何一定没有思想，没有关爱，没有感觉？”男孩轻声道，闭上了双眼：

> 晨露散去归为无，
> 此生此世谁能留。

穆斯塔法枢机竖起手指，触摸着嘴唇，像是在祈祷，又像是完败于达赖喇嘛的问题。“妙极，上师。又是一休？”

达赖喇嘛眉开眼笑。“不，是我。是我失眠时写的一首禅意小诗。”

几位神父都吃吃地笑了起来。而尼弥斯魔头仍旧紧紧盯着伊妮娅。

穆斯塔法枢机转身看着我的小朋友。“阿难女士，”他说，“你对这些沉重的话题有何感想？”起初我没反应过来他是在跟谁讲话，但紧接着我便记起达赖喇嘛介绍伊妮娅时用的名字：阿难，佛陀的大弟子。

“我也知道一休的一首小诗，能表达我的想法。”她说：

水上书字虚亦幻，
难比念佛问来生。

布雷克大主教清清嗓子，加入了我们的谈话。“女士，看来意思清楚得很。你觉得上帝不会回答我们的祷告。”

伊妮娅摇摇头。“阁下，我认为一休想说的有两层意思。首先，佛陀不会帮助我们，也就是说，这不是他的工作。其次，规划来生是愚蠢的，因为就本性而言，我们不受时间影响，永恒，不生，不死，无所不能。”

大主教衣领上部的脖子和脸庞顿时涨得通红。“阿难女士，这些词只能用来形容上帝。”他感觉到穆斯塔法枢机正在朝他瞪视，终于记起了自己此行外交员的身份。“或者说，这是我们的信仰。”他唯唯诺诺地加上一句，“阿难女士，你这么年轻，而且是名建筑师，看上去却非常了解禅宗和禅诗。”

穆斯塔法枢机吃吃地笑了起来，显然试图让语气放轻松。“这位一休还有没有别的有关这方面的诗？”

伊妮娅点点头：

众曰：生独来，死亦独去。
吾谓此皆幻象，听吾之教，
无来，无去！

“很妙的把戏。”穆斯塔法枢机装出一副很快活的表情。

达赖喇嘛倾身向前。“一休教我们的是，我们这一生，至少会有一些时间，可以生活在一个永恒、无限的世界中，那里没有生、没有死、没有来、没有去。”男孩柔声说道，“在这个世界，没有什么东西可以将我们和所爱的人相隔，没有时间的分隔，没有空间的阻隔，没有玻璃墙阻碍我们的体验和情感。”

穆斯塔法枢机瞪着一双眼睛，哑口无言。

“我的朋友……阿难女士……也教了我这些。”男孩又说道。

有那么一小会儿，枢机的脸扭曲了一下，似乎非常鄙夷。他转身看着伊妮娅。“如果这位女士能把这位聪明巫师的把戏教给我……教给我们所有人……我将感到十分荣幸。”他语气尖厉地说道。

“十分乐意。”伊妮娅说道。

拉达曼斯·尼弥斯向伊妮娅走了半步。我将手伸进披风，轻轻地摸到激光手电的开启钮。

总管事用一根包着布料的木杖敲了敲铜锣，于是管事匆匆向前，将我们护送出去。伊妮娅向达赖喇嘛鞠了个躬，我也笨拙地学她的样子鞠了一躬。

接见结束了。

在巨大的宴会大厅中，我挽起伊妮娅的手，和她翩翩起舞。大厅内，七十二人的管弦乐队演奏着曲子，余音绕梁，来自天山的贵族与淑女、僧侣和大臣，都站在舞池的边缘欣赏我们的舞姿，抑或和着乐曲的律动，围着我们打转。当时的情景历历在目，我记得自己和伊妮娅跳了舞，午夜之前坐上随时更新食物的长桌，吃完夜宵又继续跳舞。我记得自己紧握着她的手，在舞池中起舞。我不记得以前是否跳过舞——至少是清醒时跳舞——但那晚我的确跳得尽兴，我紧紧拥着伊妮娅，火盆中毕毕剥剥的火把也渐渐变暗，先知在拼花地板上投下天窗的影子。

在凌晨一两点钟的时候，年长的宾客都已就寝，包括所有的僧侣、市长和元老政客，除了金刚亥母。管弦乐队每一次奏出方舞舞曲，她就会开怀大笑，一面唱一面打着拍子，穿便鞋的脚在光亮的地板上轻轻叩击。这个巨大的幽暗殿堂内，只剩四五百名坚决留下的司仪神父，而乐队的乐曲也奏得越来越慢，仿佛他们上的音乐发条快要失去动力。

我得承认，要不是伊妮娅——她想跳舞——我肯定早早地上床睡觉去了。但我们跳起了舞，悠悠地迈着舞步，我的一只大手握着她的小手，另一只手贴在她的背部——手掌透过薄薄的丝舞裙，感受到她的脊柱和肌肉——她的头发贴着我的脸颊，胸部软软地贴在我身上，圆圆的脑袋贴着我的脖子和下巴。她似乎微微有点悲伤，但仍旧充满活力，仍在庆祝。

几小时前，达赖喇嘛的私人接见已经结束，据说上师午夜前就已入睡，但是我们这些人继续庆祝——罗莫顿珠，我们的飞行员朋友，大笑着为每个人倒香槟和麦啤；桑坦，达赖喇嘛的次兄，还一步跳过了积满余灰的火盆；朵穆的卓莫错奇一直很严肃，却突然坐进角落，变成了一位魔术师，耍着各种把戏，喷火、套圈、隔空漂浮；接着，多吉帕姆唱起了一首缓慢悠扬的阿卡贝拉独唱曲，声音如此甜美，即使是到了现在，歌声仍时时萦绕在我的梦中。最后，黎明前的黑暗笼罩了夜空，管弦乐队准备结束晚宴，于是几十人一起唱起了先知之曲。

突然，音乐陡然而止，舞者停住脚步。我和伊妮娅摇摇晃晃地停下舞步，环顾左右。

几个小时以来，都不曾出现圣神宾客的身影，但其中一位——拉达曼斯·尼弥斯——突然就从达赖喇嘛那帷幕壁龛的黑影下走出。她换了身服装，现在穿着一身红色的制服。身边还有两个，起初我还以为他们是神父，但我立即发现，那两个身影穿着一身黑衣，长得几乎和尼弥斯一模一样。那是一男一女，都穿着黑色的战衣，苍白的额头上都垂着黑色的刘海，眼睛都是琥珀色，毫无活力。

三人组穿过僵立着的舞者，朝我和伊妮娅走来。我本能地站到伊妮娅和那三个魔头之间，但尼弥斯的男同伴和另一个姐妹开始围着我们打转，来到我们两侧。我把伊妮娅紧紧护在身后，但她却站到了我的身旁。

僵立着的舞者默不作声，管弦乐队也噤若寒蝉，就连射过含尘空气的月光似乎也凝固了。

我拿出激光手电，紧握在手里。着黑衣的尼弥斯魔头咧嘴露出一口细牙。就在这时，穆斯塔法枢机从阴影中走出，站到她身后。四个来自圣神的家伙就这么定睛凝视着伊妮娅，在那刹那间，我觉得整个宇宙停止了，舞者们都被冻在了不变的时空之中，音乐就像是冰钟乳，正悬在我们头顶，随时会粉碎而落，但就在这时，我听见人群中的喃喃声——充满恐惧的细语，焦急的吸气声。

虽然没有直截了当的威胁——只不过是四名圣神宾客走过舞池，把伊妮娅围在了中心——但是，隐隐散发着一种掠食者逼近猎物的感觉，强烈得难以忽视，就像是那股香水、散粉、古龙水中隐含的恐惧气息一样。

“还等什么？”拉达曼斯·尼弥斯问，她望着伊妮娅，但显然是在对别人说话——或许是那两个兄妹，又或者是枢机。

“我想……”穆斯塔法枢机甫一开口，便怔住了。

所有人都怔住了。拱门入口旁的巨型号角突然吹响，发出地震般的低沉响声。但壁龛内并没有人在吹奏。骨制和黄铜的号角导引着无休无止的单音调号角声。巨型铜锣也被震得抖动起来。

舞池那边，在自动扶梯、前厅、入口垂帘拱门的方向，传来一阵沙沙的响声，一声闷窒的喊叫。那里渐已稀疏的人群分出一条宽阔的道路，他们移到两侧，就像是被钢铁犁耙前的田地。

在垂帘外的前厅中，有什么东西在移动。现在，那东西钻进了垂帘，并非撩起，而是把帘子大卸了八块。在先知的月光照耀下，那东西闪着寒光，它滑移过拼花地板，浮在地板上空，就像是在飘移，发出的寒光让月光有一种死寂的感觉。红色的碎布帘挂在它不可思议的高大身形之上——至少有三米之高——在那深红色的破袍下，伸着无数双臂膀，似乎有无数双手紧握着钢刃。舞者加快脚步朝后退却，可以听见众人不约而同地倒吸了一口冷气。就在这时，闪电无声划过，先知的光芒黯然失色，光亮的地板白光频闪。长久之后，雷声终于隆隆而来，但入口大殿内充斥着不断回响的低沉号角声，震得人骨头发酥，连隆隆的雷声也相形失色。

伯劳的滑移突然停止，它离我和伊妮娅有五步之远，离尼弥斯魔头也是五步之远，离尼弥斯的两兄妹十步远（这两人原先在绕着我们打转，现在僵住了），离枢机八步远。在我看来，裹在红色破碎帘布下的伯劳，就像是以一身红装的穆斯塔法枢机为对象描画的夸张画像，全身铬银色，而且布满了利刃。而一袭黑衣的尼弥斯克隆人就像是黑墙下的两柄短剑的影子。

巨大宴会厅的某个阴影角落中，一台钟缓缓敲响了整点之数……一……二……三……四。当然，这恰好也是此处的残忍杀人机器的数量。自上次见到伯劳起，已经过了四年多，虽然它出现在这儿干预了圣神对我们的威胁，但它的现身仍然可怖，也没那么令人愉快。那双红眼闪闪发亮，如激光在一薄层水下闪耀。铬铁下颚微张，露出一排排剃刀般的利牙。从怪物身上红色的帘布袍中，戳出几十根刃片、倒钩、利刀。它没有眨眼，似乎也没有呼吸。现在，滑移陡然而止，它一动不动停在那里，就像是一尊噩梦般的雕像。

拉达曼斯·尼弥斯在朝它微笑。

我仍旧愚蠢地握着激光手电，回忆起数年前在神林上的遭遇。当时，尼弥斯突然变成银色，身影模糊，然后就那么消失，又突然毫无征兆地在十二岁的伊妮娅身旁出现，并准备切下我那小朋友的脑袋，装进粗麻包中带走，如果不是伯劳现身阻止，她早已得手。现在，尼弥斯魔头仍然可以马上下手，而不用考虑我会作何反应。这些怪物的行动，可以说是脱离了时间的流动。这真令人痛苦，就像是父母眼睁睁看着自己孩子跑到飞速行驶的地行车前，却来不及去保护她。在那层层的恐惧之上，是爱的剧痛，无法保护自己挚爱的剧痛。如果这些怪物——包括伯劳——想要伤害伊妮娅，我肯定会为了保护她而死，而且事实上很有可能，甚至只是刹那间的事。可是，我的死还是保护不了她，一想到这个，我就感到窝囊，懊恼得咬牙切齿。

我一动也不敢动，生怕自己若是动一动手、脑袋或身上其他任何肌肉，就会引发屠杀。但我转动着双眼，看见伯劳并没有望着伊妮娅，也没望着尼弥斯女魔头，它正直勾勾地盯着约翰·多米尼各·穆斯塔法枢机。长着一张蛙脸的神父必定是感觉到了这血红目光的重量，他的脸色一下子变得惨白，和鲜红的袍子形成了鲜明的对比。

伊妮娅挪了挪步子，她走到我的左侧，右手牵起我的左手，捏捏我的手指。这动作并不是孩子想要得到大人的安慰；她是在叫我安心。

“你知道会有什么下场。”她柔声对枢机说道，完全没有理睬尼弥斯魔头们，那三人又围着我们绕了起来。就像是随时会猛扑上来的猫。

宗教大法官舔舔薄薄的嘴唇。“不，我不知道。我们有三个……”

“你知道会有什么下场。”伊妮娅打断他的话，声音仍然轻柔，“你已经去过火星。”

火星？我想道，这一切跟火星有什么关系？闪电又开始在天窗上划闪，投下古怪的影子。数百名被恐惧震慑住的狂欢者露出苍白的脸庞，就像是绘在黑色丝绒上的白色椭圆。如醍醐灌顶般，我突然领悟了，这颗星球上的玄学生物圈——不管有没有发展成禅宗——其实布满了西藏神话中的魔鬼和邪神：如肿瘤般步步扩散的尼文鬼；“土地神”萨达，如果有建筑工人扰乱他们的王座，他们会像恶灵般缠住他们不放；甲波王魔是那些食言的国王死后所变，全身穿着白色的甲胄，非常致命；达德神非常邪恶，只吃人类的血肉，身披黑色的甲虫壳；马默女鬼犹如无形的洪水般凶残；坟地的玛崔卡女巫，见到她们时，首先会感到一阵食腐般的气息；九曜星君会引发癫痫和其他暴虐痛苦的病症；守护土地财宝的诺津卫，挖钻石的矿工碰到他们就是死路一条；还有几十种夜魔、利牙魔、利爪魔、残杀魔。罗莫和其他人经常向我细细讲述这些故事。我望着一张张惨白的脸庞，他们正震惊地望着伯劳和尼弥斯魔头，但我心下寻思——对于这些人来说，有了那些个故事，今晚应该不会显得特别奇异。

“这个恶魔不可能一下子打赢他们三个。”穆斯塔法枢机说道。就在我想“恶魔”的时候，他已经把它大声说了出来。我意识到，他说的是伯劳。

伊妮娅没有理睬他的话。“它能先把你的十字形收缴，”她柔声道，“我阻止不了它。”

穆斯塔法枢机的脑袋猛地扯动了一下，就像是被掴了一掌。苍白的脸色愈发惨淡。拉达曼斯·尼弥斯的克隆兄妹得到女魔头的暗示，慢慢绕近，就像是在为可怕的变形制造能量。尼弥斯一双黑眼又盯在了伊妮娅身上，这魔头正咧嘴笑着，就连最里面的牙齿也显露了出来。

“住手！”穆斯塔法枢机大喊，声音在天窗和地板间回响。巨型号角已经停止轰鸣，狂欢者互相抓着，指甲划过丝衣，发出一阵窸窸窣窣的响声。尼弥斯迅速朝枢机看了一眼，目光中充满了邪恶的憎恶，近乎挑衅。

“住手！”这位来自圣神的圣洁之人重复道，我终于意识到，他是在向他的奴隶下令，“我行使阿尔贝都和内核之令，按三大派之授权，命令尔等！”最后这段不顾一切的喊叫富有韵律，就像是在施展某种驱魔术，又像是某种奥妙的仪式，但就算是我，也明白这不属于天主教，也不属于基督教。受其护符式铁腕控制所驱使的，不是伯劳，而是他手下的恶魔。

尼弥斯和她的两名兄妹在拼花地板上退滑，就像有无形的线将他们拉回。一男一女两名克隆人从我们身旁绕过，和尼弥斯一起回到穆斯塔法身前。

枢机微笑着，但笑容中隐隐含着不安。“下次面谈前，我不会放开我的宠物。邪恶之子，我作为一名教会枢机向你保证。那么，你会向我保证，这个——”他指了指身披丝绒碎布、满身利刃的伯劳，“——这个恶魔在那之前不会偷偷追踪我吗？”

伊妮娅自始至终静如止水。“我控制不了它。”她说，“如果想要安全，那你只能和平地丢下这个星球离开。”

枢机正注视着伯劳。看这男人的姿势，似乎只要那高大的幽灵动动指刃，他就会赶紧跳开似的。尼弥斯和她的兄妹仍旧站在他和伯劳之间。“你能保证，”他说，“这怪物不会跟着我一起穿越太空……或者回到佩森？”

“我不能保证。”伊妮娅说。

宗教大法官竖起一根长手指，指着我的小朋友。“我们在这儿有事要干，和你没关系，”他厉声说道，“但我们永远不会丢下这颗星球，我对天起誓。”

伊妮娅和他对视，但没有说话。

穆斯塔法转过身，红色袍子一拂，昂首阔步地离开大厅，便鞋在光亮的地板上发出刺耳的声音。尼弥斯魔头们跟在他身后，一路后退，一男一女两个克隆人紧紧盯着伯劳，尼弥斯则以瘆人的目光紧紧盯着伊妮娅。四人穿过达赖喇嘛的私人入口外的帷幕，不见了。

伯劳仍旧毫无声息地立在那里，四条手臂伸在胸前一动不动，指刃反射着先知的最后一丝光线。接着，这颗月亮落下了山，也不见了。

狂欢者开始朝出口走去，发出一波波低语声和惊叹声。管弦乐队急匆匆地将乐器包起，或拖或扛地跑走，发出一阵丁零当啷的响声。伊妮娅仍旧握着我的手，仍有一小群人围在我俩周围。

“老天爷！”罗莫顿珠叫着，大步走向伯劳，他伸出手指，试着摸了摸怪物胸前矗立的金属棘刺。在昏暗的光线下，我能看见那根手指上渗出的鲜血。“奇妙啊！”罗莫喊道，拿起一杯麦啤，痛饮了一番。

多吉帕姆走到伊妮娅的身旁，她握住我的小朋友的左手，单膝跪地，继而将伊妮娅的手掌贴上自己布满皱纹的额头。伊妮娅的右手从我手里挪开，她轻轻握住金刚亥母的手臂，扶她起身。“别这样。”伊妮娅轻声道。

“世尊，”多吉帕姆低声道，“无量寿阿弥陀佛，阿罗汉圣者，领悟一切法相的正等正觉者，请领导我们，传授我们佛法。”

“不。”伊妮娅厉声叫道，虽然面容冷峻，但她仍旧温柔地将垂老的妇人扶起，“时间一到，我自然会把知晓的一切教给你们，分享我的所有。但除此之外，我不能再做什么。神话时代已经过去。”

伊妮娅转过身，抓住我的手，领着我们穿过舞池，经过一动不动的伯劳，朝破碎的布帘和静止的扶梯走去。先前的狂欢者迅速为我们让出一条道，一如刚才见到伯劳时那样。

我们在钢铁阶梯的顶端停下脚步，睡房在远远的下方，提灯在那儿的走廊中闪耀。

“谢谢。”伊妮娅说。她抬头望着我，褐色的双眼泪眼蒙眬。

“什么？”我蠢头蠢脑地说道，“为……为什么……我不明白。”

“谢谢你陪我跳舞。”她说着，探起身，轻轻吻了吻我的嘴唇。

那股触电般的感觉让我眨了眨眼。我伸出手，指着身后涌动的人群，指着伯劳业已消失的舞池，指着冲进大殿的布达拉卫兵，指着穆斯塔法和那些魔头走入的垂帘壁龛。“丫头，我们今晚不能睡在这里。尼弥斯他们会……”

“不，”伊妮娅说，“他们不会，相信我。今天晚上，他们不会悄悄走过外墙，爬过屋顶，来到我们的住处。事实上，他们会马上离开寺庙，回到轨道上的飞船中去。虽然他们会回来，但今晚不会。”

我叹了口气。

她抓着我的手。“你困吗？”她柔声问道。

我当然困。我累得都无法用言语形容。昨晚似乎已经是好几星期前的事了，我当时只浅浅地睡了一两个小时，因为……因为我们……因为……

“一点不困。”我这样回答。

伊妮娅笑了，领着我走回睡房。

20

乌尔班十六世：发出汝之灵，他们便受造。[①]

众人：汝将恢复地球之记忆，将上帝领地内的所有世界恢复原貌。

乌尔班十六世：让我们向上帝祈求。

主啊，你用圣灵之光教导了信徒之心，愿以同样的圣灵，让我们永远充满智慧，为祂安慰的话而欢喜。靠着基督我主。

众人：阿门。

乌尔班十六世赐福于耶路撒冷圣墓骑士团的徽章。

乌尔班十六世：我们得帮助，倚靠耶和华之名。

众人：祂创造了天地。

乌尔班十六世：愿主与你同在。

众人：也与你同在。

乌尔班十六世：让我们向上帝祈求。

主啊，聆听我们的祈祷和垂顾，让你的大能赐福于这一骑士勋章。

---

① 这段经文摘自《圣经·诗篇》。

你的仆从将佩戴它，请保护他们，赐予他们力量，以保卫教会的利益，将基督的信仰快速发扬光大。靠着基督我主。

众人：阿门。

乌尔班十六世将圣水泼洒在徽章之上。典礼司仪卢杜萨美枢机宣读新任骑士和升职人员的教令。每当念出一个人的名字，这个人便马上起立，垂首而听。大教堂内共有一千两百零八名骑士。

卢杜萨美枢机念出受勋人的名字，以衔位排序，从高到低，一开始是骑士，其次是神父骑士。

宣读临近结束时，受勋的骑士屈膝跪地。其余人仍旧就座。

乌尔班十六世询问众骑士：你们所求为何？

众骑士答：我等请求授予圣墓骑士之名。

乌尔班十六世：今日，成为圣墓骑士意味着你们将拿起武器，为了基督的王国，为了教会的扩展，开赴战场英勇战斗。你们将拾起仁爱的善业，用你们献身战斗时的爱和信仰的深邃之灵，奉献你们的一生。你们是否准备好，毕生追寻这一理想？

众骑士答：是。

乌尔班十六世：我提醒你们，如果世人把行善视为荣耀，那么，基督的勇士更应以成为基督骑士为荣，你们应用尽一切办法，用各种善行证明，授予你们的这份荣耀和赐予你们的尊显之爵是实至名归的。你们是否准备好，承诺奉行圣社的法规？

众骑士答：以上帝的恩典，作为基督的勇士，我等承诺奉行上帝的戒律，遵守教会的训诫，听从首领的命令，奉行圣社的法规。

乌尔班十六世：借由授予你们的教令，我宣布并指定你们为我主座下圣墓骑士团的勇士。因父，及子，和圣灵之名。

众骑士进入圣殿，屈膝跪地。教皇赐福于耶路撒冷十字架和骑士团

的徽章。

乌尔班十六世：接受我主的十字架，它会给你们保护，因父，及子，和圣灵之名。

每一名骑士跪在耶路撒冷十字架前，应道：

阿门。

乌尔班十六世回到祭坛台座上的座椅中。经陛下示意，典礼司仪卢杜萨美枢机开始宣读每一名新授命的骑士之名。每当一个名字念出，这名新授命的骑士便前行到祭坛前，屈膝跪地，膜拜教皇陛下。有一名骑士特意被选出，他将代表众骑士参加受勋礼，此人走到祭坛前。

乌尔班十六世：你所求为何?

骑士：我请求授予圣墓骑士之名。

乌尔班十六世：我再一次提醒你，如果世人把行善视为荣耀，那么，基督的勇士必须更加以成为基督骑士为荣，用尽一切办法，决不玷污这一声名。最后，他必须用各种善行证明，授予你们的这份荣耀和赐予你们的尊显之爵是实至名归的。你是否准备好，宣誓承诺奉行圣社的法规?

骑士将交叠的双手放进陛下的手中。

骑士：大能之主，耶稣基督，圣子，圣母马利亚，我向你们宣誓，我将奉行基督战士该做的一切。

乌尔班十六世教皇陛下将右手摆上骑士的头顶。

乌尔班十六世：做我主基督的信徒、勇士、圣墓骑士，坚强勇敢，有朝一日你们将被召入祂的天庭。

陛下将金马刺勋章授给骑士，同时说：接受这些马刺，它们是圣墓荣誉和防御的象征。

典礼司仪卢杜萨美枢机将一柄拔出剑鞘的宝剑递给教皇陛下，陛下举剑，立在新授命的骑士前，接着将其交回司仪手中。

典礼司仪：接受这把剑，它象征着神圣教会的防卫，象征着基督教会势必将敌人打倒。但请注意，绝不能用其伤害任何无辜之人。

典礼司仪将宝剑插入剑鞘，陛下接过，将其授给新任骑士。

乌尔班十六世：牢记在心，圣人征服众王国，不是靠宝剑，而是靠信仰。

典礼的这一段为每一名候选骑士重复。教皇陛下得到拔出剑鞘的宝剑，用剑三次碰触每一名骑士的右肩，同时念祷：我宣布并指定你为我主基督座下圣墓骑士团的勇士。因父，及子，和圣灵之名。

接着陛下将宝剑交给典礼司仪，在那名骑士的脖子上挂上十字架和圣墓团的徽章，同时念祷：接受我主的十字架，它会给你们保护。**然后不停重复：**神啊，以十字之名，拯救我们于敌人之手。

每一名新任骑士起身，向陛下欠身行礼，继而走到那名高官显贵前，从他那里接过披风。接着，从骑士助手那里接过一顶贝雷帽，并马上戴上。之后他便回到长椅中的原位。

陛下开始唱圣歌时，众人全部起立，在场所有人皆应声而唱：

圣神降临
恳求造主圣神降临，
眷顾一切信者灵魂，
请由天上广施神恩，
充满我们罪人心身。

你是安慰人灵之神，
至尊天父所赐宏恩，
你是清泉热火宽仁，
赐我心灵甘露滋润。

神秘赐下七样神恩，
圣主之指鬼斧神工，
你是天父美丽承诺，
宝剑灌满热烈之火。

从天点燃凡尘感官，
抚慰死亡畏惧之心，
坚忍不拔高妙善行，
赐予吾等柔弱血肉。

遥遥而望摧敌慑恶，
狠狠降下滔天怒火，
吾等遥尊天父心愿，
此战不胜决不回头。

你是人类慈惠恩主，
圣父右臂能力所驻，
你是天父所许恩施，
赐我信众富丽言辞。

全能仁慈圣父圣子，
起死回生荣耀圆满，
神剑圣盾齐齐赐下，
圣神天堂一一驱策，

乌尔班十六世教皇陛下：基督之敌必将投降。

众人：阿门。

教皇陛下和典礼司仪下。

教皇没有返回教皇住所，而是带着枢机进了西斯廷教堂旁的小房间中。

“泪水屋，”卢杜萨美枢机说道，“我有好几年没来这儿了。”这间小屋褐色的地板砖已经相当古老，呈现出一丝黑色，屋内贴着红色的柔细墙纸，顶上是低矮的中古风格的拱形天顶，几盏金色的烛台发出刺目的光芒，没有窗户，但一堵鲜红的墙壁上垂挂着一块沉重的帘幔，颜色却很不搭调，是白色的。小屋几乎没有任何家具，只在角落里摆放着一张古怪的靠背长椅，另有一张黑色的小型桌上祭坛，上铺一块白色亚麻布，中部一具骷髅骨架，垂着一件黄色的法衣和十字褡，非常古旧，令人心生不安，旁边有一双白鞋，装饰得近乎荒谬，因时间久远，足尖已经弯曲。

“这身法衣属于教皇庇护十二世，”教宗说道，“一九三九年他当选后，就在这间屋子里穿着这身衣服。我们把它从梵蒂冈博物馆取了出来，放在这里，偶尔会来看看。”

“教皇庇护十二世。”卢杜萨美枢机沉思道。国务秘书试图回忆这位久已故去的教皇有什么特别的重要之处，他想到的，唯有庇护十二世的那尊令人不安的雕像。那雕像由弗朗西斯科·梅西纳造于一九六四年——几乎是两千年前——现已屈尊移驾至梵蒂冈下的秘密走道中。梅西纳在塑造庇护十二世的雕像时，用的是粗线条的方式，眼镜和眼窝一样空洞虚无，右臂防卫性地抬起，张开细瘦如柴的手指，仿佛是要挡开那个时代的恶魔。

“是个持战教皇？”卢杜萨美猜道。

乌尔班十六世一脸倦意地摇摇头。由于在授勋仪式上长时间戴着金色法冠，他的额头上留下了一条凹痕。“的确，这位教皇在旧地的世界大战时期统治教会，但我们感兴趣的不是这个，”圣父说道，“而是他以极其黑暗的心态，被迫实行的复杂行为，去保护教会和梵蒂冈。”

卢杜萨美缓缓地点点头。“纳粹和法西斯，”他喃喃道，“当然。”与内核的联合，并非毫无价值。

教皇的仆从已经在仅有的那张桌子上摆好了茶，现在，国务秘书就像是教皇陛下的私仆，他将茶水斟进一只精细的瓷杯，毕恭毕敬递到陛下面前。乌尔班十六世疲倦地点点头，表示感谢，继而啜了一口热气腾腾的茶水。卢杜萨美回到屋子中间那件悬挂的古衣前，以挑剔的眼光望着教宗。**他的心脏又要犯病了。难道我们又要来一次重生，又要召开选举密会?**

“你注意到没有，是谁被选中担当骑士代表？”教皇问道，声音有力了一点。他抬起头来，射出灼热但悲伤的目光。

卢杜萨美久久不能平静，他踌躇了片刻。“哦，有……是前任商团首席执行官。矶崎健三。他将是仙后座四六一四圣战骑士团的名誉首领。”

“改过自新。”教皇陛下微笑道。

卢杜萨美揉揉下颌。“陛下，这赎罪苦行将远比矶崎所希望的要艰苦。”

教皇抬起头。“预计会有严重伤亡？”

“约百分之四十的伤亡，”卢杜萨美低沉地说道，“其中半数无法再获重生。那一区域的战斗异常惨烈。”

“别处呢？”教宗问。

卢杜萨美叹了口气。“陛下，动荡已经扩展到大约六十个圣神星球。约有三百万人受到了感染，他们已经摒弃了十字形。的确发生了战斗，但局势还在圣神当局的掌控之下。复兴之矢是最糟的一个……约有七十五万人感染，而且还在迅速蔓延。”

教皇疲惫地点点头，喝了口茶。“西蒙·奥古斯蒂诺，跟我们说些积极振奋的消息。”

“就在典礼前，从天山星系跃迁来一艘无人信使飞船，”枢机说，“是穆斯塔法枢机发来的全息信息，我们立即进行了解密。”

教皇拿起茶杯和茶碟，静静等待。

“他们遇见了那个恶魔之子，”卢杜萨美说，“就在达赖喇嘛的东宫殿中。”

“然后……”陛下催促道。

“由于恶魔伯劳的出现，我们没能采取行动，”卢杜萨美说，他看了看手腕上触显通信志的记录，“但这些人的身份已经确定，名叫伊妮娅的孩子……按标准年算，已经二十多岁，她的保镖，劳尔·安迪密恩，九年前我们在无限极海上曾逮捕过他，但被他逃走了……那里还有一些其他人。”

教皇细瘦的手指摸了摸薄薄的嘴唇。“伯劳呢？”

“阿尔贝都的贵族卫队……军官……威胁到女孩时，伯劳才出现，”卢杜萨美枢机说道，“然后又消失了。没有发生战斗。”

“但穆斯塔法枢机没有充分利用那一时机？”教皇问。

卢杜萨美点点头。

“现在，你仍旧认为穆斯塔法是此项工作的合适人选吗？”乌尔班十六世喃喃道。

“是的，圣父。一切都按计划进行。在展开逮捕前，我们本就计划先和他们接触一下。”

“‘拉斐尔’号呢？”教皇问。

“还没踪迹，”国务秘书回答，“但穆斯塔法和吴玛姬元帅确信，德索亚会在他们抓捕女孩之前出现在天山星系。”

“我们当然希望会这样，”教宗说，“西蒙·奥古斯蒂诺，你知道这艘变节的飞船对我们的圣战造成了多大的破坏吗？”

卢杜萨美知道，这句问话只是一种修辞手法。五年来，他和圣父及坐卧不宁的圣神舰队元帅一直在研读作战汇报、伤亡名单和吨位损失数。好几十次，“拉斐尔”号和叛变的德索亚舰长都差一点被抓获甚至是被击毁，但他们每一次都成功地逃进了驱逐者领空，身后撇下的是一堆散乱的护卫舰、翻滚的巨船，还有四分五裂的圣神战舰。圣神舰队竟然抓不住一艘叛变的大天使飞船，这真是奇耻大辱，圣神只能将此事捂得严严实实。

而现在，一切就将结束。

“阿尔贝都所在的派别计算出一个结果，认为德索亚上钩的可能性达到百分之九十四。”枢机说道。

“自打圣神舰队和宗教法庭撒下那个诱饵后，已经过去多长时间了？”教皇问道，他喝光茶，把杯子和茶碟放在长椅边上。

“五个标准星期。”卢杜萨美回答，“吴玛姬布置了一切，她在一艘火炬护卫舰的AI中置入了一条加密信息，宣称‘拉斐尔’号在蛇夫星系的边缘跃迁。但加密程度也不是很高，‘拉斐尔’上经过驱逐者增强的系统可以将其解密。”

“难道德索亚和他的那伙人不会察觉出这是个陷阱吗？”这个曾一度是雷纳·霍伊特神父的人若有所思道。

“不可能，陛下。”枢机说，“以前我们用过那个加密模式，曾给德索亚透露过可靠的消息……”

教皇猛地昂起头。“卢杜萨美枢机，”他厉声说道，“你是说，你们曾经牺牲了无辜的圣神人员和战舰……这些人永远也无法重生……只是为了确保这些叛变者不怀疑这些消息？”

“是的，圣父。”卢杜萨美说。

教皇吐了口大气，点点头：“可惜……但考虑到其中牵涉的利益关系……还是可以理解。”

“而且，”枢机继续道，“安插在这些船上的船员中，还有一些军官，他们会将‘拉斐尔’捕获，事实上，这些人早被宗教法庭……啊……控制了，并知道我们打算何时对伊妮娅和天山星球采取行动。”

“这一切在几个月前就事先准备好了？”教皇问。

“是的，陛下。几个月前，阿尔贝都顾问和内核探测到的天山远距传输器出现了活动的迹象，于是向我们提出了提前几个月部署行动的计划。”

教宗将双手平摆在穿着袍子的大腿上。他的手指呈现出靛蓝之色。

“恶魔之子的这条脱逃路线被毁掉了吗？”

“没错，”枢机说，“‘吉卜利尔’号将远距传送门所在的整座山都轰成了渣。陛下，远距传输器肯定无法再使用了，现在它被埋在了厚厚的岩石中。”

“内核确信这是天山的唯一一座远距传输器？”

“绝对确信，圣父。”

“那么，接下来和德索亚及其叛变大天使飞船的对抗，准备得怎么样了？”

“啊，陛下，这些具体战术细节应该由吴玛姬元帅来这里汇报……”

“西蒙·奥古斯蒂诺，我们相信你，你可以概括地汇报一下。”

“谢谢，圣父。圣神舰队在天山星系内部署了五十八艘行星级的巡洋舰。过去六个标准星期以来，它们一直隐藏在……”

“冒昧问一句，西蒙·奥古斯蒂诺，”教皇低语道，“你说有五十八艘大天使级战列舰，这是如何隐藏起来的？”

枢机微微一笑。“陛下，它们关闭了动力能源，正飘浮在内星系小行星带和星系外柯伊伯带的战略区域。它们在那里完全无法探测到，但一下达命令，它们随时可以跃迁。”

“‘拉斐尔’号这一回在劫难逃？”

“没错，陛下。”卢杜萨美枢机说道，“共有十一名圣神舰队指挥官守在那里，他们的性命就看这次伏击是否能成功。”

“卢杜萨美枢机，让我们大天使舰队的五分之一留在这么一个偏地星系，可是严重影响了圣战的效果。”

“是的，陛下。”枢机的双掌贴在袍子上，惊讶地发现掌中竟渗出了汗水。卢杜萨美知道，圣神舰队有十一名首脑的性命悬在此次任务的成败上，而他自己的未来也安危未定。

“只要能摧毁叛军，一切都是值得的。”教皇低语道。

卢杜萨美枢机深深吸了口气。

"据我们所想，德索亚舰长和这艘飞船都会被摧毁，而不是被抓获。"陛下说道。

"是的，圣父。命令是将这艘飞船轰成炮灰。"

"但我们**不会**伤害那个孩子？"

"是的，圣父。我们做了各种防范措施，确保这个名叫伊妮娅的传染源会被活捉归案。"

"西蒙·奥古斯蒂诺，这一点非常重要。"教皇低声道，感觉像在自言自语。这些细节他们已经研究了一百多遍。"我们必须活捉这个女孩，和她一起的其余人……要杀要剐随便……但这个女孩必须活捉。请重新向我们解说一下行动过程。"

卢杜萨美枢机闭上双眼。"一旦'拉斐尔'号被拦截并摧毁，内核飞船将会飞入天山轨道，将星球上的人口全数尽灭。"

"用死光。"陛下低声道。

"技术上说……不尽如此。"枢机说，"如您所知，内核声称这一技术的结果是无法逆转的。它将导致永久的昏迷。"

"西蒙·奥古斯蒂诺，这回我们还运输这数百万人的尸体吗？"

"陛下，先得进行一些其他事宜。首先，我们的特别小组会到星球表面找到女孩，然后把她带到大天使护卫舰，运回佩森。我们会将她复活，隔离起来，并加以审问，然后……"

"处决，"教皇叹了口气，"向六十个星球上的数百万叛军发出宣告，他们这个传说中的救世主实际上什么都不是。"

"是的，陛下。"

"西蒙·奥古斯蒂诺，我们都盼着和这孩子谈一谈，不管她是不是恶魔之子。"

"是，陛下。"

"那么，你认为德索亚舰长什么时候会踏入陷阱，自取灭亡？"

卢杜萨美枢机看着自己的通信志。

"不消几个小时，陛下，不消几个小时。"

“让我们祈祷一切马到成功。”教皇低语道，“让我们祈祷，拯救我们的教会和部族。”

泪水屋中，两个男人埋下了头。

从布达拉宫回来后的几天里，我终于开始对伊妮娅的计划和能力有了一个全方位的了解。

众人热烈欢迎我们的平安返回，那场面真是让我惊讶。瑞秋和西奥拥抱伊妮娅，还哭了。贝提克用完好的那只手捶打我的后背，然后拥抱我。平时不苟言笑的阿布先是拥抱乔治，继而沿着我们朝圣者的队列走下来，泪流满面地把我们都抱了个遍。整座寺庙满是欢呼声、拍手声和哭泣声。我终于意识到，许多人都不曾料到我们会从接待圣神的宴会上平安返回——至少伊妮娅不会。我们能回来，还真是死里逃生啊。

接下来，我们开始着手悬空寺的收尾工程。我和罗莫、贝提克以及其他高空装配工一起进行连接顶部步行街的工程，而伊妮娅、瑞秋和西奥管理整个营地的各项细节工作。那天晚上，我脑海中只有一件事：早点和我的挚爱上床睡觉。晚饭过后，我和她在高台走道上单独待了一小会儿，还迅速地热吻了片刻，我觉得伊妮娅也和我一样，很想马上和我享受亲昵的时光。但按日程，那晚是“论坛”夜——事后看来，也是最后的论坛夜——夜幕降临时，中部禅寺平台已经拥了一百多人。幸运的是，雨季一开始下了一阵灰茫茫的大雨后，便很快地停了下来。夕阳从昆仑山西部落下，夜晚凉爽宜人。一根根火把立在主线台阶旁，发出毕毕剥剥的响声。经幡也猎猎作响。

今晚出席讨论会的还有几位与众不同的人物，让我大为惊讶：来自朵穆的卓莫错奇，尽管他说要去西部进行贸易，但却从布达拉宫回来；多吉帕姆也来了，身旁是九名受宠的比丘尼；还有不少来自布达拉宫宴会的著名宾客——大多数是年轻人——最年轻、最著名的，当数达赖喇嘛，他穿着素朴的红袍，戴着红帽，像是微服私访的打扮，总管事和管事不在他身边，跟他一起来的，只有担当私人护卫的传令员——卡尔·

林迦·威廉·永平寺。

屋子里人山人海，我站在最后面。论坛差不多进行了一个小时，这是名副其实的论坛，伊妮娅偶尔引导大家的讨论，但从没独自主宰所有的言论。但是，她的质问慢慢地将对话推向了她想要的方式。我发现，她是密宗和禅宗的大师，一些花费数十年研究戒律的僧侣向她提问，而她用公案和佛法作为回答。一名僧侣想知道为什么他们不能利用圣神提供的工具来获得不朽，伊妮娅引用佛陀的话回答他：没有人会重生，万物服从无常——这是生灭变化的规律——接着她详细阐述了“无我”的意义，佛陀否认这世上存在名为灵魂的自我。

有人询问死亡，伊妮娅引用一则禅宗公案来进行回答：

“僧问道忍：‘一僧死，他去了何处？’道忍答：‘火尽草生。’”

“伊妮娅女士，”席硂硂说道，她白皙的脸庞微微泛红，“意思是不是‘无’？”

伊妮娅曾跟我说过，“无”是禅宗的一个简练优雅的概念，翻译过来就是说——“这问题毫无意义。”

我的小朋友微微一笑。这是个露天的空间，她正坐在离门口最远的地方，恒山之上，星辰明亮可见。但先知还没有升起。

“从某种程度上来说是。”她轻声道。屋内静悄悄的，她的声音非常清晰。“同时也是指，这个僧侣就像是门钉一样死透了。他没去任何地方，更重要的是，他无处可去。他的生命同样无处可去，但那生命将以另一种形式，继续存在下去。人们因为僧侣的死而伤心，但生命并没由此减少。宇宙生命的天平上，没有任何东西被移去。消失的宇宙，是那僧侣意识和内心中的宇宙。雪峰尝谓玄沙：‘性真曾问我，僧死何处去；我云，便如冰化水。’玄沙云：‘妙极，但我不会如此答。’雪峰问：‘你如何答？’玄沙答：‘便如水归水。’”

片刻沉默之后，前排有人说道：“请告诉我们什么是缔结的虚空。”

“很久很久以前，”如往常一样，伊妮娅用这句话开启了长篇大论，“缔之虚便出现了。它超越了时间。从某种真切的意义上讲，缔之虚是时间的遗孤……空间的遗孤。

“但缔之虚没有时间的特点，没有空间的特点，当然也没有上帝的特点，缔结的虚空不是上帝。事实上，缔之虚的进化，虽然发生在时空标出宇宙界限的许久之后，但它不受时间束缚，不受空间拘管，从大爆炸的起点至小呜咽的终点，缔结的虚空可以跨越时空连续体随意前后走动，就像是渗进裂缝中的液体。”

伊妮娅顿了顿，抬起双手，按向太阳穴，自她儿时起我就很熟悉她这动作了。但今晚，她一点也不像孩子。那双眼睛充满了倦意，也盈满了生机。眼角旁已经出现因疲惫或忧虑而导致的皱纹。我爱那双眼睛。

“缔结的虚空是个有意识的生命，”她坚定地说道，“它来自有意识的生命——我们这里的许多人，同样是由有意识的生命创造而来。

“缔结的虚空由量子物质结成，交织在普朗克空间和普朗克时间中，围裹着时空，就像是被套包裹着棉胎。缔结的虚空不神秘，也不玄奥，它产自宇宙的物理定律，并对其产生回应，但它是进化中的宇宙的产物。虚空的根基建立在思维和感情中，它是这个宇宙本身的意念。而不仅仅只是人类的思维和感情，它混合了数亿年来成千上万灵性生命的思想。虚空是这个不断进化的宇宙中唯一的一个不变之物——各种族分隔数百万年、数百万光年，进化、成长、盛开、凋谢、死亡，而虚空是它们唯一的一个共同点。进入缔结的虚空，只有一把钥匙……”

伊妮娅又顿了顿。她的朋友瑞秋正盘腿坐在她身旁，全神贯注地聆听着。现在，我第一次注意到，瑞秋真是美极了，而我过去几个月来一直在傻傻地嫉妒她。她有着一头黄褐色的卷曲短发，两颊泛着红晕，大大的绿色双眸中点缀着褐色小点。她的年纪和伊妮娅差不多大，二十岁出头，由于几个月来一直在天山那金黄的太阳下劳作于高台之上，所以皮肤也被晒成了金褐色。

伊妮娅碰了碰瑞秋的肩膀。

“我身旁的这位朋友，她父亲曾发现这个宇宙的一个有趣真相，当时她还是个婴孩，”伊妮娅说，“她父亲，是个名叫索尔的学者，数十年来一直纠结于上帝和人之间的历史关系。突然有一天，当索尔处于一个最极端的境况下，即将要第二次失去自己的女儿时，他顿悟了——他凭直觉完全明白了一切，明白了数百万年来我们悠久沉思、唯有少数几个人才能知晓的真理……索尔领悟到，在这个宇宙中，爱是一种真实、均等的力……像电磁力和弱核力一样真实存在。像重力一样真实存在，而且由同样的一些定律所支配。比如说，平方反比定律适用于万有引力，也同样适用于爱。

“索尔意识到，爱是缔之虚的约束力，是这件衣氅的丝线和布料。在顿悟的刹那之间，索尔意识到人类不是这件灿烂织锦的唯一裁缝。虽然索尔看到了缔之虚和爱之力，但他却无法进入这一介质。人类刚刚从灵长类远亲那儿进化过来，还没有获得足够的悟性，来清楚地看到虚空的本质，或者是进入其中。

“我之所以说‘清楚地看到’，是因为所有敞开心灵的人，都曾经瞥见过虚空之地，虽然情况很少见，但如果真发生，那一瞥将非常强大。禅宗不是一种普通的宗教，它是特别的信仰，同样，缔结的虚空不是一种简单的思维方式，它是特别的思维方式。虚空就像驻波，它能和人类意识及人格的波阵面进行互动。当我们喜极而泣、与爱人离别、达到高潮时的欢愉、站在心爱之人的墓前，或是望着自己的孩子第一次睁开双眼，每当这种时刻，缔结的虚空就会被我们触碰到。”

说这些的时候，伊妮娅正望着我，我突然感到手臂上起了鸡皮疙瘩。

“缔结的虚空一直就在我们的神志和知觉周围，”她继续道，“虽然看不见，但近在咫尺，就像是夜晚睡在身旁的爱人的气息。它真实地存在于我们的宇宙中，但却无法触及，正因如此，我们人类才虚构出了神话和宗教，固执且盲目地相信超感知的神力，心灵感应和预言，恶魔和半神，重生和转世，鬼魂和救世主，还有无数种无法自圆自说的鬼话。”

听到这话，数百名僧侣、工人、智者、政客和圣人发生了轻微的骚动。风吹了起来，按设计初衷，平台轻轻摇晃着。洛京南部的什么地方响起隆隆的雷声。

“公元六世纪，菩提达摩曾说过‘禅宗四偈’，这四句话几乎是完美的路标，可以指引人们发现缔之虚，至少是发现它平静脱俗的外貌。”伊妮娅继续道，“**第一，不立文字**[①]。文字是人类个体的光和声，照亮黑夜的热闪电。缔结的虚空潜藏在万物最隐秘、最寂静的地方……孩童栖息之地。

“**第二，教外别传**[②]。画家的画笔动起，别的画家就能认出他。音乐家的音乐响起，别的音乐家就能从数万人中把他分辨出。诗人说几句话，尤其是当他把诗的普通含义和形式抛弃，别的诗人就能认出他。著拉曾写过这样一短话——

> 两两飞来，
> 两两飞去——
> 蝴蝶。

“——在文字和影像烧尽、仍旧散着热意的坩埚中，留下了深邃之物的金子，R. H. 布利斯和弗雷德里克·弗兰克曾将其称为‘燃烧一切的生命黑焰’……并‘用慈悲心肠去看，而不是眼睛’。

“《圣经》是谎言。《古兰经》是谎言。《塔木德经》和《托拉经》是谎言。《新约》是谎言。《经藏》《阿含经》《如是语经》《法句经》是谎言。菩萨和阿弥陀佛是谎言。《西藏度亡经》是谎言。《三藏经》是谎言。所有的经文都是谎言……就像我现在说的这些，其实也都是谎言。

“这些圣籍撒谎，并不是有意为之，也不是因为表达不力，而是源自文字的本质；这些美妙经籍中的所有影像、箴言、定律、真经、引

---

① 不立文字：指禅家悟道，不涉文字不依经卷，唯以师徒心心相印，理解契合，传法授受。

② 教外别传：不依赖佛经，而靠自身感悟来体会佛理。

文、寓言、戒律、公案、打坐和布道，最终都未能用言语将寻道的人类和缔之虚的感知连接起来。

“**第三，直指人心**。禅宗最能理解缔之虚的本质，因为它最清楚地发现了虚空的不存在。它也一直在深思这些问题：不用手指便能指路，不用画笔便能作画，在无声真空中聆听宏大的声音。子规曾写道——

> 小小渔村；
> 月下小舞，
> 生鱼之味。

“要寻找进入虚空之门的钥匙，这就是精华所在，我不是指诗。在业已死寂的数百万星球上，数百万种族建起没有屋子的村庄，他们在没有月亮的星球上月下小舞，从没有鱼的海洋中闻到生鱼的味道。其中的含义甚至超越了时间，超越了言语，超越了一个种族的寿命。

“**第四，见性成佛**。要做到这一点，无须花上几十年打坐，也无须受到教会的洗礼，更无须研读《古兰经》。佛法的本质，是在坩埚中燃烧出来的人类精华。花有花性，疯狗和瞎眼柴羊也有各自的狗性和柴羊性。一个地方——任一个地方——都有它的地性。唯有人类拼命挣扎，却没有得到他本来的面貌。原因有很多，也很复杂，但都可以归结为一点，那就是我们都是进化中的宇宙的一部分，是它身上一个可以自我观察的器官。眼睛可以看到自己吗？”

伊妮娅顿了片刻，静寂之下，山那边的什么地方传来隆隆的雷声。雨已经停了几天，但说来就来。我脑海中浮现出雨天的场景：这些建筑、群山、缆索、桥梁、走道和脚手架上都结了冰，被雾气笼罩了起来。这念头让我打了个寒战。

“佛陀明白，通过消去每日的喧嚣，我们就能感受到缔结的虚空。”伊妮娅终于开口道，“从这一点上讲，顿悟，就是在持续不停地聆听邻居震耳欲聋的吵闹响声后，如约而来的平静。但缔之虚不只是平静……它是聆听的开始。聆听死者的语言，是进入虚空的第一个步骤。

“拿撒勒的耶稣进入了缔结的虚空。千真万确。在运用死者之语言的那些人里，他的声音最为清晰可辨。但在到达下一个层次，也就是学会死者的语言之前，他逗留了很长一段时间。之后他也学会了聆听天体之音，学会了如何驾着汹涌的几率波，看到自己遥远的死亡，并且在那时刻到来之时，他勇敢地直面它，而不是逃避。在被钉死在十字架上时，他学着走出了第一步，自由穿行在缔之虚的时空网络中，他来到不远的未来，在自己被钉在十字架上奄奄一息时，重又出现在了朋友和学徒之中。

“耶稣见到缔之虚不受时间影响的特性，从时间的束缚中解脱，他意识到，进入这扇门的钥匙不在于他的教义，不在于基于他理论的经文，不在于卑躬屈膝地奉承他的那些人，也不在于他所坚信的进化中的旧约上帝，而在于他自己，名叫耶稣的这个人，一个平凡的人类，细胞中携带着开锁的密码。耶稣知道，他能打开这扇门，这个能力不在于他的头脑和心灵中，而在他的血肉和细胞中……真真切切，就在他的DNA中。

“在享用最后的晚餐中，拿撒勒的耶稣命自己的信徒喝他的血，吃他的身体，事实上，他不是在进行比喻，不是请他们享用充满魔力的圣餐，也不是在进行那些数世纪的象征重演。**耶稣就是要他们喝他的血……滴着他的血的一大杯酒……并吃他的身体……含有他皮屑的一块面包**。他是真的将自己献身了。他知道，这些喝了他血的人，将会分享他的DNA，并得到‘缔结宇宙的虚空’的能力。

“他就这样把这些东西献给了几名学徒。但是，这些人的悟性远远不够，面对这难以理解的感受和印象，面对死者永不停歇的声音，面对生者之语言给他们带来的巨大冲击，他们都被逼疯了。**也无法将自己血里的声音传给其他人**，只能转向教条，将那无法表述的东西转变成粗糙的文字和浮夸的说教，严格的戒律和激烈的修辞。那景象暗淡下来，最后便消失了。提升之门关闭了。”

伊妮娅又顿了半晌，她拿起一个木杯子，喝了口水。瑞秋、西奥和其他几个人正在哭泣，这可是我头一次见到。我正坐在一块新榻榻米上，见状转了个身，看了看身后。贝提克正站在敞开的入口前，那张永不衰老的蓝色脸庞非常严肃，他正全神贯注听着伊妮娅说的每一个字。机器人正用完好的右手抱着短短的左臂。我不禁想，他的胳膊还会疼吗？

伊妮娅重新开口。“奇怪的是，继耶稣后，旧地上第二个发现虚空之门钥匙的子民，竟是技术内核。这些自主智能干预自己的进化，以一百万倍于人类的进化速率，引导自己的命运，在尝试过程中，他们发现了‘见到虚空’的DNA密钥……当然，‘见’这个字用得不太准确。或许用‘共鸣’更合适。

“但是，当内核感觉到虚空的轮廓，派出探测器，探索这个多维度的后霍金现实时，他们却完全无法理解。理解缔之虚需要一定水平的感知移情力，而内核从来没有费心去进化出这个能力。要真正领悟虚空的实质，第一步是学会挚爱的逝去之人的语言——**而内核没有任何挚爱的逝去之人**。缔结的虚空对内核来说，就像是盲人拿着一幅美丽的图画，不去欣赏而是将其当成柴火；或是给聋人听贝多芬的交响曲，感受到地面的震动，却推翻重建，打造更稳固的地板。

“技术内核没有运用缔之虚的本质，相反，他们将它撕成碎片，制成一些聪明的小技术，献给人类。所谓的霍金驱动器，事实上并非如内核所说的源自古代大师斯蒂芬·霍金的理论，只是对这一发现的渗透。有了霍金驱动飞船，我们建立了世界网，建立起了霸主，其原理，就是在虚空边缘没有结构的实体中撕出小洞，一种并不太要紧的野蛮行径，但仍然是野蛮的。远距传输器却是另一回事，朋友们，我不知该如何形容……学习如何穿过缔之虚，就有点像是学习如何在水上行走，而技术内核的远距传输器穿透虚空的边界，伤害了已有数万亿年历史的完整生态环境。这就像是在一片绿意盎然、充满生机的森林中，铺出一条大路——这个比喻也无法完全表达出我的意思，因为构成这座森林的东西，是我们无数逝去的挚爱的记忆和声音，而铺就的高速路有数千公里宽，你们可以想象这造成了多大的伤害。

“所谓的超光仪，实现了霸主内部的即时通信，它同样是对虚空的渗透。我的比喻还是很拙劣，很无能，但请想象一下，人类土著若是发现一台有效的电磁通信系统，包括了播音室、全息相机、音频设备、发电机、发射机、中继卫星、接收器、投影仪，而他们竟然将这些东西拆卸下来，用拆下来的垃圾当信号旗。事实上比之更甚。大流亡前的旧地上，人类的巨大油箱和远洋舰让海洋充斥了机械的声音，星球上的鲸鱼也因此而致聋，它们的生命之歌在远古时代就开始唱响，一百万年来一直在进化，而今却被永远淹没，被摧毁。自那之后，鲸鱼们便决定全部赴死；杀死它们的，事实上不是人类为了取用鲸肉和鱼油的捕猎，而是缘于歌声的毁灭。而超光仪的破坏比之更甚。”

伊妮娅深深吸了口气，她扭了扭手指，似乎双手抽筋了。当她抬起头，目光扫向四周的时候，发现在场的每个人都被深深触动了。

“对不起，”她说，“我跑题了。一句话，随着远距传输器的陨落，虚空中的异族决定停止超光仪这种野蛮的行径。很久以前，这些异族就派出了观察者，生活在我们之中……”

屋内突然响起一阵窃窃私语。伊妮娅微笑着，等着声音平静下去。

“我明白。”她说，“在我还未出生前，我就知道了这件事，就算如此，我也感到很吃惊。这些观察者有很重要的职责……他们会决定人类是否可以信赖，是否可以和他们一起进入缔之虚中的世界，或者，我们可能仅仅是野蛮的汪达尔人。正是其中一名观察者，在内核打算摧毁旧地前，建议将我们的家园转移到别处。还有一位观察者，在旧地被流放到小麦哲伦星云的三个世纪里，在那里进行了种种测试和模拟，来进一步了解我们的种族，并度量我们的移情之力。

“这些异族也在内核中派驻了观察者——如果你们想说间谍的话，也可以。他们知道，虚空的疆界被损害，完全归因于内核的胡乱篡改，但他们也知道，**是我们创造了内核**。这些异族——该怎么称呼他们呢？——虚空的居民似乎不太准确，也许应该说是虚空的协作者？或是协造者？不管怎么说，他们以前也是硅基构造物，是无机自主智能。

但和今日统治技术内核的这一族相比，也不是同一类。一个有感知的种族，如果没有进化出移情，那它就无法理解虚空的本质。”

伊妮娅稍稍抬高膝盖，两个手肘撑在上面，身体略微前倾，继续说下去。

“家父——就是约翰·济慈赛伯人——就是因这个缘由而被创造出来的，”她说道，虽然声音平静，但我能听出其中隐含的激情，“我以前跟你们说过，内核一直处在内战状态中，几乎所有的实体都在互相战斗，他们只为自己而战，从来不顾别人。这是一种十级规模的超寄生态。他们的猎物——其他内核派别——被消化吸收，本身的代码基因材料、记忆、软件、繁殖序列都被吃尽，但这并不像死亡，这些被吃尽的内核派别仍旧‘活着’，但却是成为了得胜者的子部件，而这些得胜者，很快又将矛头转向了其他人。他们有联盟，却非常短暂。但而且他们没有价值体系、信念或终极目标，只有优化生存策略的偶然安排。内核中的每一个行动都是零和游戏的结果，自从内核势力进化出感知力以来，这一游戏就一直在进行着。内核中的大多数派别和人类打交道时，都是以零和条款进行的……优化他们和我们的寄生关系。一方得利，另一方必然吃亏。

“然而，几个世纪起来，内核中终于有一些派别认识到了虚空的真正潜能。他们了解到，他们这些没有移情能力的智能种族，永远也无法成为这生死无常、万物轮回的一部分。他们明白，缔之虚的进化构造并不像是一片珊瑚礁，如果他们不对自己的个体参数进行改变，就永远也无法在那儿找到安身之所。

“因此，内核中的一部分成员进化了——他们不是利他主义者，而是孤注一掷的活命主义者，他们意识到，要赢得这一场永无休止的零和游戏，必须将游戏终止。要想终止游戏，他们就必须进化成拥有移情力的种族。

“内核知道一件事，而忒亚·德·夏丹和其他一些感伤之人拒绝承认这件事，那就是：进化不是前进，它没有‘目的地’，也没有通往进化终点的方向。进化就是改变。如果这种改变让它生命之树的枝叶最完美地适应了宇宙的状态，那进化就是‘成功’的。对于内核的这些派别来说，如果要让进化‘成功’，他们就必须放弃零和的寄生态，找到真正的共生方式。他们必须和我们人类建立起诚实的共同进化关系。

“一开始，这些叛变的内核势力还在继续进行掠食，以发展出更多的有可能拥有移情的内核势力。他们竭尽全力改写了自身的代码，又创造出了约翰·济慈赛伯人——这是一个模拟移情生命体的完整尝试，这个模拟人拥有人类的身体和DNA，但赛伯人的记忆和人格储存在内核中。他们的敌对势力摧毁了第一个济慈赛伯人。从第一个的镜像中，第二个赛伯人又被创造出来。这个赛伯人雇下了家母，她当时是一名私家侦探，他希望她能帮他解开第一个赛伯人的死亡之谜。”

伊妮娅微笑着，有那么一小会儿，她似乎全然忘记了我们的存在，甚至忘了自己的故事。她似乎在重新体验以前的记忆。就在这时，我记起我们乘着领事飞船旅行的那段时间里，她曾经偶然提起过的一件事——“劳尔，我还没出生前……我还没变成胎儿前，我父母的记忆就已经灌输给了我。在你拥有自己的生命前，脑瓜中就被灌满了别人的记忆，对一个孩子的人格来说，你想象得到比这更加灾难性的事吗？难怪我只会添乱。”

此时此刻，她在我眼里并不像是在添乱。但这时我爱她胜过爱我自己的生命。

“他雇下家母，希望她能解决自己人格的死亡之谜。”她继续柔声说道，“但是，事实上他知道他的前身发生了什么事。他雇用家母，真正的原因是为了和她见面，和她在一起，并且最终成为家母的爱人。”伊妮娅顿了片刻，微笑着，双眼望着遥远之处。“我的马丁叔叔在那本乱七八糟的《诗篇》中写过这件事，但他没有了解全部的真相。我父母结婚了，我想马丁叔叔肯定没有提及这件事……他们是在卢瑟斯的伯劳神庙结婚的，主教是证婚人。虽然这是个异教，但却是合法的，我父母的婚姻在霸主的两百多个星球上都是合法的。”她又微微一笑，目光越过拥挤的小屋，朝我看来，“嗯，我可能是个私生子，但我出生时并不是。”

“于是，他们结婚了，家母肚子里有了我——这很可能发生在仪式之前——接着，在家母前往海伯利安进行伯劳朝圣前，一些有内核作为后盾的势力杀害了家父，这件事本应结束我和家父的联系，但却发生了两件意外——家母的耳朵后植入了一个舒克隆环，而家父的人格被复制了进去。在那几个月里，家母怀着我们两个人——我在她的子宫里，而家父，第二个约翰·济慈赛伯人，在舒克隆环里。他的人格被监禁在舒克隆环的无限循环中，虽然无法直接和家母交流，但却能轻而易举地和我交流。这其中的难点是如何定义当时的‘我’。家父给了我很大的帮助，他带着还是胎儿的‘我’进入缔结的虚空。那时我的小小手指还没成形，但我就已经看见了未来会发生的事情，未来的我将会变成谁，甚至是我将会如何死去。

“马丁叔叔在《诗篇》中未曾提及的，还有其他一些事。在卢瑟斯中央广场，在伯劳神庙的台阶上，那帮人射杀了我的父亲，就在那时，家母的身体也沾上了父亲的鲜血，包含着经内核增强的约翰·济慈的重建DNA。家母当时还不知道，父亲的血正是人类宇宙中最宝贵的资源。他的DNA的设计初衷，就是为了感染其他人，传播唯一的一件礼物——通向虚空的钥匙。只要以正确的方式和人类DNA混合，它就能赐下这一珍贵的礼物，向整个人类部族打开通向缔之虚的大门。

“我便是他们血的混合。我既有来自技术内核的进入虚空的能力，也有人类很少使用的透过移情感知宇宙的能力。不管怎样，一旦喝了我的血，就永远也无法再以原来的方式看这个宇宙了。”

说完，伊妮娅从榻榻米地垫上爬起身。西奥拿来一块白布。瑞秋拿起一个酒瓶，将红色的酒浆倒进七只大大的酒杯。伊妮娅从毛衣中拿出一只小盒，我仔细一看，那是飞船上的医疗箱，她从里面拿出一把无菌手术刀，一根消毒棉签。她没有马上使用手术刀，而是稍作停顿，目光扫过在座的人群。四下没有一丝声音，就好像几百个人都齐齐地屏住了呼吸。

“今晚，如果你们想喝我的血，我满足你们，但我无法给予承诺，保证你们会得到欢乐、智慧或是长生不死，”她轻轻地说道，“没有涅槃。没有救赎。没有来生。没有重生。但你们会得到无限多关于心灵的知识，会有伟大的发现和冒险，我只能承诺一件事，你们将会体会到这短暂人生的更多痛苦和恐惧。”

她看着一张张脸，当看到达赖喇嘛时，她微微一笑。“你们中，”她说，“有一些人在过去几年里从没落下一次讨论会。我已经把我所知道的都告诉了你们，学会死者的语言，学会生者的语言，学会聆听天体之音，以及学会走出第一步。”

她看着我。“但有一些人只听过其中几次，你们没有听到我解释教会十字形的真正作用，伯劳的真实身份，你们没有听到什么是学会死者的语言，进入缔之虚需要承担怎样的负担。如果谁有怀疑，那我请你们晚些慢慢接受。对于其他人，我再重复一遍，我不是弥赛亚，只是一名老师。如果我在这几年中教给你们的知识听上去像是真理，你们也愿意抓住这个机会，那就喝下我的血。我提醒你们，让我们领悟虚空实质的DNA无法和十字形共存，如果你们喝下我的血，那么二十四小时之内，那寄生虫就会衰竭而亡，并且再也无法在你们的体内生存。如果你们仍旧想通过十字形重生，那就不要喝我的血。

“我还要提醒你们，一旦喝下我的血，那么你们也将变得和我一样，成为圣神唾弃并追捕的敌人。你们的血也会有传染性，如果你们拿出你们的血，和想要找到虚空的人分享，那这些人也将同样受到唾弃。

“最后我要提醒你们，一旦喝下我的血，你们的孩子将生来就具有进入虚空的能力。不管怎么样，你们的孩子和他们的孩子生来就将领会死者的语言，生者的语言，生来就会聆听天体之音，并知道他们能走出跨越虚空的第一步。”

伊妮娅用手术刀的刀刃在手指上划了一下。在提灯光芒的映照下，可以看见冒出的一小滴鲜血。瑞秋举起酒杯，而伊妮娅则将那滴血挤进了一大杯酒中。七个杯子轮了一遍，最后每个杯子都被……污染了？变质了？我开始头晕脑涨，心脏也惊恐地猛烈跳动起来。这一切真像是一出恶搞天主教圣餐的糟糕戏码。我的这个小朋友、我的挚爱……是不是已经疯了？难道她真以为自己是弥赛亚。不，她说了自己不是。难道我已经相信，只要喝下那杯混有我挚爱鲜血的美酒，我就会发生大变？我不知道。我也不明白。

有半数人走向前，在那儿排起了队，等着从大酒杯中喝上一口。圣杯？这是亵渎，是不对的。难道不是吗？那些人只是静静地喝上一口，然后重新回到榻榻米地垫上坐下。似乎没人特别表现出注满活力，或是醍醐灌顶的样子。享用完酒的人，额头上也没有闪现任何魔鬼般的亮光。没有人凭空飘浮，也没人说话。大家就是喝一口，回原地坐下。

我突然意识到自己一直在犹豫，我希望伊妮娅能稍微往我这边看一眼。我心中有许许多多问题……过了许久之后，我才开始朝已经缩短的队伍走去，觉得自己像是个叛徒，背叛了本应毫不犹豫地去信赖的同伴。

伊妮娅看到了我。她突然举起手，手掌对着我。意思非常清楚——劳尔，你还没到这个时候。我又迟疑了片刻，走也不是，不走也不是。这些陌生人和我的挚爱有了某种亲昵的关系，而我却没有，一想到此，我就浑身不舒服。我的心脏猛烈跳动，脸颊火烧火燎，但我还是坐回到垫子上。

没有正式的宣告讨论会结束的话语，。大家三三两两地离开。有一对情侣——女的喝了酒，而男的没有——手挽手走开了，就好像一切都没有改变。也许，的确什么都没有改变，也许，我刚刚见证的这个共享仪式只不过是某种隐喻或象征，是自我暗示，或是自我催眠。也许，那些极力强迫自己去感知某种叫作缔之虚的东西的人，会产生一些内部体验，让他们相信这一切真的发生了。也许，这一切都是胡说八道。

我揉了揉额头。我的头很痛，没喝酒真是太好了。有时候，喝酒会让我偏头痛发作。我不禁吃吃地笑了起来，有那么一小会儿，我感觉有点恶心，还有点空虚，似乎被人遗弃了。

这时瑞秋说道：“别忘了，明天中午，走道要完工了。上层冥想台会有一个宴会！大家自己带茶点。”

于是，那一晚就这么结束了。我爬上台阶，来到睡台，心里五味杂陈，充满了得意、期盼、懊悔、窘迫、兴奋，脑袋也一抽一抽地疼着。我承认，伊妮娅说的东西我有一半都没有听懂，但临走时，我隐约感到失落和不着调……比如说，我确信耶稣最后的晚餐不是这样结束的。竟然提醒大家在上层举行宴会，还酒水自带。

我吃吃地笑着，接着咽了口口水，猛地停了下来。最后的晚餐，这话听起来太可怕了。我的心又开始猛烈跳动，脑袋愈发地疼了起来。看这样子，我还是不去我的挚爱的房间了。

上层平台的走道上吹来一阵冷风，顿时让我的头疼好了半分。先知挂在东部一片塔状积云的顶部，微微发出银色的光芒。今晚的满天星辰看上去都冷冷的。

就在我走进我俩的房间，点上灯时，天空突然猛地炸响。

21

所有人都从下面的楼层走了上来。悬空寺的多数工作已完工，如今留下来的所有人，包括伊妮娅和贝提克，瑞秋和西奥，乔治和阿布，砼砼和恺伊，占定和乐乐，罗莫和桑坦，金秉勋和维奇·格罗塞，健四郎和治之，堪布拿旺扎西大师和他的师尊，年幼的达赖喇嘛，沃铁·玛耶和雅努斯·库提卡，故作沉思的林西吉普和咧嘴微笑的昌济肯张，金刚亥母多吉帕姆和卡尔·林迦·威廉·永平寺，一众人等全都到齐。伊妮娅走到我的身边，握住我的手，大家都面带敬畏地望着天空，无人发出声响。

片刻之前还在闪耀着星辰的天空，现在充满了变幻的光影。我很惊讶，那么炫目的光芒竟然没把大家刺得目盲。怒放的巨大白光，闪烁的硫黄之光，炫目的红色条纹——它们甚至比彗星或流星的尾迹还要明亮。蓝色、绿色、白色和黄色的线条纵横交错，每一条都又亮又直，就像是用钻石在玻璃上刻出的划痕。突然之间，橘黄色的光猛烈闪耀起来，似乎发生了无声的爆炸，紧随而至的是更多的白色条痕和红色划痕。一切都静悄悄的，但剧烈的光闪还是让我们不由自主地想要遮住耳朵，找个地方躲起来，瑟缩起身子。

“苍天在上，这究竟是怎么回事？”罗莫顿珠问。

“空战。”伊妮娅说。她的声音听上去已经累到了极点。

“我不明白。”达赖喇嘛说。他听上去并不害怕，只显出好奇。“圣神当局向我保证，他们在轨道上只有一艘星舰——我想，名叫‘吉卜利尔’号——而且承担的是外交使命，而不是军事使命。总管事雷丁图拉也是这么保证的。”

金刚亥母哼了一声。“上师，总管事被圣神杂种买通了。”

男孩朝她看去。

“上师，我也这么想。”上师的保镖——永平寺——说道，“我在宫中听到一些传闻。”

天空刚沉寂下来，马上又发生了十几处猛烈的爆炸，身后的峭壁被染上了红绿黄各种色彩。

“太空中没有灰尘或别的胶体粒子，我们是怎么看到这些激光切枪光束的呢？”达赖喇嘛问，他黑色的双眼炯炯有神。总管事背叛的消息显然没有惊吓到他……至少和数千公里高空发生的空战相比，没有什么有趣之处。我感到很好奇，佛教星球的这位圣童竟然也懂得基本的科学知识。

回答他的仍然是他的保镖。“上师，必定有几艘飞船被击中，被摧毁了。”永平寺说道，“有了扩扬的残骸、被冻结的氧气、分子尘和其他气体，耦合光束和带电粒子束就能被看见了。”

听到这话，大家都沉默了好一会儿。

“家父曾在海伯利安目睹过同样的场景。”瑞秋说。她揉揉赤裸的胳膊，似乎感到了突然的寒意。

我眨眨眼，盯着这个年轻的女子。伊妮娅刚才说起过瑞秋的父亲，我听得一清二楚，他叫索尔……我熟读过《诗篇》，马上记起索尔·温特伯乃是那个传奇的海伯利安朝圣者，他的女儿正是瑞秋，瑞秋是那个婴孩……我承认，这一切都令我感到难以置信。在《诗篇》中，瑞秋变成了一个非常神秘的女人，名叫莫尼塔，她和伯劳一起以光阴冢为工具，逆时间返回到过去。那个瑞秋怎么可能在这里呢？

伊妮娅抬起手臂，搂着瑞秋的肩膀。“家母也是，”她柔声说道，“只不过当时人们以为那是霸主军队在和驱逐者作战。”

“那现在是谁？”达赖喇嘛问，“驱逐者和圣神？为什么圣神战舰要贸然来到我们的星系？”

好几个白色光球脉动着，增大，继而暗去，最后消失。众人都眨眨眼，甩掉弥留在眼中的残像。

“上师，我觉得自打第一艘飞船来的那日起，这些圣神战舰就一直躲在那里。”伊妮娅说，“但我觉得他们并不是在和驱逐者作战。”

“那又是和谁？”男孩问。

伊妮娅别过头，继续仰望天空。“自己人。”她说。

这时，天空中突然爆发出一阵不同以往的火光……那爆炸之光更亮，也更近，紧随而来的是三条炫目的彗星尾迹。其中一条在进入上部大气层后马上发生了爆炸，拖出十几条小残片的尾迹，最后迅速消失。第二条射向西方，耀眼的光芒从黄色变成红色，直至变成纯白，最后在地平线上方二十度角之处分崩离析，在云雾缭绕的西方地平线上炸开了花，绽放出几百条痕迹。第三条呼啸着从西方顶点处穿至东部地平线——我故意说“呼啸”，是因为的确能听见那尖厉的声音，一开始像是烧水壶的呼哨声，接着变成嗥叫，最后成了可怕的旋风似的狂吼，声音来得快，去得也快。它最后分裂成三四个耀眼的大型物体，坠向了东方，其中一个在即将落入地平线前消失。最后一个熊熊燃烧的飞船碎片在最后时刻似乎扭动了一番，先是头部喷射出黄色火光，速度减慢，最后从我们眼前消失。

大家在上部平台上继续等了一个小时，一开始的几分钟，天上仍有几条聚变焰尾划出条痕，应该是星舰正在加速离开天山星球，之后便什么也没有了。最后，明亮的星辰又重新出现在了夜空中，于是大家都离开了。达赖喇嘛前往僧房就寝，其余人去了下层的暂住地或常住地。

伊妮娅叫几个人留下。瑞秋和西奥，贝提克和罗莫顿珠，还有我。

“我一直在等这个信号。”等众人都离开后，她轻声说，“我们必须明天就走。”

“走？”我说，“去哪儿？为什么要走？”

伊妮娅摸摸我的胳膊。我将这动作的意思理解成：我以后会跟你解释。有人开口，我赶紧闭上嘴。

“师尊，飞翼已经准备妥当。”罗莫说。

“你们不在的时候，我去了安迪密恩先生的住房，检查过拟肤束装和呼吸器。”贝提克说，“能用。”

“我们明天结束工作，安排仪式。”西奥说。

“真希望我也能去啊。”瑞秋说。

“去哪儿？”我又问道。虽然我极力控制自己不要问，仔细听他们说，但还是忍不住。

“你也去。”伊妮娅仍旧抓着我的胳膊，但这并没有回答我的问题，“还有罗莫和贝提克……如果你俩仍旧愿意的话。”

罗莫顿珠露出灿烂的微笑，机器人点了点头。我开始觉得整座寺庙里就我一个被蒙在鼓里，对这一切都不明所以。

“晚安了，大家。”伊妮娅说，“我们明天天一亮就启程。不必送。”

“见鬼。”瑞秋说。但西奥点点头表示同意。“我们会起来为你们送别的。”瑞秋还在说。

伊妮娅点点头，拍了拍她们的胳膊。大家四散离去，有的从阶梯走了下去，有的通过缆索滑行而去。

顶部平台上，就只剩我和伊妮娅两人。空战过后，天空似乎变得暗沉起来。我终于发现，原来是云层升到了山顶之上，就像湿毛巾盖住了黑石板，遮蔽了星辰。伊妮娅打开睡房的门，走了进去，点上灯，接着走回到门口。“怎么了，劳尔？快进来。”

我们谈了许多话。但不是马上。

要描述做爱这件事，实在是荒谬得很——哪怕只是讲讲什么时候做爱，说起来也颇为荒谬。而且那晚有一种天快塌下来的感觉，我的挚爱刚召开了一次最后的晚餐。但是，当你和你真正爱的人做爱时，做爱本身没有一丝可笑之处。我就是在和我真正爱的人做爱。如果说，最后的晚餐之前我并没有明白这一切的话，那么，那晚我真正懂了——完完全全，毫无保留地懂了。

大概过了几小时后，伊妮娅穿上一件日式和服，而我则披上一件浴衣，两人爬出睡垫，来到敞开着的移门旁。伊妮娅在榻榻米的小炉子上煮起了茶，我俩拿起杯子，背靠移门，赤着脚互相勾靠，我的右腿和她的左膝探出在万丈深渊之上。凉风习习，空气中带着雨水的气味，但暴风雨已经移到了北方，恒山的顶峰被乌云笼罩，但还是有闪电不时划过，照亮那些低矮的山脉。

“瑞秋真是《诗篇》中的那个瑞秋？”我问。这不是我最想问的问题，但我很怕问出心中那个问题。

“是的，”伊妮娅说，“她就是索尔·温特伯的女儿，在海伯利安患上梅林症的女人，从二十七岁开始逆时间成长，最后变成了一个婴孩，索尔在朝圣之旅中带的就是她。”

“她的名字也叫莫尼塔，”我说，“还有尼莫瑟尼……”

“意思是**谏告者**，”伊妮娅低声道，“以及**记忆**。正是她当时扮演的角色。”

“那是两百八十年前的事！”我说，“在海伯利安上……离我们好几十光年远。她怎么到这儿的？”

伊妮娅笑了。热茶冒出腾腾的雾气，缭绕在她纷乱的头发上。“我出生的时间比两百八十年还要早，”她说，“也是在海伯利安上……离我们好几十光年远。”

“这么说，她到这儿，用的是和你一样的方法？通过光阴冢？”

“是，也不是，”伊妮娅说，她举起手，阻下我的反对，“劳尔，我知道你想听直截了当的话……而不是拐弯抹角的比喻。我同意，我现在就用最平白的话和你说。事实上，狮身人面像和光阴冢只不过是瑞秋的旅程的一部分。”

我静静聆听。

“你还记得《诗篇》中是怎么说的吗？”她问道，

“我记得那个济慈的人格用什么办法把索尔的女儿从伯劳的手里救出，瑞秋又开始正常地成长……于是索尔带上她……带她进入了狮身人面像，去了未来……”我顿住了，“现在这个未来？”

“不，”伊妮娅说，“那个婴孩瑞秋的确重新长大，长成了年轻的女子，但那是在一个更远的未来，她父亲又一次将她抚养长大。劳尔，这个故事……非常奇妙，充满了各种惊奇。”

我揉揉额头，刚才头已经不疼了，但现在又有点重新发作的苗头。“那她又通过光阴冢来到了这里？”我问，“和它们一起来到过去？”

“部分是通过光阴冢。”伊妮娅说，“事实上，她也可以自行在时间的长河中行走。”

我唯有瞪眼的份了。这真是疯了。

伊妮娅笑了，她似乎读懂了我的心思，或是看明白了我的表情。“劳尔，我知道这看起来很疯狂，我们现在见到的很多东西都非常奇特。”

“你说得轻巧。”我说，这时，我又想到一件古怪的事，“西奥·伯纳德！”我叫道。

“嗯？”

“《诗篇》中也有个西奥，对不对？”我说，“一个男的……”诗人的这首诗经过口耳相传，出现了很多不同的版本，在一些流行的简短版本中，许多次要的细节都丢失了。虽然在外婆的命令下，我读过完整的版本，但这首诗中一些无聊部分从没引起我的兴趣。

“西奥·莱恩。”伊妮娅说，“曾经是领事在海伯利安上的助手，海伯利安加入霸主后，成了星球的第一任总督。我儿时见过他一面。是个非常正直的人，话很少，戴着古老的眼镜……”

“这个西奥。”我试图理清头绪。难道是变性了？

伊妮娅摇摇头。“就像弗洛伊德说的，差那么一点点。”

“谁？”

“西奥·伯纳德是西奥·莱恩的曾曾曾曾孙女。”伊妮娅说，“她的故事也是一个了不起的传奇。但她是出生在这个时代的……她从圣神在茂伊约的殖民地逃出，加入了叛军……但她这么做，是因为我在三百年前和一开始的那个西奥说过一句话。这么多年来，这句话代代相传。西奥知道我会出现在茂伊约……”

“怎么知道的？”我问。

“因为我跟西奥·莱恩说过。”伊妮娅说，“我什么时候会去那儿，我告诉了他，他们的家族一直保留着这条消息……就像《诗篇》让伯劳朝圣的故事一直众口相传一样。”

“这么说，你能看到未来。”我平静地说道。

“各种未来。”伊妮娅纠正道，“对，我能，我已经跟你说过，你今晚也听到了我的话。”

“你看到了自己的死亡？”

“是的。”

“能告诉我你看见了什么吗？”

“还不是时候，劳尔。请别再问我。时候一到，你自然会明白。”

“但如果有**各种未来**。”我听出自己的声音中含着痛苦的咆哮，“那你为什么一定要看自己死的那个呢？既然你能看到，为什么不能躲过去呢？”

“我可以躲掉这一死，”她柔声说道，“但那将是个错误的选择。”

“避死就生，怎么会是一个错误的选择？”我突然发觉自己在大声嚷嚷，两只手已经紧紧握成了拳头。

她抬起温暖的双手，纤细的手指握住了我的拳头。“因为死也是这世上必要的事情，”她的声音非常轻，我不得不凑到她身边才能听见。恒山的山肩上舞动着一条条闪电，“劳尔，死亡永远比不上活着，但是，有时候却是必要的。”

我摇摇头。我觉得自己肯定看上去一脸愠怒，但我一点也不在乎。“你能告诉我，我什么时候会死吗？”我说。

她盯着我的眼睛，那双黑色的双眼真是深邃。“我不知道。”她简单地说道。

我眨眨眼。略微有点心碎。难道她都不把我放在心上，不想看看我的未来？

“我当然在乎你，”她轻声道，“我只是不想看那些几率波。看自己的死亡……已经非常困难。看你的，就更……”她突然发出一声怪怪的响声，我转头一看，发现她在哭。我坐在榻榻米地垫上，转过身子，张开臂膀把她搂在怀里。她依偎在我胸口。

“丫头，抱歉。”她的头发摩挲着我的嘴，虽然这么说，但我并不知道该为什么东西抱歉。我又悲又喜，感觉怪极了。一想到我会失去她，我就不禁想大喊着对着山扔石头。仿佛是上天在回应我的想法，隆隆的雷声突然从北方之巅那儿传来。

我吻掉她的泪水。接着和她拥吻起来，我感觉着咸涩的泪水，还有她温润的双唇。然后我们又一次做爱，相比前一次的急不可待，这一回缓慢、小心，似乎毫不受时间影响。

之后我们重新躺在凉爽的微风下，脸颊相偎，她的手摆在我的胸口。然后，伊妮娅说道："你想问我问题。我现在可以回答。问吧。"

我想到早先在“讨论会”上挤满我的脑袋的那些疑问——我错过的那些她的演讲，如果要明白为什么那场共享仪式是必需的，我必须补补课。十字形到底是什么？为什么那些星球上的人都消失了，圣神究竟做了什么？内核想从中得到什么？伯劳到底是什么东西……它是魔鬼，还是守护者？它来自何方？我们会发生什么事？她看到了什么样的未来……那自出生起就知晓的命运，又是什么样的？缔结的虚空之后，隐含着什么巨大的秘密？进入其中，为什么那么重要？如果圣神已经把这个星球的唯一一个远距传送门熔进了熔岩中，还有无数圣神战舰挡在我们去领事飞船的道路上，那我们该怎么离开？她说的那些监视人类数个世纪的“观察者”到底是谁？学会死者的语言——那四个步骤和这一切有什么关系？那个尼弥斯魔头和她的兄妹为何还没有对我们下手？

然而我问道：“你曾经和某个人在一起过？在我之前，你还和某个人做过爱？”

这真是疯了。这一切都不关我的事。她已经二十二岁了。我以前和不少女人睡过，而且已经记不得她们叫什么名字，但我记得是在地方自卫队，在九尾娱乐场工作的时候。但记不记得也没有什么分别，那我为何要在乎这事呢。

她稍微犹豫了一秒钟。“我们的第一次，不是我的……第一次。”她说。

我点点头，感觉自己真是无耻。我胸口传来真切的痛意，仿佛这个消息令我突发心绞痛了一样。但我止不住继续问了下去。“你爱……他吗？”我怎么知道那是不是“他”？她身边围着很多女人……西奥……瑞秋。想到这，我不禁对自己感到了厌烦。

“我爱你，劳尔。”她低声道。

这是她第二次说这句话，第一次是在五年半之前，我们在旧地分手的时候。听到这样的话，我的心本该欢呼雀跃，但我感受到的却是十足的心痛。这里面一定有什么东西我没有理解。

“但还有一个男人，”这些话含在我嘴里，就像是含着一颗颗石头，“你爱他……”只有一个？还是有很多？我真想冲着我头脑中的想法大叫，叫它闭嘴。

伊妮娅将手指掩上我的嘴唇。“我爱你，劳尔。在我和你说这些事的时候，请你一定记着这一点。一切都很……复杂，比如我是谁，我必须做什么。但你一定要记得我爱你……自从在梦中第一次见到你，我就爱上了你。当年在海伯利安的沙尘暴中和你相遇时，我就已经爱着你了，虽然当时场面很混乱，枪火纷飞，还有那伯劳和霍鹰飞毯。你还记得我们坐上飞毯企图逃跑时，我是怎么紧紧抱着你的吗？我当时就爱你了……”

我沉默不语。伊妮娅的手指顺着我的嘴唇，摸向我的脸颊。她叹了口气。似乎那些话语含着千钧的重量，重重地压在她的肩上。“好吧，”她轻声说，“是有个人。我以前做过爱。我们……”

“真的吗？”我的声音听上去很奇怪，就像是飞船的人工语调。

“我们结婚了。”伊妮娅说。

在海伯利安的湛江上，我曾经和一名比我大许多的驳船工赤手空拳地干过一架，他体重比我重一倍，打架经验也比我多多了。当时他出其不意，狠狠一拳抽在我的下巴上，我顿时晕头转向，双腿发软，从驳船的栏杆上摔下去，掉进了河里。那个男人却不带任何怨恨情绪地一个人跳进水里，把我救了起来。几分钟后我苏醒了，但过了好几个小时，我脑袋里的嗡嗡声才停止，看东西也才清楚了。

我现在的感受比那时还要糟糕。我只能躺在那儿看着她，看着我挚爱的伊妮娅，感受着她手指在我脸颊上的抚触，陌生、冰冷、怪异，就像是一个陌生人。她挪开了手。

还有更糟的。

“那下落不明的二十三个月，一星期，六小时。”她说。

“你和他在一起？”我已经不记得自己是怎么说出这句话的，但我的的确确是说了。

“是……”

“结婚了……”到这里我已经问不下去。

伊妮娅微微一笑，但我觉得那是我有史以来见过的最悲伤的笑容。“由一名神父见证，”她说，“在圣神和教会的眼里，我们的婚姻将会是合法的。”

“将会？”

“是。”

“你现在还结着婚？”我好想爬起身，冲到平台边大吐特吐，但我没有动。

有那么一小会儿，伊妮娅似乎有点迷茫，不知道该怎么回答。“是的……”她说，眼里盈满了泪水，“我是说，不……现在不了……你……该死，要是我能……”

“但这个男人现在还活着？”我打断她的话，声音平淡，毫无感情，就像是宗教法庭的审问官。

“是的。”她用手捂住了脸，手指不住地颤抖。

“你爱他吗，丫头？”

“我爱你，劳尔。”

我稍稍挪开了身子，并非有意为之，但和她谈这种东西，我没法和她保持身体接触。

“还有……”她说。

我听着。

“我们有了……我会有……我有了一个孩子。”她看着我，仿佛是想看透我的心灵，好让我明白这一切。但完全没用。

“一个孩子。”我傻头傻脑地重复道。我的挚爱……我的这个丫头变成了一个女人，然后又成了别人的爱人，还有了一个孩子。“多大了？”我问出心中的陈词滥调，就好像是隆隆迫近的雷声。

她似乎又变得迷茫起来，仿佛不太确定什么是事实。最后她终于说道：“这个孩子……我现在找不到他。”

“哦，丫头。”我把一切都抛在了脑后，只感受到她的痛苦。我抱紧她，任她在我胸口哭泣。“对不起，丫头……对不起。”我一面说，一面轻拍她的脑袋。

她推开我，擦干眼泪。“不，劳尔，你不明白。没事……不是……这没什么……”

我放开她，盯着她。她泪水涟涟，有点心神错乱。“我明白。”我撒了谎。

“劳尔……”她伸出手，朝我的手摸索而来。

我拍拍她的手，脱掉睡衣，穿上自己的衣服，从门口拿起自己的攀登轭具和背包。

“劳尔……”

“天亮前我就回来。”我对着她的方向说道，但事实上并没有看她，“我去散会儿步。”

“我和你一起去。”她站起身，身上裹着被单。闪电在她身后划过，又一场风暴迫近了。

“天亮前我就回来。”我没等她起身穿好衣服，就走出了门。

外面下着雨——冰冷，还夹带着雪。平台上很快结上了一层冰，非常滑。我飞速爬下梯子，从震颤的阶梯上小跑而下，闪电不时划过，让我看清脚下的路。我没有放慢速度，顺着东部小道一路狂奔了好几百米，最后才停了下来，这条小道通向我一开始着陆的那条山沟，但我不想去那儿。

在离寺庙半公里的地方，有几条固定缆索，朝上通向山脊的顶峰。现在，冰雪正狠狠砸着山壁，一根根或红或黑的缆索上结着厚厚的冰。我拿出锁扣，将它扣在缆索和轭具上，接着又从背包中拿出动力升降器，没作任何检查就连接了上去，接着开始顺着结满冰的山坡往上爬升。

风变猛了，鞭挞着我的外套，似乎要把我从山壁上吹离。冰雪狠狠砸在我的脸上和手上。我毫不顾及，继续往上升，但有时候鸠玛尔夹钳无法牢牢固定在结冰的缆索上，不时还会滑下三四米，但我还是继续往上爬。离刀锋般的山脊顶峰还有十米的时候，我终于钻出了暴雨云，就像是游泳的人钻出了水面。天上的星辰仍旧闪着冰冷的光芒，汹涌的云层堆叠在山脉的北壁上，就像我身下的白色浪涛。

我继续往上升，最后来到一块相对平坦的地方，那里也是缆索的固定之处。到此时，我才发现这一路上来，自己身上根本没有系安全绳。

“见鬼。”我骂道，沿着十五厘米宽的山脊，朝东北走去。从北边吹来的暴风雪越发强劲。要是被吹得从南边摔下去，那我就会落入漆黑无底的万丈深渊。地面上还有一块块的冰，天也开始下起雪来。

我跑了起来，朝东面奔去，一路上跃过冰地和裂缝，没有骂上一句话。

就在我纠结于自己的不幸中时，人类宇宙正在发生其他一些事。在海伯利安，当我还是个孩子时，消息要传到我们沼泽迁移旅行队需要很久，且早已受到星际圣神的过滤：这些发生在佩森、复兴之矢或其他地方的重大事件，必然会因霍金驱动器产生几个星期甚至是几个月的时间债，外加从浪漫港或别的大城市到达我们那个地区，还要额外花上几个星期。所以在从前，我一般都不会注意别的地方发生的事情。当然，当我在沼泽地和其他地方为外世界的猎人做向导时，时间滞后的程度已经减轻，但不管怎么样，这些消息仍是旧消息，对我来说也没什么重要之处。对我来说，圣神本身没什么有魅力的东西，但前往外世界旅行是另一回事。之后，在旧地的建筑师生活和那场造成五年时间债的单独旅行，又给我带来了差不多十年的脱断。除了影响到我的那些事，比如圣神着了迷地想要找到我们，除此之外，我已经不再去注意其他地方发生的事情了。

但这一切马上就要改变。

那天晚上，当我在天山星球那狭窄的山脊上愚蠢地奔跑在雨雪和迷雾中时，世界各地正发生着惊天大事：

在美丽的茂伊约——一连串事件的起源之地（四个世纪前希莉和梅闰的相爱，一直发展到现在，让我和伊妮娅来到此地，事件也随之达到高潮），叛变迅速蔓延。移动小岛上的叛军早已经成为伊妮娅的信徒，他们追寻她的思想体系，喝下了她共享的圣酒，继而永远摒弃了圣神和十字形，发起了四处破坏和抵抗的战争，但也尽量不去伤害或杀死占领星球的圣神士兵。对于圣神来说，茂伊约是一个尤为头痛的难题，因为它很大程度上是一个度假星球——每年都有成千上万的富有重生基督徒通过霍金驱动器前往那里旅行，享受那儿温暖的大海，赤道群岛的美丽海岸，还有迁徙的海豚移动小岛。此外，在这个海洋占了大多数的星球上，圣神建造了上百座钻油平台，也从中获得了不错的收益。这些平台建造在远离旅游区的地方，但也很容易受到移动小岛和叛军潜艇的攻击。现如今，令人费解的是，许多圣神游客也都抛弃了十字形，抛弃了不朽，成为了伊妮娅的信徒。奉命解决危机的行星总督、大主教、梵蒂冈官员都不明所以，束手无策。

在天寒地冻的天龙星七号，绝大多数大气都冻结成一整块巨大的冰川，这儿没有游客，圣神十年来的拓殖尝试也演变成了一场噩梦。

九年半之前，我和伊妮娅、贝提克在那儿交到了一群朋友，是一群性情温和的奇查图克人，如今，他们已经成了圣神不共戴天的敌人。那幢摩天大楼仍旧冰封在大气凝结成的冰层中，格劳科斯神父曾在那儿迎接各方来客，如今，那栋楼仍旧闪耀着灯火，而和蔼的老人却已丧命于拉达曼斯·尼弥斯之手。奇查图克人让这个地方的灯火一直亮着，就像是在保护一座神殿。不知何故，他们知道是谁杀死了手无寸铁的目盲老人和库奇阿特的部落——包括库奇阿特、奇阿库、爱查库特、库奇图、奇奇提库、查奇亚，这些我们知道名字的人。其余的奇查图克将谋杀怪罪于圣神，后者正企图把这群天性温和的部落迁移到赤道沿线，那里还有气态的空气，巨大的冰川也融化成了古老的永冻原。

虽然奇查图克人还没听说伊妮娅的共享仪式，也没有品尝移情的力量，但他们仍像瘟疫般降临到圣神的头顶。数千年来，奇查图克人一直在和可怕的幻灵雪兽作战，互相以对方为食，如今，他们已经把这些会打地洞的白色野兽驱赶到了南方的赤道区域，让它们降临在圣神殖民者和传教士的头上，使他们受到惨重的伤亡。圣神派军队去肃清原始的奇查图克人，但派往星球冰川中的巡逻人员都一去不返。

在复兴之矢这个城市化星球上，伊妮娅有关缔之虚的言论传到了数百万信徒的耳中。每天，成千上万的圣神教徒都会从受到感染而改变的人手中接过圣餐，不消二十四小时，这些人的十字形便会死亡，从他们身上脱落。他们牺牲了不朽，为的是……什么？圣神和梵蒂冈不明白，我当时也不明白。但圣神知道，它必须遏制这一病毒。士兵没日没夜地破门或跳窗进入民众的家，一般是在大城市穷困的老工业区。那些摒弃十字形的人没有强烈反抗——虽然他们奋勇抗击，但他们不会杀死任何人，除非万不得已。但圣神士兵为了执行命令，并不在乎屠戮众生。于是，成千上万的伊妮娅信徒命享真死——他们曾经长生不死过，但如今却再也无法见证重生的奇迹。还有成千上万人被逮捕，送进监禁中心，置入冰冻沉眠柜，以防这些人的血液和观念污染到其他人。但是，每当有一名伊妮娅的支持者被杀害，或是被捕，就会有几十——甚至几百名——信徒安全地躲进藏身所，传递伊妮娅的教义，向其他人献出自己改变了的鲜血，并时刻进行着这种非暴力抵抗。虽然复兴之矢这台巨大的工业机器还没有分崩离析，但已经东倒西歪，发出老态龙钟的声音，自霸主将这个星球建成环网的工业枢纽之日起，还未曾有过这样的景象。

梵蒂冈派来更多士兵，对如何响应争论不休。

鲸逖中心曾一度是世界网的政治中心，而今却沦落成一个人口繁多、游人如织的花园星球，那里的叛变截然不同。尽管外世界旅客带来了伊妮娅那对抗十字形的病菌，但这个星球的问题主要集中在阿吉拉·茜尔华斯基大主教身上。她是个心机颇重的女人，在两个世纪前，就妄想接管星球总督一职，在鲸心上展开独裁统治。当初在众枢机中耍阴谋手段，意欲推翻永任教皇再次当选的幕后黑手正是这位茜尔华斯基大主教。但她功败垂成，只得在鲸心上筹划了一出模仿大流亡前宗教改革的运动，向天下宣布，鲸逖中心的天主教会从此将承认她为教皇，并将永远脱离“腐败”的星际圣神教会。由于她行事周全，一开始就买通了当地负责重生仪式的主教，控制了重生圣礼——也就控制了当地的教会。更重要的是，大主教用土地、财富和权势争取到了当地圣神军的支持，之后发动了史无前例的政变——圣神军政变，将鲸逖星系的多数高级官员都赶下了台，并以新教会的拥护者取而代之。大天使星舰倒没有用这种办法夺取，但有十八艘巡洋舰和四十一艘火炬舰船全力承担下了任务，防卫鲸心的新教会，还有它最新任的宗座。

星球上上万名忠诚的教会成员群起抗议，最后都被逮捕，被施以逐出教会的威胁——立即剥夺他们的十字形——然后被释放，但大主教（即新教皇）的新教会安全部队将会对他们施行密切监视。鲸心上有不少神职组织——最著名的是耶稣会——拒绝效忠。他们中大多数人都被悄悄逮捕，然后逐出教会，最后被处决。然而还是有几百人逃脱，散布在各地，进行着抵抗运动——起初是非暴力性质的，后来变得激烈起来。许多耶稣会士在从事平民化的神职工作前，曾在圣神军中服过役，担任过神父舰长，于是他们的军事本领又有了用武之地，在星球上掀起了大型的破坏运动。

乌尔班十六世和圣神舰队顾问斟酌着面前的选择。由于德索亚神父舰长不断地骚扰着圣神舰队，由于需要派送舰队前往几十个星球来平息伊妮娅病原体的叛乱，要在天山星球展开伏击也有一定的后勤需要，所以，向驱逐者发起的伟大圣战已经被延迟，原本意欲挥出的重拳脱离了路线。而现在，又发生了这次扰乱大局的叛变。马卢欣元帅的建议是不理会大主教创立的异教，等把政治和军队的根本目标达成，再回来收拾她，但教皇乌尔班十六世和国务秘书卢杜萨美打算转移二十艘大天使飞船、三十二艘老式巡洋舰、八艘运输舰、一百艘火炬舰船，让它们开赴至鲸逖中心——但它们用的是老式霍金驱动器，抵达鲸心将会造成好几个星期的时间债。一旦在星系内集合，特遣部队将奉命克制反叛军的抵抗火力，进入鲸心轨道，命大主教和那些拥护她的人立即投降，如果对方抗命不从，就动用武力，以新教的基础设置为目标，将星球整个摧毁。之后，数万名海兵将从天而降，登陆星球，占领余下的都市中心，重新确定圣神和圣母教会的统治。

在旧地星系的火星，虽然多年来圣神一直从太空中进行轰炸，从轨道上不断进行军事入侵，但叛变情况愈发恶化。两个标准月之前，在佛波斯流亡宫殿的一场自杀式核武袭击中，克莱尔·帕洛总督和罗伯逊大主教双双殉职，命享真死。圣神作出了惨无人道的回应，他们将附近行星带中的小行星转移过来，投进火星，还进行地毯式等离子弹轰炸，小行星轰炸后扬起了新的行星尘，他们便每夜进行切枪光束攻击，就像是无数致命的探照灯纵横交错地照过冻结的沙漠。虽然用死光会更加有效，但圣神舰队的计划人员只是以火星作为对象，杀鸡儆猴。

但结果却完全出乎圣神的意料。火星上经过地球化改造的环境，由于多年来缺乏维护，业已变得不太稳定，现在终于崩溃。现在，星球上有适宜呼吸空气的地方仅限于希腊盆地和另外几个低地势的区域。随着气压降低，海洋要么蒸发殆尽，要么在两极重归封冻状态，变成了永冻地壳。最后连绿植和树木也灭绝了，只剩下原始的白兰地仙人掌和钉莓果园，它们在这种近乎真空的条件下顽强地生存着。沙尘暴将会持续好几年，以至于圣神海军都无法派巡逻兵在这颗红色星球上活动。

但是，火星人——特别是好战的巴勒斯坦火星人——却适应了这种生活，早已准备好应对这一意外。他们放低姿态，继续坚持，时刻等待，一有圣神士兵登陆，便将他们杀死。其余火星殖民地的圣徒教士极力敦促进行最后一次纳米改变，以适应星球原来的面貌。成千上万人都赌了这一回，他们让分子机械改变了自己的身体和DNA，适应这个星球。

令梵蒂冈更加感到不安的是，人们以为早被消灭的火星战团如今又死灰复燃，他们的飞船一直隐藏在遥远的柯伊伯带，现在又现身了，并在旧地星系和圣神舰队的护卫舰展开了一系列游击战，空战就此爆发。在这些战斗中，虽然圣神舰队以一敌五，占有优势，但伤亡数量实在是大得无法接受，维持火星行动的代价实在是高得可怕。

马卢欣元帅和联合首领向教皇陛下提出建议，认为应该削减伤亡，暂且撇下旧地星系这个化脓溃烂的地方。元帅向教皇保证，这个星系的势力绝不会向外拓展。他还指出，由于火星已经不具防守能力，所以旧地星系已经不再有任何有价值的东西。教皇聆听了他的话语，但拒绝下令撤军。在每一次会议上，卢杜萨美枢机都会强调将旧地星系保留在圣神统治范围内的重要性（虽然只是象征性的）。教皇陛下决定稍后再作决定。于是舰船、人员、钱财和原料的大出血还在继续。

在无限极海，叛变已经是很久以前的事了，参与者主要是潜艇走私者、偷猎者、拒绝接受十字之道的一众倔强的土著，但由于伊妮娅传染源的到来，叛变的巨浪现又重新掀起。如今，无人护送的圣神渔猎舰队几乎已无法进入庞大的渔猎区。自动化渔猎船舰和孤立的漂浮平台受到攻击，沉至海底。越来越多的致命灯嘴鱼浮上浅水，圣神当局无法解决这些难题，简·凯莱大主教怒不可遏。米兰德里亚诺主教建议他控制一下自己的脾气，结果被凯莱逐出了教会。于是米兰德里亚诺转而宣布大南海脱离圣神和教会的控制，有上千信徒追随这位魅力无穷的领袖。梵蒂冈派出更多的圣神舰队舰船，但面对叛军、大主教军、主教军和灯嘴鱼这四方面的纷繁复杂的斗争，他们也束手无策。

在这片混乱和屠杀的背景下，伊妮娅的论道信息和共餐信息飞速地传播着。

叛变——暴力和心灵两个层面——在各处爆发：伊妮娅去过的那些星球，伊克赛翁、帕桃发、阿姆利则、格鲁姆布里奇·戴森D；在青岛-西双版纳，流传出搜捕各地非基督徒的消息，一开始引发了一片恐慌，接着圣神受到了无情的抵抗；在天津四丙，詹弩共和国宣布十字形携带者将被斩首；在富士星，伊妮娅的消息被圣神商团的叛变成员带来，就像行星火风暴一般传播开来；在沙漠星球维图-格雷-巴里亚那斯B，伊妮娅的教义经由来自“希毕雅图的苦涩”的难民携来，这些人终于明白，圣神的生活方式将会永远毁灭他们的文化，于是阿莫耶特光谱螺旋的人民开始了战斗。在战斗的第一月，吉罗唐巴市得到解放，很快，他们就包围了庞巴西诺。基地指挥官索尔兹涅科夫大叫着向圣神舰队求援，但梵蒂冈和圣神舰队指挥官都分身乏术，命他耐心一点，并威胁如果索尔兹涅科夫无法以一己之能解决叛变，就将他逐出教会。

索尔兹涅科夫最后的确解决了，但并不是以圣神舰队或教皇陛下赞同的方式：他向阿莫耶特光谱螺旋军求和，并签下停战协定，条件是只有得到土著的批准，圣神军才可进入乡村的地界。作为回报，庞巴西诺可以继续存在下去。

索尔兹涅科夫、冯纳拉上校和其他几名基督徒还在坐等梵蒂冈和圣神舰队的惩罚，但光谱螺旋的人民已经来到庞巴西诺开始贸易，被伊妮娅改变的平民也隐身其中，他们和士兵见面、对食对饮，而那些士兵又在垂头丧气的圣神男女间游走，述说故事，奉上共餐礼。许多人都接受了。

这些，当然只是那晚成百上千个圣神星球上发生的一些渺小事件。那是我在天山上度过的最后一个伤心夜。当然，我并没有猜测这些事件，但如果我能的话——如果我已经掌握了技巧，知道如何通过缔之虚了解到这些事情——那我也不会在乎。

伊妮娅爱过另一个男人，他们还结了婚，她没有提离婚或死亡……这段婚姻必定仍旧维系着。她甚至还有个孩子。

我在洛京和悬空寺以东的冰雪山脊上发狂般地行走了几个小时，不知道为什么，我在这草率的行动中并没有摔下悬崖，就此丧命。最后，我终于清醒了过来，沿着山脊和坐式升降绳返回。我还是想在天亮前回到伊妮娅的身边。

我爱她。她是我最挚爱的朋友。为了保护她，我会献出自己的生命。

一天之后，我得到了证明这句话的机会。在我回到悬空寺，和伊妮娅启程前往东方之后不久，又发生了一系列事件。它终于引发了那个将我们逼到走投无路的事件。

当时天亮还没过多久。湿婆阳元山下的那座古旧寺庙，如今已经成了基督徒的领地，寺庙中，约翰·多米尼各·穆斯塔法枢机、吴玛姬元帅、法雷尔神父、布雷克大主教、勒布朗神父，以及拉达曼斯·尼弥斯和她的两名兄妹，一众人等汇集一堂，正展开会谈。事实上，展开会谈的仅仅是在场的人类，尼弥斯和克隆人兄妹只是静静地坐在窗边，望着外面的云景，希文岭下的水獭湖周围，云层正不断地汹涌起伏。

“你确信叛变舰船‘拉斐尔’号已经被干掉了？”问话的是宗教大法官。

“绝对确信。”吴玛姬元帅回答，“但是，在将它轰成渣之前，它也将我们的七艘大天使战舰击毁。”吴玛姬摇摇头，“德索亚是个极其出色的战略大师。他的叛教行为，都是恶魔之子的诱惑所致。”

法雷尔神父倾身凑过擦得光亮的盆景木桌。“在你看来，德索亚或是其他人绝不可能幸免于难？”

吴玛姬元帅耸耸肩。“这是一场近轨道之战，”她说，“我们静等‘拉斐尔’号前来，等它近到地月距离后，我们才收网展开行动。有成千的碎片进入大气层，大多数属于我们不幸遇难的七艘飞船。看情形，这些人都遇难了，至少还没有探测到任何求救信号。如果德索亚那伙人有谁逃脱了，那他们的救生舱也很可能落进了毒气云中。”

“但是……”布雷克大主教开口道。一直以来他都是个沉默寡言的人，理智且审慎。

吴玛姬看上去一脸倦意，而且还有一丝怒意。“大人，”她麻利地说道，虽然说话对象是布雷克，但她却看着穆斯塔法，“如果你准许我们派登陆飞船、掠行艇、电磁车登陆，那我们就能解决这件事。”

布雷克眨眨眼。穆斯塔法摇摇头。“不，”他说，“按照命令，我们不得让军队在此现身，直到梵蒂冈下达捕捉女孩的最后一步命令。”

吴玛姬露出苦笑。“昨晚一役就发生在星球上方，那条命令显然已经没有任何用处。”她轻声说，“军队的登场景象，必定非常震撼。”

“的确，”勒布朗神父说，“我还从来没见过此等景象。”

吴玛姬元帅对穆斯塔法说道：“大人，这个星球的人没有能量武器，没有霍金驱动探测器，没有轨道防御，没有引力探测器……见鬼，就我们所知，他们连雷达或通信系统都没有。就算我们派登陆飞船或战斗机进入大气层搜救幸存者，他们也不会知道，和昨晚激烈的开火相比，根本不会有人注意的……”

“不。”穆斯塔法枢机说道，显然他已经作出了最后的决定。宗教大法官拉开衣袍，看了看计时器。“梵蒂冈的无人驾驶信使飞船随时会到，让我们静候最后的命令，等待着捕捉这个名叫伊妮娅的感染源。一切都应以此为优先。”

法雷尔神父揉揉瘦削的脸颊。“今天早上，总管事图拉给我来电，希望我们能给他安排个职位。看样子，他们那个老气横秋的宝贝——达赖喇嘛不见了……”

布雷克和勒布朗惊讶得抬起头。

“没关系，”穆斯塔法枢机说，他显然已经知道了这个消息，“现在，我们只需等此行的最后一个命令，抓住伊妮娅，除此之外，一切都无关紧要。”他看了看吴玛姬元帅。“你必须向你的瑞士卫兵和海兵军官打好招呼，一定不能伤到这个女孩。”吴玛姬一脸倦意地点点头。几个月来，她一直在重复聆听这样的简短指令。“命令何时能来？”她问枢机。

拉达曼斯·尼弥斯和她那两名兄妹突然站起身，朝门口走去。“等待已经结束。”尼弥斯噘起薄薄的嘴唇，笑道，“我们会把伊妮娅的首级带回来给你。”

穆斯塔法枢机和其余几人立即站起身。“坐下！”宗教大法官大叫，“我还没有命令你们行动。”

尼弥斯微微一笑，转身向门口走去。

屋内的神父们都在大叫，让·丹尼尔·布雷克大主教正在画十字，吴玛姬元帅伸手去拿手枪皮套中的钢矛枪。

接下来发生的事情快得让人无法察觉。空气似乎突然变得朦胧。片刻之前，尼弥斯、斯库拉、布里亚柔斯还站在门口，离他们八米远，片刻之后，他们便突然消失了，三个微微闪亮的铬银身影站在了桌旁穿着黑袍或红袍的人之间。

没等吴玛姬举起钢矛枪，斯库拉便拦在了她的面前。一条朦胧的铬银手臂挥过。吴玛姬的头颅滚过光亮的桌面。无头身躯站了几秒钟，自发的神经冲动命令右手手指钩紧，于是钢矛枪开火，将笨重桌子的桌腿炸得分崩离析，石地板也四分五裂。

勒布朗神父吓得跳到布里亚柔斯和布雷克大主教之间。那朦胧的银色身影将勒布朗开膛破肚，布雷克的眼镜也掉了，急急地跑进隔壁房间。突然，布里亚柔斯不见了，一秒钟之前朦胧身影站着的地方，现在空空如也，只听到一声轻微的气爆声。接着从那个房间传来一声短促的尖叫，几乎还没开始就已经没了声音。

穆斯塔法枢机看着拉达曼斯·尼弥斯，往后退却。每当他退后一步，尼弥斯便向前一步。她已经把身周的朦胧能量场取消了，但看上去仍然不像人类，还是那么凶恶。

“你们这些该死的臭东西，”枢机轻声骂道，“放马过来啊。我不怕死。”

尼弥斯扬扬一根眉毛。“大人，你当然不怕。但是，如果我告诉你，我要把这些死尸……还有那个脑袋……”她指指吴玛姬的头颅，那一双眼睛现在终于不再眨动，正茫然凝视着，“扔进下面的酸液海洋，不会有重生的机会，那你会不会改变主意？”

穆斯塔法枢机已经退到墙边，他停了下来。尼弥斯离他仅两步之遥。“你为什么要这么做？”他的语气仍然坚定。

尼弥斯耸耸肩。“从现在开始，我们的职责改变了。”她说，“大法官，你准备好了吗？”

穆斯塔法枢机画着十字，匆匆念了段《忏悔经》。

尼弥斯又微微一笑，她的右臂和右腿又变成了闪闪发亮的银色物体。她迈步向前。

穆斯塔法吃惊地望着。尼弥斯没有要他的命，而是以迅雷不及掩耳之势，迅速折断了他的左臂，又击碎他的右臂，踢断两条腿，两指插瞎他的双眼，但却没有伤及他的大脑。

宗教大法官感到从未有过的剧痛。在那熊熊的痛苦火焰中，他听到了尼弥斯的声音，仍旧那么平静，了无生气。“我知道，登陆飞船或‘吉卜利尔’号上有医疗箱，会将你恢复原样，”她说，“我已经给它们发了消息，它们马上就会来。回去见你的傀儡教皇，告诉他，我的主人要这个女孩的命。非常抱歉，但她必须死。告诉他们，以后一定要谨慎，如果内核众势力没有达成一致，就不要轻举妄动。再见，大人。希望‘吉卜利尔’号上的医疗箱会为你生出新的眼睛。我们即将展开的行动，值得你一看。”

穆斯塔法听到脚步声，门开的声音，之后一切沉寂下来，唯有一个人在痛苦地大叫。好几分钟后，他才意识到尖叫的人正是他自己。

我回到悬空寺时，迷雾中已经微微渗出了一丝曙光，但天还很黑，下着小雨，很冷。从固定缆索下来的时候，我终于从神志不清的状态中清醒了过来，所以我非常小心，还好如此——下山中途，制动工具在结冰的缆索上打了好几次滑，要不是安全绳拉着，我早已经掉进深渊一命呜呼了。

我到的时候，伊妮娅已经起来了，她已经穿戴完毕，正准备上路。她身上穿着一件热力滑雪衫，背着攀登轭具，穿好了登山靴。贝提克和罗莫顿珠穿着同样的衣装，两人的肩上都背着鼓鼓囊囊的尼龙背包，看上去很重。他们会和我们一起去。其他一些人是为我们送行的——西奥、瑞秋、多吉帕姆、达赖喇嘛、乔治、阿布等——他们似乎又伤心又焦急。伊妮娅还是一脸倦意，我觉得她昨晚肯定也没睡。我和她一起去冒险，还真是凑成了一对：看上去都很累。罗莫走到我跟前，把一个长长的尼龙背包递给我。真重，但我还是默默地背上了它。我拿起其余的一些装备，向罗莫说了说山脉缆索的状况——显然大家都以为昨晚我是无私地侦察路线去了——说完，我走了回去，看着我的挚爱。她看了我一眼，眼神中充满了渴求，我对着她点了点头。*没事，我准备好了，以后再跟你说。*

西奥哭了。我意识到，这是一次不太寻常的分离——虽然伊妮娅一再向两个女人保证，晚上来临前，大家就会团聚，但大家都觉得事实可能并非如此。不过，我在感情方面还真是个白痴，再加上当时太累了，所以都没多大反应。我从人群里走开了一小会儿，深吸了几口气，集中精神。接下来的几个小时里，如果想活下来，我必须发挥出全部聪明才智，提起十足的警惕。*热恋会带来一个难题，我想，那就是你会缺乏足*

够的睡眠。

我们从东部平台启程，沿着结冰的小道，往山沟飞速前进，中途经过我昨晚攀爬过的缆索，最后毫无意外地抵达了山沟。在不断游移的冰雪迷雾中，盆景木树林和山陵地带看上去像是正处于远古时代，如梦如幻。黑色的树枝会突然从迷雾中显现，水滴在我们头顶滴流。小溪和瀑布发出响亮的声音，听上去比坠进左边深渊的那条洪流还要响。

在山沟最东、最高的山坳上，有一些固定缆索，已经很旧，用起来不太放心，但罗莫还是在前面带头，爬到了那儿，他后面是伊妮娅，然后是贝提克，我殿后。我发现，虽然我们的机器人朋友缺了一条手臂，但爬起山来还是像从前那样得心应手，敏捷迅速。抵达山脉高处后，已经过了昨晚我走过的那条路——和昨晚走的路比起来，山沟就像是一条屏障。现在，我们走上了南部岩壁的一条极为狭窄的小道——破旧的道路，凸起的岩石，不时出现的冰地，碎石山坡——难题真的来了。我们头顶的山脉无处不是又湿又沉的雪塔和冰檐，所以必须小心行走。大家默声向前，甚至连小声嘀咕也没有，我们都知道，就算一点点轻微的响声，都会引发大雪崩，马上把我们从十厘米宽的小道上扫下来。到最后，路变得越来越难走，我们用一条绳索把四人系在了一起——四人分别用一根双股绳，用锁扣一端连接绳索，一端连接身上的索网轭具——这样一来，如果有谁摔下去，就会被其余人拉住，除非四人一起摔下去。罗莫在前面领路，他的步子前所未有的坚定，面对迷雾重重的虚空和结冰的裂沟，他迈出每一步都自信满满，换作我，肯定会犹豫不前。有了这根绳连着，我觉得大家都感觉好多了。

不过我还是不知道要去哪儿。我也不知道，从昆仑山往东延伸的这条山脉，会不会在经过洛京后，只继续延伸几公里，就突然到了尽头，戏剧性十足地落进几千米之下的毒气云中。在春季的某几个星期里，奇异的云海潮会往下降不少，剧毒水汽散去后，山脉也会重新出现，于是补给品商队、朝圣者、僧侣、贸易商和好奇之人就能从中原往东前往泰山，那是这个星球上最难以企及的居住区。据说，住在泰山上的僧侣从没回过中原或者天山星球的其他地方，无数代的僧侣在那高峰的最神圣之地，将自己的生命献给神秘的墓冢、寺院、仪式和寺庙。但现在天气很糟，我意识到，如果我们继续沿着这条路走下去，我们也不知道什么时候会走出汹涌的雨云，进入汹涌的水汽云，最后被毒气杀死。

我们没有往下走。沉默地走了几个小时后，我们抵达了中原东部边界处的悬崖。当然，现在看不到泰山，就算云层稍微散去少许，也只能看见前方潮湿的山壁、缭绕的迷雾和四周无处不在的云朵。

在东部边界有一条宽阔的山道，我们在那儿愉快地坐了下来，从背包中挖出冰冷的手抓饭，拿出水瓶喝水。在这块陡峭的山陵之上，覆着一些微小的肉质植物，在雨季丰润之水的灌溉下，他们已经长成了一个个胖墩。

吃喝完毕之后，罗莫和贝提克打开了我们背着的三个背包。伊妮娅也拉开了自己的包，她的包看上去比我们背的还要重。不出我的意料，我们的三个背包中装着尼龙、合金支柱和合金框，索具，在伊妮娅的包里，除了这些之外，还有两件拟肤束装和呼吸器，是我从飞船上带来的，但我几乎已经把它们忘了。

我叹了口气，朝东面望去。“这么说，我们是要去泰山。”我说。

“没错。”伊妮娅说。她开始脱衣服。

贝提克和罗莫转过头去，但一想到还有别的男人看过我挚爱之人的裸体，我就怒火中烧，心猛烈跳动起来。我控制住自己的情绪，拿出另一件拟肤束装，脱下自己的衣服，叠好放进背包中。天很冷，迷雾湿乎乎地黏在皮肤上。

在我和伊妮娅穿拟肤束装的时候，罗莫和贝提克开始装配翼伞。那身装束物如其名，紧贴肌肤，就像是第二层皮，但戴上轭具和呼吸器之后，看上去就端庄多了。连衣帽把我的耳朵裹在脑袋上，甚至比水肺呼吸器的帽子还要紧。帽子里的滤声器会传播出声音：当我们飞到空中时，它们就会成为一个通信器。

罗莫和贝提克用零件组装起四架翼伞。罗莫似乎是看出了我心中的问题，说道：“我只能为你们指出热气流的方向，保证你们乘上高速气流。到那个高度上，我可活不了。去泰山后回来的可能非常小，我也不想去。”

伊妮娅抓住这个壮汉的手臂。“你能领我们到高速气流上，我们已经感激不尽。”

勇敢的飞行师面红耳赤。

“贝提克呢？”我问道。说完，我便意识到自己提到了机器人朋友，但却好像把他当成了旁人，于是我转身看着机器人，说道：“你呢？你也没有拟肤束装和呼吸器。”

贝提克微微一笑。一直以来，我都觉得他那少见的笑容是我这一生见过的所有人类表情中最具智慧的——虽然严格意义上来说，我的这位蓝皮肤好友并不是人类。

“安迪密恩先生，你忘了，”他说，“按照设计思路，我比常人更能忍受极端的情况。”

“但是那么远的路程……”我开口道。泰山在东方一百多公里外，如果我们抵达高速气流，差不多也需要忍受一小时的稀薄空气……稀薄得难以呼吸的空气。

贝提克装好翼伞的最后一个零件，他做出来的这个东西真是漂亮，蓝色的三角形翅翼几乎长达十米。他说道：“我能忍受下来，只要我们运气好，安全地飞过这一段路。”

我点点头，开始装配自己的翼伞。我埋着头，没有继续提问，没有看伊妮娅，也没有问她为什么我们四人要冒着生命危险去那儿，忽然，我的小朋友走到我身旁。

“谢谢你，劳尔，”她的声音异常响亮，“你出于爱和友谊，为我做这些事。我从心底里感谢你。”

我一下子说不出话来，只能打打手势，尴尬得很——她只是在谢我，而另两位朋友已经准备好为她跳进虚空之中。但她的话还没完。

“我爱你，劳尔。”伊妮娅说。她踮起脚，亲吻我的嘴唇。当她退回去看着我时，一双黑色的眸子深不可测。“我爱你，劳尔·安迪密恩。我一直爱着你。我也将永远爱你。”

我站起身，不知所措，困惑不已。这时大家都将翼伞扣在了身上，站到了虚空的边缘。罗莫是最后一个穿上的，他要将每个人的装备检查一遍，首先是贝提克，然后是伊妮娅，最后是我，确保翼伞的每一个螺母、螺栓、锁扣、黏胶都准确固定。满意之后，他恭敬地朝贝提克点点头，然后极为训练有素地扣上了自己的红色翼伞，走到悬崖边。临近虚空的这最后的十米路途上，没有长什么多肉植物，仿佛它们也怕掉进深渊中似的。悬崖边的最后一块岩台很陡，还有很多雨水，非常滑。雾气又逼近了。

“这里的雾浓得像汤一样，我们会很难看到对方，”罗莫说，“大家要沿着左边盘旋，紧紧跟住前面的人，距离保持在五米之内。队列和我们刚才来时一样，伊妮娅是黄翼，跟在我后面。后面是蓝皮肤，蓝翼。最后是你，劳尔，绿翼。乘滑翔翼最危险的事情就是在云雾中跟丢对方。”

伊妮娅简练地点点头。“我会紧紧跟着你的。”

罗莫看着我。“劳尔，你和伊妮娅可以通过通信器交流，但这并不能帮你们找到对方。我和贝提克用手势信号交流。千万小心，别跟丢机器人的蓝翼。要是不幸跟丢了，就逆时针盘旋往上升，直到你飞出云层，到时候试着找到我们的队伍。在云层里盘旋飞行时，一定要保持圆形状态，驾着翼伞很可能飞歪，请随时校正，不然你们会撞上悬崖。”

我点点头，口干舌燥。

“好了，”罗莫说，“云层上再见。到那儿之后，我会为你们找到热气流和山脉的上升气流，将你们领到高速气流中。我要走时，会给你们打这样的信号——”他握紧拳头，直直刺了两拳，“你们要一直盘旋着往上升，越深入高速气流就越好。一直往大气层上方升，到你们觉得翼伞承受不了时，就停下来。到时候也许翼伞的确会承受不了。但如果你们不进入到高速气流的中部，就不可能抵达泰山。你们需要飞行一百一十公里的路程，才能看到第一座山肩，到那儿之后就可以呼吸了。”

我们都点了点头。

“愿佛陀对我们的愚行表以赞许。”罗莫说。他看上去非常高兴。

“阿门。”伊妮娅说。

罗莫没再说话，他转过身，从悬崖边跳了出去。伊妮娅紧随其后。贝提克扛着翼伞倾身向外，使劲一跃，便马上被云雾吞没。我快步疾行，紧跟而上。忽然间，脚下的岩石不见了，我倚身向前，在轭具中斜着身体，但已经跟丢了贝提克的蓝色翼伞。回旋的云雾让我不知所措、不辨方向。我拉了拉控制杆，微微倾斜滑翔翼，睁大眼睛凝视着浓雾，希望看见一架翼伞。但什么也没有。我这才意识到，刚才转弯转得太迟了。要么是控制杆松得太早了？我重新让翼伞保持水平，虽然感觉热气流正推着帆翼，但我并不知道自己是不是在上升，因为我已经完全变成了睁眼瞎。那迷雾像会导致某种类似雪盲的可怕效果。我没有细想，马上大叫起来，希望有谁会给我回话，给我引引方向。几米之外的正前方，马上传来一个男人的喊声。

是我自己的声音。声音从峭壁上传回，而我，即将迎头撞上。

尼弥斯、斯库拉、布里亚柔斯从湿婆阳元山的圣神领地徒步往南前进。太阳高高地挂在天空，东方厚厚的云层汹涌起伏。从圣神领地到布达拉宫，沿着库库诺尔山脉往西南方向的古老高道已经被拓宽，还建了一座特别的缆索平台，从那儿可以经过十公里的索道之路，从库库诺尔前往西南的冬宫。在这座新建的平台上，有一架特别为圣神外交人员安排的肩舆，它正挂在那儿的滑轮之上。尼弥斯如入无人之境，直接越过整排队列坐进肩舆，毫不顾忌台阶和平台上缓慢前行的穿着厚厚朱巴服的矮小之人。当她的两名兄妹也坐进笼中之后，她松开两个制动闸，肩舆飞速蹿过天堑。宫殿所在的那座山上，已经盖上了黑压压的乌云。

宫殿位于黄教山的东侧山壁，笔直朝下深入好几千米，在山的西侧有一列大型台阶，那儿站着一支由二十人宫殿护卫组成的队伍，手拿原始的长戟，或是拙劣的能量切枪，他们拦住了三人的去路。护卫队队长显得非常恭敬。“尊贵的来宾，请在此处稍候片刻，会有仪仗兵前来护送你进宫。”他俯首说道。

“我们想自己进去。”尼弥斯说。

二十名卫兵蹲伏在地，切枪挂在左臂，铁甲、柴羊毛、丝缎和精心制作的头盔组成了一道密集的墙壁。卫队长的脑袋埋得更低。“尊贵的来宾，请原谅卑职，但如果既没有请帖，又不需要仪仗兵，是无法进入冬宫的。尊贵的来宾，我请你们稍候片刻，或许你们可以到那座塔下遮遮阴，马上会有人来接你们。”

尼弥斯点点头。“杀。”她对斯库拉和布里亚柔斯说。那两名兄妹开始相移，而她则信步走进宫殿。

行进在层数众多的宫殿中时，三人都脱出相移状态，唯有在击杀卫兵和仆从时，才再次相移进入快时间。出了主台阶，他们一步步向帕郭卡灵——祈楚桥的西门——走近，总管事雷丁图拉挡住了他的去路，身边还有五百名禁卫军。这些士兵中，有几个手持刀剑和长枪，但多数拿着十字弓、步枪、拙劣的能量武器或导轨炮。

“尼弥斯司令，”图拉开口道，他微微埋下脑袋，但眼睛仍旧望着面前的女人，“我们已经听说了你们在希文岭的所作所为。你们不得再往前。”图拉对帕郭卡灵塔上的某个人点了点头，于是祈楚桥的黑铬桥身静静地缩进了山体中。最后只剩下顶部的那个巨大吊索，外围都是铁丝网和润滑胶。

尼弥斯笑了:“图拉，你在干什么？”

“上师去了悬空寺，”长着一张瘦脸的总管事说道，“我知道你为什么要来。我不会允许你伤害达赖喇嘛上师。”

拉达曼斯·尼弥斯笑得愈发灿烂，露出一口细牙。“图拉，你在说什么？你为了三十枚银币，把你亲爱的小男孩活佛出卖给了圣神。你难道还想讨要那些愚蠢的六面银币？”

总管事摇摇头。“和圣神达成的协议是你们不会伤害上师。但你们……”

“我们只想要那女孩的脑袋，”尼弥斯说，“不是你那喇嘛的。让你的人从我们面前滚开，不然格杀勿论。”

总管事图拉转过身，对着一排排的士兵喊着什么命令。这群人的表情非常严峻，忽然将武器举上了肩膀。他们挡住了去桥梁那边的道路，虽然桥已经不在。天堑中，乌云正不断翻涌。

“杀，一个不留。”尼弥斯说道，她开始相移。

罗莫曾对我们进行过滑翔机的操控训练，但我还从未真正有机会飞过。现在，悬崖从雾气中兀然现身，出现在我面前，我必须立即完成正确的操控，不然必死无疑。

我悬吊在轭具中，面前垂下一根控制杆，通过操控这根杆子，就能控制翼伞。我使出全身的力气，向右边探去，并将全身的重量压在控制杆上。翼伞倾了倾方向，但我立马意识到角度还不够大。翼伞沿弧线飞出，但照此下去，弧线的顶点位置将和山壁近在咫尺。除了控制杆，还有另外一套控制器——副握杆，可以让空气从左右两块背翼的前沿泄出——但这些用起来很危险，控制起来很复杂，仅限紧急情况使用。

山壁在朝我迫近，我已经能看见上面的青苔。这就是紧急情况。

我用力拉动左边的紧急控制把手，翼伞左侧的尼龙布张开了一条口子，就像一个狭长的钱袋开口，而此时右翼还在承受强劲的山脉上升气流，而左翼已经将空气泄出，仿佛仅剩铝制骨架，所以翼伞整个剧烈倾斜，几乎颠倒了过来，它像是要垂直落下，一头撞向山岩的样子，我的腿也被那股力甩到了两侧。靴子的确擦到了岩石和青苔，但此时翼伞已经开始垂直向深渊坠落，于是我松开了左把手，左侧的翼翅前沿由记忆布制成，立即恢复了原状，我又开始了飞翔——虽然那是近乎陡直的深潜。

沿着山壁往上的强劲气流就像起升的升降机一般迅速击中翼伞，我被猛地抬向高空，摆动回来的控制杆猛地砸中我的胸部，几乎把我砸得没气。翼伞一会儿猛地下降，一会儿往上攀升，试图画出一个马马虎虎的圆，不过半径足有六七十米。我又几乎上下颠倒地吊在那里，但这次翼伞和控制器在我头顶下方，而岩壁又出现在了正前方。

不好。等翼伞画完这个圆，我就会马上毙命。我猛地拉动右边的紧急把手，放出上升气流，开始头晕目眩的翻滚坠落，然后恢复翼伞，使劲拉住把手和控制杆，同时疯狂地扭动身体，恢复平衡和控制。云雾散去了少许，我清楚地看见了右手边二三十米外的悬崖，于是使劲力气和暖气流搏斗，让翼伞进入安全的路线。

最后我维持住了平稳状态，控制住了这架飞行装置，开始重新绕着左边盘旋上升，但这次非常非常小心，还好这次云雾已经散去，我得以判断和悬崖的距离，于是更使劲地推动控制杆，向右边倾斜。突然，耳边传来轻柔的声音。“哇！真好玩，再来一个！”

听到这声音，我吓了一大跳，转头向头顶和身后望去。伊妮娅明黄色的三角形翼伞正在我上方盘旋，上面压着密密的云层，就像是灰色的天花板。

“免了。”我说道，拟肤束装上的通信线路贴在我喉头上，那装置捕获了我的默念之声，“我猜，我刚才大出风头了。”我又抬头望了望她，“你怎么在这里？贝提克呢？”

“我们已经在云层上会合，你没来，于是我下来找你。”伊妮娅简单说道。她的声音很轻柔。

我感到一阵汹涌的眩晕——与其说是刚才猛烈的杂耍动作所致，不如说是因为想到她不顾一切的行为。“我没事，”我粗声粗气道，“就是想感觉一下上升气流。”

“嗯，”伊妮娅说，“那气流反复无常。为什么不跟着我上去呢？”

我照她的话做，要是自负下去，那我就没没命了。迷雾不断游移，她的黄色翼伞也忽隐忽现，但和在悬崖边瞎眼般的飞行比起来，这可容易多了。她似乎能清楚地感觉到山岩的所在，我们盘旋而上时，需要接住山岩旁的强劲暖气流，所以得和它保持在五米距离内，但从来没有飞得太近，也没有绕得过远。

没过几分钟，我们便出了云层。那感受让我屏住了呼吸——周围先是慢慢变亮，接着炫目的日光照射下来，我钻出云层，就像是一名泳者从大海的白浪中探出脑袋，蓝色的天空无边无际，令人晕眩，我眯着眼，眺望这一片光明之地。

在云海之上，只能看见最高的几座山峰和山脉：在遥远的东方，泰山闪着冰冷的光芒，峰顶一片白雪皑皑；恒山在北方，距离同样遥远。我们这条起始于洛京的山脉就像是一把剃刀般耸现于云海之上，一路往西而去；昆仑山脉就像是远方的一堵墙壁，从西北奔向东南；在更远更远的世界尽头之处，能看见一些壮丽的高峰：卓木拉日，帕那索斯山，干城章嘉，高野山，冈仁波齐山，等等。在遥远的帕里山脉外，有什么东西坐落在高处，正闪耀着日光般璀璨的光芒，我想那可能是布达拉宫，或是希文岭。不一会儿，我停止了呆呆的凝视，转回注意力，开始往高处升。

贝提克盘旋着飞近，他朝我竖了竖拇指。我朝他做了个同样的手势，接着抬起头，罗莫在我们上方五十米处，正打着手势：*靠拢。盘旋向上。跟紧我。*

大家按他的话照做，伊妮娅轻而易举地飞到了罗莫的身后，贝提克的蓝色翼伞紧随其后，我殿后，盘旋在机器人身下十五米之处，和他所在的圆相距三十米。

罗莫似乎非常清楚热气流的所在——有时候我们盘旋至西，迎上上升气流，接着重新盘旋往东。有时候我们似乎不再升高，但当我望向北方的恒山，便会意识到高度其实又上升了好几百米。我们时而缓缓爬升，时而缓缓盘旋向东，但泰山还在八九十公里之外。

天越来越冷，也越来越难以呼吸。我紧紧封住滤息面具，呼吸着纯氧，继续向上爬升。拟肤束装紧紧包裹着我，既像是耐压服，又像是保暖衣。罗莫穿着柴羊朱巴，戴着厚厚的手套，但我能看到他在颤抖。

贝提克赤裸的手臂上面已经结了一层冰。但我们还在盘旋上升。天正在慢慢变黑，景象愈发不可思议——星球弧面上，一座座山峰开始现出身影，遥远的西南方是楠达德维，更遥远的东南方是赫尔迦佛，希文岭之外是哈尼峰。

最后，罗莫的忍耐力到了极限。片刻之前我拉开了兜帽上的滤息面具，想看看这里的空气有多稀薄，当我试图呼吸的时候，那感觉就像是到了真空之中，我马上重新封住了薄膜。我无法想象罗莫在这么高的地方是怎么呼吸、思考、完成一个个动作的。现在，他打着手势，示意我们继续按照刚才的办法，乘着热气流往上升，接着拇指和食指扣成圈，朝我们打了个古老的代表“祝好运”的手势，最后打开三角形翼伞，放出空气，像一只托马斯鹰一般急速俯冲。片刻之后，红色的三角形便落到了几千米的下方，朝西方的山脉飞去。

我们继续盘旋上升，偶尔会从上升气流中掉出去，但每次都马上重新捕捉到了气流。我们正进入高速气流的底部区域，随着气流被吹往东部，但我们遵照罗莫的最后命令，抵制着直接转向目的地的冲动。我们现在还没到足够的高度，还没有足够强的顺风可以让我们完成八十公里的旅程。

和高速气流正面相遇，就像是驾着小舟突然进入了一条急速流淌的河流。伊妮娅的翼伞首先进入，那黄色的帆布开始剧烈震动，就像是受到了暴风的猛烈冲击，铝制骨架疯也似的弯曲起来。接着，贝提克和我也进入了其中，我们所能做的就只有在摇摆的轭具中保持平衡，握住控制杆，继续盘旋往上。

“太难了，”伊妮娅的声音出现在我耳边，“往东的势头太猛了。”

“不能往东。”我气喘吁吁道。我又让翼伞迎向了逆风，接住一股猛烈的垂直上升气流，朝上攀升。

“我知道。”伊妮娅的声音绷得紧紧的。我现在已经在她下方将近一百米之处，但还是能看见她小小的身影正奋力握着控制杆，两条腿挺得直直的，小脚丫子蹬在后面，就像是极限跳水运动员。

我左右四顾。明亮的圆日笼罩在一片冰晶似的光晕下，山脉几乎已经消失在了下方的视野中，而那座最高峰的顶峰此时就在我们身下，垂直距离离我们只有数千米。“贝提克怎么样？”伊妮娅问。

我用尽力气扭动身子，发现机器人正在我头顶盘旋。他似乎闭着眼睛，但我能看见他不时调整着控制杆。蓝色的皮肤上闪着冰霜的光芒。“我想他没事，”我说，“伊妮娅？”

“嗯？”

“圣神在希文岭和行星轨道上，他们可不可能窃听到我们的通信信号？”我的口袋里装着触显式日志通信两用装置，但我们已经决定，不到万不得已的时候，不要使用它召唤飞船。如果圣神通过拟肤束装的通信器信号抓到我们，甚至杀死我们，那也真是够讽刺的。

“不可能。”伊妮娅喘着大气。就算是有滤息面具和拟肤束装的呼吸器，空气还是非常稀薄，非常冰冷。“我们用的通信线是短程信号，范围最多五百米。”

“那就别走远。”说完，我集中注意力，继续往上升了几百米，紧接着那近乎无声的飓风猛烈捶打着我，将翼伞吹向东部。

气流强劲得像是猛烈的水流，我们已经坚持不了几分钟了。热气流没有缓缓减弱，它似乎是完全消失了，于是我们只能任高速气流摆布了。

“前进！”伊妮娅大叫，她已经忘了，其实只要轻轻说话，我就能听见。

我看见贝提克睁开了眼睛，他朝我竖了竖拇指。与此同时，我的翼伞也脱离了热气流，被吹向东去。速度快得真是不可思议，即使在这几近真空的条件下，我们似乎还能听见那猛烈的咆哮声。伊妮娅的黄色翼伞如离弦之箭般向东而去，贝提克的蓝色身影紧随其后。我奋力和控制器搏斗，终于发现自己根本是束手无策，无法改变哪怕一度的角度，只能无所事事地吊在那儿，任凭猛烈的气流推搡着我们，向东下方疾速飞去。泰山在前面闪着微光，但我们现在正极速下降，而山还在非常遥远的地方。在我们身下几千米外，在白色的云海之巅下，就是酸海形成的绿色光气云，它们正不断搅动，虽然看不见，但确是在等待我们的降临。

天山星系的圣神官员困惑不已。

当“吉卜利尔”号的沃玛克舰长收到来自希文岭圣神领地的怪异脉冲警报信号时，他试图呼叫穆斯塔法枢机和其他人，但却没有收到任何回应。没过几分钟，他派出了一艘作战登陆舰船，上面载着二十四名圣神海兵，还有三名医师。

上呈的秘密汇报令人费解。圣神寺院领地的会议室一片血污，凌乱不堪。到处泼洒着人血和四分五裂的脏器，唯一完整的躯体是宗教大法官，但他也被砍断了四肢，戳瞎了双眼。经DNA检测，最大的那片动脉血迹属于法雷尔神父。其余的血泊属于布雷克大主教和他的助手——勒布朗。但是现场没找到他们的尸身，也没找到十字形。医师在汇报中声称，穆斯塔法处于深度昏迷的休克状态，命不久矣；他们用野外医疗包尽力稳定住他的生命迹象，请求进一步的指示。是该直接让宗教大法官死去，继而重生，还是先把他运到登陆飞船的医疗箱，尽力治疗？这样的话，还要等上好几天他才能清醒过来，叙述出屠杀的真相。不然，医师可以使用维生系统，用药物将枢机唤醒，争取出几分钟的清醒时间来审问他——但这样一来，病人将会感受到剧痛，命悬一线。

沃玛克命他们稍作等候，继而通过密光向雷蒙皮埃尔元帅——特遣部队的指挥官——汇报。在天山星系外，好几天文单位远的地方，四十几艘飞船已经经历了和“拉斐尔”号的战斗，现在正在营救严重毁损的大天使飞船中的幸存者，同时等待着这两艘船的抵达：宗座无人驾驶飞船，技术内核机器人飞船，后者会将星球上全部人类的生命置于暂停状态。但两艘船一直都没来。雷蒙皮埃尔的所在地较近，在四光分之外，密光信息将会花上四分钟到他那儿，让他获悉一切，但沃玛克觉得他别无选择。信息以光速驰往星系外，沃玛克静静等待。

在旗舰“拉贵尔”号上，雷蒙皮埃尔意识到自己正面临着一个棘手的难题，几分钟内必须对穆斯塔法的生死作出决定。如果他让宗教大法官死，那么，两天周期的重生也将是可行的。枢机将会遭受很少的痛苦。但这样一来，在这期间这场屠杀的缘由——伯劳，土著民，恶魔伊妮娅的弟子，驱逐者——就无人知晓了。虽然雷蒙皮埃尔只花了两秒钟就作出了决定，但这条密光信息还是会产生四分钟的延迟才会到达沃玛克那里。

“让医师稳住他的生命迹象，”他向沃玛克发送密光信息，后者所在的“吉卜利尔”号正在天山星球的轨道上，“把他运到登陆飞船的维生系统中，弄醒他，加以审问。事情清楚之后，让自动诊疗室进行判断，如果重生比治疗来得快，就让他死。”

“遵命，长官。”四分钟后，沃玛克回复道，他将命令转给海兵。

与此同时，海兵正在扩大搜寻范围，他们使用电磁反推力包在湿婆阳元山周围陡峭的山壁间搜寻。他们用深层雷达探测兰错，也就是水獭湖，但既没找到水獭，也没找到失踪神父的尸体。领地内和宗教大法官的人马在一起的，本应有一队由十二名海兵组成的仪仗队，其中包括登陆飞船的驾驶员，但这些人也都一个不见了。他们对找到的零碎血肉和脏器，一一进行DNA检测，信息和大多数失踪人员都能对得上，但就是找不到尸体。

“是否要将搜寻范围扩大到冬宫？”担任小队首领的海兵上尉询问。这些海兵接受过特别指示，在技术内核的飞船抵达并将全部人置于昏睡状态前，绝对不能打扰到当地人——尤其是达赖喇嘛和他的那些人。

“稍等。”沃玛克回复道。他看见和雷蒙皮埃尔元帅进行通信的监视器指示灯正亮着。指挥网络上的通信触显也在闪烁。是“吉卜利尔”号上的探测玻璃罩中的情报员。“何事？”

“舰长，我们刚才在监控宫殿所在的区域。那里似乎发生了非常可怕的事。”

“什么事？”沃玛克催问道。他的手下以前从来不会这么含糊其词。

“长官，没看清楚。”情报员说道。这是一名非常年轻的女子，但很聪明，知道雷蒙皮埃尔也在听。“我们在用光学镜检测领地周围的整片区域。但请看看这个……”

沃玛克微微转过头，看着全息显像井中的大幅影像，他知道这信息正通过密光传送给元帅。是布达拉的冬宫东侧，似乎是从祈楚桥上方几百米的高空俯拍到的画面。

主桥面已经收回，看不见了。但在宫殿和桥梁之间的台阶上，在东侧的宫殿和哲蚌寺之间的狭窄山脊小道上，倒着几十具尸体——数百具尸体——血肉横飞，一地碎尸。

“我的上帝。”沃玛克舰长惊叹，他画起十字。

“在尸身中，我们发现了总管事雷丁图拉的脑袋。”情报员的声音很平静。

“**脑袋?**”沃玛克重复道。他随之意识到，自己这句无用的话语将会和其余信息一起被传送给元帅。不出四分钟，雷蒙皮埃尔元帅就会知道沃玛克说了句极为愚蠢的话。没关系。“还有什么重要人物吗？”他问情报员。

“没有，长官。”传来年轻军官的答复，“但现在他们正在各种广播频率上播报信息。”

沃玛克扬扬眉毛。到目前为止，冬宫从没发出过广播和密光信息。“他们在说什么？”

“他们用的是汉语和大流亡前的藏语，长官，”军官回复，但她马上又说道，“舰长，他们非常恐慌。达赖喇嘛失踪了，他的安保小队的首领也不见了。禁卫军的首领，苏康星王钱布将军也死了，长官……他们已经确认找到了他的尸身，但脑袋不见了。”

沃玛克看了看计时钟。密光信息已经飞了一半的路程。“情报员，这一切是谁干的？伯劳吗？”

“尚不知晓，长官。摄像头在别的地方，我们打算检查一下磁盘。”

“马上检查。”沃玛克说道，他已经等不及了。他向海兵中尉发送密光信息。“中尉，去宫殿。看看到底发生了什么事。我会再派五艘登陆飞船和作战电磁车下去，外加一艘武装直升机。尽一切可能，搜寻布雷克大主教、法雷尔神父或勒布朗神父的蛛丝马迹。当然还有那些仪仗兵和驾驶员。”

“遵命，长官。”

密光线路泛起了绿光。元帅已经接收到了最新的信息。但如果坐等他的命令，时间恐怕来不及。于是沃玛克向最近的两艘圣神舰船——最外围那颗卫星外的火炬舰船——发出密光信息，命他们进入战斗戒备，并飞进星球轨道，和“吉卜利尔”号同步运行。他可能需要这些火力。沃玛克曾见过伯劳犯下的暴行，想到这个怪物可能会突然出现在他的飞船上，便不由让他感到不寒而栗。他向火炬舰船“圣波纳文丘”号王舰上的塞缪尔斯舰长发去密光信息。“卡罗尔，”屏幕上出现了那名舰长惊讶的表情，沃玛克对他说道，“请进入战术空间。”

沃玛克接入插孔，马上站到了天山星球那闪闪发光的云海之上。蓦然间，塞缪尔斯从满天繁星的黑色天穹下闪现，出现在了他的身旁。

“卡罗尔，”沃玛克说，“下面有大事发生。我觉得是伯劳，这怪物又逃出了牢笼。如果你突然和‘吉卜利尔’号失去联系，或是听到我们胡言乱语的尖叫……”

“那我马上派三船海兵过来。”塞缪尔斯说。

“不，”沃玛克说，“你必须立即用熔烁武器向‘吉卜利尔’号开火。”

塞缪尔斯舰长眨眨眼，飘浮在一旁的信号灯也闪烁起来——雷蒙皮埃尔元帅的旗舰已经向他发来了密光信息。沃玛克脱出战术空间。

那条信息很短。“我立即让‘拉贵尔’号加速，完成一次星系内跃迁，跳往天山星球的重力井安全区。”雷蒙皮埃尔元帅脸庞瘦削，表情无比肃穆。

沃玛克张嘴想要向他的上司发表反对意见，但马上意识到，等他的抗议信息抵达那儿时，雷蒙皮埃尔的飞船早已在三分钟前完成了霍金驱动跃迁。于是他闭上了嘴。像这样的星系内跃迁非常危险——至少有四分之一的可能会发生灾难，夺去所有人的性命——但他明白元帅来此的原因，他必须赶到情报没有延迟的前线，随时随地下达命令。

上帝啊，沃玛克想。宗教大法官四肢尽断，大主教和其余人等都失踪了，而达赖喇嘛的东宫狼狈得就像是被踢翻了的蚁丘。天杀的伯劳老怪。携带教皇命令的宗座信使飞船呢？还有那艘向我们保证过的内核飞船呢？事情怎么就变得这么一团糟呢？

“舰长？”是出征部队中的那名首席海兵医师，他正坐在登陆飞船的医务室里，露出灿烂的笑容。

“说。”

“长官，穆斯塔法枢机醒了……当然，眼睛还看不见……还在经受剧痛，但是……”

“把他接上画面。”沃玛克立即命令道。

一张恐怖的脸庞出现在全息井中。沃玛克感觉到舰桥上的其他人都不由自主地瑟缩起了身子。

宗教大法官的脸上仍满是鲜血，他尖叫着，张嘴时露出鲜红的牙齿。眼窝破烂空洞，仅剩一条条扯裂的组织和如小溪般流淌的鲜血。

一开始，沃玛克舰长没有听明白枢机在尖叫什么。但不多久他便意识到了那是什么。

“尼弥斯！尼弥斯！尼弥斯！”

三个名叫尼弥斯、斯库拉、布里亚柔斯的人造人继续向东行进。

他们维持着相移状态，毫不在意这一过程所耗费的巨额能量。这些能量是从别处传来的，总之这不是他们所要担心的问题。他们的存在就是为了这一时刻。

在帕郭卡灵下，他们不受时间影响地完成了大屠杀，之后，尼弥斯领头，爬上塔楼，穿过吊起吊桥的巨型金属缆索。三人从容不迫地跑过哲蚌集市，在那呈现出琥珀色的浑厚空气中，一个个人形僵在原地，而三个移动的身影慢慢走过这一切。在帕里集市，数千个购物、浏览、大笑、争吵、推搡的人都变成了一尊尊雕像，尼弥斯不禁张开薄薄的嘴唇，微微一笑。她可以取下所有人的首级，而这些人都不会知道自己是怎么死的。但她另有目标。

到了帕里山脉的索道站台，三人终于脱出相移状态——不然缆索上的摩擦力会是一个大问题。

斯库拉，你走北面的高道，尼弥斯在通用频段上发出信息。**布里亚柔斯，你走中间那座桥。我来走索道。**

兄妹俩点点头，只见微光一闪，他们便不见了。站台上排着几十名乘客，尼弥斯推搡着往前，那名缆索师傅走向前，向尼弥斯发出抗议。现在正是一天中交通繁忙的时段。

拉达曼斯·尼弥斯一把举起缆索师傅，将他抛下平台。十几名男女愤怒了，一面叫嚷，一面向她挤来，看样子是想找她报仇。

尼弥斯从平台上一跃而起，抓住缆索。她身上没有滑轮，没有制动器，也没有攀登轭具。她仅仅是相移了非人类的手掌，便疾速沿着缆索向昆仑山滑去。在她身后，愤怒的人群一个个扣上缆索，紧追不舍——十几个，二十几个。看来缆索师傅受到很多人的爱戴。

尼弥斯穿过帕里山和昆仑山之间的巨大天堑，花了普通人滑行的一半时间。临将抵达时，她十分随便地减慢速度，继而一头撞向山岩，但在最后的时刻，她完成了相移。登陆平台后的悬崖被她撞得岩块剥落，出现了一个凹穴，她从里面走出，重新走到缆索那儿。

第一批尾随者顺着缆索的最后几百米呼啸而至，滑轮呜呜作响。地平线外，能见到一群群人正滑行而来，就像是细线上的一颗颗黑色露珠。尼弥斯微微一笑，将双手相移，高高举起，将缆索一砍而断。

几十名男女随着缆索一起坠落，但令尼弥斯惊讶的是，并没有多少人尖叫出声。

她慢步跑向固定缆索，徒手向上攀爬，并将它们一一砍断：上升缆索，下降缆索、安全缆索。在索道南部的山脉上，有五名武装人员向她走来，他们是来自西王母的昆仑保安队员。她仅仅相移了左臂，便将他们击落深渊。

尼弥斯向西北方望去，她调整了自己的红外和远望视野，将画面放大，定格在连接帕里山和昆仑山高道的那条盆景木竹桥上。她望着那条桥往下坠落，板条、藤蔓和支撑索一路扭动着落向西山，坠入了光气云。

搞定，布里亚柔斯发来信息。

这桥上有多少人？尼弥斯问。

很多。布里亚柔斯关闭了连接。

一秒后，斯库拉登录上线，**北桥坠落，我来负责高道。**

很好，尼弥斯发送信息。**洛京见。**

三人进入洛京的山沟时，便脱离了相移态。天正下着小雨，云层密得就像是夏天的雾霭。尼弥斯稀疏的头发紧贴在额头上，她发现斯库拉和布里亚柔斯的样子同她一模一样。人群为他们分出一条道，通向悬空寺的山道空无一人。

尼弥斯带头开路，向最后一座短吊桥走去，在前面的山道上，便是通向悬空寺的台阶。这座桥是伊妮娅在这里修缮的第一座人造设施——仅仅只有二十米长，坐落在一条狭窄的山沟之间，中间连着矗立在低矮山崖和云巅之上的白云岩尖顶。现在，这座滴着雨水的建筑正被雨云笼罩着。

桥对面的山崖小道上，站着一样东西，它正隐藏在密密的云层中。尼弥斯将视野转至热力影像，当她发现这个高大的身形没有辐射任何热量时，终于微微一笑。她用额头上的雷达向他发出探测信息，仔细研究这个身影：三米高，长满尖刺，四只超级大手上，是一条条刀刃般的手指，一身甲壳很容易反射雷达信号，胸前和额头上插着利刃，没有呼吸，肩膀上竖着铁丝网，额头竖着尖刺。

太棒了，尼弥斯发送信息。

太棒了，斯库拉和布里亚柔斯附和道。

滴水吊桥对面的身影没有任何反应。

我们安全降落到泰山，距离正正好好，差几米就会完蛋。从高速气流中脱出后，我们开始无可避免地朝下降落，但很平稳。云海之上有几股热气流，还有许多下降气流，上百公里旅程的前一半，时间只有区区几分钟，那是惊心动魄般的疾速飞驰，相比之下，后一半则是令人心跳骤停的坠落。我们一忽儿觉得自己会安全抵达泰山，一忽儿又觉得会坠入云海，甚至在翼伞撞入酸海之前，都不知道自己究竟什么时候会死。

我们的确落进了云海，但那是雨云，是水蒸气，是可以呼吸的云。我们三人尽量互相拉近距离，蓝色、黄色和绿色的三角形翼伞极为接近，金属骨架和帆布伞几乎相互碰触在一起，相比互相撞击导致一起坠落，大家更怕失去其中一个，更怕一个人孤独地死去。

虽然我和伊妮娅有通信线路，但在这段向东方而去的紧张下落过程中，我们仅说了一次话。云雾变得密集，我微微看见她那黄色的翼伞在我左手边，心里想着一些事，*她有了个孩子……她和另一个人结婚了……她爱着另一个人*，就在这时，耳边传来她的声音。“劳尔？”

“什么事，丫头？”

“我爱你，劳尔。”

我迟疑了片刻，心扑腾扑腾地跳着，但我心里马上涌起对伊妮娅的爱，刚才心里的空虚瞬间被一扫而光。“我爱你，伊妮娅。”我们在黑暗中迅速下落。我甚至觉得自己尝到了风中的腐蚀性味道……难道我已经到了光气云边缘？

“丫头？”

“嗯，劳尔。”她轻柔的声音出现在我耳边。现在，我们已经脱掉了滤息面具，但我知道……如果落入光气云里，面具可以解救我们。但我不知道贝提克能不能呼吸毒气。如果不能，那我和伊妮娅已经有了心照不宣的计划，那就是戴上面具，希望在坠进酸海前能飞到山崖边，尽力把机器人拖上山坡，拽出毒气云。我们也知道这个计划非常肤浅，经不起实践——当初初次降落到星球上时，飞船上的雷达探测显示，星球上的大多数山峰和山脉都陡直矗立在光气云间，如果要坠入毒气云，砸向酸海，那也就是区区几分钟的事。但是，聊胜于无，有计划总好过向命运投降。与此同时，我俩都掀开了面具，想多享受一下新鲜的空气。

“丫头，”我说，“如果你知道这行不通……如果你见到了……”

“我的死亡？”她替我说完我的话。换作是我，我不会说得那么大声。

我蠢头蠢脑地点点头。但云雾太密，她看不清我的动作。

“劳尔，那些都只是可能。”她轻声说，“但那次最有可能发生的死亡并不是现在这次。别担心，如果我觉得这次会是……死路一条，那我就不会叫你俩一起来。”虽然她的声音中含着紧张，但我也听出了一些诙谐的意味。

“我知道，”我真高兴贝提克听不到这次谈话，“我想的不是这个。”我想的是，或许她知道我和机器人会安全抵达泰山，而她自己却不能。但我现在已经不那么想了。只要我和她的命运仍旧纠缠在一起，我就会接受一切。“我只是在想，丫头，为什么我们又开始逃跑了。”我说，“被圣神追得四处逃命，我已经烦透这件事了。”

“我也是，”伊妮娅说，“相信我，劳尔，我们不是为了逃命而来这里的。哦，见鬼！”

这样的话真不应该从一名弥赛亚口中说出，但紧接着我便明白了她大叫的原因。一面岩壁突然出现在我们前方二十米处，碎石坡之间是一块块巨石，陡峭的山崖笔直落下。

贝提克在前面开路，他在最后时刻拉下控制杆，双腿从镫具中脱出，身上的翼伞就像是降落伞。他在地上蹦了两下，迅速卸下翼伞，脱掉轭具。罗莫曾经多次和我们说起，如果着陆在危险和风大的地方，必须迅速从翼伞中脱离，不然它就会把你拽下悬崖。这里显然是一个会被拽下悬崖的地方。

随后伊妮娅也着陆了，接着是我。三人中，我着陆的过程最惊险。我先在地上蹦得老高，接着几乎是陡直落下，不小心硌到了小石子，崴到了脚踝，于是跪倒在地，翼伞重重砸在头顶的巨石上，金属骨架弯折，帆布也破了。之后那翼伞向后倾覆，拽着我往悬崖边掉去，就同罗莫警告的一模一样。幸好贝提克及时抓住了左框架的支柱，伊妮娅也扯住了断裂的左侧板，两人稳住了翼伞，我乘机挣扎着从轭具中脱身，拖着背包，一瘸一拐地从残片中走出来。

伊妮娅趴到我脚边那块冰冷潮湿的石块上，脱下我的靴子，看了看我的脚踝。“只是扭伤，没什么大碍，”她说，“可能会发肿，但应该能走路。”

“很好。”我傻傻地说道。我正呆呆地感受着她赤裸双手对我赤裸脚踝的抚触，突然，她从医疗包中拿出一样东西，贴上我肿胀的皮肤，我感到一股冰凉，立马回过神来。

两人扶我起身，大家收好装备，于是手挽手，开始沿着湿滑的坡道往上，前往那片明亮的云雾之地。

我们爬上泰山的山坡，来到了阳光下。太阳正挂在高空。我已经脱下了拟肤束装的兜帽和面具，但伊妮娅建议我穿着束装，于是我留着它，只是在外面套上了保暖夹克，这样不至于看上去像是赤身裸体。伊妮娅也和我一个装束。而贝提克正揉搓着手臂，高空的低温几乎已经把他的皮肤冻得惨白了。

“没事吧？”我问他。

“没事，安迪密恩先生，”机器人说，“但如果在那个高度再待上几分钟……”

我朝山下的云层望去，我们已经把损坏的翼伞折叠起来，留在了那里。“我想，我们离开这里时，用不着那些翼伞。”

“对，”伊妮娅说，“快看。”

这时我们已经出了巨石和碎石坡的区域，来到了一片绿草茵茵的高地上，两边是高耸的悬崖。在长满肉质草的草地上，纵横交错的是柴羊的足迹和石头小道。冰雪融化而成的小溪潺潺地顺着岩石流淌而下，溪涧上还架着石板桥。远处有几个牧人面无表情地望着我们向高处爬来。现在，我们转过冰原下的一条之字坡道，抬起头，望向出现在眼前的一座建筑。它由白石建成，坐落在灰色的城墙上，看样子只有一个可能：一座庙宇。冰雪山坡一路延伸至蓝色的天际，在这蓝白两色的广袤空间中，这座建筑闪闪发亮，就像是一座圣坛。这时，伊妮娅指了指小径旁的一块白色巨石，光滑的石面上刻着一首诗：

岱宗夫如何？齐鲁青未了。

造化钟神秀，阴阳割昏晓。

荡胸生层云，决眦入归鸟。

会当凌绝顶，一览众山小。

——杜甫（旧地中国之唐朝）

就这样，我们来到了泰安。在那儿的山坡上，建有几十座寺庙，几百家商店、旅馆和农家，还有无数小型神龛，有一条热闹的街道，两侧摆着许多货摊，每个货摊都罩着一个明亮的帆布篷。这里的人都很好——这真是一个匮乏无用的词语，但我想，也就只有它合适——他们都一头黑发，目光明亮，牙齿雪白，肌肤健康，仪态举止充满了骄傲和活力。衣料有丝质和染色棉布，颜色鲜艳，但也有着雅致朴素的感觉。这里有许多僧侣，穿着橙色和红色的袍子。由于雨季时一向没外人来泰山，所以就算这些人瞪着眼睛朝我们看，我也不会觉得意外，但事实上他们的眼神都很友好，很亲切。实话说起来，街上还有许多人围在我们身边，叫着伊妮娅的名字，拉着她的手或袖子。我想起伊妮娅以前是来过泰山的。

伊妮娅指了指泰安市上面的一堵山崖，那儿有一块白色的巨石。在巨石的光滑一面上刻着很大的汉字，伊妮娅说是《金刚经》，是佛教的一部重要经典。它随时在提醒僧侣和过客，世间万物的根本本质就像是头顶这片浩瀚空无的蓝天。伊妮娅又指了指泰安城边上的一天门，那是一座巨大的岩石拱门，上部是红色的宝塔状屋顶。通往玉皇顶的两万七千级台阶，就是从这里开始的。

不可思议的是，竟然有人在那儿等着我们。在泰安市中心的庞大寺院中，一千两百多名红袍僧侣安静地盘腿而坐，排成整齐的队列，他们正等着伊妮娅的到来。驻留喇嘛跪地行礼，向伊妮娅致以敬意，伊妮娅扶他起身，抱了抱这位老者。接下来，我和贝提克坐到了垫着垫子的低矮讲台边，而伊妮娅开始简略地向众人演讲。

“去年春天，我和你们说过，我会在这个时候回来，”她轻声地说道，声音在巨大的大理石厅堂内清晰可闻，“现在我感到很开心，终于再一次见到了你们。你们中，有一些人在我上次来时便取得了共享礼，我知道，你们已经学会了死者的语言，学会了生者的语言，甚至还有一些人学会了聆听天体之音，并且，我向你们保证，你们很快就能走出第一步。

“从许多方面来说，今天是一个令人心痛的日子，但我们的未来是光明的，有希望，有改变。我很荣幸，你们能选择我作为你们的老师。我很荣幸，我们能一起探索这个难以想象的富饶宇宙，并分享这些经历。”她顿了顿，望了望我和贝提克。“这两位是我的同伴……我的朋友贝提克，我的爱人劳尔·安迪密恩。他们同我一起完成了此生最漫长的旅程，分享了其中的艰难困苦，他们也和我一起完成了今日的朝圣之旅。离开你们之后，我们将花上一天时间，穿过三座天门，进入龙口，最后，愿佛陀保佑，我们将前往碧霞祠和玉皇庙。”

伊妮娅又顿了顿，她望着一个个光秃秃的脑袋，一双双明亮的黑色眼睛。我明白，这些人不是宗教狂徒，也不是毫无头脑的仆人或自惩的苦行者，事实上，这一排排人，都是些有智慧、有渴求的机敏年轻男女。虽然我说“年轻”，但在一张张充满朝气的脸庞中，还有许多蓄着灰胡子、一脸皱纹的老者。

“我亲爱的喇嘛朋友告诉我，今天有更多人想要共享虚空的礼物。”伊妮娅说。

前排约有一百名僧侣跪在了地上。

伊妮娅点点头。“那就开始吧。”她轻声说。喇嘛拿出几壶酒，几只简单的铜杯。但伊妮娅没有立即倒酒并割破手指挤出鲜血，她说道：“但是，在你们享用这杯酒之前，我必须提醒你们，带来的变化将会是身体上的，而不是心灵上的。你们个人对上帝或悟道的追求，仍将维持原样。这次改变不会带来顿悟或救赎，而只是……改变。”

我年轻的朋友竖起一根手指，那根她即将割破的手指。“我的血液细胞拥有特殊的DNA和RNA结构，还有独特的病毒因子，它将入侵你们的身体，从你们的胃壁组织开始，一直扩展到你们身体里的每一个细胞。这些入侵病毒将化为你们身体的一部分……也就是说，它们将传承给你们的子孙。

“我已经将知识传授给你们的老师，他们也已经告诉你们，这项身体的改变将让你们更加直接地接触到缔结的虚空，当然是在训练后。由此，你们将学会死者的语言和生者的语言。最终，在经过更多的历练后，你们将可能聆听到天体之音，并真正走出第一步。”她将手指举得更高，“亲爱的朋友们，这不是比喻，而是真真切切的变异病毒。请谨记在心，你们将再也无法得到圣神的十字形，你们的子孙也不会。你们的基因和染色体的本质将发生改变，让你们永远无法得到肉体上的永生。

“亲爱的朋友们，这一共享之物将不会给你们不死之身，得到了它，死亡便将成为一条必经之路。我再说一遍——我不会给你们永生，也不会有顿悟。如果你们寻求的只是这些东西，那你们必须自己去寻找。我给你们的，只是对人类生命经历的一次深化，同其他分享人生之人建立联系的纽带，不管他们是不是人类。如果你们现在改变主意，那也没有任何羞耻之处。但享用这杯酒的人，就必须担起责任，会有一些不适，也会有非常大的危险，并且，你们也将成为传授虚空之道的老师，也将身携这一引导抉择之路的新病毒。”

伊妮娅静静等待了片刻，但几百名僧侣没有一个人离去。所有人仍旧跪在那儿，稍稍埋着脑袋，仿佛是在冥想。

“那就这么定了，”伊妮娅说，“愿你们一切如意。”她在手指上割了一刀，在每一个酒杯中滴进一滴鲜血，那些酒杯由多名年长的喇嘛举在身前。

杯子沿着队伍传下，仅仅几分钟之后，几百名僧侣便都喝过了一小口美酒。这时，我从垫子上站起身，打定主意想走到离我最近的那条队伍后，喝下这杯酒，但伊妮娅招招手，让我回到她的身边。

“还没到时候，我亲爱的。”她摸摸我的肩膀，在我耳边轻声说道。

我很想和她争论几句——为什么我不能喝？但我没这么做，只是默默回到贝提克身边。我凑到机器人旁边，低声问他：“你也还没喝过这杯酒，是吗？”

蓝皮肤的男子微微一笑。“没有，安迪密恩先生。我永远也不会喝。”

我正要问他为什么，但就在这时，共享礼结束了，一千两百名僧侣站起身，伊妮娅走到他们中间，一面交谈，一面握手。她扭回头，越过一颗颗光秃秃的脑袋朝我望来，我明白，我们该上路了。

尼弥斯、斯库拉和布里亚柔斯凝视着站在吊桥对面的伯劳，他们没有马上相移，而是先在真实的时空中对这名敌手品评了一番。

真是荒唐，布里亚柔斯发出信息，**保护孩子的恶魔。全身上下都是尖牙利刺，太可笑了。**

去跟古阿斯唠叨这些，尼弥斯应道。**准备好了么？**

准备好了，斯库拉回应。

准备好了，布里亚柔斯回应。

三人一齐相移。尼弥斯感觉到身边的空气变得厚重，光线变得像是墨汁，她知道，就算伯劳了无新意地将吊桥砍掉，对他们来说也没有任何差别：在快时间下，吊桥的下落过程将会花上数个时代的时间……这足够让他们三人来回穿行几千次了。

尼弥斯打头，三人成一列纵队走上了桥。

伯劳没有动，它的脑袋没有紧随他们的方向而移动，那双红色的眼睛发出暗淡的光芒，就像是深红色的玻璃反射着最后一丝夕阳。

有什么不对劲，布里亚柔斯发来信息。

闭嘴，尼弥斯命令道。**除非我开启链接，不然别上通用频段**。现在，她离伯劳已经不足十米远，那怪物仍然不作任何反应。尼弥斯继续穿过浓厚的空气往前进，最后迈步走上了坚硬的岩石地。斯库拉紧随其后，站到尼弥斯左手边的位置。布里亚柔斯走下桥，站到尼弥斯右边。他们离那海伯利安的传奇之物仅三米远。而它仍旧一动不动。

“快滚开，不然就受死吧。”尼弥斯从相移状态中脱出，对着那铬银雕像喊道。“你的时代早已一去不返。那女子今日必将是我们的囊中之物。”伯劳没有任何回应。

干掉它，尼弥斯对两名兄妹下令，同时重新相移。

伯劳消失了，它从时空中逃脱了。

时间波冲击着尼弥斯的身体，她眨眨眼，继而用全波谱视野扫描业已定格的周边环境。悬空寺中有一些人，但没有伯劳的踪影。

脱出相移状态，她命令道，兄妹两人立即遵命行动。整个世界明亮起来，空气开始流动，声音又回来了。

“找到它。”尼弥斯说。

斯库拉迈开大步，前进到八正道的“慧”轴上，其后顺着阶梯一路拾级而上，来到正见平台。布里亚柔斯迅速移动到“戒”轴，跃上正语塔楼。而尼弥斯取道第三条阶梯，也是最高的那条，朝高处的正念和正定塔楼跑去。她的雷达探测到最高的那栋建筑中有人，几分钟后她抵达了目的地。她先朝建筑和山壁扫描了一阵，确认没有隐藏的房间。正定塔楼中有一个年轻的女子，尼弥斯一开始还以为找到了目标，但她马上发现，虽然这名女子的年龄和伊妮娅差不多，但却不是她。这座雅致的塔楼中还另有一些人，其中包括一个年迈的女人，尼弥斯认出是在达赖喇嘛的宴会上出现过的金刚亥母，还有达赖喇嘛的传令员兼安保长，卡尔·林迦·威廉·永平寺，达赖喇嘛本人也在。

“她在哪儿？”尼弥斯问道，“那个叫伊妮娅的女孩在哪儿？”

没等大家开口说话，身为勇士的永平寺便以闪电般的速度从披风下掏出一把匕首，向尼弥斯掷去。

尼弥斯不费吹灰之力便躲了过去，就算不在相移状态，她的反应也比大多数人快得多。但当永平寺拿出一把钢矛枪的时候，尼弥斯便进入了相移态，她走到这名定格的男人旁，用相移场将其包裹起来，将他向移门外的深渊猛地投了出去。当然，在永平寺脱离能量场的包围圈之前，他的样子始终都像是被定在了半空中，似乎就是一只掉出鸟巢的笨鸟，飞不了，但也不想往下坠落。

尼弥斯转回身，面向男孩。她移出相移态。在她身后，永平寺发出尖厉的叫声，陡然坠向深渊。

达赖喇嘛大张着嘴巴，双唇成一个O形。对他和屋中另两个女子来说，永平寺就像是突然从他们眼前消失，然后突然出现在移门外的半空中，像是瞬间移动到了那儿，迎向了自己的死亡。

“你不能……”老迈的金刚亥母说道。

“你不许……”达赖喇嘛开口道。

“你不会……”尼弥斯猜这个说话的女人可能是瑞秋，也可能是西奥，两人都是伊妮娅的同谋。

尼弥斯没有开口。她转入相移态，向男孩走去，用能量场包裹住了他，接着举起他，带着他来到敞开的移门前。

尼弥斯！布里亚柔斯突然从正精进塔楼向她呼叫。

什么？

布里亚柔斯没有在通用频段上用言语叙述，而是花费更多的能量将全部视像信息发了过来。在他们头顶那墨汁般的空气中，一条聚变焰尾就像是一根蓝色的柱子定格在了那儿，是一艘太空船正在降落。

移出相移态，尼弥斯命令道。

众僧侣和老喇嘛用一只褐色的袋子为我们装了食物。他们还给了贝提克一套老式的增压服，我只在浪漫港的宇航博物馆中见过这种东西，他们甚至还想给我和伊妮娅也各来一套，但我们给他们看了看穿在保暖夹克下的拟肤束装。最后，一千两百名僧侣都来到一天门那儿向我们挥手送别，除了他们之外，还有两三千人也聚集过来，为我们送行。

在这条天梯上，除了我们三人外，就再也没有其他人了，所以爬起来比较容易，贝提克戴上了头盔，合上了透明罩，就像是戴上了个密封罩子，我和伊妮娅戴上了滤息面具。每条阶梯都足有七米宽，但一点也不陡，第一段路走起来非常容易，每隔几百级就会出现一块宽阔的平台。这些台阶的内部受到加热，所以就算我们已经来到了泰山中途这片常年冰冻和积雪的区域，整片台阶也仍然通行无阻。

没过一个小时，我们便来到了二天门，这是一座十五米高的拱门，顶上同样是巨大的红色塔顶。一段路之后，我们便开始攀爬龙口所在的近乎垂直的断裂线，此时，风开始大起来，温度急转直下，空气也变得非常稀薄。先前在二天门时，我们已经重新背上了轭具，现在，我们便将轭具和台阶两边的硬碳绳索相连，为防从这条越来越陡峭的阶梯上摔下或是被风刮下，我们调整了滑轮的夹具，将它变成了一个制动器。没过几分钟，贝提克便在透明头盔中充好了气，他朝我们竖竖拇指，于是我和伊妮娅封上了滤息面具。

我们奋力向上攀爬，目的地是一千米上方的南天门，整个世界落在我们身后。这景象是几小时以来我们第二次见到了。但这次我们每爬上三百级台阶便会短暂休息一下，站起身，喘口气，眺望照亮一座座高峰的正午阳光。我们已经爬过了一万五千级台阶，泰安已经消失在了冰野和山壁的好几千米下方。这时我意识到拟肤束装的通信线路又一次让我们有了私下交谈的机会，于是我说道：“丫头，感觉怎么样？”

“好累。”伊妮娅说。虽这么说，但她戴着滤息面具的脸却露出了一丝笑容。

“能告诉我这是去哪儿吗？”我问。

“山顶的玉皇庙。”伊妮娅说。

“我猜到了。”我抬起一只脚，迈到宽阔的台阶上，接着又抬起另一只脚，迈至下一级台阶。此时台阶穿过了一块冰雪悬岩。我知道，如果转回身往下瞧一瞧，我也许会被那股眩晕感征服。这比滑翔飞行可怕多了。“能告诉我**为什么**要爬到玉皇庙，而我们身后的一切都要见鬼去了呢？”

“你说见鬼去，是什么意思？”她问。

“我是说，尼弥斯和她那两个兄妹很可能在找我们。圣神显然是要行动了。一切都要完蛋了，而我们却在进行什么朝圣。”

伊妮娅点点头。稀薄的风咆哮起来，一如不久前我们飞入高速气流时那般。我们三人都埋下脑袋，弓着身体，慢慢向上攀爬，就像是扛着什么重物。我很想知道贝提克心里在想什么。

“我们为什么不能呼叫飞船，离开这鬼地方呢，”我说道，“如果我们最后还是要呼叫飞船，就赶快把事办完吧。”

虽然伊妮娅戴着面具，但我还是能看到她那黑色的双眼，眼眸中是深蓝天穹的倒影。“如果呼叫飞船，那就会有二十几艘圣神战舰如鹰身女妖般从天而降，”伊妮娅说，“没准备好，就不能这么干。”

我指了指陡峭的阶梯。“爬这座山就能让我们准备好？”

“我希望如此。”她轻声说，透过耳塞能听见她粗重的喘息。

“那上面有什么，丫头？”

我们来到了下一段三百级阶梯的起点。三人都气喘吁吁地停在了那儿，累得不想去看风景。我们已经爬到了浩瀚无云之地，天空几乎是漆黑一片。能看见几颗亮星，一颗小月亮正向天顶疾驰而去。或者，那可能是一艘圣神舰船？

“劳尔，我并不**知道**那上面会有什么，”伊妮娅的声音充满了倦意，“我只是一而再再而三地隐约看见一些东西……梦见一些东西……但每一次梦到的都不太一样。在我亲眼见到现实之前，我不想多说。”

我点点头表示明白，但事实上我在撒谎。我们又开始攀爬。“伊妮娅？”我说。

“嗯，劳尔。”

“为什么你不让我喝……嗯，就是那个……共享之酒？”

她扮了个鬼脸。“我不喜欢这个称呼。”

“我明白，不过大家都是这么称呼它的。你至少得告诉我……为什么不让我喝那酒啊？”

“劳尔，你还没到时候。”

“为什么？”我又感觉到内心波澜壮阔的怒气和失落，其中还混杂着对这个女子的爱。

“你知道我说的那四个步骤……”她开口道。

“学会死者的语言，学会生者的语言……嗯，对，我知道这四个步骤。”我几乎是不屑一顾地说道，同时疲惫不堪地把脚迈向这无穷无尽的阶梯，踏足于一块块大理石台阶上。

伊妮娅对我表现出的语气置之一笑。“人们一开始面对这些事的时候，往往会……执迷于此。”她轻声说，“我现在希望你能全神贯注，我需要你的帮助。”

听上去像那么回事。我凑向前，摸摸她穿着保暖夹克和拟肤束装的后背。贝提克朝我们看了看，点点头，似乎对我们的接触报以赞许。我告诉自己，他不可能听到我和伊妮娅通过拟肤束装进行的通话。

“伊妮娅，”我轻声说，“你是新时代的弥赛亚？”

我听到了她的叹息声。“不，劳尔，我从来没有说自己是弥赛亚，也永远也不想成为弥赛亚。我现在只是一个累极了的小女人……还受着头痛和腹痛的折磨……我今天刚来例假……”

她必定是见到了我震惊眨眼的表情。*好吧，见鬼，我心想，碰到弥赛亚抱怨经期综合征，并不是天天会有的事。*

伊妮娅咯咯地笑了起来。“劳尔，我不是弥赛亚。我只是被挑中成为传道者，我也在不断尝试，在……在我还办得到之时。”

听到这最后一句话，我不由得紧张得胃都抽紧了。“好吧。”我说。我们走完了三百级台阶，又停下来休息了片刻，喘气喘得更厉害了。我抬头仰望，还是看不见南天门的影子。虽然时值正午，但天空却漆黑一片，繁星璀璨，它们几乎不会闪烁一下。这时我意识到高速气流的咆哮声已经听不到了，泰山是天山星球的最高峰，顶峰刺向大气层的最外围。如果不是穿着拟肤束装，那我们的眼睛、耳膜、两肺都会像暴胀的气球一般爆炸，鲜血也会沸腾，还有……

我试图转移注意力，不去想这些。

“好吧，”我说，“但假设你**是**弥赛亚，你会带给人类什么样的消息？”

伊妮娅又咯咯地笑了起来，我注意到她的笑声中带着深思熟虑，而不是幼稚。“劳尔，假设**你**是弥赛亚，”她一边喘气一边说，“**你**会带什么消息？”

我大笑起来。由于已经处于近真空之地，所以贝提克不太可能听到这声音，但他面带疑惑地朝我看来，必定是见到了我扬起头的样子。我朝他挥了挥手，继续对伊妮娅说道：“我一点头绪也没有。”

“没错，”伊妮娅说，“当我还是个孩子时……我是说**小毛孩**，当时还没见过你……我就已经知道自己会经历这些事……我一直在想自己会带给人类什么样的消息。除此之外，我也知道自己还要传道，我是说，某种深奥的大道。就像是登山训众。”

我左右四顾，在这么高的海拔上没有冰，也没有雪。白净的台阶一路向上，穿越了一层层陡峭的黑岩。

“啊，”我说，“这里就是山。”

“是啊。”伊妮娅说，声音又显出了无比的疲惫。

“那你想出那是什么消息了吗？”我又问。与其说是想要答案，不如说是想让谈话继续下去，让自己分分心。她和我已经谈了一小会儿了。

她又笑了。“我一直在思索，”她最后说，“试图把这消息提炼到像登山训众那么既简短又重要。最后我意识到那没有什么用处——就像马丁叔叔在那段躁狂期试图超越莎士比亚一样——于是我决定把这条消息提炼得更短。”

“怎么个短法？”

“我把它缩减成三十五个字，太长。二十七个字，还是太长。几年后，我把它提炼到了十个字，仍旧太长。最后变成了四个字。”

“四个字？”我问，“哪四个？”

我们又走到了下一块休息区……第十七或十八块。我们愉快地停下了脚步，大口喘着气。我弯下腰，戴着拟肤束装手套的手撑在膝盖上，集中精神克服呕吐的感觉。我戴着滤息面具，要是呕吐的话，那可真是太失礼了。等我接上气，缓和好猛烈的心跳和粗重的喘息，便又问道：“哪四个字？”

“重新选择。”伊妮娅说。

我一边喘气一边思索着。“重新选择？”最后我说道。

伊妮娅笑了。她已经接上气来，正俯瞰着陡直的景色，而我甚至不敢望上一眼。她似乎还饶有兴味地观赏着，我真恨不得把她丢下山去。年轻人，有时候就是让人难以忍受。

“重新选择。”她坚定地说道。

“介不介意解释一下？”

“好。”伊妮娅说。“这是一个完整的概念，弄得简单一点。随便列举一个类目，你就能明白了。”

“宗教。”我说。

“重新选择。”伊妮娅说。

我大笑起来。

“劳尔，我没有跟你开玩笑。”她说。我们又开始往上爬，贝提克似乎正沉浸在自己的思绪中。

“丫头，我知道。”虽然话是这么说，但我也不是很肯定，“类目……啊……政体。”

“重新选择。”

“你认为圣神不是人类社会的进化终点？它带来了星际和平，是相当称职的政府，还有……哦，对……永生。”

“是时候重新选择了，”伊妮娅说，“另外，说到我们对进化的看法……”

“什么？”

“重新选择。”

“重新选择什么？”我问，“进化的方向吗？”

“不，”伊妮娅回答，“我指的是我们对进化的看法，比如它有没有方向。也就是说，我们关于进化的大多数理论。”

“嗯，那你同不同意教皇忒亚……也就是那位海伯利安朝圣者杜雷神父……在三个世纪前说过的一些话？他相信忒亚·德·夏丹的理论是正确的，认为宇宙在朝意识化和神性化发展，也就是所谓的欧米伽点。”

伊妮娅望着我。“你在塔列森图书馆读了很多书，是不是？”

“没错。”

“不，我不同意忒亚的理论……不管是很久以前的那位耶稣会士，还是短命的教皇。瞧，家母认识这两个人，杜雷神父，还有现在的这位冒牌货，霍伊特神父。”

我眨眨眼。我本以为自己了解这一切，但当伊妮娅提到这个现实……这跨越了三个世纪的联系……便不由让我踌躇了片刻。

“总而言之，”伊妮娅继续道，“过去一千年以来，进化学已经走进了死胡同。一开始，内核因为害怕基因工程的快速发展，生怕人类的爆炸式发展会演变出各种各样内核无法寄生的形态，于是积极反对这方面的研究。之后，霸主由于受到内核的影响，几个世纪以来都忽视进化学和生物科学的研究。而现在，圣神也非常怕。”

“为什么？”我问。

“为什么圣神会害怕生物学和基因学的研究？”

“不，”我说，“我想我明白这一点。内核想让人类保持在能够让它们安然寄生的形态，教会也是。在他们的定义中，辨别人类的关键词是手脚等器官的数量。但我想问你的是，为什么要重新研究进化的含义？为什么要重新开辟关于进化方向等等的争论？旧理论不是也很有道理么？”

“不。”伊妮娅说。我们静静地爬了几分钟，接着她回答道：“除了像忒亚那样的神秘主义者，大多数早期的进化学家都非常谨慎，在思考进化理论时刻意不去想有关‘目的’或‘目标’的问题。那是宗教，而不是科学。就算是关于方向的念头，对于大流亡前的科学家来说也是一种被诅咒的事。在进化学中，他们只能用‘趋势’这个词，差不多像是反复发生的统计学怪事。”

“然后呢？”

“然后就是这些目光短浅的偏颇之理，就像忒亚·德·夏丹的信仰一样。进化是有方向的。”

“你怎么知道？”我轻声问道，心里在想她会不会回答这个问题。

她马上做出回答。“有些是我在出生前就看见的。”她说，“通过我那赛伯人父亲和内核的联系。几个世纪以来，那些自主智能就已经完全理解了人类的进化，而人类还懵懂无知。身为超级寄生体，这些人工智能的进化方向只有一个，那就是更高层次的寄生。它们只能看着世上的生物和它们的进化曲线，要么旁观……要么出手阻拦。”

“那么，进化的方向到底是什么？”我问，“朝更高层次的智能前进？还是某种类神的集群意识？”我很好奇她对于狮虎熊的理解。

“集群意识，”伊妮娅说，“哎呀，还有比这更无聊、更讨人厌的东西吗？”

我没有吭声。我已经把这当成她在传道时用的方法，认为她在讲解她的理论：学习死者的语言等。我暗暗在心中记了下，下一回她讲解这些东西的时候我必须更加认真地听讲。

“人类的一切有趣经验，差不多都是个人经历、试验、解释、分享而得的结果，”伊妮娅说，“集群意识就是那种古老的电视广播，或是在数据网鼎盛期时的生命形式……交感式的白痴行为。”

“好吧，”我仍旧迷惑不已，“那进化到底走哪个方向？”

“朝更多的生命去。”伊妮娅说，“生命喜欢生命，道理非常简单。但让人惊奇的是，非生命也喜欢生命……而且想进入这个圈子。”

“我不明白。”我说。

伊妮娅点点头。“早在大流亡前的旧地上……在十九世纪九十年代……有一名来自俄国的生物学家，他就明白了这一点。此人名叫弗拉基米尔·维尔纳茨基，他创造了‘生物圈’这个词。而这个词，如果事情按我预想的那样发展的话，将会很快具有新一层的意义。”

“为什么？”我问。

“你会明白的，我的朋友，”伊妮娅说，她握住了我戴着手套的手，“总之，维尔纳茨基在一九二六年写过这样一句话——‘原子一旦被卷进生命物质的洪流，就不再乐意离去。’”

我沉思了片刻。我并不懂多少科学——我知道的那些都是从外婆和塔列森图书馆中学来的——但这句话听上去有点道理。

“一千两百年前，这句话被更加科学地归纳为多罗法则，”伊妮娅说，“它最根本的理论是进化不可倒退……像旧地的鲸鱼是个罕见的特例，它们在变成陆地哺乳动物后重新想变回水生动物。生命勇往直前……它一刻不停地寻找着可以侵入的新环境。”

“是啊，”我说，“就像人类坐进种舰和霍金驱动飞船，离开了地球。”

“并非如此，”伊妮娅说，“首先，我们贸然行动，是因为受到了内核的影响，而旧地也因掉进肚子中的黑洞而奄奄一息……这同样是内核的作品。其次，因为有霍金驱动器，我们跃出我们银河所在的这条旋臂，找到那些索美尺度极高的类地行星……总之，我们改造了大多数的星球，在上面播撒出众多的旧地生命，先是土壤细菌和蚯蚓，接着是你以前在海伯利安沼泽地中狩猎的鸭子。”

我点点头，但心里却在想，如果迁移到广袤的太空，除此之外还能怎么做呢？既然家园已经不在，我们都无法回家了，去那些景色和气息和家园稍稍类似的地方……又有什么错呢？

“关于维尔纳茨基的理论和多罗法则，还有一些更有意思的地方。”

“是什么，丫头？”我还在想鸭子的事。

“生命不会退缩。”

“怎么说？”问题刚出口，我便明白了。

“是啊，”我的小朋友说道，她知道我已经懂了，“一旦生命在什么地方落脚，它就会一直待在那里。随便你列举……极寒的北极地，旧地火星的冰冻沙漠，滚烫的热泉，像天山这儿的陡峭山壁，甚至是在自主智能的程序中……一旦生命的脚步迈到了门口，它就会永远留在那里。”

“这其中有什么深意？”我问。

“这是个充满智慧的见解……如果纯粹按它原来的意思看……那就是说，有朝一日，生命将充满整个宇宙，”伊妮娅说，“将会有一个绿色的银河，然后蔓延到比邻的星簇和银河。”

“这想法真让人感到不安。”我说。

她停下脚步，望着我。“为什么，劳尔？我觉得很美妙啊。”

“绿色植物我倒是见过，”我说，“虽然能想象得出绿色的大气，但那很怪异。”

她微微一笑。“不一定只有植物是绿色的。生命会适应不同的环境……鸟儿，乘坐飞机的男男女女，驾着翼伞的你和我，人类会适应飞翔……”

“那还没有成真，”我说，“但是，我的意思是，在这样一个绿色的宇宙中，有人类、动物，以及……”

“活的机器。”伊妮娅说，“机器人……无数形态的人工生命……”

“是啊，人类，动物，机器，机器人，不管是什么……都会适应整个宇宙……可我不明白这怎么才能办到……”

“我们会办到的，”伊妮娅说，“不用多久将会有更多。”我们又走完了三百级台阶，停下来喘着粗气。

“除此之外，进化还有别的什么方向？”重新开始攀爬时，我继续问道。

“递增的多样性和复杂性，”伊妮娅说，“几个世纪以来，科学家一直在来来回回争论这一点，但从长远看，进化毫无疑问喜好这两个特点。而在这两点之中，多样性更为重要。”

“为什么？”我问。她肯定是厌烦了我一而再再而三地问为什么，就连我都觉得自己像是个三岁小毛孩。

“科学家过去认为基本的进化机制是大量复制，”伊妮娅说，“这被称为差异化。但事实上并非如此。当生命的逆熵能——也就是进化——增加时，生命的基础构造的多样性往往趋于减少。看看旧地的那些遗孤吧，比如说，同一种基础DNA，但也会有同样的基础构造：管状肠道、辐射对称、眼睛、进食口、两性……差不多是从同一个模子中刻出来的。”

“但你不是说多样性很重要么。”我纳闷道。

“的确是，”伊妮娅说，“但多样性不同于基础构造的差异化。一旦进化获得了一个良好的基础构造，便会扔掉各种变体，把心思集中在那个构造之上，用它创造出近乎无限的多样性……成千上万属于同一组别的种族。”

“三叶虫。”我明白了她的意思。

“是啊，”伊妮娅说，“到了……”

“甲虫，”我又说道，“各种各样该死的甲虫。”

伊妮娅透过面具朝我微微一笑。“没错，到了……”

“虫子，”我继续道，“我去过的每个星球上，都有一大群一大群该死的虫子，全都雷同。蚊子。种类无穷无尽……”

“你明白了。”伊妮娅说，“当生物体的基本构造定下来，新环境开放之后，生命便像是开进了快车道。以这些生物体的基本形态为基础，通过对多样性稍稍调整，生命便安身于这个新环境之下。新物种。自从星际航行成为可能之后，在过去的一千年里，植物和动物出现了成千上万个新物种……并不都是通过生物工程制造出来的，有些仅仅是被扔到了新的类地星球上，便以疯狂的速度适应了新的环境。”

“三枝杨，”我能回想起的只有海伯利安上的物种，“常蓝植物。雌木根。特斯拉树？”

“这些是本地物种。”伊妮娅说。

“这么说，多样性是好的。”我试图找回原先的谈话思路。

“多样性是好的，”伊妮娅说，“就像我说的，它能让生命转入快车道，开始漫无目的地绿化整个宇宙。但旧地物种中，至少有一种完全没有产生多样性……至少在他们居住的那些美好星球上没有。”

“我们，人类。”

伊妮娅严肃地点点头。“自从我们的克罗马农祖先灭了尼安德特人之后，我们就一直卡在这个物种上，”她说，“现在是迅速改变的大好时机，但霸主、圣神、内核之类的机构不接受这样的发展。”

“人类机构也有多样性的需求？”我问，“宗教呢？社会体系？”我想到了维图-格雷-巴里亚那斯B星球上那些帮助我的人，德姆·瑞亚和德姆·洛亚一家人。我想到了阿莫耶特光谱螺旋和这个部族社会复杂而费解的信仰。

“当然，”伊妮娅说，“看那儿。”

贝提克在一块大理石板前停下了脚步，那块石板上刻着一些字，既有中文，也有早期的环网英语：

峨峨东岳高，秀极冲青天。
岩中间虚宇，寂寞幽以玄。
非工非复匠，云构发自然。
器象尔何物，遂令我屡迁。
逝将宅斯宇，可以尽天年。

——谢道韫（大将王凝之之妻）

公元四百年

我们继续往上爬。抬头望去，在下一段阶梯的顶部似乎有一抹红色的东西。是通向泰山顶峰的南天门？我们也差不多该到了。

“美吧？”我说道，指的当然是这首诗，“对人类的制度来说，难道延续性不比多样性重要？”

“那当然重要，”伊妮娅同意，“但是在过去的一千年来，人类差不多一直在这么做，劳尔……在不同的星球上重塑旧地的制度和概念。看看霸主，看看教会和圣神，看看这个星球……”

“天山？”我说，“我觉得它很棒啊……”

“我也这么觉得，”伊妮娅说，“但所有的一切都是借用的。虽然佛教有那么一点演变……至少没有了过度崇信，恢复了具有早期标志的思想开放……但除此之外的其他东西都是在重现随旧地一同失去的东西。”

“比如说？”我问。

“比如语言、服饰、山名、当地习俗……见鬼，劳尔，就连这条朝圣旅途和玉皇庙都是，如果我们到得了那儿的话。”

“你是说旧地上也有一座泰山？”我问。

“当然，”伊妮娅说，“还有泰安、天门、龙口。三千多年前，孔子曾亲自爬过这座山。但旧地上的这条天梯只有七千级。”

“我倒希望爬的是那座山。”我已经不知道自己还爬不爬得动了。虽然一级级台阶都很低，但这数目就实在让人头疼。“不过我明白你的想法。”

伊妮娅点点头。“保留传统当然是好事，但一个健康的生命体是会进化的……不仅是物质上，还有文化上。”

“又回到了进化这个话题上，”我说，“你说过去几个世纪来我们忽略了进化研究，那到底还有哪些方向、趋势或目标？”

“还有不少，”伊妮娅说，“一个是个体数量的大量增加。生命喜欢纷繁复杂的物种，但它也喜欢数不胜数的数量。从某个意义上来说，宇宙就是为个体而造的。塔列森图书馆里有本书叫《进化的等级体系》，作者是旧地的斯坦利·萨尔斯。你翻到过么？”

“没有，我一直在看二十一世纪早期的全息色情小说，肯定是被我漏掉了。”

“嗯，”伊妮娅说，“萨尔斯用一句话巧妙地作了概括——‘在有限的物质世界中，可以存在无限数量的特殊个体，只要那个世界在不断扩大，而他们又能互相寄居。’”

“互相寄居，”我重复着，仔细思索着，“是啊，我明白了，就像寄居在我们肠道内的旧地细菌，被我们拖进宇宙的草履虫，还有我们体内的其他细胞……世界越多，人就越多……没错。”

“重要的一点是人越多，”伊妮娅说，“世界上曾有数千亿人，但在陨落和圣神期间的这三百年，宇宙的实际人口数量——驱逐者不算在内——已经趋于平稳。”

“啊，节育措施是很重要的，”我重复着圣神在海伯利安上宣传的东西，“特别是在十字形让人类活过一个又一个世纪的前提下……”

“没错，”伊妮娅说，“当人造永生到来时……物质和文化就变得愈发萧条。这是假设事实。”

我皱皱眉。“但不能因为这个理由拒绝延长人类的生命，对不对？”

伊妮娅的声音听上去似乎非常遥远，就好像她在思索什么更加宏大的主题。“对，”她说，“当然不能。”

“还有什么进化方向？”我问。红色的塔顶已经出现在我们上方，我暗自希望对话会让自己远离坠落山崖的恐惧。

“值得一提的还有三项，”伊妮娅说，“递增的特性，递增的互相依存性，递增的可进化性。这三者都非常重要，但最后一项是最为关键的。”

“什么意思，丫头？”

“我是说，进化本身也在进化。这是必需的。就可进化性自身而言，它也是一种继承而来的生存特质。各种系统——不管是生命系统还是其他——都必须学会如何进化，并在一定程度上控制自身进化的方向和速度。一千多年前，我们……我是说人类……差一点就做到了这一点，但内核却将它从我们手中夺去。至少是从我们大多数人手中夺去。”

“‘我们大多数人’，这是什么意思？”

“劳尔，我保证不出几天你就会明白这一切。”

我们来到了南天门，穿过其拱状的入口。这是一座红色的拱门，顶上是金色的塔状屋顶。对面便是天街，一条缓缓的坡道，通向隐约可见的山顶。事实上，天街只不过是一条在赤裸的黑石间开辟出的小径。我们就像是走在旧地没有空气的月球上——这儿的条件对生命来说是有点苛刻了。我刚要对伊妮娅说生命不会踏足到这种环境中，话还没出口，她便领着我们偏离了小径，来到一座小型岩石庙宇外。这座庙建在陡峭的悬崖和裂缝间，离山顶有几百米远。有一扇非常古老的气闸门，看上去像是来自极早期的种舰。让人惊讶的是，伊妮娅上前启动按垫的时候，它竟然真的能用。我们三人站了进去，外门旋转关闭，内门打开了。我们走了进去。

这是个很小的房间，光秃秃的几乎没多少东西，只有一个插着鲜花的华丽青铜壶，一张矮座上放着几根绿色的树枝，还有一尊美丽的雕像，是一个真人大小、穿着袍子的女子，似乎是用黄金制成的，曾经应该是金色的。女人脸庞丰满，神态安详，像是一名女神佛。她似乎戴着一顶叶子编成的镀金冠，脑后是一个黄金圆，就像是基督的光环，真是怪异。

贝提克脱下头盔说道：“有空气，气压正合适。”

我和伊妮娅褪下拟肤束装的兜帽。能正常呼吸真是太好了。

雕像脚底处放着一把香烛和一盒火柴。伊妮娅单膝跪地，拿起火柴，点燃一支香烛。熏香的气味非常浓烈。

“这是碧霞元君，”她抬头望着那金光闪闪的笑脸，同样露出微笑，“曙光女神。只要点上这支蜡烛，我便许下了一个求孙的心愿。”

我刚想笑，但马上就僵住了。她有个孩子，我的挚爱已经有了一个孩子。我的喉咙绷紧了，我不得不把视线挪开，但伊妮娅走上前，抓住了我的手臂。

“现在来吃午饭吧？”她说。

我已经忘了装在褐色袋子中的午饭了。要是戴着头盔和滤息面具，吃东西可不会那么容易。

于是我们坐在昏暗的光线下，在这间没有窗户的房间里，在缭绕烟雾和阵阵熏香的陪伴下，吃起了僧侣们为我们准备的三明治。

吃完后，伊妮娅重新打开内部闸门。“现在去哪儿？”我问。

“我听说山顶东边有处地方叫舍身崖，”贝提克说，“以前是一个诚心献身之地。据说只要从上面跳下去，就能立即和玉皇交流，保证你的心愿得到了却。如果你真想抱孙子，也可以从这儿跳下去。”

我目瞪口呆地盯着机器人。我以前从来不知道他有幽默感，顶多只是表现出一丝歪理。

伊妮娅大笑起来。“先去玉皇庙吧，”她说，“看看有没有人在家。”

到了外面，隔着一层拟肤束装望向清净纯透的一切，我立即被震撼住了。但由于正午日光毫无阻隔地猛烈照下，滤息面具也几乎变得模糊起来。就连影子也非常刺眼。

离山顶和玉皇庙大约还有五十米的时候，一个身影突然从岩石后的黑暗阴影中走出，挡住了我们的去路。我以为那是伯劳，于是傻傻地握紧了拳头，但紧接着便看清了那是什么。

站在我们身前的是一个个子非常高的男子，他穿着一身真空作战装甲，配着切枪。标准的圣神舰队海兵和瑞士卫兵装束。透过抗冲击面罩，我能看见他的脸——皮肤黝黑，面容坚定，寸头竟是一头白发。那张黑色的脸庞上有新添的青灰色伤疤，那双眼睛并不友善。他扛着一把海兵级多功能突击步枪，现在举了起来，对准了我们。拟肤束装的频段上出现了他的信号。

“站住！”

我们停下了脚步。

那高个子似乎也不知道接下来该怎么办。

我的第一个想法是，圣神终于抓住了我们。

伊妮娅向前走了一步。“格列高里亚斯中士？”从拟肤束装的频段上传来她的声音。

男子昂起头，但并没有放下武器。即便在极度真空下，那把枪无疑也会完美地运作——不管是钢矛云、能量光束、带电粒子束、实弹，或是超动能武器。枪口正对着我的挚爱。

“你怎么知道我的……”高个子开口道，他似乎向后退了一步，“你是她。你是那个女孩，那个我们跨越无数星系寻找了那么久的女孩——伊妮娅。”

“没错，”伊妮娅说，“还有谁活着么？”

“三个。”名叫格列高里亚斯的男子说道。他朝右手边指了指，我勉强分辨出那儿有什么：一块黑色的岩石上留着一条伤痕，一堆黑漆漆的残骸，像是星舰的脱离舱。

“德索亚神父舰长在吗？”伊妮娅问。

我记起了这个名字。对德索亚和伊妮娅来说，十年前，他在神林上找到我们，将我们从尼弥斯手中救起，又将我们放走，我记起了他在登陆飞船无线电中的声音。

“嗯，”格列高里亚斯中士说，“舰长活着，但也差不多了。在我们那艘又旧又可怜的‘拉斐尔’号上，他被严重烧伤。要不是他昏迷了，让我有机会把他拖进救生船，他也早已和‘拉斐尔’一起化为灰烬了。还有两人受了伤，但神父舰长伤得最重，他快要死了。”他放下步枪，满面倦容地靠在上面。“真死……我们没有重生龛，我敬爱的神父舰长已经命我保证，在他死后将他轰成灰，而不是让他重生成一个没有头脑的蠢货。”

伊妮娅点点头。“你能带我见见他吗？我得和他谈谈。”

格列高里亚斯扛起沉重的武器，满面狐疑地望着我和贝提克。“这两位……”

“这位是我的挚友。”伊妮娅抓住贝提克的手臂。接着又握住我的手。“这位是我的挚爱。”

高个子点点头，转过身，带着我们爬上最后一段坡道，向山顶的玉皇庙挺进。

第三部

22

海伯利安离焦点星球天山几百光年远的地方，一位已经为人遗忘的老人从长久无梦的冰冻沉眠中苏醒，开始慢慢地觉察到周围的环境。他正睡在一张非触地式吊床上，一大摞维生组件包裹着他，仿若无数哺婴的猛禽轻轻抚触着他的身体，数以万计的管子、线缆和脐线正给他喂食、给他的血液解毒、刺激他的肾脏、用抗生素抑制感染、监控他的生命迹象，为了让他恢复生机，持续地侵犯着他的身体和尊严。

“啊，靠，”老头粗声粗气道，“我这么个老家伙，起个床可真他妈难受，简直就是在做吃屎般的噩梦。要是能从床上下来撒泡尿，我愿意付出一百万马克。”

“早上好，塞利纳斯先生，”诗人老头身旁有个女性机器人，她正通过一块漂浮着的生物监控器上观测着他的生命迹象，“你今天看上去精神好多了。”

“干这些蓝皮小娘们。”马丁·塞利纳斯嘟哝道，“我的牙呢？”

“还没长出来，塞利纳斯先生。”那个机器人说道。她名叫拉迪克，约有三百多岁……不过和飘浮在吊床中的木乃伊相比，这岁数还不及他的三分之一。

“随它去，”老头咕哝着，“反正也不会醒鸡巴太久。我睡了多久了？”

“两年三个月零八天。”拉迪克说。

这里是岩石塔楼的最高层，屋顶上的帆布已经卷了起来，马丁·塞利纳斯凝望着上方的天空。湛蓝色。从那淡淡的光线看来，应该是清晨或是傍晚。轻快飞过的辐射蛛纱闪着微光，但还没照亮它们半米长的薄脆翅翼。

“什么季节？”塞利纳斯勉强开口道。

“晚春。”那女性机器人回答。诗人老头的其他蓝皮机器人仆从陆续在房间内进进出出，做着难以理解的差事。只有拉迪克一直监控着诗人沉眠后苏醒的生命迹象。

“他们走了多长时间了？”他没必要特别解释所谓的“他们”是谁。拉迪克完全知道诗人老头指的是谁——不只是劳尔·安迪密恩，来到他们这座被遗弃的大学城的最后一个访客，还有女孩伊妮娅——早在三个世纪前，塞利纳斯就认识她了——而且他还希望有朝一日能再见她一面。

“九年八个月一星期零一天。”拉迪克说，“当然，都是按地球的标准算法。”

“咳咳。”诗人老头咕哝着。他仍旧凝望着天空。日光没有直接照射而下，而是透过卷至东部的帆布，泼洒在岩石塔楼的南墙上，但仍旧明亮得让他那垂老的双眼盈满了泪水。“我成了个黑夜老怪了，”他嘟哝道，“就像是吸血鬼德古拉。每隔几年从这该死的坟墓中爬出来，看看这个充满生机的世界。”

“是，塞利纳斯先生。”拉迪克没有反对，她在控制面板上改了几项设置。

“闭嘴，小娘们。”诗人说道。

“是，塞利纳斯先生。”

诗人老头呻吟起来。“拉迪克，我得等多久才能坐进悬椅？”

光着脑袋的机器人噘起小嘴。“还得等两天，塞利纳斯先生。也许两天半。”

“啊，真他妈见鬼，”马丁·塞利纳斯嘀咕着，“每次的复原工作都越来越花时间。总有一天我会醒不来的……这沉眠机器都不会有办法把我叫醒。”

“是，塞利纳斯先生，”机器人仍旧没有反对，“对于你的身体系统来说，每一次冰冻沉眠都越来越难熬，而且复苏和维生设备也太陈旧了。你说得没错，再来几次的话，你就再也醒不过来了。”

“哦，闭嘴。”马丁·塞利纳斯咆哮起来，“你真是个阴险可怕的臭娘们。”

“是，塞利纳斯先生。”

“拉迪克，你和我在一起有多久了？”

“两百四十一年十一月十九天。”机器人说，“按标准算法。”

“而你还没学会怎么泡上一杯香喷喷的咖啡。”

“没有，塞利纳斯先生。”

“但你还是放好了咖啡壶，是吧？”

“是，塞利纳斯先生。完全遵照你的指示。”

“是你妈的头。”诗人说。

“但在至少十二小时之内，你还不能从口中摄入液体，塞利纳斯先生。”拉迪克说。

“啊！”诗人说。

“是，塞利纳斯先生。”

几分钟的沉默，像是马丁·塞利纳斯又重新睡着了，但紧接着老头便说道：“那俩孩子有什么消息吗？”

“没有，先生，”拉迪克回答，“我们现在只能接入海伯利安星系的圣神通信网，而且，他们新使用的加密算法多数都很难破解。”

“有什么小道消息么？”

“就我们所知，还没有，塞利纳斯先生，”机器人回答，“圣神正处于动荡中……许多星系发生了革命，在偏地展开的针对驱逐者的圣战出了很多问题，在圣神疆域内也不断有战舰和运输舰发生起义运动……在一些高度加密和措辞慎重的信息内，有一些流言蜚语，提到了一个词：病毒感染源。”

“感染源，”马丁·塞利纳斯重复着，他微微一笑，露出空荡荡的牙床，“我猜，是那个孩子。”

“很有可能，塞利纳斯先生，”拉迪克说，“不过也有可能是那些星球真的发生了病毒性瘟疫……”

“不，”诗人几乎是猛烈地摇晃起脑袋，“是伊妮娅，是她的教义。就像北京流感一般蔓延开来，拉迪克，你不记得北京流感，对吗？”

“不记得，先生。”机器人说，她检查完读数，将组件设置到自动状态，“那事发生在我出生之前，在所有人出生之前。所有人，除了你，先生。”

照往常，诗人应该会吐出一长串脏话，但他仅仅只是点了点头。“我知道，我就是个怪物。只要掏两毛钱，就可以来看看这番杂耍……看看银河内最老的老家伙……看看这个会走路会说话的木乃伊……就像是……观赏一只苟延残喘的恶心怪兽。很怪，是不是，拉迪克？”

“是的，塞利纳斯先生。”

诗人嘟囔了一声。“啊，蓝皮小妞，别抱太大希望。在听到劳尔和伊妮娅的消息前，我可不会轻易咽气。我必须完成我的《诗篇》，在他们为我造出结局之前，我还不知道真正的结果。在我见到他们怎么做之前，我如何知道自己是怎么想的？”

“没错，塞利纳斯先生。”

“蓝皮小妞，别迁就我。”

“是，塞利纳斯先生。”

“差不多在十年前，那个小伙子……劳尔……问我他的任务是什么。我跟他说……营救伊妮娅……推翻圣神……摧毁教会的力量……不管地球在什么鬼地方，都把它带回来。他说他会帮我完成这些事。当然，当时他和我一样已经喝得烂醉如泥。”

“是的，塞利纳斯先生。”

“然后呢？”

“然后什么，先生？”拉迪克问。

“然后，有没有什么迹象表明他完成了这些他发誓要完成的事，拉迪克？”

“九年八个月前，从圣神的通信信息中，我们得知他和领事的飞船逃离了海伯利安，”机器人回答，“伊妮娅应该仍旧安然无恙。”

“是啊，是啊，”塞利纳斯嘀咕着，有气无力地挥着手臂，“但圣神被推翻了么？”

“就我们所知，还没有，塞利纳斯先生，”拉迪克说，“我刚才已经提到，圣神被一些小麻烦缠上了，从外世界来到海伯利安游玩的重生游客，数量也下降了一点，但是……”

“龟毛教会还在搞他们的僵尸事业？”诗人问道，原本微弱的声音稍微变强了一点。

“教会仍占有优势，”拉迪克回答，“接受十字形的沼泽人民和山区人民的数量每年都有增加。”

“干他娘的，”诗人骂道，“我想地球也没回到它该在的位置。”

“还没听到这件不可思议的事情发生，”拉迪克回答，“当然，我刚才说过，近年来我们的电子窃听术只限定在海伯利安星系内，而且自从领事的飞船载着安迪密恩先生和伊妮娅女士离开后，差不多十年来我们的解密技术都没有……”

“好吧，好吧，”老头说道，他的声音似乎又充满了极度的倦意，“让我进悬椅吧。”

“恐怕至少还得等两天。”机器人重复道，声音很平和。

“滚一边凉快去。”诗人又骂道，他飘浮在一堆管线和传感线缆中，“拉迪克，能推我到窗边吗？求你了。我想看看春天的茶马树和旧城的遗迹。”

“好的，塞利纳斯先生。”机器人回答。能为老头做些监控生命体征之外的事，她显得格外高兴。

整整一个小时里，马丁·塞利纳斯就那么望着窗外，极力控制着苏醒后的剧痛和心底里意欲回到沉眠状态的可怕冲动。晨曦微露，他体内的音频植入物将清脆的鸟鸣传到他耳内。诗人老头怀念他的义女，那个称自己为伊妮娅的女孩……他怀念他的挚友布劳恩·拉米亚，伊妮娅的母亲……在很久以前最后一次的伯劳朝圣途中，有相当长一段时间他俩都水火不容，势不两立……他想起他们当时互相讲述的故事，想起他们亲眼见到的一切……他想起光阴冢山谷中的伯劳，它那闪着红色的双眼……他想起那位学者……叫什么名字来着？……索尔……还有那个睡在襁褓中的婴孩，正逆着时光之路向虚无成长……他想起那位军人……卡萨德……对，卡萨德上校。诗人老头从没把军队的蠢驴放在眼里过……军队里的所有人……但卡萨德说了一个有趣的故事，也有一段有趣的生命经历……还有那位神父，雷纳·霍伊特，就是个白痴假道学，但是一开始那一位……那个双眼充满悲伤、带着皮本日志的人……保罗·杜雷……倒是一个值得大书特书的人……

晨曦慢慢灌进屋内，泻在马丁·塞利纳斯的身上，照亮他身上无数的皱纹和仿若羊皮纸般的透明皮肤，皮下的蓝色静脉毫发毕现，它们在富丽的光线下孱弱地搏动着，马丁慢慢地陷入了沉眠。他没有做梦……但诗人头脑中的一部分已经开始勾画从未完成的《诗篇》的下一个章节。

格列高里亚斯中士没有夸大其词。德索亚神父舰长在“拉斐尔”号的最后一役中遭受了严重的创伤和烧伤，濒临死亡。

中士已经把我、贝提克和伊妮娅领进了玉皇庙。这座建筑同这次会面一样怪异。庙外有一块巨大的无字石碑，表面非常光滑，伊妮娅曾简要提及这块碑的来历，它来自于旧地上原来的那座玉皇庙，数千年来它一直矗立在那座门外，虽有众多朝圣者络绎不绝地前来，但从未有人在上面题过字。庙内的殿院已经经过密封并加压，里面回声不绝，有一条岩石台阶绕过一块巨石（那其实是泰山顶峰）。在庞大庙宇的后部，建有一些为朝圣者而设的小型睡房和膳房，在其中一间房间中，我们见到了德索亚神父舰长和另两名幸存者。除了格列高里亚斯和垂死的德索亚，还有另两名男子：武器系统官单卡雷遭受了严重的烧伤，昏迷不醒；霍根·利布莱尔是四人中受伤最轻的，格列高里亚斯说他是"拉斐尔"号的"前任"副官，他只是断了左臂，那条胳膊被吊在吊带中，除此之外没有任何烧伤或受冲击而成的淤伤，但这名瘦削的男子身上有一丝宁静和孤僻的意味，就像是正处于休克中，或是正在沉思什么事情。

伊妮娅的注意力立刻回到了德索亚神父舰长身上。

屋内有几张为朝圣者设置的普通小床，神父舰长正躺在其中一张上，赤着上身，不知道是格列高里亚斯脱掉了他上身的制服，还是在遭受冲击波攻击或在重返大气层时就已经烧毁。裤子已经四分五裂，两条腿光着。他身上唯一一处没有严重烧伤的地方，便是胸膛上的十字形寄生物——它呈现出健康的粉红色，又显得相当恶心。德索亚的头发都被烧光了，脸上划上了一道道的疤痕，显然是液体金属和辐射所致，但我一下子就看出他曾是个容貌出众的人，最惹人瞩目的是那双清澈、充满忧虑的褐色眼睛，就算是正在经受一波波势不可挡的痛楚，那眼神仍旧充满了神采。有人已经给他全身上下敷上了烧伤药膏，用上了临时表皮疗伤药和液体消毒剂，并使用了救生船上的标准医疗箱静脉点滴，但这一切对这名垂死的神父舰长来说都不会有什么效果。我以前见过这样的烧伤情况，并不是都是发生在星舰遭遇战。在冰架战役期间，我有三个朋友受伤，由于没有医疗直升机救他们出去，所以他们几个小时后便死去了。他们的尖叫声恐怖得令人无法忍受。

德索亚神父舰长却没有尖叫，看得出来，他正强忍着剧痛，咬紧牙关不喊出声，那双眼睛紧紧盯着什么东西，直到伊妮娅跪到了他的身旁。

一开始，他没有认出她。“贝茨？”他咕哝道，“是……环系官……阿盖尔吗？不……你战死了。其他人也是……坡·丹尼斯……打算放下船尾救生船的以利亚……还有右舷船体破裂时的那几个年轻士兵……可你看上去……好熟悉。”

伊妮娅想要抓住他的手，但发现德索亚失去了三根手指，于是把手伸向污迹斑斑的毯子，贴到德索亚的手旁。“神父舰长。”她轻柔地唤道。

“伊妮娅，”德索亚说道，那双暗沉的双眼终于第一次聚焦在她身上，“你是那个孩子……那几个月来，我们一直在追你……我看着你从狮身人面像中出来。你是个不可思议的孩子。很高兴你还活着。”他将目光移至我身上。“你是劳尔·安迪密恩，我看过你在地方军服役的档案。我们在无限极海上差一点抓到你。”一波剧痛席卷过他的身体，神父舰长闭上双眼，牙齿紧紧咬着烧伤的血淋淋下唇。过了片刻，他睁开眼睛，继续对我说道：“我手里有一件属于你们的东西，一件私人装备，在‘拉斐尔’上。宗教法庭结束调查之后，便把它给了我。我死后，格列高里亚斯中士会把它还给你们。”

我点点头，但事实上完全不知道他在说什么。

“德索亚神父舰长，”伊妮娅低声道，“费德里克……能听见我的话吗？你还清醒吗？”

“能。”神父舰长喃喃道，“止痛剂……叫格列高里亚斯中士不要用……不想永远睡下去。不想平静地离开。”又是一波剧痛。德索亚的颈部和胸部的伤痕遍布，裂着一道道大口子，就像是烧伤的鳞片。他身下的毯子上已经流上了一大摊浓液。他闭上双眼，等着痛楚的潮水退去，但这次持续得更长。我突然想起自己经受肾结石的剧痛时是怎样蜷缩起身子的。我试图想象这个男人正遭受着怎样的折磨，但却想象不出。

“神父舰长，”伊妮娅说，“有个办法可以让你活下来……”

德索亚猛烈摇头，他已经不管这动作会带来多大的痛楚。我发现他的左耳几乎已经烧焦了。就在我看着他的时候，一小片焦片剥落下来，落在了枕头上。“不！”他大叫起来，“我和格列高里亚斯说了……不要不完全的重生……变成白痴，不男不女的白痴……”他咳嗽起来，露出焦黑的牙齿，不过那也可能是在大笑，“作为一名神父，已经受够了。总之……我已经厌倦了……厌倦了……”他举起手，用黑糊糊的右手指根拍了拍血肉模糊的胸脯上那粉红色十字形，“就让这东西和我一起赴死吧。”

伊妮娅点点头。“神父舰长，我不是说重生，我是说展开真正的新生，治愈。”

德索亚似乎想要眨眼，但他的眼睑已经烧得参差不齐了。“不想再做圣神的囚徒……”他挤出这几个字，每一次都艰难地吸上一口气后才说出话来，“把我……处决。我……应得的。杀了太多……无辜的……保卫……朋友的……男女。”

伊妮娅凑近了些，让德索亚看着她的双眼。“神父舰长，圣神还在追杀我们。但我们有一艘飞船，船上有自动诊疗室。”

格列高里亚斯中士原先正疲惫地靠在一面墙上，现在他迈步走向前。名叫单卡雷的男子仍旧昏迷不醒。霍根·利布莱尔显然正迷失于自己的不幸之中，没有任何反应。

伊妮娅又重复了一遍，这回德索亚终于听懂了。

“飞船？”神父舰长问，“你们乘着它逃亡的那艘古老的霸主飞船？没有任何武装，对吗？”

“对，从来就没有过。”伊妮娅回答。

德索亚又摇摇头。“那些大天使……飞船……突然扑向我们……肯定有五十多艘。现在应该……还有……不少。不可能……跃迁逃走……”痛苦再次袭来的时候，他闭上了参差不齐的眼睑。这一次，那剧痛几乎把他卷走了。等他回过神来时，就像是从什么遥远的地方回来的。

“没事，”伊妮娅低声道，“这件事用不着你担心，你就给我好好地待在医疗箱里。但在这之前，你只需要做一件事。”

德索亚神父舰长似乎已经累得说不上话，但他还是转过头，凝神倾听。

“你必须摒弃十字形，”伊妮娅说，“你必须放弃这种不死的方式。”

神父舰长焦黑的双唇动了动。“我很乐意……”他喘息道，“但很抱歉……一旦接受……十字形……再也……无法……放弃……”

“不，”伊妮娅细语道，“可以。如果你选择这么做，我能将它赶走。我们的自动诊疗室很老，如果你体内还有十字形寄生物，装置就无法治愈你。我们的飞船上没有重生龛……”

德索亚伸手向伊妮娅探去，用他那缺了三根手指、生满鳞片的手紧紧抓住伊妮娅保暖夹克的袖子。“我死也没关系……没关系……只要能把它赶走。把它赶走。如果……你能……帮我……我就能……像堂堂正正的……天主教徒一样死去……把它赶走！”他大声喊出了最后一句话。

伊妮娅转身望着中士。“有杯子吗？”

“医疗箱里有个大杯子，”高个子粗声粗气道，他摸索起来，“但我们没有水……”

“我有。”伊妮娅说着，从皮带上拿下保温瓶。

我以为那是酒，但事实上只是水，是我们离开悬空寺时带的，这趟漫长的旅途让那一切恍如隔世。伊妮娅没有费心去用酒精棉或消毒刀，她朝我招招手让我过去，从我皮带上拿下狩猎刀，在手指上迅速一划。我不由得缩了缩身子。鲜红的鲜血流了下来。伊妮娅将手指在透明的塑料杯中蘸了一蘸，仅一秒钟，几股浓稠的深红色血液便扭动着溶进了水中。

“喝下这个。”她对德索亚神父舰长说，同时扶起垂死男子的脑袋。

神父舰长喝了一口，咳了一声，又喝了一口。当伊妮娅让他重新躺回污迹斑斑的枕头上时，他闭上了双眼。

“不出二十四小时，十字形便会消失。”伊妮娅低声道。

德索亚又发出那刺耳的咯咯笑声。“我马上就要死了，不出一小时。”

“不出十五分钟，你就会进入自动诊疗室。”伊妮娅摸了摸德索亚完好的那条胳膊，“现在……好好睡一觉……但别死，费德里克·德索亚……别死。我们还有好多要谈的。我……我们……有一项重要的任务要交托给你。”

格列高里亚斯中士走了过来。“伊妮娅女士……”他开口道，顿了顿，拖着腿，接着咬牙继续道，“伊妮娅女士，我能喝那杯……水吗？”

伊妮娅看着他。“可以，中士……但你一旦喝了，就不能再拥有十字形了。永远不能。你无法再重生。并且还有其他一些……副作用。”

格列高里亚斯挥挥手，他已经下定了决心。“我已经追随了舰长十年之久。我以后也会继续追随他。”高个子拿起装着粉红色水的杯子，大口喝起来。

德索亚一直闭着眼睛，我以为他已经睡着了，或是因为疼痛而昏迷了，但是现在他又睁开了双眼，对格列高里亚斯说道：“中士，能把我们从救生船上拖出来的那个包裹给安迪密恩先生吗？”

“好的，舰长。”高个子走到屋子的角落，在一堆残骸中翻找了一阵。他拿起一个一米多长的密封圆筒，递给了我。

我望着神父舰长，德索亚似乎正处于昏迷和休克的状态下。“等他复原后我再看吧。”我对格列高里亚斯说。

中士点了点头，拿着杯子来到单卡雷身边，武器官昏迷不醒，嘴巴裂开着，中士往他口中倒了一些水。“单卡雷可能已经快撑不住了，你的飞船到达之前他可能就会死。”中士说，他抬起头，“或者，船上有两个诊疗箱？”

“不，”伊妮娅说，“只有一个，但它可以容纳三个人。你也能进去疗伤。”

格列高里亚斯耸耸肩。他走到名叫利布莱尔的男子身旁，把杯子递过去。但这个断了一条胳膊的瘦削男人只是盯着那杯水。

“也许等下回吧。”伊妮娅说。

格列高里亚斯点点头，他把杯子递还给她。“这位副官已经被我们拘禁，”中士说，“他是个间谍。是舰长的敌人。但神父舰长仍然冒着生命的危险把利布莱尔救出了船……舰长正是在救他时被烧伤的。但我想霍格并不太知道发生了什么事。”

这时，利布莱尔抬起了头。“我知道，”他轻声说，“我只是不明白。”

伊妮娅点点头。“劳尔，希望你没把飞船通信器弄丢。”

我在口袋里摸了一下，马上就找到了触显式日志通信两用装置。“我去外面发密光消息，”我说，“用拟肤束装。还有什么指示？”

“叫它快点。”伊妮娅说。

把半昏半醒的德索亚和完全昏迷的单卡雷搬到飞船上，是件相当棘手的事。外面近乎真空，而他们没穿太空服。格列高里亚斯中士说他原先是用了一个充气式运输球，才把他们从救生船的残骸中拖到了玉皇庙，但现在运输球已经坏了。在飞船开着反重力装置、喷着聚变焰尾、缓缓而降现身前，我有大约十五分钟的时间考虑这个问题，所以，当它最后终于到来时，我便命它直接降落在玉皇庙的气闸门前，将斜梯伸到门口，并将密蔽场扩展到气闸门和斜梯周围。接下来的事情就是从飞船的医疗室中搬来浮架，把伤员安全地转移到船上。单卡雷仍旧昏迷不醒。把德索亚搬到架子上时，他身上的皮剥落了几块。神父舰长动了动身子，睁开双眼，但没有出声。

虽然我们已经在天山上过了好长时间，但领事飞船的内部依然令人感到那么熟悉，不过这种熟悉就像是一个重复做的梦，这个梦是关于一座很久很久以前住过的屋子。把德索亚的武器官塞进诊疗室后，我们站到了全息显像井铺着地毯的地板上。一如以往，古老的施坦威钢琴还在，伊妮娅和贝提克也在，但却还有一个全身烧伤的高个子扛着一把突击步枪，一名前副官正在全息井的台阶上默默沉思，这景象真是怪极了。

“诊疗室诊断完毕，”飞船说，“由于他们体内存有十字形状的寄生物肿瘤，所以此时还不能进行治疗。是终止治疗，还是先进行冰冻沉眠？”

“冰冻沉眠，”伊妮娅说，“不出二十四小时，诊疗箱应该就能治疗了。在那之前，请稳住他们的情况。”

“明白，”飞船回答，接着他又说道，“伊妮娅女士？安迪密恩先生？”

“什么事？”我问。

“你们知不知道，自我刚才离开第三颗月亮的时候起，就一直有远程探测器在追踪我？就在此时，至少有三十七艘圣神战舰正朝这里赶来。其中一艘已经停泊了在星球轨道上，另有一艘刚刚在星系重力井内进行了霍金驱动跃迁，非同寻常的策略。”

“明白，”伊妮娅说，“别担心。”

“我敢肯定他们是要拦截我们，并加以摧毁，”飞船说，“在我们出大气层时就能办到。”

“明白，”伊妮娅叹了口气，“我再说一遍，别担心这事。”

“好。”飞船用一种我听过的最事务性的口吻说道，“目的地？”

“悬空寺东部六公里外的盆景山沟，”伊妮娅说，“悬空寺东部半空。”她朝腕表看了一眼，“飞低一点，飞船。保持在云层内。”

“光气云层还是水蒸气云层？”飞船问。

“你能飞行的最低云层，”伊妮娅说，“除非光气云会对你造成麻烦。”

“当然不会，”飞船说，“需要我绘制一幅穿越酸海的路线吗？虽然对圣神的深层雷达来说，这没任何影响，但这只需要一点的额外时间……”

“不必，”伊妮娅打断道，“就在云层内。”

我们在全息井中注视着这一切：飞船猛地投下舍身崖，冲进灰色的云层，潜了十公里，最后来到灰色的云层中。不出几分钟，我们就会抵达山沟。

我们坐在全息井铺着地毯的台阶上。我终于意识到自己还拿着德索亚给我的那个密封的圆筒，我把它拿在手里，不停转着它。

“打开看看吧。”格列高里亚斯中士说。这个大块头男人正慢慢脱下伤痕累累的外层战服。切枪光束已经融化了内层，我都不敢正眼看他的胸膛和左臂。

听到他的话，我犹豫了一下。我曾说过会在神父舰长复原后打开它。

“看看吧，”格列高里亚斯又说了一遍，“九年来，舰长一直想着要把这东西还给你。”

我想不出这会是什么东西。*这个男人怎么会知道他有朝一日会再见到我？我是个穷光蛋……他怎么可能会有我的什么东西，还等了九年之久，只是想把它还给我？*

我打开圆筒的封口，朝里面看去。像是什么卷起来的布匹。我抽出那东西，摊开在地板上，迟钝的脑子还没转过弯来。

伊妮娅欣喜地大笑起来。“我的天，”她说，“我做过各种各样的梦，从来没预见到这件事。太棒了。”

是霍鹰飞毯……是那块飞毯……差不多在十年前，它带着我和伊妮娅飞出了光阴冢山谷。我早已把它遗失……我花了几秒钟才记起这件事。九年前在无限极海，我和那个圣神上尉在飞毯上展开肉搏，他抽出一把刀，刺伤了我，还把我推下了海。后来发生了什么事？上尉被漂浮平台上的一帮自己人用钢矛枪误杀，他掉进了紫罗兰色的大海，霍鹰飞毯继续往前飞……哦，不，我记得平台上有个人截到了它。

“神父舰长怎么得到这东西的？”问题刚出口，我就马上知道了答案。德索亚当时一直在我们后面紧追不舍。

格列高里亚斯点点头。“神父舰长用它找到了你的血样和DNA样本，于是我们从海伯利安搞到了你的圣神服役记录。要是有压力服，我早就用这玩意儿把大家从那座没有空气的山上运下去了。”

“你是说它还能工作？”我按了按飞控线。这块霍鹰飞毯虽比我记忆中的更加残破，但却真的从地板上浮了起来，离地十厘米。“真想不到。”我说。

“我们正在山沟内升空，向你给我的坐标前进。”传来飞船的声音。

全息井中显示的景象慢慢开阔起来，洛京所在的山脉倏忽而过。飞船慢慢减速，悬停在一百米之外。三个多月前，飞船带我降落在天山星球时，降落地点正是眼前这个林谷山沟。只不过现在绿色的山谷中挤满了人。我看到了西奥、罗莫，以及来自悬空寺的其他人。飞船朝下降去，停在那儿，等着指示。

“降下阶梯，”伊妮娅说，“让他们都上船。”

“我想提醒你一下，”飞船说，“如果要进行长期的星际旅行，船上的沉眠睡床和维生设置最多只能容纳六人。而这个山谷中至少有五十人……”

“放下阶梯，让他们都上船，”伊妮娅命令道，“快。”

飞船没再出声，它执行了伊妮娅的命令。西奥打头，领着那帮难民爬上斜梯和环形阶梯，来到我们等待的房间中。

大多数留在悬空寺的人都在：几名寺庙僧侣，来自朵穆的卓莫错奇，前任士兵乐乐，罗莫顿珠也在，我们很高兴他的翼伞把他安全地带了回来，从他的笑容和拥抱看，他也相当的高兴。还有住持堪布拿旺扎西，占定，美仁，矻矻和恺伊，乔治和阿布，达赖喇嘛的兄弟桑坦，砖匠维奇·格罗塞和金秉勋，监工孜本夏格巴，林西吉普——他没以前那么阴郁了——还有高台装配工大滝治之和远藤健四郎，以及竹匠沃铁·玛耶和雅努斯·库提卡，就连洛京市长查理奇恰干布也在。但没有达赖喇嘛，多吉帕姆也不在。

“瑞秋去接他们了，”西奥说，她最后一个上船，“达赖喇嘛坚持要最后一个离开，金刚亥母留下来陪他。但应该快要来了，刚才我正想回去看看……”

伊妮娅摇摇头。“大家一起去。”

有这么多人，没办法让大家都安静地坐好。这些人在楼梯上乱转，有些人在图书馆那层呆站着，有些人逛到顶部的卧室，通过观景墙望着外面的景色，还有人到了沉眠舱和引擎舱。

“出发，飞船，”伊妮娅说，“目的地悬空寺。直接前往。”

对于飞船来说，直接前往的意思就是喷射出十五公里长的火焰，飞上高空，然后在最后一秒开动阻种器和主引擎，垂直往下降。整个过程花了大约三十秒钟，虽然内部密蔽场将我们好好保护着，防止把一切压成肉酱，但那些在楼上瞭望外部的人肯定是晕头转向了一番。我、伊妮娅、贝提克和西奥在全息井中注视着一切，虽然屏幕实在算不上很大，但那剧烈晃动的影像还是让我紧紧抓住了舱壁和地毯。飞船继续往下降了一点，最后悬停在寺庙建筑上空五十米外。

“啊，该死。”西奥骂道。

全息景象显示出一幅惊人的画面：一名男子正向底下的云层坠去。即使现在马上飞下去接住他也已经赶不及了，一秒钟之前他还在自由坠落，但下一秒他已经被云层吞没。

“是谁？”西奥问。

“飞船，回放并放大画面。”伊妮娅命令道。

卡尔·林迦·威廉·永平寺，达赖喇嘛的保镖。

几秒钟后，几个人影从正见塔楼中出现，来到最高处的平台。在不到一个月前，我也曾卖力地为伊妮娅建造这座平台。

“见鬼。”我大声说道。尼弥斯女魔头一只手拎着达赖喇嘛，走到了平台边缘，将手伸到了深渊之上。在她……在她身后……走来一男一女，是她的克隆人兄妹。接着，瑞秋和多吉帕姆也从平台的阴影中走出。

伊妮娅紧紧抓住我的胳膊。“劳尔，你想和我一起到外面去吗？”

她已经将瞭望台探了出去，但我知道她的意思并不单单是这个。“当然，”我一面说，一面想着，*这是不是她的死亡？这是不是自她出生前就预见到的事？是不是我的死亡？*“我当然会和你一起去。”我说。

贝提克和西奥也迈开步子，想和我们一起走到飞船的瞭望台上。“不，”伊妮娅说，“拜托了。”她抓了抓机器人的手，“朋友们，你们可以在里面观看这一切。”

“伊妮娅女士，我很想和你一起去。”贝提克说。

伊妮娅点点头。“但这是我和劳尔两个人的事。”

贝提克低了低头，接着马上回到了全息井中。图书馆和螺旋楼梯上的其余几十个人都没有说话，飞船也保持沉默。我和伊妮娅一起走到了瞭望台上。

尼弥斯仍旧将男孩拎在深渊之上。现在，我们正位于女魔头和她的兄妹俩上方，离她们只有二十米之远。我徒劳地思索着，她们能跳多高呢。

“嗨！”伊妮娅叫道。

尼弥斯抬头仰望。我又一次觉得正视她的目光，就像是正视一对空洞的眼窝，里面没有一丝人性的感觉。

“把他放下。”伊妮娅说道。

尼弥斯微微一笑，松开了抓着达赖喇嘛的手，男孩坠向深渊，但最后一刻，女魔头还是用左手抓住了他。“小毛孩，小心说话。”这名苍白的女子说道。

“让他和另外两个人走，我下来。”伊妮娅说。

尼弥斯耸耸肩。“你没必要下来。”她说，声调并没有提高，但隔着一大段距离，还是听得非常清楚。

“让他走，我下来。”伊妮娅重复道。

尼弥斯耸耸肩，他随手把达赖喇嘛丢过平台，就像是扔下了一片废纸。

瑞秋跑到达赖喇嘛身边，男孩受伤了，在流血，但还活着，她抱起他，转过身，怒目圆睁地望着尼弥斯和她的两兄妹。

“**不要！**”伊妮娅大叫。我从未听到过她如此这般的语调。那句话把我和瑞秋都震住了。

“瑞秋，”伊妮娅的声音又恢复了平静，“请把上师和多吉帕姆带回飞船。”这句话很有礼貌，但也混着命令的口气，不容人反对。瑞秋也没有反对。

伊妮娅下达命令，飞船朝下降去，并从瞭望台上伸下一条阶梯。伊妮娅开始往下走，我紧紧跟在后面。最后我们来到了竹杉木平台上……地上铺的木板有我出的一份力……瑞秋领着孩子和老妇人从我们身边经过，爬上了阶梯。经过伊妮娅身旁时，女孩摸了摸瑞秋的脑袋。阶梯慢慢缩回，最后恢复成原样。瑞秋和多吉帕姆站在上面，西奥和贝提克也来了。受伤的小孩已经被谁带进了飞船。

我和伊妮娅站在拉达曼斯·尼弥斯身前，距她两米远。她的两兄妹走上前，来到女魔头的两侧。

“就你们俩？”尼弥斯说，“你的那个什么跑哪儿……啊，在那儿。”

伯劳从塔楼的阴影中飘出。我说“飘出”，因为虽然它在移动，但并不是真的在走。

我屈伸手指。这最终决战实在是怎么看怎么不对劲儿。虽然我在飞船上脱掉了保暖夹克，但身上仍旧穿着傻傻的拟肤束装和攀登轭具。虽然大多数器件都留在了飞船上，但这身轭具和多层衣物，还是不利我的行动。

*不利我的什么行动？*我想道。我亲眼见过尼弥斯的身手。或者，更准确地说，我从未清楚地看见她的身手。她和伯劳在神林上搏斗的时候，我看到的只不过是一点朦胧的景象，接着是一阵爆炸，之后便什么也没有了。在我握紧拳头前，她就能砍下伊妮娅的脑袋，抽出我的肠子。

*赤手空拳。*飞船上没有什么武器，只有一把格列高里亚斯中士的瑞士卫兵突击步枪，还被我留在了图书馆那层。在地方军服役时，教官第一次叮嘱我们的话是：如果弄得到武器，就永远不要赤手空拳地战斗。

我左右四顾，平台上干干净净，空无一物，要是有栏杆，我就能扭一个下来当棍子，但就连这类东西也没有。这建筑物建得非常牢固，没有什么部件能轻易扯下。

我看了看左手边的悬崖壁，没有一块松动的岩石。虽然有几个岩钉和攀登螺栓埋在裂缝里——是当初建造平台和塔楼时敲进去的，后来我们也没有操心去把它们全部拔出来——但我想，我无论如何也不可能拔出它们，就算拔出来也不可能当武器用。不过，这对尼弥斯来说很可能是小菜一碟的事，她只用一根手指就能把它们拔出来。面对这样一个女魔头，岩钉和螺母会有什么用呢?

这里找不到任何武器。我会赤手空拳而死。希望在她打到我之前，我能挥出一拳……至少是挥一下手。

伊妮娅和尼弥斯互相凝视着对方。女魔头没有朝她右侧十步外的伯劳看上一眼，她开口道:“你知道我要把你带回圣神，对不对，死丫头?”

“对。”伊妮娅说。她注视着魔头，目光炯炯有神。

尼弥斯笑了。“不过你觉得那全身长刺的怪物会再一次救你的命。”

“不。”伊妮娅回答。

“很好，”尼弥斯说，“因为它的确不能。”她朝两兄妹点了点头。

现在我知道了他们的名字——斯库拉和布里亚柔斯。我知道接下来我看到了什么，可按理说我不应该看到的，因为在那瞬间，三个尼弥斯魔头都开始相移。

本应出现的是一片稍纵即逝的铬影，接着是一片混乱，最后化为平静……但伊妮娅走上前，摸了摸我的脖颈后部，和往常一样，我感受到和她肌肤相触的电击感，但突然之间，光线发生了变化，变得更深、更暗，周围的空气也变得如水般深沉厚重。我意识到自己的心脏似乎停止了跳动，眼皮也不再眨动，呼吸也停止了。这些事听上去都会觉得恐怖，但当时我却毫不在意。

我已经戴上了拟肤束装的兜帽，从耳塞中传来伊妮娅的低语……或者，也许是她通过碰触我的脖子，直接将声音传达给了我。我说不清到底是怎么回事。**我们不能和他们一样相移，也不能用它来战斗，她说，那是对缔之虚的滥用。但我能助大家看到这一切。**

我们观看到的景象实在是太不可思议了。

海伯利安的恶魔举起四条手臂，朝尼弥斯的方向扑去，在尼弥斯的命令下，斯库拉和布里亚柔斯迅速扑向伯劳，将它拦在中途。就算视野已经被改变——飞船一动不动停在半空中，我们的朋友僵立在瞭望台上，眼睛一眨不眨，就像是一尊尊雕像，悬崖上有只鸟冻在浑厚的空气中，就像是封在琥珀中的昆虫——但伯劳和两个克隆生物突然做出的动作还是快得有些眼花缭乱。

在尼弥斯跟前一米外发出一阵可怕的撞击，但女魔头毫不动容，她已经变成一尊银面雕像。布里亚柔斯挥出一拳，力道猛得足以将我们的飞船一劈两段。但当接触到伯劳带刺的脖颈时，却被反弹了回来，发出的声音就像是慢动作回放的水下地震。就在这时，斯库拉给伯劳来了个扫堂腿，怪物向地上倒去，但它用两条胳膊紧紧抓住斯库拉，并顺势刺出另两只长着刀刃手指的爪子，插进布里亚柔斯的身子。

尼弥斯的两兄妹似乎很愿意接受这样的拥抱，他们咬动牙齿，挥舞指甲，一头扑向翻滚在地的伯劳。他们挥砍着刚硬的双手和胳膊，那锋利的边缘就像是切纸机一般，甚至比伯劳身上的刀刃和棘刺还要锐利。

三人疯狂地互相搏斗撕咬，在平台上翻滚，撞击岩壁，竹杉木屑被搅得飞向空中，悬停在三米之上。忽然间，三人都站起了身，伯劳的大嘴狠狠咬住布里亚柔斯的脖子，而斯库拉挥砍着攻向怪物的一条手臂，用力将其扭弯，似乎是折断了它的关节。伯劳仍旧紧咬布里亚柔斯不放，巨大的牙齿撕咬着银色人影的脑袋，接着，几乎就在同一时刻它转回身，直面斯库拉的进攻，但克隆兄妹俩已经紧紧抓住了伯劳头颅上的刀刃和棘刺，他们拼命将它朝后按去，我等着听他们扭断伯劳脖子的啪嗒声，等着那颗脑袋滚向远处。

然而，尼弥斯不知用什么办法发话了。**快！干掉它！**兄妹俩没有片刻迟疑，便冲向平台靠向深渊的栏杆一侧。我一下子明白了他们要干什么——把伯劳抛下去，就像刚才抛下达赖喇嘛的保镖那样。

也许伯劳也知道他们想干什么，因为那高大的怪物猛地将两个银铬身影抱在了怀里，兄妹俩举着爪子奋力挣扎，但它胸脯上的尖刺和手腕上的棘刺还是深深地扎进了他俩的能量场。三人组翻滚扭打，就像是某个分成三份的玩具，上紧了发条，锁定在动作超快的狂暴模式，开始了精神错乱般的表演，伯劳和身上两个被刺穿的身影互相踢打着撞破坚固的杉木栏杆，就像是撞上了湿纸板似的，最后疾速落向深渊，甚至在下落过程中还在扭打。

我和伊妮娅注视着眼前的场景：一个是满身闪亮尖刺的高大银色身影，还有两个矮小的手臂乱舞的银色身影，他们一起往下坠落，越变越小，坠进云层，最后被云海吞没。我知道，飞船上观看的人根本不会看到任何东西，只不过是三个身影突然从平台上消失，栏杆断裂，空荡的平台只剩三人：我、伊妮娅和尼弥斯。名叫拉达曼斯·尼弥斯的银色魔头转过面无表情的铬脸，看向我们。

光线突然发生了变化。微风重新开始吹拂，空气变稀薄，我的心又突然跳动起来……大声地跳动起来……我迅速眨了眨眼。

尼弥斯又恢复到了人类的形态。“那么，”她对伊妮娅说道，“我们结束这场小闹剧吧？”

“好。”伊妮娅说。

尼弥斯微微一笑，开始相移。

什么也没发生。那魔头皱了皱眉，似乎在集中注意力，但仍旧什么也没发生。

“我没法阻止你相移，”伊妮娅说，“但其他人能……并且他们也这么做了。”

尼弥斯像是被激怒了，但紧接着她哈哈大笑起来。“不出一秒钟，创造我的人就会搞定这一切，但我不想等那么久，就算不相移，我也能杀了你，死丫头。”

“没错。”伊妮娅说。从刚才那暴虐的混乱场面到现在，她自始至终笔挺站着，双腿开立，双手平静地摆在两侧，没有挪动一步。

尼弥斯露出一口细牙，但那些牙齿正在变长，变得愈发尖利，就像是从牙床和颌骨上长了出来，至少有三排。

尼弥斯竖起又白又长的双手和指甲，又伸长了十厘米，就像是闪闪发亮的尖钉。

她放下双手，用尖利的指甲剥去右臂的皮肉，露出某种金属质地的内骨，颜色看上去像钢铁，但却锐利异常。

“行了。”尼弥斯说道，她迈步朝伊妮娅走去。

我走到她俩之间。

“不。”我说，举起双拳，就像是一名即将开打的拳手。

尼弥斯露出一嘴利牙。

23

时间和运动似乎又慢了下来，我似乎又能看到相移状态下的一举一动了，但其实这只是肾上腺素和思想全神贯注的产物。我的头脑已经挂在了超速挡，感官异常警觉。我能够极为清楚地观看、感受、计算出每一微秒的变化。

尼弥斯向前迈了一步……与其说是向我走来，不如说是向我左侧的伊妮娅走去。

这更像是一局象棋赛，而不是战斗。如果我杀死这个冷酷无情的杂种，或是把她抛下平台，趁机逃走，那我就赢了。但她想赢的话，却并不必杀我……只需把我打倒，趁我无能为力之时杀死伊妮娅就行。伊妮娅是她的目标，一直以来都是她的目标。这个魔头之所以出现在这个世上，就是为了杀死伊妮娅。

象棋赛。尼弥斯刚刚牺牲了最强的两个子——魔头兄妹——干掉了我们的马，伯劳。现在，这三个棋子都已经从棋盘上抹掉，只剩下尼弥斯——黑皇后；伊妮娅，人类的皇后；还有伊妮娅的小兵……我。

这个小兵可能需要牺牲自己，但在那之前，他得先干掉黑皇后。他已经下定了决心。

尼弥斯正微笑着，牙齿又多又尖利。她的胳膊仍旧垂在两侧，长长的指甲闪闪发亮，剥去了皮的右臂就像是某种恶心的医学模型……但那里露出的东西不同于人类……不，完全不同于人类。那上臂内骨的刀锋竟反射着午后日光的光芒。

“伊妮娅，”我轻声说，“请退后。”我们现在在最高处的平台上，平台连着一条岩石走道和台阶，是我们一刀一刀凿出来的，通过它可以爬往悬岩走道。我想让伊妮娅离开平台。

“劳尔，我……”

“**照我说的做**。”我没有提高嗓门，但已经将这一生三十二年来所学到的所有命令语气都倾注了进去。

伊妮娅朝后退了四步，走到了岩石走道上。飞船仍旧停在上方十五米之外，瞭望台上有许多张脸孔正窥视着这里的一情一景，我很想用意志力驱使格列高里亚斯中士走出来，用突击步枪把这个尼弥斯魔头轰扁，但在那一张张凝视的脸庞中，却找不到中士黝黑的脸庞。也许他的伤让他更虚弱了，也许他觉得应该来一场公平的较量。

*该死，我想，我不想要什么公平的较量，只要能杀死尼弥斯，随便什么方法都行。*我现在很乐意接受任何人的帮助。*伯劳真的死了吗？这可能吗？在马丁·塞利纳斯的《诗篇》中，伯劳似乎在遥远的未来败在了费德曼·卡萨德上校的手下。但塞利纳斯是怎么知道的？而且，对于一个可以在时间长河中自由穿梭的怪物来说，未来又是什么呢？*要是伯劳没死，现在马上回来助我一臂之力，我将感激不尽。

尼弥斯又向她的右手边，也就是我的左手边走了一步。我向左边迈出一步，阻止她走向伊妮娅。在相移的状态下，这个魔头拥有超人的力量，移动的速度快得无法看清。她现在已经不能相移。我向上帝祈祷着。但她可能依旧比我……比任何人……都要快，而且强壮。我必须这么假设，她还有尖牙、利爪和锋利的手臂。

“准备好赴死了吗，劳尔·安迪密恩？”尼弥斯说，她重新抿上嘴唇，遮住了那一排排牙齿。

她的强项，可能是速度、力量和非人类的构造。比起人类来，她可能更像机器人。但几乎可以肯定的是，她不会感觉到疼痛，而且她还可能有什么内置的武器没亮出来。我完全不知道该怎么杀死她，或是废掉她……她的内骨是金属，不是真的骨头……虽然前臂的肌肉看上去极其真实，但可能只是纤维塑料或是粉红色的钢网。普通的打斗技巧很可能抵挡不了她。

*她有什么弱点？*我不知道。也许是过于自信。也许是她惯于在相移状态下杀敌……杀那些毫无还手之力的人。但九年半之前，她和伯劳干了一架，却打了个平手——哦，事实上是打败了它，因为她把这个挡着她抓伊妮娅的拦路虎送走了。最后德索亚神父舰长插手进来，极尽飞船十亿伏特的能量，将切枪光束照射在她身上，才阻止了她的毒手。

现在，尼弥斯抬起了手臂，蹲下身，张开利爪。*这魔头能跳多远？她能跳过我的头顶，攻击到伊妮娅吗？*

我的强项，只是在地方军时打了两年拳罢了，羞于一提，三分之一的比赛都是输的。不过军团里的人一直把赌注押在我身上。疼痛从来不会让我趴下，我当然感觉得到疼痛，但它从来不会让我趴下。当拳头击中我的脸，我会暴怒。在早期，如果被击中脸，我会被怒火冲得忘记所有的训练，当愤怒的血红迷雾消散，而且我还能站着时，我往往会赢得比赛。但我知道，现在那毫无理性的暴怒帮不上我的忙。如果我晕上一小会儿，这个魔头马上就会取掉我的小命。

打拳时，我的速度很快……但那已经是十多年前的事了。当时我也很强壮……但这么多年来，我从未正式训练过。在拳击场上，我能吃下重拳，这和屈服于疼痛不同……我从未在拳场上被人击昏过，即使曾有一位拳击好手好几次把我打倒在地，我都没有屈服，直至时间终了，裁判才叫停了比赛。

除了拳击，我还在费力克斯的一家大型九尾娱乐场当过保镖。但那多数是靠着心理优势，知道在不引起纷争的条件下，该怎么把讨厌的醉鬼送出门。就算出现少有的打斗，我也知道那是几秒钟就能解决的事。

在地方军时，我受过各种训练：徒手搏斗，近距离杀人，但这些事情就跟扛着刺刀冲锋一样遥不可及。

担任驳船夫的时候，我曾干过最严重的一架。对手是个男人，拿着一把长刀，准备把我大卸八块。我挺过了那场搏斗，但却被别的船夫打昏了过去。担任猎人向导时，曾有一名外世界游客拿着钢矛枪朝我杀来，我也挺了过去。不过我失手杀死了他，他重生后，便出庭状告我对他犯下的罪行。想想，这一切都是从那件事开始的。

在我所有的弱点中，这是最严重的一条——我打心眼里不想害人。除了和执刀船主以及手拿钢矛枪的基督徒猎人的打斗外，在我所有经历过的搏斗中，我都打心眼里抑制着自己，出手尽量不要过重，不要把对方打成重伤。

现在，我必须马上改变这一想法。眼前的这个魔头并不是人……而是个杀人机器，如果我不马上把它干掉，那它会反过来把我杀死。

尼弥斯朝我跃来，张着爪子，右臂向后伸展，像一把镰刀砍杀过来。

我朝后一跃，躲过了镰刀的攻击，也几乎躲过了她的利爪，不幸的是，左上臂的衬衣还是被划了一道口子，空中溅起滴滴鲜血。我没有退缩，马上跨出一步予以反击，朝她脸上连出三拳，出手迅速，力量凶狠。

就像跳来时一样，尼弥斯迅速跃后。她左手的长指甲上沾着鲜血，我的鲜血。她的鼻子被砸扁了，横斜在瘦削的脸庞上。她左眉处有什么东西被我打折了，可能是骨头，或是软骨，或是金属纤维。但那张脸上没有流血。她似乎完全没有注意到自己的伤情，还在咧嘴微笑。

我朝自己的左臂看了一眼。伤口火辣辣地疼着。有毒？也许吧，下毒合情合理，但如果她真用毒，那我应该马上就要死了。她没有理由使用长效毒药。

我还站着。火辣辣的疼痛只不过是砍伤所致。一共四条，我想……

很深，但还没有伤及肌肉。不碍事。集中注意力，盯着她的眼睛。猜她接下来的动作。

决不要徒手战斗。这是我在地方军学到的。近战时一定要找一把武器。如果武器坏了或丢了，就随手找找别的什么东西——石头，粗树枝，扯下的铁皮——就算操起一把石子，或是在指头缝里夹上钥匙，也比徒手来得强。教官经常跟我们说，指关节比下巴骨断得更快。如果迫不得已只能徒手搏斗，那就尽量用掌面劈，用手指戳，用钩爪攻击眼睛或喉结。

这里没有石头，没有树枝，没有钥匙……没有任何武器。这个魔头也没有喉结。我甚至怀疑她的眼睛也和大理石一样冰冷坚硬。

尼弥斯又朝左侧动了动，瞥眼望向伊妮娅。“小甜甜，我来喽。”这魔头朝我的朋友低声嘘道。

我用眼角余光瞄了一眼伊妮娅。她正站在平台外的山岩小道上，岿然不动，一脸无动于衷的表情。这不太像我心爱的那个人……照往常，她应该开始扔着石头，跳上敌人的后背……她可能会做任何事，反正不会让我一个人单打独斗。

劳尔，我亲爱的，现在是你表现的时刻。她的声音清晰地出现在我的脑中，就像是什么耳语声。

的确是耳语，声音来自拟肤束装兜帽中的拾音器。我身上仍旧穿着那该死的衣服，还有那了无用处的攀登扼具。我正要默声回答，但马上想起在天山的最高峰呼叫飞船时，自己已经和飞船的通信器连接了起来，通信器正放在我的上口袋，如果用它和伊妮娅说话，也会把所有的一切广播到飞船上。

我移到左侧，再一次拦住魔头的去路。现在已经没多少机动的余地了。

尼弥斯这一次的行动更快，她向左佯攻，接着朝我的右侧劈砍而来，右臂大张，挥向我的肋部。

我朝后跃去，但右下肋的皮肉还是被利刃划伤。我急急闪避，但她的爪子一闪而过，左爪直接冲着我的眼睛刺来，我又连忙闪开，但她的手指还是切掉了我的一块头皮。空气中马上弥漫起一股血腥味。

我踏出一步，右臂反手挥出，朝她劈将而下，就像是在挥舞一柄大锤。我的拳头重重砸在她的下巴近脖颈处，瞬时间，人造血肉被砸得稀烂，但皮下的金属和管道却没有弯折。

尼弥斯的镰刀手、爪子和左手重新挥来，我跳开了。她完全扑了个空。

我迅速向前，冲她的膝窝踢去，希望能把她踢飞。我们离远端折断的栏杆有八米远。如果我能将她扑倒在地……就算是和她同归于尽……

但那一踢就像是踢中了一根钢铁支柱，我的腿都麻了，但她却岿然不动。那根内骨上滴淌着黏液和血肉，可她没有挪动一步。这魔头至少比我重一倍。

尼弥斯回踢了一脚，这一下踢断了我左肋的一根肋骨，或是两根。我听见骨头断裂的声音。我一下子接不上气来。

我晕头转向地朝后退去，心里含着半分期待，希望那里有一根拳台的绳索供我倚靠，但那里只有岩石峭壁，一堵坚硬滑溜的峭壁。一根岩钉戳中了我的后背，疼得我几乎晕厥。

但我知道接下来该怎么办。

吸气的感觉就像是在呼吸烈焰，我快速而痛苦地吸了几口气，确认自己还能呼吸，试图接上气来。感觉尚还幸运——断掉的肋骨应该没有刺穿左肺。

尼弥斯张开臂膀，不让我逃走，慢慢朝我走来。

我迈步走进她邪恶的怀抱，走进她臂膀刀刃的切面内，我使出浑身的力气，将拳头砸向她的脑袋。她的耳朵被打烂，这一次一股黄色的液体飘进了空中。但在那淤青的血肉下，我感觉到她硬如恒钢的头骨。连我的手都反弹了回来，弄得我踉踉跄跄朝后退，手和拳已经使不上劲了。

尼弥斯一跃而起。

我朝后跳去，跃上一块岩石，继而双脚飞出，趁她下落时，我使出全身的力气，踢中她的胸部。

尼弥斯一头朝后飞倒，但在此过程中，她还是舞了一通手臂，砍中我的扼具、夹克、拟肤束装，以及我的胸部肌肉。伤口在右胸，还好通信线没有被割断。

她来了个后空翻，双脚着地，那里离平台的边缘还有五米远。我根本没办法把她推下去。她可不会按我的规则玩这场游戏。

我举起拳头，朝她冲去。

尼弥斯举起左手，钩起利爪，朝我迅速攻来，像是要给我来个开膛破肚。我险些撞上这致命的一击，幸好我马上停住了。魔头张开右臂，准备将我砍成两半，我原地飞身一转，使出全力朝她扁平的胸部踢去。

尼弥斯哼了一声，咬向我的腿，下颚像巨犬般咔嚓一声合住。利牙咬掉了我的鞋跟和鞋底，还好皮肉侥幸逃过一劫。

我稳住身子，重新箭步向前，左手紧紧抓住她的右腕，不让镰刀手臂伤及后背和脊椎，并踏前一步，一把抓住她的头发。她张着嘴，咬向我的脸，一排排牙齿森然出现在我的正前方，我和她之间的空中全是她那黄色的唾液和鲜血替代物。我们在那儿原地旋转着，就像两个狂暴的舞者竭尽全力倚靠着对方，我拼命将她的脑袋朝后压，但她稀疏的短发沾着我的鲜血和她自己的润滑物，非常滑，不太好抓住。

我重新冲压向她的身体，让她失去平衡，顺势将手指移向她的眼窝，上臂和上身使出全力，朝后牵扯。

尼弥斯的脑袋被我扯得不断向后歪斜，三十度，五十度，六十度，我应该听见了脊髓的折断声，八十度，九十度。她的脖子被弯下，已经和躯干呈直角，大理石眼珠抵在我绷紧的指尖上，冰凉冰凉的，大咧着的嘴巴张得愈发狂野，牙齿恶狠狠地咬向我的上臂。

我松开了她。

她鱼跃向前，就像是被什么强力弹簧弹了起来。她的爪子深深插进我的后背，剐伤了我两扇胛骨之间的骨头。

我蹲伏下身，以短拳猛击她的腹肋。两下，四下，六下，拳速飞快，施力精准，我用头顶住她血肉模糊的胸部，鲜血从撕裂的头皮上流出，两人身上全是。她胸部或膈膜处有什么东西发出噼啪一声，从口中吐出一些黄色的液体，呕在我的脖子和肩膀上。

我踉跄后退，她咧嘴朝我奸笑，利牙闪着微光，泡沫状的黄色胆汁从她的下巴流下，滴向本已非常湿滑的平台地面。

她尖叫一声，仿佛行将熄火的锅炉在嘘嘘地冒出蒸汽。她再一次朝我疾冲而来，镰刀手臂在空中挥舞出无形的剑弧。

我朝后跃开。离伊妮娅所在的岩壁和小道还有三米远。

尼弥斯反手挥舞起来，那条前臂竟成了螺旋桨，像是钢铁钟摆般发出嗖嗖的声音。照这势头，她想把我赶到哪里都没问题。

她想要我的命，或是把我从她面前踢开。她想要伊妮娅。

我再一次朝后跃去，刀刃这次切断了腰部以上的衣物。我朝左边一跃，方向转向岩壁，而不是小道。

就在那一瞬间，伊妮娅的身前变得毫无保护。我已经不再拦在她和魔头之间。

尼弥斯的弱点。我把一切……包括伊妮娅……赌在了这一点之上：这魔头天生就是个嗜血者。猎杀近在咫尺，她无法抵制杀死我的冲动。

尼弥斯挥舞着朝她的右手方前进，一面保留着跳向伊妮娅的可能，一面把我逼向岩壁。镰刀朝我的脑袋反手挥来，看样子要来个干净利落的斩首行动。

我失足绊了一下，连滚带爬向左侧前进，远离伊妮娅。现在，我来到了舞台上，双腿连连打颤。

尼弥斯骑上我的身体，黄色的液体滴溅上我的脸庞和胸部。她举起镰刀手臂，大叫一声，劈将下来。

“飞船！着陆在平台上。不要提问，立即执行命令！”

我在尼弥斯的两腿间挣扎，同时气喘吁吁地朝通信器发出指令。魔头的刃臂重重砍中坚硬的竹杉木。一秒之前，我的脑袋还在那个地方。

我仍旧被她压着，但她的刃臂已经深深扎进厚实的木头中。在那几秒间，魔头弯下腰，用另一只爪子和我搏斗，她已经没有力量抽出扎在木头中的利刃。一个黑影赫然压在我们身上。

魔头的左手指甲从我脑袋右侧划过，差一点切掉我的耳朵，剐破我的颊骨，那一击离颈静脉仅有毫厘之差。我的右手高举着，托着她的下巴，试图压住那张嘴，不让利牙咬中我的脖子和脸。但是魔头的力气比我大多了。

要想活命，就必须从她的胯下脱身。

她的前臂仍旧卡在平台的地板中，但这倒对她有利，让她锚定了身子。

黑影愈发暗沉。最多还有十秒。

尼弥斯的爪子将我全力托举的双手扫开，用力将刃臂从木头中抽出，她踉踉跄跄站起身。眼睛向左手边望去，伊妮娅正站在那儿，毫无防卫。

我翻滚着从尼弥斯的身下逃脱……同时也在远离伊妮娅……把我的挚爱毫无防备地暴露在魔头身前。我扒着冰冷的岩石，站起身。我的右手已经废掉了——在刚才搏斗的最后几秒间，手筋被切断了。于是我举起左手，从轭具中拉出安全绳索——现在只能希望它还完好无损——将锁扣扣上岩钉，只听见一声金属的啪嗒声，就像是手铐扣了起来。

尼弥斯向左侧转去，她已经不再睬我，黑色的大理石状双眼牢牢地盯着伊妮娅。我的挚爱仍旧站在那儿，一动不动。

飞船着陆在了平台上，并按命令关闭了反重力装置，船身的全部重量都压在了木地板上，正定塔楼噼里啪啦地发出一阵被压垮的声音。飞船的古老翅翼几乎占据了整个空间，仅仅漏掉了我和尼弥斯。

魔头回头朝耸现在她头顶的庞大黑色船体望了一眼，显然没有放在心上，她蹲下身，准备朝伊妮娅跳去。

在那片刻，我以为竹杉木会支撑住……我以为整个平台比伊妮娅估计的要牢固，也比我的经验所认为的要坚韧……但在刹那之间，平台发出了一阵可怕至极的崩塌声，正定平台的整个顶部和大多数通向正念塔楼的台阶都从山体上崩塌。

飞船也开始坠落，原本在瞭望台上观看着的人们都匆匆退进了飞船。

“飞船！”我冲着通信器喘吁道，“悬停住！”接着我把注意力放回尼弥斯身上。

她身下的平台分崩离析地坠落。她朝伊妮娅跃去，我的挚爱没有退后。

幸好平台崩塌了，尼弥斯没有完成跳跃。魔头跳了个空，离终点还剩一点距离，她朝下落去，但尖利的爪子重重砸中岩石走道，火花飞溅之下，她稳住了身子。

平台还在崩裂，众多碎片翻滚着坠向深渊。有些东西砸中了底下的主平台，一路扯裂了许多无辜的东西，遍地都是残骸。

尼弥斯在岩壁上晃荡，爪子和两腿在那儿胡乱抓着，伊妮娅就在她上方一米外。

我手头的安全绳有八米长，虽然左臂还能用，但满手的鲜血让绳索非常滑溜，我把绳索放出几米，从我身处的悬崖上蹦离。

尼弥斯还在往上爬，爪子已经伸到了小道之上。她找到了一条山垄或裂缝，把自己往上拉，就像是一个想要征服悬岩的资深登山家。她弓着身子，双足在岩石上乱蹬，爬向高处，还想一跃而起，跳向伊妮娅所在的小道。但伊妮娅仍旧没有动弹一下。

我摇摆着朝远离尼弥斯的方向荡去，在岩石上跳跃，由于靴子被尼弥斯扯掉，我赤裸的脚底踏在湿滑的石头上，感觉到一阵阵撕裂般的疼痛。支撑我的绳索已经在刚才的搏斗中受损，不知道它还能支撑几分钟。

我拉紧绳索，像钟摆般向远离尼弥斯的方向荡去，荡向高空。

尼弥斯爬上伊妮娅所在的小道，屈膝，起身，离我的挚爱只有一米的距离。

我向高处荡去，右肩被岩石擦破，刹那间我顿感大事不妙，觉得速度和绳索都不够用，但又觉得似乎可以，勉强可以。

就在尼弥斯转身的时候，我向上一荡，双腿大张，跃向她的后背，接着我脚踝交叉，紧紧夹住了她。

她大叫一声，举起了镰刀臂。我的下腹暴露在外，毫无防备。

但我没有顾及这一切，没有顾及散开的绳索和身上无处不在的疼痛，我紧紧抱住她，任重力和动能将我们向后甩去。她比我重，在那可怕的一秒间，我就那么倒挂在那儿，而魔头毫不退让。但她也没有重新找回平衡，她在悬崖边摇摇晃晃，我向后弓着身子，试图将重心挪到正在流血的肩膀上。现在，尼弥斯已经远离了走道。

我马上张开双腿，放开了她。

她挥动镰刀臂，我朝后闪躲，差一点被划破肚皮。魔头没有收住冲势，离走道和岩壁越来越远，一头掉进了平台崩裂的空洞中。

我沿着悬崖壁一路跌跌撞撞，想要收住冲势。安全绳索断了。

我立即四肢张开趴在岩壁上，但还是不住地往下滑去。我的右手已经使不出力，左手手指也仅抓到一条狭窄的支撑点……而且还没有抓住……下滑的速度渐渐快起来……左足踏到了一条一厘米宽的突岩，加上摩擦力的共同作用，下滑终于止住，我紧紧贴在岩壁上，朝左后方望去。

尼弥斯正张牙舞爪地往下掉，她不停地用爪子和镰刀扎向底部平台的剩余边缘，想要改变下落的轨迹。

但还是差着四五厘米。下落将近一百米后，她砸中了一块突出的岩石，被弹了出去，以至于离峭壁更远。云层就在下面等着她。在她一千米之下的下方，阶梯、支柱、木梁和平台柱已经坠进了云层。

尼弥斯尖叫起来，那是一声极度震惊的尖叫，充满了极度的愤怒和挫败。回声在四周的山岩间回荡。

我已经快支撑不住了，我失血过多，伤痕累累。我感觉山壁在胸下、脸下、手掌下、肌肉绷紧的左足下慢慢滑动。

我朝左方望去，想和伊妮娅说再见，只要能看到她，我就心满意足了。

就在我朝下坠去的时候，她伸出手臂抓住了我。在我看着尼弥斯坠落的时候，她竟然沿着陡峭的山壁徒手爬到了我的头顶。

我顿时惊恐万分，心脏猛烈跳动起来，生怕我的重量会把我俩都拉下山去。我感觉自己在滑落……感觉到伊妮娅有力的双手在滑脱……我全身上下都是血。但她没有放手。

“劳尔。”她开口道，声音颤颤巍巍，但充满了感情，没有一丝疲惫或恐惧的感觉。

现在，她只有一双脚扒在悬崖上，那是我俩的唯一支点。她松开左手，向上一甩，把身上的安全绳紧扣在那个左右摇摆的锁扣上，后者仍旧连着岩钉。

我俩一同滑下，皮肤被磨得生疼。伊妮娅立刻用双臂抱住了我，两腿将我夹紧。这真像刚才我紧拥尼弥斯的场面，但这回这个动作的驱动力是爱，是求生的激情，而不是恨，不是杀人的冲动。

我们下落了八米，最后安全绳吊住了我们。不知道我这么重的重量会不会把岩钉拉出来，或是把绳索扯断。

我们弹了三下，最后空吊在深渊之上。岩钉支撑住了。安全绳支撑住了。伊妮娅也没有脱手。

“劳尔。”她又叫道，“我的天，我的天。”我感觉她在拍我的头，但马上意识到她是想把我扯破的头皮放回原位，想要按住我扯裂的耳朵，不让它掉下来。

“没事的。”我想张口说话，但发现嘴唇也在出血，而且肿得不行。我必须向飞船下令，但都无法清楚地发音了。

伊妮娅明白了。她凑向前，对着我兜帽上的拾音器低声说道：“飞船，下来，过来接我们。赶快。”

黑影压下，仿佛要把我们压垮。人群又来到了瞭望台上，一只只眼睛睁得大大的，巨大的飞船飘浮在三米开外——现在，我们的前后都是一堵灰色的悬崖——从瞭望台上探出一条木板。一只只友好的手将我们拉进安全之地。

伊妮娅一直用手臂和双腿抱着我，直到众人把我们从瞭望台运到飞船中，进入铺着地毯的内部，不再有坠落的威胁。

我隐约听见飞船的声音。“星系内有战舰正朝我们疾速飞来。其中一艘就在西方一万公里外的大气层上，并……”

“离开这儿。”伊妮娅命令道，“笔直升空，离开这儿。我马上给你星系内坐标。走！”

聚变引擎轰鸣起来，我觉得头晕目眩，于是闭上了双眼。我微微感觉伊妮娅在吻我，在抱我，在吻我的眼皮以及血淋淋的额头和脸颊。她在哭。

“瑞秋，”伊妮娅的声音从遥远之地传来，“可不可以给他做个诊断？”

除了我的挚爱，又有几根手指稍稍摸了我一下，我感到阵阵刺痛，但这些感觉都越来越遥远。冰冷的感觉正在降临。我想睁开双眼，但两只眼睛都已经被血粘住，或是肿了起来，完全睁不开。

“这些表面上看起来很严重的伤口，其实并无大碍。”我听见了瑞秋的声音，既轻柔，又很严肃，“头皮的伤口，耳朵，断腿，等等。但我觉得还有内伤……不单单是折断的肋骨，还有内出血。背上的那几条抓伤还伤及了脊椎。”

伊妮娅还在哭，但她的声音还是充满了命令的口吻。“你们几个人……罗莫……贝提克……帮我把他搬到医疗箱那里。”

“抱歉，”说话的是飞船，它的声音就在我的意识边缘游荡，“自动诊疗室的三台容器都已经满了。格列高里亚斯中士受了内伤，昏倒了，他已经被转移到第三个容器中。三名病人现在都在全面的维生支持中。”

“该死，”伊妮娅气喘吁吁地说道，“劳尔？我亲爱的，能听见我说话吗？”

我想要回话，跟她说我没事，别为我担心，但肿胀的嘴唇和脱位的下巴只能发出一个大舌头般的呻吟。

“劳尔。”伊妮娅继续道，“我们得摆脱那些圣神飞船。亲爱的，我们要把你搬到一个沉眠箱里，你得在里面睡上一小会儿，直到医疗箱腾出空位。劳尔，能听见我说话吗？”

我决定不再说话，勉强点了点头。感觉额头似乎有什么东西挂了下来，就像是一顶湿漉漉的、没戴正的帽子。是我的头皮。

“好吧，”伊妮娅说。她凑近了些，朝我剩下的那只耳朵低语道，“劳尔，我爱你。你会没事的。我知道的。”

几双手抬起了我，搬着我，最后把我放在了什么又冷又硬的东西上。疼痛肆虐着，但已经感觉很遥远，不再让我挂怀。

在他们关上冰冻沉眠箱的盖子前，我清楚地听见了飞船平静的声音：“四艘圣神战舰正在向我们发信，说如果十分钟内不关闭引擎，就摧毁我们。请允许我提一下，我们现在离跃迁点至少还有十一小时的路程。四艘圣神战舰都在火力射程内。”

我又听见了伊妮娅充满倦意的声音。“飞船，按我给你的目的地坐标，继续前进。不要对圣神战舰作任何回复。”

我很想笑。这事儿我们以前干过——尽管情况极为不利，但还是设法逃脱了圣神战舰的追捕。这么多年来，我慢慢学会了一件事，如果我能说话，而且头脑清晰的话，我很愿意向伊妮娅述说一下——不管你多少次战胜了这些不利条件，它们最终都会追上你的步伐。我把这件事看作是一个小小的启示，逾期的顿悟。

但是现在，冰冷的感觉爬过我的全身，进入我的体内——冰冻住我的心、头脑、骨头和肚子。我只能希望这是冰冻沉眠的作用，虽然我记得上一次进入冰冻沉眠时并没那么快。如果这是死亡，那么……啊，就让它放马过来吧。但我很想再看伊妮娅一眼。

这是我最后一个念头。

24

坠落！心脏猛烈地跳动，我猛然惊醒。我似乎来到了另一个不同的宇宙。

我正漂浮着，而不是坠落。起初，我以为自己是在汪洋大海，一片浮力很强的咸海之上，就像是胎儿漂浮在黑漆漆的咸海上，但紧接着我便意识到，这个世界没有一丝重力，周围没有波浪和海流，四周的介质并不是水，而是醇厚的黑漆漆的光。在飞船里？不，我是在一个又大又空旷的空间中，很黑，但是有一圈圈光线。这是一个空空荡荡的椭圆形球体，宽十五多米，周围是羊皮纸似的薄壁，透过它，能看见一颗璀璨的太阳射出隐约的光芒，四面八方是一些非常复杂的东西，像是某种巨型的有机构造体，弯弯曲曲地延伸向远方。我虚弱地挪了挪飘浮着的双手，摸向脸庞、脑袋、身体和臂膀……

我在飘浮，仅有一根极为轻便的轭带悬系着我，带子另一头连接到弯曲内壁上的一个茎蒂上。我赤着双足，身上只穿了件软软的棉袍，不知道是什么东西——睡衣？病服？

我的脸嫩嫩的，能摸到一些隆起，可能是伤疤。头发没有了，头皮光秃秃的，显然也有伤疤。耳朵还在，但非常柔软。透过昏暗的光线，能看见手臂上有不少浅淡的伤疤。我拉起裤腿，看着原先严重断裂的小腿，已经治愈，而且长得很坚固。我摸了摸肋部，嫩嫩的，不过没有损伤。看来我终究还是进了医疗箱啊。

我肯定是大声说出了这句话，因为附近有一个漂浮的身影突然发话了："没错，你终究进去了，劳尔·安迪密恩。不过动了几项手术，是以老式的手法做的……我做的。"

我吃了一惊——在茎蒂的牵拉下浮起身。这不是伊妮娅的声音。

那个黑漆漆的身影飘近了些，我认出了此人的身材和发型，还有那声音。"瑞秋。"我说道。嘴巴很干，嘴唇开裂，我几乎是呱呱地叫了出来，而不是在说话。

瑞秋又飘近了些，递给我一只挤压瓶。我挤了挤，一开始出来的几滴液体都变成了上下翻滚的小球，好几个都撞在了我的脸上，但我很快掌握了窍门，把他们挤进张开的嘴巴中。水凉凉的，好喝极了。

"两个星期来，你一直在通过静脉摄入液体和营养物，"瑞秋说，"现在已经能直接饮用，是件好事。"

"两个星期！"我大吃一惊，接着左右四顾了一番，"伊妮娅呢？她……他们……"

"大家都没事。"瑞秋说，"伊妮娅很忙。最近这两星期，她很多时候都在这儿陪你……照看你……但有时候她不得不和闵孟还有其他人出去一下，那时候就由我在这儿照顾你。"

"闵孟？"透过透明的墙壁，我朝外凝视。一颗明亮的恒星，比海伯利安的小。从这个椭圆形的舱室开始，这个有机构造体伸出许多不可思议的几何体，它们一路蜿蜒着朝远处延伸而去。"我在哪儿？"我问，"我们怎么到这儿的？"

瑞秋咯咯地笑了起来。"我先回答你第二个问题，你就会马上知道第一个问题的答案。伊妮娅让飞船跃迁到了这个地方。德索亚神父舰长，他手下的格列高里亚斯中士，还有那名军官单卡雷，他们知道这个星系的坐标。虽然他们都昏迷了，但另一名幸存者，那名囚犯，霍格·利布莱尔，知道这地方藏在哪里。”

我又朝薄壁外望去。这个构造体似乎非常庞大，从这个荚舱开始，有一些栅格结构的东西向四面八方延伸出去，有些处于亮光中，有些位于黑影下。这么庞大的东西，怎么可能被藏起来，又是谁藏的？

“及时跃迁离开，怎么办到的？”我嗓音沙哑地叫起来，接着又吞了几个小水球，“我们不是被圣神战舰包围了么？”

“没错，”瑞秋说，“的确是这样。在他们摧毁我们之前，我们绝对没办法飞到霍金驱动的跃迁点。来——你已经不需要再连着墙壁了。”她扯掉了茎蒂，让我自由飘浮着。但就算在零重力下，我仍旧感觉极度虚弱。

我转了转方向，在昏黑的光线下正面对着瑞秋。“那么，我们到底怎么来这儿的？”

“其实不是跃迁，”年轻女子说道，“当时伊妮娅将飞船的目的地定向太空中的一个位置，从那儿，我们直接远距传输到了这个星系。”

“**远距传输**？！难道还有能用的太空远距传送门？就像霸主军部飞船以前用的那些？不是全都已经在陨落期间被毁了么？”

瑞秋摇着头。“没有远距传送门，什么也没有。只不过是一个离第二颗卫星几十万公里远的随意的点。那真是一场惊心动魄的角逐……圣神飞船一直在呼叫我们，威胁着要开火。最后他们的确开火了……切枪光束从四面八方朝我们袭来，要是被击中，我们肯定当场灰飞烟灭，沿着抛物线慢慢扩散，连残骸都不会留下。就在我们抵达伊妮娅给出的那个位置时，我们忽然就……来到了这儿。”

我没再一次问这是哪儿，只是飘浮到弯曲的墙壁边，想要朝外窥探一番。墙壁摸上去带着暖意，软软的，像是活的，满满的日光经过它渗透进来，使得舱内的光线变得异常美丽柔和，但这样也使得我难以看清外面的东西，只看到一颗璀璨夺目的恒星，还有小舱外那不可思议的几何构造体。

“想看看这是‘哪儿’吗？”瑞秋问。

“嗯。”

“荚舱，”瑞秋说道，“请将表面透明化。”

忽然间，我们和外面变得毫无阻隔。我差一点恐惧地大叫，虽然控制住了声音，但还是吓得打了个趔趄，想要抓住什么实实在在的东西，最后，瑞秋向我跃来，伸出一只坚定的手，稳住了我的动作。

我们是在太空中。原本环绕周围的荚舱消失了，我们正飘浮在太空中——似乎是飘浮在太空中，只不过这里有空气可以呼吸——我们是在一根树枝上……这是一棵……

不，树远远不能形容眼前的东西。我见过树长什么样。这不是一棵树。

我也听过许多关于圣徒的古老世界树的故事，在神林上还亲眼见过世界树的残桩，我听过那些几千公里长的巨树之舰的故事，它们在一个个星系间旅行，那还要追溯到马丁·塞利纳斯的朝圣者时代。

这不是一棵世界树，也不是巨树之舰。

我听说过一些疯狂的传说——事实上是从伊妮娅那儿听来的，这么看来，它们很可能不是传说——这些故事讲述了一个环绕恒星的巨树环，一个生机勃勃的奇妙麻花状圆环，环绕着一个类似旧地太阳的恒星。我曾经算过要形成这样一个世界所需的生命物质，最后觉得这一切都是胡诌。

这不是一个树环。

它在我们周围向四面八方延伸出去，缓缓向内弯曲，覆盖了一片片浩瀚的区域，这些区域就算以星球为参照物，也广阔得让我无法领会。这是一个用生命物质组成的天体，布满了交织的树枝，树干足有几百公里宽，树枝有几公里粗，树叶有几百米长，拖曳在后的根系就像是上帝的神经突触，延伸进太空，足有几百……不，几千米长。树枝密密麻麻，朝各个方向伸展。那些枝干足有旧地密西西比河那么宽大，但从远处看，却又细得像是枝桠一般。一个个树形有海伯利安的天鹰大陆那么庞大，它们和其他大型绿块融合起来，所有的东西都向内弯曲而去，奔向四面八方……有许多黑色的间隙和孔洞对着太空，其中一些间隙比周围的树干和绿叶还要庞大……但没有一处间隙是完整的……每一处地方，树干、树枝和树根都互相纠缠，将无数绿叶暴露在璀璨的光线下，那恒星正在虚空的中心处……[①]

我闭上了双眼。

"这不可能是真的。"我说。

"是真的。"瑞秋说。

"驱逐者吗？"我问。

"是的，"她是伊妮娅的朋友，也是《诗篇》中那个孩子，"还有圣徒，尔格，以及……其他人。它是活的，也是一个构造体……一个有意识的生物。"

"不可能，"我说，"要花上几百万年才能进化出这样的……世界。"

"这是一个生物圈。"瑞秋微微笑着。

我又摇起头来。"生物圈是个很老的术语，那指的是行星上的一个封闭的活系统。"

"这就是生物圈。"瑞秋重复道，"只不过没有行星。不，有彗星，但没有行星。"

放眼望去，在几十万公里外的遥远的真空之地，这个生机勃勃的世界也慢慢泛成一片朦胧的绿色，但就在那儿，一条长长的白痕正在树干间的黑色间隙中缓缓移动。

"彗星。"我傻傻地重复道。

"作灌溉用，"瑞秋说，"需要用到几百万颗。幸好在欧特云中就有几十亿颗，柯伊伯带还有更多。"

我唯有瞪眼的份了。那儿还有另外几个白点，每一个都长着又长又

① 这其实是一个戴森球（Dyson Sphere）。是物理学家弗里曼·戴森的著名构想。

亮的尾巴。在我注视它们的时候，其中一些正在树干和树枝间移动，让我觉得它们像是这个生物圈长出的鳞屑。彗星的轨迹路线穿越了这植物体上的一条条缝隙，如果这真是一个生物圈，这些彗星在远离星系时，必须重新经过这个生机勃勃的天体。这需要多大的巧合？

“我们所在的这个东西又是什么？”我问。

“一个环境荚舱。”瑞秋说，“生命球茎。这一个专门用来进行医疗，它不仅仅照看你的静脉点滴、生命体征、组织再生情况，还在生产制造药物和其他化学品。”

我伸出手，摸了摸那近乎透明的材料。“有多厚？”

“大约一毫米，”瑞秋说，“但很强韧，能保护我们免受绝大多数陨尘的撞击。”

“驱逐者从哪儿弄到这种材料的？”

“他们用生物技术制造出了基因，那些植物自己长成了这样，”瑞秋说，“你恢复力气了吗？可以去见伊妮娅和其他人了吗？大家都在等你醒来呢。”

“行，”我答道，但马上又改口道，“不！瑞秋？”

她浮在半空，等着我说下去。在那令人惊奇的光线下，她那黑色的双眼真是充满了光彩，像极了我的挚爱。

“瑞秋……”我笨拙地开口道。

她飘浮着等在那里，伸手摸向透明舱壁，调整到头朝上的姿势，和我保持一致。

“瑞秋，我和你还没怎么聊过……”

“你不喜欢我。”年轻女子微微一笑。

“不是这样的……我是说，从某一点上来说，你说得没错……但那是因为我一开始没明白。我和伊妮娅分开了五年时间……很难熬……我想我是在嫉妒。”

她弓起黑色的眉毛。“嫉妒，怎么会呢，劳尔？难道你以为在你不在的那几年里，我和伊妮娅成了恋人？”

“嗯，不……我是说，我不知道……”

瑞秋举起手，免去了我进一步的慌乱。“不是，”她说，“从来就不是。伊妮娅永远也不会考虑这件事。西奥可能会有这个念头，但从一开始她就知道，我和伊妮娅注定会爱上不同的男人。”

我唯有瞪眼的份了。*注定？*

瑞秋又笑了。索尔·温特伯在海伯利安朝圣时讲的故事，说的就是这个小姑娘的事，我能想象她年少时的笑容。“别担心，劳尔。我恰巧知道一件事，那就是伊妮娅爱过的人只有你一个，再无别人。甚至当她还是个小女孩时，甚至在她还没遇到你之前，就已经是了。你一直就是她的真命天子。”年轻女子的笑容忽然显出一丝遗憾，“我们都是幸运的。”

我张口想说话，但还是迟疑着。

瑞秋的笑容不见了。“哦，她跟你说过那一年十一个月一星期又六小时的空白？”

“是的，”我说，“她还有了个……”说到一半我便住了口。在这样一名强势的女子面前激动得说不出话来可是一件尴尬的事。她以后大概要把我给瞧扁了。

“孩子？”瑞秋马上为我把半句话补上。

我盯着她，似乎想从她俊俏的面容中找到答案。“伊妮娅和你说过？”我问，感觉自己正在背叛我的挚爱，想从别人口中挖到这些信息。但我忍不住，“你知道那个时候她……”

“她在哪儿？”瑞秋又替我说完下半句话，她同样目光炽热地盯着我，“发生了什么事？是不是结婚了？”

我只有点头的份了。

“是的，”瑞秋说，“我们知道。”

“当时你和她在一起？”

瑞秋似乎犹豫了一下，像是在权衡如何作答。“不，”她最后说道，“我和贝提克、西奥差不多等了两年，她才回来。在她不在的时间里，我们继续履行她的……神职？任务？……不管那是什么，在那段时间，我们一直在执行……在向人分享她的教导，寻找意欲享用圣酒的人，并告诉他们伊妮娅什么时候会回来。”

“这么说，你知道她什么时候会回来？”

“是的，”瑞秋说，“精确到天。”

“怎么知道的？”

“她必须在那天回来，”这位黑发女子说道，“在不危及任务的前提下，她会尽可能地利用到每一分每一秒。第二天，圣神便开始追击我们……要是伊妮娅没有回来，没有把我们传送走，那他们就会把我们抓住。”

我点点头，但脑子里想的却不是和圣神的侥幸脱险。“你见过……他吗？”我问，想让语气保持平静，却做不到。

瑞秋的表情还是那么严肃。“你是说，那个孩子的父亲？伊妮娅的丈夫？”

我觉得瑞秋并不是有意说得那么残酷，但这些词语撕扯着我，甚至比尼弥斯的爪子还要让我痛苦。“是的，”我说，“就是他。”

瑞秋摇摇头。“伊妮娅离开时，我们谁都没见过他。”

“但你知道她为什么选他作为孩子的父亲？”我不依不饶地问，感觉自己和那个被我们撇在天山上的宗教大法官毫无区别。

“是的。”瑞秋说，她看着我，但没有多说什么。

“这和她的……任务有关吗？”我感觉自己越来越透不过气来，声音绷得紧紧的，“是不是有什么她不得不做的事……因为什么原因她不得不生下这个孩子？瑞秋，能告诉我吗？”

瑞秋紧紧抓住我的手腕。“劳尔，你知道伊妮娅到时自然会给你解释这一切。”

我挣脱了她的手，粗鲁地哼了一声。“到时，”我咆哮道，“老天爷，我早就听厌这句话了。我已经等得快吐了。”

瑞秋耸耸肩。“那就去见她。威胁说如果她不告诉你，就把她打一顿。你击败了那个尼弥斯魔头……伊妮娅绝不成问题。”

我瞪着这个女人。

“说真的，劳尔，这是你和伊妮娅之间的事。我只能告诉你，你是唯一一个在她口中提及的男人，并且，就我所知，也是唯一一个她爱过的男人。”

“见鬼，你怎么能……”我怒气冲冲地说道，接着便闭上了嘴。我尴尬地拍拍她的手臂，这个动作让我沿着自己的轴心转悠起来。在零重力下，如果不和对方保持接触，就很难在他身边保持静止。“谢谢你，瑞秋。”我说。

“准备好去见大家吗了？”

我吸了口气。“差不多，”我说，“这个荚舱的表面可以变成镜面吗？”

“荚舱，”瑞秋说道，“透明度百分之九十。内壁高度反射性。”接着她对我说，“想在最重要的约会前，对着镜子整理整理？”

荚舱的表面变得几乎和一潭静水一样光亮。虽然比不上镜子，但还是很清楚地照出了劳尔·安迪密恩的样子，脸上留着伤疤，脑袋光秃秃的，脑壳上的皮肤像婴孩般粉嫩，眼睛周围有点淤青和浮肿，而且很瘦……非常瘦。脸部和上身的骨头和肌肉像是用粗线条的铅笔画出的素描。眼睛看上去有点不一样。

“老天爷。”我再一次说道。

瑞秋挥了挥手。“自动诊疗室想让你再待一星期，但伊妮娅等不及了。那些伤疤会消退的……至少大多数会。点滴中的药剂可以帮你复原，再过两三个标准周，你的头发就会长出来。”

我摸了摸头皮，感觉像是新生儿难看的小屁股，皱巴巴的，但却很嫩。“两三周，”我说，“好极了。真他妈好极了。”

“别太急，”瑞秋说，“说实话，我觉得你看上去劲头蛮足的。我要是你，劳尔，就会保持这个表情。况且，我听说伊妮娅很容易被老年人打败。你现在就像个老年人。”

“多谢。”我干巴巴地说道。

“没什么。”瑞秋说，“荚舱，开门，打开主增压茎秆通道。”

舱门开启，她领我跃出了荚舱。

当我走进房间……荚舱……时，伊妮娅用力抱了我一下，力道大得让我觉得断掉的肋骨又折了。我同样用力抱着她。

在增压茎秆通道内的旅程再普通不过，通过反向运动的高速氧气流给予的强力推动，我们在一条两米宽的透明柔韧管道内急速射出，以大约每小时六十公里的速度前进。与此同时，另一些人静静地以相反的方向从我们身边擦过，相对速度高达每小时一百二十公里，这些人大多数都很瘦，没有头发，无一例外都长得非常高。接着我和瑞秋加速进入了一个中心舱，就像是血球被喷进了一只庞大心脏的心房和心室，我们在里面翻滚、跃动，避免撞到别的高速行进者，最后从一个茎秆通道的开口（一共有十几个）出去。在那几分钟里，我有点晕头转向，但瑞秋似乎知道该走哪条路，她说每个出口的植株上都有不同的颜色，很快，我们便进入了一个荚舱，大小和我原先那个差不多大，但里面还有好多小房间、茎蒂座位，还有很多人——多数我都认识，比如伊妮娅、贝提克、西奥、多吉帕姆、罗莫顿珠，还有几个我最近认识的人，比如德索亚神父舰长，他显然已经从重伤中复原，穿着神父的黑裤子，束腰上衣，罗马衣领，格列高里亚斯中士穿着瑞士卫兵作战服；其余的人看起来都很奇妙，比如又高又瘦、像是来自另一个世界的驱逐者，戴着兜帽的圣徒，这些人都在我的理解范围内；还有一些人，虽然我认识，我还是不敢相信他们竟然出现在了这里，在伊妮娅迅速的介绍下，我得知其中一位是圣徒巨树的忠诚之音——海特·马斯蒂恩，还有一位是前霸主军部上校——费德曼·卡萨德。比起瑞秋和伊妮娅的母亲布劳恩·拉米亚，他们不仅仅是诗人老头《诗篇》中的人物，还是远古神话中的原型，早已在很久很久以前死去，对这个每天固定的吃喝拉撒睡的世界来说，实在是太不真实了。

在这个零重力的驱逐者荚舱中，还有一些压根不是人的异人，至少按我的参照标准来说：比如那两个纤细的绿色生物，据伊妮娅介绍，分别是利利欧欧和欧欧亚亚，他们是来自希伯伦的赛内赛移情精，这些异星智慧生命如今已经所剩无几。我看着这些奇怪的生物，极为苍白的柏绿皮肤和眼睛；身体如此纤细，我甚至能把他们的躯干缠绕在手指上；他们和我们一样也是左右对称，有两条手臂、两条腿、一个脑袋，但是，当然一点也不像我们；四肢就像是柔韧连续的绳索，不像有什么关节骨或软骨的样子；张开的手指就像是蟾蜍的爪子；脑袋更像人类胎儿，而不是成人。他们的眼睛差不多就是绿色脸庞上的两个暗点。

据传说，赛内赛移情精早已在大流亡早期全部灭绝……他们差不多已经成了传说，甚至比战士卡萨德和圣徒海特·马斯蒂恩还要虚无缥缈。

在做介绍时，其中一个绿色的传奇生物伸出长着三根手指的手，碰了碰我的手掌。

在这个荚舱中，还有其他一些不属于人类、不属于驱逐者，也不属于机器人的生物体。

在荚舱的透明墙壁边，飘着一些看上去像是绿白色大型血小板的东西，呈茶碟状，柔软，微微抖动着，每个都有两米宽。我以前见过这些生物……是在那个云海星球，我曾在那儿被一只天鱿鱼吃掉。

不是吃你，安迪密恩先生，从我的脑中传来语言的波动，**是要转移你。**

*心灵感应？*我想，更是对那些血小板提问。我想起来，在云海星球上也曾有过这种语言的波动，我当时就纳闷那是从什么地方来的。

伊妮娅回答了我的问题。“也许会感觉有点像心灵感应，”她柔声说道，“但其实没有什么神秘之处。阿凯拉特里以一种古老的方法学会了我们的语言——他们的泽普棱共生体听到声音的震动，阿凯拉特里进行分解分析。他们以一种紧聚焦的远程微波脉冲控制泽普棱……”

“在云海星球上吞掉我的，就是泽普棱。”我说。

“没错。”伊妮娅说。

“就像旋转星上的泽普棱？”

“是的，木星也有。”

“我还以为他们在大流亡早期就被捉光了呢。”

“旋转星上的灭绝了，”伊妮娅说，“而木星上的在大流亡前就被消灭了。不过你驾着滑翔伞小舟漂流的地方，并不是木星或旋转星……而是深入偏地六百光年的另一个富氧气体巨星。”

我点点头。“抱歉，我打断一下。你刚才说……微波脉冲……”

伊妮娅优雅地打了个手势，她自儿时起就一直做这个动作，意义是随它去。“他们能精确模拟出大脑和神经中枢中的脉冲波刺激，控制泽普棱共生体的运动。我们允许阿凯拉特里刺激我们的语言中枢，让我们‘听见’他们的话语。我觉得，这就像是他们在弹奏一台复杂的钢琴……”

我点点头，但其实并不太明白。

“阿凯拉特里也是一种太空远征种族，”德索亚神父舰长说，“几百万年来，他们已经拓殖了一万多个富氧的气体巨星。”

“一万个！”我大吃一惊，当时我的嘴巴肯定是张了几秒钟。人类在太空旅行的一千两百多年来探索并定居的星球数量，还不足这个数的十分之一。

“阿凯拉特里从事这件事的时间比我们长多了。”德索亚轻声说。

我看着那些轻轻颤动着的血小板。我没有看到他们的眼睛长在哪里，也没有看到耳朵。他们能听到我们的话吗？这是肯定的……因为其中一个对我的想法做出了回应。他们能刺激语言中枢，也能阅读思维？

就在我看着他们的时候，房间内人类和驱逐者之间的谈话又开始了。

“情报很可靠，”说话的是一个全身苍白的驱逐者，后来我得知他名叫纳弗森·韩宁，“在拉卡伊9352星系，至少有三百艘大天使级飞船正在集结。每艘飞船上都配有一名马耳他耶路撒冷骑士团的代表。显然，这是一场圣战。”

“拉卡伊9352，”德索亚若有所思道，“希毕雅图的苦涩，我知道这个地方。这是什么时候的情报？”

“二十小时之前得知的。”纳弗森·韩宁说，“在你突袭期间，俘获了三艘基甸驱动无人信使飞船……其中两艘被毁，从剩下的那艘中，我们获得了这条情报。我们确信，派出这艘信使飞船的是一艘侦察机，它在派出飞船后，马上就被探测到，并被摧毁了。”

“三百艘大天使飞船，”德索亚说道。他揉了揉脸颊，“如果他们意识到这个情报被我们获得，那他们很可能会在几天……甚至几小时内，通过基甸驱动来到这里。假设重生需要两天时间，那我们的准备时间不足三天。我走后，防守方面有提高吗？”

另一名驱逐者张开双手，意思是“决不可能”，后来我知道他名叫西斯滕·考德威尔。我注意到，这人长长的手指间长着一些蹼一样的东西。“多数战舰都已经去了位于长城的突出战线，以抵抗圣神特遣部队的前锋。这是场苦战，我们也不指望会有多少战舰活着回来。”

“情报有没有说，圣神知道我们这儿的军力？”伊妮娅问。

纳弗森·韩宁同样张开双手，这动作和考德威尔的相差无几。“应该不知道，但另一方面，他们知道这是我们展开防卫战的主要集结地。我敢打赌，他们肯定认为这里是我们的另一个基地，或许还有部分环轨森林。”

“在圣战的炮火烧到这里之前，有没有办法先将其粉碎？”伊妮娅在问房间内的每一个人。

“没有。”传来平静的回答，说话的是费德曼·卡萨德上校，一口环网语带着古怪的腔调。他的个子真高，非常瘦，但很强壮，下颌和嘴边长着一圈络腮胡。在诗人老头的《诗篇》中，卡萨德是非常年轻的，但眼前的这位战士至少已经六十多标准岁，薄薄的嘴唇和小小的眼睛周围已经皱纹层叠，由于长时间照射在沙漠世界的烈日下，或是长时间浸浴在太空的紫外线下，那原本黝黑的面容现在愈发显得深黑，头顶的头发根根竖起，就像是短短的银钉。

所有人都看向卡萨德，等着他说下去。

“由于德索亚的飞船已经被毁，”上校说道，“我们仅剩的游击战术也用不上。虽然我们有几艘霍金驱动战舰，但如果用它们跳跃到拉卡伊9352，然后再返回，那就会产生至少两个月的时间债。圣战大天使飞船几乎肯定会在这里等着我们回来……我们将毫无还手之力。”

纳弗森·韩宁从荚舱的舱壁旁蹦离，调整方向，和卡萨德保持同向。“无论什么情况，这仅有的几艘战舰都不会增强我们的防御。”他轻声说，虽然一口环网语带着浓烈的口音，但却十分优美动听，“如果受到攻击，难道只能眼睁睁赴死吗？”

伊妮娅飘浮在两个男人之间。“我们不能就这么坐以待毙，”她说，“也不能让他们毁掉这个生物圈。”

积极的态度，有个声音在我脑中响起，**但并非所有的积极态度都可以用行动来支撑**。

“没错，”伊妮娅说，她对着那些血小板说道，“但也许这一次可以。”

那就祝你们好运，脑中那声音说道。接着血小板们朝舱壁飘去，门为他们敞开，他们离开了。

伊妮娅深深吸了口气。“我看这样，大家七点在‘伊戈德拉希尔’号集合，一起享用晚餐，然后继续讨论，怎么样？到时候也许有人会想出办法。”

没有异议。人类、驱逐者、赛内赛移情精分别从几十个突然出现的出口离去。

伊妮娅浮在空中，来到我面前，又一次抱住了我。我摸了摸她的头。

“我的挚友，”她柔声说道，“请随我来。”

我们来到的是她的私人起居荚舱——不，她跟我说，是我俩的私人起居荚舱——它的样子和我刚才醒来时待的那个差不多，只不过这里还有一些有机的架子、壁龛、写字台、储物柜，以及连接通信志界面的设备。在其中一个小箱子里，放着我的衣物，是从飞船上拿到这里来的，叠得整整齐齐。在一个纤维塑料制成的抽屉中，还放着一双多余的靴子。

伊妮娅从一台冰箱里拿出食物，开始制作三明治。“亲爱的，你肯定饿了吧。”她一面说，一面撕下几片粗制的面包。在那张零重力茎蒂工作台上，放着柴羊奶酪，几块包装好的烤牛肉——肯定是从飞船上拿来的——还有几包芥末酱，好几杯天山产的麦啤。我顿时觉得饥肠辘辘。

三明治又厚又大。伊妮娅把它们放进用强力纤维制成的捕集盘中，然后拿起她那份，又拿了杯啤酒，接着蹦向了外墙。一扇门出现并敞开。

“啊……”我警觉地说道，心里想说——*不好意思，伊妮娅，但外面是太空啊。难道我俩不会因为爆炸性减压，七窍流血而死吗？*

但伊妮娅穿过了那扇有机大门，我只得耸耸肩，跟了上去。

外面是另一番天地，有小道、吊桥、茎蒂台阶、露台和阳台，由硬得像钢铁一般的纤维制成，在荚舱、茎秆、树枝和树干旁，缭绕着许多像是常春藤般的东西。而且还有空气可以呼吸。闻上去很是清新，像是雨后的森林。

“是密蔽场。”我早就应该猜到了。毕竟，*如果领事的那艘古老星舰能有瞭望台……*

我朝四周看了看。“哪里来的动力？”我问，“太阳能接收器？”

“间接方式。”伊妮娅说，她找到一处铺着地毯的茎蒂休息区，但在这个复杂织就的微型露台上，并没有栏杆。这条巨型树枝的宽度至少有三十米，前端伸进头顶的叶丛，后端是我们“身下”那些纵横交错的树枝和树干，这让我的内耳产生了一种幻觉，认为自己是在一堵由绿梁交叉而成的巨墙上的几千公里处。我抵制着想要全身趴在茎蒂垫上紧抓不放的冲动。一只辐射蛛纱鼓翼飞过，紧随其后的是一只长着剪尾的小鸟。

“间接方式？”我问道，同时咬了一大口三明治，把嘴巴塞满了。

“就绝大部分而言，日光被转变成密蔽场，是由尔格完成的。”伊妮娅继续道，她喝了口啤酒，看着我们头顶、脚下、四周那些看似浩瀚无垠的叶丛，它们的绿色表面都面对着璀璨的恒星。由于这里没有足够的大气，无法营造出蓝色天空的氛围，但密蔽场已经将面朝恒星的景象极化，防止我们正眼注视时被日光灼瞎双眼。

我吃惊得几乎把嘴里的东西喷了出来，最后终于勉强吞了下去，说道:“尔格？毕宿星系的缚能生物？没开玩笑吧？是最后一次海伯利安朝圣时的那种尔格？”

“是的。”伊妮娅说，她黑色的双眼紧紧盯在了我的身上。

“我还以为它们灭绝了呢。”

“没有。”伊妮娅说。

我拿起啤酒杯喝了一大口酒，摇摇头。“你把我弄糊涂了。”

“亲爱的，不明白也没什么不对。”伊妮娅柔声说道。

“这个地方……”我有气无力地指了指这堵枝叶形成的墙壁，它们在我们身下伸向比行星地平线还要远的远方，我又指了指头顶极为遥远的绿黑圆弧，“不可能啊。”我说。

“并非如此，”伊妮娅说，“几千年来，圣徒和驱逐者一直在研究这件事，除此之外还有其他像这样的事。”

我又咬了一口，奶酪和烤牛肉真是太好吃了。“在陨落期间，有成千上万的巨树逃离了神林，这就是它们去的地方。”

“这里只是一部分，”伊妮娅说，“但在那之前，圣徒就已经开始在和驱逐者一起研究环轨森林，发展生物圈了。”

我抬头仰望，那遥远的距离让我头晕目眩。感觉自己正凭空站在这个长满叶子的小型平台上，我顿时感到天旋地转。在我们下方和右方的遥远之处，有一根像是绿色小枝似的东西，正在交错的树枝间缓慢移动。它裹在一层薄能量场下，我终于意识到，那正是一艘传说中圣徒的巨树之舰，长度几乎肯定达到了几千米。“已经完工了吗？”我问，“这是一个戴森球？一个环绕恒星的天球？”

伊妮娅摇摇头。“远未完工呢，虽然大约在二十标准年前，他们就已经和所有的原始树干卷须取得了接触。从技术上来说，这是一个天球，但此时此刻，大多数地方都还是孔洞，有些大得足有几百万公里呢。”

“太他妈了不起了，”我意识到自己的口才变差了，我揉揉脸颊，抚摸着郁郁葱葱的胡子，“我昏迷了两星期？”我问。

“十五个标准日。”伊妮娅回答。

“一般情况下，医疗箱的治疗时间没这么慢啊。”我吃完了三明治，把捕集盘卡在桌子上，开始喝啤酒。

“一般情况下是。”伊妮娅同意道，“瑞秋肯定已经告诉你了，你在自动诊疗室里待的时间不怎么长。一开始的几个手术都是她亲手做的。”

“为什么呢？”我问。

“医疗箱人满为患。”伊妮娅说，“我们一到这儿，就把你从沉眠箱中解冻了，但医疗箱的三个医疗位都被占着，在你前面进去的三位，伤势都很重。德索亚在死亡线上挣扎了一星期。那位中士……格列高里亚斯……伤情比我们在泰山遇见他的时候还要重。第三名军官——单卡雷——很不幸，虽然医疗箱和驱逐者医师极尽所能，他还是没有活下来。”

“见鬼，”我说道，放下啤酒杯，“太不幸了。”在一般人看来，自动诊疗室几乎能治好一切伤病。

伊妮娅向我投来炽热的目光，我觉得自己的皮肤火辣辣的，就像是被热辣的日光炙烤着。“感觉怎么样，劳尔？”

“棒极了，”我说，“不过还有一点疼。我能感觉肋骨在愈合，有点隐隐作痛，伤疤痒痒的。我觉得就像是睡了整整两星期，还睡过了头……但感觉很好。”

她抓住我的手，那双眼睛有点湿润。过了一会儿，她说道：“如果你死在我怀里，我真的会吓死的。”声音有点嘶哑。

“我也是。”我捏紧她的手。当我抬头仰望时，我马上跳了起来，酒杯盘旋着飞进了稀薄的空气中，就连自己也差一点飞上了半空。幸好茎蒂上的尼龙搭扣扣着我软软的鞋子，把我固定在原处。“**老天爷！**”

我举手指道。

从我们这个距离来看，那东西看上去像是一条乌贼，或许有一两米长。但根据经验和慢慢增强的透视感，我知道不只如此。

“一位泽普棱，”伊妮娅说，“有许许多多阿凯拉特里在这里从事生物圈的工作。它们栖息在二氧化碳和氧气层中。”

“它不会又想吃我吧？”我问。

伊妮娅微微一笑。“也许吧。上次吃你的那位很可能把消息传出去了。”

我朝我的啤酒杯看去，它已经翻滚着跌到了下方一百米之外，我很想跳下去抓住它，但思考了一番之后，最后还是坐在了茎蒂长凳上。

伊妮娅把她的杯子递给了我。“拿着吧，我从来喝不完这些东西。”她看着我喝了一口，“趁现在有空，你还有别的什么问题吗？”

我把酒吞下肚，做了个不屑一顾的动作。“嗯，这里有一堆绝种的生物，一堆神话人物，一堆死人。介不介意解释一下？”

“你说的绝种，是指泽普棱、赛内赛，还有圣徒？”她问。

“对，还有尔格……虽然我到现在还没真正见过一个。”

“圣徒和驱逐者一直在致力于保护这些受人猎杀的智慧生命，就像是茂伊约的移民力图保护旧地的海豚。”她说，“他们的敌人，一开始是早期的大流亡殖民者，后来是霸主，现在是圣神。”

“那神话人物和死人呢？”我问。

“你是说卡萨德上校？”

“还有海特·马斯蒂恩，”我说，“就此而言，瑞秋也算一个。那要命的海伯利安《诗篇》里的演员似乎全都聚齐了。”

“才没有呢，”伊妮娅说，声音轻柔，带着一丝伤感，“领事死了。杜雷神父也一直不得生。我的母亲也不在了。”

“对不起，丫头……”

她又摸了摸我的手。“没事，我知道你的意思……这事很让人疑惑。”

“你以前认识卡萨德上校或海特·马斯蒂恩吗？”我问。

伊妮娅摇摇头。“家母经常跟我说起他们，当然……马丁叔叔也在诗中添加了很多描述。但在我出生前，他们就已经不在了。”

“不在了，”我重复道，“你是说死了吗？”我开动脑筋，回忆着《诗篇》里的章节。据诗人老头的故事所说，海特·马斯蒂恩，这位高个子圣徒，巨树的忠诚之音，乘着风力运输车穿越海伯利安的草之海，当他的树舰“伊戈德拉希尔”号在轨道上被炸毁的时候，他也一并失踪了。圣徒的卧舱中溅满了鲜血，暗示出凶手是伯劳。他把尔格遗留在了一个莫比斯立方体中。后来，余下的朝圣者在光阴冢山谷中找到了马斯蒂恩。但他没有来得及解释他去了哪里，只是说风力运输车中的血并不是他的，又大叫着说自己的使命是成为痛苦之树的代言人，接着便死去了。

卡萨德上校几乎是在同一时间失踪的，就在进入光阴冢山谷后不久。但据马丁·塞利纳斯的《诗篇》所言，这位军部上校跟着自己的幻影恋人——莫尼塔——来到了遥远的未来，并和伯劳搏斗而死。我闭上了双眼，大声背诵出原文：

……之后，山谷的遍地尸堆中，
莫尼塔和几位特选战士，
力战暴怒的伯劳军团，
皆已伤痕累累，
但还是找到了卡萨德的尸体，
他和毫无声息的伯劳
紧紧抱成一团，
那是死亡的拥抱。
战士们举起卡萨德，带着他，抚摸着他，
带着从失落和战斗中生起的敬意，
将他满身创伤的身体清洗呵护，
进入了水晶独碑，

这位英雄安躺在白色大理石的棺架上，
武器置放在脚边。
对面的山谷中，巨大的营火
将整个空间点亮。
男男女女举着火炬
穿过黑暗，
其他人从湛青的晨空中一拥而下，
有些驾着泡泡般轻柔的神仙飞行船，
另一些展开一对能量之翼，
或是包在了绿金的环状物之中。
之后，就在星辰闪现时，
莫尼塔与未来的友人辞别，
走进狮身人面像。
众将士齐声歌唱。
在英雄坠落的原野上，
鼠形生物穿梭在倒地的三角旗中，
微风悠悠吹拂着甲克、利刃、钢铁和棘刺。
于是，
山谷中，
巨大的墓冢闪闪发光，
从金色褪变成青铜色，
开始了它们驶向过去的漫漫旅程。

“你的记性真好。”伊妮娅说。

“我小时候背的，要是背错，外婆就会打我。”我说，“别打岔。在我看来，圣徒和上校应该已经死了。”

“他们会死的，”伊妮娅说，“我们大家都会。”

我等着她从这种阿波罗神谕式的状态中醒过来。

“据《诗篇》所言，伯劳把海特·马斯蒂恩带到了某个时刻的某个地方……”她说，“后来他回到了光阴冢山谷，然后就死了。但诗中没有提到他离开了一个小时还是三十年，马丁叔叔并不知道真相。”

我斜眼看着她。“卡萨德呢，丫头？关于他，《诗篇》写得很清楚……上校跟着莫尼塔到了遥远的未来，开始了一场和伯劳的战斗……”

“事实上是伯劳军团。”我的朋友纠正道。

“嗯，”我应道，但其实从没弄懂过这一切，“但看上去很连贯……上校跟着莫尼塔，战斗，然后死亡，身体被放进水晶独碑，接着莫尼塔陪着尸体一起穿越时间，开始前往过去的旅程。”

伊妮娅点点头，微微一笑。“还和伯劳一起。”她说。

我顿了顿。伯劳从光阴冢中出现……莫尼塔用了某种方法和它一起旅行……这么说，虽然《诗篇》清楚地记述了这一切，认为卡萨德在那伟大的终极战役中摧毁了伯劳，但不知怎的，怪物却还活着，甚至还和莫尼塔以及卡萨德的尸身一起逆时而上……

见鬼。那首诗中真的是说卡萨德已经死了吗？

“瞧，马丁叔叔有时候不得不虚构一些情节，”伊妮娅说，“他从瑞秋那儿得知了一些事，但如果牵涉到一些难以理解的事，他就运用起了诗人的特权。”

“这样啊。”我说道。瑞秋。莫尼塔。《诗篇》明白无误地表示，女婴瑞秋和她父亲索尔一起前往了未来，后来她又以莫尼塔的面目返回。卡萨德上校的幻影恋人。他将跟着这个女人一路前往自己的未来，直至自己的宿命……几个小时前，我还怀疑瑞秋是伊妮娅的爱人，当时她是怎么跟我解释的？“我的爱人将会是某位战士……一位男性战士……你今天将会见到他。啊，事实上，我会在某一天和他扯上关系。我是说……见鬼，这事真是复杂。”

千真万确。我感到心很痛，于是放下酒杯，双手抱着头。

“这一切远比那复杂得多。”伊妮娅说。

透过指缝，我窥视着她。“可以解释一下吗？”

“可以，但是……”

“我知道，”我说，“过段时间再说。”

“嗯。”伊妮娅握住了我的手。

“为什么现在就不能讲讲？”我问。

伊妮娅点点头。“现在我们得进荚舱，取消掉墙壁的透明状态。”她说。

“我们？”

“对。”

“然后呢？”我问。

“然后，”伊妮娅说，她从茎蒂上飘起，并伸手把我拉起，“我们来温存个几个小时吧。”

25

零重力。失重。

我以前从没真正领悟到这些词的真意，从没切身体会这一现实。

我们那间起居荚舱的透明状态被取消，富丽的夕阳余晖投射而下，仿若照射在了厚厚的羊皮纸上。我又一次觉得自己像是进入了一颗温暖的心脏，又一次体会到伊妮娅在我心中的分量。

起初，伊妮娅小心翼翼地脱去我的衣服，检视着那些术后伤疤，就像是在检查我的伤情，她轻轻抚摸着我那已经恢复的肋骨，手掌向我的后背抚去。

“我应该刮刮胡子，”我说，“洗个澡。”

“胡说，”伊妮娅柔声道，“我每天都用海绵给你擦身子，还给你洗音波浴……今天早上也没落下。亲爱的，你很干净。你这一脸胡子，我很喜欢。”她的手指抚摸着我的脸颊。

我们飘浮在柔软的圆形床架上，我帮伊妮娅脱去衬衣、裤子和底裤。衣服脱尽后，她把它们捅进了抽屉，赤脚关上了纤维制的面板。我俩咯咯地笑了起来。我的衣服仍旧静静地飘在半空，衬衣的衣袖缓缓地摆着，像是在打手势。

“我去拿……”我开口道。

“不，不要。”伊妮娅把我拉近。

在零重力下，就连亲吻也需要更强的技巧。伊妮娅的头发缭绕在她的脑袋周围，在日光的照射下，仿若日冕一般，我捧起她的脸，亲吻她——她的嘴唇、眼睛、脸颊、额头，然后又是嘴唇。我们开始慢慢翻滚，不时蹭到光滑明亮的墙壁，墙壁和伊妮娅的肌肤一样带着浓浓暖意。不知道谁推离了墙壁，于是我们俩翻滚着来到了椭圆形荚舱的中部。

拥吻变得更加急切起来。每一次我俩动一动身子，将另一个抱得愈发紧的时候，就会沿着无形的中心转动起来，并且越转越快，双手双脚紧紧扭缠在一起。在这种情况下，我不会停下拥吻，松脱双手和双脚，只是伸出一条胳膊，等待着暖意融融的墙壁的靠近，以此阻止翻滚。碰触到墙壁之后，我们又会从又弯又亮又暖的墙壁上弹开，重新慢慢打着转，朝中心飘去。

伊妮娅停下了亲吻，脑袋后仰了片刻，但仍旧紧紧抓着我的胳膊，她细细审视着我。在过去十年间，我曾无数次见过她的这副笑容，我以为自己明白她每一个笑容的含义，但这一个比我以前见到的更加深邃、更加老练、更加神秘，也更加顽皮。

“别动。”她细语道，同时轻轻地抵着我的手臂，在半空中转了半个身。

“伊妮娅……”话一出口，我便什么也说不出来了。我闭上了双眼，除了感官的享受，我已经遗忘了一切。我能感受到她的手紧紧地抓着我的腿肚，把我拉近。

过了片刻，她的膝盖靠上了我的肩膀，大腿轻轻撞上我的胸膛。我伸手抱住她的背凹，把她拉近，脸颊贴着她大腿内部的强壮肌肉，向内滑动。在西塔列森时，我们有个厨子养了一只虎斑猫。无数个晚上，我会一个人坐在西边的平地望着日落，感受着岩石渐渐散失热量，等着晚上和伊妮娅一起坐进她的居所，海阔天空地瞎聊。在那时，我会注视着那只猫，看着它慢慢舔食奶油碗。现在，我又想到了那只猫的样子，但没过几分钟，我脑中便只剩下一种无可抗拒的感觉：觉得我的爱人正把我吞没，觉得有一股海水的咸涩味，觉得我们的动作就像是涨起的潮水，觉得自己的所有感觉都集中在了核心之地那缓慢而渐增的激动感受上。

我不知道我们这样子飘浮了多长时间。这种无可抗拒的兴奋感就像是一把火，正在耗尽时光。这种极度的亲昵行为，豁免了宇宙对于时空的需求。唯有渐增的激情特权，以及无可避免的意欲更亲近一步的要求，标绘出这一温存行为的每一分每一秒。

伊妮娅将双腿张得更开，她的嘴放开了我，但双手仍旧抓着我。在漆黑的光线下，我们又转动起来，缓慢转动的中心，便是她牢牢的手指和我的兴奋点。我们再一次双舌交织，亲吻起来，伊妮娅将我抱得更紧了。“来。”她低声道。我照做。

如果这个宇宙有什么真正的秘密，那就是这……最初几秒的暖意交融，进入挚爱的身体，并完全被接受。我们再一次亲吻起来，缓缓的翻滚已经为我们所遗忘，富丽的光线包裹着我们，如同心脏般温暖。我睁开了眼睛，看见伊妮娅的头发就像是奥菲利娅斗篷一般，在如酒般深黑的空海中打旋。这真像是在深深的咸水中抱着自己的挚爱，像失重般上下起伏，而她的温存紧紧包裹着我，就像涨起的潮水，我们动作的节奏就像是海浪在拍击暖暖的沙地。

“噢……”完美的动作没过多久，伊妮娅便低声道。

我停止了亲吻，想看看到底是什么东西在把我俩拉开。“牛顿定律。”我贴着她的脸蛋低语道。

“每一个作用力……”伊妮娅柔声道，她轻笑了几声，抱着我的肩膀，就像是一名泳者打算停下来休息片刻。

“……都有一个大小相等、方向相反的反作用力……”我微笑着说道，她又向我亲来。

“等式。”伊妮娅低声道。她的双腿紧紧夹住我的臀部，双乳浮在我们之间，乳头逗弄着我的胸脯。

接着，她躺了下去，又让我想到了泳者，不过这次是漂浮在水面上，她双臂张开，但十指仍旧与我相扣。我们继续围绕着我们的中心缓缓转动，缓缓翻滚，她的脑袋上下左右地动着，就像是骑着鼠海豚的骑手，正在阳光四射的深海中做着缓慢的侧手翻动作，但我对这温存行为的优雅弹道已经不再感兴趣，或是早已将其遗忘，我关心的只有温存这行为本身。在充满暖意的空海中，我们的动作加快了。

几分钟后，伊妮娅放开了我的双手，就在我们一起翻滚着的时候，她向前直起身，用力抱住我，短短的指甲扎进我的后背，同时疯狂地亲吻我，然后，她挪开脸，喘着粗气，轻叫了一声。就在她叫出声的刹那，我真切地感受到了她那包裹着我的温存宇宙，从那儿传来一阵短暂的紧紧悸动，一种亲密无间的共享般的脉动。片刻之后，轮到我喘息起来，我紧紧抱着她，在她体内猛烈颤动起来，同时对着她咸涩的脖颈和飘浮的头发连连低语——“伊妮娅……伊妮娅。”那是一份祈祷。我当时唯一的祈祷。我现在唯一的祈祷。

虽然又重新变成了两个人，而不再合为一体，但很长一段时间内，我们就那么抱在一起，在空中飘浮着。四条腿仍旧纠缠在一起，十指扣紧对方。我亲吻着她的脖颈，感觉着嘴唇下的脉搏，就像是记忆在回荡。她的手指抚摸着我浸满汗水的头发。

就在那一刻，我顿悟了，过去的事无关紧要，未来再大的事也无关紧要。最重要的，是她和我肌肤相亲，她用手紧紧抱着我，她那充满芬芳的发丝、皮肤和充满温存的气息紧紧贴着我的胸膛。这，便是开悟。这，便是真理。

伊妮娅纵身一跃，离开荚舱的小厢房，过了一会儿，她拿着一块温暖湿润的小毛巾回来了。我俩轮流把身上的汗水擦去。我的衬衣飘了过来，空荡荡的袖子在轻柔的空气流中游摆。伊妮娅笑了起来，放慢了擦汗的动作，但这个简单的动作马上引起了其他一些事。

“噢，”伊妮娅朝我微笑道，“怎么会这样？”

“牛顿定律？”我说。

“有道理，”她低声道，“那么，如果我这样做，会有什么……反应？”

她出手试验了一下，出现的结果马上把我俩惊到了。

“离去树舰和其他人会面，还有几个小时的时间，”她轻声说，接着对起居荚舱说了句话，于是，弯曲的墙壁立即变得完全透明了。我们就像是正飘浮在无数的树枝和如风帆那么大的树叶之间，暖暖的日光浸浴着我们，但当我们朝透明荚舱的另一边望出去的时候，那光线却完全隐没在了夜空和满天星辰之中。

“别担心，”伊妮娅说，“我们能看出去，但外面的人看不进来，因为从外面看是不透明的，就像镜子。”

“你能确定？”我低声道，又亲了亲她的脖子，寻找着轻柔跳动的脉搏。

伊妮娅叹了口气。“如果不出去看看的话，确定不了。有点像是休谟难题。”

我试图回忆在塔列森读过的那些哲学书，回忆我们关于贝克莱、休谟、康德的讨论，然后咯咯笑了起来。“有个办法可以。”我说，赤脚在她的小腿和腿肚上揉搓。

“什么办法？”伊妮娅嘟哝道，她闭上了眼睛。

“如果有谁能看到里面，”我一面说，一面飘到她身后，抱着她，抚摸着她的后背，“那么，不到半小时，就会有一大群驱逐者天使、圣徒树舰和彗星农场在外面转悠了。”

“是吗。”伊妮娅说，她仍旧闭着眼睛，“为什么？”

我展示给她看。

她睁开眼。“哦，乖乖。”她柔声道。

我还以为我吓到她了。

“劳尔？”她细语道。

“嗯？”我应道，但并没有停下正在进行的动作。我闭上了眼睛。

“你说这样可以确定外面是不是镜面，也许你说得没错。”她低声道，接着又叹了口气，这次显得更为惆怅。

“嗯？”我应声道。

她抓住我的耳朵，飘过来，拉近我俩的距离，然后轻声道：“为什么不让外面透明，让里面变成镜子呢？”

我立马睁开了眼睛。

“开开玩笑。”她柔声道，接着推离了荚舱壁，拉着我，来到了中部那一片温暖的空气中。

漫天星辰在我们周围闪耀。

我们穿上了黑色礼装，来到了“伊戈德拉希尔”号上参加晚宴和会议。能登上这艘传说中的巨树之舰，我真是兴奋异常，甚至没有注意到我是什么时候穿越生物圈的树枝，来到巨树之舰的树干上的，这真是有点虎头蛇尾。最后几百个人集合进了一系列平台和敞开的荚舱，巨树之舰解开锚，脱离周围那一个个如城市般庞大的叶子、一个个如行省般庞大的枝干，到了这时，我才意识到自己已经登上了船，开始启程了。

“伊戈德拉希尔”号的长度，从巨树的尖端树冠到基部聚变能量所在的发达根系，必定超过了一千米。在驱动器的作用下，回归了少许重力，很可能只有微重力的几成，但在失重状态中待了那么长时间，即使是这种轻微的重力回归也还是让人手足无措。不过这倒是有利于方向的辨认，几十个人终于可以坐在桌子旁，正视对方，而不是以粗鲁的姿态飘在半空……我想到了伊妮娅，还有刚才那几个小时，念头一出，我顿时脸红了。多层平台上摆着许多桌椅，但有相当一部分人并没有坐在那里，他们或是挤在连接远端树枝和平台的脆薄吊桥上，或是聚在通向枝叶丛的螺旋台阶上（这些台阶就像藤蔓一般缠绕着中央树干），或是悬吊在摇摆的藤蔓和多叶的凉棚中。

我和伊妮娅坐到了中央那张圆桌旁。就座的还有巨树的忠诚之音海特·马斯蒂恩、驱逐者的领袖、另外四十多个圣徒、来自天山的难民，以及其他一些人。我在伊妮娅的左手边就座。圣徒的重要人物坐在她的右手边。现在，我甚至能指出他们大多数人的名字。

除了巨树之舰的船长海特·马斯蒂恩，还有另外六位圣徒，包括凯特·罗斯蒂恩，据介绍，他是星树的忠诚之音，缪尔的高阶神父，圣徒兄弟会的发言人。主桌旁坐着十几位驱逐者，包括西斯滕·考德威尔、纳弗森·韩宁。但还有不少和这些长得又高又瘦的典型驱逐者体型不一样的人，包括阿姆·奇贝塔、肯特·奎恩肯特，两人又矮又黑，眼睛生动活泼，手指间没有蹼，我想，他们应该是一对夫妻；仙·奎恩塔纳·卡安，这位女性身上穿着一件由羽毛制成的华丽袍子，也可能那本来就是她身上长着的羽毛，她身旁的两位蓝色搭档也是一身蓝色羽毛，保罗·乌列和摩根·波顿，还有两人明显是驱逐者，他们的形态已经适应了真空，在整个宴席上自始至终穿着银色的拟肤束装，他们是崔芬耶·尼卡加特和帕洛·克洛尔。

有四名来自希伯伦的赛内赛·阿鲁伊特人出席会议——利利欧欧和欧欧亚亚，这两位我已经在前一次会议上认识了，另一对由伊妮娅介绍，分别叫阿阿洛洛和尼尼洛洛，他俩都有着纤细的绿色体型。我猜测这四人可能具有某种复杂的关系。

阿凯特拉里异星人似乎没有来，直到伊妮娅指了指远处树枝间的一个地方，那里的重力比这里还要低，那些血小板生物就在辐射蛛纱和发光鸟之间飘浮着。就连那些缚能的尔格——控制树舰密蔽场的生物——也以三个莫比斯立方体的形式出现，翻译磁碟封嵌在黑色的母模内。

费德里克·德索亚神父舰长坐在我的左手边，在他左手边坐着他的助手，格列高里亚斯中士。中士旁边是穿着军部黑色制服的费德曼·卡萨德上校，他看上去就像是一尊来自古老霸主时期的全息像。在卡萨德旁边，坐着金刚亥母，她和右手边的古老军部战士一样，身板笔挺，满脸傲意。在她的左手边，坐着一位目光炯炯有神、精神全神贯注的人，正是小男孩达赖喇嘛。

来自天山的其他难民都在餐厅平台上，主桌上坐着的人中，有罗莫顿珠、桑坦、乔治、阿布、大滝治之、远藤健四郎、沃铁、矻矻、恺伊等。在我们这张桌子上，那群圣徒对面正坐着贝提克、瑞秋和西奥·伯纳德。瑞秋的眼睛从没离开过卡萨德上校，当伊妮娅讲话时，她才偶尔望向她。看那样子，就仿佛我们这些人根本不存在一样。

走上来一些小个子的圣徒仆从，伊妮娅小声跟我说，他们是克隆人船员。这些人为我们倒上水和烈酒，那一小会儿时间里，平台上便充斥了常见的细语声和礼貌的餐前对话。接着出现了一阵沉默，就像大家都在祈祷似的。不一会儿，凯特·罗斯蒂恩——星树的忠诚之音——站起身开始讲话，于是大家都站了起来。

"朋友们，"戴着兜帽的矮小身影说道，"缪尔的兄弟姐妹们，尊敬的驱逐者盟友，来自终极生命树的各位具有意识的兄弟姐妹，来自圣神的人类难民，以及——"星树的忠诚之音朝伊妮娅的方向俯了俯首，"我们最为尊敬的传道者。"

"聚在这儿的很多人都知道，如今已经过了差不多三个世纪，被伯劳教会称为'救赎之日'的行动差不多已经完成准备。缪尔兄弟会的忠诚之音一直在追随预言和保护之路，等待着所有事件的发生，并在启示的土壤变得肥沃之后，撒播下种子。

"在即将到来的几个月、几年里，不仅仅是人类种族，许许多多种族的未来都将被决定。虽然我们有些人已经得到了美妙的礼物，已经可以瞥见未来的模式，看到在时空这块不平滑毯子上掷骰子的概率，但就算这些接受了赠礼的人，也知道我们和我们的后代并不只有唯一一个注定的未来。世事易变。未来就像是从着火的森林中冒起的滚滚浓烟，等待着特定的事件和个人的勇气，就像是风一样吹出各种各样现实的火星和余烬。

"今日，在这艘巨树之舰上……在新生并新受洗的'伊戈德拉希尔'号上……我们将决定自身的去路，决定自己的未来。我们向缪尔领悟到的生命力祈祷，不仅希望星树的生物圈可以存活下来，也希望我们的兄弟会能存活下来，不仅希望我们的驱逐者同胞能存活下来，也希望遭受捕猎威胁的有感知的表亲们，赛内赛、阿凯拉特里、尔格和泽普棱，你们都能存活下来，不仅希望人类种族能存活下来，也希望我们的预言能够成真，所有美妙的生命种族——不只是人类，还有软壳龟、无限极海的灯嘴鱼、跳蛛和特斯拉树、旧地的浣熊、茂伊约的托马斯鹰——所有美妙的生命种族，都能作为这个宇宙蓬勃发展的生命圈中的一分子，加入可敬的新生时代。”

星树的忠诚之音转向伊妮娅，鞠了个躬。“敬爱的传道者，因为你的到来，我们今日齐聚此地。从我们的预言中以及通过我们兄弟会和其他接触了缔之虚这个纽带的人，我们知道，你是人类和内核、人类和其他种族达成和解的最佳，也是唯一的希望。我们也知道，时间很紧，即将到来的未来拥有着这个可能，前往大一统的结局，达成我们的解放……也可能是近乎全部的灭绝。在做出决定前，有些人必定有问题要问，你可否加入我们的讨论？现在，在驱逐者、圣徒、圣神和各种迥异的人类加入保卫人类灵魂的最后一战前，该不该将这些必须讲述、必须理解的东西讲述一番？”

“好的。”伊妮娅说。

星树的忠诚之音坐了下来。伊妮娅站起身，等了片刻。我从背心口袋中掏出记录板。

驱逐者西斯滕·考德威尔：伊妮娅女士，最令人敬仰的传道者，你能肯定地告诉我们，这个生物圈、我们的星树，能够免遭圣神的袭击吗？

伊妮娅：我不知道，自由人考德威尔。就算我知道，也不应该说出来。对未来这个庞大的混沌本轮的各种可能进行预言，那并不是我的工作。但我可以明确地告诉你，接下来的几天和几周时间，将会决定这个令人叹为观止的生物圈到底是生存还是毁灭。从很大程度上来讲，决定这一切的，是我们自己的行动，但并没有一条正确的行动路线。

首先请允许我问一个问题……这里有我的一些朋友，他们对星树和驱逐者空间还很陌生。如果有哪位主人愿意解释一下背景情况，比如驱逐者种族，生物圈和其他项目，驱逐者和圣徒的人生观，那将对我们的讨论有很大帮助。

驱逐者仙·奎恩塔纳·卡安：伊妮娅吾友，很高兴能为我们的新客人介绍一下情况。参加讨论的在座各位，你们必须明白各种结果对我们会有什么利害关系。

正如在座各位驱逐者和圣徒同胞所知晓的，驱逐者种族产生于八百多年前的几十个互相远离的星系。人类的种舰从旧地星系出发，船上载着受过基因技巧训练的移民，开始了伟大的大流亡前的扩张。这些种舰大多数都是慢于光速的飞行器：做工粗糙的巴萨德喷气式飞机组成的舰队、太阳能远航船、离子舰、核脉冲推进舰、引力发射戴森球，激光推动密蔽远航舰……只有少数后期的种舰才是早期的霍金驱动超光速飞船。

这些移民就是我们的祖先，他们大多数人经历了长久的沉眠，时间比现在的冰冻沉眠要长得多。但这些人都是旧地星系数一数二的基艺家、纳米技术员、基因工程师，他们的使命是寻找适宜定居的星球，并在缺乏地球化改造技术的前提下，将飞船上成千上万的冰冻旧地生命进行基因和纳米处理，制造成各种适应当地星球、能够活下来的生物。

如我们所知，有几艘种舰来到了适宜居住的星球——新地、鲸心、巴纳之域。但是，大多数种舰所抵达的星系，都无法让任何生命存活。这些移民本有一个选择——他们可以继续探索，寄希望于飞船的维生系统能够维持尽可能长的旅行时间，几十年甚至几世纪之久——或者，他们可以凭借基因塑造的技术，对他们自身和他们方舟上的胚胎进行处理，以适应比原先种舰策划人员所想象的更为恶劣的环境。

他们的确这么做了。这些人类运用最先进的纳米技术——这种在旧地和早期霸主时代被技术内核镇压的技术——改造了自身，适应了极其不适宜居住的星球，甚至还有那些星球和恒星间的更为不适宜居住的黑暗太空。过了几个世纪，霍金驱动器已经普及到了遥远的驱逐者游群中，但寻找外星球的欲望已经消退。他们现在想做的，是继续改造自身，改造旧地所有的遗孤，以适应太空的各种各样不同的恶劣条件。

在这个新使命的驱使下，他们发展出了自己的人生观……我们的人生观，其中充满了宗教般的热情，想要把生命播遍整个银河……整个宇宙。不仅仅是人类……不仅仅是旧地的生命……而是各种各样的无限复杂的生命体。

今晚，在我们的客人中，有几位可能并不知道我们驱逐者以及圣徒同胞的目标，我们不仅仅是要创造一个眼前这样的星树生物圈……更希望有一天，在星树和头顶那颗黄色恒星之间的太空，将被空气、水和生命覆盖。

缪尔兄弟会和我们松散的驱逐者联邦想要的，只不过是让每个恒星周围的每个星球的表面、大海和空气充满绿意融融的生命。更重要的是，我们倾尽全力，使得银河变得生机勃勃……绿色的触须伸进附近的银河……生命的超弦。

这一观点所导致的意外结果，同样也是教会和圣神意图消灭我们的原因，那就是，几个世纪以来，我们一直在自行调整人类的进化，让它符合环境的需要。迄今为止，还没有和智人有明显和独立区别的人类种族，也就是说，如果圣神人类和圣徒人类愿意，我们完全可以混种繁殖。但是，这种区别在慢慢增大，基因隔离也在扩大。已经有一些驱逐者具有了和人类不同的形态，可以说是近似于新的人类种族……并且，这些区别会通过基因遗传给我们的后代。

这不是教会所能容忍的。这便是这场可怕战争的缘由，它会决定人类是必须永远维持一个种族形态，还是可以继续我们在宇宙中的这场多样性的大狂欢。

伊妮娅：谢谢，自由人仙·奎恩塔纳·卡安。我敢肯定，你的介绍对我这些刚刚来到驱逐者空间的朋友来说，是非常有帮助的，当然，对于其余人来说，当我们做出这些划时代的决定时，它同样是重要的。还有谁想讲话吗?

达赖喇嘛：伊妮娅吾友，我有句话想讲，还想提个问题。事实上，圣神给予了永生的允诺，甚至连我也曾犹豫过，曾考虑过是不是要皈依基督教的信仰，当然只是在一念之间。这里的每一位都热爱生命，这是我们大家的共性。那么，你能告诉我们，为什么十字形对我们有害？我必须说，虽然它是一种共生体，或者说是寄生虫，但这对我，或者对许多人来说，都不是不能接受的理由。我们的体内本来就拥有很多种生命形式，比如说肠道内的细菌，它们以我们为食，但并不会伤害我们。伊妮娅吾友，十字形是什么？我们为什么要回避它？

伊妮娅：（暂时闭上了双眼，叹了口气，又重新睁开，看着男孩。）上师，十字形是技术内核在绝望中产生的，事情发生在梅伊娜·悦石攻击远距传输器造成陨落前的那几个小时里。

正如我在各种讨论会上和你们讨论过的，技术内核的存在和思维形式，完全是一种寄生虫的方式。从这个意义上来说，人类很久以来就是内核的共生合作体。我们的技术，是按照内核的意图创造出来的，并受到它们的限定。我们的社会，是按照内核的规划和内核的恐惧创造、改变，继而摧毁的。我们人类的存在，很大程度上就是在内核人工智能实体的操纵之下。而它们之间也在上演着无穷尽的恐惧和寄生之舞。

陨落之后，内核失去了通过数据网和远距传输器对霸主的控制，也失去了最强大的计算引擎——人类通过所谓的远距传输器，穿过缔结的虚空，内核便直接寄生在数百亿人类的大脑中——于是，技术内核必须找到剥削人类的另一种方法，并且必须尽快找到。

于是就有了十字形。这是一种最精良、也最为害人的纳米技术。我们的驱逐者朋友使用先进的基因技术和纳米技术，是为了促进宇宙的生命事业的发展，而技术内核却用它来促进内核超级寄生体事业的发展。

每一个十字形都含有数十亿连接到内核的纳米技术实体，每一个又通过对缔之虚媒介的粗暴利用，联系着其他十字形和内核。几千年来，技术内核一直知道虚空的存在，并且一直在使用它，错误地使用它。所谓的霍金驱动器在虚空中撕扯出一个个孔洞，而远距传输器则在虚空的基础构造上划开一道道口子。那些内核驱动的元信息网和即时的超光通信线路从缔之虚中窃取信息，采取的方法将会让整个种族目盲，毁掉数以万计的记忆。但是，内核对虚空媒介最可怕、最见利忘义的滥用，乃是十字形。

对于大多数人来说，十字形最神奇的地方，并不是它恢复生命的能力，好几个世纪以来，已经有各种各样不同的复生技术，它的神奇之处，在于它能够恢复已故之人的人格和记忆。你们只要想一想，要让一个人死而复生，这个过程中所需要的信息储存力，超过了6×10^{23}字节，理解了这一点，你就明白十字形的神奇了。天主教会的统治集团中，有些人知道内核在重生中扮演的秘密角色，他们将这一骇人——甚至不可思议的——计算力归结为内核万方网的储存力。

但内核根本就没有这样的计算力。事实上，就算在它们的全盛期，在终极派企图创造完美虚拟计算实体——终极智能，一个可以分析出所有变数的分析者——的那段时间里，内核中也没有任何人工智能有能力记录并储存一个人类人格那么大的字节数据，然后将其复生。就算内核拥有这样的信息储存能力，它也绝不会有足够的能量，能将原子和分子精确重塑成人类的身体，更别提复制人类人格那精妙复杂的波形舞步了。

对于内核来说，重生一个人，到现在仍旧是不可能完成的事。

我是说，如果它们不去进一步破坏缔之虚，那个保存着所有有感知生物的记忆和情感的超现世星际媒介，那这就是不可能的事。

但是，内核头也不回地便干出了这件事。为那些携有十字形的人类记录波阵面人格的，正是缔结的虚空……十字形本身只是内核诞下的纳米技术数据转移工具。

但是，每当一个人重生，便会有数以千计的人格——不管是人类还是其他种族——从缔之虚的永久记录中被抹去。在你们中，有一些人已经喝过我的共享之酒，已经学会死者和生者的语言，已经试图聆听天体之音，并思考过向缔之虚迈出第一步的可能，对于你们，应该已经明白了这一汪达尔人般的野蛮行径。必须阻止它。我必须阻止它。

（伊妮娅闭上双眼，过了许久，她才再一次睁开，然后继续说了下去。）

但这并不是十字形唯一邪恶的之处。

我再说一遍，内核的人工智能实体都是寄生体，它们永远无法改变这一事实。人工智能用十字形寄生物向人类提供重生的希望，究其原因，就是想通过教会控制人类，如果别的方法都不管用，它也能通过十字形向人类施加疼痛，不过，除此之外还有一个原因。

由于远距传输器的陨落，内核再也无法使用数万亿的人类神经元，它们由终极数据网连接而成的终极智能系统被中断了。由于失去了远距传输器，它们便再也不能像蚂蟥一般榨取人类大脑的养分，窃取人类宿主的神经元能量和全部的波阵面，将数十亿人类的头脑组合成一台巨大的并行计算装置，于是，内核的终极智能计划便不得不偃旗息鼓。现在，有了十字形，对人类大脑的寄生便又重新开始了。

但现在，这不单单是对数十亿人类大脑进行并行的数据空间连接，为它们所用，事实上，这一切变得愈加复杂。几个世纪前，早在公元二十世纪，有一些人类研究员在研究由前人工智能硅基智能组成的类似神经网络时，发现制造神经网络的最佳方法，就是消灭它。对于一个有知觉的意识体，或是近乎有知觉的意识体来说，它的神经网计算本是线性的二进制进程，但在它垂死的几秒钟时间里，甚至在最后的几纳秒内，会突然突破屏障，在那垂死之刻脱离零和一的二进制进程，变得极具创造力。

早在二十世纪晚期，一些电脑模拟的战争游戏就显示出，垂死的神经网络会创造出意想不到但极富创造力的决定：比如说，在一个模拟战争游戏中，有一个尚未有知觉的原始人工智能，控制了一队受到严重破坏的远航舰队，它突然击沉了那些本已受损的船只，以便让舰队的其余舰船可以逃脱。这就是垂死、非线性的神经网络创造性的天才之处。

内核一直以来都缺乏这样的创造性。从基本上来说，它是从序列CPU中进化而来的，拥有其线性的序列体系，因此这终极寄生物只具有一种非创造性的固执心理。

但是，十字形可以将人类的基督徒组合成一个庞大的神经网内核计算装置，这就意味着一个拥有无限创造力的源泉。要促发创造力，它们只需消灭其中一部分神经网。而人类提供了取之不尽用之不竭的源泉。

内核人工智能就像盘旋在半空的吸血鬼，等待着吸取垂死之人的大脑精华，从人类的精神之骨中吮吸脊髓。当死亡低于所需水平之下，或者内核进行创造性解答的计算需求上升时……它们便会做出精心的策划，造成更多的死亡。

于是就有了一些奇怪的意外。与前几个世纪相比，因癌症、心脏病或类似病症死亡的人数在不断上升。还有更多精心策划的死亡形式。就算圣神对人类星际帝国强行施行了一段时间的和平禁令，但暴力死亡的事件还是层出不穷。不断有各种新的死亡形式。大天使星际舰船起了一个头，对于重生基督徒来说，死亡只是一个廉价商品，但对内核来说，却是精心策划的创造力的丰富源泉。

这就是十字形存在的缘由。这……我相信……至少是从人类身体和人类心灵上抹去一切的缘由。（伊妮娅说完后，全场静了许久。树舰的树叶在循环风的吹拂下飒飒作响。在这许许多多的平台、树枝、桥梁或台阶上，成百上千个人类和类人都似乎没有眨动一下双眼，他们凝视着我的伊妮娅，目光是如此的炽烈。最后，一个响亮的声音开口了……）

德索亚神父舰长：我仍旧穿着罗马衣领，怀有天主教神父的誓言。我的教会，难道已经没有希望了吗……我不是说圣神教会，在技术内核和贪婪自负的男女统治下的教会……而是耶稣·基督的教会，有无数人追随他的福音的教会。

伊妮娅：费德里克……德索亚神父……回答这个问题的，应该是你，是你和像你一样的信徒。但我能告诉你，时至今日，仍有无数男女……有些携有十字形，但更多人没有……他们渴望回到原来的教会，这个教会关心心灵的问题，关心基督的教义和心灵的最深层次问题，而不是痴迷于虚伪的重生事业上。

圣徒海特·马斯蒂恩：尊敬的传道者，我可否改变话题，从宇宙和神学转到私人的和卑小的……

伊妮娅：海特·马斯蒂恩，巨树的忠诚之音，你所说的没有什么是卑小的。

圣徒海特·马斯蒂恩：尊敬的传道者，我曾和你母亲一起在海伯利安朝圣……

伊妮娅：海特·马斯蒂恩，巨树的忠诚之音，她经常和我说起你。

圣徒海特·马斯蒂恩：那你应该知道，尊敬的传道者，在我们穿越海伯利安的草之海时，大哀之君……伯劳……来到了我的面前。它来到我面前，然后穿越太空，把我带到了未来……带到了这里，这个时代。

伊妮娅：是的。

圣徒海特·马斯蒂恩：在我和你，以及和我的缪尔兄弟会的同胞对话时，我慢慢明白，我的使命是侍奉缪尔，侍奉这个时代的生命事业，这一切都在几个世纪前被我们的先知从缔之虚中预言到。但这些天来，虽然我的同胞和驱逐者朋友极力隐瞒，我还是听说了马丁·塞利纳斯的史诗，并找到了一本《诗篇》……

伊妮娅：海特·马斯蒂恩，巨树的忠诚之音，很令人遗憾，我的马丁叔叔虽然是把他所知道的都写进了那本书，但他所知晓的并不完整。

圣徒海特·马斯蒂恩：但是，尊敬的传道者，根据《诗篇》中的记载，朝圣者在后来……在海伯利安的光阴冢山谷中找到了我，我也在不久之后死去……这件事，我从好友卡萨德上校那里得到了确认。

伊妮娅：从《诗篇》中的记载看，这是真的，但是……

圣徒海特·马斯蒂恩：（*举起一只手，打断了伊妮娅的话*）尊敬的传道者，我所忧惧的，并不是返回过去，回到海伯利安，重新加入朝圣队伍的宿命，也不是难逃一死的宿命。我明白，对我来说，这只是一个可能的未来……不管它的可能性有多大，或是多么合人心意。事实上，我想弄清楚的，是诗人《诗篇》中记载的我最后的那些话。在我临死前，我是不是真的叫出了以下的话：*我是真正被选中的，我必须在赎罪的时刻指引痛苦之树？*

伊妮娅：海特·马斯蒂恩，巨树的忠诚之音，这是《诗篇》中的记载。

圣徒海特·马斯蒂恩：（兜帽下的脸庞微微一笑）尊敬的传道者，这一时刻即将来临，对吗？你会让“伊戈德拉希尔”成为我们赎罪的痛苦之树，就如预言所声称的？

伊妮娅：是的，海特·马斯蒂恩，巨树的忠诚之音。几天后，我将起程出发，执行这一赎罪事宜。我正式请求你，让“伊戈德拉希尔”成为此次旅程的工具，赎罪的工具。我将邀请今晚在座的许多人，和我一起踏上这最后的征程。海特·马斯蒂恩，巨树的忠诚之音，我正式请求你，请你在这次旅程中驾驶树舰“伊戈德拉希尔”号，之后它将永远变成痛苦之树。

圣徒海特·马斯蒂恩：尊敬的传道者，我正式接受你的邀请，我愿意驾驶树舰“伊戈德拉希尔”号，踏上这赎罪的使命之旅。（几分钟的沉寂）

工头阿布：伊妮娅，我和乔治有个问题。

伊妮娅：请讲，阿布。

工头阿布：你和我们说过技术内核在一些星球上进行的悄无声息的屠杀，比如希伯伦、库姆–利雅得等。嗯……不是屠杀，而是令人惊心的绑架，因为这些人只是被置于某种沉睡不醒的死亡状态。

伊妮娅：对。

工头阿布：在我们离开挚爱的天山星球后，这颗星球有没有遭遇同样的命运，伊妮娅？我们的朋友，我们的家人，有没有受到内核的死亡之杖的攻击，被静静地运到了某个迷宫星球？

伊妮娅：是的，阿布，很遗憾，这样的事的确发生了。就在我们说话的时候，他们的尸身正被运出那颗星球。

席砣砣：为什么？他们为什么要绑架这些人？犹太人、穆斯林、印度人、无神论者、马克思主义者，现在轮到我们这个美丽的佛教徒星球。圣神打算将其他的所有信仰斩尽杀绝吗？

伊妮娅：砣砣，这的确是圣神和教会的动机。但是对技术内核来说，问题并没那么简单。这些非基督徒不愿拥有十字形寄生物，内核便无法将这些人用在垂死的神经网络中。不过，只要将处于假死状态的数十亿人类储存起来，内核就能利用他们的大脑，将他们纳入庞大的并行处理神经网络。这是个彼此互惠的交易——执行搬运工作的教会，不再受到无信仰者的威胁；而内核使用假死的技术，将这些人储存在迷宫中，便为它的终极智能网络获得了更多的电路。

工头乔治：那么，就没希望了吗？对于我们的朋友，我们难道就无能为力，只能听之任之吗？

驱逐者纳弗森·韩宁：原谅我的打断，乔治先生，伊妮娅女士，但我们需要向朋友们解释一下，当最终的时刻来临，驱逐者游群和圣神盟友将会向圣神展开反击，我们的第一个目标，便是解放迷宫星球中的这些假死之人，想办法把他们复活。

多吉帕姆：（*大声地*）把他们复活？怎么做到？有谁能把他们复活？

伊妮娅：通过对技术内核的直接打击。

罗莫顿珠：伊妮娅，技术内核的老巢在哪儿？告诉我，我会马上杀过去，和那些人工智能胆小鬼作战。

伊妮娅：罗莫，自从人工智能实体在几千年前离开旧地后，技术内核的真实所在地一直是他们隐藏至深的秘密。自那时起，他们真正的物理所在地从来就无人知晓……他们的秘密是他们对宿主最好的防御，以防后者对他们的寄生予以反击。

费德曼·卡萨德上校：首席执行官梅伊娜·悦石坚信内核栖息在远距传输媒介的间隙之中……就像是无形的蜘蛛栖息在看不见的蛛网上。因为这个原因，她才下令轰炸远距传输网络的太空传送门……想以此来直接打击内核。难道她错了？难道为摧毁远距传输器而付出的心血全白费了？

伊妮娅：费德曼，悦石确实错了。内核的物理所在地并不在远距传输媒介内……事实上，远距传输媒介是缔之虚的基础构造。但是，远距传输器的被毁并不是白费心血……它毁灭了内核的部分数据网，让内核丧失了用以吸食人类大脑的寄生媒介。

罗莫顿珠：但是，伊妮娅，你知道内核的真正栖息地？

伊妮娅：我相信我知道答案。

罗莫顿珠：你能告诉我们吗？这样我们就能使出浑身解数，向它们展开攻击，不管是用牙齿咬、用爪子抓，还是用子弹或等离子武器。

伊妮娅：现在我还不能说，罗莫。我必须等到自己确定之时。并且，物理攻击对内核是无效的，同样，物理实体也不能进入它们的内部。

费德曼·卡萨德上校：那么，它们又变得无坚不摧了吗？任何对抗都无济于事吗？

伊妮娅：不，绝不是无坚不摧，对抗也绝不会无济于事。如果命运允许，我将亲手向物理内核展开攻击。事实上，这项攻击行动早已开始，不久之后我会向你们解释。我向你们保证，我会亲自前往人工智能的老巢，直面它们，解决这一切。

费德曼·卡萨德上校：伊妮娅女士，布劳恩的女儿，我可以再问一个关于我命运和未来的问题吗？

伊妮娅：上校，我尽力回答。但我想再说一遍，未来如流水般千变万化，我真的不想讨论其中的细节。

费德曼·卡萨德上校：不管你想不想，孩子，我想我应该得到这个问题的答案。对，我也读过这该死的《诗篇》。据诗中所说，我跟着名叫莫尼塔的幽灵，来到了未来，和伯劳开战……试图阻止它屠杀其他朝圣者。这都是真的……我在几个月前到了这里。莫尼塔不见了，但却以一个更为年轻的女子的面目出现，并称自己为瑞秋·温特伯。但是，据《诗篇》所说，我马上会和伯劳军团展开更可怕的战斗，还会战死，会被埋葬在海伯利安上新建的光阴冢——也就是水晶独碑中，我的尸身会逆时而上，返回过去，同行的还有莫尼塔。伊妮娅女士，那现在又是怎么回事？我难道来错了时代；来错了地方？

伊妮娅：卡萨德上校，家母和其他朝圣者的朋友暨保护者，请放心，一切都如计划进行。马丁叔叔写下的《诗篇》，是根据他所得到的启示。但是，你的……或是我的……生命的细节，并不是全部都给到了他手中。事实上，他对发生在他身外的事情所知甚少。

卡萨德上校，我这样跟你说吧……和伯劳的大战，不管写得多么像是隐喻，它的确发生了。在一个可能的未来中，你会与伯劳战斗……和许多像是伯劳的战士战斗……最后战死……获得英雄才会有的葬礼，遗体放进水晶独碑。但是，如果事情真的发生，那也是在许多年后，经过了许多战役之后。在即将到来的这几天、几个月、几年、几十年中，你有许多任务要完成。三天内，我将起程离开。现在，我请求你，请你陪我一起，乘着“伊戈德拉希尔”号上踏上征程……这是通向那些战役的第一步。

费德曼·卡萨德上校：（微笑）伊妮娅女士，你没正面回答我的问题。我能再问一下……在痛苦之树开赴出发的三天时间内，伯劳会出现在它上面吗?

伊妮娅：我想它会出现，卡萨德上校。

费德曼·卡萨德上校：伊妮娅女士，你还没有告诉今晚在座的各位，伯劳到底是什么东西……它到底是何方神圣……在这场横跨过去几个世纪和未来几个世纪的游戏中，它到底扮演了什么角色。

伊妮娅：没错，上校，我还没有告诉今晚在座的任何人。

费德曼·卡萨德上校：那你有没有告诉过谁?

伊妮娅：没有。

费德曼·卡萨德上校：但你知道伯劳的起源。

伊妮娅：是的。

费德曼·卡萨德上校：能告诉我们吗，布劳恩·拉米亚的女儿?

伊妮娅：上校，我最好还是不要说。

费德曼·卡萨德上校：但如果我们问你，你会回答，是不是?至少如果我直接问你这个问题，你会回答我?

伊妮娅：（静静地点了点头……那双眼中噙满了泪水）

费德曼·卡萨德上校：据《诗篇》所说，伯劳一开始出现是在我和它作战的那个遥远的未来，是不是，伊妮娅女士？就是那个内核和它的敌人进行最后殊死一搏的未来？

伊妮娅：是的。

费德曼·卡萨德上校：伯劳是……会是……一个构造物，是不是？一个创造出来的东西，内核创造出来的东西。

伊妮娅：没错。

费德曼·卡萨德上校：它将是一个奇特的混种构造体，融会了内核的技术、缔之虚的能量，以及一个真实人类的赛伯人格，是不是，伊妮娅女士？

伊妮娅：是的，上校。的确是这样，而且不单单只有这些。

费德曼·卡萨德上校：伯劳将会被内核创造出来，但是，后来它又会变成另一些……力量……实体的仆从和化身，是不是？

伊妮娅：是的。

费德曼·卡萨德上校：事实上，伊妮娅，你觉不觉得，在这场争夺人类心灵的战争中……在这场如同四维象棋一般在时空中来回跳跃的战争中……伯劳就如一枚卒子，属于敌我两方……各方？

伊妮娅：是的，上校……但不是卒子。或许，是马。

费德曼·卡萨德上校：好吧，是马。那么，这匹严重变种了的马，即是赛伯人，连接着缔之虚，通过基因塑造，DNA改造，经纳米技术改善……它最初的人格，是一位战士，是不是？或许正是这场千年游戏中的一位敌手？

伊妮娅：你一定要知道答案吗，上校？再没有比精确看透一个人的……

费德曼·卡萨德上校：（轻声）一个人的未来？死亡？命运？我知道，伊妮娅，布劳恩·拉米亚的女儿，我的朋友。打你还未出生前……打我和你母亲穿越海伯利安的千山万水，前往目的地，等待我们自己和伯劳的最后命运之日起，我就知道，你已经带上了这些可怕的确定性，看到了那些可怕的景象。我知道这一切对你来说是多么困难，伊妮娅，我年轻的朋友……比我们这儿任何人想象的都要困难。我们中，没有一个人可以支撑如此重的负担。

但是，我还是想知道自己的这个命运。我相信，我为这场战争事业所付出的多年的努力……过去多年和未来多年的努力……让我有权知道这个答案。

伯劳，是不是基于一位人类战士的人格而造？

伊妮娅：是的。

费德曼·卡萨德上校：是我的？在我战死后，内核势力……或者别的什么力量……将会把我的意志、灵魂、人格注入到这个……怪物体内……接着通过水晶独碑，送它逆时间回到过去？

伊妮娅：是的，上校。你的部分人格……只是部分……将会注入到这个被称为伯劳的生命构造体中。

费德曼·卡萨德上校：（大笑）但我还能在战斗中打败它？

伊妮娅：是的。

费德曼·卡萨德上校：（笑声愈发高昂，听上去诚恳自然）苍天在上……安拉在上……如果宇宙有灵魂，那就是讽刺的灵魂。我杀死了敌人，而他正是我自己。我吃下了他的心，他却变成了我……我变成了他。（几分钟的沉寂。树舰“伊戈德拉希尔”号已经调了个头，我们正重新朝生物圈星树的巨大弧线靠近。）

瑞秋·温特伯：伊妮娅，我的朋友，挚爱的恩师，多年来我一直聆听你的教诲，从你身上学会了许多，但是，有一个很大的谜团一直困扰着我。

伊妮娅：什么事，瑞秋？

瑞秋·温特伯：通过缔结的虚空，你听见了其他人的声音……他们是我们这个宇宙之外的其他有感知种族，他们的记忆和人格在缔之虚的媒介中回荡。在共享你的鲜血之后，我们中有一些人已经学会聆听这些回荡声音的细语之声……聆听所谓的狮虎熊的声音。

伊妮娅：瑞秋，你是我最好的学生之一。总有一天，你会清楚地听到这些声音，同样，你也将学会聆听天体之音，并走出第一步。

瑞秋·温特伯：（摇头）伊妮娅，我的朋友，我问的不是这个。这个谜团，是那些……异人……那些狮虎熊派到我们人类空间中的那位观察者，或是许多位观察者……他们会研究人类，并汇报给那些遥远的族类。这位观察者……或是这些观察者……的确存在？

伊妮娅：是的。

瑞秋·温特伯：他们可以变成人类、驱逐者或是圣徒的样子？

伊妮娅：瑞秋，这位观察者，或是这些观察者，并不会变形。他们自愿以某种凡人的体态，来到我们中间……就如同家父是一个凡人，但也是一个赛伯人。

瑞秋·温特伯：这位观察者，或是这些观察者，几个世纪以来一直在观察我们？

伊妮娅：是的。

瑞秋·温特伯：这位观察者……或者这些观察者中的一位……现在正和我们在一起，在这艘树舰上，在会议桌旁？

伊妮娅：（犹豫了片刻）瑞秋，我这次还是不多说了。如果这位观察者被暴露，那他马上就会被人伤害，因为那些人想要保护圣神，或是保卫他们心中所谓的“人”。我肯定了这些观察者的存在，就连这个行为也会置他们于非常危险的境地。对不起……但我向你保证……这个谜……将会在不远的将来澄清，这位观察者或这些观察者的身份也将公布于众，但一切都由他们自己来做。

星树的忠诚之音、圣徒凯特·罗斯蒂恩：缪尔的兄弟姐妹们，尊敬的驱逐者盟友，敬爱的人类来宾，挚爱的有感知的友人，受人敬仰的传道者……我们等下次在另外一个地方结束这次讨论。伊妮娅女士说出了她的请求，她将在三天内搭乘树舰“伊戈德拉希尔”号起程前往圣神空间，我想我们已经达成一致，同意了这一请求……凭借运气和勇气，我们将为旧地的所有子女完成关于痛苦之树和赎罪之日的古老圣徒预言。

现在，让我们享用晚餐，谈谈其他事吧。这场正式会议暂时休会，接下来的短暂旅途，请大家开怀畅谈，享用美食和神圣的咖啡，那可是从旧地……我们的家园……伟大的地球上采集而来的真正的咖啡豆。

会议休会。我也和大家聊了起来。

那天晚上，在私人荚舱的柔光下，我和伊妮娅缠绵悱恻，又聊了一些私事，晚间吃了顿宵夜，有酒、柴羊奶酪和新鲜面包。

伊妮娅去了厨房荚舱，过了一会儿，她拿着两瓶酒回来了。她递给我一瓶，和我说道:“给你，劳尔，我亲爱的……拿着，喝吧。”

“多谢。”我没有多想，举杯到唇边。就在这时，我僵住了，“这是……你……”

“是的，”伊妮娅说，“这就是我迟迟没有给你的共享美酒。现在，你想喝，就喝吧。但是，亲爱的，你并不一定要喝的。如果你不喝，我对你的爱也不会变。”

我直视着她的眼睛，拿起瓶子一饮而尽。尝起来只有酒的味道。

伊妮娅哭了起来，她别过头，但我还是看到她那美丽的黑色双眼中噙满了泪水。我把她搂在怀中，两人在温暖如子宫般的光线下飘浮着。

“丫头？”我低声道，“怎么了？”一想到她可能在想过去的那个男人、那段婚姻，还有那个孩子，我的心便隐隐作痛起来……那瓶酒喝得我有点头晕，不太舒服。也许，那不是酒的问题。

她摇摇头。“我爱你，劳尔。”

“我爱你，伊妮娅。”

她亲了亲我的脖子，紧紧地搂着我。“你刚刚所做的，是为了我，是以我的名义所做，但那也会连累你受到通缉和迫害……”

我勉强地咯咯笑起来。“嗨，丫头，自从我和你一起乘着霍鹰飞毯飞出光阴冢山谷以来，我就一直在受到通缉和迫害。没什么好怕的。要是圣神放弃追捕我们，我还会想念它呢。”

伊妮娅没有笑。她的泪水顺着我的脖子从胸膛流下，双手把我搂得紧紧的。“劳尔，在那些追随我的人中，你是最优秀的。在即将到来的可能持续几十年的奋战中，你会成为一名领袖。你会得到尊敬，也会受人憎恨，会有人服从你，也会有人鄙视你……亲爱的，他们会把你当成神看待。”

“乱说，”我凑在伊妮娅的头发间，低声说道，“丫头，你知道我不是当领袖的料。在这么多年来，我从没有做过什么事，只不过是追随你的脚步。见鬼……我一生的大多数时间都是在追赶别人。”

伊妮娅仰起脸，望着我。“劳尔·安迪密恩，在我出生前，你就是我的真命天子了。当我死后，你会继续为了我们而前进。我们俩必须通过你而生……”

我伸出庞大的手指，掩住她的嘴唇。我吻着她脸颊和睫毛上的泪水。“不要说这些生和死、抛下另一个人的傻话，”我对她说，“我的计划很简单……就是永远和你在一起……经历每一件事……分享每一件事。丫头，你怎么样，我便怎么样。我爱你，伊妮娅。”我们一起飘浮在温暖的空气中，我就像抱一个婴孩般，将她抱在臂弯中。

“好的，”伊妮娅猛烈地抱住了我，“我爱你，劳尔。我们永远在一起。好的。”

我们不再说话，开始拥吻起来，我尝到了酒的味道，还有她泪水的咸涩味。之后我们又做了几个小时的爱，接着抱在一起开始进入甜甜的梦乡。看我们的样子，既像是两头海洋生物互相纠缠着浮在水中，又像是一头相当复杂的海洋生物，在温暖而细腻的潮水中随波逐流。

26

第二天，我们乘上领事的飞船，离开星树，朝着恒星的方向飞去。

醒来时，我满心期待会在喝了共享之酒后，感觉到某种开悟，就像是一夜之间醍醐灌顶，至少是对宇宙有了深层次的理解，往好里讲，就是感觉到一种全能的威力。但是，醒来时我仅仅感觉膀胱鼓胀，脑袋瓜隐隐作痛，但脑中仍旧回味着昨晚的愉快回忆。

伊妮娅比我先醒，我从厕所间出来的时候，她已经在杯中热好了咖啡，水果都削好了皮，还有热乎乎的新鲜面包卷。

“别指望每天都会有这样的服务。”她微笑道。

“好的，丫头。明天我来做早饭。”

“煎蛋饼吗？”她问道，递给我一杯咖啡。

我拧开盖子，闻了闻香气，接着挤出一滴热咖啡，小心地不让它烫到我的嘴唇，或是让它飘走。“当然，”我说，“你想吃什么都行。”

“祝你找到煎蛋用的蛋。”她三下五除二吃掉了面包卷，“虽然星树很漂亮，但缺母鸡。”

“真可惜。”透过透明的荚舱壁，我朝外望去，“这里有这么多做鸟窝的地方。”接着，我变了变语气，义正词严道，“丫头，说起那杯酒……我是说，已经过了八个小时……”

“你没感到什么异样，”伊妮娅说，“嗯，我想你是少有的几个人之一，这法术在你们身上不管用。”

“真的？”

我的声音听上去肯定充满了惊慌，也可能是解脱，或者两者都有，因为伊妮娅摇了摇头。“不，不，跟你开玩笑呢。大约二十四小时后，你就会有感觉，我向你保证。”

“如果那时候我们……啊……正忙时，那该怎么办？”我挤眉弄眼了一番，以示强调。这动作让我稍微飘离了粘扣桌。

伊妮娅叹了口气。“下来，小子，不然我把你那两根眉毛钉起来。”

“嗯，”我捧着咖啡瓶，咧着嘴朝她笑着，“真喜欢你骂人的样子。”

“你快点。”伊妮娅说，她把瓶子丢进音波洗涤箱，收起了餐垫。

我心满意足地嚼着面包卷，望着墙外不可思议的景象。“快点？为什么？要去什么地方吗？”

“先在飞船上集合，”伊妮娅说，“**我们的**飞船。弄好之后，我们再回来料理料理‘伊戈德拉希尔’，准备明晚起程。”

“为什么去我们的飞船？”我问，“和别的地方相比，那里不是更挤么？”

“你会明白的。”伊妮娅说。她穿上了一条柔软的在脚踝部束紧的零重力裤，上身一件白衬衣，下摆塞在裤腰里，衣上有好几个粘扣封袋，脚上穿着一双灰色的便鞋。但我已经习惯赤脚在荚舱内和茎秆上走动了。

“快点，”她又说了一遍，“再过十分钟，飞船就要开了。到船坞荚舱，要顺着藤蔓走很长一段路呢。”

飞船上人很多。虽然内部密蔽场将重力仅仅维持于六分之一的水平，但由于在自由落体的状态下睡了好几晚，如今感觉像是身下有一颗木星正牵引着你。大家都挤在一个维度上，头顶的空间全都浪费着，这感觉真是奇怪。在领事飞船的图书馆那一层，大家坐在钢琴边，坐在长凳上，坐在加有厚软垫的椅子上，甚至还坐在全息井的台阶上，这些人中，有驱逐者纳弗森·韩宁、西斯滕·考德威尔，浑身羽毛的仙·奎恩塔纳·卡安，两位适应太空环境的银色驱逐者——帕洛·克洛尔和崔芬耶·尼卡加特，还有保罗·乌列、阿姆·奇贝塔。海特·马斯蒂恩也在，还有他的上级，凯特·罗斯蒂恩。卡萨德上校也来了，他和那些高塔般的驱逐者一样高。还有多吉帕姆，身上那件冰灰色的袍子在低引力下优美地扬起，让她显得老迈而威严。此外，还有罗莫、瑞秋、贝提克和达赖喇嘛。其他有知觉的生命没有来。

随着飞船喷射出蓝色柱状的聚变焰尾，攀向中央的恒星，我们中的几个人还走到了瞭望台上，观赏落在后面的星树。

“欢迎回来，卡萨德上校。”大家正聚在图书馆那层，飞船说道。

我朝伊妮娅扬了扬眉毛。飞船竟然记得很久以前的一位乘客，这真让我感到惊讶。

“谢谢，飞船。”上校回答。这位高大黝黑的男子看上去心不在焉的，似乎在沉思着什么事情。

飞船从生物圈星树的内面脱离攀升的时候，我有一种头晕目眩的感觉，这不同于飞出星球，望着它慢慢变小，落在身后的感觉。现在我们是在这个构造物的内部。原先在星树树枝内，看到的景象是树叶和树干之间的超大裂缝，从恒星对面的那个面朝外看，可以眺望到满天的繁星，四面八方是浩瀚无垠的宇宙；然而从十万公里的高空看去，所见到的是近似密实的表面，巨大的树叶变成了闪闪发亮的外表——整个世界就像是浩瀚的凹形海——这让我有一种势不可挡的感觉，被像是被困在了巨碗中，完全脱不出身。

密蔽场容纳的大气中，一根根树枝闪烁着蓝色的光芒，也让几千公里长的酒色木和摇曳的树叶带上了一种蓝色的电弧似的光芒，就仿佛整个内部的表面充满了电一般。每一处地方都充满了生机，四处有运动的物体：翅膀有几百公里长的驱逐者在枝叶间飞掠，不时还疾速飞进深邃的太空——有的是朝内部的恒星方向，有的更为迅捷地朝外掠过一万公里长的根系；在蓝色大气的包围圈中，一群更为渺小的身形微微闪光——辐射蛛纱，仙子链，鹦鹉，蓝色树栖动物，旧地的猴子，还有大群大群的热带鱼在零重力下游动，寻找喷洒着彗星水雾的地方，还有蓝色苍鹭，一群鹅和火星白兰地禽，旧地的鼠海豚。没等我给眼前这些生物分好类，飞船就已经飞得老远，再也看不清了。

直到飞出老远，那群最大的生物才终于变得明显。在“头顶”几千公里上，我看到了一群群闪亮的蓝色血小板，这些有知觉的阿凯拉特里正一起游荡。那天和这些来自云海星球生物第一次见面后，我曾经问过伊妮娅，除了会议上的那两位，生物圈星树内还有没有别的阿凯拉特里。“还有很多，”伊妮娅回答，“大约有六亿吧。”现在，这些阿凯拉特里正毫不费力地顺着气流，从一根树干游荡到几百公里外的另一根树干。有几千群，或许是几万群。

同他们一起而行的，还有那些听话的仆从：太空鱿鱼、泽普棱、透明的水母，还有长着卷须的大型气袋，就像是在云海星球上吃掉我的那个生物。但他们更大。我原先估计云海星球上的那生物有十公里长，但这些类似泽普棱的野兽肯定有好几百公里长，如果算上那数不清的触手、卷须、鞭状物、尾巴、长鼻，或许还要长得多。就在我注视着的时候，我意识到，这些阿凯拉特里负载的巨兽，正忙着各种事宜——将树枝、茎秆、荚果编织成精美的设计品，为星树剪除枯枝，并且修剪大如城市般的叶子，奋力将驱逐者设计的建造物拖到正确的位置，或是将材料从生物圈的某处拉到另一处。

“阿凯拉特里在这星树上控制了多少泽普棱生物？”伊妮娅刚闲下，我便马上问道。

“我不知道，”她说，“问问纳弗森吧。”

驱逐者回答道：“我们也不知道。作业需要多少数量，他们就培养多少。阿凯拉特里本身是游群组织的完美范例……是并行的集群意识。

仅仅一个碟状实体，并不拥有知觉……他们拥有很高的智慧。七百多年来，这里的太空鱿鱼和其他以前来自木星世界的生物，都是需要多少繁殖多少。据我冒昧地猜测，这个生物圈周围一共有几亿……甚或是十亿。”

生物圈表面慢慢缩小，我俯瞰着这些渺小的身形。十亿个生物，每一个都庞大得如同我家乡的羽翼高原。

到了更远的地方，头顶一百万公里上方和脚下五十万公里下方的树枝间的空隙，便清楚地展现在了眼前。我们出发的那块区域是最古旧、最密集的，但在生物圈那巨大的内弧线的更远之处，还有更多的空隙和分界线——有一些已经做好规划，其他的还在等待生命素材的注入。但是，就算在这里的太空中，同样充满了忙碌的运动身影——彗星循着精确的弧线，在根须、树枝、叶子、树干间行进，为树木赐下水之礼；与此同时，从树干射出经驱逐者瞄准、尔格驱动的热光束，还有一些经基因修订的反光叶形成几百公里宽的镜面，它们将彗星带来的水蒸发成水蒸汽，继而形成庞大的云层。这些云飘荡在尾部的根系中，朦胧地笼罩着树叶形成的几十亿平方公里的表面。

比彗星更大的，是几十颗仔细安置的小行星和游牧卫星，它们在距离生命圈内表面和外表面的几千甚或几万公里的上方移动——纠正轨道偏移，制造潮汐和引力，帮助树枝正确生长，在生物圈的内表面投下必须需的黑影，并作为观察基地和工作小屋为无数驱逐者和圣徒园艺家所用，几十年来，几个世纪以来，这些人一直在照看这项工程。

现在，飞船已经驶到了半光分外，还在加速朝恒星前进，看上去就像在搜索一个霍金驱动跃迁点，但在这个绿色天体的巨大空洞之中，似乎有更多的东西在运动：一艘艘驱逐者战舰，按圣神标准看，都极为陈旧，有着霍金驱动的圆形结核或庞大的疾行密蔽场，老式高重力驱逐舰，还有很久很久以前的罐状飞船，形状优美的货船配有恒星干扰器，张着闪闪发亮的弧形单膜帆——到处都是一个个驱逐者天使，他们拍打着翅翼，微微闪烁，迎风朝恒星行进，或是疾速向生物圈冲回。

伊妮娅和一些人回到飞船内，继续他们的讨论。讨论的话题很重要——我们必须找个办法拖延圣神的攻击，比如某种佯攻或干扰，阻止圣神大军的猛攻。但我脑中还有比这更重要的事。

就在贝提克转身离开瞭望台的时候，我拉住了他的右袖。“你能留下来和我稍谈片刻吗？”

“当然，安迪密恩先生。”蓝皮肤男子的声音一如既往地轻柔。

我等大家都走了进去，现在瞭望台上就剩我俩。从里面传来嗡嗡的谈话声，显出这里的安静。我倚在栏杆上。“真是抱歉，自从到了星树之后，还没机会和你说过话。”我说。

在富丽的日光下，贝提克光秃秃的头皮闪着光。从那双蓝色眼眸中射出的目光，显得既平静又友好。“没关系，安迪密恩先生。自从我们到这里后，大家都很忙。不过，我同意，在见到这个宏伟的造物之后，的确应该找机会好好讨论讨论它。”他伸出那条完好的手臂，朝星树的巨弧挥了挥，在中央恒星的璀璨光芒下，它似乎都要消失了。

“我想和你谈的不是星树，也不是驱逐者。”我轻声说，朝他靠近了些。

贝提克点点头，等我说下去。

“从旧地到天山的过程中，你一直和她在一起，”我说，“伊克赛翁，茂伊约，复兴之矢，还有其他星球？”

“是的，安迪密恩先生，在伊妮娅允许我们和她一起旅行的那段时间，我一直和她在一起。”

我咬紧嘴唇，觉得自己是在自欺欺人，但别无选择。“那她不允许你们和她一起旅行的时间呢？”我问。

“你是说我和瑞秋、西奥女士等人留在格鲁姆布里奇·戴森D上的那段时间？”贝提克问，“嗯，我们一直在执行伊妮娅女士的任务，安迪密恩先生。当时我正忙着造……”

“不，不，”我打断他的话，“我是问，你知道她不在的那段时间到底在干什么吗？”

贝提克顿了顿。“差不多一无所知，安迪密恩先生。她只告诉我们她会离开一段时间。早先她已经雇好了人，并一直在和她的……弟子们……一起工作。然后，有一天，她就不见了，大概离开了两年时间……”

“一年又十一个月一星期六小时。”我说。

“是的，安迪密恩先生。完全正确。”

“她回来后，也没跟你说过她去了哪里？”

“没有，安迪密恩先生。就我所知，她从没跟任何人说过。”

我真想抓住贝提克的肩膀，让他明白这件事对我来说有多么生死攸关，有多么重要。他会明白吗？我不知道。但我没那么做，反而尽力让自己放平静，想装出一副漠不关心的表情，但却悲惨地办不到，我说道：“伊妮娅从休假中回来后，你注意到她有什么异样的吗，贝提克？”

我的机器人朋友顿了顿，似乎不是因为犹豫，而是在尽力回忆人类情绪的细微变化。“伊妮娅回来后，我们几乎马上起程前往天山，安迪密恩先生，但我记得，伊妮娅女士的情绪一直很激动，有好几个月的时间吧——她总是一忽儿兴高采烈的样子，一忽儿便完全沉浸在了绝望中。不过，在你到天山后，这样的情绪变化似乎就完全消失了。”

“她也从没说是什么事情让她变得这样的？”我背着自己的挚爱问这些事，感觉就像是个下流胚，但我知道她不会和我谈这些事。

“不，安迪密恩先生，”机器人说，“她从没和我说起过原因。据我推测，应该是她离开后经历了一些事。”

我深吸了一口气。“在她离开前……在别的星球时……阿姆利则，帕桃发……在她离开格鲁姆布里奇·戴森D前你们去过的另外几个星球……她……有没有……有没有过别人？”

“我不明白你的话，安迪密恩先生。”

“有没有什么男人出现在她的生命中，贝提克？她表示出爱意的男人？和她特别亲近的人？”

“啊，”机器人说，“不，安迪密恩先生，似乎没有什么男人对伊妮娅女士有特别的兴趣……当然啦，除了以她作为老师和弥赛亚的身份。”

“嗯，”我说，“一年又十一个月一星期六小时后，也没人和她一起回来？”

“没有，安迪密恩先生。”

我紧紧抓住贝提克的肩膀。“多谢，我的朋友。真抱歉，问了你这么多傻问题。只是……我不明白……有一个……见鬼，没关系。只不过是愚蠢的人类情感罢了。”我转回身，打算走进飞船，加入讨论的队伍。

贝提克抓住我的手腕，拉住了我。“安迪密恩先生，”他轻声说，“如果你说的人类情感是指爱，那么，根据我降世以来对人类那么长时间的观察，我认为爱绝不是愚蠢的情感。伊妮娅授道时曾说，爱是宇宙的主要能量，我觉得她说的是对的。”

我站起身，目瞪口呆地凝视着他，机器人离开了瞭望台，走进了拥挤的图书馆层。

我们进去时，讨论已经接近尾声。

“我觉得我们应该用这艘基甸驱动无人驾驶信使飞船，递上一条消息。”当我走进大厅的时候，伊妮娅正在说话，“一条直达信息，他们一小时后便会收到。”

“他们会没收这艘飞船。”仙·奎恩塔纳·卡安以她悠扬的女低音声调说道，“这是我们剩下的唯一一艘配有即时驱动的船。”

“那才好，”伊妮娅说，“这些船都是些坏种，每一次使用，都会破坏虚空的一部分。”

“但是，你还是认为我们可以用无人驾驶飞船送信。”保罗·乌列说，他操着一口厚重的驱逐者方言语调，就像是谁在无线电嘈杂的静电音下说着话。

“或是用它发射核弹或等离子武器，打击舰队？”伊妮娅问，“我想我们已经排除了这个可能。”

“在他们袭击我们之前，这是我们先发制敌的唯一途径。”卡萨德上校说。

“没用的，”凯特·罗斯蒂恩，圣徒星树的忠诚之音说，“这些无人驾驶飞船的设计初衷并不是为了精确制导。一艘大天使级的战舰，在几光分的范围内就能把它摧毁。我同意传道者的意见，用它来送一条信息。”

“这条信息能阻止他们的攻击？”西斯滕·考德威尔说。

伊妮娅做了那个我熟悉得不能再熟悉的手势。“我保证不了……但会让他们犹豫，至少他们会送出即时驱动的无人飞船，推迟攻击。我想，这方法值得一试。”

“怎么写这条信息？”瑞秋问。

“请把纸和笔给我。”伊妮娅说。

西奥拿来了两样东西，放在施坦威钢琴上。所有人——包括我——都挤在伊妮娅身旁，看着她写下了如下的话：

致教皇乌尔班十六世、卢杜萨美枢机：

我打算来佩森一趟，来梵蒂冈。

伊妮娅

“好了，”伊妮娅把纸递给纳弗森·韩宁，“等我们靠岸后，请把这封信放进无人驾驶信使飞船，把发射机应答器设置成‘载有硬拷贝信息’，然后发射到佩森星系。”

韩宁接过纸张。到现在为止，我还没掌握读懂驱逐者面部表情的诀窍，但是，我还是看出他显出了一丝迟疑。那个时候，他也许和我一样，心中充满了惊恐和疑惑，只不过程度稍轻而已。

我打算来佩森一趟。这到底是什么意思？去佩森，这不是送死么？没错。而且，不管去哪儿，有一件事是确定无疑的……那就是，我将陪在她的身边。也就是说，如果真像那句话所说，她也会一并把我送上黄泉路。一直以来总是如此。我打算来佩森一趟。这只是一个威慑他们的策略吗？一个空头威胁……拖延他们的方法？我真想走到我的挚爱身前，摇晃她，直到把她的牙齿摇落，除非她把事情一五一十解释给我听。

“劳尔。”她向我招招手，示意我过去。

我觉得她可能是要向我解释这一切，她可能在远处就读懂了我的表情，知道了我内心的骚动，但她只是跟我说："帕洛·克洛尔和崔芬耶·尼卡加特打算向我展示一下像天使一样飞行的感觉，想跟我来吗？罗莫也会来。"

像天使一样飞行？有那么一小会儿，我觉得她说的完全是些莫名其妙的话。

"你愿意来的话，他们还有一件多余的拟肤束装，"伊妮娅继续说着，"但得赶快。差不多要回星树了，再过几分钟，飞船就将靠岸。明天前，海特·马斯蒂恩必须把货物和补给都运上'伊戈德拉希尔'，我也有几百件事情要做呢。"

"好啊，"我傻傻地说着，其实并不知道自己在说什么，"一起去。"当时，我肯定觉得自己的这个回答是对我整整十年的奥德赛之旅的奇妙隐喻：好啊，我也不知道这是在干什么，不过，算我一份吧。

其中一名适应太空的驱逐者——帕洛·克洛尔——把拟肤束装递给我们。当然，我以前用过拟肤束装，上一次还仅仅是在几个星期前（虽然感觉像是已经过了几个月，甚至几年），当时我和伊妮娅穿着那种装束爬上了中原的泰山，但是，我这一生还从没见过、从未摸到过这种样子的拟肤束装。

拟肤束装的发明可以追溯到好几个世纪前，其设计理念是：提供一种在真空条件下防止人爆炸的最佳方法，不是太空飞行早期的那种笨重的增压服，而是一层非常薄的覆盖物，它会提供排汗的可能，但也会保护皮肤，防止酷热、极冷和真空的危害。在那几个世纪里，拟肤束装并没发生多大变化，顶多也就是加入了呼吸细丝和滤息面板。当然，我上次穿的那件拟肤束装是一件霸主时代的古董，倒也还能用，直到拉达曼斯·尼弥斯的爪子把它撕成了碎片。

但眼前的这件不是普通的拟肤束装。它呈现出银色，像水银一般肆意延展，当帕洛·克洛尔把它丢进我手中时，这东西摸上去暖暖的，就像一滴毫无重量的原生质。它就像水银般改变着形状，不，它更像是某种活生生的流体状生物在蠕动变形。震惊之余，我几乎把它丢到了地上，幸好另一只手接住了它，但我还是目瞪口呆地看着它慢慢蠕动，沿着我的手腕和臂膀爬了几厘米，感觉像是某种食肉的异星生物。

我必定是大声说出了什么话，因为伊妮娅对我说道："劳尔，它是活的。这拟肤束装是一个有机的生物体……经过基因塑造和纳米技术的改进……但只有三个原子的厚度。"

"怎么穿？"我看着它爬上了我的手臂，到束腰外衣的袖管口时，它退却了。我觉得这东西一点也不像衣服，完全就是一只食肉动物。这世上的拟肤束装都有同样一个问题，必须贴肉穿，下面不能再有别的衣服。哪个地方都不能有。

"啊，"伊妮娅说，"很简单……和老式的拟肤束装不一样，不用拉啊扯啊的。你只需脱光衣服，站直身体，然后把这东西往头上一丢。它就会顺着你的身体往下。快点。"

这激发了我内心的什么东西，不是兴奋。

我和伊妮娅对那里的客人说了声失陪，便一起沿着螺旋楼梯跑到了飞船顶部的卧房。到了那儿，我们匆匆脱掉衣服。我看了伊妮娅一眼，她赤身站在领事那张古老的睡床旁（我记得那床也非常舒服）。我刚想和她说说，在树舰靠岸前，是不是好好利用一下时间，但伊妮娅只是朝我摆了摆手指，便把那滴银色的原生质举到头顶，丢到了头发上。

银色生物吞没了伊妮娅，我注视着这一切，那景象真令人惊慌。它沿着她那金褐色的头发往下流，就像是液体金属一般，盖住了她的眼睛、嘴巴、下巴，接着如反光的熔岩一般，沿着她的脖子流下，覆盖了她的肩膀、乳房、肚子、髋骨、耻骨、大腿、膝盖……最后，她抬起一条腿，接着是另一条腿，于是，她被完全吞没了。

"没事吧？"我问道，声音非常轻。我的那滴银色原生质还在手中搏动，急切地想要把我吞下。

伊妮娅——或者说，原是伊妮娅，现在变成一尊铬银雕像的东西——朝我竖了竖拇指，又指了指喉咙。我明白了她的意思：同霸主时代的拟肤束装一样，从现在开始，通信将由默读拾音器进行。

我双手举起不断搏动的原生质，屏住呼吸，闭上双眼，将它丢在了头顶。

这一切只花了不到五秒钟的工夫。刹那间，我觉得自己完全无法呼吸了，那滑溜溜的物体覆盖住了我的口鼻，但紧接着，我便吸上了一口气，新鲜凉爽的氧气。

听得到吗，劳尔？比起旧装束上的耳塞拾音器，这套装束让她现在的声音听起来清晰得多。

我点点头，然后默念道：**听得到，好怪的感觉。**

准备好了吗，伊妮娅女士，安迪密恩先生？片刻之后，我才意识到说话的是另一名适应太空的驱逐者，是崔芬耶·尼卡加特，他正在束装的线路那头问话。我先前听到过他的声音，但当时已经通过语音合成器翻译。现在，在这条直接的线路上，他的声音甚至比仙·奎恩塔纳·卡安鸟鸣般的声音还要清澈悦耳。

准备好了，伊妮娅应道。于是我们走下螺旋楼梯，穿过人群，来到了外面的瞭望台上。

祝你们好运，伊妮娅女士，安迪密恩先生。说话的是贝提克，他正通过飞船的通信线路和我们讲话。当我们来到瞭望台的栏杆旁，站到克洛尔和尼卡加特的身边时，机器人碰了碰我俩的银色肩膀。

罗莫也在等我们，他那银色的拟肤束装显出他手臂、大腿和平坦腹部的每一块肌肉。有那么一小会儿，我感到非常尴尬，真希望自己在这层微薄的银色流体衣装下还穿着什么东西，或者自己以前能努力锻炼，把体型练棒。伊妮娅看上去美极了，那美妙的胴体以银铬塑造。真高兴，还好只有机器人一个人跟着我们五人来到了瞭望台上。

飞船离星树还有几千公里的距离，正猛烈减速。帕洛·克洛尔打了个手势，便轻轻松松跳到了瞭望台的细栏杆上，在六分之一重力水平下平衡住了身体。崔芬耶·尼卡加特跟着他照做，接着是罗莫，然后是伊妮娅，最后——笨手笨脚的——是我。那种立于高处、无遮无避的感觉真是势不可挡——身下是星树的绿色大盆，多叶的墙壁在四面八方向上升往无垠之地，飞船的船身在我们身下一点点弯曲，平衡在一条细长的聚变火柱上，就像是一栋建筑矗立在柔弱的蓝色柱子上，有一种摇摇欲坠的感觉。我猛然意识到，我们即将跳下飞船，这念头真是让我一阵昏晕。

别担心，在你们穿过的那一瞬间，我会马上开启密蔽场，并启动反重力装置，直到你们远离驱动器的废气排放点。我意识到，现在说话的是飞船。但我还不知道我们到底要干什么。

穿着那身束装，可以让你们粗略地了解我们对太空的适应情况，帕洛·克洛尔开口道。**当然，对我们这些选择了全面整合的人来说，让我们在太空生存下来并恣意来往的，并不是这些半有知觉的束装和它们的分子微处理器，而是我们自身的皮肤、血液、视觉、大脑，它们都已经发生了全面的改变。**

我们怎么……我问道，不过应付默读有点困难，感觉嘴巴有点干燥，喉部肌肉紧张。

别担心，尼卡加特说。**在大家分散拉开足够的距离前，我们不会展开翅翼。它们不会相撞……有能量场存在，不会有这种事。控制主要是凭直觉。你们束装的视像系统将会接驳你们的神经系统、神经传感器，需要时就能拉出数据。**

数据？什么数据？这念头刚形成，我的束装通信器就把它送了出去。

伊妮娅的银手抓住了我的手。**劳尔，这会非常有趣。我想，这短短几分钟，是我们今天唯一自由的几分钟。或者只是暂时。**

在那个时候，我站在栏杆边缘，如果陡直摔落，势必将坠入聚变焰尾和无尽的真空。对于她这句话的意思，我压根就没有多想片刻。

来吧，帕洛·克洛尔说着，从栏杆上一跃而下。

我和伊妮娅仍旧握着对方的手，一起从栏杆上跳下。

她放开了我的手，我俩翻滚着远离了对方。密蔽场分出一条缝，将我们弹射到安全的距离外。我们五人旋转着远离飞船时，聚变驱动器暂时关闭，接着它又重新燃起——随着它的减速度赶超过我们，飞船看上去就像是在远离我们疾速驰去——而我们继续往下落，有一种势不可挡的感觉，五个四肢张开的银色身形互相离得越来越远，但都是在垂直坠向身下几千公里外的星树。就在这时，我们的翅翼张开了。

对于今天这一趟飞行来说，只需将轻型翅翼展开一公里左右，耳畔传来帕洛·克洛尔的声音，**要是我们去的地方比较远，或者飞行速度加快，那就需要张得更开一点……也许几百公里吧。**

当我举起手臂的时候，从拟肤束装中冲出几条能量，它们就像是蝴蝶的翅翼般展了开来。我感觉到了日光迅速带来的推力。

我们感觉到的，主要是先前的电磁能量场航线的电流，帕洛·克洛尔说？**如果你们允许我暂时控制一下你们的束装……快看，那儿。**

眼前的景象发生了变化。我望向左手边，也就是伊妮娅坠落的方向，她已经在好几公里之外——那是一粒闪闪发亮的银色蝶蛹，却张着巨大的金色翅翼。在她的更远处，其他人也闪着光芒。我看见了太阳风，看见了带电粒子和离子流沿着无限复杂的太阳圈几何面流动、向外盘旋。扭曲磁场形成的红色线条盘旋着，就像是画在了一只不断变化的鹦鹉螺的内表面。所有这些旋绕的、多层的、五颜六色的等离子湍流的源头，都是那颗恒星，但那不再是一颗惨淡的星星，而是数百万汇聚的场能线的核心，整片整片的等离子云以每秒四百公里的速度喷薄而出，又被北部和南部赤道的脉动磁场拉成各种形状。我能看见朝内奔涌的磁场线的紫色光带，还有朝外爆裂的大片深红色的能量流，它们互相交织，混杂在一起；我能看见星树外边缘的太阳能冲击波，形成了蓝色的旋涡，卫星和彗星刺入这些等离子介质，就像是夜幕之下的远洋舰乘风破浪，穿过一片发着磷光的大海；我还能看见我们的金色翅翼正和这些等离子和磁场介质互相作用，它们捕获了一个个光子，就像是用网兜抓住了无数的萤火虫，翼面迎着等离子流波动着，而我们的银色身体，则沿着太阳圈矩阵的大型闪光褶皱和螺旋磁力几何面，往前加速行进。

除了这些增强的景象之外，束装的视像正将轨线信息和计算数据叠加在眼前，虽然这些数据对我来说毫无意义，但对这些适应太空的驱逐者来说，必定攸关生死。这些方程式和函数一闪而过，似乎飘浮在了遥远的某处，我只记得其中的一段：

$$\frac{GM_3M_c}{r^2}=\frac{M_cV^2{}_{cir}}{r}$$

and

$$P_r=\frac{(l+k)\ S_r}{c}$$

and

$$k=\frac{R_a}{(R_a+A)}$$

and

$$a_s \overline{\qquad\qquad\qquad} a_3=\frac{(l+k)\ (6.3\ \mathrm{x}\ 10^{17})\ R_s{}^2}{2Mr^2}\ \mathrm{m/sec}^2$$

and

$$V_1{}^2+\triangle V^2+2\triangle V(V_i{}^2+V_e{}^2)^{1/2}>V_i{}^2+\triangle V^2+2\triangle VV_i$$

即便不明白这些公式到底是什么意思，我也知道目前是什么情况：我们正极速冲向星树。我们从飞船那儿得到了速度，又从太阳风和离子流那儿获得了更多的推力。我终于明白这些驱逐者能量翅翼是怎么让人在太空中极速飞行的，但怎么才能在一千公里的距离内刹住车呢？

太棒了，传来罗莫的声音，**太妙了。**

我转了转脑袋，只见我们来自天山的飞行师朋友正在几千米外的右下方，他已经进入了多叶区，现在正在蓝色朦胧的密蔽场上方俯冲翱翔，那层能量场就像是一层滤息膜，包裹着众多树枝之间的空间。

他到底是怎么做的？我纳闷道。

这一次，我肯定又把脑中的这个念头默念了出来，因为我听到了罗莫那低沉独特的笑声，他送来了信息，**劳尔，用你的翅膀。和树，和尔格一起合作！**

和树，和尔格一起合作？我的这位朋友肯定是失去理性了。

然后，我看见伊妮娅张开了她的翅膀，她用意念和手臂的动作操控着它们。我望着她对面的树枝形成的世界，它们正以令人心惧的速度朝我们逼近。接着，我开始明白其中的技巧。

好极了，传来崔芬耶·尼卡加特的声音。**正面迎着风，很好。**

只见两位适应太空的驱逐者如蝴蝶般扑扇着翅膀，从星树升起的等离子能量流将他们包围，转眼之间，我从他们身边疾速飞过，就好像他们打开了降落伞，而我还在自由落体。

我在拟肤束装的能量场内气喘吁吁，心脏猛烈跳动。我奋力张开手臂和双腿，用意念驱使翅膀张得更大。能量褶微微闪光，张开到至少两千米长。在我身下，一大片枝叶缓缓移动，缓慢而有目的地转着方向，仿佛一出自然的延时全息影像，记录下花儿自动跟踪日光的景象。这些枝叶互相交叠，形成了一只直径至少达五公里的光滑碗碟，最后变得如同反光的镜面一般。

日光照耀着我。要是直接用眼睛毫无防护地观看这一切，那我瞬间就会被灼瞎。幸好束装的目镜已经将光线极化。我能听见日光正猛烈捶打着我的拟肤束装和翅翼，就像是豆大的雨点捶打着金属屋顶。我将翅膀张得更大，接住猛烈的太阳风，就在这一瞬间，底下星树上的尔格折叠了太阳圈矩阵，将等离子流折射回我和伊妮娅的身下，我们也因此迅速减速，但还不至于太费劲。我们扑打着翅膀，飞进星树阴凉的外部树枝丛，此时此刻，束装的视像中还在往我眼前流动着一条条数据。

$$V_f = \sqrt{V_c^2 = \frac{2(J-GM_{star}M_c)}{r_iM_c}}$$

不知何故，我确信巨树提供了以质量和反光度为基础的足量日光，而尔格提供了足量的太阳圈等离子和磁场反作用力，在两者相互作用下，我们可以以接近零的速度，落在巨大的主树枝或密蔽场上。

我和伊妮娅跟着两位驱逐者，学着他们的样，一忽儿展翅高飞，一忽儿拍打翅膀，降低速度，继而大大张开，接住日光，重新加速，在外部树枝间游窜，或是高高地飞行在星树外部的多叶枝丛上。接着，我们又深深地潜入了树枝间，折起翅膀，飞过一个个核心密蔽场外的荚舱，掠过一座座桥，蹿过忙碌的太空鱿鱼，这些生物的触手比领事的飞船还要长十倍，后者现在正小心地减速，穿越多叶区。接着，我们又重新张开翅膀，一路急升，飞经一大群一大群飘在空中的阿凯拉特里血小板，在我们经过时，这些蓝色脉动的生物似乎在朝我们招手。

在微微闪光的密蔽场下，有一块巨大的树枝平台。我不知道这对翅膀能不能穿透能量场，但帕洛·克洛尔的确穿了过去，只是闪了一下，就像一名优雅的跳水运动员刺破了平静的水面。崔芬耶·尼卡加特紧随其后，接着是罗莫，继而是伊妮娅，最后是我。我折起翅膀，缩成十几米宽，接着穿越了这个能量屏障，重新回归了空气、声音、香味、凉爽微风的怀抱。

我们着陆在平台上。

“初次飞行，你们完成得挺棒。”帕洛·克洛尔说，她的声音经大气合成，“这仅是我们生活的一瞬，我们想和你们分享一下。”

伊妮娅解除脸部的拟肤束装，它流淌成一个水银般的衣领。她的眼睛闪耀着光芒，一如以往，充满了勃勃生机。白皙的肌肤泛着红晕，头发粘着汗水，湿漉漉的。“真棒！”她喊了一声，接着转身捏捏我的手，“太棒了……多谢。谢谢，谢谢，谢谢，自由人尼卡加特，自由人克洛尔。”

“万分荣幸，尊敬的传道者。”尼卡加特颔首说道。

我抬头一望，意识到“伊戈德拉希尔”号已经在我们头顶靠岸，树舰几公里长的树枝和树干已经与生物圈的树枝融为一体。我之所以知道巨树之舰在那里，是因为领事飞船在缓缓入港，正被一只工作乌贼拉进储藏荚舱。我能看见一名名克隆船员，他们正热火朝天地忙碌着，把众多的补给和莫比斯立方体带到海特·马斯蒂恩的树舰。还能看见几十条植物茎梗状的维生脐线和连接杆，从星树连接着树舰。

伊妮娅没有松开我的手。当我将目光从头顶的树舰转回到她身上时，她朝我靠近，吻了吻我的嘴唇。“能想象吗，劳尔？有成千上万适应太空的驱逐者生活在那儿……时时都能看到那些能量……在空旷的太空中飞行几个星期、几个月……沿着磁力场的弓形激波流和星球周围的涡流奔行……骑着十天文单位外的太阳风等离子激流，向更远的太空飞去……飞向离恒星七十五至一百五十天文单位远的太阳层顶的终端激波疆界，飞到太阳风停止、星际介质出现的地方。聆听宇宙之海的低声细语，惊涛拍岸。你能想象吗？”

“不。”我回答。我无法想象，我也不知道她到底在说什么。当时的我完全不能理解。

贝提克、瑞秋、西奥、卡萨德和其他人都从一条转运藤蔓上爬了下来。瑞秋为伊妮娅带来了衣物。贝提克拿着我的。

驱逐者和其他人又围住了伊妮娅，急切地寻求各种问题的答案，想要得到进一步的指令，汇报基甸驱动无人飞船即将发射的消息。我俩被拥挤而上的人群冲开。

伊妮娅回头一望，向我招着手。我也举起了手——仍旧穿着拟肤束装的银手——向她挥动，但她已经不见了。

那天晚上，我们好几百个人乘上了一艘转运荚舱，由一只乌贼拉着，沿着生物圈星树的内表面，在黄道面之上朝几千公里外的西北方前进，但旅程只花了不到三十分钟，因为乌贼走了条捷径，在太空中穿出一条弧线，从我们的那个区域径直前往新址。

在星树的这一区域内，那些生机勃勃的荚舱、公共平台、树枝塔、系连桥的构造体系看上去大不相同，虽然这个巨大的建筑体和我们的那个区域离得很近。它更大，更具巴洛克风格，新奇怪异。这里的驱逐者和圣徒说起话来，都带着一丝与众不同的口音，那些适应太空的驱逐者的身上装饰着一条条我从未见过的闪亮色条。这里的大气层中，有一些与众不同的鸟类和野兽——充满异域风情的鱼类在迷雾空气中巡游，还有一大群像是旧地杀人鲸的生物，却长着短短的臂膀和美丽的手。而且，这还只是几百公里范围内的情景。我无法想象整个生物圈中各种文化和生命形式是多么的变化多端。我第一次意识到伊妮娅和其他人一遍遍告诉我的事情……人类在过去几千年的星际航行过程中发现的星球，其表面积全部加起来，也比不上这个生物圈的内表面的面积。当星树完工之后，整个内部生物圈就会充满勃勃的生机，其宜居空间的总量，将超过银河内所有宜居星球的总和。

我们会见了一些官员。我们坐进六分之一重力水平下的拥挤平台，与几百名驱逐者和圣徒权贵共进晚餐。接着，他们带我们来到一个非常大的荚舱中，我觉得那可能是一颗小型卫星。

那里聚着十万多名驱逐者和圣徒，他们正等着我们。在中央的高台上，还有几百个赛内赛·阿鲁伊特，空中悬浮着一群群阿凯拉特里。我意识到，尔格已经将内部密蔽场的引力水平设置成舒适的六分之一标准重力，将每个人拉向生物圈的表面，但我又发现，在整个生物圈的内部，周围、上方和高空，有许许多多的座椅。于是我重新估算了一下，这群人的数量应该超过一百万。

驱逐者自由人纳弗森·韩宁和圣徒星树的忠诚之音凯特·罗斯蒂恩引介了伊妮娅，说她带来了大家等候了数个世纪的消息。

伊妮娅走到讲台边，上下左右细看了一番，就像是在和这个巨大厅堂中的每一个人进行眼神交流。音效系统真是先进，我们甚至能听到她咽口水和呼吸的声音。我的挚爱看上去很平静。

“重新选择。”伊妮娅说，她转过身，离开讲台，来到放着高脚酒杯的长桌旁。

我们中有几百人捐出了鲜血，区区几滴，之后酒杯被传递给等待的人群。瞧，从伊妮娅那儿已经获得共享礼的只有区区几百个人，这个量无法满足那一百万名驱逐者和等待着的圣徒，但助手们用消毒刀滴下几滴鲜血，这几滴血又被转移到酒池，几十名帮手从龙头中灌满酒杯，一个个传递下去，于是，没过一个小时，希望分享伊妮娅血酒的人都得到了满足。这个庞大的天地慢慢地人去楼空。

在说出那四个字后，伊妮娅整晚都没再说过别的话。在那漫长、无休无止的一天内，转运舱终于第一次出现了寂静的场面，它开始回家……回到星树的属于我们的区域，回到“伊戈德拉希尔”的阴影之下，二十四小时后，这艘飞船就将循着命运的脚步，走上离乡的旅途。

当时我觉得自己就像是个冒牌货。差不多二十四小时前，我就已经喝下伊妮娅的酒，但一天下来，我都没有任何感觉……除了对伊妮娅一如既往的绵绵爱意，也就是说，对伊妮娅完全不同寻常，又特别，且无须指定、无须平等的爱。

想要喝的人都已经喝了。一大片地方人去楼空，就连那些没喝的人也寂静无声，他们也许对我爱人那仅仅四个字的演讲感到失望，或者是在思索那句话字面上或字面下隐含的意思，我不得而知。

我们坐进转运舱，回到了星树那片属于我们的区域，大家一直沉默不语，除非必须讲话才开口。这不是一种尴尬或失望而导致的沉寂，准确说来，是在面对一个人某段生命的终结，面对一个开始……一个充满希望的崭新开始时，所产生的一种既敬畏又濒临恐惧的沉寂。

重新选择。我和伊妮娅都很疲惫，而且时间也很晚，但我俩还是在黑暗的起居荚舱中做爱。这一温存的行为缓慢温柔，甜蜜得几乎难以忍受。

重新选择。在我缓缓飘入……的确是飘入……梦乡时，这是出现在我脑海中的最后四个字。*重新选择*。我明白了。我选择了伊妮娅，选择了和伊妮娅一起生活。我相信她也选择了我。

而且，明天我也将重新选择她，她也会重新选择我。后天也是。每一个明天的每一个小时，都将如此。

重新选择。是的，正是这样。

27

我的名字叫雅各·舒尔曼。这封信写给在罗兹[①]的朋友们：

我亲爱的朋友们，我一直在等着确认这件事的真伪，好写信给你们。啊，我们现在终于知道了，这事太让人伤心了。我见到了一名逃跑的目击者，我和他谈过话，他把一切都告诉我了。他们被带到了唐比附近的切姆诺，全部被害，埋在了热舒夫森林。处死犹太人的方式有两种：射杀，或毒气。这样的事就发生在成千上万的罗兹犹太人身上。别以为写这封信的是疯子。啊，这是一出真实的悲剧，太可怕了。

“恐怖，太恐怖了！嗨，脱掉你的衣服，在你头上抹上黑灰，在街上跑吧，疯狂起舞吧。”我好累，都握不住笔了。造物主，请帮助我们！

① 罗兹：波兰中部城市。二战时德军曾在附近设过多个集中营。下文的几个地名同属于波兰。

我在公元一九四二年一月十九日写下这封信。几个星期后，在二月一个冰消春暖的日子，格拉堡城周围的树林中洋溢着一股不真实的春天气息。我们——营地里的人——被装进了货车。其中一些货车上画着亮丽的图画，有热带树林，还有丛林动物。这些是去年夏天从营地带走孩子的货车。过了一个冬天，这些画已经有点褪色，德国人也没操心去修饰一下，于是，这些灰扑扑的图片就像是去年夏天的梦境一般逐渐淡去。

他们开车把我们送到了十五公里外的切姆诺，德国人把这个地方叫作库尔姆霍夫。到这儿之后，他们命我们下车去树林里解手。我解不出……有卫兵和其他人看着，我解不出，但我还是假装了一下，最后重新扣上裤子的纽扣。

他们把我们赶回大货车，车子开进了一座古老的城堡。到这儿后，他们又命我们下车，我们排成队，行走在一个散落着衣服和鞋子的大院里，最后进了一个地窖。地窖的墙上用意第绪语写着“没人活着离开”。现在，地窖里有了几百个人，都是男人，都是波兰人，大多数都来自附近的村庄，比如格拉朵、科洛，但还有很多是罗兹人。空气闻起来有股腐烂潮湿的味道，还有冰冷岩石和腐败发霉的味道。

过了几个小时，天色逐渐昏暗，我们活着离开了地窖。这时来了更多的货车，这些车子更大，门分成左右两截。这些较大的货车是绿色的，车子两旁没有画着画。卫兵打开车门，里面差不多都挤满了人，每辆车载着七八十个人。这些人我一个也不认识。

德国人朝我们又推又打，把我们赶上这些大货车。我认识的人中，许多都在哭喊，所以当我们满满当当坐进臭气熏天的货车中时，我领着他们祈祷起来——以色列啊，你要听[①]，我们祈祷着。货车大门关上时，我们还在祈祷。

外头，德国人冲着来自波兰的司机和帮手大喊大叫。我听见其中一名帮手用波兰语喊出了一个词：“毒气！”接着传来一个响声，像是什么

① 犹太教经文《摩西五经》中的最前面一段话。

管子或软管被接在了卡车下的什么地方。引擎轰鸣作响起来。

我身边的几个人继续和我一起祈祷，但其他一些人开始喊叫起来。货车开始慢慢开动，我知道车子正沿着一条狭窄的柏油路往前进，这条路是德国人铺的，从切姆诺通进森林。大多数村民都对此感到惊讶，因为这是条死路……它在森林里断了头，在那个地方，路稍微变宽，以便货车掉头。但那儿没有任何东西，就只有森林，还有德国人下令建造的大炉子，下令挖的地坑。告诉我们这事的，是营地里的犹太人，是他们在森林里铺了这条路，挖了地坑，造了炉子。当时我们还不相信，后来他们走了……被运走了。

空气有点让人透不过气来。喊叫声越来越响。我的脑袋隐隐作痛，呼吸困难，心狂野似的跳动。我左手拉着一个青年的手，那几乎是个孩子，右手拉着一位老人。两人都在同我一起祈祷。

货车中，有人在什么地方唱起歌来，声音盖过了喊叫声，是用意第绪语在唱。听声音，像是一位唱惯歌剧的男中音。

> 上帝啊，上帝啊，
> 汝为何遗弃吾等？
> 吾等曾经陷身大火，
> 然则未曾抛却汝之圣律。

伊妮娅！我的天！什么？

嘘。没事，亲爱的，我就在这儿。

我不……什么？

我的名字叫卡尔特琳·凯特严·安迪密恩。我的丈夫是特劳布·安迪密恩，他在五个月前的一场狩猎事故中去世。我还有一个孩子，名叫劳尔，按海伯利安当地历法算，他已经三岁了，现在应该在大篷车围成的圈子那儿，正在营火边上玩呢，姨妈在照看他。

夜晚到来时，大篷车都会在山谷中围成一个圈。我沿着山谷爬上一座青翠的山丘。山谷的溪流旁长着几棵三枝杨树，除此之外，整个荒野上就再也没有任何标志性的东西，唯有矮矮的青草、莎草、岩石、青苔，以及绵羊。山丘东麓可以看见车队的几百头绵羊，也可以听见阵阵羊叫声，它们在牧羊犬的驱赶下绕着圈子，四处狂奔。

外婆正坐在一块突出的岩石上缝补衣服，从那儿可以将整个西边的山谷尽收眼底。西部地平线笼罩在一片迷雾中，这意味着那里是开阔的水源或大海的所在地，但临近的世界都是荒野，头顶是湛青的夜幕，流星在天空中无声地纵横交错，耳畔是风吹草地的飒飒之声。

我走到外婆身旁，挑了块岩石坐下。她是我已故母亲的母亲，那张脸是我们家族的脸，但稍显衰老，皮肤受尽了风吹雨打，一头白色短发，强势的脸庞棱角分明，削瘦的鼻子，褐色的双眼，眼角旁布满了鱼尾纹。

“你终于回来了，”这个老迈的女人说道，“回家的旅途顺利吗？”

“嗯，还行，”我说，“汤姆载着我们从浪漫港沿着海岸走，然后上了鸟嘴大道。没走沼泽地，所以没花摆渡费。头一晚我们住本布洛克酒店，第二晚在休斯河岸扎了个营。”

外婆点点头，忙着手里的针线活，她身旁的岩石上放着一个篮子，里面堆满了衣物。“医生怎么说？”

“医院很大，”我说，“自我们上次去浪漫港起，那些基督徒就一直在扩建医院。医院的修女……护士……人很好，化验时很亲切。”

外婆等着我说下去。

我俯瞰着整个山谷，太阳从那儿的乌云中探出头。一条条霞光照射在山谷的顶端，在低矮的岩石和山顶上投下精巧的影子，连石南花也被照得红彤彤的，像是着了火一样。“癌症，”我说，“新型的。”

“荒野尽头的医生早就这样说过了，”外婆说道，“他们对病情怎么说？”

我拿起一件衬衣，这是特劳布穿过的衣服，现在是他弟弟雷伊的，他是劳尔的叔叔。我从围裙里拿出自己的针线，开始缝纽扣，特劳布在最后一次北行狩猎之旅中，丢了这个纽扣。一想到把没了纽扣的衬衣给雷伊，我的脸庞不由得发起烧来。“他们建议我接受十字形。”我说。

“他们有那么先进的机器和充足的血清，也治不好？”外婆问。

“以前是可以的，”我说，“但这项技术显然使用了分子技……”

“纳米技术。”外婆说。

“对，教会很久以前就严禁这种技术存在。但有一些较为先进的星球，那里有治疗方法。”

“但海伯利安没有。”外婆说道，她把衣服放到了裙兜边。

“没错。”开口的时候我感觉到满身倦意，因为化验和旅途的缘故，身子有点不舒服，但心里仍然非常平静，不过也很悲伤。微风吹过，我能听见劳尔和其他男孩子的笑声。

“他们劝你接受十字形。”外婆说，最后那个词很短，但却异常锋利。

“对。有个年轻的神父，人很好，他昨天和我聊了几个小时。”

外婆正视着我的眼睛。“你会吗，卡尔特琳？”

我迎向她的目光。“不。”

“确定？”

“完全确定。”

“如果特劳布去年春天照神父的话去做，接受十字形，那他现在还会活在我们身边。”

“那也不是我的特劳布了。”说完，我转过头去。自从七个星期前病痛开始折磨我以来，我第一次哭了起来。我知道，这不是为我自己哭，而是想到了那些关于特劳布的往事，想起那最后一个日出，当时他和兄弟们一起去海岸边猎捕盐水伊蛭，我永远忘不了他临走时微笑着向我们挥别的情景。

外婆握住了我的手。“你是在想劳尔？”

我摇摇头。“没有。这几个星期，我什么也不会想。”

“瞧，你不必担心那事儿”外婆柔声道，“我还知道怎么照看孩子。我还有一箩筐的故事，也会教他本事。我会让他一直记得你的。”

“他还这么小……”话刚出口，我便停住了。

外婆捏住我的手。“小孩子的记性最好了。”她柔声道，“等我们老弱不堪时，脑子里记得最清楚的还是小时候的回忆。”

夕阳西下，光线璀璨无比，但由于泪水的缘故，我的视野依然是模模糊糊的。我扭过半张脸，回避着外婆的目光。“我不想只有当他老的时候才记起我。我想……每天……都见着他……看着他玩耍，看着他长大。”

“你记得你小时候和劳尔差不多大的时候，我教给你的一首良宽的诗么？”外婆问。

我真想笑。“外婆，你教过我好几十首良宽的诗呢。”

“第一首。”外婆说道。

她这么一说，我没过多久就记了起来。我念出这首诗，尽量避免诵经般的背诵，小时候我比劳尔大不了多少的时候，外婆就是这么教我的：

> 春意盎然绿田野，
> 牵童采青何其乐。

外婆闭上了双眼。她的眼皮如羊皮纸一般薄。“卡尔特琳，你以前很喜欢这首诗。”

“现在也是。”

“它有没有说，从现在开始之后的下周、后一年、后十年，只有牵着孩童去采青才能拥有快乐？”

我笑了。“你说得倒轻巧，老太婆。”语气轻柔，充满深情，缓和了那个词的不敬，“你已经牵着他们采了七十四年的青，接下来还会有七十年的时光，可以那么做。”

“我想，没那么长时间了，”她最后一次捏捏我的手，接着松开了它，“但是，更重要的是，你应该抓住现在，趁着今晚这个春天的夕阳时分，去和孩子们走走，为今天的晚餐采些青叶。我为你做一份你最爱吃的菜。”

听到这话，我不禁拍起手来。“北风汤？但韭菜还没熟呢。”

“南方的草地有，我叫小李子同他的孩子们去那儿找了一趟，结果他们采了一大锅。去吧，去采些春叶，我要用来加到汤里。带着你的孩子，记得天黑前回来。”

“我爱你，外婆。”

“我知道。小丫头，劳尔也爱你。我来照看车队。快去吧。”

我醒来了，身子在坠落。事实上我一直醒着。星树的树叶遮蔽着荚舱，营造出夜晚的氛围，外星系的星辰星光闪烁。那些声音没有丝毫减弱。那些影像也没有消散。那并不像是梦境，而是一场混杂着影像和声音的大旋涡……成千上万声音的合唱，所有声音都吵闹地回响在耳边。直到此时，我终于记起了我母亲的声音。当拉比·舒尔曼用旧地的波兰语喊叫出声，用意第绪语祈祷的时候，我不仅仅听懂了他说的话，也明白了他的所思所想。

我快要疯了。

“不，我亲爱的，你没有疯。”伊妮娅在耳边柔声道，她正和我一起靠在温暖的荚舱壁上，紧紧抱着我。根据通信志计时器，星树这一区的睡眠时间差不多要结束了，一小时内，树叶就会转向，让阳光照射进来。

那些声音还在我耳中低声细语，呢喃、争吵、哭泣。那些影像从我脑后掠过，就像是一记重拳狠狠地砸在了我的头上，搞得像是开起了染坊，各种颜色都冒出来了。我发现自己正僵硬地缩成一团，拳头紧握，牙关紧咬，青筋暴突，就像是在抵抗可怕的风暴或是一波波剧痛。

“不，不。”伊妮娅还在我耳畔述说，那柔软的双手抚摸着我的脸颊和太阳穴。一粒粒汗珠飘浮在我周围，就像是酸腐的灵云。“不，劳尔，放松。正如我想的，亲爱的，你对这一切太敏感了。放松，让那些声音自然消退。亲爱的，你可以控制它们。只要你想听，你就能听。想让它们安静，你就能让它们安静。”

“可它们一直没走远？”我说。

“不是很远。”伊妮娅低声道。向阳面的树叶屏障对面，驱逐者天使正飘浮在阳光之下。

“你从小就一直在听这些声音？”我问。

“我还没出生前就听到了。”我的挚爱回答道。

“我的天，我的天，”我举起拳头，压着自己的眼睛，“我的天。”

我的名字叫安奈·马欣·奥苏·阿塔，出生在库姆·利雅得，当圣神来到我们村子时，我才十一标准岁。我们那个村子远离城市，远离仅有的几条高速公路和太空大道，甚至远离岩石沙漠和炽热平原中纵横交错的商队之路。

两天来，不断有圣神飞船从东往西掠过天空，我父亲说它们来自东方的某个空中基地，每到晚上，夜空就像是布满了一粒粒灰烬。阿尔-安萨里的伊玛目从奥马尔那儿接到了电话，昨天，他通过无线电向村子发来命令，要求高纬度区和炽热平原绿洲营的所有人集结在毡包外，等待进一步的指示。在我们村的泥墙清真寺有个集会，父亲已经过去了。

于是家里的其他人站到了毡包外，另外三十个家庭也都等在了外头。村子的诗人——法里德·额丁·阿塔尔——在人群中走动，试图用诗文安抚大家紧张的情绪，但是，就连大人们都很害怕。

父亲回来了。他告诉母亲，毛拉已经做出决定，不能坐等异教徒杀害所有人。但村里的无线电没有联系到阿尔-安萨里或奥马尔的清真寺，父亲觉得无线电又坏掉了。但毛拉认为异教徒已经杀害了炽热平原西部的所有人。

我们听见从其他毡包传来的枪声。母亲和大姐想要逃，但父亲叫住了她们。传来了喊叫声。我仰望天空，等着异教的圣神飞船重新出现。当我重新低下头的时候，毛拉的执法人已经绕到了我们的毡包两侧，步枪重新装上了弹匣。他们一脸严峻的表情。

父亲叫我们大家一起握住双手。“我主万能。”他说着，我们也回应着：“我主万能。”虽然如此，我还是知道“伊斯兰”这个词的意思是服从安拉的慈悲决议。

就在最后一刻，我看见了天空中的灰烬，圣神飞船正从东飞向西，穿越了极高的天顶。

“我主万能！”父亲喊道。

一阵枪声。

“伊妮娅，我不明白这些东西到底意味着什么。”

“劳尔，它们并不意味着什么，那就是它们原本的样子。”

“它们是真的？”

“和任何真切的记忆一样真实，亲爱的。”

“但我是怎么听到的？当我的意识稍微触及它们……我能听到这些声音……这么多的声音……这些东西甚至比我自己的记忆还要清晰。”

“但它们还是记忆，亲爱的。”

“死者的……”

“是的，这些是。”

“学习死者的语言……”

“劳尔，我们可以用各种方法学习它们的语言。不仅仅是各种语言……英语、意第绪语、波兰语、波斯语、拓麻语、希腊语、汉语……还有它们的心，它们的记忆之灵。”

“这些鬼魂会说话，伊妮娅？”

“不是鬼魂，我亲爱的。死亡就是终结。灵魂是一种难以言喻的组合，混杂了一个人从生到死的记忆、人格……当生命离开之后，灵魂也会死亡。但是，留在挚爱之人心中的记忆并不会消亡。”

“那这些记忆……”

“它们在缔之虚中不断回响。”

“怎么会这样？所有的千千万万的生命……”

“还有成千上万的各种种族，古往今来数十亿年，亲爱的。那里面有一些关于你母亲的记忆……还有我母亲的……还有那些离我们的时空非常遥远的各种生命的生命印记，也在那里。”

“我也能触及它们吗，伊妮娅？”

“或许吧。只要给你足够的时间、足够的训练。我花了好几年时间才真正明白它们。对于这些进化得极为与众不同的生命形式，就算它们的感觉都已经非常难以理解，更别提它们的思想、记忆和情感了。”

“但你成功做到了？”

“我尽力了。”

“像赛内赛·阿鲁伊特、阿凯拉特里这样的异星生命？”

“比它们还要与众不同，劳尔。赛内赛躲藏在希伯伦星球上，躲藏了好几个世代，它们就生活在人类居住者的近旁。它们有心灵感应的能力——情感是它们最主要的语言。至于阿凯拉特里，虽然它们和我们大相径庭，但程度还比不上家父拜访过的内核实体。”

“丫头，我的心很痛。你能帮我停止这些声音和影像吗？”

“亲爱的，我能帮你让它们平静下来。但只要我们活着，它们就永远不会停止。这便是享用我的鲜血所带来的福祉，也是重担。但是，在我教你如何让它们平静下来前，请你再继续听几分钟。叶子快要转向，要日出了。”

我的名字叫雷纳·霍伊特，是一名神父，但如今，我是教皇乌尔班十六世。现在，我正在圣彼得大教堂中为约翰·多米尼各·穆斯塔法枢机举行重生弥撒，与会的是五百多名有权有势的梵蒂冈信徒。

我站在祭坛前，伸出双手，朗读《信友祷文》中的经文——

让我们虔诚地召唤万能的天父上帝，
为了拯救众生，
祂将祂的儿子从死者中复活。

担任弥撒执事的卢杜萨美枢机吟诵着——

我们向我主祈祷，
请祂将故去的、业已在洗礼中接受永生之种的
约翰·多米尼各·穆斯塔法枢机，
送回永恒的信友同伴中。

我们向我主祈祷，
祂在世之时，
曾在教会和宗教法庭中行使主教之职，
请让他重新用崭新的生命侍奉上帝。

我们向我主祈祷，
请祂将灵魂交给我们的兄弟姐妹、亲戚施主，
作为他们辛苦劳动的回报。

我们向我主祈祷，
请祂向沉睡在他重生希望中的所有人，
投下赞许的明光，
恩准他们的重生，
让他们更好地侍奉祂。

我们向我主祈祷，

请祂援助我们的兄弟姐妹，
他们受到渎神者的攻击，
受到堕落者的嘲笑，
请向这些痛苦的人施以神圣的慰藉。

我们向我主祈祷，
请祂有朝一日召唤荣耀王国的所有人，
所有虔诚效忠地集结在此处的人，
像你授予耶稣一样，
授给我们凡俗永生的祝福。

唱诗班唱起了《奉献乐曲》，在寂静的回荡声中，众人跪倒在地，开始等待圣餐礼，我在祭坛上转回身，说道——

“主啊，我们代表你的仆从，约翰·多米尼各·穆斯塔法枢机，向你献上这些礼物，请接受它们。你将这位高级神父赏赐给了这个世界。愿他暂时联合天国之圣人团，经由你的重生圣礼，回归我们的世界。靠着基督我主。”

众人异口同声地回应——

“阿门。”

我走到祭坛附近的穆斯塔法枢机的棺具及重生龛前，在上面洒上圣水，同时祈祷道——

天父，万能且永生的上帝，
靠着基督我主，
我们一如既往地向你致上谢意。

祂从死亡中复生，
给予我们曙光般的重生希望，

死亡的悲伤终于做出让步，

我们得到了不朽的光明前景。

主啊，对你的忠诚信徒来说，

生命得到了改变和重生，没有了终结。

当我们俗世的身体栖身于死亡中，

我们相信你的仁慈和奇迹将会让它重生。

如此，在天堂天使们的合唱声中，

我们赞扬你的荣光，

我们将永远赞美你。

大教堂内那巨大的管风琴发出隆隆的响声，唱诗班开始吟唱《三圣颂》：

圣、圣、圣，上主，万有的天主，

你的光荣充满天地。

欢呼之声，响彻云霄。

奉上主名而来的，当受赞美。

欢呼之声响彻云霄。

圣餐礼过后，弥撒结束，众人散去之后，我慢慢走向圣器室。我内心充满了悲伤，心脏部位疼痛不已——千真万确。心脏病又一次提前袭来，是动脉堵塞。我每迈出一步，每说上一句话，都会带来万般的痛楚。但我心下思忖——一定不能告诉卢杜萨美。

枢机出现了，他就像一位助手和祭童，脱去我的外袍。

“陛下，我们刚刚接收到一艘基甸无人驾驶信使飞船。”

“从哪个阵地发来的？”我询问道。

“圣父，不是舰队发来的。”枢机回答，他那肥胖的双手中拿着一张纸，面对上面的信息，他皱了皱眉。

“那是哪里？”我不耐烦地伸出手。信息写在一张薄薄的羊皮纸上。

我打算来佩森一趟，来梵蒂冈。

伊妮娅

我抬头看了看国务秘书。“西蒙·奥古斯蒂诺，能先暂停舰队的行动吗？”

他那下巴上的垂肉似乎在颤抖。“不行，陛下。二十四小时之前，他们就已经完成了跃迁，现在可能已经快要结束加速重生的预定计划，马上就将展开攻击。我们无法及时配上一艘信使飞船，通知他们暂停行动。”

我发现自己的手正抖个不停。我把信息递还给卢杜萨美枢机。“召马卢欣及其他舰队指挥官觐见。”我说道，“命他们集合余下的所有大型战舰，回援佩森星系。立即执行。”

“但是，陛下，”卢杜萨美说道，他的声音显得相当迫切，“此时此刻，有非常非常多的重要任务正在进行……”

“立即执行！”我大叫道。

卢杜萨美颔了颔首。“是，陛下。”

就在我转身离开的时候，胸膛传来的阵痛和呼吸的不畅感就像是上帝在发来警告：时间紧迫。

“伊妮娅！教皇……”

“放轻松，亲爱的。我就在这儿。”

“我刚刚听到了教皇……雷纳·霍伊特的声音……他没死，是吗？”

“劳尔，你已经在学习如何聆听生者的语言。真不可思议，你第一次接触活人的记忆，竟然是和他。我还以为……”

“没时间了，伊妮娅！没时间了。那个……卢杜萨美枢机……拿到了你的消息。教皇想召回舰队，但卢杜萨美说已经来不及了……舰队在二十四小时前完成跃迁，随时会展开攻击。伊妮娅，可能就是这儿。是在拉卡伊9352星系的大型舰队……”

“不！”伊妮娅的叫声把我拉出了喧嚣嘈杂的影像和声音，层叠的记忆和感觉。不是把它们完全驱逐了出去，而是将它们赶退，但那些声音仍旧存在，就像是隔壁房间吵闹的音乐。

伊妮娅从小房间的架子上拿了个通信志，现在正用它呼叫我们的飞船和纳弗森·韩宁。

我想将注意力集中在伊妮娅和当前的事情上，于是穿上了衣服，但是，就像是一个刚从鲜活梦境中醒来的人，那些声音和记忆的呢喃还在我的耳畔回响。

巨树之舰“伊戈德拉希尔”号上，费德里克·德索亚神父舰长在自己的私人舱室中长跪不起，他在祈祷，只不过，他不再将自己视作“神父舰长”，仅仅是“神父”而已。并且，就连这个头衔，他也不是那么确信。自从喝了伊妮娅的共享之血，胸口和身上的十字形被除去之后，日日夜夜，他都会祈祷好几个小时。

德索亚神父祈求宽恕，但他毫不怀疑，他所犯下的行径不容宽恕。他请求宽恕自己担任圣神舰队舰长的几年来所犯下的罪行，他展开的那些战斗，他杀害的那么多生命，他毁掉的人类和上帝手中的无数美丽作品。在六分之一重力水平下，德索亚神父静静跪在他的小舱中，祈求上帝的救赎……他曾经相信、而现在怀疑的那个慈悲的上帝……求祂宽恕他，不是为了他的缘故，而是为了在即将到来的几个月、几年（或是几个小时）中，他的思想和行动可以更好地服务上帝……

我赶紧抽身离开这一次接触，就像一个人突然发现自己成了一个窥淫狂，心里顿时一阵反感。我立即明白，这么多年来，伊妮娅的整个一生——如果她一直懂得这些“死者的语言”——那她肯定一直在竭尽全力地抗拒这些东西，避免通过这些自发而来的信息过度涉入别人的生活，她在这上面花费的精力必定多于掌握它而花费的精力。

伊妮娅让荚舱壁的门开启，带着通信志来到了外面植物丛形成的瞭望台上。我尾随着她飘了出去，在密蔽场柔和的十分之一重力水平下，降落到瞭望台表面。通信志触显上方浮着几张脸——有海特·马斯蒂恩、凯特·罗斯蒂恩、纳弗森·韩宁——但他们没有看视频取景器，而是望着别处。伊妮娅也是。

我花了一秒钟，抬起头，终于明白她在看什么东西。

一条条璀璨夺目的条痕正刺穿星树的躯体，一路上燃烧着美丽的星状橙红色火焰。一开始我还以为那只是生物圈内部表面沿线树叶翻动而导致的日出美景，乌贼、天使、灌溉彗星反射出了光线，就像是我和伊妮娅几个小时前驾着太阳圈矩阵时所做的那样。但是，我马上意识到了眼前这些究竟是什么东西。

是圣神舰船，它们正从几百个地方突破星树的防线，聚变焰尾切断了一根根树枝和树干，就像是冰冷闪亮的刀锋。

几十万公里之外，树叶和残骸发生了爆裂，地震波顺着树枝传动，我们所在的荚舱和瞭望台也在颤动。

光芒四射，一片混乱。能量光束在太空中跳跃，我们之所以能看见它们，只是因为太空中充满了各种粒子——逃逸的大气，研成粉末的有机物，燃烧的树叶，驱逐者和圣徒的鲜血。切枪光束所到之处，无不四分五裂，一片火光。

几公里范围内，可以看见更多的爆炸火光轰然而起。密蔽场还在死死坚持，猛烈的声音砸下，冲击波把我们击得逼向了荚舱壁，就像是一头负伤的野兽正浑身颤抖。就在我们头顶的星树弧面突然迸发出火焰，炸进寂静的太空中时，伊妮娅的通信志也炸响起来。从里面传来各种叫声、喊声和咆哮声，刹那间，我马上明白了到底是怎么回事——密蔽场已经停止运转，我和伊妮娅即将和身边数以万计飞扬的残骸一起被吸进太空。

我想把她拉回荚舱，它正徒劳地封闭自己，想要存活下来。

“不，劳尔，快看！”

我顺着她指的方向看去。在我们头顶，在我们身下，在我们周围，星树正熊熊燃烧，正猛烈爆炸，藤蔓和树枝噼啪作响。驱逐者天使被大火烧成了灰，十公里长的工作乌贼向内爆炸，试图起航的树舰也在燃烧。

“他们在杀害尔格！”伊妮娅压着咆哮的风声和猛烈的爆炸声大叫道。

我一拳击在荚舱壁上，喊出命令。舱门仅仅开了一秒，但已经够用，我把伊妮娅拉了进去。

但这里并非庇护所。透过已经极化的荚舱壁，可以清楚地看见等离子冲击波的攻击。

伊妮娅从小房间中拖出背包，背在了身上。我拿起自己的背包，把带鞘短刀插进皮带，就好像这能帮助我击退这些掠夺者似的。

“我们得到‘伊戈德拉希尔’号上去！”伊妮娅喊道。

我们向茎秆路蹦去，但荚舱不让我们过去，荚舱壁外传来一阵猛烈的咆哮声。

“茎秆路不能走了。”伊妮娅气喘吁吁道，她仍旧拿着通信志，是领事飞船上老的那只，她正用它拉取星树线网中的数据，“桥坏了。我们得想办法去树舰。”

透过舱壁，我望着外面。一朵朵橙色的火焰。“伊戈德拉希尔”在上方十公里外，位于内部表面，在我们东面。现在，吊桥和茎秆路已经没了，那也意味着它相当于是在几千光年外。

“派飞船到我们这儿，”我说，“领事的飞船。”

伊妮娅摇摇头。“海特·马斯蒂恩现在正在‘伊戈德拉希尔’号上，忙着起航的事情……没时间将我们的飞船开出船坞。接下来三四分钟内，我们必须到树舰上去，不然……不如用驱逐者的拟肤束装？我们可以飞过去。”

现在轮到我摇头了。“我们没有束装。当时到达着陆平台，我们把它们脱下后，我就叫贝提克把束装带回树舰上去了。”

荚舱疯狂地摇动起来，伊妮娅转过头，想看看是怎么回事。荚舱壁变成了鲜红色，正在熔化。

我拉开储藏柜，把衣服和装备扔到一边，拉出一件奇异的人工制品，把它从储藏柜中拖了出来。是德索亚神父舰长送给我的礼物。

我按了按启动线。霍鹰飞毯顿时绷直，悬浮在零重力水平下。星树这一区域的电磁场尚还完整。

“快。”就在荚舱壁熔化时，我大叫道，一把把伊妮娅拉上了霍鹰飞毯。

我们被扫出了裂缝，飞进了太空和一片混乱之中。

28

尔格包拢的磁场仍旧维持着，但已经被搅得乱七八糟。霍鹰飞毯没有沿着大道般宽阔的树枝飞向“伊戈德拉希尔”号，而是想要正确地对齐树枝的角度，这样一来，我们的脸就像是直接指着下方，而毯子像是一列升降机，迅速穿入摇曳的树枝、摇晃的吊桥、断裂的茎路、球状的火焰，一大群一大群的驱逐者跃入太空展开战斗，英勇献身。只要飞毯还在朝着树舰逼近，我就让它自行飞行。

所剩无几的密蔽场缩减成一个个球泡，其中尚还容纳着大气，但大多数尔格能量场都已经和维持它的尔格一起消亡。虽然星树这一区域的空气还很足，但仍然是在急剧减少，气压在急速降低。我们没有宇航服。在荚舱的最后那一刻，我曾想到，这古老的霍鹰飞毯自身拥有低级别的能量场，可以将乘客固定在上面，当然也容纳了空气。虽然不是一个专门的增压工具，但九年前在一个不知名的丛林星球上，我们曾用它飞上了非常高的高空，当时也能呼吸。希望它还管用。

的确管用……至少是马马虎虎。我们飞出荚舱，像滑翔机一样升向高空，穿进一片混乱之中时，霍鹰飞毯的低级别能量场就生效了。虽然我几乎能感觉到空气在朝外泄露，但我告诉自己，它还能维持到抵达“伊戈德拉希尔”号。

我们差一点没有抵达“伊戈德拉希尔”号。

这并不是我见证的第一场太空战——不久之前，我和伊妮娅就曾坐在悬空寺的高空平台上，眺望圣神特遣部队在地月空间摧毁德索亚神父的飞船而引发的光色表演。但是，这是我第一次经历一场意图索取我性命的太空战。

在有空气的地方，那响声真是震耳欲聋：爆炸、内爆、四分五裂的树干和茎路、断裂的树枝和垂死的乌贼、警报的哀号、通信志和其他通信器的唠叨和啸叫。在真空的地方，那沉默之声更加振聋发聩：驱逐者和圣徒的尸体被无声地轰进太空——有女人、孩子、没有拿到武器或抵达战斗岗位的战士；穿着衣袍的缪尔圣徒翻滚着飞向太阳，暴虐的死亡没有给他们留下尊严——火焰发不出爆裂之声，喊叫沉默无声，飓风刮不出任何风声。

随着我们升空穿越那片大旋涡，伊妮娅蜷缩在希莉的古老通信志前。触显上方的微小全息显像上，西斯滕·考德威尔正在大叫，接着，肯特·奎恩肯特和仙·奎恩塔纳·卡安热切地说起话来。我正忙着操控霍鹰飞毯的方向，没心思去听他们绝望般的对话。

现在，我已经看不到圣神舰队的大天使飞船的聚变焰尾，唯有一条条切枪光束刺入蒸汽云和残骸能量场，就像是一把切割活人肉体的手术刀在分割星树。庞大的树干和旋绕的树枝的确在流血，树液和其他生命体液混杂在纤维般的藤蔓和驱逐者的鲜血中，飞炸向太空，或是在真空中沸腾，化作灰烟。我眼睁睁看着一条长十公里的工作乌贼被来回切成四段，临死之时，那精巧的触手剧烈痉挛着，跳动出死亡的舞步。成千上万的驱逐者天使展翅飞翔，而后呜呼死去。一艘树舰试图起航，但立马被切枪切成了两段，密蔽场内富足的氧气马上燃烧起来，在能量球的攻击下，船内升起腾腾的烟雾，船上的船员统统罹难。

“那不是‘伊戈德拉希尔’号。”伊妮娅大叫。

我点点头。这艘濒临死亡的树舰是从北部半球来的，不过，“伊戈德拉希尔”号应该就在附近，就在这条不断震动、分崩离析的树枝之上，一公里外，也许更近。

除非我转错了方向，除非它已经被毁，除非它抛下了我们独自离开。

“我联系到了海特·马斯蒂恩。”伊妮娅叫道。我们所在的小球体中的空气正迅速逃逸，声音非常响。“几千人中，大约只有三百人到了船上。”

“好吧。”我应道，我不知道她在说什么，什么几千人？但没时间细问了。在我们头顶右上方一公里外，我微微瞥到一簇深绿的树舰的影子，位于另一条完整的螺旋树枝上。于是我操控霍鹰飞毯朝那儿飞去，如果那不是“伊戈德拉希尔”号，我们也必须在那儿找到一处庇护所。星树的电磁场正在慢慢失效，霍鹰飞毯也在失去能量和惯性。

电磁场终于失效了。飞毯最后飙升了一下，接着开始翻滚着坠向断裂树枝间的黑洞中，离最近的那条燃烧着的茎路还有一公里远。在遥远的下方，在我们的身下，能看见一堆环境舱，我们就是从那儿来的：它们全部都四分五裂了，泄露出空气和死尸，茎梗和连接的树枝以牛顿式应力盲目且痛苦地扭动着。

“好了，丫头，我们尽力了。”由于没有多少空气，或是这个失效能量泡外的声音太响，以至于我的声音显得相当微弱。霍鹰飞毯是在七个世纪前由一个老头设计出来的，目的是引诱他那豆蔻年华的侄女爱上他，它的设计初衷不是为了让飞行者在外太空中得以存活。我从飞控线上挪开，伸出胳膊，抱住了伊妮娅。

“才没有。”伊妮娅说，她拒绝的是死刑宣判，而不是我的拥抱。她狠狠地抓住我的胳膊，以至于手指甲都深深扎进了我的肱二头肌。“没有，才没有。”她自顾自地说道，按着通信志触显。

海特·马斯蒂恩戴着兜帽的脸出现在翻滚的星野背景下。“是的，”他说，“我看见你了。”

庞大的飞船正悬浮在我们头顶一公里外，在微微闪烁的紫色密蔽场下，是一层密实的天花板，由绿色的枝叶组成。船身正缓缓脱离熊熊燃烧的星树，突然传来一阵猛烈的牵扯之力，有那么一小会儿，我还以为大天使的切枪光束已经发现了我们。

“尔格正在拉我们进去。”伊妮娅说道，她仍旧紧紧抓着我的胳膊。

“尔格？”我说，“我还以为树舰上只有一只尔格在控制驱动器和能量场。”

“一般来说是这样，”伊妮娅说，“有时候，如果旅途非同寻常……比如说，要进入一颗恒星的外部壳体，或是要穿过双星太阳圈的激波，那船上就可能会有两只。”

“这么说，‘伊戈德拉希尔’号上有两只？”树舰慢慢变大，填满了整个天空。等离子炸弹在我们身后寂静地绽放。

“不，”伊妮娅说，“有七十二只。”

扩大的能量场将我们拉向树舰。经重新整理，原先的“上”变回了“下”。我们正落向一块高台，就位于树冠顶部的舰桥平台之下。没等我按下飞控线，取消我们那微不足道的密蔽场，伊妮娅就迅速拿起通信志和背包，冲向了台阶。

我利索地卷好霍鹰飞毯，塞进皮套，斜跨在背上，接着急奔向前，赶上伊妮娅的步伐。

树冠舰桥上只有区区几个人，包括树舰舰长圣徒海特·马斯蒂恩，以及他手下的几名上尉。但舰桥下的平台和阶梯上挤着许多人，有认识的，也有不认识的。瑞秋，西奥，贝提克，德索亚神父，格列高里亚斯中士，罗莫顿珠，还有我熟悉的其余来自天山的难民，但还有几十个不属于驱逐者、不属于圣徒的人，男人、女人和小孩，这些人我先前没见过。“这些人都是从圣神星球上逃出来的，是德索亚神父舰长过去几年间用‘拉斐尔’号从一百多个星球上救出来的。”伊妮娅说，“本来我们还想在离开前让更多人上船，但现在已经太晚了。”

我跟着她爬上舰桥。舰桥上，有机控制触显围成一个圆，海特·

马斯蒂恩站在中心。触显上显示着整艘船上上下下的纤维视像神经的图像，还有树舰甲板、船尾和船首的全息像。有一个通信中枢让他可以随时联系船内的圣徒，包括负责照看尔格的、在奇点密蔽核心的、在驱动根须处的等等。那里还展示着树舰本身的中央全息虚影，只要他用修长的手指稍稍碰触，就能拉出人机对话界面，或是改变航向。当伊妮娅迅速穿过神圣的舰桥，向海特·马斯蒂恩走去的时候，圣徒终于抬起了头。他头上戴着兜帽，其下的面容——来自旧地的亚洲血统——相当平静。

“传道者，很高兴你没有被留在后方。”他冷冰冰地说道，“你想让我们去哪儿？”

“外星系。”伊妮娅毫不犹豫地回答。

海特·马斯蒂恩点点头。“这势必会吸引圣神舰队的强大火力。”

伊妮娅仅仅点了点头。我看见树舰的全息虚影正在缓缓旋转，抬头望去，头顶的星野也在旋转。我们才朝星系内驶出了几百公里，现在正掉头转向星树生物圈被轰得千疮百孔的内部表面。在麻花状的树枝下，我们在那里的环境舱和会议舱已经成了一个参差不齐的孔洞。那整整数千平方公里的地方，现在全是裂开的伤口和剥蚀的树枝。“伊戈德拉希尔”号转向星树的树墙，小心翼翼地往前进，在数万亿翻滚的树叶间缓缓移动，那些仍处于密蔽场大气中的叶片正冒着熊熊火光，让整个密蔽场圆周布满了灰色的灰烬。

从另一头出来后，尔格控制的聚变驱动器便勃然喷发，速度渐起，现在，我们可以更清楚地看到战斗的场面。这里的太空中，有无数闪耀着的光点，那是防御性密蔽场正受到各种各样的攻击，切枪光束和无数热核炸弹、等离子弹、拖着驱动焰尾的火箭、超动能武器、小型攻击艇，还有大天使飞船。星树弯凸的外表面看上去就像是一个纤维火山世界正迸发着无数的火焰和残骸。灌溉彗星和游牧卫星受到圣神武器的冲击，原本优美的平衡也被打破，现在正像加农炮轰进引火柴一般，横冲直撞地冲进星树中。海特·马斯蒂恩拉出战术全息像，我们凝视着整个生物圈的画面，上面正点缀着成千上万的火点，好几处大火甚至和我的家乡星球海伯利安一样大。生物圈的构造上被撕裂出几十万条裂口，想当初织就它可几乎花了一千年啊。在雷达和远程探测器上，标着数千个开启驱动的物体，但强大的大天使飞船从好几天文单位外发射切枪光束，逐一消灭驱逐者的神行侦察机、火炬舰船、驱逐舰、树舰，这些信号点也在慢慢减少。数百万适应太空的驱逐者奋勇扑向攻击者，但那无异于飞蛾扑火，而且面对的还是火焰喷射器。

罗莫顿珠大步走上舰桥。他穿着一件驱逐者的拟肤束装，扛着一把长长的四级突击武器。“伊妮娅，我们究竟要去哪儿？”

“离开这儿，”伊妮娅说道，“罗莫，我们得离开这儿。”

滑翔师摇摇头。“不，不行，我们得留下来战斗。我们不能抛下我们的朋友，把他们扔给圣神的秃鹫。”

“罗莫，”伊妮娅说，“我们帮不了星树。我必须离开这儿，这样才能继续对抗圣神。”

“如果你想走，那就走，”罗莫说，那英俊的面容被怒火和失落所扭曲，他将银色的拟肤束装拢向头顶，“我要留下来战斗。”

“我的朋友，他们会杀死你的，”伊妮娅说，“你根本打不过大天使级星舰。”

“看着吧。”罗莫说。现在，那件银色的束装盖住了一切，只露出他的脸。他和我握了握手，“祝你好运，劳尔。”

“也祝你好运。”我应道。我真是感到羞愧，在逃跑的同时，还义正词严地向这位勇敢的人道别，我不禁感到喉咙紧绷，脸也涨得通红。

伊妮娅摸了摸罗莫强壮的银色手臂。“罗莫，如果你和我们一起走，帮的忙会更大……”

罗莫顿珠摇摇头，流体状的兜帽覆了下来，蒙住了他的脸。从音频拾音器中传来他讲话的声音，听起来充满了金属的质感。“祝你好运，伊妮娅。愿上帝和佛陀助你一臂之力。愿上帝和佛陀助我们所有人一臂之力。”他走到平台边缘，回头望了望海特·马斯蒂恩。圣徒点点头，按了按虚影树冠附近的控制点，小声对着纤维线下达命令。

我感觉到了重力的减弱。外部能量场正闪烁变化。罗莫升空而起，转过身，飞进了我们这个树枝、空气和亮光外的太空中。他展开了银色的翅翼，光线铺洒在上面，我看着他聚起了二十多个拿着微小武器的驱逐者天使，列成一队，骑着日光，朝最近的大天使飞船飞去。

现在，其他人也走上了舰桥。包括瑞秋、西奥、多吉帕姆、德索亚神父和他手下的中士、贝提克、达赖喇嘛，但他们都没有走近，而是充满敬意地和忙碌的圣徒舰长保持着距离。

“他们在跟踪我们，”海特·马斯蒂恩说，“他们开火了。”

密蔽场勃然炸得通红，能听见嘶嘶作响的声音，仿佛树舰已经落进了一颗恒星的内部。

显示画面闪烁了一番。“顶住了，”巨树的忠诚之音海特·马斯蒂恩念叨着，“顶住了。”

他指的是防御性能量场，但圣神飞船也在继续开火，在我们加速驶出星系的时候，能量切枪光束仍不停地射向我们。除了全息显示像外，看不出我们在移动——整个天空看不到一颗星辰——我只听到头顶和四周十几米外，毁灭性的酷热能量正嗞嗞冒泡，噼里啪啦地撕裂一切。

“拜托了，请指示具体的航向。”海特·马蒂斯恩问伊妮娅。

我的好友突然摸了摸额头，似乎显得很疲惫，又像是迷茫而不知所措。“往外飞，只要看到星星就好。”

“炮火太猛烈了，我们绝对没办法飞到跃迁点的。”圣徒说。

“我知道，”伊妮娅说，“你只要……往外飞……飞到能看到星星的地方。”

海特·马斯蒂恩抬头望着头顶的地狱之火，“我们可能再也看不到星星了。”

“我们必须这么做。”伊妮娅说得言简意赅。

突然传来一阵连珠炮般的喊声。我抬起头，望向骚动的来源。

指挥舰桥上只有几个小平台——非常小，看上去就像是全息电影的海盗船上的瞭望台，或是有一次我在海伯利安沼泽地中看见过的树屋。

喊叫声来自其中一个平台，是克隆人船员，他们正指指点点，又喊又叫。海特·马斯蒂恩抬起头，朝头顶十五米上方的小型平台凝望，接着转身看着伊妮娅：“大哀之君也在和我们同行。”

密蔽场外地狱之火的五色火光正在伯劳的额头和胸甲上闪亮。

“我还以为它死在天山上了呢。”我说。

伊妮娅看上去比以前更加疲惫了。“劳尔，这个怪物在时间长河中肆意穿行比我们在太空中飞行还要轻松。它可能已经死在了天山上……在和卡萨德上校的战斗之后，它可能死了一千年……但它也可能不会死……我们永远也不会知道。”

伊妮娅说出费德曼·卡萨德的名字，就像是在召唤他，上校走上台阶，来到了舰桥平台上。他穿着一身古式的霸主时代装束，扛着一把突击步枪，我曾经在领事飞船的军械库中见过这把武器。他凝望着伯劳，如同一个鬼迷心窍的人。

“我能到上面去吗？”卡萨德问圣徒舰长。

海特·马斯蒂恩仍旧在聚精会神下达着命令，监控着显示屏，同时指了指攀向最高平台的绳梯。

“不要在树舰上开枪。”海特·马斯蒂恩冲着转身离去的上校喊道。卡萨德点点头，开始向上爬去。

之后，我们重新将注意力挪回到全息显示画面上。至少有三艘大天使飞船，正从不到一百万公里的距离外向我们发送部分炮火。他们轮流用切枪光束攻击我们，其余炮火则轰向其他目标。但我们誓不赴死的奇怪行径似乎把他们惹得火气上蹿，切枪光束重新扫向我们，在飞过四到十光秒的路程后，在我们头顶的密蔽场上轰然爆炸。其中一艘飞船正试图沿着火光冲天的星树的弧面转向，另两艘还在星系内朝我们的方向减速，炮火相当猛烈。

“敌方发射导弹。”舰长手下的一名圣徒上尉说道，他的声音并没多少激动感，就像是在宣布午餐时会用的语气，“两颗……四颗……九颗。亚光谱。很可能是等离子弹头。”

“挺得过去么？”西奥问。瑞秋已经走了过来，正目视上校爬向伯劳。

海特·马斯蒂恩忙着手头的事，没有回答，于是伊妮娅应道：“不知道。看缚能者……尔格的吧。”

“离导弹冲击还有六十秒。”那名圣徒上尉仍旧用同样的平静语调说道。

海特·马斯蒂恩碰了碰一根通信棒，开口时，声音听上去很自然，但我也发现音调强度已经被放大，以便让几公里长的树舰上下全都能听见他的声音。“请所有人遮蔽双眼，不要目视能量场。缚能者会尽量极化闪光，但还是请不要抬头看。愿缪尔的和平与我们同在。”

我望着伊妮娅。“丫头，这艘树舰有武器吗？”

“没有。”她的眼神和声音一样充满了倦意。

“这么说，我们不去迎战……而只是逃跑？”

“是的，劳尔。”

我咬牙切齿。“那我同意罗莫的意见，”我说，“我们一直在逃跑，现在该帮帮这里的朋友们了。是时候……”

至少有三颗导弹爆炸了。后来，我回忆起当时的情景：那光芒真是炫目，我甚至能透过伊妮娅的皮肤和肉体，直接看见她的颅骨和脊椎，但那必定是不可能的。我感到一阵坠落的感觉……感觉脚底下的一切都在坠落……但紧接着，六分之一的重力场回归了。一阵亚音速的轰鸣让我的牙齿和骨骼疼痛不已。

我眨眨眼，摆脱掉眼中的残影。我的前方仍旧是伊妮娅的脸庞，她脸颊绯红，满是汗水，头发梳在脑后，由发箍扎着，看样子梳得很仓促。那双眼睛满是疲惫，却又充满了无限的生机。胳膊裸露，有点被太阳晒伤。我油然涌起一丝多愁善感的感觉，伊妮娅的脸已经烙进了我的灵魂和记忆，这样的死亡方式或许还不是不能接受。

又有两颗等离子弹头让树舰颤抖了起来。接着又是四颗。“顶住了，”海特·马斯蒂恩手下的中尉说道，“所有能量场都顶住了。”

“罗莫和劳尔说得对，伊妮娅，”多吉帕姆上前说道，她穿着一件简朴的棉袍，浑身散发着君王般的优雅气息，“这么多年来，你一直在躲避圣神的追捕。该迎接他们的挑战了……我们所有人都该去迎战了。”

我望着这位老迈的妇人，目光炽烈，稍显粗鲁。我意识到她身上洋溢着一种灵力……不，不对，这词太过神秘……我只是有一种感觉，她身上正散发着一股强烈的色彩，是一种同金刚亥母的人格一样强力的深红之色。那天大家都在平台上的时候，其实我一直在注意这样的细节——罗莫爆发出勇气时，显出天蓝色的气息；海特·马斯蒂恩自信地下达指令时，显出金色；卡萨德见到伯劳时震惊异常，显出闪烁的紫色——我不知道这是不是在学习生者的语言。抑或，这只是等离子爆炸所引起的亮光超过负荷所致。不管是什么原因，我知道这些颜色并非真实的，也不是我产生的幻觉，眼前也没有蒙上迷雾。但我也觉得是自己的意识在进行直接的接触，在视觉的某个水平之下或之上，迅速领略着这些人真正的心灵。

而伊妮娅身上散发的颜色，则涵盖了整个光谱，甚至更多——是一种渗透力极强的光芒，充满了树舰，就像是等离子炸弹的火光充满外部世界那样。

德索亚神父说道。“不，夫人，”他对多吉帕姆说，声音轻柔，充满了敬意，“罗莫和劳尔说得并不对。尽管圣神的所作所为让我们愤怒，我们都希望展开反击，但伊妮娅是对的。如果我们活下来，我们会明白这一切的真谛，如果罗莫活下来，他也会明白这一切。这个真谛就是，如果你享用了伊妮娅的圣餐，那我们将分享所有人的痛苦，包括我们攻击的那些人。真真切切、确确实实的分享。在身体上分享到这种痛苦。分享它，作为生者的语言其中的一部分。”

多吉帕姆低头看着比她矮一个头的神父。“基督徒，你说的话确实没错。但这并不意味着，如果他们伤害我们，我们不能予以反击。”她向上挥舞手臂，囊括了被慢慢消减的密蔽场，以及上方那满是聚变焰尾和火光余烬的星野，“这些圣神……怪物……正在摧毁我们人类种族有史以来最伟大的成就。必须阻止他们！”

“还没到时间，”德索亚神父说，“不是在这里和他们战斗就是阻止了他们。相信伊妮娅。”

高个子格列高里亚斯中士走进了圈子。“我身体的每一丝力量，我训练的每一个时刻，我多年战斗留下的每一道伤痕……所有的一切都在催促我去战斗，”他咆哮道，“但我相信我的舰长。我相信他，他是我的神父。如果他说我们一定要相信这位年轻的女子……那我们必须相信她。”

海特·马斯蒂恩举起一只手。众人静了下来。“这样的争论是浪费时间。正如传道者说的，‘伊戈德拉希尔’号没有武器，尔格是我们唯一的防御来源。但如果要它们提供这一防御护盾，那它们就无法对聚变驱动器进行相移。实际上，我们得不到推进力……我们是在顺着先前的航向飘移，目前离我们原先的位置只有几光分的距离。与此同时，已经有五艘大天使改变了航向，想要拦截我们。”圣徒将脸孔转向我们，“各位，拜托了。除了传道者和她高大的朋友，劳尔，请大家都离开舰桥平台，在下面等着。”

众人一声不吭地离开了。在瑞秋转身离开前，我注意到了她的目光所投向的方向，我顺着那方向抬起头。卡萨德上校正站在最顶部的瞭望台上，他身旁便是伯劳，高大的男子在三米高的由铬、刀刃和棘刺组成的雕像的映衬下，依旧有些相形见绌。上校和杀人机器之间的距离不到一米，互相对视，谁都没有动弹一下。

我回头看了看全息虚影。圣神飞船的亮点正迅速逼近。在我们头顶，密蔽场已经被突破。

“劳尔，拉住我的手。”伊妮娅说。

我拉住了她的手，心中顿时浮现起十年来我抓着她手时的每一次景象。

“星星，”她低声道，“望着星星。聆听它们。”

树舰“伊戈德拉希尔”号悬停在一颗橙红色星球的低层轨道上，星球的两极白雪皑皑，还能看见一些古老的火山，大得甚至超过海伯利安的羽翼高原，还有一条五千多公里长的河谷，就像是星球肚子上的一条疤痕。

“这是火星，”伊妮娅说，“卡萨德上校会在这儿离开我们。”

完成量子跃迁后，卡萨德上校已经停止了和伯劳的近距离对视，从高台上走了下来。说是量子跃迁，但对于我们所完成的壮举，实际上找不到一个合适的词来形容：一秒钟之前，树舰还在生物圈所在的星系内，关着驱动，以低速状态滑行，同时还经受着一群群大天使的攻击，后一秒，我们便来到了旧地星系的这颗死气沉沉的星球上空，稳稳地停在了它的低层轨道上。

“你是怎么做到的？”伊妮娅完成这个把戏后，我便马上问她。毫无疑问，是她把我们……瞬间转移……到了这儿。

“我学会了聆听天体之音，”她说，“接着便走出了一步。”

我盯着她不放。现在，我仍旧牵着她的手，也没打算放手，直到她用平实的语言解释这一切。

“劳尔，一个人可以领悟一个地方，”她跟我说道，但也知道，其他人毫无疑问也在倾听，“在那一刻，那就像是在聆听它的美妙之音。每一个星球都是一个不同的和音。每一个星系都是一曲不同的奏鸣曲。每一个地方都是一个清晰且独一无二的音符。”

我没有松手。“这就是不用远距传输器的远距传输？”我问。

伊妮娅点点头。“自由传输。真正意义上的量子跃迁。”她说，“在宏大的宇宙中恣意移动，就像是电子在无限狭小的地域内自由移动。在缔之虚的帮助下迈出一步。”

我摇起头来。“能量，丫头，能量从哪里来？无中不能生有。”

“一切从天地万物中来。”

“什么意思，伊妮娅？”

她扭脱我的手，摸了摸我的脸颊。“你还记得我们很久很久以前讨论过的关于爱的牛顿物理学吗？”

“爱只是一种情感，丫头，不是能量形式。”

“劳尔，这两者都是。而且，它也是开启宇宙最巨大的能量源的唯一一把钥匙。”

“你是在说宗教吗？”我有几分恼火，部分是因为她说的这些晦涩的话语，部分是因为自己的愚钝。

“不，”她说，“我说的是，蓄意点燃类星体，驯服脉冲星，引爆银河核心用以开发类似蒸汽涡轮机的能量。我说的是一项横跨二十五亿年古老的工程项目，而今刚刚启动。”

我唯有瞪眼的份了。

她摇摇头。“以后再说吧，我亲爱的。现在，你只要明白，不用远距传输器的远距传输的确是可能的。事实上，这世上并没有真正的远距传输器……并没有任何魔法门……开启之后可以进入另一个世界……有的，只不过是技术内核的歪曲产物，它的源头，实际上是虚空的第二大奇妙礼物。”

我本想问，虚空最奇妙的礼物是什么？但我猜测，那应该就是学习死者的语言，那些有知觉的种族的记忆记录……说得更精确些，就是我母亲的声音。但我说的却是：“这么说，你和瑞秋、西奥从一个星球到另一个星球，不产生任何时间债，就是用的这个方法？”

“是的。”

“不用霍金驱动，就让领事飞船从天山星系飞到了生物圈？”

“是的。”

我还想问，*你也是这样去了另一个星球，在那儿遇见你的爱人，和他结了婚，有了个孩子*。但这些话没有说出口。“这是火星，”伊妮娅继续道，声音打破了沉默，“卡萨德上校会在这儿离开我们。”

高大的战士走到了伊妮娅身旁。瑞秋也走了过来，她踮起脚，吻了他。

“有一天，你会被叫作莫尼塔，”卡萨德轻声道，“我们将会成为恋人。”

“是的。”瑞秋说道，接着便退了下去。

伊妮娅牵起高个男子的手。他仍旧穿着古色古香的战斗服，突击步枪舒舒服服地贴在臂弯中。上校微微笑着，他抬起头望向最高处的平台，伯劳仍旧一动不动地站在那里，火星的血红之光映照在它的甲壳之上。

“劳尔，”伊妮娅说，“你能一起来吗？”

我抓住了她的另一只手。

狂风裹挟着沙子扑向我的眼睛，我无法呼吸。伊妮娅递给我一面滤息面具，我戴了上去，她也戴上了一面。

沙子是红色的，岩石是红色的，天空中暴风云团涌动，呈现出一片粉红色。我们正站在一处干涸的河谷中，旁边是一片岩石悬崖。河床上到处都是鹅卵石，有些和领事的飞船一样大。卡萨德上校戴上了战衣的头盔，通信线路上响起了嘶哑的静电噪声。“那就是我出生的地方，”他说，“塔尔锡斯再分配营的贫民窟，离这儿大约几百公里远的地方。”他指了指前方，太阳正低垂在那儿的悬崖上空。男子穿着庞大的战衣，看上去带着不祥之兆，在空荡荡的火星平原上，沉重的突击步枪没有显出一丝陈旧，他转身望着伊妮娅：“女士，你想要我做什么？”

伊妮娅干脆利落地说出了她的命令。“此地发生了巴勒斯坦起义，而火星战团也在太空中死灰复燃，所以圣神已经暂时从火星和旧地星系撤离。这里并不是什么战略要地，而且由于军力受到限制，他们不想把资源浪费在这里。”

卡萨德点点头。

“但他们会回来，”伊妮娅说，“而且是派大军而来。不仅是为了镇压火星，更是为了占领整个星系。”她顿了顿，四处瞭望。我跟着她的目光望去，发现一群黑压压的人影正沿着岩石地朝我们走来。他们拿着武器。

“上校，在接下来五个标准年内，你必须把他们拦在星系外，”伊妮娅说道，“不管做什么……不管牺牲谁……都要把他们拦在旧地星系之外。”

我以前从没听伊妮娅说过这么倔强冷酷的话。

“五个标准年，”卡萨德上校说，他在面罩下露出淡淡的笑容，“没问题。如果是五个火星年，那倒可能稍微紧张一些。”

伊妮娅笑了。猛烈的风沙下，那群人还在朝我们逼近。“你的任务是领导火星上的抵抗运动，”她说，声音异常严肃，“不管用什么方式，把他们号召起来。”

“包在我身上。”卡萨德说，语气中的坚定感和伊妮娅的一模一样。

“将各个部落和派系合并起来。”伊妮娅说。

“是。”

“和太空中的火星战团达成永久的同盟。”

卡萨德点点头。那群人离我们已经不到一百米，我看见他们举起了武器。

“保护旧地，”伊妮娅说，“不管付出多大的代价，都要把他们拦在外面。”

我震住了。卡萨德上校必定也感到了惊讶。“你是说旧地星系。”他说。

伊妮娅摇摇头。“旧地，费德曼，把圣神拦在外面。你大概会有一年的时间来巩固并控制整个星系。祝你好运。”

两人握了握手。

“你母亲是一位勇敢优秀的女子。”上校说，“我很珍惜这份友谊。”

“她也是。”

那些黑色的身影行进在巨石的沙丘之上，渐行渐近。卡萨德上校朝他们走去，他高举着双手，突击步枪仍旧稳稳当当地跨在臂膀上。

伊妮娅朝我走近，重新牵起我的手。“很冷，是不是，劳尔？”

的确很冷。一道闪光划过，就像是谁在你的脑后砸了一拳，但却没有感到任何疼痛。一眨眼，我们便回到了“伊戈德拉希尔”号的舰桥平台上。见到我们的突然出现，朋友们都不由得往后退去；对魔法的恐惧是根深蒂固的。在树枝和密蔽场外，火星展现出一片红色的冰冷。

“什么航向，尊敬的传道者？”海特·马斯蒂恩说道。

“只管往外飞，到我们能清楚地看清星星的地方。”伊妮娅说。

29

“伊戈德拉希尔”号继续它的旅程。这艘船的船长——圣徒巨树的忠诚之音——称它为“痛苦之树”。无可争辩。每一次跃迁都会从我的伊妮娅身上吸收更多的能量。我的爱人，我可怜的伊妮娅，她早已疲惫不堪，每一次分离都会在越来越枯竭的能量池中，盛满越来越多的悲伤。在这个过程中，伯劳始终独自站在最高处的平台上袖手旁观，就像一艘劫数难逃的舰船上丑陋的船首斜桁，或是阴森圣诞树顶端的骇人黑天使。

把卡萨德上校留在火星之后，树舰随后跃迁至茂伊约星球轨道。这个世界正在上演着如火如荼的起义，因为其位置深入圣神空间，所以我本以为会在这里遇见大队的圣神战舰向我们展开攻击，但在那儿的几个小时里，没有出现任何攻击。

“舰队攻击生物圈星树，对我们也有好处，这就是其中之一，”伊妮娅伤感地讽刺道，“内星系的战舰都被派走了。”

这回，伊妮娅牵住了西奥的手，她将带她到茂伊约的土地上。我也再一次陪着我的好友和她的好友一起下去。

当我眨眨眼，摆脱掉那阵白光后，我们已经站在了一座移动小岛上，树帆满载着温暖的热带风，天空和海洋碧蓝如洗，令人心醉。其他一些小岛在附近亦步亦趋，海豚侍从在两边的护航队伍后留下了白色的尾流。

高空平台上有一些人，虽然对于我们的突然出现，那些人有些疑惑，但还没到惊慌的地步。有两人前来迎接我们，一位是高个的金发男子，另一位是他的夫人，长着一头黑发，西奥和他们拥抱了一下。

“伊妮娅，劳尔，”她说，“我很荣幸地为你们介绍，这是梅闰，这位是德尼布·阿斯比克-克雷奥。”

“梅闰？”我说道，和那个男人握了握手，他的手劲很有力道。

他微微一笑。“梅闰·阿斯比克的第十代子孙，”他说，“直系子孙。德尼布来自著名的希莉女士一族。”他把手搭在伊妮娅的肩膀上，“你答应我们会回来，你做到了，你还为我们带回了最勇猛的战士。”

“对，”伊妮娅说，“你们必须保证她的安全。在接下来的日子里，你们一定不能让圣神找到她。”

德尼布·阿斯比克-克雷奥大笑起来。我发现，她可能是我有生以来见过的最健康、最漂亮的女子，但我没有产生一丝冲动。“传道者，我们一直在为了生存而奔波。我们三次想要破坏三海流的石油平台建筑，但三次都像打托马斯鹰一样被打退。现在，我们只希望能前往赤道群岛，躲藏在迁移的群岛中，最后在零纬度的潜艇基地重新集合。”

“即使花去所有的代价，也要保护好她，”伊妮娅重复道，接着她看着西奥，“我的朋友会想你的。”

看得出，西奥·伯纳德拼命想忍住泪水，但还是哭了，她紧紧地抱住了伊妮娅。“这么多年的时光……都很美妙。”她一面说，一面向后退去，“我祈祷你会成功。我也祈祷你会失败……都是为了你好。”

伊妮娅摇摇头。“你要祈祷我们所有人能成功。”她举起手，向她道别，接着和我走回到低处的平台。

我能闻到海上飘来的一股股醉人的咸涩味、海鱼味。日光非常强烈，我不由得眯起了眼睛，但气温非常舒服。我还能清楚地望见海豚皮肤上的水珠，看着自己胳膊上的汗珠。我甚至能想象出自己永远待在这个地方的景象。

“我们得走了。”伊妮娅说，她牵起了我的手。

就在我们爬出茂伊约的重力井的时候，一艘火炬舰船出现在了雷达上，但我们没有理睬它，伊妮娅独自站在舰桥平台上，凝望着星星。

我走到她身旁。

“你听到了吗？”她低声道。

“星星？”我问。

“万千世界。”她说，“万千世界上的人，他们的秘密和寂静。那么多的心跳声。”

我摇摇头。“那得等我抛开这么多的杂念，”我说，“我现在脑袋里还在被那些来自各处、来自各个时间的声音和影像纠缠。家父和他的兄弟们在沼泽地中打猎，格劳科斯神父被拉达曼斯·尼弥斯扔进深渊，惊惧而死。”

她看着我。“你看到这个了？”

“是的。真可怕。他看不见是谁袭击了他。在他死之前，经历了可怕的坠落……黑暗……冰冷……痛苦的时刻。他拒绝接受十字形，所以教会把他流放到了天龙星七号……这个冰雪之地。”

“是的，”伊妮娅说，“过去十年间，我曾无数次地触及到他最后的记忆。但是，劳尔，格劳科斯还有别的一些记忆。温馨、美妙的记忆……充满了光明。希望你能找到它们。”

“我只是想让这些声音停止，”我实话实说，“这些……”我指了指整个树舰，我们认识的人，以及站在舰桥控制台前的海特·马斯蒂恩，“这一切实在是太重要了。”

伊妮娅微笑道：“所有的这一切实在是太重要了。这就是最该死的问题，是不是？”她扭过脑袋，重新望向星星的方向，“不，劳尔，在你走出第一步前，你必须听到的，并不是死者语言的共鸣声……也不是生者的共鸣。而是……天地万物的精髓。”

我犹豫了片刻，不想当自己是傻瓜，但还是继续道：

……因此
海洋必须潮起又潮落百万次，
他受到压迫。可是他不会死去，
假如他能够做到这些事：彻底……

伊妮娅打断了我的话：

看清魔术的奥秘，详细地阐释
一切运动、形状和声音的意义；
深入地探究一切外形和实体，
一直追溯到它们的象征性本质；
他就不会死。

她又莞尔一笑。“我很想知道马丁叔叔怎么样了。这几年来，他是不是都是在冰冻沉眠中度过？是不是一直在责骂他的那些可怜的机器人仆人？是不是还在写他未完成的《诗篇》？在我所有的梦境中，我都从没见到过马丁叔叔。”

“他快死了。”我说。

伊妮娅眨眨眼，满脸震惊。

“我今天早上梦见了他……看到了他，”我说，“按照他的命令，那些忠实的仆人最后一次将他解冻。维生机械让他维持着生命，但鲍尔森理疗的效果已经全部褪尽。他……”我顿住了。

“跟我说说。”伊妮娅说。

“他还活着，想撑到你去见他的那一刻。”我说，“但他已经非常虚弱。”

伊妮娅扭过头。“很奇怪，”她说，“在整个朝圣的旅途中，家母一直在和马丁叔叔斗嘴。有时候甚至还拼个你死我活。但就在家母去世前，马丁叔叔却成了她最要好的朋友。而现在……”她顿住了，声音有点嘶哑。

“丫头，你只需活下去就行，”我自己的声音也怪怪的，“活下去，健健康康的，然后回去看看老家伙。你欠他的。”

“劳尔，拉住我的手。”

飞船从一片白光下跃迁而去。

来到鲸逖中心的星球轨道，我们马上遭到了攻击，炮火不仅仅来自圣神舰船，还有叛军的火炬舰船，也就是野心勃勃的女性大主教阿吉拉·西尔华斯为了脱离教廷而发起的战斗。整个密蔽场就像是新星一般光芒闪耀。

“你肯定不能从这些炮火下**传输**过去吧。”我对伊妮娅说，她把手伸向我，还有来自朵穆的卓莫错奇。

“我并不是从什么东西下传输过去的。”我的好友说道，她拉住了我的手，一眨眼，我们便来到了陆地表面，这里正是已经故去、无人惋惜的霸主的首都。

卓莫错奇从未来过鲸心，事实上，他从未到过天山以外的星球，但人类宇宙的这个曾经的资本主义首都的传说，已经唤起了他身为商人的兴趣。

“可惜的是，我没有什么东西进行买卖，”这位聪慧的商人说道，“在这么一个富饶的星球上，只要给我六个月，我就能建立一座商业帝国。”

伊妮娅把手伸进背包，拿出一块沉甸甸的金条。“给你，用它来开创你的帝国吧，”她说，“但还是记住你在这里的真正任务。”

矮个男子捧着金条，鞠了个躬。“传道者，我永远不会忘记。不过我还不能得心应手地使用死者的语言。”

“接下来几个月，你只要给我活着就行，”伊妮娅说，“之后，我相信你会得心应手地想去哪个星球就跃迁到哪个星球。”

“伊妮娅女士，你到哪儿，我就到哪儿，”商人说道，我第一次看到他显示出了一丝情感，“我会不惜一切财富——过去、未来和梦想中的财富——追随在你的左右。”

我不由得眨了眨眼。我第一次意识到，伊妮娅的许多弟子可能——很可能——都对她有一丝爱意，还有敬畏。但是，从这位对钱财着魔的商人口中听到这句话，却还是让我感到震惊。

伊妮娅碰了碰他的胳膊。“保重。”

当我们回到“伊戈德拉希尔”号时，我们仍旧遭受着攻击。就在猛烈的炮火中，伊妮娅将我们传送出了鲸逖星系。

卢瑟斯。就我先前在这儿短暂逗留的那段时间来看，这个内部城市星球是这样的：耸立在陡峭灰色金属峡谷之上的一系列蜂巢塔楼。乔治和阿布在那儿向我们道别。健硕强壮的乔治一边哭，一边拥抱伊妮娅，在昏暗的光线下，他可能会被误认为是一名普通的卢瑟斯人，但骨瘦如柴的阿布站在蜂巢的人群中，就会显得鹤立鸡群。好在卢瑟斯还是有很多来自外世界的人，只要我们的两位工头有钱，就不会出什么事。卢瑟斯也是少数几个重新使用寰宇信用卡的圣神星球之一，不过，这回伊妮娅的背包里没有这玩意儿了。

我们从空荡荡的渣滓蜂巢出来后没多久，便看到七个穿着深红斗篷的人向我们逼近。我走到伊妮娅和这些凶神恶煞的人物之间，但七个人没有袭击我们，而是跪倒在了油腻腻的地面上，他们俯下脑袋，吟唱道：

赐福于她。
赐福于我们的救世之源。
赐福于我们的赎罪之器。
赐福于我们的和解之果。
赐福于她。

“伯劳教会。”我傻傻地说道，“我还以为他们已经消失了——在陨落的过程中被消灭了。”

“我们更喜欢世人称我们为末日救赎教派。”打头的男子说道，他站起身，但仍旧朝伊妮娅的方向低着头，“不……我们并没有如你所说的‘被消灭’……只不过被迫隐于地下。欢迎前来，光明的女儿。欢迎前来，化身的新娘。”

伊妮娅摇摇头，看得出，她有点不耐烦。“杜鲁严主教，我不是任何人的新娘。我为你带来了两位男子，希望在接下来的十个月中，你能好好保护他们。”

一身红袍的主教垂下光秃秃的脑袋。“谨遵你的预言，光明的女儿。”

“不是预言，”伊妮娅说，“是承诺。”她转过身，最后一次抱了抱乔治和阿布。

“建筑师，我们还能重新见到你吗？”阿布问。

“我无法做出承诺，”伊妮娅说，“但我答应你们，如果我能做到，那我们会重新相见。”

我跟着伊妮娅回到了渣滓蜂巢滴水走廊的空荡厅堂里，我们选择在那里离去，是因为伯劳教会的教典本就想象力丰富，我们不想让我们过于神奇的离去让它变得更加离奇。

在青岛-西双版纳，我们道别的对象是达赖喇嘛和他的兄弟桑坦。桑坦哭了。达赖喇嘛没有哭。

“本地人的汉语方言说得很糟糕。”达赖喇嘛说。

“但他们会明白你说的，上师，”伊妮娅说，“他们会听你说。”

“可你是我的老师，”男孩的声音接近怒火的边缘，“没有你的帮助，我怎么教得会他们？”

“我会帮你，”伊妮娅说，“我会尽力帮你。之后就看你的了，就看他们的了。”

“我们可以向他们分享共享礼？”桑坦问道。

“如果他们要求的话。”伊妮娅回答。接着她对男孩说道：“上师，你能给我念经赐福吗？”

男孩微微一笑。“老师，应该是我向你请求赐福。”

“我请求于你。”伊妮娅说。在她的声音中，我又听出了极大的疲劳之意。

达赖喇嘛颔了颔首，他闭上眼睛，说道：“这段经文来自《普贤经》。是我前世身为伏藏上师时所阅。”

善哉！

现世诸生，轮回涅槃，
皆有一根，亦有二道二果，
其为无识和有识之表现，
普贤菩萨行愿品，
愿众生在法界之殿
领悟佛法。

诸生之根无所限，
无可言说之浩然空间
自然而成，无轮回，无涅槃。
悟此便成佛。
无识者继续轮回，
原三世之徒，
悟此无可言说之根。

伊妮娅向男孩颔首致意。“法界之殿，”她喃喃道，“真是优美简练，相比之下，‘缔结的虚空’这词真是太拙劣了。多谢，上师。”

男孩也垂了垂首。“谢谢，尊师。愿你能速求一死，少受折磨。”

我和伊妮娅回到了树舰。“他说的是什么意思？”我问道，双手搭在她的肩膀上，“‘速求一死，少受折磨’？这到底是什么意思？难道你打算被他们钉死在十字架上？这该死的假扮弥赛亚的表演，难道真会有一个同样怪诞的结局？告诉我，伊妮娅！”我发现自己在摇晃她的身体……摇晃我的好友，我最爱的女人。我放下了双手。

伊妮娅双手搂住了我。“劳尔，陪在我身边。只要你办得到，请一直陪在我身边。”

“我会的，”我轻拍她的后背，“我对天发誓，我会陪在你身边。”

在富士星，我们向远藤健四郎和大滝治之道别。在天津四丙，一个我从没见过的小孩，一个名叫凯瑟琳的十岁小姑娘，将独自留在那里，但她看上去一点也不害怕。在大气冻结、幻影横行的天龙星七号，格劳科斯神父和我们的奇查图克朋友曾被无耻谋杀的地方，悲伤深沉的脚手架装配工林西吉普自告奋勇地留了下来，他几乎可说是非常高兴。在永埔星，留下的是一个我之前没见过的男人，这是个声音柔和的老迈绅士，看上去就像是马丁·塞利纳斯更为可亲的弟弟。在神林，也就是十年前贝提克丢掉一条胳膊的地方，海特·马斯蒂恩的两名圣徒上尉跟我和伊妮娅一起，传送了下去，他们留在了那里。在希伯伦，和我们传送下去说再见的，是两个赛内赛·阿鲁伊特移情精，利利欧欧和欧欧亚亚，星球上已经没有一个犹太定居者，倒是住满了圣神派来的基督徒，都是些心地善良的人，我们来到的是一处空荡的沙漠，时值傍晚，岩石仍旧散发着白天的光辉。

在帕瓦蒂，那对总是笑嘻嘻的姐妹，席砼砼和席恺伊，终于哭了一回，她们拥抱我俩，向我们道别。在阿斯奎斯，一大家子人留了下来，是父母俩和五个金头发的孩子。接下来是无限极海，虽然这个星球的名字一直萦绕在我的脑海中，全是关于痛苦和友谊的记忆，但在白云蓝海之上，伊妮娅询问格列高里亚斯中士能不能和她到下面去，会会叛军，扛起她事业的旗帜。

“让我离开舰长？”高个子问道，他显然被这个提议震惊了。

德索亚走上前。“中士，我已经不再是舰长。我的好友，现在我只不过是一个不属于任何教会的神父。我觉得，分开比在一起要好得多。我说得对吗，伊妮娅女士？”

我的好友点点头。“我原本希望罗莫能成为我在无限极海的代表，”她说，“这个星球上的走私者、叛军和捕猎灯嘴鱼的猎人，肯定会敬重一位强有力的人物。不过，这条路也会充满艰难险阻……叛乱还在这儿肆虐，一旦被圣神抓住，格杀勿论。”

“我可不怕！”格列高里亚斯中士喊道，“为了善业，我宁愿死上一百次，真死。”

“我知道，中士。”伊妮娅说。

高个子望了望自己的前任舰长，接着重新看向伊妮娅。“小姑娘，我知道你不想谈未来的事，虽然我们知道你时不时在窥探这一切。但请告诉我……我和我的舰长还有重逢的机会吗？”

“会的，”伊妮娅说，“而且还能遇见你认为已经死的人……比如纪下士。”

“那么我听从你的吩咐。或许我已经不再是海尔维希亚军的一员，但我已经学会了服从。”

“我们现在要的并不是服从，”德索亚神父说，“是更深层次的东西。”

格列高里亚斯中士沉吟半晌。“嗯，”他最后说道，接着又沉默了一阵，“姑娘，上路吧。”他说道，向伊妮娅伸出了手。

我们把他留在了南滨的一座被遗弃的平台上，但伊妮娅说，不出一天，就会有潜艇在那儿进港。

到了马德雷德迪奥斯上空，德索亚神父走上前，但伊妮娅举起一只手，拦住了他。

“这当然是我要去的星球。”神父说，“我出生在这儿，我的主管教区是这儿。我觉得自己也会死在这儿。”

“也许吧，”伊妮娅说，“但是，费德里克，我为你准备了一个更为困难的地方，也是更危险的任务。”

“是哪儿？”神父的目光盛满了悲伤。

“佩森，”伊妮娅说，“我们的最后一站。”

我走向前。“等等，丫头，”我插嘴道，“如果你坚持要去佩森，我会陪你去的。你说我能一直陪着你。”即便在我听来，我的声音也充满了怨怒和绝望。

“是的，”伊妮娅说，她抓住我的手腕，手指冰凉冰凉的，“但到时候，我也希望德索亚神父和我们一起去。”

耶稣会士看上去有点疑惑，还有点失望，但他还是点了点头。显然，耶稣会的服从态度比海尔维希亚军还要深。

最后，天山的竹木工沃铁·玛耶和他的新未婚妻，维奇·格罗塞，自告奋勇留在马德雷德迪奥斯。

在自由岛，我们向雅努斯·库提卡说再见。在卡斯卓–劳塞尔，这个最近刚被圣神重新改造并定居下来的地方，士兵美仁自愿留下来寻找叛军。在吝啬星上空，我们又遇见了圣神战舰，密蔽场被炮火轰得一片怒响，光亮一团，在那儿，一位名叫海伦·迪恩·奥布莱恩的女子走上前，牵起了伊妮娅的手。在希望星，我和伊妮娅向原洛京市长查理奇恰干布道别。在草星，我们站在齐肩高的黄色大草原中，向伊谢·佩佩特挥别，他曾是义勇军中的一员，是德索亚神父把他从一座圣神监狱的厨房中解救了出来。在库姆–利雅得，众多的清真寺都被新来的圣神居民迅速推倒，或是被改造成大教堂，我们趁着夜色传送下去，轻声向两位同伴道别，一位是来自这个星球的难民，名叫梅尔文·穆罕默德·阿里；另一位是我们在天山的翻译，聪慧的佩里桑珠。

在复兴二号上空，一大队星系内战舰蓄意险恶地朝我们加速而来，但是，自愿走上前的，是那位始终没吭过声的囚犯，霍根·利布莱尔。“我曾经是个奸细。”这位脸色苍白的男子说道，他是在对伊妮娅说话，但目光却直直地看着德索亚神父，“我为了金钱出卖了忠诚，目的是为了回到这个世界，复兴我家族失去的土地和财富。我背叛了自己的舰长，也背叛了自己的灵魂。”

“我的孩子，”德索亚神父说道，“你的舰长，甚或上帝，早已宽恕了你的罪孽……如果那些的确是罪孽的话。一切都无妨。”

利布莱尔缓缓地点了点头。“自我喝下伊妮娅女士的共享之酒，我就一直在聆听那些声音……”说着说着，他的声音渐消渐减，“我认识这个星球上的很多人。”他重新鼓起了勇气，“我希望回到家，开始我的新生。”

“是的。”伊妮娅伸出了她的手。在维图-格雷-巴里亚那斯B，我和伊妮娅、多吉帕姆传送到一片沙漠荒地中，那里远离河岸边的农场，远离路边一列列涂成鲜艳颜色的小屋，我曾在那里待过一段时间，在阿莫耶特光谱螺旋的和善之人的照顾下，恢复了健康，并在他们的帮助下逃脱了圣神的追捕。这儿只有一堆乱石和干裂的土块，岩石中散落着迷宫般的管道口。在乌云密布的地平线处，夕阳发出血红的色彩，从那儿吹来一阵阵猛烈的沙尘暴。这让我想起了火星，但那儿的空气暖和些，也没这么稀薄，还带着很浓的死亡和火药的气味。

我们几乎是在一瞬之间就被一群全身裹得严严实实的人包围了，他们手里还举着钢矛枪和地狱之鞭，随时准备向我们发动攻击。我又一次试图拦在他们和伊妮娅之间，但在红色暴风下，这群人立即围在了我们四周，抬起了武器。

“等等！”一个熟悉的声音叫道，一名裹在衣物中的士兵从红色的沙丘上滑下，来到我们面前。“等等！”这名女子又一次对那些几乎马上就要开枪的人叫道。她解开了扎着兜帽的带子。

“德姆·洛亚！”我大喊一声，走向前，拥抱穿着笨重战斗服的矮个女子。她喜极而泣，泪水在脸颊上划出一条条泥泞的条痕。

“你完成了答应我们的事，为我们带回了举世无双的人。”这位救过我一条命的女子说道。

我把她介绍给伊妮娅和多吉帕姆，感觉自己很傻，又感觉很高兴。德姆·洛亚和伊妮娅对视了片刻，接着拥抱了一下。

我看了看周围那群人，他们仍旧在红色的夕阳下畏缩不前。“德姆·瑞亚呢?”我问，“阿棱·米凯·德姆·阿棱？你的孩子——宾和瑟斯·安珀尔呢？”

“死了，”德姆·洛亚说，“除了瑟斯·安珀尔，都死了。在庞巴西诺圣神军开始最后一次攻击结束的时候，瑟斯失踪了。”

我无言地怔在那儿。

“宾·瑞亚·德姆·洛亚·阿棱是病死的。”德姆·洛亚继续道，“其他人都在和圣神的战斗中牺牲了。”

“和圣神的战斗，”我重复着，“上帝啊，希望不是因为我引起的……”

德姆·洛亚举起手。“不，劳尔·安迪密恩，不是你引起的。阿莫耶特光谱螺旋民族中还是有一些人留恋我们自己的生活方式，拒绝接受十字形……这是引起战争的真正原因。你和我们在一起的那段时间，起义就已经开始了。你离开之后，我们还以为赢得了这场战争。圣神基地庞巴西诺的胆小鬼士兵想要求和，他们没管太空指挥官的命令，和我们签署了协定。但后来又来了更多的圣神舰船，他们轰炸了自己的基地……接着追踪我们的村子。之后战火烧了起来。他们着陆后，想要占领陆地，我们干掉了许多人，但他们继续派人过来。”

“德姆·洛亚，”我说，“节哀顺变。”

她伸出手，掌心贴向我的胸膛，继而点了点头，脸上露出久违的笑容。她又看了看伊妮娅。“你就是劳尔在昏迷和病痛期间念叨的那个人。你就是他挚爱的人。孩子，你也爱他吗？”

“是的。”伊妮娅回答。

“那就好，”德姆·洛亚说，“如果一个男子临死时能对谁表示出这样的爱意，而那个人却对他没有同样的感受，那就太令人悲伤了。”德姆·洛亚看了看沉默威严的金刚亥母，“你是一名女祭师？”

“并非女祭师，”金刚亥母说，“我是桑顶寺寺主。”

德姆·洛亚咧嘴露出一口白牙。“你管教僧侣？管教男子？”

“我……教导他们。”多吉帕姆说。狂风吹乱了她铁灰色的头发。

“那和管教一样，”德姆·洛亚大笑道，“欢迎你的到来，多吉帕姆。”接着她转向伊妮娅，“孩子，你会留下来和我们在一起吗？还是像我们的预言所说的那样，只是触摸我们，然后继续前进？”

“我必须继续下去，”伊妮娅说，“我愿意把多吉帕姆留在这里，作为你们的盟友，以及我的……联络员。”

德姆·洛亚点点头。“但这里很危险。”她对金刚亥母说。

多吉帕姆朝矮个女子微微一笑。我几乎可以明显感觉到这两个女人身上散发出的能量。

“那就好。”德姆·洛亚说，她抱了抱我，“劳尔·安迪密恩，好好待你的爱人。生命和混沌的循环赐予你珍贵的时光，好好珍惜，好好待她。”

“我会的。”我说。

德姆·洛亚对伊妮娅说：“谢谢你的到来，孩子。这是我们的希望，也是我们的愿望。”两名女子又拥抱了一下，我突然感到有点羞怯，就好像我把伊妮娅领回了家，让她见到了我的母亲，或是外婆。

多吉帕姆点了点我们，向我们赐福。“卡雷佩亚。”她对伊妮娅说道。

我们走进朦胧的沙尘暴，一阵白光闪过，我们完成了传输。在“伊戈德拉希尔”静悄悄的舰桥上，我问伊妮娅：“她刚才说的是什么？”

“卡雷佩亚。”我的好友重复道，“在古时的西藏，商队出发攀登高峰时，在道别时就会说这句话。意思是：如果你想活着回来，就慢慢走。”

就这样，我们又去了一百多个星球，每一个都只逗留片刻时间，但每一次道别都各不相同。我和伊妮娅到底在这场最后的旅程中度过了多少个日夜，我说不太清楚，因为那只不过是简单的传上传下，然后是树舰穿过一片白光，在另一个地方出现，当大家累到难以继续的时候，“伊戈德拉希尔”号便在空荡的太空中随意飘上几个小时，尔格和我们都趁机休息一下，好好睡上一觉。

我记得至少睡了三次，所以，旅程可能持续了三天三夜。或者，也许我们旅行了一个多星期，只不过睡了三天而已。但我记得，我和伊妮娅并没睡太多时间，而是温柔地爱抚对方，就仿佛每一次拥抱都可能是最后一次。

就是在其中一次短暂的间歇，我低声问她道：“丫头，你为什么要做这些事？难道仅仅是为了变成驱逐者，长出翅膀接住阳光。我是说……那的确很美……但我喜欢星球。我喜欢脚下踩着泥土的感觉。我喜欢……当一个人。当一个男人。”

伊妮娅咯咯地笑了起来，她摸了摸我的脸颊。我记得当时光线昏暗，但我还是能看到她双乳间的汗珠。“劳尔，我的挚爱，我也喜欢你当一个男人。”

“我是说……”我笨拙地开口道。

“我知道你的意思。”伊妮娅耳语道，“我也喜欢星球，我喜欢当一个人……当一个女人。但是，我所做的……不得不做的，并不是为了人类的乌托邦式进化，让他们变成驱逐者天使，或是赛内赛移情精。”

“那是什么？”我的嘴贴着她的头发，低声问道。

“只是为了一个选择的机会，”她柔声道，“一个继续成为人的机会，先不管对每一个选择的个人来说，这个‘人’字到底是什么意思。”

“重新选择？”

“是的，”伊妮娅说，“即使是选择一个人曾经做过的事，即使是选择圣神、十字形，或者成为内核的同盟。”

我不明白，但在当时，我更感兴趣的不是弄明白这一切，而是紧紧抱住她。

片刻的沉默后，伊妮娅说道："劳尔……我也喜欢脚下踩着泥土的感觉，喜欢聆听风吹青草的声音。你能为我做件事么？"

"任何事。"我激动地说道。

"如果我先于你而死，"她柔声道，"你能把我的骨灰带回旧地，把它撒在那儿，撒在我们共度最美好时光的地方，好吗？"

就算她用刀刺进我的心脏，那痛楚也比不上这句话的威力。"你说过我能一直陪在你身边，"最后我终于回答道，声音嘶哑，充满愠怒和失落，"你说过，你去哪儿，我就能去哪儿。"

"亲爱的，我的确说过，"伊妮娅柔声道，"但如果我先于你死去，你能为我那么做吗？你能等上几年，然后到旧地，把它撒在我们共度最美好时光的地方吗？"

我真想紧紧抱住她，直到她疼得喊出声，直到她收回这个请求。但我没那么做，而是低声道："我他妈该怎么回到旧地？它不是在小麦哲伦星云中么？不是离我们有十六万多光年远么？"

"对。"伊妮娅说。

"嗯，你打算重新打开远距传输器，让我回那儿去吗？"

"不，"伊妮娅说，"那些门再也开不了了。"

"那你他妈怎么想让我……"我闭上眼睛，"伊妮娅，别叫我做这事。"

"亲爱的，我已经说出了这个请求。"

"那就收回这个请求，让我和你一起死。"

"不，"她说，"我请求你为我活下去。为我完成这件事。"

"该死。"我说。

"这话的意思是你答应了吗，劳尔？"

"意思是该死，"我说，"我讨厌殉道者。我讨厌预言。我讨厌悲剧收场的爱情故事。"

“我也是，”伊妮娅低声道，“你能为我完成这事吗？”

我咕哝了一声。“我们在旧地度过最美好时光的地方，是在哪里？”最后我问道，“你是说西塔列森么？因为我和你一起到过的地方不太多。”

“以后你会知道在哪儿的，”伊妮娅柔声道，“睡吧。”

“我不想睡，”我粗声粗气道。

她搂住了我。在星树上，我们曾在零重力下愉快地睡在一起。在“伊戈德拉希尔”号的微重力场中，我们曾睡在私人小舱的小床上，那段经历更加愉悦。我难以想象以后睡觉时身边没有她的情景。

“撒下你的骨灰，嗯？”最后我终于低声说了出来。

“嗯。”她呢喃着，像是已经睡着了。

“丫头，亲爱的，”我说，“你真是个变态小坏蛋。”

“嗯，”伊妮娅呢喃着，“但我是你的变态小坏蛋。”

很快，我俩进入了沉沉的梦乡。

最后一天，伊妮娅带我们跃迁到了另一个星系：中心处是一个M3型红矮星，近轨道上旋转着一颗美丽的类地行星。

“不。”瑞秋说道，我们一小群人正站在海特·马斯蒂恩的舰桥上。三百多人已经逐一离开，伊妮娅的众多弟子被分撒在众多圣神星球上，就像是许许多多的瓶子被扔进了浩瀚的大海，瓶中却没有装进任何信息。现在，便只剩下德索亚神父、瑞秋、伊妮娅、舰长海特·马斯蒂恩、贝提克，几名克隆人船员，树下的尔格，还有我。以及伯劳，它仍旧一动不动，悄悄地站在高处的平台上。

“不，”瑞秋又说了一遍，“我改主意了，我想留在你身边，和你一起去。”

伊妮娅抱着双臂，站在那儿。整个漫长的早晨，在一次次传送、一次次向弟子们道别的时间里，她都显得非常安静。“按你的意愿去做吧，”她柔声道，“小秋，你知道我不会强迫你做任何事。”

“该死。”瑞秋轻声骂道。

“是啊。”伊妮娅应道。

瑞秋握紧拳头。“这些事他妈什么时候够有个头？”

“什么意思？”伊妮娅问。

“你知道我说的是什么意思。我父亲……我母亲……还有你母亲，他们的一生就搅和在这些事中了。而我……已经活过两次……一直在和看不见的敌人作战。跑啊跑，等啊等。在时间长河中来来回回，就像是一个被诅咒的失去控制的四面陀螺……哦，该死。”

伊妮娅等着她说下去。

“我有一个请求，”瑞秋说，她看了看我，“无意冒犯，劳尔，我已经有点喜欢你了，但可不可以让伊妮娅一个人带我到巴纳之域上？”

我看着伊妮娅。“我没意见。”我说。

瑞秋叹了口气。“又回到了这个偏地世界……尽是玉米地啦，夕阳啦，小镇子啦，大白屋啦，宽走廊啦。我八岁时，就已经厌倦这一切了。”

“你八岁时，是很爱这些的。”伊妮娅说。

“嗯，”瑞秋说，“是啊。”她和神父握了握手，然后是海特·马斯蒂恩，最后是我。

我一下子心血来潮，记起了诗人老头《诗篇》中最隐晦的诗文，记得我当时坐在营火边，外婆叫我一句句地重复那些诗文，而我则冲着它们哈哈大笑，暗自寻思是不是真有人会说那种话。接着我便对瑞秋说道：“再见，金丝燕。”

年轻女子以异样的眼神看着我，绿色的眸子反射着来自头顶上那颗星球的光芒。“再见，小雨燕。”

她抓住伊妮娅的手，两人就这么凭空消失了。原来当一个人没有和伊妮娅一同传送时，是看不到闪光的。仅仅是突然……消失了。

五分钟后，伊妮娅回来了。海特·马斯蒂恩从控制圈中走出来，双手紧握，缩在袍子的袖子中。“传道者？”

“巨树的忠诚之音海特·马斯蒂恩，接下来去佩森星系。”

圣徒没有动。“亲爱的朋友和老师，现在，圣神已经将他们的半数战舰召回到了梵蒂冈所在的家园星系。”

伊妮娅抬起头，看了看美丽巨树上那些瑟瑟作响的树叶。在我们身下一千米外，聚变驱动器的耀眼火光正把我们慢慢推离巴纳之域的重力井。这里没有圣神舰船向我们发起攻击。“接近佩森后，尔格们有办法维持住能量场吗？”她问。

舰长从衣袖中伸出手，抬起手掌，指了指上方。“不好说，他们已经精疲力竭。那些攻击对他们造成了太大的伤害……”

“我知道，”伊妮娅说，“对此我万分抱歉。但我只需要让飞船在星系内维持一两分钟，也许，如果你现在就开始加速，到时当我们传送进入佩森星系时，驱动器便可完全做好准备，那树舰就能在能量场崩溃前跃迁离开。”

“可以一试，”海特·马斯蒂恩说，“但请做好立即传送的准备。在我们抵达后，树舰的性命可能会刹那间不保。”

“不过，首先让我们把领事的飞船派走，”伊妮娅说，“现在就来做这件事。请稍等，海特·马斯蒂恩。”

圣徒点点头，接着回到了显示器和触摸面板的圈子中。

“哦，不，”当伊妮娅转身看着我的时候，我叫道，“我不乘飞船去海伯利安。”

伊妮娅看上去一脸惊讶的样子。“我已经跟你说过，你会一直陪着我，难道你以为我会送你走？”

我抱起双臂。“我们已经去过了大多数的圣神和偏地世界……除了海伯利安。不管你在计划什么，我还是不敢相信你会漏掉我们的家乡。”

“我不会漏掉的，”伊妮娅说，“但我也不打算把我们传送到那里去。”

我不明白。

“贝提克，”伊妮娅说，“飞船应该可以起程离去了。你拿好我写给马丁叔叔的信了吗？”

“拿好了，伊妮娅女士。”机器人说。蓝皮肤的男子看上去不太高兴，但也没有露出哀伤的神色。

“跟他说我爱他。”伊妮娅说。

“等等，”我说，“贝提克是你……派到海伯利安的……使者？”

伊妮娅揉揉脸，我觉得她比我想象的还要疲惫，但仍旧保存着一些力气，为即将来临的大事准备着。“我的使者？”她说，“你是说，跟瑞秋、西奥、多吉帕姆、乔治和阿布那些人一样？”

“是啊，”我说，“另外的那三百多个人。”

“不，”伊妮娅说，“贝提克不是我派到海伯利安的使者。不是你想的那样。而且，如果用霍金驱动器，就会造成很长的一段时间债。领事的飞船……还有贝提克……会在几个月后才能到海伯利安。”

“那谁是你的使者……谁是你在海伯利安的联络员？”我问。这个世界肯定不会被遗漏。

“难道你猜不出吗？”我的朋友微笑道，“是亲爱的马丁叔叔。在这场和内核之间的毫无休止的象棋赛中，这位诗人和批评家又一次成为了一名棋手。”

“但其他人，”我说，“其他所有人都分享了你的……”我顿住了。

“是的，”伊妮娅说，“当我还是个孩子时，马丁叔叔就领悟了这一切。他喝下了我的酒，对他来说，要适应这一切并不是一件困难的事……几个世纪以来，他一直在以自己那诗人的方式聆听死者和生者的语言。这就是他最初写下《诗篇》所用的方法，这就是为什么他认为伯劳是他的缪斯的原因。”

“那么，为什么贝提克要乘飞船回去呢？”我问，“难道只是为了带你的信回去？”

“不单单是这个原因，”伊妮娅说，“如果事情顺利，我们终会明白。”她抱了抱机器人，后者尴尬地用独臂拍了拍她的后背。

连我自己都没想到我会这么感伤，片刻过后，我握住了蓝皮肤男子的手。“我会想你的。”我傻傻地说道。

机器人盯着我看了好久，接着点了点头，转身朝待机的飞船走去。

“贝提克！”就在他快要进入飞船中的时候，我叫道。

他转过身，等在那儿，而我一溜烟跑到低处平台的那一小堆行李旁，接着重新跑上台阶。“带上这个吧，好吗？”我把皮筒递给了他。

“霍鹰飞毯，”贝提克说，“是的，当然，安迪密恩先生。我很高兴替你保管它，等下次见到你时，我会还给你。”

“如果我俩再也见不到面的话。”我顿了顿，心里想说，请把它送给马丁·塞利纳斯，但从那清醒的梦境中，我知道诗人老头已经奄奄一息，“贝提克，如果我俩再也见不到面，”我说，“就请你好好保管它，留作纪念，看到它，你就能想起我们曾经一起旅行过。同时也请把它作为我们友谊的纪念。”

贝提克又静静地看了我一会儿，接着点点头，走进了领事的飞船。我有点期待飞船会向我们说再见，话中可能会充满了用词错误和信息错误，但是，它仅仅是和树舰的尔格商谈了一番，便静静地开启反重力装置，升空而起，冲破了密蔽场，接着开动低挡推进器，飞到了安全距离外。我看着它加速飞去，远离巴纳之域和“伊戈德拉希尔”号，喷射的聚变焰尾真是明亮极了，刺得我眼中盈满了泪水。就在那时，我全心全意地希望自己和伊妮娅能跟贝提克一起回海伯利安，能在飞船顶部的大床上睡上几天，然后听听施坦威钢琴演奏的乐曲，在瞭望台上的零重力水池中游泳……

“我们得走了，”伊妮娅对海特·马斯蒂恩说道，“你能让尔格们准备好，迎接即将到来的事情吗？”

“一切听你吩咐，尊敬的传道者。”巨树的忠诚之音回答。

“海特·马斯蒂恩……”伊妮娅说。

圣徒转过身，等待着进一步的命令。

“谢谢你，海特·马斯蒂恩。”她说，“我代表这次旅途上所有和你一起旅行的人，代表所有在未来的日子将会传唱这次旅程的人，谢谢你，海特·马斯蒂恩。”

圣徒颔了颔首，回到面板旁。“聚变驱动开足马力到零点九二。准备避让操作。准备前往佩森星系。”他对尔格们说道。他这些心爱的生物就在我们身下的七百五十米处，围着无形的奇点。“准备前往佩森星系。”

德索亚神父原先静静地站在近旁，现在，他的左手握住了伊妮娅的右手。接着他伸出右手，向圣徒和克隆人船员的方向做了一个平静的赐福动作。“因父，及子，和圣灵之名[①]。”

“阿门。”我说着，同时抓住了伊妮娅的左手。

“阿门。”伊妮娅说道。

---

① 原文是拉丁语。

30

我们传送进入星系后，刹那间，便有无数炮火齐刷刷向我们轰来。火炬舰船和大天使纷纷向我们展开了攻击，曾几何时，无限极海中的虹鲨也曾齐刷刷地向我发动攻击，这两者真是出奇相像。

“快走！”在周围一阵阵猛烈喧嚣的能量场爆炸声中，巨树的忠诚之音大叫道，“尔格快撑不住了！密蔽场随时会陷落。快走！愿缪尔导引你的思想。快走！”

伊妮娅只有两秒的时间去寻找佩森星系中心的黄色恒星，并且立即确定佩森星球的位置，但那已经足够。我们三人手拉着手，穿过一片白光和噪声，就像是穿过了积聚在飞船能量场周围的切枪炮火，灵魂正从地狱的火焰湖中升腾而起。

白光淡去之后，出现的是一片漫射的日光。梵蒂冈上空阴云密布，冷飕飕的，几乎像是冬天，下着绵绵冷雨，落在鹅卵石街道上。伊妮娅穿着一件柔软的茶色衬衣、一件褐色的皮背心，下身的裤子比我以前见到的要正式得多。头发精心地梳在脑后，由两个龟壳形状的发卡固定住。皮肤白净水嫩，看上去很年轻，那双眼睛虽然最近一直充满了疲意，但仍旧闪闪发亮，平静异常。三人转身望向身边的街道和行人时，她仍旧牵着我的手。

我们是在一条小巷的边缘，这条小巷通向一条宽阔的大道。一小群一小群的人正四处走动，有穿着黑色正装的男男女女、一群群神父、一队队修女、一排跟在两名修女后的孩童，到处都是黑色或红色的雨伞。他们在人行道上来回行走，与此同时，低矮的黑色地行车在街道上无声滑过。在这些地行车的黑色座椅上，我不时瞥见一些主教和大主教的身影，由于车辆玻璃罩顶被雨水和水珠划过，所以他们的面容变了形。似乎没有一个人注意到我们的突然出现。

伊妮娅正抬头望着低矮的云层。"'伊戈德拉希尔'号刚刚跃迁出了星系。你们俩有没有感觉到？"

我闭上双眼，将精神集中在流淌的声音和影像组成的梦境中，这些东西现在就在我的内心深处，触手可及。那东西……不见了。外部树枝着起火来，蹿出一团团火焰。"就在他们传送离开的时候，能量场崩溃了，"我说，"伊妮娅，没有你，他们是怎么传送的？"我一说出这个问题，便马上明白了答案是什么，"伯劳。"我说。

"是的。"伊妮娅仍旧抓着我的手。冷冷的雨滴落在我们身上，雨水汩汩地流进身后的排水沟和排水管。伊妮娅静静地说道，"在伯劳的引领下，'伊戈德拉希尔'号和巨树的忠诚之音将会穿越时空，向他的……命运……前进。"

我记起了《诗篇》中的几段情节。朝圣者们在草之海上看着树舰被烧毁，其后不久，就在风力运输车在穿越草海时，海特·马斯蒂恩便和伯劳一起神秘失踪了。几天后，伯劳重新出现，而圣徒也重新出现在了光阴冢山谷附近，之后不久便伤重而亡，七位朝圣者中，只有他没有讲述自己的故事。七位海伯利安朝圣者：卡萨德上校、霸主领事、索尔——也就是瑞秋的父亲、布劳恩·拉米亚——伊妮娅的母亲、圣徒海特·马斯蒂恩、马丁·塞利纳斯、霍伊特神父——目前的教皇，对当时发生的事情，这些人都不明究竟。对儿时的我来说，这些都只是古老的神话，是关于陌生人的诗文。他们为什么要仔细思量着去努力和冒险，到头来只不过是重新拾起了千钧重担？现在，在我步入而立之年后，我终于意识到，这些事在我们所有人的一生中是多么的常见。

“看见街对面的教堂了吗？”德索亚神父说。

我必须狠狠摇头，集中注意力，甩掉耳畔不断回响的想法和声音。“看见了。”我应道，同时抹了抹额头上的雨水，“是圣彼得大教堂吗？”

“不，”神父说，“那是圣安妮教区教堂，它旁边那座通往梵蒂冈的门是圣安娜门。沿着这条大道往前，在那些柱廊旁，就是前往圣彼得广场的大门。”

“我们是要去圣彼得广场吗？”我问伊妮娅，“要进梵蒂冈？”

“先看看能不能进。”她回答。

我们沿着人行道往前走，在外人看来，就是一位神父正领着一个男人和一个年轻的女子在冷冷的雨天中步行。街对面出现了一幢气势雄伟的无窗建筑，上面有个标志，表示那是瑞士卫兵的兵营。从兵营中出来的士兵，都穿着正式的制服，复兴时代的黑色斗篷，白色花边衣领，黄黑相间的绑腿，他们扛着枪矛，站在圣安娜门和各个十字路口，与此同时，穿着正式黑色冲击装甲的圣神安保警员要么在路障旁巡逻，要么乘着黑色的掠行艇在头顶飘浮。

圣彼得广场已经向行人关闭，只留下几处安全门，守卫们在那儿仔细地检查通行证和芯片身份卡。

“看样子是过不去了。”德索亚神父说。天已经黑了，伯尔尼尼柱廊顶部的灯光已经点亮，照亮了那里的雕像和岩雕宗座盾形纹章。神父指了指柱廊上两扇亮着微光的窗户。“那是教皇的私人办公处。”在它左边，是圣彼得教堂的正面，其顶部是一尊尊雕像：基督，施洗者约翰，众使徒。

“这距离一枪就能命中。”虽然这么说，但我并没有袭击教皇的想法。

德索亚神父摇摇头。“有十级密蔽场。”他左右四顾了一番。路上的行人大多都从安全门进入了圣彼得广场，我们在街上越来越显眼。“再这样等下去，他们就会来查我们的身份了。”他说。

“现在这个程度的安全巡查正常吗？”伊妮娅问。

“不。”德索亚神父说，“可能是因为你发了那条消息说你即将来佩森，但更可能的情况是，教皇陛下要去进行宗座弥撒，如果是这样，那这个程度的安全巡查是正常的。我们听见的钟声，就是用来召集大家去参加陛下主持的午后弥撒。”

“你怎么知道的？”我很惊讶，他竟然能从几声钟声中明白进一步的内容。

德索亚神父也露出惊讶的神情。“因为今天是圣星期四[①]啊，”他看上去非常震惊，可能是为我们竟然不知道这个常识而震惊，或者是因为自己这么长时间来一直想忘掉却没有忘掉而感到有些不可思议，“这一周是圣周。”他继续说道，声音很轻，像是在自言自语，“这整个一周，陛下既要处理宗座的事宜，也要完成管区辖区内的工作。今天……今天下午……就在弥撒大会上，陛下会亲自执行仪式，为十二名神父汰洗双脚，这十二个人象征着耶稣的十二位门徒，基督曾在最后的晚餐时为他们洗脚。这个仪式一直在教皇的管区教堂内举行，也就是圣约翰·拉特兰大教堂，这座教堂以前在梵蒂冈城墙之外，但自从梵蒂冈搬迁到佩森之后，就被安置在了圣彼得大教堂内。真正的圣约翰·拉特兰大教堂在大流亡期间被留在了地球上，因为它在二十一世纪的七国大战中受到了严重的毁损，并且……”德索亚说了一通在我看来像是神经质的唠唠叨叨，说到此处他便停住了，脸上突然变得面无表情，就像是一名癫痫病患者，或是一个陷入沉思的人。

我和伊妮娅等他回过神。事实上，我正焦急地望向穿着黑色装甲的圣神安保巡逻员，他们正沿着长长的大道朝我们走来。

---

① 圣星期四：指复活节前之星期四。

“我知道另外一条进梵蒂冈的路，”德索亚神父开口道，他转回身，向梵蒂冈大道对面的一条小巷走去。

“好极了。”伊妮娅马上跟了上去。

耶稣会士突然停步。“我想，我能把大家带进去，”他说，“但我不知道怎么出来。”

“把我们带进去就够了。”伊妮娅说。

离梵蒂冈三个街区的地方，有一座荒废的没有窗户的岩石小教堂，在教堂后部，有一扇铁门。门用一把挂锁和一条大铁链锁着。紧闭的大门上有块标语，上面写着：每周六开放旅游，圣周期间关闭，请联系梵蒂冈旅游办，基督第一殉道者广场3888号。

“有什么办法能敲开这条铁链吗？”德索亚神父问我。

我摸了摸粗大的链条和结实的挂锁。再看看身上，只有一件工具，或者说是一把武器：插在皮带刀鞘中的小型狩猎刀。“不行，”我说，“但或许可以试试能不能撬开。你们能不能在那堆垃圾模块中找找有没有铁丝……打包钢丝就行。”

我们在细雨中站了至少十分钟，周围的光线慢慢暗去，大道上的人流声似乎越来越响。每一秒，我们都做好了瑞士卫兵或安保人员会从天而降把我们抓个正着的准备。我的撬锁技巧，都是过去在湛江上从一位赌徒老头那里学来的，自从浪漫港当局以偷窃为由抓住他，把他的两根食指切掉后，他就转行玩起了赌博。在我撬锁的过程中，我想起了和伊妮娅一起走过的十年冒险之旅，想起了德索亚神父来到此地前的漫长旅程，想起了我们走过的那几百光年，还有那几万小时的紧张、痛苦、牺牲和恐惧。

可是，这个该死的仅值十个弗罗林的铁锁不作一点让步。

最后，小刀的刀尖也折断了。我骂了一声，扔掉了刀子，拿起这臭气熏天的破烂铁锁及锁链，狠狠地向满是污垢的石墙上砸去。挂锁咔嚓一声，开了。

屋里黑漆漆的。就算真有开灯的开关，那我们也找不到。如果什么地方有个白痴人工智能在控制灯光，那它也没有回应我们的命令。我们三人都没有带光源。几年来，我曾一直随身带着一把激光手电，但今天早上我把它留在了背包里。先前离开“伊戈德拉希尔”号的时候，我只是走上前一步，抓住伊妮娅的手，完全忘了要带上什么武器或其他必要的装备。

“这里是圣约翰·拉特兰大教堂吗？”伊妮娅低声道。在这令人压抑的黑暗中，想放开嗓门说话是不容易的。

“不，不，”德索亚神父也低声道，“就是一座很小的纪念教堂，建在二十一世纪原来那座教堂旁……”他又顿住了，可以想见，他脸上肯定又挂上了那副沉思般的表情，“我想，这是间工作用小教堂，”他说，“你们等在这儿。”

我和伊妮娅肩并肩站着，耳边只能听到德索亚神父沿着小屋的内壁四处走动的声音。有什么重重的东西掉在了石地上，听声音像是什么铁器，我俩屏住了呼吸。一分钟后，我们又听到了神父用双手在墙壁上摸索的声音，还有他身上的法袍发出的瑟瑟声。接着是一声隐隐而来的“啊……”的声音，片刻之后，一根火苗摇曳而起。

耶稣会士正站在十米开外，手里举着一根点着的火柴。他左手还拿着一盒火柴。“是座小礼拜堂，”他解释道，“还配有放祈愿烛的台子。”我看见那些蜡烛已经全部化掉，不能用了，也没人拿新的换上，但烛心还是留在了那儿，而且还有一盒火柴，天知道它们在这被遗弃的黑暗之地待了多长时间。我们走到他身边，围在那一小圈亮光旁，他又点上了一支火柴，接着，我们便跟着他走到了腐败窗帘前后的一扇沉重的木门前。

“几年前，我被囚禁在这附近的时候，巴乔神父，我的重生医疗神父将这条路线告诉了我。”德索亚神父低声道。这扇门没有锁住，陈旧的铰链好久没上过油，开的时候发出了一声尖厉的吱吖声。“我想，他是觉得这其中的恐怖感会引起我的兴趣。”德索亚神父继续道，他领我们走下一条狭窄的螺旋石梯，窄得比我的肩膀宽不了多少。伊妮娅跟在神父身后，我紧紧跟着伊妮娅。

我们一直沿着阶梯往下，阶梯延绵不绝，没有任何到头的迹象。最后终于走到尽头时，我估计我们至少到了地下二十米深的地方。接着，我们经过一系列狭窄的走廊，来到一条极为宽敞、余音绕梁的回廊中。到此时，神父已经点完了五六根火柴，每一根都要到快烧到手指的时候，他才会把它丢掉，重新点上一根。我没有问他那个小小的火柴盒里还剩几根火柴。

“在当年的大流亡时期，教会决定把圣彼得和梵蒂冈搬走的时候，”德索亚说道，现在，他的声音响亮得填满了整个黑漆漆的空间，“他们用重型能量场起重机和牵引能量场塔楼，把它全部搬到了佩森。由于重量不是问题，所以他们还连带捎上了半个罗马，包括巨大的圣天使堡，以及老城之下深达六十米的所有东西。这里是二十世纪的地铁设施。”

我终于意识到，这里是一座遗弃的地铁站台，德索亚神父开始沿路往前走去。走了一段之后，我们来到了一处天花板瓷砖坠得满地都是的地方，除了一条狭窄的小道，到处都是积了几个世纪的灰尘、落下的岩石、破碎的塑料，尘垢中兀自躺着一些难以辨识的标记，还有几条四分五裂的长凳。我们沿着一条满是回音的狭窄走道一路往下，走下几条锈迹斑斑的钢铁楼梯，我意识到，这些都是停滞了一千年之久的电梯，最后我们来到了一座站台。在站台的尽头有一条纤维塑料阶梯，通向下面的铁轨……这些铁轨仍旧埋在一层层灰尘、碎石和铁锈之下。

我们刚刚爬下阶梯，走进地铁隧道，火柴便熄灭了。但我和伊妮娅还是看清了躺在眼前的东西。

尸骨。人类的尸骨。在锈蚀铁轨间那条狭窄通道的两旁，尸骨和骷髅头整齐堆叠，几乎达两米高。一大堆一大堆的尸骨，眼窝朝外，一个个骷髅头或是整齐地相隔数米摆放，或是嵌在人类尸骨的崎岖山墙内形成各种几何形状。

德索亚神父又点上了一支火柴，开始在一堆堆骷髅遗骸间行走。走动时拂起一阵阵微风，让他擎在高处的火苗不住摇曳。“二十一世纪早期的七国大战之后，”他说，声音恢复成普通的谈话声调，“不堪重负的罗马公墓已经容纳不下那么多人的遗体。在市郊和大公园里，到处都在挖大规模的墓坑。由于全球气候变暖，加上持续的洪水泛滥，导致了严重的健康问题。瞧，就是那些生化弹头。总而言之，由于地铁已经停止运转，所以执政党下令移动遗体，把它们改葬在古旧的地铁设施里。”

这一回，当火柴熄灭时，我们所在的地方又有了不同，那些尸骨堆成了五层，每一层都有一排骷髅头，那些白色的脑门反射着光线，但空荡荡的眼窝却对我们的经过视若无睹。两边的尸骨墙至少有六米长，一直升到上方两米外的拱状天顶。有几处地方，尸骨和骷髅头发生了崩塌，散落在地，我们不得不小心地跨过去。尽管如此，脚底下还是不时地会踩到什么，发出嘎扎嘎扎的响声。在一根火柴熄灭、点亮另一根火柴的间隙，我们会站在原地驻足片刻。周围没有一丝声音……不管是老鼠的游窜声，还是滴水声，都没有。打搅到此处的沉寂的，便只有我们的呼吸声和细微的话语。

“说也奇怪，”德索亚神父说道，我们又走了两百多米路，“这个把我们所有人葬在此地的灵感，并不是从罗马的古代陵墓中获得的，而是来自于巴黎所谓的地下墓穴……在那个城市的地底深处遗留着古老采石隧道。巴黎人的公墓也葬不下那么多人，不得不把更多人的尸骸搬运到这些十八世纪晚期到十九世纪中期建造的隧道中。他们发现，几公里长的隧道，即使要容纳六百万具死尸，也是绰绰有余。啊……到了……”

我们向左转，穿过一条更加狭长的尸骨隧道，前方便出现了一条小道，小道上落着厚厚的灰尘，却留着几个足印，一路通向另一扇铁门，这扇门也没上锁。我们三人齐心协力，把门拉开。神父在前面领路，带着我们走下另外几条锈蚀的螺旋阶梯，最后我们来到了地底深处，我估计，现在我们离地面至少有三十米的距离了。就在我们踏进另外一条隧道中的时候，火柴熄灭了。这条隧道比地铁墓穴还要古老，边缘和天花板未加休整，摇摇欲坠。我瞥到有几条侧道，尸骨在这些侧道中堆得乱七八糟，骷髅头颠倒着，还有一些破破烂烂的衣物。

“据巴乔神父说，”神父低声道，“真正的地下墓穴就是从这里开始的。埋葬基督徒的地下墓穴，可以追溯到公元一世纪。”又有一支火柴点亮了。我听见火柴盒中发出的嗒嗒声，听上去火柴已经所剩无几了。“我想，应该是这条路。”德索亚神父领着我们向右边走去。

“我们现在在梵蒂冈下面？”几分钟后，伊妮娅低声问道。我感觉她已经有点没耐性了。火柴摇曳了一下，熄灭了。

“快了，快了。”德索亚在黑暗中说道，他又点上了一支，这回火柴盒没发出任何嗒嗒声。

大约走了一百五十米，走道到了尽头。这里没有杂乱的尸骨，没有骷髅头，有的只是周围粗糙的石墙，以及隧道尽头似乎是一面炉墙的东西。火柴熄灭了。我们等在黑暗之中，伊妮娅摸了摸我的手。

“抱歉，”神父说，“火柴用完了。”

我抵制着内心涌起的一阵惊慌。现在，我真的听到了一些声音……往小里讲，那只是远处的老鼠在四处游窜，往严重的地步说，是靴子走在台阶上的声音。“我们沿原路返回吗？”我说道，在这一片漆黑之中，我的声音听上去真是响极了。

“我可以肯定巴乔神父说过，北面的地下墓穴曾经和梵蒂冈之下的古旧区域相通。”德索亚神父轻声道，“准确说来，是和圣彼得广场下的区域相通。”

“啊，看上去不像……”我甫一开口便打住了。在火柴熄灭前的几秒钟里，我稍微打量过面前的这堵墙，在古旧的岩石间，有一片看似像是新砌的砖墙，看上去只有几百年的历史，其他却像是已经历经几千年。我摸索着向前走了两步，最后，手指碰到了岩石、砖块和松散的灰泥。

“做得很仓促。”我说，好几年前，我在鸟嘴庄园担任过助理风景工，所以现在说话的语气中稍微带着一点威望，“灰泥已经裂开了，还有几块砖头碎掉了。”我用手指迅速摸了一遍，“给我什么东西挖挖看。该死，要是刚才没把刀子丢掉就好了……”

黑暗中，伊妮娅递给我一根尖利的棍子，也可能是树枝，我用它挖了几分钟，最后终于发现那是一根折了一头的大腿骨。德索亚和伊妮娅也拿起骨头，和我一起挖起来，还用手指甲往冰冷的砖石上扒，最后指甲都破了，手指也出血了。过了一会儿，我们停下来喘口气。这里没有一丝光线，大家的眼睛仍旧没有适应黑暗。

“弥撒要结束了。”伊妮娅低声道，语气听上去像是在演一出悲剧。

“是大弥撒，”神父低声道，“时间很长。”

“等等！”我的手指突然感觉砖块动了一动——不是其中一块或几块，而是整块砖体。

“退后，”我大声说道，“趴到隧道的边上。”我笔直后撤了几步，挺起左肩，埋下头，屈膝向前冲去。我心里做好了准备：脑袋撞扁，整个人都晕过去。

我大喝一声，撞上砖石，扬起一阵灰尘和碎片。砖头没有被我撞落，但我感觉它们有点松动。

伊妮娅和德索亚也走上前，助我一臂之力，过了一分钟，我们终于撞松中部的砖块，最后把它推倒。

从通道对面传来一丝微弱的光线，但足以让我们看清面前——一条堆满碎石的斜坡，通向一条更深的隧道。我们趴在地上往前爬去，钻过去之后，地方宽敞了，我们便站起身，在这条充满泥土气息的走道中行走起来。转了两个弯，我们来到了另一个地下墓穴，这个和上面那个一样乱糟糟的，所不同的是，这里的右墙齐腰高的地方，有一条窄窄的发光带，照亮了整个走道。我们沿着被发光带照亮的主通道，又走了五十米，转了几个弯，接着便来到了一条更加宽敞的通道，这里每隔五米便挂着一只现代化的发光球，虽然都没亮，但古老的发光带仍旧一路照向前。

“我们在圣彼得广场下面，”德索亚神父低声道，“一九三九年，自教皇庇护十一世在这附近的洞穴中下葬，这个地方还是第一次重现天日。挖掘持续了二十多年，最后便被遗弃了。现在，这地方还没向考古学家开放。”

我们来到了一条愈发宽敞的通道中——容得下让我们三人肩并肩在里面行走，打从到了地下，这还是第一次。在这儿的古岩墙和灰泥墙上，偶尔还夹嵌着一些大理石，上面挂着一些壁画——早年的基督马赛克画，在一些堆满尸骨骷髅的洞室中，还有一些破碎的雕像。好些洞室中都曾经贴过透明塑料，这些材料现在都已经泛黄，模模糊糊的，里面那些的普通人遗体几乎都看不清了，但如果弯下腰凝视，还是能看见空洞的眼窝和骨盆的凹眼向我们回望而来。

壁画上展示的是基督教惯有的肖像——鸽子衔着橄榄枝，女人汲水，无处不在的鱼儿——但紧邻着的便是古老的洞室、骨灰盒，还有一些墓穴中挂着前基督时代的神祇像，在一幅画像上，伊希斯、阿波罗和巴克斯正用装满美酒的大酒壶迎接亡者来到来生，另一幅描绘着公牛和公羊活泼跳跃的场面，还有一幅画着一群翩翩起舞的色帝。看到最后一幅画的时候，我马上注意到他们和马丁·塞利纳斯的相似之处，于是转过头，朝伊妮娅一望，她也朝我往来，两人心照不宣。还有一些壁画，有的画着一些奇怪的生物，据德索亚神父说，她们是酒神的狂女，迈那得斯；有的画的是乡村景色；有的画着排成一排的鹧鸪；还有一幅画着一只正用嘴梳理羽毛的孔雀，一身天青色的羽毛被阳光照得闪闪发亮。

透过斑斑点点的古旧塑料或塑料玻璃窥望这些东西，让我感觉自己似乎正徜徉在一栋豢养着亡灵的地球水族馆中。最后，我们走到一面红墙前，拐过直转角，是一堵低矮的墙壁，上面斑驳陆离的蓝色已经渐渐淡去，但还能看清遗留的拉丁文涂鸦。这里的塑料片较新，可以清楚地看见里面的骸骨。整齐的尸骨堆上垒着一个骷髅头，那两个眼窝似乎在饶有兴致地注视着我们。

德索亚神父跪在尘土中，在胸前画了个十字，埋下脑袋，祈祷起来。我和伊妮娅站在后面，尴尬且沉默地注视着，一如那些异教徒栖身在真正的信徒身旁。

神父起身的时候，眼眶有点湿润。“根据教会历史和巴乔神父所述，这些可怜人的尸骨是在公元一九四九年被工人们发现的。后来，经分析人员研究，结果表明这些人是一位伟人的殉葬品，那人死时大概六十多岁。我们现在就在圣彼得大教堂的主祭坛下，之所以把它建在这里，是因为传说圣彼得就被秘密埋葬在此地。公元一九六八年，教皇保禄六世宣布，梵蒂冈确认这是渔夫彼得的尸骨，也就是曾和耶稣同行的那个人，也就是那块磐石，教会将要在其上建立。”

我们望望静悄悄的尸骨堆，又望了望神父。

“费德里克，你知道我不是要打垮教会，”伊妮娅说，“我的目标是修正这个偏离正道的东西。”

“是的，”德索亚神父说道，他粗鲁地抹了抹眼睛，在脸上留下几道泥痕，“我知道，伊妮娅。”他环顾了一番，走到一扇门前，打开了它。门后是一条金属阶梯向上方通去。

“会有守卫的。”我低声道。

“应该没有。”伊妮娅说，“八百年来，梵蒂冈一直在害怕来自太空……来自上空……的攻击。我想，他们不太会关心这些地下墓穴。”她走到神父面前，迅速且沉默地迈上了金属台阶。我紧紧跟在她身后。德索亚神父回头朝身后昏暗的洞室看了一眼，最后一次在胸前画了个十字，接着跟着我们，朝上方的圣彼得大教堂走去。

大教堂内亮着灯光，虽然那灯光在夜晚、彩色玻璃和烛光的映衬下显得十分柔和，但在经历了漆黑的地下墓穴后，那光线也实在是太过炫目。

我们一路上爬，穿过地下神殿，行经一座纪念教堂，岩石上刻着“盖乌斯纪念碑”几个字，走过几条侧廊、几个服务入口，穿过通向圣器室的前厅，经过笔直站立的神父和引颈而望的祭童，最后来到了圣彼得教堂中殿后部那余音绕梁的广阔之地。这里有几十名权贵，但还算不上重量级人物，没有在教堂长椅上得到一席之地，不过还是非常荣幸地获准站在大教堂的最后面，见证这一重要的庆典。瞥眼一望，我就发现大教堂的每个入口前，每一个可以出去的外厅中，都有瑞士卫兵和安保人员把守。我们站在会众身后，还不算显眼，就是一个神父和两个穿得有点朴素的教区居民，在圣周四获准进入教堂，伸长脖子一睹圣父的尊荣。

弥撒还在进行。空气中弥漫着一股熏香和烛蜡的气味，一排排闪亮的长椅上，坐着成千上百名穿着鲜艳袍子的主教和贵宾。圣彼得王座那巴洛克式的华盖之下，是一座大理石祭坛，周围围着栏杆，圣父正跪在那里，进行他的仆役工作：为十二名就座的神父洗脚。共八男四女。在什么地方有一支庞大的唱诗班，正在唱着——

哦，圣灵，因由你，
让我们知晓圣父和圣子；
我们的信条矢志不渝，
你就是他们的源起，
你就是他们的源起。

赞美给我主，圣父，圣子，
和圣灵，融为一体啊，
愿圣子赐给我们礼物。
一切源自圣灵的礼物，
一切源自圣灵的礼物。

我迟疑了片刻，纳闷我们在这儿干什么，伊妮娅的这场了无止境的战斗为什么会把我们带到这些人的信仰中心来。我相信她教给我们的一切，也珍惜她和我们分享的一切，但是，这首优美的乐曲，这铜墙铁壁的大教堂，可是三千年的传统和信仰所造就的。我不禁回想起伊妮娅为悬空寺建造的那些简单的木台，坚固但粗俗的桥梁和阶梯。和这座既宏伟又谦卑的建筑相比……那又能称得上什么……我们又是什么？伊妮娅是一名建筑师，除了青年时师从赛伯人赖特先生，基本上是自学成才，她曾用沙漠的岩石建造石墙，徒手配制混凝土。而设计这座大教堂的，那可是米开朗基罗。

弥撒行将结束，纵长的大殿后排几个站着的人正一一离去，他们轻手轻脚地走着，生怕脚步声会打断仪式，等来到通向外面广场的台阶后，才开始小声低语起来。我看见伊妮娅正在德索亚神父耳边说着什么，便凑过身去，生怕错过什么生死攸关的指示。

“神父，你能为我做最后一件事么？”她问。

“我愿意为你做任何事情。”眼神悲愁的神父低声道。

“请马上离开大教堂。”伊妮娅对着他耳语道，“和这些人一起，马上走，不要说任何话。马上离开，在罗马城中找个地方藏身，一直等着你可以现身的那一天到来。”

德索亚神父惊讶地向后退去，他隔着半米的距离盯着伊妮娅，脸上的神色像是被谁遗弃了。接着，他凑到她耳边。“老师，请吩咐我做其他任何事。”

“神父，我只请求你为我做这件事。我请求你，并奉上我的爱和敬意。”

唱诗班开始唱另一首赞美诗。在我前方的那一颗颗脑袋上方，圣父已经为神父洗完了脚，现在正移步走回镀金华盖下的祭坛。长凳上的所有人都站起身来，期待着结尾的祷文和最后的赐福。

德索亚神父亲自向我的好友赐福，接着转回身，和一群修士一起离开了大教堂。那群修士身上的念珠随着走动发出嗒嗒的响声。

我狠狠盯着伊妮娅，目光炽烈得简直可以点燃木材。我想告诉她，*别叫我走！*

她招招手，叫我走近，接着对着我耳语道：“劳尔，亲爱的，为我做最后一件事。”

在这圣周四，在圣彼得大教堂内余音绕梁的中殿中举行的大弥撒仪式的最神圣时刻，我几乎放开嗓门冲她大叫一句:“不，该死的！”但我还是忍住了，等着她说下去。

伊妮娅在背心口袋里摸索了一阵，最后掏出一只小瓶子。瓶里的液体清澈透明，但不知怎的，看上去比水要重。“你能喝下它吗？”她低声道，把瓶子递给我。

我的脑海里浮现出一个个人物：罗密欧和朱丽叶，恺撒和克莉奥帕特拉，亚伯拉德和艾洛伊斯，吴侨之和孙荷华。都是些命运多舛的爱侣。都以自杀或毒药收场。我一口喝下这瓶毒药，把空瓶丢进衬衣口袋，等着伊妮娅再拿出同样的瓶子，随我一起喝下去。但她没有这么做。

“是什么？”我低声问道，我并不害怕听到她的答案。

伊妮娅正注视着弥撒最后的场景。她凑到我耳边，低声回答。“你加入地方军时吃过圣神的节育药，这是解药。”

*什么乱七八糟的！！？？！！*我几乎快忍不住，差点就在圣父诵念结束祷词时放声大喊。*你现在还在担心计划生育的事？你他妈是不是神经错乱了？*

她凑过身，鼻息暖暖地喷在我的脖颈上，对着我再次耳语道:“谢天谢地，这两天来幸好没忘，一直带着它。别担心，要等三周过后才会起效。之后你就再也不会射不出精子了。”

我冲她眨眨眼，在圣彼得大教堂内说出这样的语句，是不是在亵渎神灵？抑或这只是低级趣味？然后，我的脑子飞速运转起来——*这消息真是太棒了……不管接下来会发生什么事，在伊妮娅眼里，我们……她……会有一个未来……她会和我生一个孩子。但她的第一个孩子怎么办？为什么我会认为，她这么做是为了让我和她能……她为什么要……也许这只是她想到的送别之礼……她为什么要……为什么……*

“吻我，劳尔。”她低声道，但声音还是有点响，惹得站在我们前面的老修女转回身，眼神严厉地看着我们。

我没有诘问她，我吻了她。她的嘴唇很柔软，湿湿的，当初在密西西比河沿岸，在一个叫汉尼拔的地方，我和她第一次亲吻时，就如现在这般感觉。这一吻似乎持续了很长时间，她那凉凉的手指在我的脖颈后抚摸着，最后，我们的双唇终于分开。

教皇正向教堂后殿的前方走去，先是面向十字耳堂的两条翼部，接着是短短的中殿，最后是纵长的中殿，同时开始最后的赐福。

伊妮娅走进主通道，轻轻将人群拨向两边，直到来到一片开阔的空间中，她大步朝远处的祭坛走去。“雷纳·霍伊特！”她大叫道，声音在头顶几百米上空的穹顶上回响。教皇的赐福礼正进行到一半，现在他停在了那儿，我们和他之间的距离超过一百五十米。我知道，伊妮娅不可能走完这一百五十米的路，在这之前她铁定会被拦住，但我还是加快脚步跟了上去。

“雷纳·霍伊特！”她又一次大叫道。数百个人头齐刷刷朝她转来。中殿两侧的阴影中人头攒动，正眼一瞧，原来是瑞士卫兵正飞步而来。“雷纳·霍伊特，我便是伊妮娅，布劳恩·拉米亚的女儿，你曾经和她一起踏上海伯利安，开始直面伯劳的旅行。我便是约翰·济慈赛伯人的女儿，他的肉体曾被你们的内核主人杀死过两次！”

教皇站在那儿，像是怔住了一样。他竖起那只原先正做着赐福礼的骨瘦如柴的手指指着伊妮娅，那样子就像是中风了。他的另一只手紧紧抓着胸膛上部的法衣，脑袋前后轻晃，以至于头顶的法冠也在发抖。“你！”他叫道，音调尖厉，但绵软无力，“那个异种！”

“你才是那个异种！”伊妮娅叫道，她已经跑了起来，长凳上探起一个个穿着黑袍的身影，想要抓住她，但她灵活地摆脱掉了他们。我推开她身后的两个男人，跟着她往前跑去。斜地里刺出一个人影，我从他身上跃了过去。瑞士卫兵正在人群中推搡而来，端着能量枪，但由于有太多梵蒂冈和商团的高官在火力线路上，所以未敢开火。我知道，如果伊妮娅胆敢前进到教皇面前十米之内，那么这些人将毫不犹豫地开火。“你才是那个异种！”她又叫道，并加快了奔跑的速度，同时躲避着一只只攫取的双手和突刺的臂膀。“雷纳·霍伊特，你是天主教会的犹大，将神圣的历史出卖给了……”

一个穿着圣神舰队元帅制服的大块头从刀鞘中抽出一把仪式用剑，朝我爱人的头上挥去。她躲了过去。我格挡住元帅的胳膊，拧断了它，一脚将剑踢飞，把他推倒在长凳上的那群属下身上。

卡萨德上校曾经说过，在学会生者的语言之后，每当他在别人身上造成伤痛，他就会感到**切身的**痛苦。现在，我终于也感受到了。就在元帅倒在那堆人身上之时，我感受到自己那条胳膊传来一阵阵剧痛：神经和肌肉的断裂之痛、碎骨之痛、身体的碰撞之痛。但当我低头看去的时候，我的胳膊仍旧完好无损，唯一的报应便是痛苦。但我不在乎痛苦。

一队神父、修士和主教围成一列，拦在了伊妮娅和教皇之间。我抬头一望，发现教宗愈加痛苦地抓紧了胸膛，倒了下去，但他身旁的几名执事扶住了他，搀着他回到了伯尔尼尼王座的华盖之下。几名瑞士卫兵疾速冲进通道尽头的那块空地上，用尖枪和身体拦住了伊妮娅的去路。更多瑞士卫兵涌向我们身后的空地，挥舞尖枪，粗鲁地推开旁观者。另有一些身着黑色装甲和小型反重力推进带的圣神安保人员，在会众头顶十米高的地方俯冲而下。激光点在伊妮娅的脸庞和胸脯上跃动。

大片的能量光束和钢矛枪云处于一触即发的状态，我猛扑上去，拦在伊妮娅和卫兵之间。激光束的光点扫掠而来，亮得我右眼什么也看不见。我张开臂膀，怒吼着……或许可以说是挑战……但绝对是挑衅。

“不！要活口！”传来一阵低沉的喊声，是一个肥硕的枢机在说话，听上去就像是上帝的声音。

一名瑞士卫兵朝伊妮娅奔去，举起尖枪，想往她后脑勺敲去，把她敲晕。伊妮娅猛地扑倒在地，在地砖上滑过，腿一扫，便剪住了那名卫兵的膝盖，那人连滚带爬地往我这儿滚来。我一脚踢中他的脑袋，接着转回身，奋力抢走另一名卫兵手中的尖枪，用力一撞，把他撞回了人群。后排有五名卫兵朝我冲来，我操起那把长长的武器，往他们那儿一挥，他们便退了回去。

一名在空中飞行的安保士兵发射了两枚飞箭，击中了我的左肩，上面可能含有镇静剂，但我把它们拔了下来，向那人扔去，身上没有任何感觉。两名卫兵抓住了我的手臂，一个是魁梧的男人，还有一个更魁梧的女人。我原地转了一圈，让这两人的脑瓜撞在了一起，最后把他们丢在地板上。“伊妮娅！”

她重新站了起来，已经挣脱一名卫兵的束缚，但又有两个穿着黑色装甲的身影挡住了她的去路。会众中爆发出阵阵尖叫。大教堂的风琴突然尖叫起来，就像是一个正在分娩的女人。一名安保人员在五米外向她开火，伊妮娅闪了过去。又有一名穿着黑色装甲的女人拿着棍棒把我的爱人击倒在地，并骑跨在她身上，把她的双手扭在身后。

我抬起臂膀，给这个圣神臭婊子重重一击，把她打飞到五米之外。但一名卫兵用尖枪朝我腹部重击了一下。又一名飞行安保人员操起神经击昏器，终于把我撂倒。按其原理，击昏器应该瞬时起效，而且得到了官方的证明，但顶着击昏器的再三攻击，我还是有时间用手卡住了最近那名卫兵的喉咙。我的身体不住地痉挛，最后向下摔去，由于所有的自主机能都停止了，我还尿了裤子。我最后的感觉，便是凉凉的尿水顺着裤管，流到了圣彼得大教堂那完美无瑕的地砖之上。

但我其实并没有真正感觉到，有十二名魁梧的人已经压在了我的背上，扣住了我的臂膀，正把我拖开。我并没有真正听到额头撞在地砖上的开裂声，也没有感觉到额头至发际线的开裂感觉。

在最后半昏半醒的三四秒钟里，我只看见一只只黑色的脚、一只只战靴、一名瑞士卫兵掉落在地的帽子，然后是更多的脚。我知道伊妮娅刚才已经倒在了我的左侧，但我没办法转头看她最后一眼。

他们把我拖走，地上留下一条鲜血、尿水和口水的痕迹。我已经丝毫顾不上这些了。

我的故事就这样结束了。

在对我进行“审判”的期间，我已经恢复了意识，但被神经锁拘缚着。所谓的审判，是由一群宗教法庭的黑袍法官所执行的，只进行了十分钟便做出了宣判。我被判以死刑。没有人想要亲自对我施刑，生怕玷污他们的灵魂；于是，他们决定把我转移进一个薛定谔猫箱，位于阿马加斯特这个受隔离的迷宫星球，猫箱在星球的轨道上旋转。物理的永恒定律和量子几率将会执行这一死刑。

审判一结束，他们便让我上了一艘配有霍金驱动的高重力机器人火炬舰船，把我运到了阿马加斯特星系，同时产生了两个月的时间债。不管伊妮娅在哪儿，不管她发生了什么事，当我醒来时，他们已经封闭了我这个监狱的聚变能量壳，我已经迟了两个月的时间，再也帮不了她。

一开始的无数个日夜……我疯掉了。然后，又过了无数个日夜，我拿起了小型椭圆密室中的书写器，开始讲述这个故事。他们肯定认为，在我等死的时候，这个书写器会是一项额外的惩罚，我在仅有的几张循环利用的薄纸上写下我的故事，就像是一条蛇吞下了自己尾巴，而且，我也知道没人会得到我的这个存储芯片，领略里面的故事。

在故事的一开始，我就跟你们说过，跟你们这些不可能存在的读者说过，你们读它的理由是不正确的。在一开始，我就说过，如果你们读它，是想要获悉她的命运，甚至是我本人的命运，那你们就选错东西了。在她的命运了尽的那刻，我并没有陪伴在她的身旁，而现在，就在我写下这些文字之时，我自己的命运也在等待着它落下它的最后一幕。

我没有在她身旁。

我没有在她身旁。

哦，天父耶稣，摩西的上帝，安拉，亲爱的佛陀，宙斯，缪尔，埃尔维斯，基督……如果你们中的确有谁存在于这个世界，或是曾经存在过，或是已逝的灰色双手仍旧保留着一丝力量……那么，就请赐予我一死吧。快点来吧。快让那个粒子被探测到，让毒气放马过来吧。快啊。

我没有在她身旁。

31

我对你们撒了谎。

在这个故事的一开始，我跟你们说，当伊妮娅的命运了尽的那刻，我并没有陪伴在她的身旁，也就是说，我并不知道她的命运为何。在好几个睡眠周期前，我重复过这句话，当时我已经把最后一段故事讲了出来。

但是，就像是教会中的一些神父所言，我避开了一个重要的事实，这便是撒谎。

我撒谎，是因为我不想谈这件事，不想说，不想重新体验一次，也不愿意去相信。但我现在已经知道，我必须向你们和盘托出。在薛定谔猫箱的囚笼中，我每时每刻都在回味这件事。自从我分享到我亲爱的伊妮娅的鲜血之后，我就明白它是真实的。

在他们把我运出佩森星系前，我就已经知道了我爱人的命运。我明白它是真实的，也一次次地体验过了。对这个故事，对我的挚爱的记忆，我有责任和你们谈谈，把它向你们叙述一遍。

我是在一颗小行星上的圣神基地接受的审判，那里离佩森有十光分远。在那十分钟审判过后不到一个小时，我便知晓了这一切，当时我被下了药，驯服温良，绑缚在机器人飞船上的一个高重力箱槽中。就在我听到、感觉到、看到这些事的瞬间，我就马上明白了——它们是真实的；在我共享这些事的那个时刻，它们就在什么地方发生；只是因为我和伊妮娅非常亲近，再加上我在学习生者的语言上进展缓慢，才得以产生了这样一个强力的共享效果。当共享过程结束后，我开始在高重力箱槽中大叫，撕扯维生脐线，用头和拳头撞击舱壁，直到装满水的箱槽中浸满一条条旋转的血流。我脸上罩着一张滤息面具，就像什么寄生虫般在吸取我的气息，我很想把它扯掉，但没用。整整三个小时里，我就这么怒吼着，反抗着，一次次撞击自己，希望最好能把自己撞得半昏半醒，同时一遍遍重新体验伊妮娅的共享时刻，一遍遍地痛苦大叫，接着，机器人飞船通过水蛭般的脐线，向我注射了睡眠药物，高重力箱槽排干水，于是，我便在沉眠箱中沉沉睡去，而火炬舰船则飞至跃迁点，跳往附近的阿马加斯特星系。

我在薛定谔猫箱中醒来。不用人为干预，机器人飞船早已把我放进了这个聚变能量的卫星中，把它发射了出去。一时之间，我有点茫然，觉得伊妮娅的共享时刻只是一场噩梦。可是，那些真实的瞬间马上便潮涌而来，我又开始尖叫。我觉得自己又将疯上几个月。

现在，我便来告诉你们把我逼疯的这件事。

伊妮娅被人从圣彼得广场扛出来的时候，也在流血，也昏迷着，但和我不同的是，她第二天便醒来了，没有被下药，也没被插上分流器。她完全恢复了意识——我非常清晰地共享到了她的醒转，感觉是那么精细而真实，就像是第二套感官印象，甚至比回忆自己的记忆还要清楚。那是在一个庞大的圆形岩石殿堂中，直径有三十多米，天花板离石制地板有五十多米。天花板上嵌着一块闪亮的毛玻璃，让人感觉像是天窗，但伊妮娅觉得这是一个幻象，这间厅堂实际上应该是在一座大型建筑的内部。

当时在我醒来准备前往十分钟的审判庭前，医师把我全身上下打理得干干净净，但没有人处理伊妮娅的伤口：她的左脸露出柔嫩的血肉，淤肿着，衣服也被扯掉，身体赤裸着，她的双唇肿了起来，左眼眯缝着，只有用力睁眼才能看清眼前的东西，事实上，由于得了脑震荡，所以右眼看到的也是一片模糊的景象。在她的胸膛、大腿、前臂和肚子上，布满了一条条的刀伤和淤伤。有些伤口已经结痂，但还有不少伤得很深，需要缝合，但没人为她处理伤口。那些伤口还在流血。

她被绑在一个类似十字铁骨架的东西上，那玩意儿锈迹斑斑，由一条铁链栓系着，从天花板上吊下。她背靠在这个十字架上，虽然全身的重量倚在上面，但仍然保持站姿，两条手臂被绑在锈蚀的支架下。这个近乎竖直的冰冷十字金属悬在半空，将她的手腕和脚踝残忍地夹在骨架上。她的脚趾悬在半空，离格栅地板约有十厘米的距离。她的头一点也动弹不得。除了十字骨架外，整个圆形厅堂内空空荡荡的，还有一把椅子，椅子右边是一只大大的废纸篓，废纸篓中丢着一张塑料封套。十字金属的右臂旁，有一只锈蚀的金属碟，上面摆着各种工具：古老的剔牙器和牙钳，环形刃，解剖刀，骨锯，一把长长的钳子，几根金属丝，上面每隔三厘米都有一个倒钩，长叶剪，短叶锯齿剪，装着黑色液体的瓶子，几管软膏，细针，粗绳，一柄锤子。更让人不安的是她身下的那个直径两米半的圆形火炉，只见里面烧着十几条微弱的蓝色火苗，就像是守夜灯一般。还有一丝天然气的气味。

伊妮娅挣了一挣，但完全没用。只要一用力，她那淤青的手腕和脚踝便会痛得颤动一番，于是她只得靠回到铁质支架上，慢慢等着。她的头发蓬乱不堪，能看出来她的头皮上隆起了一个大块，脑壳底部也有一个。她泛起一阵恶心的感觉，于是集中精神，克制住不让自己吐得全身都是。

几分钟后，石墙上的一扇隐蔽门开了，拉达曼斯·尼弥斯走了进来，走到火炉对面，停在伊妮娅的右侧。接着，又有一个拉达曼斯·尼弥斯走了进来，站到了伊妮娅的左侧。继而又是两个尼弥斯走进门，远远地站在了后面。四人没有说话。伊妮娅也没和他们说话。

又过了几分钟，约翰·多米尼各·穆斯塔法枢机的影像闪了闪，出现了。这是一个和真人一般大小的全息像，它稳稳地站在了伊妮娅的前方。影像效果非常逼真，感觉就像是真人，只不过枢机正坐在一张座椅上，而全息像并没有把它表现出来，这让人产生一种错觉，就好像枢机正飘浮在半空中。穆斯塔法看上去比在天山时年轻了点，面色也更加健康。几秒钟后，他身旁出现了另一个全息像，那是一个穿着红袍、身形更为庞大的枢机；接着又是一个全息像，是个瘦巴巴、似乎患着结核病的神父。片刻之后，从地牢石墙上的那扇门中走进一个高个男子，面容英俊，一身灰色的服装，他站到了那群全息像的旁边。穆斯塔法和另一个枢机仍旧坐在看不见的座椅上，与此同时，那个神父蒙席的全息像和那个以肉身前来的灰衣男子站在两张座椅后，就像是两位仆从。

“伊妮娅女士，”宗教大法官说道，“请让我向你引介，这位是梵蒂冈国务秘书，卢杜萨美枢机大人，这位是他的助手，卢卡斯·奥蒂蒙席，还有这位，是我们尊敬的阿尔贝都顾问。”

“我在哪儿？”伊妮娅问。由于嘴唇肿胀，下巴淤伤累累，她不得不将这句话重复了一遍。

宗教大法官微微一笑。“亲爱的，我们会回答你提出的所有问题。之后，也请你回答我们的问题。我向你保证。现在，让我来回答你的第一个问题，你现在仍旧在佩森星球，是在圣天使堡最深的……啊……会客室中，此地位于新台伯河的右岸，邻近圣天使桥，就在梵蒂冈边上。”

“劳尔呢？”

“劳尔？”宗教大法官问道，“哦，你是说你那个毫无用处的保镖。我想，关于他的宗教法庭审判会已经结束，他现在应该上了一艘飞船，正要离开我们这个美丽的星系。亲爱的，他对你来说很重要吗？我们可以为你安排一下，让他回圣天使堡。”

“他一点也不重要。”伊妮娅喃喃道。听到这话，我一开始失神痛苦了几秒钟，但之后，我便察觉到了她在这话语下的真正想法……为我担心，为我忧惧，希望他们不会恐吓我，强迫她妥协。

“随你的便，”穆斯塔法枢机说，“我们今天想要会会的人，是你。你感觉怎么样？”

伊妮娅睁着那只完好的眼睛，盯着这些人。

“啊，”宗教大法官说道，“这世上不应该有人能前往圣彼得大教堂攻击圣父，还毫发无伤地离开。”

伊妮娅正咕哝着什么话。

“你说什么，亲爱的？我们听不清。”穆斯塔法仍旧笑意盈盈，那挤眉弄眼的样子真像是一只自鸣得意的癞蛤蟆。

“我……没……攻……击……教……皇。”

穆斯塔法张开双手。“如果你这样坚持，那也没办法，伊妮娅女士……但你的意图看上去并不友好。你沿着中央通道向圣父跑去，当时你想干什么？”

“警告他。”伊妮娅说。就在她聆听宗教大法官的废话之时，她有几分意识正估量着自己的伤情：青肿得厉害，但没有断什么骨头，大腿上被剑砍伤，需要缝合，胸膛上部的伤口也是。但身体系统有什么不对劲，内出血？她觉得不是。她似乎被注射了什么另类的东西。

“警告他什么？”穆斯塔法枢机极为温和地问道。

伊妮娅动动脑袋，用完好的那只眼睛看了看卢杜萨美枢机，接着又看了看阿尔贝都顾问。她没有回答。

“警告他什么？”穆斯塔法枢机又重复了一遍。但伊妮娅还是没有回答，于是宗教大法官朝最近的尼弥斯克隆人点了点头。那个苍白的女人缓步走到伊妮娅身旁，拿起那把小剪刀，似乎是琢磨了两下，接着把那工具放回到了碟子中。她向伊妮娅走近，单膝跪在火炉上，靠近伊妮娅的右臂，接着一下拉弯我的爱人的小指，一口咬掉了它。尼弥斯微微一笑，站起身，把鲜血淋漓的手指吐进了废纸篓。

伊妮娅疼得大叫起来，她头靠在十字架上，看上去快要晕过去了。

尼弥斯魔头拿起一管止血药膏，抹在伊妮娅残留的小指上。

穆斯塔法枢机的全息像看上去一脸悲愁的样子。“我们并不想滥施大刑，亲爱的，但如果真要用，我们也不会迟疑片刻。你还是放聪明点，赶快如实回答我们的问题，不然的话，你身上会有更多的东西被丢进废纸篓。而你的舌头将是最后一个。”

伊妮娅尽力抵抗内心翻涌的恶心感。从她的残手上传来的痛楚真是不可思议，我在十光分之外感受到了那股冲击，为这二手的疼痛尖叫起来。

“我想警告教皇……你想政变，”伊妮娅气喘吁吁道，她仍旧望着卢杜萨美和阿尔贝都，“心脏病发作。”

穆斯塔法枢机惊讶地眨眨眼。“妖妇。”他轻声道。

“那你就是卖国贼，”伊妮娅一字一顿道，口气非常强硬，“你们这些人都是。你们出卖了你们的教会，而现在，你们又出卖了你们的傀儡，雷纳·霍伊特。”

“哦？”卢杜萨美枢机说道。他看上去微微有点被逗乐了，“我们怎么做的，孩子？”

伊妮娅猛地昂起头，望向阿尔贝都顾问。“内核通过十字形控制了所有人的生死，当内核需要他们死时，就会有人死去……人死时的神经网络，比活人的神经网更富创造力。你们想要再一次杀死教皇，但这一次，他将不会再重生，对不对？”

“很有见地，亲爱的，”卢杜萨美枢机压着嗓门说道，他耸耸肩，“也许，是时候换一位新教皇了。”他抬手在空中一挥，于是，第五个全息像出现在了他们身后。教皇乌尔班十六世正躺在医院的床上，昏迷不醒，修女护士、人类医生和医疗机器正围着他打转。卢杜萨美枢机又挥了挥胖嘟嘟的手，影像消失了。

“轮到你做教皇了？”伊妮娅说道，同时闭上了双眼。她眼中跳动着一粒粒红色的小点。当她重新睁眼时，卢杜萨美耸了耸肩膀。

“够了。”阿尔贝都说道，他径直穿过两名枢机坐着的全息像，来到火炉边，站在伊妮娅身前，“你是怎么操纵远距传输介质的？你不用传送门就能传输，用的是什么办法？”

伊妮娅看着这个内核代表。“这让你感到害怕了，是不是，顾问？这两位枢机不敢亲自来这儿见我，也是因为同样的原因：他们太害怕。”

灰衣男子露出一口完美无瑕的牙齿。“非也非也，伊妮娅。不过，你的确拥有不用传送门就能传输的能力，不仅可以传输你自己，还包括你身旁的人。卢杜萨美枢机和穆斯塔法枢机，以及奥蒂蒙席，都不想突然被你从佩森星球传送走。至于我……如果你能把我传送到什么地方，我会很高兴。”他等在那儿，但伊妮娅没有回答，也没有动，阿尔贝都顾问又笑了，“我们知道，你是唯一一个学会这种传输方式的人，”他轻声道，“你那些所谓的弟子，都没有学会这门技术。但这是什么技术？我们利用虚空进行传输，唯一的一个方式就是在这种介质中劈砍出永久的裂缝……而且，需要花费非常大的能量。”

“他们已经不再允许你们这么做了。”伊妮娅喃喃道，她眨眨眼，甩掉眼中的红点，迎向灰衣男子的目光。从断指处传来一波波痛楚，上下起伏，就像是汹涌大海上的滚滚浪涛。

阿尔贝都顾问的眉毛扬了一扬。“**他们**不允许？孩子，**他们**是谁？跟我们说说你的主人。”

“不是主人。”伊妮娅喃喃道，为了除去头晕眼花的感觉，她必须集中注意力才行，“是狮虎熊。”她低声道。

“别再兜圈子了。”卢杜萨美低沉地说道。这个肥硕的男子朝第二名尼弥斯克隆人点点头，那名克隆人走到碟子旁，拿起那把锈蚀的钳子，接着绕到伊妮娅的左手旁，稳稳地托起，将我爱人的五个指甲拔了下来。

伊妮娅放声大叫，昏厥了半晌，复又醒来，想要扭过脑袋，但没来得及动，便一下子吐得满身都是。她轻声呻吟着。

“我的孩子，痛苦会使人失去尊严。”穆斯塔法枢机说，“回答顾问先生的问题，我们便结束这场悲伤的猜谜游戏。到时你可以离开这儿，我们会为你疗伤，你的手指会重新长出，你可以洗干净身体，穿上衣服，和你的那个人团聚，暂不管他是保镖还是弟子。你好好回答，这场丑陋的小插曲就会结束。”

就在那时，伊妮娅的身体蹒跚在痛苦之上，却意识到了他们趁她昏迷不醒时，在几个小时前注射进她体内的异类物质。她的细胞认出了它。毒物。一种可靠、缓释的终极毒物，没有解药——不管旁人做什么，它都会在二十四小时内发作。就在这时，她终于明白这些人想让她干什么，以及他们为什么要这么做。

伊妮娅一直都和内核有着联系，甚至在她未出生前就是了，其途径，是经由她母亲头颅内一个存储着她父亲赛伯人格的舒克隆环。有了它，她便可以直接接触原始的数据网，她现在也在这么做——她感受到，在她的细胞中，隐藏着一组组坚实而奇异的内核机械：器械中含着器械，那些探测器远在人类的理解或描述范围外，它们工作在四维甚至更高的维度上，它们正等待着，嗅探着，等待着。

枢机、阿尔贝都顾问和内核想要逼她逃跑。因为他们认为她一定会使用她的能力从这里传送走，所以便有了这低级的全息剧中才会有的拷打场面，荒谬绝伦的圣天使堡地牢，还有这严厉的审问。只要她还撑得住，他们就不会致她于死地，当她传送离开的时候，内核器械便会在一纳秒内记录下一切，分析她使用虚空的方法，并想办法把她的方法复制出来。内核终将夺回它们的远距传输器，不是通过拙劣的虫洞，也不通过基甸驱动器，而是以一种即时且优雅的方式，而且这种方式要永远属于它们。

伊妮娅没有理睬宗教大法官，她舔了舔干裂的嘴唇，直接朝阿尔贝都顾问说道：“我知道你们的所在。”

英俊的灰衣男子的嘴角抽搐了一下。“什么意思？”

“我知道内核，物理内核的确切所在。”伊妮娅说。

阿尔贝都笑了，但伊妮娅发现他迅速地朝两位枢机和那个高个神父看了一眼。“胡说八道，”他说，“从没有人类知道内核的确切所在。”

“一开始，”伊妮娅说，她的声音因疼痛而含糊，“内核只是一个飘浮在旧地原始数据网中的短暂实体，当时名叫因特网。接着，在大流亡前，你们将那些磁泡存储器、服务器、磁心存储中枢迁移到了一簇小行星上，它们离你们计划毁灭的旧地很远，沿着一条长轨道环绕太阳旋转……”

“让她闭嘴，”阿尔贝都大叫，他转身朝卢杜萨美、穆斯塔法和奥蒂走去，“她想要岔开话题。这不是我们要讨论的重点。”

穆斯塔法、卢杜萨美和奥蒂的表情却说明他们不这么认为。

“在霸主的时代，”伊妮娅继续道，她正忍受着痛苦的浪潮，费尽力气集中注意力，稳住自己的声音，因此，那只完好的眼皮也在不住地颤动着，“内核做出了一个决定，它们认为应将内核的物理部件分散放置，这实乃明智之举——磁泡存储器矩阵深埋在九个迷宫星球的地下，超光服务器位于鲸逖中心轨道上的大工业中心，内核实体人格在远距传输器的通信带上环游，而万方网通过缔之虚的裂缝连接着这一切。”

阿尔贝都抱起双臂。“满口胡言。”

“但在陨落之后，”伊妮娅继续道，她睁着那只完好的眼睛，用眼神向灰衣男子公然挑衅，“内核开始担心。梅伊娜·悦石对远距传输介质的攻击，给你们造成了中断，尽管万方网的损坏可以修复。于是你们决定进一步将硬件分散下去，增加你们的人格，让基础磁心存储器更加微型化，便于更加直接地寄生于人类的神经网络……”

阿尔贝都背对着她，向最近的尼弥斯魔头打了个手势。“她在满口胡言，封住她的嘴。”

“不！”卢杜萨美枢机命令道，肥硕男子的双眼闪闪发亮，小心谨慎，“在我下令前，别动她一根汗毛。”

站在伊妮娅右手边的那个尼弥斯已经拿起了一根针、一卷绳索。听到这话，这个脸孔苍白的女人停下了手，望着阿尔贝都，等待指示。

“等等。”顾问说道。

“你想让你们的神经寄生方式更加直接，”伊妮娅说，“所以，数十亿内核实体形成了一个个十字形矩阵体，并直接附身在人类宿主上。内核的每一个个体，都有它们各自栖身的人类宿主，并可以将那个宿主随心所欲地摧毁。虽然你们仍旧连接着古老的数据网，以及新型基甸驱动的万方结点，但你们喜欢和你们的食物源尽量接近……”

阿尔贝都仰头大笑，露出一口白牙。他张开双臂，转身望着三个人类全息像。“太好玩了。”他还在咯咯大笑，“你们精心安排了这场审问……”他扬起修剪过的指甲，指了指整个地牢、天窗，以及绑缚伊妮娅的那个大铁架，“到最后，这女孩竟然开始耍弄你们。真是胡说八道，不过，的确是有趣得很。”

穆斯塔法枢机、卢杜萨美枢机和奥蒂蒙席全神贯注地望着阿尔贝都顾问，但三个全息像都在用手指触摸自己胸膛上的十字形。

穿着红袍的卢杜萨美从无形的座椅上站起身，走到火炉边。全息像真是栩栩如真，伊妮娅甚至能听见主教胸前挂在红丝绳上的金十字架滑荡而过的轻响；那条丝绳由金线编成，末端是一团大大的红金毛绒束。伊妮娅定睛注视摇荡的十字架和完美无暇的丝绳，丝毫不去顾及从残手处传来的剧痛。她能感觉到，那毒物正静静传进她的四肢，就像是慢慢生长的十字形，扩展出它们的肿瘤和线虫细胞。她微微一笑，不管他们对她做了什么，她体内和血里的细胞，永远也不会接受十字形的存在。

“你说得很有趣，但和我们的主题风马牛不相及，”卢杜萨美枢机沉声说道，“你所经受的这一切……”他挥了挥又肥又短的手指，指了指她的伤口和赤裸的身体，就像是对之非常反感，“并不让人愉快。”全息像凑近了些，那双伶俐贪婪的小眼睛紧紧盯着她，“你最要紧的事是回答顾问先生的问题。”

伊妮娅抬起头，看着这个肥硕男子的双眼。“如何不使用远距传输器，就进行传输？”

卢杜萨美枢机舔了舔薄薄的嘴唇。“是的，是的。”

伊妮娅笑了。“很简单，大人。你们只需要学几项课程，了解一下如何学会……死者的语言、生者的语言，学会聆听天体之音……然后享用我的鲜血，或是我的弟子的鲜血，只要他们喝过那杯酒。”

卢杜萨美向后退去，就像是被扇了一巴掌。他拿起胸前的金十字架，举在面前，就像是拿着一面护盾。“亵渎神灵！”他怒吼着，“*Jesus Christus est primogenitus mortuorum; ipsi gloria et imperium in saecula saeculorum!*”

“对，耶稣基督的确是第一位从死里复活的，”伊妮娅低声道，十字架反着金光，那光芒刺着她那完好的眼睛，“如果你们愿意，应将荣耀权归给他。但是，耶稣的本意，并非是要把人们从死里复活，就像是小白鼠由着思维机器的奇想来……”

“尼弥斯。”阿尔贝都顾问大叫道，这回没人让他收回成命。站在墙边的尼弥斯走到火炉边，伸展开五厘米长的指甲，深深地扎进伊妮娅的眼睛下方，向下耙去，将我爱人的颊骨暴露在刺眼的光线下。伊妮娅痛苦地长叹一声，最后瘫倒在支架上。尼弥斯向前凑去，咧嘴大笑，露出一口尖利的细牙。喷出的气息带着一股腐肉的味道。

“咬掉她的鼻子和眼皮，”阿尔贝都命令道，“慢慢来。”

“不！”穆斯塔法大叫，他一跃而起，冲向前，拦住了尼弥斯。那双全息显像的手已经穿过了尼弥斯的实体血肉。

“先等一下。”阿尔贝都顾问说道，他竖起了一根手指。尼弥斯张着嘴，已经凑到了伊妮娅的眼睛上方，闻言便停了下来。

“这真是太残暴了，”宗教大法官说道，“就像你们当初对我做的那样。”

阿尔贝都耸耸肩。“在当时，我们觉得你需要一个教训，大人。”

穆斯塔法因愤怒而颤抖。“你真以为你们是我们的主人？”

阿尔贝都顾问叹了口气。“我们一直是你们的主人。你们只是一群腐烂的行尸走肉，腐烂的皮囊包裹着猩猩的大脑……一群叽哩呱啦说着蠢话的猴子，打从出生起就开始走向腐烂和死亡的道路。在这个宇宙中，你们所扮演的角色，就是促成更高级的自我意识的产生，那是真正不朽的生命形式。”

“内核……”穆斯塔法枢机极其鄙夷地说道。

“滚开，”阿尔贝都顾问命令道，“不然……”

“不然怎么样？”宗教大法官大笑起来，“不然你严刑折磨我，就像对待这位受蒙蔽的女士一样？或者，你会再一次叫你手下的怪物把我打得奄奄一息？”穆斯塔法挥了挥手臂，穿过尼弥斯紧绷的躯干，又穿过阿尔贝都的实体。宗教大法官哈哈大笑，继而转身望向伊妮娅。“孩子，你反正都是一死，还是把你所知道的都告诉这些没有灵魂的怪物吧，之后我们便可马上让你脱离苦海……”

“**闭嘴！**”阿尔贝都大叫道，他举起了一只手，就像是举着一只弯曲的爪子。

穆斯塔法枢机的全息像尖叫起来，他紧紧抓着胸脯，在火炉上翻滚，穿过伊妮娅鲜血淋漓的双脚，穿过铁架，又翻滚着越过其中一个尼弥斯的双腿，尖叫连连，最后闪了闪，消失了。

卢杜萨美枢机和奥蒂蒙席望着阿尔贝都，他们的脸上毫无表情。“顾问先生，”国务秘书用一种充满敬意的柔和语调说道，“能允许我花几分钟审问一下她吗？如果我问不出答案，那就请你随便发落。”

阿尔贝都沉着自若地盯着枢机，过了一秒钟，他拍了拍尼弥斯的肩膀，那杀人怪物便退后三步，闭上了张得大大的嘴巴。

卢杜萨美朝伊妮娅伤残的右手探去，似乎是要紧紧抓住它。全息显像的手指像是深深扎进了我爱人碎裂的血肉中。“*Quod petis?*”枢机低声道。在十光分外，我躺在高重力箱槽中，不住地尖叫，扭动身体，透过伊妮娅的思想，我知道了枢机这句话的意思：你有什么愿望？

“*Virtutes,*”伊妮娅细语道，“*Concede mihi virtutes, quibus indigeo, valeum impere.*”

我淹没在愤怒、悲痛和高重力箱槽的晃动液体中，每一秒都愈发地远离伊妮娅，但还是明白了这句话——力量。给我需要的力量，实现我的决心。

“*Desiderium tuum grave est.*”卢杜萨美枢机低声道。真是一个沉重的愿望。“*Quod ultra quaeris?* ”还有别的愿望吗?

伊妮娅眨眨眼，从那只完好的眼睛中挤出几滴鲜血，以便更好地看清枢机的脸庞。“*Quaero togam pacem.*”她坚定地低声道。我渴望和平。

阿尔贝都顾问又大笑起来。“大人，”他说，语气中充满了嘲讽，“你觉得我听不懂拉丁语？”

卢杜萨美朝灰衣男子的方向看了一眼。“恰恰相反，顾问，我确定你懂拉丁语。瞧，她快要崩溃了，从她的脸上看得出来。但她最害怕的是火……而不是这些畜生。”

阿尔贝都一副怀疑的表情。

“给我五分钟，让我给她尝尝火的滋味，顾问。”枢机说道，“如果我的办法不行，那就让你的野兽来吧。”

“三分钟。”阿尔贝都说，他走回到那个在伊妮娅脸上耙出深沟的尼弥斯旁边。

卢杜萨美朝后退了几步。“孩子，”他再一次用环网英语说道，“恐怕，这会让你感到很痛苦。”他挥了挥手，于是，火炉下的蓝色火苗突然喷出，变成一条火柱，烧焦了伊妮娅被绑住的赤足。皮肤被点燃，变黑，卷曲。地牢中弥漫着一股焦肉的恶臭。

伊妮娅放声大叫，想要挣脱夹子的束缚。但怎么用力都没用。她被禁锢在这个悬吊的铁架上，而现在，那铁架的底部也被火烧得红亮，烧灼的剧痛也随之往上，蔓延到了她的小腿和大腿上。她感觉那儿的皮肤也起泡了。卢杜萨美枢机又挥了挥手，那火柱便缩回到了火炉中，变成了隐约的小火，看上去就像是一头饥肠辘辘的食肉动物，正用幽蓝的眼睛注视着它的猎物。

“先给你尝尝这种痛苦的感觉，”枢机低声道，“不幸的是，一个人如果被严重烧伤，即便血肉和神经都被烧得无法复原，这种痛苦还会持续下去。据说这是最痛苦的死亡方式。”

伊妮娅紧咬牙关，忍住放声狂叫的欲望。鲜血从破烂的脸颊滴下，流到白皙的双乳上……我曾经捧过那对双乳，亲吻过，还曾枕在上面入睡。如今，我被监禁在这个高重力棺具中，离伊妮娅有数百万公里远，即将加速至超光速，进入冰冻沉眠的虚无状态。面对这种境地，我只得放声狂叫，怒气冲破了沉寂。

阿尔贝都踏上火炉，对我挚爱的好友说道："传输走吧，离开这是非之地。传输到劳尔的飞船上，把他从必死之地中解救出来。传输到领事的飞船上，那儿有自动诊疗室，会治愈你的伤口。你可以和你的爱人生活几年，你是想选择这种命运，还是留在这里，等着缓慢而可怕的死亡，而劳尔呢，在另一面同样等待着缓慢而可怕的死亡。你将永远也见不到他，永远也听不到他的声音。传输走吧，伊妮娅。趁你还有时间，你可以解救你自己，也可以解救你的爱人。再过一分钟，这个男人就会烧掉你的双腿和双手，直至将你的骨头烧成焦灰。但我们不会让你死，我会松开束缚尼弥斯的缰绳，让她饱餐一顿。传输走吧，伊妮娅，马上传输走吧。"

"伊妮娅，"卢杜萨美枢机说道，"*es igitur paratus?*"那么，你准备好了吗？

"*In nomine Humanitus, ego paratus sum.*"伊妮娅睁着那只完好的眼睛，迎向枢机的目光。以人类的名义，我准备好了。

卢杜萨美枢机挥挥手，所有的煤气喷孔都立即射出高高的火焰。火焰吞噬了伊妮娅和阿尔贝都赛伯人。

伊妮娅痛苦地伸展四肢，熊熊火焰吞没了她。

"不，"阿尔贝都在火焰中大叫，冲出燃烧的火炉，伪骨上的合成皮肤也烧掉了，那身昂贵的灰色衣装燃烧着飘向遥远的天花板，顾问的英俊面容也已经熔化到了胸脯上，"不，该死！"他再一次叫道，冒火的手指伸向卢杜萨美的喉咙。

阿尔贝都的双手穿过了全息像。枢机正透过火焰盯着伊妮娅的脸。他举起了右手。"*Miserecordiam Dei……in nomine Patris, et Filia, et Spiritu Sanctus.*"

这是伊妮娅听到的最后几个字，火焰已经逼近她的耳朵、喉咙和脸庞。她的头发在火焰中熊熊燃烧，在她眼里，世界已然成了一片明亮的橙色。随着双眼被火苗慢慢烧化，那颜色也慢慢淡去了。

但是，在生命离开她的那几秒钟里，我感受到了她的痛苦。我听见了她脑中的想法，那就像是一声大叫——不，就像是我脑中的一声耳语。

劳尔，我爱你。

接着，炽热的能量膨胀开来，痛苦膨胀开来，她对生命、爱以及使命的感觉膨胀开来，穿越火苗往上升去，就像是烟雾正朝看不见的天窗升去，就这样，我的挚爱，伊妮娅，死了。

就在她死去的那一刹那，我感觉到似乎所有的景象、声音和符号的核心都爆炸了。宇宙中值得爱、值得活的一切，都在那刹那间逝去了。

我不再大叫。我不再撞击高重力箱槽的四壁。我就这么飘浮在零重力之下，感觉着箱槽排尽水，感觉着药物和沉眠通过脐线向我逼近，就像是虫子般落在我的血肉之上。我没有反抗。我已经不再挂怀。

伊妮娅死了。

火炬舰船跃迁进入了量子态。当我醒来时，我已经在薛定谔猫箱的死亡刑室中了。

没关系，伊妮娅死了。

32

我的牢笼中没有钟，也没有日历。我不知道自己在这种失去理智的状态下度过了多少天、多少星期，抑或是多少个月。我可能连续不睡好几天，也可能连续睡上好几个星期。这事很难讲，也不可能讲清楚。

但最后，每一天，每个小时，每分钟，氰化物和量子几率法则都在宽恕我的小命，于是，我开始讲述这个故事。我不知道，把我关在这里的人，为什么要给我提供一块书写板、一支笔，还能用再生薄纸打印出来。也许，他们觉得这样可能让一个罪孽深重的人写下他的忏悔，或是把书写笔当成无用的工具，向法官和狱卒宣泄怒火。或许，他们认为让一个罪人写下他的罪孽和伤痛，喜悦和失落，就是一种额外的惩罚。或许，从某些方面看，的确如此。

但这也是我的自我救赎。一开始的时候，它把我从无法控制的伤痛与悔恨的癫狂及自我毁灭中解救出来。然后，它救出了我对伊妮娅的记忆——把它们从她那可怕的死亡所导致的恐惧沼泽中，拉上了坚实的地面，那是我俩在一起的美好日子，她快乐的生活，她的使命，我们的旅行，她向我和全人类发出的复杂但直截了当的信息。最终，它拯救了我的生命。

在开始讲述这个故事后，我很快就发现，对于这趟漫长旅途和失败斗争的那些参与者，我竟能分享他们的思想和行动。我知道，这是伊妮娅通过讨论和圣餐教会我的一个能力——学会死者的语言，学会生者的语言。在我的睡梦和白日梦中，我仍会遇见这些逝去之人：我的母亲经常和我说话，还有无数很久以前活过、现已死去的人，我还能品尝到他们的痛苦和智慧。但现在，让我念念不忘的并不是这些逝去的灵魂，而是别人眼里我和伊妮娅相处的这么多年时光。

我在薛定谔猫箱中等死的那段时间里，从没想过自己可以透过这监狱，聆听到外面每一个活生生的人当前的所思所想。我觉得这个轨道椭圆体的聚变能量壳会阻碍这种可能。但是，我很快就学会将缔之虚中共鸣的无数喧嚣嘈杂的往昔之声关闭起来，集中在另一些人身上，这些人在伊妮娅的故事中都扮演着重要的角色——这些人可能已经死了，也可能还活着。但我可以进入到至少其中一些人的思想和心理活动中，即使这些人的思维方式和我截然不同，甚至像是什么异星生命：西蒙·奥古斯蒂诺·卢杜萨美枢机和约翰·多尼米各·穆斯塔法枢机；化身成教皇尤利乌斯和教皇乌尔班十六世的雷纳·霍伊特；商团的那些商人，如矶崎健三和安娜·佩里·考格纳尼；神父兼战士，如德索亚神父、格列高里亚斯中士、吴玛姬舰长、霍根·利布莱尔副官。在我的故事中，有几个人物，在缔之虚中主要以疤痕、孔洞、空白的形式出现。尼弥斯魔头便是那空白，阿尔贝都顾问和另一些内核实体也是。但是，这些空白之物也在虚空的感知情感矩阵中做着运动，于是，我也就追踪到了这些东西的行动，这很像一个人透过瓢泼大雨望见一个隐形人的大致轮廓一般。因此，在聆听到已故之人的轻柔呢喃声之后，我便能够重新演绎出拉达曼斯·尼弥斯在天龙星七号上滥杀无辜的行为，聆听到斯库拉、古阿斯、布里亚柔斯和尼弥斯在维图-格雷-巴里亚那斯B的嗞嗞响声，看到了他们的致命行动。但是，不管这些道德真空和精神噩梦对我的侵袭是多么令人反感，多么让人迷惑，另外一方面，还是有一股股暖意让我心定，它们来自我的好友，比如德姆·洛亚、德姆·瑞亚、格劳科斯神父、海特·马斯蒂恩、贝提克，还有许许多多人。这些人都在我的故事中占有一席之地，我透过自己的记忆搜寻到这些人——都是些非常棒的人，比如罗莫顿珠，最后一次看到他的时候，他正张开翅膀，驾着纯净的日光，英勇而无望地扑向圣神战舰；还有瑞秋，她即将展开她的第二次生命，而这一次，必定也将充满传奇；还有威严的多吉帕姆、聪慧的达赖喇嘛。就这样，我用缔之虚，聆听到了自己的声音，在超出记忆能力所容许的清晰度之外，了然清晰地看到了这些记忆，从这个意义上讲，我经常将自己看成是自己故事中的一个次要角色，一个脑袋瓜不太伶俐的跟屁虫，经常是添乱，而不是带头领导，应该问问题的时候，却总是问不出问题，或是相信一些实在是说不过去的回答。但是，我也将故事中这个笨拙的劳尔·安迪密恩，看成一个追寻真爱的人，他花了一生的时间去等待这个真爱。从这一点上讲，他心甘情愿地盲目追随，也可以说是随时心甘情愿地为自己的挚爱献出生命。

尽管我毫不怀疑伊妮娅已经死去，但我从没有停止在那些死者之声的合唱中，搜寻她的声音。更确切地说，我在缔之虚的每一个地方都感觉到了她的存在，我在所有善人的思想和心灵中感受到了她的触碰，这些人曾经和我们一起走过冒险之旅，或是在我们和圣神的漫长斗争中，永远地改变了他们的生命。由于我已经学会如何撇下这些顽劣的喧嚣，在死者的合唱声中挑拣出特定的声音，后来，我便习惯于将这些在虚空中回响的人类之声视为星辰——有一些很暗淡，但如果一个人知道该往哪儿看，便可以望见它们，有一些像超新星一般璀璨，还有一些和往昔的在世之人一起，以双星组合的形式出现，或是因为爱着某些特定的人，而组成了一组亘古不变的星群，还有一些人，比如穆斯塔法、卢杜萨美和霍伊特，他们都因渴求权力的野心、贪婪和欲望而产生的可怕引力发生内爆、烧尽，衰减成心灵的黑洞，光辉几乎丧失殆尽。

但伊妮娅不是这些星辰中的一员。她就像是包围我们的日光，一如在西塔列森的一个温暖的春天，我们走在草地中，天上的太阳照耀着我们——从一个点源源不断地照耀着我们，让我们身边的每一样东西、每一个人都暖意融融，那是生命和能量的源泉。当冬季来临，或是夜幕降临时，日光的隐没就会带来冰冷和黑暗，于是我们便等待着春天和早晨的到来。

但我知道，对伊妮娅来说，她已经没有了早晨，她和我的爱情故事都没有机会起死回生了。她向世人宣告了一个强力的信息：圣神的所谓的重生是一个谎言，就如圣神给予的节育注射剂一样，是无益的。在这个自诩的不朽之人组成的有限宇宙中，几乎没有孩子存在的空间。圣神宇宙是有序的、静止的，毫无变化，贫瘠无果。孩子将会让未来变得混乱，让未来充满无限多的可能，这是圣神所不容许的。

我思索着这些，默想着伊妮娅给我的那个最后的礼物——圣神节育措施的解药——不知道它是不是有什么重大的寓意。我希望伊妮娅的意思并不是只是要我服用它，而是让我找到另一个真爱，一个妻子，让我和另一个人生下我们的儿女。我和她有过好多次讨论，其中有一次就谈到了这件事。我记得，当时我们正坐在她那间塔列森附近的小屋中，就在前厅里，吹袭的夜风带着一股丝兰花和报春花的香味。那次谈的话题是，找寻新的真爱，找寻一起生活的新人，新的可能，人类心灵拥有奇异的弹性。但我希望，我和伊妮娅在圣彼得大教堂内的最后几分钟里她给我的这个促生之礼，暗喻的是她向全人类送出的那个广大的礼物：通往混沌和奇妙世界的选择，看不见的选择。如果那只是个表面上的礼物，只是建议我找到新的真爱，生下我们的儿女，那伊妮娅就没有真正了解我。在讲述这个故事的时候，我已经透过许许多多人的眼睛，认识到劳尔·安迪密恩是一个非常可爱的年轻人，很可靠，有时候有些鲁莽，但他并不是一个有见地、有智慧的人。虽然如此，在有些方面，至少是对自己的内心的了解，我还是很聪明，很有自知之明的，我有一件确信无疑的事：这一生和伊妮娅相爱，已经足够。随着日子一天天过去，一个星期一个星期过去，然后，几乎可以肯定，一个月一个月过去，而我在这个死亡囚笼中，仍然没有迎接到死亡的到来，于是我慢慢认识到，如果我能用什么办法奇迹般地回到生者的宇宙，那我将去寻找新的快乐、欢笑和友谊，但不会为我曾经感受过的这份爱寻找苍白的影子。也不会有孩子。不会。

写下这些点滴文字时，有那么几个奇妙的日子，我开始相信伊妮娅死而复生了……可能发生了什么奇迹。当时，我刚讲到我们抵达旧地时的情景——经过和第一个尼弥斯魔头的可怕遭遇后，我们穿过了神林上的远距传输器——并且讲完了我们抵达西塔列森的那个段落。

把头一大段故事讲完的那天晚上，我梦见了伊妮娅，她来到我这间薛定谔死刑密室中，在黑暗中呼唤我的名字，抚摸我的脸颊，还在我的耳畔呢喃。“我们要离开这里，劳尔，亲爱的。也许还会再等上一段时间，但只要你写完我们的故事，只要你记起这一切，理解这一切，就可以离开了。”当我醒来时，发现写字板被激活了，打印出的纸页上，清楚无误地留着伊妮娅的笔迹，她在上面写着一段的长长文字，其中还有她父亲一首诗文的片段。

几天来，几星期来，我都深信伊妮娅真的来过这里，这是某种奇迹，就像是后来的使徒们坚称耶稣在被处死后曾经向他的十二门徒显灵。我极其兴奋地写着这个故事，拼命想要看到这一切，记录这一切，理解这一切。但这个过程花去了更多的时间，一个月一个月过去，在这段期间，我慢慢意识到，伊妮娅并没有真正来访，这其中必有别的原委。在虚空中众多死者的声音中，我初次听到了她的细语呢喃，几乎可以肯定，很可能的情况是，这是来自她的一条信息，这条信息早已被有意地储存在书写器的存储器中，只要我写下这些文字，便会被触发。这不是没有可能的。对于我挚爱的好友来说，她有一个确定无疑的能力：能看到未来——众多的未来，她经常这么说，强调“众多”两个字。所以，她有可能会把那篇优美的文字存储在书写器内，并用什么办法得知它会被放在我的薛定谔猫箱囚笼中。

或者……我现在已经开始相信另一种解释……是我自己写下了那段文字，当时我已经完全沉浸其中，或者，更准确的词是“鬼迷心窍”，我对伊妮娅的人格着了魔，透过虚空和我自己的记忆，追寻着它的精华。虽然这个想法让我感到最不愉快，但它符合伊妮娅发表过的唯一一个关于来生的观点，这个看法或多或少是基于犹太人的传统，相信逝去之人只会活在他们爱过、奉献过、拯救过的人的内心和记忆中。

无论如何，几个月过去了，我还在往下写，然后我开始明白包含在伊妮娅的勇敢追求和绝望牺牲中的真正广阔——还有无益，接着我结束了这狂乱的涂写，鼓起勇气，写下了伊妮娅那可怕的死亡，写下了自己因她的死而导致的无助，我哭泣着打印出最后的几张微薄纸，读了读，回收掉，令书写器将全部文字储存在记忆库中，最后关掉了触笔，我想，我已经写完了。

伊妮娅没有出现。她没有领我逃出这囚笼。她死了。我清晰地感受到她已经在这宇宙中消失不见，就像是在喝了共享之酒后，清晰地感受着缔之虚中的共鸣。

于是我躺在薛定谔猫箱中，想要睡上一觉，忘掉食物，等待死亡的到来。

在我探索死者之声的过程中，看到过一些东西，和我的故事并没有直接的关系。其中一些是非常私人、非常隐秘的事，比如说，我曾经清醒地梦见我早已死去的父亲和他的兄弟们在野外狩猎，因此我对这位毫不认识的安静人士的慷慨大方有了一些粗略的了解；还有一些见闻则充分表明了人类的残忍，比如来自被遗忘的二十世纪的雅各·舒尔曼的记忆，这些东西只是帮助我理解今日粗暴行为的小小脚注。

但另外一些声音……

就这样，我讲完了自己和伊妮娅在一起的故事，我静静等待着死亡的到来，睡的时间也越来越长，希望那决定性的瞬间会在我睡觉时发生，同时感受着书写器记忆库中的文字，琢磨着会不会有人找到办法，穿过薛定谔猫箱那一碰就炸的壳体，找到我的故事，可能在几个世纪之后，在我重新入睡后，就可能做上这个梦。我立即意识到，这不是一个普通的梦——几率的波阵面之舞——而是来自某个死者之声的呼唤。

在梦中，霸主领事正坐在太空船那乌黑的瞭望台上，弹奏着施坦威钢琴，对于这艘飞船，我真是再熟悉不过了。附近的沼泽地中，绿色的巨型蜥蜴状生物正在蠕动着、嗥叫着。领事在弹奏一曲舒伯特的曲子。我没有认出瞭望台外是哪个世界，但那个地方长满了巨大的原始植物，高耸的风暴云直插云霄，还有一些动物发出令人恐惧的咆哮声。

领事的身材比我想象的要矮小。一曲弹毕，他在霞光下静静地坐了片刻，最后，飞船开口了，那声音我差点没认出来，是个更聪明、更人性化的声音。

“太棒了，”飞船说，“真的太棒了。”

“多谢夸奖，约翰。”领事说，他从琴凳上站起，将瞭望台收进了飞船。天开始下雨了。

“你还是打算早上去打猎吗？”问话的声音听上去很空洞，不是我熟悉的那艘飞船。

“对，”领事说，“我经常在这里打猎。”

“你喜欢恐龙肉的味道吗？”飞船的人工智能问。

“一点也不，”领事回答，“几乎不能吃。我主要是享受打猎的乐趣。”

“你是说冒险。”飞船说。

“也包括这一点。”领事吃吃地笑了起来，“不过我会注意危险的。”

“但如果你明天去打猎后，没有回来，那该怎么办？”飞船问。这声音像是一个年轻人，带着旧地英国的口音。

领事耸耸肩。“我们已经将旧日的霸主星球探了个遍，过了多少时间来着？六年多了吧。我们已经熟悉了这些模式……混乱，内战，饥荒，分裂。我们已经见过了远距传输系统陨落后的种种结果。”

“你觉不觉得，悦石下达的那个攻击命令是错误的？”飞船柔声问道。

领事在餐柜边为自己倒了一杯白兰地，拿着酒杯走到书架旁的棋桌边。他坐到位子上，盯着面前的残局。“我完全不这么想，”他说，“她做了正确的事，只不过结果很凄惨。需要等上几十年，或许是几百年，环网才会重新编织成一个崭新的世界。”他一面说，一面用双手暖着酒杯，微微摇晃着。说完之后，他闻了闻酒香，啜了一口。接着，他抬起头说道：“约翰，愿不愿意跟我下完这盘棋？”

一个年轻人的全息像出现在对面的座位上。这是个容貌相当出众的年轻人，一双淡褐色的眼睛，低低的额头，瘦瘦的脸颊，小小的鼻子，紧咬的牙关，宽宽的嘴形既彰显出镇定自若的男子气概，又有一丝爱好斗嘴的意味。这个年轻人穿着一件宽松的上衣、一条高腰裤。一头赤褐色的浓密头发，卷得很厉害。领事知道，这位客人曾经被人描述成拥有一张……吸引人的活泼脸庞，他把这归因于这个年轻人千变万化的表情，得之于他的智慧和活力。

“轮到你走了。”约翰说。

领事思考了片刻，走了一步象。

约翰马上应了一手，手指指向一个兵，领事恭顺地替他向前挪动了一格。年轻人抬起头，目光中充满了真挚的好奇。“如果你明天去打猎后，没有回来，那该怎么办？”他柔声问道。

领事一怔，从白日梦中醒来。他微微一笑。“那飞船就归你了，总之这也是一件显而易见的事。”他把象移了回来，“如果我俩的旅行到此结束，你接下来会怎么做，约翰？”

约翰指了指，示意把他的车移向前，同时以同样迅捷的速度回答道：“让它回海伯利安。”他说，“如果一切顺利，就编好程序，让它回布劳恩那儿，或者是马丁·塞利纳斯那儿，如果这个老头还活着，还在写他的《诗篇》。”

“编程？”领事冲着棋面皱皱眉，说道，“你是说你要离开飞船的人工智能？”他拿起象，斜着移了一格。

“对，”约翰说，他又指指自己的兵，继续让它前行，“无论如何，在接下来几天里，我就打算这么做。”

领事的眉头皱得更深了，他盯着棋面，又看了看对面的全息像，接着重新看着棋面。“你要去哪儿？”他问道，然后挪了挪后，护住自己的王。

“回内核。”约翰说，他把车移了两格。

“再次面对你的创造者？”领事问，他重新用象展开攻击。

约翰摇摇头，他坐得笔直，他还有个习惯，会不时朝后甩甩头，甩走额前的卷发，姿势很优雅。“不，”他柔声道，“我要和内核实体大闹一场。加快它们无休止的内战和两败俱伤的争斗。我要继续履行我的职责——作为一名催化者。”他指了指剩下的那枚车。

领事对这一手思考了半晌，发现构不上威胁，又对着自己的象皱皱眉。“为了什么理由？”他最后说。

约翰又笑了，他指了指一个格，他的车即将移到那里。“几年后，我女儿会需要这个帮助。”他咯咯地笑了起来，“啊，事实上，是两百七十多年。将军。”

“什么？”领事惊道，审视着棋盘，“不可能……”

约翰等在那里。

“见鬼。”霸主领事最后说道，推倒了自己的王，“真他妈见鬼了。”

“是啊。”约翰伸出了手，“再次谢谢你和我下棋，我很开心。我希望你能更享受明天的狩猎。”

“见鬼。”领事说，他没有多想，便伸手想要握住全息像的纤细的手指。他的实体手指又一次穿过了对面这人虚无的手掌，“见鬼。”他再一次说道。

那天晚上，我在薛定谔刑室中醒来，脑中回荡着两个字：“孩子！”

在我和伊妮娅形成关系前，她就已经和人结了婚，这事已经完全变成了一桩风流韵事；伊妮娅还生过一个孩子，这事就像一块余火，在我的内心和肚子中燃烧，但是，我只是疯狂地想知道那是**谁**、**为什么**。我问过贝提克、瑞秋，还有其他随伊妮娅一起踏上冒险之旅并看着她离开的人，但这些人都没有告诉我答案，他们都不知道她去了哪里，也不知道她曾和谁在一起。除此之外，我从没想过这个孩子还活在这个宇宙的什么地方。她的孩子。想到这，便有好几个原因让我想要哭泣。

“这个孩子……我现在找不到他。”伊妮娅当时是这么说的。

这孩子现在可能在哪儿呢？多大了？我坐在薛定谔猫箱的床铺上，思索着这一切。伊妮娅死时……纠正一下，是被内核和那圣神傀儡残忍杀害的时候，她刚满二十三岁。她离开大家，度过了一年十一月一星期又六小时，当时她刚满二十岁。也就是说，那个孩子现在约有三岁……还要加上我在这个椭圆的薛定谔死刑室中度过的时间……八个月？十个月？我完全不知道，但如果这个孩子还活着……他，或她，哦，天哪，我竟然没问伊妮娅这个孩子是男孩还是女孩，那天她和我说起这件事的时候，她也没提到这事。我当时深陷于自己所受的伤害中，天真地以为自己受到了莫大的委屈，以至于压根没想过要问她这件事。我实在是蠢到家了。这个孩子——伊妮娅的儿子或女儿——现在可能已经四岁了。已经学会了走路……这是肯定的。还会说话……没错。天哪，我意识到，这个孩子现在应该已经有了理解能力，会说话，会问问题……许许多多的问题，如果我少有的几次和小孩打交道的经历能说明问题的话……正开始远足、钓鱼，爱上自然……

我从没问过伊妮娅这个孩子叫什么名字。当时得知这事之后，我感受到莫大的痛苦，双眼喷出熊熊怒火，噤口不言任何事。再者，她似乎完全不想就这段生活多说一个字，我也没有问，之后的几星期里，虽然我俩一直在一起，但我的心里总是觉得不该拿这些问题烦她，那会让她感到内疚，我自己也会感到难受。但是，当伊妮娅把这段婚姻和有过一个孩子的事用只言片语和我讲起时，她并没有表现出任何愧疚。说实话，这也是让我感到愤怒和无助的部分缘由所在。不过，不知怎的，不可思议的是，这并没有妨碍我们成为爱人……几个月前我在屏幕上发现了那段我认为是来自伊妮娅的文字，上面是怎么说来着的？“我们是爱人，诗人将歌颂我们。”就是这样。虽然知道她有过一段短暂的婚姻，还生过一个孩子，但这并没有阻止我们对对方产生真挚的感情，就像是一对从未有过爱情经历的人一样，我们坠入了爱河。

或许她没有，我慢慢意识到。一直以来，我都觉得她的那段婚姻是出于一时的激情，差不多是冲动的产物，但现在，我开始以另一种方式审视它。谁是孩子的父亲？在伊妮娅的便条里，她说她过去和将来都爱着我，这正是我对她的感受——就仿佛我一直爱着她，我这一生都在等待着这一份真爱。如果伊妮娅的那段婚姻不是因为爱，也不是一时激情，或是冲动，而是……一时之便？不，这词用得不对。*迫不得已？*

在圣徒、驱逐者、崇敬伯劳的末日救赎教会和其他社会中，提到过一些预言，说伊妮娅的母亲，布劳恩·拉米亚，将会诞下一个孩子，也就是传道者伊妮娅。据诗人老头的《诗篇》所言，在第二个约翰·济慈赛伯人身死的那天，布劳恩·拉米亚正一路战斗着，逃向伯劳神庙寻求避难，当时，那些伯劳信徒吟唱过这样的话——“赐福于我们救世主的母亲，赐福于我们赎罪的工具。”这位救世主，便是伊妮娅。

*如果伊妮娅注定要有一个孩子，来延续这条预言的血脉……弥赛亚的血脉，那该怎么办？*在伊妮娅这条世系中，我还没听到过另外一人的预言，但在这几个月中，我书写下了伊妮娅的一生，我从中发现了一件不容辩驳的事——劳尔·安迪密恩是个头脑迟钝的人，经常是最后一个明白事理的。也许，早已有许许多多关于另一个传道者的预言，就像是预言伊妮娅那样。也许，这个孩子拥有完全不同的力量和见识，正是宇宙和人类一直都在等待的。

显然，我不会是这个弥赛亚的父亲。据伊妮娅自己说的，第二个约翰·济慈赛伯人和布劳恩·拉米亚的结合，是技术内核的精华势力和人类之间所达成的伟大和解。不管是人工智能，还是人类，都倾尽全力，打造出了这个混血儿的能力，她可以直接看透缔结的虚空……让人类最终学会死者和生者的语言。这个能力的另外一个名字，叫作移情。伊妮娅便是移情之子，如果这个头衔适合她的话。

这个孩子的父亲可能会是谁呢？

答案就像是晴天霹雳一般击中了我。一时之间，在薛定谔猫箱中，我被这条推理震惊得簌簌发抖，甚至因此确信静能壁中定时滴答作响的粒子探测器已经探测到了放射出的粒子，氰化物已经被释放出来。悟道和死亡在同一时刻发生，这是多么讽刺的一件事啊。

但并没有毒气出现，出现的只有我对这件事越来越确信的态度，还有越来越强烈的想要行动的冲动。

在这场下了三百年的宇宙棋局中，除了伊妮娅等人，还有另一名棋手：那个来自异星的有知觉种族的几近神秘的观察者，伊妮娅曾多次简短地提到过他。狮虎熊，这些生物具有非常强大的力量，甚至可以把旧地拐到小麦哲伦星云，而不是看着它被毁。据伊妮娅说，在过去的几个世纪里，他们派出了一个或几个观察者，混进我们中，据我对伊妮娅的话的理解，这些实体披着人类的形体，多年来一直在我们中间走动。在圣神年代，由于十字形的虚拟永生技术广泛普及，也因此使之变得相对来说比较容易。另外，这世上还有一些人，比如说古老的诗人马丁·塞利纳斯，通过环网时代的药物、鲍尔森理疗和绝对的决心，一直活到了现在。

马丁·塞利纳斯很老了，这是毋庸置疑的，他或许是这个宇宙最老的人类了，但他并不是观察者，这一点同样也是毋庸置疑的。《诗篇》的作者太固执己见、太活跃，对公众来说名气太响、太下流，脾气也经常坏得可以，不可能是代表外星种族的冷静观察者，这些种族的力量是那么强大，只要眨眨眼就能将我们轻易摧毁。我便是这么认为的。

但是，这个观察者就在某个地方一直等待着——他们以人类的形体存在，观察着一切——那很可能是一个我从没去过也意想不到的地方。这个解释有一定道理，或许正因如此，伊妮娅才被迫脱离冒险之旅，传送到了那个遥远的世界，来到观察者等待的地方，见到他，和他结婚，让一个孩子降生到这个世界。这一切既有过预言，也是迫于不受阻碍的人类进化的必要性，她曾为此说过一通道理，并深信于此。这样，便让内核、人类和遥远的神秘人得到了和解。

虽然这个念头搅得我心神不宁，但也令人激动，自从伊妮娅死后，便再没这样的事出现过。

我了解伊妮娅。她的孩子会是一个人类小孩——充满生气、笑声和对世界万物的爱，从自然到古老的全息剧。先前我怎么也不能理解，伊妮娅为什么要把她的孩子留在身后，但现在我明白了，这是因为她别无选择。她**早已知道**这个可怕的命运正在圣天使堡的地牢中等着她。她**早已知道**自己会被热火和酷刑折磨至死，死时被非人的敌人包围，其中包括那个尼弥斯魔头。自她出生之日起，她就已经知道了这一切。

认识到这个事实后，我的双腿不住地发软。我这位挚爱的友人，心知每一天过去，都是离如此可怕的死亡更近一步，面对这种情形，她为何能这么频繁地和我大笑，乐观喜悦地迎接每一个新一天的到来，如此彻底地欢庆生命？面对此中蕴含的强大意志力，我不禁摇了摇头。我知道，我没有这种意志力。伊妮娅有。

但即便如此，她还是不能把孩子留在身边，她知道这个可怕的结局什么时候会到来、会怎样到来。据我推测，孩子正由父亲养育着。那个以人类形体现身的神秘人。那个观察者。

但是，比起刚才那个发现，这一个让我感到更加不安。就在这时，我确定伊妮娅是想要我在孩子的生命中扮演一个角色，如果她觉得这事情可能的话。或许，正是她看到了一些可能的未来，才促成了她最终的死亡。也许，她并不知道我会在同一时间被处以死刑。可是，她当时曾叫我把她的骨灰撒在旧地上……这便意味着我不会死。也许，她觉得这些要求对我来说实在是太多了……找到她的孩子，在这个男孩或者女孩成年前，尽力给予帮助，在这个充满利刃的宇宙中，尽力保护他（她）。

我发现自己正在哭泣——不是轻声哭泣，而是号啕大哭，声音刺耳。自从伊妮娅死后，我还是第一次这样不顾一切地哭泣，奇怪的是，这并不是出于对伊妮娅之死的悲伤，而是想到突然又有了一个机会，可以牵起一个孩子的手，可以保护我最爱之人的孩子，就像我在伊妮娅十二岁时曾经牵起她的手，极力去保护她那样。

但最后还是失败了。这一切都怪我。

是的，我最后还是没有保护好伊妮娅，但她知道我会失败，知道自己颠覆圣神的追求会失败。她知道这一切都会失败，但还是爱着我，爱着美妙的生命。

没有任何理由，容许我再在这个孩子身上失败。也许那位观察者会欢迎我的援助，欢迎我分享和孩子打交道的经历，养育这个几乎肯定不只是人类的小男孩或小女孩。我觉得我可以说，这世上没人比我更了解伊妮娅。这一点，对养育这个孩子——这个新弥赛亚——来说，是很重要的。在这个男孩或女孩慢慢长大时，我会把存储在写字板中的这个毫无用处的故事一点一滴分享给他（她），最终把一切告诉他（她）。

我拿起写字板，在薛定谔猫箱中来回踱步。现在，还有一个小问题，就是无可避免的死刑。没有人来救我。这个椭圆刑室的爆炸壳体决定了这一点，如果有什么办法可以绕开这个问题，那么这么长时间以来，应该会有人到这里来。每隔几个小时，都会有一个决定生死的骰子被掷出，探测器正嗅闻着粒子是否被放射出，但是，这么长时间来，我都安然活着，这种不可思议和好运真是让人咋舌。我已经无数次胜过了量子几率的法则，但是，好运不可能永远伴我左右。

我停止了踱步。

关于我们种族和缔之虚的新关系，伊妮娅曾传授过大道，里面提到了四个步骤。在还没来到这个囚笼前，我就已经体验到了——但还不能说是掌握——死者和生者的语言。在我的故事中，我已经提到自己可以进入虚空，至少是能看到那些生者往昔的记忆，即便这个外壳用某种方法干预了我的能力，妨碍我去感受我的朋友们现在在做什么，比如说德索亚神父、瑞秋、罗莫或马丁·塞利纳斯。

抑或，真有干预？或者那只是我下意识地不想去联系生者的世界——至少是有关伊妮娅记忆之外的东西——因为我知道，我现在已经栖息在死者的世界了。

不会持续太长时间。我要离开这儿。

在伊妮娅的教义中，还提到了另两个步骤，但她从没详细解释过——聆听天体之音，走出第一步。

现在，我终于明白了这两个步骤的意思。若没有亲眼见到伊妮娅的传输，若没有她可怕的死亡共享带来的完全顿悟，我便不会明白。但现在我懂了。

我曾经以为，聆听天体之音是一种超常的类似无线电望远镜的把戏，是在聆听星辰的哔剥声、噼啪声、啸叫声，正如那些无线电望远镜十一个世纪以来一直在做的。但事实上，我才意识到，伊妮娅说的并不是这个意思。她所聆听的，并不是星辰，而是居住在那些星辰周围的所有人——人类或其他种族——的共鸣之声。她将虚空作为某种定向光束，接着便直接传送到那儿。

她的多数传送在我看来并没有多大道理。内核控制的远距传送门是从虚空——因此也是时空——中撕扯出的粗劣孔洞，由那些拱门维持着开放状态，就像是旧日外科手术中使用的拙劣夹钳，扳开并夹住裸露的伤口边缘。我现在明白了，伊妮娅的传输，是一种无限雅致的方法。

当我和伊妮娅一起传送到星球表面，或是驾着“伊戈德拉希尔”号一起从一个星系传送到另一个星系时，我曾在那繁忙的时刻里有过一些疑惑，我们在一闪之间便去到了另一个地方，但她用的是什么办法，避免出现在一座山的内部，或是陆地上方五十米处，或是让树舰出现在一颗恒星内部。对我来说，这种鲁莽的传输就像是毫无计划的霍金驱动跃迁，带有偶然性，可能造成破坏性的结果。但每一次伊妮娅进行传送的时候，我们都准确地出现在要去的地方。现在，我终于明白了其中的原因。

伊妮娅聆听到了天体之音。她在和缔之虚共鸣，反过来，缔之虚也在和一切有知觉的生命和思想共鸣，之后，她便使用虚空那几乎无可限量的能量……走出了第一步。通过虚空，迈向那些声音所等待的地方。伊妮娅曾经说过，虚空可以汲取众多物质的能量，包括类星体、银河的爆炸之核、黑洞和黑物质。这些，或许足以将一些有机的生命形式穿越时空，将自己放置在一个合适的地方。

伊妮娅还跟我说过，爱是这个宇宙的原动力。她曾开玩笑地说自己是另一个牛顿，在未来的某一天将会解释这种很大程度上未经利用的能量源的基本定律。但她没有活到这一步。

但现在，我真正明白了她所说的意思，明白了这其中的原理。大多数天体之音，是由爱的优美和声以及韵律变化所创造的。一个人自由传输到一个地方，在那儿，他爱着的人正在等待。和你爱的人去一个地方，然后领会那个地方。爱上去观看一个个新的地方。

刹那间，我明白了以前的一件事：在我们一开始在一起的那几个月里，我们从一个星球逛到另一个星球——无限极海，库姆-利雅得，希伯伦，天龙星七号，那个我们留下飞船的无名世界，以及别的很多星球，甚至还有旧地，在当时看上去就像是废弃的远距传输器又起作用了。其实并没有。是伊妮娅携着我和贝提克，来到了那些地方——接触它们，嗅闻空气，感受那儿洒落在皮肤上的阳光，和朋友——和她爱着的某个人——一起见证这一切，理解每一个地方的天体之音，以便之后能重新演奏。

我又想起了我那场单独的冒险：乘着小舟，从旧地远距传输到卢瑟斯，那个云海星球和所有的其他地方。在那传输背后隐藏着一股能量，其实正是伊妮娅的能量。她把我送往这些地方，好让我领略它们，并能在未来的某一天亲自找到它们。

我在这个薛定谔死刑室中，用写字板（现在我已经把它夹在了胳膊底下）写下这个故事的时候，我就曾想过，自己只是一系列传奇流浪冒险中的旅人。但这一切都有它的目的。透过一系列乐曲般的星球之旅，我和我的爱人同行，或是独自旅行，向着她前进。一系列的星球，我必须用心理解，以便在未来的某一天重新演奏。

我在这个薛定谔猫箱中闭上双眼，集中精神，摒除一切杂念，按我在天山上学到的冥想法，进入到忘我的状态。每一个星球都有它的目的，每一分每一秒都有它的目的。

在那从容的虚无状态下，我向缔之虚以及它所共鸣的宇宙敞开怀抱，我终于意识到，是因为享用了伊妮娅的鲜血，获得了那些经纳米记忆修缮的机体——它们如今栖息在我的细胞中，也会栖息在我孩子们的细胞中——我才可能做到这一切。不，我立刻想到，不仅是我的孩子们，还有所有逃脱了十字形的人类种族的孩子们。若没有从伊妮娅那儿学到这些，我就不可能做到这一切，不可能听到回荡在耳边的那些声音——愈发响亮的合唱声——但在劳神写下这个故事，同时等死的这几个月里，我还没有游刃有余地学会死者和生者的语言和语法。

我意识到，若我是个不死之人，我就不可能做到这一切。就那么一下子，我便完全明白了，对生命、对别人的爱，不死之人是无法拥有的，只有那些生命短暂而且始终活在死亡和失落的阴影下的人，才会享有这一切。

我站在那里，聆听着天体之音那暴涨的合唱声，在这些声音中，我分辨出一些特别的星之音——在我的家园星球海伯利安上，有马丁·塞利纳斯的声音，他已经奄奄一息；在美丽的茂伊约，有西奥的声音；巴纳之域有瑞秋的声音；红色的火星上有卡萨德上校的声音；佩森上有德索亚神父的声音——我甚至还能听到死者的动听合唱声；在维图-格雷-巴里亚那斯B，有德姆·瑞亚的声音；在天龙星七号，有可爱的格劳科斯神父的声音；而在遥远的海伯利安，还有家母的声音；我还听到了约翰·济慈的诗文，既有他自己的声音，还有马丁·塞利纳斯的，甚至是伊妮娅的：

> 但是这就是人生呵：战争，业绩，
> 心中的失望，沮丧，焦虑和牵挂，
> 远远近近的想象的拼搏，挣扎，
> 全是人间的；它们原有这好处，
> 即它们仍然是空气、精美的食物，

使我们感到生存，并表明死亡
是多么宁静。人们只要有土壤
就栽种，无论长草或长花；但是
我没有可以隐入的深渊……[1]

但那时，对我来说，这句话反过来才是正确的——有非常多的可以隐入的深渊。整个宇宙变得深邃，天体之音从一支简单的合唱变成一曲交响乐，如同贝多芬的第九交响曲一般壮丽。而且我知道，只要我想听，我便可以听到它，且随时可以用它来迈出一步，去见我想见的挚爱之人，即便不行，也能迈向我曾经和人相爱过的地方，再不行的话，我也能找到一个地方，美丽富饶，值得去爱。

就在这时，类星体和银河爆炸核的能量注满了我的全身。比起驱逐者天使展开翅翼在日光的长廊里翱翔时所感受到的，还要更加美妙、更加沁人心脾。现在，这个囚笼兼刑室的致命能量壳看上去是多么可笑，完全就是薛定谔的玩笑，就像是将一根儿童跳绳摆在我的四周，当成了囚禁的牢笼。

我走出了薛定谔猫箱，出了阿马加斯特星系。

监禁我的薛定谔囚笼就这么永远地落在了我的身后，我并没有存在于太空中的什么地方，却又可以说是无所不至，身体、铁笔和书写器全都完整无缺，一时之间，我涌起一股纯然的兴奋感，同时还感受到独自传输所带来的同样强大的头晕眼花的感觉。自由了！我自由了！一波波欢乐的感觉是如此的强烈，我几乎要喜极而泣，我真想冲着四周那虚渺之空的光线大喊，真想让我的声音加入生者和死者的合唱，真想和那冰晶般清澈的天体交响曲一起欢唱，这些声音起伏不定，就像是真切的波浪包裹着我。我终于自由了！

接着，我记起了自己渴望自由的原因，想起了将会让这一自由有

① 这段诗文摘自济慈的《安迪密恩》。

33

梵蒂冈已经严重毁损，看上去就像是盛怒的上帝挥出铁拳，把一切砸得粉碎。周围无边无际的官僚城也已分崩离析。太空港被毁了。林荫大道被熔成了渣，边上是一堆堆废墟。原先矗立在圣彼得广场中央的埃及方尖塔断在了一旁，椭圆形广场上，几十个柱廊就像是石化的圆木般倒塌下来。圣彼得大教堂的穹顶已经在中部门廊和正门口碎成一地，一块块残骸躺倒在破裂的台阶之上。梵蒂冈城墙已经出现了上百处坍塌，原先壮丽的城墙变成了残垣断壁。城墙所保卫着的内部中世纪建筑——教皇宫、机密档案馆、瑞士卫兵兵营、圣母特蕾莎收容所、教皇寓所、西斯廷教堂——所有的一切都敞露在外，粉身碎骨，烧成焦灰，散落各处，崩塌离析。

河流这一侧的圣天使堡也被熔成了渣。从庞大的正方形基底上矗立而起的高达二十米的塔状岩石圆柱，已经化成了一个冻结了的熔岩小土墩。

我走在河流东侧的大道上，望着这一切。脚下的大道也只是碎裂的石板。在我前头，圣天使桥已经断成三段，坠进了河水中。准确说来，是坠到了河床上，因为看那样子，新台伯河的河水已经全部蒸发了，在原先的沙河底和河岸上，只剩下了亮闪闪的玻璃。在河岸之间这条堆满残骸的间隙上，有人用绳索造了一座吊桥。

毋庸置疑，这里是佩森。稀薄凉爽的空气给人的感觉一如既往，就像是那天我和德索亚神父、伊妮娅来到这里后的感受，虽然当时我爱的人还没死，那天还在下雨，天空阴沉沉的。而今日的天空中，日光洒下浓艳的光芒，甚至让圣彼得广场粉碎坍塌的穹顶都充满了美感。

在禁闭了无数个日夜后，我又重新自由行走在了蓝天之下，这真是激动人心。我紧紧握住书写器，就像是拿着一块护盾，或是护身符，抑或《圣经》，我用颤抖的双腿走在这条一度为人自豪的大道上。几个月来，我的头脑一直在分享许多地方、许多人的记忆，但我的眼睛、两肺、双腿和皮肤都已经遗忘了自由真正的感觉。即便内心悲伤不已，我还是有一点狂喜的感觉。

从表面上看，这次自由传输和以前伊妮娅带我一起传输时没什么两样，但从深层次上讲，却是完全不同的。一样的是白光，还有突然传送所带来的安逸感和不同气压、重力和光线所带来的轻微惊奇感。但这一次，我更多是**聆听**到了光线，而不是看到。我被群星之音携起，选中了那个我想迈向的星球。我没有花费任何力气，不需要什么巨大的能量，我只是集中精神，仔细地做出选择。那些天体之音并没有完全消逝——据我猜测，它们永远也不会消逝——但现在，它们演变成了一种背景声，就像是山对面有几位音乐家，正为夏季傍晚的音乐会作着练习。

在这个城市的废墟中，我能看到幸存者的迹象。在遥远的金光闪耀之处，两辆牛车正沿着地平线移动，后面跟着几个人影。在河流的这一侧，在崩塌的古旧石块中，我看到一些小屋和简易砖房，一座教堂，还有一座小教堂。从身后远远的地方传来一股烤肉的味道，还有一些无疑是孩子的笑声。

正当我转身朝那气味和声音的方向转去的时候，一个男人从一大堆废墟中走出，那个地方原先可能是圣天使堡入口处的岗哨站。这是个矮小的男子，身手敏捷，半张脸隐没在胡子下，头发向后梳去，结成一条辫子，那双眼睛却充满了警惕的神色。他手里拿着一把坚不可摧的子弹枪，就是以前瑞士卫兵在典礼上使用的那种东西。

我俩对视片刻——一个是手无寸铁的孱弱男子，手里只拿着一只书写器；另一个是皮肤晒成古铜色的猎手，手里的武器一触即发。接着，我们认出了对方。虽然我以前从没遇见过这个人，他也没见过我，但我曾透过缔之虚，在别人的记忆中见过他，尽管我第一次见到他的时候，他全副武装，脸上刮得干干净净，而最后一次呢，他则是赤裸着身体，被人严刑拷问。我不知道他是怎么认出我来的，但我能从他的眼神中看出他的确认出了我，他马上把武器放在一旁，走上前，双手握住我的手和上臂。

“劳尔·安迪密恩！”他大叫道，“这一天终于来了！谢天谢地。欢迎你的到来。”这个满脸胡子的幽灵抱住了我，接着放开我，朝后退了一步，重新打量了我一番，咧嘴傻笑着。

“你是纪下士。”我傻头傻脑地说道。我尤其记得他这双眼睛，是站在德索亚神父的立场看到的，当时他和纪下士、格列高里亚斯中士、持枪兵芮提戈跟在我和伊妮娅身后紧追不舍，几年来追着我们跨越了银河系的一整条旋臂。

“从前是纪下士，”他仍旧咧嘴笑着，“现在就只是纪白森，新罗马的公民，圣安妮教区的成员，也是一名猎手，明天的食物由我负责。”他盯着我，摇着头，“劳尔·安迪密恩。我的天。有些人觉得你逃不出那个该死的薛定谔玩意儿呢。”

“你知道那个薛定谔的椭圆玩意儿？”

“当然，”纪白森说道，“这是共睹时刻的一部分。伊妮娅知道他们要把你带到什么地方。所以我们大家都知道了。当然，我们都通过虚空感觉到了你在那个地方。”

我突然感到有点头晕目眩，胃里有点恶心。光线，空气，离地平线的遥远距离……那地平线有点不稳定，就好像我正在一艘小船上，正在波浪滔天的大海上看着那地平线，于是我闭上了双眼。当我重新睁眼时，纪白森正握着我的臂膀，扶着我坐向一块巨大的白石，那石头看上去像是从玻璃河对面大教堂那儿轰过来的。

“我的天，劳尔，”他说道，“你是从哪儿自由传输到这儿的？你没去其他地方吧？”

“是的，”我说，“没去其他地方。”我缓缓地吸了两口气，然后问道，“什么是共睹时刻？”他刚才说过这个词。

矮个男子用他那明亮而充满智慧的目光审视着我，开口时，声音轻柔。“伊妮娅的共睹时刻，”他说，“我们都这么叫。当然，它说它是时刻并不意味它只有区区一个瞬间。而是她被拷问至死的所有瞬间。”

“你也感觉到了？”我问。我突然觉得有一只拳头紧紧攥住了我的心，不过，我的内心充满的到底是喜悦，还是痛苦的悲伤，到目前还不得而知。

“每个人都感觉到了，”纪白森说，“每个人都共享到了这一时刻。每个人，除了那些拷问者。”

“佩森星球上的每个人？”我问。

“佩森，”纪白森说，“还有卢瑟斯和复兴之矢。还有火星、库姆-利雅得、复兴二号和鲸逖中心。还有富士星、伊克赛翁、天津四丙和希毕雅图的苦涩。还有巴纳之域、神林和无限极海。还有青岛-西双版纳、帕桃发和格鲁姆布里奇·戴森D。”纪白森顿了顿，对着自己这一连串话笑了一笑，“几乎每个星球，劳尔。还有星球之间的那些地方。我们知道，星树也感受到了共睹时刻……所有的星树生物圈都感受到了。”

我眨眨眼。“还有其他星树？”

纪白森点了点头。

“这么多星球……是怎么共享那一时刻的？”这个问题刚出口，我就已经明白了答案。

“是的，”从前的纪下士喃喃道，“伊妮娅去过的那些地方，随行的常常还有你。她把一个个弟子留下来的那些星球，而那些弟子，早已分享过她的圣酒，摒弃了十字形。她的共睹时刻……她死亡的那个时刻……就像是广播信号般，传向所有这些星球。”

我揉揉脸颊，感觉脸有点麻木。“这么说，只有那些分享过圣酒，或是从伊妮娅那儿学习过的人，才共睹了这一时刻？”我问道。

纪白森摇摇头。“不……他们是转发器，是中转站。他们从缔之虚中将共睹时刻抽出，传播给每一个人。”

“每一个人？”我傻傻地重复道，“甚至数百亿携有十字架的圣神信徒？”

“以前携有十字架的信徒，”纪白森补充道，“自那之后，许多人决定去除身上的内核十字形。”

我开始慢慢理解。伊妮娅最后的共睹时刻不仅仅是那些话语、酷刑、痛苦和恐惧——我感受到了她的思想，分享了她的见解：关于内核的动机，关于十字形的真实寄生面目，关于它们为调节他们的神经网络，滥用人类死亡的恶行，以及，关于卢杜萨美对权力的渴望、穆斯塔法的困惑、阿尔贝都的残忍……在见证到这一切时，我还在飞往外星的机器监狱火炬舰船上，当时我在船上的高重力箱槽中狂叫，奋力扑打，如果每个人都分享到我所感受到的这一共睹时刻，那么，它对整个人类种族来说，便是一个既光明又可怕的时刻。而且，每一个活着的人类，肯定都聆听到了火焰将她吞没时，她最后的那句话：我爱你，劳尔。

夕阳西下。金色的霞光洒落在河西的废墟上，在河东岸投下迷宫般的影子。圣天使堡那堆熔化的物质一路淌向我们，就像是一座熔融的玻璃山。*她叫我把她的骨灰撒在旧地上。我连这事也办不到。就算她死了，我都辜负了她的期望。*

我抬头望向纪白森。“佩森上？”我问，“她在佩森没有弟子啊……哦。”我想起来了，在我们注定一死地冲向圣彼得大教堂的侧廊之前，她把德索亚神父打发走了，命他和僧侣们一起离开，混进这个他熟知的城市，无论发生什么事，都别去惹圣神。当时神父想要争辩，伊妮娅和他说了这样的话——“我只请求你为我做这一件事。我请求你，并奉上我的爱和敬意。”于是德索亚神父走进了外面的雨幕中。他，便是佩森上的广播中转站，携带着我爱人临终时的痛苦，以及对数十亿人类的洞察。

“哦，”我仍旧盯着纪白森，“但我上一次……透过虚空……见到你的时候，你仍被囚禁在冰冻沉眠状态，被关在那个……”我满脸厌恶地挥了挥手，指了指那一摊熔化的圣天使堡遗迹。

纪白森又点了点头。“我那时的确处在冰冻沉眠状态，劳尔，就像是一块沉睡的牛肉，储藏在那个地牢中。他们杀害伊妮娅的地方，离我那里不远。但我感受到了共睹时刻。每一个活着的人都感受到了……不管是在睡眠中，还是喝醉了酒，不管是垂死之人，还是已经疯掉的人。”

我唯有朝他瞪眼的份了。明白这一切之后，我再一次心碎。最后我说道:“你怎么出来的？怎么逃出那地方的？”我俩盯着曾是宗教法庭总部的那片废墟。

纪白森叹了口气。“共睹时刻之后不久，就发生了一场革命。许多人——佩森上的大多数人——都不想再和十字形有任何关系，他们都叛逃出这个在他们身上植入十字形的教会。虽然有些人还是玩世不恭地和恶魔做着交易，不想舍弃这一肉体的永生，但在头一星期内，就有数以百万的人寻求圣酒，想要摆脱内核十字形的束缚。拥护圣神的人试图阻止他们。于是打了起来……革命……内战。”

“又来了，”我说，“就像是三个世纪前远距传输器陨落的时候。”

“不，”纪白森说，“没到那么恶劣的地步。记住，一旦人们学会死者和生者的语言，如果谁伤害某人，那他自己也会感受到痛楚。虽然拥护圣神的人没有这个限制，但是，瞧，他们的人数相当少。”

我指了指这一片满目疮痍。“你说那是限制？你说这一切没到那么恶劣的地步？”

“这一切，并不是反对梵蒂冈、圣神和宗教法庭的人干的。”纪白森严肃地说道，“相对来说，革命并没有造成流血场面。拥护圣神的人乘着大天使星舰逃走了，新梵蒂冈在一个名叫末睇的星球……简直就是个茅坑之地，那里现在有半支旧舰队保卫，还有几百万忠诚之士。”

“那这是谁干的？”我问，望着周围这一大片劫后余迹。

“内核干的。”纪白森说，“那四个尼弥斯魔头摧毁了整座城市，然后抢了四艘大天使飞船，在拥护圣神的人离开后，他们就从太空中向我们发射熔烁武器。当时内核被惹毛了，可能现在都还没缓过气来。不过我们不在乎。”

我小心翼翼地把书写器放在白石上，四处张望了一番。有更多的人从废墟中走了出来，和我们保持着距离，但神色好奇地打量着我们。他们穿着工作服和狩猎装，不是熊皮或破布。显而易见，这些人生活在一个艰难之世的艰苦之地，但没有变成野人。一个金发小男孩害羞地朝我挥挥手。我也朝他挥了挥手。

“我还没有真正回答你的问题，”纪白森说，“在共睹时刻之后那个混乱的一星期，守卫把我放了……他们把所有的囚犯都放了。在那个星期，银河这条旋臂的许多囚犯，都被释放了。在享用圣酒之后……啊，你很难再去监禁或拷打这些人，因为你会通过缔之虚感受到他们的痛苦。还有驱逐者，自从共睹时刻后，他们便一直忙着从迷宫星球拯救数百亿被内核绑架的犹太人、穆斯林及其他信徒……把他们复活，载他们回到家乡。”

我对此琢磨了一分钟。接着问道：“德索亚神父还活着吗？”

纪白森笑得愈发灿烂。“我想，可以说他活下来了。他现在是圣安妮教区的神父。来吧，我带你去见他。他现在应该知道你到这儿了。走五分钟就到。”

德索亚狠狠拥抱了我，弄得我肋骨疼了一个小时。神父穿着一件朴素的黑色法衣，戴着罗马衣领。圣安妮教堂并不是我们先前在梵蒂冈中见到的那个大教堂，只是一座砖石砌成的小教堂，坐落在东岸一块开阔的区域中。整个教区看上去约有一百来个家庭，这里原是太空港附近的一个大公园，他们现在在这里狩猎畜牧，聊以谋生。我们来到教堂休息室外的明亮之地，在那儿享用晚餐，一面吃，一面把我引介给一百多家人家。看样子他们都认识我，所有人都似乎感到由衷开心，感谢我能活着，并回到生者的世界中。

夜幕降临，我和纪白森、德索亚聚到神父的私人宿舍：是毗邻教堂后部的一个简朴小屋。德索亚神父拿出一瓶酒，为我们每人满满地倒了一杯。

“文明陨落的一个好处，众所周知的，”他说，“就是随处都有装满美酒的私人地窖，一挖就有。这不是盗窃，而是考古。”

纪白森举起酒杯，像是要敬酒，但犹豫了一下。“敬伊妮娅？”他建议道。

“敬伊妮娅。”我和德索亚神父说道。我们举起酒杯一饮而尽，神父又替我们倒上。

“自我离开后过了多长时间了？”我问。跟从前一样，喝过酒之后，我的脸有点泛红。伊妮娅以前总是拿这开玩笑。

“自共睹时刻起，已经过了十三个标准月。”德索亚说。

我摇摇头。我肯定是在写故事和等死上花了太长时间，我每一次都能写上三十多个小时，然后是几个小时的睡觉时间，接下来又是整整三四十小时的工作时间。我的这种作息，被睡眠科学家称为自由奔跑：完全不按正常的生理节奏办事。

“你们和其他星球有过联系吗？”我望了望纪白森，然后自己回答了自己的问题，“肯定有吧。白森跟我提到了另外几个星球对共睹时刻的反应，还将被绑架的数百亿人送回家乡。”

“有几艘飞船来过这儿，”德索亚说，“但由于没有了大天使飞船，旅行要花上很长时间。圣徒和驱逐者在用树舰把难民送回家，我们其余的人现在已经认识到霍金驱动器对虚空会造成多大的伤害，所以不再使用这种工具了。所有人费尽艰辛，终于认识到了这一点，另外现在，还没有多少人学会如何聆听天体之音，并最终走出第一步。”

“不是费尽艰辛，”我喝了口酒，咯咯笑了起来，“而是他妈的难得一塌糊涂。”我说，“抱歉，神父。”

德索亚点点头，免去我口出秽言的罪孽。“的确他妈的难得一塌糊涂。我已经经历了几百次，每一次都觉得自己快要成功，但总是在最后一刻失去焦点处的目标。”

我望着矮矮的神父。“你现在仍是一个天主教徒。”最后我说道。

德索亚神父拿起古老的酒杯，喝了口酒。“不是简单的天主教徒，劳尔。我重新发掘了身为一名天主教徒的意义。基督教徒的意义。信仰者的意义。”

“即便在经历伊妮娅的共睹时刻后？”我问。纪下士正在桌对面注视我们，暖暖的土墙上跃动着油灯的影子。

德索亚点点头。“我已经明白了教会的腐败，他们竟和内核达成了那样的契约。”他轻声道，“但在伊妮娅和我们分享的这个洞察中，只是强调了我身为人类的意义……身为基督子民的意义。”

我花了一分钟琢磨了一番，然后德索亚神父又开口道，“有人想选我当主教，但我平息了这些人的念头。这就是我留在佩森这一地区的原因，而大多数充满活力的社区在远离老城的地方。看看河对面我们美丽的传说遗留下的遗迹，我就会想起在等级制度上下太大的赌注，是极其愚蠢的。”

“这么说，还没有教皇？”我问，“没有圣父？”

德索亚耸耸肩，重新为我们倒满酒。十三个月来，我吃的都是循环食物，没沾过一滴酒，如今喝的这点酒，酒劲直往脑门蹿。“在革命和内核攻击开始前，卢卡斯·奥蒂蒙席就逃走了，他在末睇建立了流亡中的教皇政权。”神父的话语中带着尖锐的口吻，“我想，除了那个星系里他那些直系的防卫者和信徒，原圣神政权内的任何人都不会认为他是真正的教皇。”他喝了口酒，“圣母教会又有了一位伪教皇，这已经不是第一次了。”

“教皇乌尔班十六世呢？”我问，“他心脏病死了？”

“是的。”纪白森说道，他凑向前，两条强壮的前臂搁在桌上。

“重生了？”我问。

“不尽然。”纪白森回答。

我望着这位前任下士，等着他的解释，但没有等到。

“我已经把消息送到河对面了，”德索亚神父说，“再过一分钟，你就会明白白森的话。”

他说的一点没错。一分钟后，德索亚这间舒适小屋门口的帘子被掀开了，一位穿着黑色法衣的高个男子走了进来。不是雷纳·霍伊特。这个男人我从没遇见过，但我却觉得非常熟悉——优雅的双手，长长的脸孔，又大又悲伤的双眼，宽阔的额头，稀疏的银发。我站起身想和他握手，鞠躬，亲吻他的戒指……等等。

“劳尔，我的孩子，我的孩子，”保罗·杜雷神父开口道，“见到你真是太高兴了。你能回来，真让我们欣喜若狂啊。”

老迈的神父和我握了握手，手劲很强。他另外又拥抱了我一下，接着走到德索亚的碗橱旁，像是对那地方很熟悉似的，找到一口罐子，往洗涤槽里抽了点水，洗干净罐子，然后为自己倒上酒，继而来到桌子尽头，坐在了纪白森对面的椅子上。

“劳尔和整个世界隔绝了一年一个月，我们正在给他补习这期间发生的事。”德索亚神父说。

“我感觉像是过了一个世纪。”我睁着眼睛，凝神思量道。

“对我来说，的确是一个世纪。”老迈的耶稣会士说。他的口音很古雅，不知道为什么，听上去相当迷人——也许来源于一个说法语的偏地星球？“事实上，差不多是三个世纪。”

“我见到他们在你重生后，是怎么对待你的。”我趁着酒劲，唐突无礼地说道，“卢杜萨美和阿尔贝都将你杀害，让霍伊特重新从你俩共享的十字形中重生。”

杜雷神父没有喝手里那杯酒，而是低头望着杯子，像是在等它化成耶稣的血肉。“一次又一次，”他用一种沉思般的口吻说道，“真是奇异的人生，一出生就被杀害。”

“如果伊妮娅还在，也会这么想的。”我知道这些人都是朋友，心肠很好，但总的来说，我对教会并没有什么好感。

“是的。”保罗·杜雷举起酒杯，沉默地作祝酒状。接着一饮而尽。

纪白森打破了沉默。“佩森上剩下的大多数教徒本来都想立杜雷神父为教皇。”

我望着这位老迈的耶稣会士。我已经历经过了许多事，而现在，我的面前又出现了一位传说中的人物，一位《诗篇》的主人公，我没怎么激动。当你遇见知名之士或传奇人物背后那个真正的人时，总会有一种情况发生：这个男人或女人身上有一股人类的品性，让一切不再那么虚无荒诞。而现在，这股品性便是这位神父大耳朵中长出的灰色毛发。

“忒亚二世？”我记起来，二百七十九年前，这个男人还是人们口里的好教皇，名为忒亚一世。但不多久，他便被杀害了，那还是第一次。

德索亚神父为杜雷重新倒上酒，后者摇着头，那两双大大的眼睛中盛满了悲伤，和德索亚一模一样——真心赤诚，并非是装模作样，假造声势。“我不想再做教皇了，”他说，“我会利用我的余生，去学习伊妮娅的教义——努力聆听死者和生者的声音。同时，我也会用我主在人性上的训诫，重新认识自己。这么多年来，我都扮演着考古学家和知识分子的角色。现在，我也该重新发掘自己作为教区神父的职责了。”

“阿门。”德索亚说道，他在碗橱中搜了一阵，又找了一瓶酒。前任圣神星舰舰长似乎有了一点醉意。

“你们都摒弃十字形了？”我问，虽然是在问他们三个，但眼睛望着的却是杜雷。

三人似乎都吃了一惊。杜雷说：“劳尔，现在只有傻子和愤青才留着那寄生物。佩森上这种人不多了。在别的星球上，只要伊妮娅的共睹时刻被播放过，那里就很少会有这样的人了。”他摸了摸自己瘦瘦的胸脯，似乎在回忆，“事实上，我并没有选择。我在梵蒂冈的重生龛中重生的时候，战斗正处于白热化的阶段。我正等卢杜萨美和阿尔贝都像往常一样拜访我……谋杀我。但是，我等来的却是这个男人……”他伸出修长的手指，指着纪白森，后者微微欠身，为自己倒上了酒。“这个男人，”前任教皇忒亚继续道，“和他的起义军一起横冲直撞地赶进来，全都一身铠甲，拿着古老的步枪。他给了我一杯酒，我知道那是什么，因为我已经分享到了共睹时刻。”

我盯着这个垂老的神父，心里思索着：即便蛰伏在十字形的磁泡记忆矩阵中，即便还在重生过程中，他也能分享到那一时刻？

杜雷神父像是明白我为何这样盯着他似的点了点头。

“即便是在那时，是的。”他正视着我的目光，“劳尔·安迪密恩，现在你有什么打算？”

我仅仅迟疑了一秒钟。“我来佩森，是要找到伊妮娅的骨灰……她求我这么做……她曾这么求我……”

“我们知道，孩子。”德索亚神父静静地说道。

“总而言之，”当我缓过神来，于是继续道，“在圣天使堡中已经不可能找到了，所以我打算继续另一项使命。”

“是什么？”杜雷神父极亲切地问道。在这昏暗小屋的粗糙桌子旁，四处弥漫着男人的纯净气息，我们喝着古老的美酒，突然间，我看到了这个老迈耶稣会士内心深处的强大力量，就在马丁叔叔那神秘的《诗篇》中有过记载。我毫不怀疑地意识到，这就是那个有着坚定信仰的男人，为了不向虚假的十字形臣服，他曾亲手把自己钉在放电的特斯拉树上，经历了无限重复的死亡。这是一位真正的信仰捍卫者。这样一个男子，伊妮娅如果尚还在世，她肯定很愿意和他见一面，和他谈一谈，论论道。想到这，我顿时感到十分失落，又感到十分痛苦，于是不得不低头看着手里的酒杯，向杜雷和另外两人掩饰自己的神色。

“伊妮娅曾告诉我，她有过一个孩子。”最后我终于开口道，说到这又停住了。我不太记得这件事有没有被包括在伊妮娅的共睹时刻中。

如果有，那他们就都会知道。我看了看他们，两名神父和一名下士都毕恭毕敬地等着我说下去。看来他们并不知道。

“我打算找到这个孩子，”我说，“找到他，把他养大，如果他允许我这么做的话。”

两位神父面面相觑了一番，像是有点惊讶。纪白森直直地望着我。“我们不知道这事，”费德里克·德索亚说，“太让我吃惊了。就我对人类本性的了解，我本来愿意下任何赌注，赌你是她生命中唯一的一个男人……唯一的真爱。我还从没见过这么幸福的一对年轻人。”

“有另外一个人。”我几乎是暴力般的举起酒杯，想喝干这杯酒，结果发现杯子已经空了。我小心地把它放回桌上。“还有另外一个人。”我又说了一遍，这一次少了些悲伤和强调的意味，“但这并不重要。这个婴孩……这个孩子……才是重要的。我要尽力找到他。”

“你知道这个孩子在哪儿吗？”纪白森问。

我叹了口气，摇摇头。“不知道，但我会传输到旧日里属于圣神的每一个星球和偏地世界，如果必要，我会踏遍银河的每个星球。甚至银河外……”我顿住了，我已经醉了，但接下来的话非常重要，本来不应该在醉酒时说的，“总之，再过几分钟，我就得开路去做这件事了。”

德索亚神父摇摇头。“劳尔，你累坏了。在这儿过个夜吧。白森在隔壁有间空房，我们大家今晚都好好睡一觉，明天早上为你送行。”

“我得马上开路。”我站起身，向他们表示自己的脑子很清醒，也能果断行动。但屋子却东倒西歪起来，就好像南部地面突然沉降了。我向桌子抓去，想撑住身子，差一点没抓住。我撑在那儿。

“也许明天早上更好。”杜雷神父说，他站起身，一只强有力的手按在了我的肩膀上。

“好吧，”我重新站起身，感觉地面还在微微晃动，“也许明早更好。”我又和他们握了握手，第二次了。而且几乎又绝望得快要哭泣，但这一回不是因为悲伤，而是因为有了这些人的陪伴，让我有了莫大的宽慰，虽然悲伤还有，它就像天体之音的交响曲背景声一般，时刻都在。我已经太长时间孤独一身了。

“来吧，朋友。”圣神海兵和海尔维希亚军的前任下士纪白森说道，他把手搭上我的肩膀，和前任教皇忒亚一起搀着我走向他的小屋，那儿有两张小床，我一头倒在了其中一张上。我马上进入了梦乡，隐约感觉有人脱掉了我的靴子，那可能是前任教皇。

我已经忘了，佩森的一天其实只有十九标准小时，夜晚的时间非常短。到了早上，我仍旧醉心于重获自由的喜悦之中，但全身上下却疼得厉害：脑袋、背部、腹部、牙齿，甚至头发都在疼，我觉得自己的嘴巴里住着一群毛茸茸的小动物。

小教堂对面的村子里人来人往，大家正忙着大清早的各种杂事，发出吵闹的声音。小火烧着。女人和孩子忙碌着，男人们从简易小屋中走出，面目表情都差不多，满脸胡茬，眼睛通红，像是那些不幸身亡的动物。事实上，我知道自己向世界所展示出的表情和他们是一样的。

但神父们都保持着良好的形象。我望着十几个教区居民走出了小教堂，意识到德索亚和杜雷在我还在打鼾的时候，都已经进行完了一次弥撒。纪白森进了屋，大声向我打招呼，给我指了指一座小型建筑，那是男士盥洗室。冷水管将水抽到头顶的一个水箱里，可以在那里飞快地冲个凉水澡，虽然那水冰寒刺骨。佩森的清晨非常冷，就像是天山八千米海拔处的早晨，冲过澡之后，我的脑子马上清醒了过来。纪白森给我拿了干净的新衣——柔软的灯芯绒工作裤，棉纺蓝衬衣，一根粗皮带，一双结实的鞋子，比起我在薛定谔猫箱中倔强地穿了一年多的那双靴子，这双鞋真是舒服多了。剃干净胡子，全身洗干净，穿上新衣服，手中拿着纪白森年轻妻子递给我的一杯热气腾腾的咖啡，脖子上挂着书写器，我感觉自己像是新生了。面对心底不断膨胀的幸福感，我心中冒出的第一个念头是，伊妮娅准会喜欢这样清新的早晨，这么一想，我心中顿时又阴云密布起来。

杜雷神父和德索亚走到我跟前，站到这块俯瞰着空荡河流的大岩石上。梵蒂冈的残垣断壁就像是旧日遗留下的废墟。在刺目的晨光下，我看见一辆辆地行车正在移动，车子的挡风玻璃闪耀着光芒。偶尔还能看见电磁车高高飞行在废墟城市的上空，我再一次意识到，这不是人类的又一次陨落——就连佩森也没有没落回野蛮人的作为。纪白森跟我说，我喝的咖啡是从西部未曾经受灾变的农业城市运来的。梵蒂冈和这里这些被毁坏的行政城市，更大程度上只是一块局部的灾难区：就像是在地区性地震或飓风过后，幸存者选择留下来重建家园。

纪白森拿着几个热乎乎的面包卷，重新回到我们身边，我们四个心有灵犀般的默声吃了起来，偶尔拍拍身上的面包屑，喝一口咖啡，身后的太阳已经升得老高，照亮营火和烹饪炉中冒出的炊烟。

“我在慢慢理解这种新的看待事物的方式。”最后我终于打破了沉默，“和圣神帝国的日子比起来，你们现在可以说是与世隔绝，但是，事实上你们仍然能了解宇宙各地……别的星球上发生的事。”

德索亚神父点点头。“劳尔，你能通过虚空聆听生者的声音，和你一样，我们也能触及到我们认识并挂念的那些人。比如说，我今天早上就看到了无限极海上的格列高里亚斯中士的思想。”

当初在自由传输前，我聆听着天体之音，也曾清楚地听到格列高里亚斯的思想，但我还是问道：“他还好吗？”

“很好，”德索亚说，“那个星球上的偷猎者、走私者和深海反叛军很快就隔离了圣神勤王兵，不过，在好几个圣神前哨基地中发生了战斗，对平民平台造成了很大的毁坏。在中滨地区，格列高里亚斯摇身一变，担起了当地市长和总督的职责。但是，我得加上一句，这完全不是他想要的。中士对指挥工作从来不感兴趣……否则他早就成为一名军官了。”

“说起指挥工作，”我说，“现在是谁在……负责这一切？”我指了指这片废墟，远处高速公路上移动的车辆，还有朝东岸飞来的电磁运输车。

“事实上，整个佩森星系现在暂时处于前任商团首席执行官的掌管下，此人名叫矶崎建三，”德索亚神父说，“他的总部在旧商环的废墟中，但他经常光顾佩森星球。”

我露出惊讶的神色。“矶崎建三？”我说，“在我讲述故事时，我最后一次看到他的时候，他正要展开对星树生物圈的袭击。”

“没错，”德索亚说，“共睹时刻发生时，袭击还在进行，造成了很大的混乱。圣神舰队中，有些部队重新集合在卢杜萨美和他的同僚周围，还有一些部队，包括矶崎建三的，都在英勇战斗，想要阻止大屠杀的发生，他当时的头衔还是耶路撒冷骑士团指挥官。多数大天使星舰都在勤王兵的手里，因为没有重生，所以他们没法使用它们。矶崎建三带着一百多艘古老的霍金驱动星舰回到佩森星系，击退了内核的最后一波攻击。”

“他是个独裁者吗？”其实我并不在乎他是不是，这和我无关。

“完全不是，”纪白森说，“佩森的每个镇子都选出了一名理事会成员，矶崎建三便在他们的帮助下暂时管理着一切。他在后勤管理上的才能非常突出……正是我们所需要的。与此同时，这里的每个地区都运行得有条不紊。这个星系还是第一次拥有真正的民主。虽然比较松散，但管用。我觉得矶崎建三是在帮助大家建立由某种良心资本家组成的贸易系统，日后当我们可以自由穿行在旧圣神空间时，这个系统会非常有用。”

“自由传输？”我问。

三人同时点了点头。

我再一次摇起头来。很难想象出那个未来的样子：数以百亿……数以千亿的……人们自由地从一个星球到另一个星球，却根本不用飞行器或远距传输器。数以千亿的人只要用头脑和意识触及虚空，便可以互相联系。这将仿佛回到了霸主环网时代的巅峰时刻，却无须内核的远距传送门和超光通信仪的帮助。不，我马上意识到，这和霸主时代完全没有相像的地方。这将是完全不同的一个时代。这是整个人类文明前所未有的。伊妮娅已经永远改变了这一切。

“你今天就走吗，劳尔？”杜雷用轻柔的法语口音问道。

“喝完这杯香喷喷的咖啡就走。”阳光洒在我赤裸的胳膊和脖子上，慢慢有了暖意。

“你打算去哪儿？”德索亚神父问。

我张口想要回答，但又顿住了。我发现自己并不知道要去哪儿。我该去哪儿找伊妮娅的孩子呢？如果那个观察者把这个男孩或女孩带到了某个我无法传输过去的遥远星系，那该怎么办呢？如果他们回到了旧地，那该怎么办……我能自由传输到十六万光年外的地方吗？伊妮娅能。但那可能是因为狮虎熊在暗中帮助她。在未来的某一天，我也能听到这些人在虚空那复杂合唱声中的声音吗？对我来说，这一切实在是太过庞大、太过晦涩，也和我没有多少关联。

“我不知道要去哪里，”我觉得自己的声音就像是一个迷路的小孩，“我本打算去旧地，因为伊妮娅希望我……将她的骨灰……但是……”我又显露出自己的情感，因此而显得很尴尬，于是朝原是圣天使堡的那堆熔岩状的东西指去，“也许我会回海伯利安，”我说，“去看看马丁·塞利纳斯。”在他临死之前，我在心中加上这么一句。

大家都站在了大石头上，从杯中喝完最后一滴冷咖啡，拍掉面包卷的最后一粒碎屑。我突然想到一个念头。“你们谁想和我一起走吗？”我问，“或者说，跟我去任何地方。我想自己还记得怎么自由传输……而且，伊妮娅当初还带着我们一起传输，只不过是握住了对方的手。不，她还将整艘‘伊戈德拉希尔’号传输了，只是用的意念。”

“如果你打算去海伯利安，”德索亚神父说，“那我很想陪你一起去。但首先，我有东西要给你。杜雷神父，白森，失陪一下。”

我跟着矮个神父回到了村子，进了他的小教堂。里面有间很小的圣器室，小得只能容纳一个用来放法衣的木衣橱，还有一个用来储藏圣餐和圣酒的小型辅助祭坛。德索亚拉开一个小型壁龛的帘子，从里面拿出一个比咖啡加热罐还小的小铁罐。他把它朝我递来，我伸出手，手指离它还有几厘米的时候，我突然僵在了那儿，不敢去拿。

“是的，”神父说，“这是伊妮娅的骨灰。恐怕不是很多，就找到这些。”

我的手指不住地哆嗦，怎么也不敢去拿这个暗淡的金属罐。我结巴道：“你是怎么？什么时候？”

“在内核的最后一次袭击前，”德索亚轻声道，“有一些人解放了牢房里的囚徒，然后觉得出于慎重，应该取回我们的年轻朋友被焚毁的遗骨。说实话，还有些人想将这些遗骨据为己有，并将它们视为圣骨……开启另一次的个人崇拜。但我坚决认为伊妮娅不会喜欢这样的结果。我说得对吗，劳尔？”

“是的。”我的手抖得非常厉害，明显看得出来。我还是不敢去拿这个罐头，我几乎说不出话来，“是的，完全正确。”我竭尽全力地说道，“她肯定不喜欢那样。不管谁冒出这个想法，她都会骂上两句的。她和我讨论过好多次，关于佛陀的信徒把他当成神一样顶礼膜拜，还把他的尸骨当成圣骨，她说这是悲剧，我已经记不得谈过多少次了。而且，佛陀也曾经请他的弟子将他的身体火化，将骨灰抛撒，以便……”说到这，我不得不停住了。

“是的，”德索亚说，他从橱柜中拿出一只黑色的帆布背包，把铁罐放了进去，接着他背起了包，“如果可以，我想在我们一起旅行的时候带着它。”

“谢谢。”我只能这么说。伊妮娅的活力、能量，光洁的皮肤，闪亮的眼睛，干净的女性气息，她的音容笑貌和终极的物质存在，对这一切，我根本无法将其和那个小小的铁罐头画上等号。我垂下手，不让神父看到它们抖得是多么厉害。

“准备好起程了吗？”最后我问道。

德索亚点点头。“请允许我先去跟我的村民朋友们道别，跟他们说我会离开几天工夫。不管我们去哪儿……在之后的旅途中，你能再把我送回来吗？”

听到这话我眨了眨眼。这当然是可能的。我本来是把今天的离别看成是后会无期的，是一次星际旅行。但是，只要我活着，佩森……和这个已知宇宙中所有的一切一样……其实离我只有一步之遥。如果我还记得如何聆听天体之音，我就能无限次地自由传输。如果我能带上一个人和我一起旅行。如果这不是一个我还没掌握就已丢失的礼物。现在，我整个人都在颤抖。我告诉自己，这只是喝了太多咖啡引起的，然后战战兢兢地说道：“好，没问题。去吧，我再去和杜雷神父和纪白森聊一会儿。”

那位老迈的耶稣会士和年轻的士兵正在一小块玉米地的边缘，讨论着现在是不是采玉米穗的黄金时节。保罗·杜雷认为应该立即去采，但因为他非常喜爱玉米棒，所以这想法有点动摇。我走过去时，他们朝我笑着。“德索亚神父打算陪你去？”杜雷问。

我点点头。

“请代我问候马丁·塞利纳斯，”这位耶稣会士说道，“很久很久以前，在那个遥远的星球，我们曾经一起绕着远路，踏上一次旅途，还分享了一些有趣的经历。我听说过他的《诗篇》，但我承认，我不太愿意去读。”杜雷咧嘴一笑，“我想，霸主时代的诽谤法已经被废除了。”

“我想，他一直和死亡抗争着，活到现在，想要完成《诗篇》，”我轻声道，“但他恐怕永远也完成不了了。”

杜雷神父叹了口气。“劳尔，对于那些想要放手创造的人来说，人生都是短暂的。或者，对那些只是希望理解自己、理解他们自己的生命的来说，也是如此。这，或许就是身为人所背负的诅咒，但也是一项恩赐。”

“为什么这么说？”我问。没等杜雷回答，德索亚神父和几位村民走了过来，众人聊了一会儿，说了些道别的话，还邀请我下次再来。我看了看德索亚的黑背包，除了装着伊妮娅骨灰的罐子，神父还在里面放了很多其他东西，塞得满满当当的。

“一件新法衣，”德索亚发现我在看他的包，于是说道，“还有几件干净的内衣、袜子、几只桃子。我还拿了《圣经》、弥撒书，以及其他宣讲弥撒的必需品。我不太确定什么时候能回来。”他指了指往我们这儿拥来的一群群人，“我忘了是怎么传输的了。需要腾点地方吗？”

“应该不必，”我说，“你和我应该需要身体接触。至少第一次得这么做。”我转回身，和纪白森、杜雷握了握手，“谢谢你们。”我说。

纪白森呵呵一笑，朝后退了一步，像是我即将驾着火箭喷气管升空，而他不想被烧伤。杜雷神父最后一次抱抱我的肩。“劳尔·安迪密恩，我想我们会重新再见的，”他说，“不过可能还要等上两年左右。”

我没明白，我刚答应会在几天内把德索亚神父送回来。但我还是点点头，装出明白的样子，然后又一次和神父握了握手，然后放开了。

“要握住手吗？”德索亚问。

我学着刚才杜雷抓着我的肩膀那样，把手搭在小个神父的肩膀上，然后检查了一下，确保书写器牢牢挂着。“这样就行。”我说。

“同性恋恐惧？”德索亚笑道，像是个淘气的孩子。

“只是不愿表现得傻乎乎的。”我说道，同时闭上双眼，心里有着十足的确信，觉得这一回天体之音不会再有，我将完全忘记如何踏出走进虚空的那一步。啊，我想，*如果我不得不永远留下来，至少这里的咖啡很好喝，还有那么多人可以交谈。*

白光包裹而来，将我们包容。

34

我本以为，从白光中出来的时候，我和神父将直接来到被遗弃的安迪密恩城，甚至可能就在诗人老头的塔楼旁。但是，当我们眨眨眼，甩掉虚空的炫目之光时，却发现眼前是一片漆黑，这是一片连绵起伏的平原，阵风咻咻地吹过大片青草，它们没过了我的膝盖，没过了德索亚神父穿着法衣的大腿。

“成功了吗？”耶稣会士问道，口气中满含兴奋之情，“这里是不是海伯利安？看上去有点陌生，但我这辈子只见过北大陆的几个地方，而且那还是十一年前的事儿。对不对？重力的感觉和我记忆中一样。空气……甜一些。”

我花了一小会儿的时间，让眼睛适应黑夜，然后说道：“没错。”我指了指天空，“看见那些星辰了吗？那是天鹅座。那边是双射座。还有那个，是宝瓶座，不过外婆总是和我开玩笑，说那是劳尔的拖车，边上是我的小马车。”我深吸了一口气，重新看了看这片连绵起伏的平原，“这是我们最喜欢的一个露营地。”我说，“我们游牧民车队的露营地。当时我还是个孩子。”我单膝跪下，在星光下看了看泥土，“还有橡皮轮胎的印子，是几个星期前留下的。我猜，车队还在走这条路。”

德索亚在草地中迈着大步来回走动，法衣发出瑟瑟的响声，就像是一名坐卧不宁的被监禁的黑夜猎手。“近不近？”他问，“从这儿能直接走到马丁·塞利纳斯那儿吗？”

“大约有四百公里吧。”我回答，“我们在草地的东边，鸟嘴南部。马丁叔叔在羽翼高原的山丘上。”我竟然学起伊妮娅用昵称称呼诗人老头，心里不由得哆嗦了一下。

“管它呢。”神父不耐烦地说，“我们该往哪个方向走？”

耶稣会士已经迈开步子想要出发，但我重新按住了他的肩膀，拦住了他。“用不着步行。”我轻声道。在东南方，有什么东西挡住了星辰。迎着风声，我听到了一阵涡轮风扇发动机发出的高昂哼鸣声。一分钟后，我们已经可以看见闪烁的红绿导航灯，那是一艘掠行艇，正穿过草地向北飞来，天鹅座正是被它遮住的。

“安全吗？”德索亚问，我的手掌能感觉他的肩部肌肉绷得紧紧的。

我耸耸肩，“我住在这儿的时候，并不安全。”我说，“大多数掠行艇都是圣神的。准确地说，是圣神安保部队的。”

我们又等了一分钟，掠行艇着陆在地，风扇的哼鸣声减轻，最后消失，左前方的透明玻璃门转开了。艇内灯点亮。我看见了一个蓝皮肤的人，还有他的蓝眼睛、失去的左臂，蓝色的右手举着，正朝我们招手。

“安全。”我说。

“他怎么样？”我们以时速三公里的速度朝东南飞去，中途，我问贝提克。从羽翼高原的地平线上空的光线暗淡程度看，我觉得离天亮还有一个小时左右的时间。

“快死了。”机器人说。一时之间，我们就这么静静地往前飞。

就在刚才，贝提克在重新见到我的时候，似乎很高兴，虽然我过去抱了抱他，让他显得很尴尬。机器人被制造出来是为了侍奉人类，如果这些主人对他们表现出这种情感的反应，他们总会显得不自在。在短短的飞行旅途中，我问了很多问题。

一开始的时候，他对伊妮娅的死表达了自己的遗憾，我趁机问了一个首先浮现在心头的问题。“你感受到共睹时刻了吗？”

“不算有，安迪密恩先生。”机器人说，这个回答几乎不能解决任何问题。但紧接着，贝提克便开始向我们述说，共睹时刻之后，海伯利安在最近一年多以来发生了什么事。

正如伊妮娅所知晓的那样，马丁·塞利纳斯也是共睹时刻的中继信标。我的家园星球上的每个人都因此感受到了这一时刻。重生信徒和圣神军队的多数人即刻抛弃了信仰，请求享用圣酒，希望能摆脱掉十字形寄生虫，并避开圣神勤王分子。马丁叔叔提供了酒和血，这两个都是出自他的私人珍藏。几十年来，他一直储存着这些美酒；自从二百五十年前从十岁的伊妮娅那儿享用到圣酒后，他也一直在抽取并储存自己的鲜血。

剩下的圣神勤王分子乘着余下的三艘星舰逃脱，共睹时刻发生后四个月，圣神所占领的最后一个城市——浪漫港——被解放。这么多年来，马丁叔叔一直隐居在安迪密恩这个历史悠久的大学城中，他从那儿开始播放伊妮娅往日的全息像——是我从没见过的伊妮娅小时候的影像——并解释如何使用这崭新的方法，进入缔结的虚空，同时还呼吁不要使用暴力。数百万土著和先前的圣神信徒，慢慢开始理解死者和生者的语言，他们无不服从了她的希望。

贝提克还跟我说，此刻轨道上有一艘庞大的圣徒树舰——“北美红杉”号——舰长正是星树的忠诚之音，凯特·罗斯蒂恩，船上还载着我们的好几个老朋友，包括瑞秋、西奥、多吉帕姆、达赖喇嘛，还有驱逐者纳弗森·韩宁和仙·奎恩塔纳·卡安。乔治和阿布也在船上。贝提克说，罗斯蒂恩一直在向诗人老头发电，请求着陆，还想在这儿待上两天，但塞利纳斯拒绝了他们的请求——说是在我来之前不想见任何人。

“我？”我说道，“马丁·塞利纳斯知道我要来？”

“当然。”机器人点到即止。

“瑞秋和多吉帕姆他们是怎么到树舰上去的？”我问，“难道‘北美红杉’去过巴纳之域、维图-格雷-巴里亚那斯B，还有其他那些星系，把他们都接到了飞船上？”

“安迪密恩先生，据我理解，驱逐者是从我们之前待过的生物圈星树的遗骸中，直接乘着树舰来到了我们这儿。而其他人，通过共享罗斯蒂恩一次次在塞利纳斯先生那儿碰个一鼻子灰的联络过程，我觉得他们是和你一样，自由传输到了树舰中。”

我猛地从座椅上站起身来，这消息让我吃惊不已。出于某些理由，我觉得自己是世上唯一一个够聪明、够幸运的人，学会了这个自由传输的把戏。而现在，我听说瑞秋、西奥，还有那个老住持也学会了，年轻的达赖喇嘛……啊，也许只是某个达赖喇嘛，不过，瑞秋和西奥是伊妮娅最早收的弟子之一……但乔治和阿布呢？我有点泄气，但也因这个消息感到一丝兴奋。成千上万的人，必是即将迈出他们的第一步，也许是那些伊妮娅一开始就认识、触摸过、直接教授过的人。然后……想到这成千上万的人能够自由而行，想去哪儿便去哪儿，我的头脑就又一次晕眩起来。

就在东部的山峰上亮出鱼肚白的时候，我们着陆在了被遗弃的山城。我从掠行艇上一跃而下，紧紧抱着书写器，跑上塔楼的台阶，急不可待地想要见到马丁·塞利纳斯，机器人和神父已经被我抛在了身后。见到我，诗人老头肯定会很高兴，他也会感激我做了这么多的事，帮他完成了各种不可思议的请求——在光阴冢山谷中把伊妮娅从圣神的伏击中救出，现在又摧毁了圣神，颠覆了腐败的教会，也显然阻止了伯劳对伊妮娅的伤害或对人类的攻击——十多年前，我和诗人老头在这里喝得烂醉，在那出发前的最后一夜，他对我下达了这些要求。他应该会很高兴，也会很感激。

“请你这懒鬼回来，还真他妈花时间啊。”眼前的木乃伊正躺在密如蛛网的维生管线中，“你就像他妈的二十世纪那些骗福利金的人一样，尽在外面混日子，我还以为得亲自出去把你拽回来呢。”

这个羸弱的老头躺在吊床上，所有的机器、监视器、呼吸机、机器人护理员都在围着他转。不久之前——就我来说是不到十年前，对他来说醒着的时间只是两年——我曾经和他道别，当时在鲍尔森理疗的作用下，老头重又焕发了活力，但现在完全不同了。这简直是一具人们忘记埋葬的死尸。就连他的声音也是电子仪器合成的产物，那机器惟妙惟肖地模仿了他那呼呼的喘息声和喋喋不休的说话声。

“傻看完了吗？还是想再买张票，重新欣赏这出怪诞演出？”从木乃伊头顶的一个声音合成器中传来问话。

“抱歉。”我咕哝道，感觉自己就像是一个没礼貌的孩子在死盯着人的时候，被抓了个正着。

“抱歉有屁用。”诗人老头说道，“你是打算马上向我汇报汇报呢？还是想站在那儿，做你的乡下土包子样？”

“汇报？”我张开手，把书写器放在桌上的一只托盘中，“我以为你已经知道了最重要的事情。”

“最重要的事情？”声音合成器咆哮道，还绘声绘色地演绎出了喉咙梗塞住的呼噜呼噜声，“小子，你他妈知道什么是最重要的事情吗？”最后一个机器人护理员已经飞速溜出了我们的视线。

我不由有点光火，也许，岁月不光让这个老家伙的脑子烂掉，也毁掉了他的礼仪，如果他曾有过礼仪的话。接着是一分钟的沉寂，间或被一些声音打断：床下机械刺耳的滴答声，垂死老头那无用的两肺呼吸空气的呼呼声。然后我开口道：“汇报。好吧。塞利纳斯先生，你吩咐我做的事情，大多数都已经完成了。伊妮娅已经结束了圣神和教会的统治，伯劳也似乎消失了。人类宇宙已经永远改变。”

“*人类宇宙已经永远改变*。”诗人老头模仿着我语调，合成器中传来的声音带有浓烈的讥讽意味，“见鬼，难道我曾经叫你……或是叫丫头……把人类宇宙永远改变？”

我回想着十年前发生在这里的那次谈话。“没有。”最后我回答道。

“这就对了，”老头子咆哮道，“你的脑细胞终于有动静了。天哪，那个薛定谔小箱子已经把你变傻了，小子。”

我呆站着，等着。也许，只要我继续等下去，他就会静静地死去。

“小神童，当初你走之前，我吩咐你做什么来着？”他问道，语气就像个愤怒的校长。

我试着回忆当时的情景，他除了要我和伊妮娅摧毁圣神的严酷统治，颠覆这个控制着上百个星球的教会之外，还有别的什么事呢。伯劳……啊，他的意思并非那样。我探进缔之虚，而不是自己那些有问题的记忆，找回了他最后说的那些话，当时我即将乘着霍鹰飞毯离开，去接那个女孩。

“去吧。”当时诗人老头是这么说的，“替我向伊妮娅问声好。告诉她马丁叔叔正在等她，他想在死前看到旧地。告诉她，老头子盼望着听她来解释一切运动、形状和声音的意义。”万物的精髓。

“哦，”我大声说，“对不起，没能带伊妮娅回来见你。”

“我也是，小子。”老头低声道，那是他自己的声音，“我也是。别把你那个神父拿的那罐骨灰给我。我当初说想在死前再见见我的侄女，可不是这个意思。”

我只有点头的份了，喉咙和胸口不禁感受到阵阵痛楚。

“其余的呢？”他又问道，“你打算完成我的最后一个请求，还是打算和你的大弟子们四处瞎逛，傻站在那里等着我死？”

“最后一个请求？”我重复道。在马丁·塞利纳斯面前，我的智商似乎已经降到了五十。

声音合成器中传来一声叹息。“小子，如果你想要我用大大的铅字把这一切讲清楚，那就把你的铁笔书写器给我。在我咽气前，我想见见旧地。我想回到那儿，我想回家。”

最后，大家做出决定，不能把他从塔楼中搬出去。机器人医师和最终被获准着陆的驱逐者医师商谈了一下，而后者又和领事飞船上的自动诊疗室交换了意见……这艘飞船就停在塔楼外，两个月前，贝提克付出了时间债的代价，从佩森星系跃迁到这儿，然后着陆在了这里。同往常一样，自动诊疗室又在电子线路上和诗人周围的医疗显示器协商了一下，结论没有任何变化。把他从塔楼中搬出来，不管是带到领事的飞船上，还是到树舰上，不管引力或气压的变化多么微乎其微，都很有可能会害死他。

所以，我们把塔楼和安迪密恩的一大块土地一同带了出去。

由凯特·罗斯蒂恩和驱逐者负责所有的细节工作，我们从巨大树舰的尔格巢穴中带来五六只尔格。我后来估计，在那个美妙的海伯利安日出时分，约有十公顷的土地升上了天空，其中包括塔楼，停在地上的领事飞船，一个个脉动着的、容纳着尔格的莫比斯立方体，停在地上的掠行艇，塔楼旁的厨房和洗衣房等附属屋，安迪密恩校园的一部分化学大楼，几栋岩石小屋，羽翼河上的半座桥，还有几百万吨的岩石和底土。整个升空过程悄无声息——密蔽场和提升场由尔格、驱逐者和圣徒操作者完美地操纵着，以至于根本感觉不到一丝移动的迹象。只不过，在马丁叔叔塔楼的圆形开口中，可以看见我们头顶的晨空慢慢变成璀璨的星野，而病房中的那些全息像，也显示出了整个移动的过程。站在房间中，头顶的星辰闪耀着、旋转着。我握着诗人老头的手，和贝提克、德索亚神父和几名机器人护理员一起，望着那些直接回馈的全息像。

安迪密恩，我们这个星球最古老的城市，我那土著家庭名字的来源，静静地溜进旭日和大气之中，在高空轨道上的那艘十公里长的美丽树舰正等着我们，等着将这块土地纳入怀抱。“北美红杉”号已经将树枝分向两边，为我们留出一个停泊之处。这样一来，我们便从海伯利安的土地，直接走上了飞船的巨大舰桥、树枝和走道，而没有感到任何转变。接着，树舰调头转向无数的星辰。

“劳尔，你得接手下面这个环节，”多吉帕姆说，“不管是霍金驱动的变换，还是冰冻沉眠，或是必要的时间债，塞利纳斯先生都是撑不过去的。”

“这艘树舰可是个庞然大物。”我说，“船上还有许多人，许多机器。我想，你会帮我的忙，是吗？”

"当然。"这个长着一头乱糟糟银发的高个女子说道。

"我们也来。"达赖喇嘛、乔治和阿布说道。

"还有我们。"瑞秋站到西奥的身边，说道。两个女人看上去都老了不少。

"我们也来一试。"说话的是德索亚神父，他代凯特·罗斯蒂恩和齐集在边上的众人说出了一句话。

在我们下方几百米处，贝提克正看护着自己的前任主人。上面高高的舰船舰桥上，多吉帕姆、瑞秋、西奥、达赖喇嘛、乔治、阿布、德索亚神父、圣徒舰长，还有其他人，都拉起了手。我走上前，完成了这个毛糙的圆。我们闭上眼睛，聆听星辰的声音。

当我们从白光中出来时，我以为会在树舰的上空看到小麦哲伦星云的天河，但是，显而易见的是，我们仍旧在银河中，仍然在银河原来的这条旋臂中，按这些熟悉的星座来看，我们离海伯利安星系还不到几光年的距离。但我们的确到了另一个地方，但树枝上方的这个明亮的星球，并不是旧地的蓝海白云星球，甚至不像是类地星，而是一颗红色的、没有海洋的沙漠星球，上面布满了火山或撞击坑形成的星星点点的麻点，白雪皑皑的极点处闪着亮光，就像是戴了顶帽子。

"火星，"贝提克说，"我们回到了旧地星系，就在那颗名叫太阳的恒星旁。"

所有人都听到了这个星球上传来的虚空之声的回响，是费德曼·卡萨德的。我们自由传输到星球上，找到他，向他解释了这次旅程——事实上并不需要解释，因为他早已聆听到我们会来。接着我们把他带回到了"北美红杉"上。马丁·塞利纳斯送来消息，说想见见他曾经的朝圣者旅伴，于是，我和这位士兵一起迈上台阶和桥梁，向诗人的塔楼走去。

"按照传道者的吩咐，旧地星系安然无恙。"卡萨德说。我们已经迈步走上海伯利安的土壤，安迪密恩城的一小部分正栖息在树舰的枝椏间。"十个月来，没有圣神舰船前来考验我们的防御力。星系内任何人，就连我们自己的战舰，都不得靠近到旧地的两千万公里之内。”

“靠近旧地？”我重复道，停下了脚步。卡萨德也停下来，转过瘦削黝黑的面容，朝我看来。

“你还不知道吗？”他问。上校举起手朝正方上指了指，在尔格的管理下，树舰稳稳当当地开足马力，朝那个方向加速前进。

那看上去像是一对双星，不过，大多数拥有一颗大卫星的行星远看都是这样。我能看到月亮的暗淡光辉，它很小、很冷。另外一颗则拥有温暖蓝色的大海，还有生命的白色律动，那正是旧地。

在塔楼的入口处，贝提克也来到我们身边。“它什么时候……他们什么时候……这是怎么……它什么时候回来的？”我问，同时仍旧仰头望着旧地，它慢慢地变大，成了一个真正的天体。

“就在共睹时刻发生的时候。”卡萨德说。他掸了掸黑色的制服，拂去上面的红沙，准备面见诗人老头。

“大家都知道吗？”我问。*可怜的安迪密恩，你真是个呆瓜。总是最后一个明白一切的。*

“现在已经都知道了。”费德曼·卡萨德上校说。

三人走上塔楼，去见那位濒死的老人。

经过差不多二百八十年的分别，马丁·塞利纳斯又重新见到了自己的老朋友，他心情马上好了起来。

“这么说，一千年之后，你那黑色杀手的灵魂，将会变成一颗晶种，让他们造出伯劳，是吗？”诗人老头咯咯地笑道，那声音合成器又开动了起来，“啊，真是多谢啊，卡萨德。”

军人皱了皱眉，低头望着咧嘴微笑的木乃伊。“马丁，你怎么还没死？”他最后说道。

“快了，快了，”塞利纳斯说道，咳嗽了一声，“很久很久以前，我就已经停止了呼吸。只不过，这些人脑子不太灵光，没把我搁倒，埋葬起来。”合成器没有去模仿随后的哽咽和呼噜呼噜的声音。

“你那单调乏味、毫无价值的诗写完没有？”军人问道，老头还在咳嗽，蛛网般的管线震动起来。“没有。”我替躺在床上的这个不住咳嗽的人说道，“他没写完。”

“不，”透过喉部的送话器，马丁·塞利纳斯清楚地说道，“写完了。”

我站在那儿一动不动。

“事实上，”诗人咯咯笑道，“是他替我写完的。”他的一只手臂从床上缓缓举起，骨瘦如柴，外面包裹着的皮肤就像是羊皮纸。因关节炎而微微扭曲的拇指朝我的方向指了一指。

卡萨德上校看了我一眼，我摇摇头。

“小子，别他妈犯傻了。”马丁·塞利纳斯说道，从扬声器中出来的声音带着一丝柔情，“你的书写器呢？”

它刚才被我放在了床边的一个托盘中，我转过身，朝那儿望去。书写器不见了。

“都印出来了。复制了大约一百万份数据拷贝。在我们传送到这里前，就已经发进了数据网。”塞利纳斯粗声粗气道。

“数据网已经不存在了。”我说。

马丁·塞利纳斯哈哈大笑起来，继而咳个不停。最后，合成器将几句咳嗽声翻译了出来。“小子，你简直就是个呆子。真是无药可救了。你以为虚空是什么东西？小子，它就是这天杀宇宙的天杀数据网。在丫头把她的共享之酒给我前，在那些纳米机械改变我之前，在好几个世纪的时间里，我就一直在聆听这些声音。这就是作家、艺术家和创造大师所做的一切。聆听虚空，试着倾听死者的思想，感受他们的痛苦，同时也感受活着的人的痛苦。找到缪斯，就是艺术家或者圣人迈步走到缔之虚正门前的方式。伊妮娅明白这一切。你也应该明白。”

“你无权把我的故事发给别人。”我说，“这是我的故事，是我写的。和你的《诗篇》没有任何关系。”要是我知道他身上哪根管子是氧气管，我肯定会踩上去，直到那呼噜呼噜的声音在我耳边消失。

“放屁，小子。”马丁·塞利纳斯说，“你以为我为什么要派你去度过这十一年的假期？”

“为了救伊妮娅。”我说。

诗人又笑了几声，然后咳嗽起来。“她并不需要你救，劳尔。该死，事情发生时，照我所见，多半不是你救她，而是她把你从炮火中揪了出来。就算是伯劳救了你俩，那也只是因为丫头稍微把它驯服了。”木乃伊的白眼睛和里面的取像镜朝卡萨德上校看去，“我是说，驯服了你，你这个永恒的杀人机器。”

我挪步从床边走开，抓住一个生物监控器，稳住自己的身子。头顶，在塔楼顶部那个敞开的大圆中，旧地正在变得越来越大、越来越圆。马丁·塞利纳斯的声音传了过来，他在叫我回去，几乎是在嘲弄我。“但是，小子，你还没写完。《诗篇》还没写完。”

站在几米之外，我盯着他，有点冷冷的感觉。“你在说什么，老头？”

“劳尔，你得把我带到下面去，让我们写完这首诗。一同来写。”

我们没法自由传输到旧地，因为那里没有人，所以无法找到传输的指向标。于是我们决定用尔格将那一整块安迪密恩城降落在星球上。这可能会置诗人老头于死地，但老家伙冲着我们直嚷嚷，叫我们看在老天的份上闭上嘴，就这么干，所以我们乖乖照办。几个小时以来，“北美红杉”号就悬浮在旧地的低层轨道上，或者，准确地说，就是“地球”，因为马丁·塞利纳斯要我们这么叫。树舰的视像、雷达和其他传感器都显示这是一个空无人烟的星球，但各种生物欣欣向荣，有鸟、鱼、植物，大气也没有受到任何污染。我本打算着陆在西塔列森，但望远镜显示那些建筑已经不见了，剩下的只有高高的沙漠地，也许这正是它最后时日的景象，当时地球即将没入零八年天大之误那个黑洞的大口。第二个约翰·济慈赛伯人去过的罗马不见了。狮虎熊试验性重造的所有城市和建筑，显然也都不见了。地球被擦了个干干净净，没有任何城市、公路和人烟的迹象。它脉动着生命和健康，仿佛是在等待我们的回归。

在这个树舰内的城市中，我站在海伯利安的土地之上，领事飞船矗立在旁边，周围拥着伊妮娅的老朋友。我和他们大声说着往下登陆的旅程，心里琢磨着谁想一起去，谁该陪我们一起去，但脑海中自始至终被一样东西填没：德索亚神父那个肩带中的小铁罐。就在这时，贝提克迈步上前，清了清嗓子。

“抱歉，安迪密恩先生，并非有意打断。”我的机器人老朋友似乎真的充满了歉意，以至于他的蓝皮肤微微有点泛红，同以前一样，每次他不得不发表反对意见时，总会这样，“但是，伊妮娅女士针对你回旧地这件事，给我留了特别的指示。如果你确实即将登上地球，我便要将指示告诉你。”

我们都等待着。在“伊戈德拉希尔”号上，我并没听见她给机器人下达什么指示。但当时临近大结局，一切都混乱吵闹得很。

贝提克清清嗓子。“按照伊妮娅女士的指示，将由凯特·罗斯蒂恩负责登陆事宜，如果真需要登陆的话。着陆后，只有四人可以下船。她让我向所有人致以歉意，你们非常希望马上到旧地上去，但还不行。”他说，“她尤其想向一些亲爱的朋友致歉，比如说瑞秋女士、西奥女士，还有其他迫不及待想要看看这个星球的人。伊妮娅女士叫我向你们保证，自登陆日起两个星期后，也就是树舰离开轨道的最后一日，欢迎你们前往旧地。还有，她让我告诉你们，两个标准年后……也就是两个地球年后……不管是谁想自由传输到这里，欢迎他们的大驾光临。”

“两年？”我说，“为什么要有两年的隔离？”

贝提克摇了摇光秃秃的脑袋。“伊妮娅女士没有明说，安迪密恩先生。我很抱歉。”

我举起双手，手掌向上。“那么，到底谁能下去呢？”我问。即使我的名字不在名单上，我也无论如何都要下去，不管这是不是伊妮娅最后的希望。如果必要，我会不惜动用武力。或者抢下领事的飞船，乘着它登陆。又或者，独自一人自由传输下去。

“是的，先生。”贝提克说，“她特别提到了你，安迪密恩先生。当然，还有塞利纳斯先生。德索亚神父。以及……”机器人顿了顿，像是又感到很尴尬。

“继续说。”我的语气比我想象的要尖锐。

“我。”贝提克说。

“你。”我重复着，但马上便明白了。这个机器人曾和我们一起完成了漫长的旅行……事实上，由于我独自走过了一段冒险之旅，付出了一段时间债，所以他和伊妮娅在一起的时间，甚至比我还长。除此之外，贝提克还曾为她、为我们冒过生命危险，许多年前，在神林上尼弥斯的伏击战中，他还丢失了一条胳膊。他聆听过伊妮娅的教义，时间甚至早过于瑞秋和西奥……或者我……我们在他之后才成为伊妮娅的弟子。这样看来，她当然希望贝提克能到场，见证她的少许骨灰撒向旧地微风的景象。真是惭愧，我竟然表现得有点惊讶。“抱歉，”我大声说，“你当然应该一起去。”

贝提克微微点头。

“两星期，”我对其他人说，失望清楚无误地写在大多数人的脸上，“两星期后，大家便都能下去谈谈了，看看狮虎熊为我们留下了什么样的惊喜。”

在一阵道别声后，老朋友们、圣徒、驱逐者和其他人都离开了安迪密恩城的土地，他们站到了树舰的台阶路和平台上，注视着我们。瑞秋是最后一个走的，让我惊讶的是，她竟然狠狠地抱了抱我。“真他妈希望你是值得的。”她在我耳边说道。我没听懂这个有点火气的浅黑肤色的女子的话。对我来说，她——还有大多数女人——都是一个谜。

“好吧。”我说着，一群人爬上楼，来到了马丁·塞利纳斯的床边。我能看到旧地……地球……就在我们头顶。随着密蔽场并入、增强、继而分离，那景象也变得模糊起来，最后看不见了，驱动场流动起来，整个城市从树舰之上脱离。圣徒的克隆船员和驱逐者早先已经在塔楼的病房中装配了临时控制器，马丁塞利纳斯那一大堆悬浮的医疗机器使整个屋子变得非常拥挤。我也想到，这里其实是一个好地方，因为我们要耐心坐着，等待尔格们出力，把这一大块地方降落在下面这个星球上——这一切包括一大片岩石和草地，一座拥有塔楼和停靠着航空船的城市，半截不通向任何地方的桥梁。而这个星球，五分之三的面积是水，没有任何太空港或交通管制措施。至少，我想，如果最后坠毁的话，那么，在撞击前的一秒钟里，只要注视着凯特·罗斯蒂恩，我或许能在他头巾下的冷漠面容中看到一丝灾难即将到来的暗示。

进入地球的大气层时，我们并没有任何感觉。只不过头顶的天空慢慢从星野转变成一片碧蓝，让我们知道已经成功进入。我们也没有感受到着陆的迹象。我们正静静地站着、等待着，然后原先一直埋头盯着显示器的凯特·罗斯蒂恩抬起了头，他先是对着通信线路向他挚爱的尔格们低声说了几句，接着便对我们说道："着陆了。"

"我忘了告诉你该着陆在哪里了。"我心里想到的是塔列森的那片沙漠。那一定是伊妮娅度过最欢乐日子的地方；她会希望我们把她的骨灰带到这里，撒在亚利桑那温暖的微风之下。但是，到现在我还是无法相信那些是她的骨灰。

凯特·罗斯蒂恩朝悬浮的病床望去。

"是我告诉他该在哪里降落的。"从诗人老头的合成器中传来粗声粗气的声音，"我出生的地方，我打算归去的地方。现在，能不能劳你们这些人的大驾，把我推出去，让我看看蓝天？"

贝提克把塞利纳斯的监控设备一个个拔下，最后只剩最必需的维生设备，然后把所有东西绑系在同一个电磁反重力装置中。当初在树舰上的时候，机器人、驱逐者克隆船员和圣徒从塔楼顶部的房间建了一条既长且缓的坡道，通向地面，然后又铺了一条走道，通往这一大块城市的边缘。我注意到，这一切都完好无损地着陆了，我们便陪着悬浮的病床，出了塔楼，来到了阳光下，到了地面上。经过领事那艘乌黑的太空飞船时，从飞船船体上的一个扬声器中传来声音："马丁·塞利纳斯，再见。能认识你，是我的荣幸。"

躺在床上的垂老身影举起骨瘦如柴的手臂，相当快活地挥了一挥。“我会在地狱等你，飞船。”

我们离开了这块城市，走下铺就的坡道，瞭望着草地和遥远的悬崖，除了右手边的一列森林，这地方和我儿时所在的那片荒野并没有太大不同。重力和气压与在地球的四年旅居生活留给我的记忆一般无二，只不过这里的空气比沙漠中的更为湿润。

“我们在哪儿？”我并没有特别向谁发问。凯特·罗斯蒂恩留在了塔楼中。这看上去像是北半球，时值早春，在这片晨光下，站在外面的只有机器人、垂死的诗人、德索亚神父，还有我。

“过去家母庄园的所在地。”马丁·塞利纳斯的合成器低声道，“在北美保护区中心的心脏地带。”

贝提克正检查着医疗设备的输出信息，现在抬起头来。“我想，在天大之误前的日子里，这地方名叫伊利诺伊。”他说，“我想，这是那个州的中心。看哪，草原回来了。那些树是榆树和栗树……如果我没记错，这些树在二十一世纪的此地，应该已经绝种。悬崖那边的那条河向西南偏南方向流进密西西比河。我想……啊……安迪密恩先生，你曾经在这条河上旅行过。”

“是的。”我记起了在汉尼拔的情景，那条脆弱的小舟，那次离别，还有和伊妮娅的初吻。

我们在那儿等着。太阳升高了一些。微风拂动着草地。在那列林木对面的什么地方，一只鸟聒噪了几声。我朝马丁·塞利纳斯看去。

“小子，”诗人老头的合成器说道，“如果你希望我恰好在什么时候死去，让你免除日晒的痛苦，还是别指望了吧。虽说我奄奄一息，但我这条老命还能撑一阵子。”

我微微一笑，摸了摸他那瘦骨嶙峋的肩膀。

“小子？”诗人低声道。

“是，先生。”我说。

“几年前，你跟我说，你那姥姥，就是你管她叫外婆的那个，总是叫你背诵《诗篇》，把你的耳朵都磨出老茧了？是这样吗？”

“是的，先生。”

“你还记得我是怎么描述这个地方……还记得它在我那个日子是什么样的？”

“我可以试试看。”我闭上了眼睛。我非常想进入虚空，直接获取外婆教我念诗的那些声音，而不是绞尽脑汁地从记忆中回忆，但是，我还是选择了困难的方式，用她教我的记忆方法，回忆起这些确切的诗句。我站在那里，仍旧闭着眼睛，大声念出我记起的段落：

草地西南片开外，
树木轮廓犹如绉纸，在其上方，
短暂的晨光由紫罗兰色蜕变成紫色。
天空仿若精美的透明瓷器，
没有一丝云朵或者凝迹的伤痕。
第一束日光，如同交响乐前的宁静；
紧随而来的日出，仿佛铙钹共鸣的突然一击。
橙色和赤褐色爆发成金灿灿的光芒，
那超长的冷光从天而降，洒向茵茵翠意：
叶影，树荫，柏木和垂柳的卷须，
以及林间空地上静谧翠绿的柔滑草坪。

老妈的庄园——我们的宅院——面积有一千英亩，
坐落于百万英亩荒野之中。大得如同
小型草原的草地上，青草绵绵，长势喜人，
使人禁不住想要躺下来，
在柔软的茵茵绿草上小憩片刻。
壮丽的遮荫树好比日晷仪，
一列列树荫庄严地转着圈；

此刻正在会合，正在收缩，向正午行军，

它们最终会往东延伸，告示一日的终结。

威严的橡树。

巨大的榆树。

棉白杨、柏树、红杉，还有盆景。

榕树垂下新生的树干，

就像是以天作顶的神庙中光滑的支柱。

柳树整齐地列于运河两侧，列于偶然冒出的溪涧之畔，

垂下的枝条迎着风儿，吟起远古的挽歌。

背到这里，我便停住了。下一部分我记不清了。我从来都不喜欢《诗篇》这些虚情假意的文字，相反，我更喜欢描述战斗场景的段落。

背诵诗文的时候，我一直把手搭在诗人老头的肩膀上，整个过程中，我感觉到他在慢慢地放松下来。睁眼时，我以为这个老人已经死在了床上。

但马丁·塞利纳斯对着我咧嘴一笑，露出那色帝般的笑容。“不赖，真不赖，”他粗声粗气道，“对于一个酸腐的文人来说，还算不赖。”两颗视像镜转向机器人和神父，“明白我为什么会选中这小子，为我写完《诗篇》吗？虽然他写的东西狗屁不如，但他的记忆力就和大象一样。”

我正想问，大象是什么东西，就在这时，我无意之间朝贝提克瞥了一眼。刹那间，在这么多年和这个温文尔雅的机器人相处之后，我明白了他的真实身份。我吃惊得张大嘴巴。

“怎么了？”德索亚神父问，他的声音中带着警惕。也许他以为我心脏病发作了。

“你，”我对贝提克说，“你就是那个观察者。”

“是的。”机器人说。

“你是他们中的一个……是从他们……从狮虎熊那里来的。”

神父看了看我，又看看贝提克，继而望向躺在床上微笑的老者，最后又看了看机器人。

“虽然伊妮娅选择了这个词，但我从不觉得这是个好称呼。”贝提克非常平静地说道，“我从没真正见到一头狮子，或是老虎，或是熊。不过，我也明白，这些生物都有一种共同点，它们都非常凶狠，和我们这个异星种族……啊……迥然不同。”

“几个世纪前，你就化身成为一名机器人，”我仍然定睛凝视着他，这一切在我心中变得愈发透彻、剧烈、痛苦，就像是脑袋被狠狠打了一拳，“所有的重大事件发生时，你都在场……霸主的崛起，海伯利安上光阴冢的发现，远距传输器的陨落……我的老天，还有最后一次伯劳朝圣，你大部分时间都在场。”

贝提克微微俯下光秃秃的脑袋。“安迪密恩先生，如果要进行观察，那就必须待在合适的位置上观察。”

我凑到马丁·塞利纳斯的床前，如果他已经死了，那我也准备把他晃醒，从他嘴巴里撬出答案。“老头，你知道这事吗？”

“在他跟你一起走之后，劳尔，”老人说，“在我从虚空中读到你的故事，才明白……”

我向后退了两步，走进柔软的高草中。“我真是一个傻瓜。”我说，“我什么都看不见。我什么都没懂。我蠢透了。”

“不，”德索亚神父说，“那是因为你在热恋中。”

我向贝提克走去，一副如果他不迅速并诚实作答就把他掐死的表情。也许我真会。“你是那位父亲，”我说，“你跟我撒了谎，说你不知道伊妮娅在那两年到底去了哪里。你是那个孩子的父亲……你是接下来的这位弥赛亚的父亲。”

“不，”机器人平静地说道，他是观察者，只剩一条手臂的观察者，和我们一起出生入死的朋友，“不，”他又说了一遍，“我不是伊妮娅的丈夫。我不是孩子的父亲。”

“拜托，”我的手颤抖起来，“别对我撒谎。”但我知道他不会撒谎，从未撒过谎。

贝提克盯着我的眼睛。“我不是那个父亲，”他说，“现在并没有父亲。从来就没有另一位弥赛亚。没有孩子。”

死了。他们都死了……她的孩子，她的丈夫——不管他是谁，或是什么东西——还有伊妮娅。我亲爱的丫头。我挚爱的丫头。一切都没有了。化作云烟。不知怎的，当初，在我下定决心要去找到孩子，去请求这位观察者父亲，让我成为孩子的朋友、保镖、弟子，一如自己和伊妮娅曾经的关系，并用这新的希望作为逃脱薛定谔猫箱的手段时，我的内心深处已经知道伊妮娅的孩子已经不在这个世上了……不然的话，我肯定会在虚空中听到这个灵魂的歌声，如同聆听一曲巴赫的赋格……没有了孩子。一切都化作了云烟。

我转身看着德索亚神父，准备从他那里拿过装着伊妮娅遗骨的罐子，准备用指尖第一次触上那冰冷的铁皮，接受她永远逝去的事实。我会单独一人走开，找到一个地方，撒下她的骨灰。如果必要，我会从伊利诺伊走到亚利桑那。或者，就去汉尼拔那儿……我们初吻的地方。也许，那就是她曾度过最幸福时光的地方。

“罐子呢？”我问道，声音有点含糊不清。

“我没带来。”神父回答。

“在哪儿？”我没有生气，只觉得非常非常疲惫，“我回塔楼拿。”

费德里克·德索亚神父深吸了一口气，摇摇头。“劳尔，我把它留在了树舰上。不是我忘记拿，而是故意留在那里的。”

我盯着他，更多的是感到困惑，而不是生气。接着，我终于发现他——还有贝提克，甚至床上的诗人老头——都早已转过头，望向高耸的河岸。

看上去像是有一朵黑云从那儿经过，但紧接着又有一道非常明亮的光线暂时照亮了草地。两个人影一动不动在那儿站了许久，然后相对较矮的那个轻快地朝我们走来，继而开始奔跑。

当然，从这个距离看，那个高大的身影更加好认——阳光照射在它的铬银外壳上，就算离得那么远，那对红眼还是清晰地闪着光，一身的棘刺、长钉和剃刀般的手指发着寒光。但我没时间去看一动不动的伯劳。它已经完成了它的工作。它将自己和身边的那个人，穿越时空传输到了这里，轻而易举得就像是我已经学会的在空间中传输的本领。

伊妮娅跑完了最后三十米。她看上去变年轻了——没有被烦恼和事件弄得那么疲惫——在阳光下，头发几乎是金黄的，草草地扎在脑后。在她向站在小山上的我们这儿跑来时，我一直僵在原地，我意识到，她的确是年轻了。她刚满二十岁，相比当初我在汉尼拔离开她时，她现在大了四岁，但和我最后一次见到她相比，她年轻了三岁。

伊妮娅吻了吻贝提克，抱了抱德索亚神父，凑到床上，无限温柔地吻了吻诗人老头。最后，她朝我转过身来。

我仍旧僵在原地。

伊妮娅朝我走近，踮起脚，一如过去她想亲我脸颊时那样。

她轻轻吻了吻我的嘴唇。“对不起，劳尔，”她细语道，“对不起，这一切对你来说实在是太难承受了。对所有人都是。”

对我来说太难承受。她站在那里，远远地瞻见未来：在圣天使堡中受到的拷打，尼弥斯魔头们就像是食腐鸟一般绕着她赤裸的身体打转，还有那升腾的火焰……

她又摸摸我的脸颊。“劳尔，亲爱的。我在这儿。是我。接下来的一年十一月一星期又六小时，我将和你在一起。我永远也不会再提这些时间。我们有无限的时光。我们会永远在一起。我们的孩子也会和你在一起。”

我们的孩子。不是迫不得已而生的弥赛亚。不是和观察者结婚。我们的孩子，我们的人类孩子，会犯错、跌倒后会哭的孩子。

“劳尔？”伊妮娅用她那满是老茧的手指摸着我的脸颊。

“嗨，丫头。”我伸出臂膀，紧紧抱住了她。

35

第二天傍晚时分，我和伊妮娅的婚礼过后几小时，马丁·塞利纳斯故去了。当然，德索亚神父为我们执行了婚礼仪式，后来他又在日落前执行了葬礼。神父说他很高兴，幸好带了法衣和弥撒书。

我们把诗人葬在绿草茵茵的高耸河岸上，从那儿可以望见草原和远处森林的美丽景色。就我们所知，马丁母亲的宅邸就坐落在附近某处。由于四处有野兽出没——前一天晚上我们听到了狼的号叫——所以我和贝提克、伊妮娅挖了一个很深的墓穴，然后搬了一块沉沉的大岩石头，压在墓土上。在这块朴素的墓石上，伊妮娅刻上了诗人老头的生卒年月——整段岁月离一千年仅差四个月——并用书写体深深刻上他的名字，在其下的空白之处，只写着五个字——我们的诗人。

至于伯劳，自打它和伊妮娅一起来到这里之后，就一直站在那绿草茵茵的高耸河岸上，从没动弹过一下，不管是那天我和伊妮娅的婚礼仪式，还是诗人死去的美丽傍晚，或是日落时埋葬马丁·塞利纳斯的葬礼仪式——墓穴离它不到二十米远，这怪物一直僵立在那里，就像是一名扛着银枪、裹着刺衣的哨兵。但当我们从墓穴离开后，伯劳便缓缓走向前，最后站在了墓碑旁，四条臂膀绵软地垂在两侧，天空最后一丝惨淡的霞光在它光滑的甲壳上和红宝石般的双眼中闪耀。之后它再没移动。

德索亚神父和凯特·罗斯蒂恩劝我们在塔楼的房间中再睡一晚，但我和伊妮娅有别的计划。我们从领事的飞船上拿了些露营装备，一只充气筏，一把猎枪，好多冻干的食物——以备狩猎失败之需，我们将这些东西塞进两只重重的背包。现在，我们站在安迪密恩城的边缘，望着黄昏的景象，四周芳草萋萋，树林和天空正在慢慢变黑。在暗淡的黄昏中，可以清楚地看到诗人老头的石冢。

“天快黑了。”德索亚神父反对道。

“我们有提灯。”伊妮娅莞尔一笑。

“外面有野兽。”神父说，“我们昨晚听到了号叫声……天知道有什么食肉动物在外面晃？”

“这里是地球。”我说，“只要不是灰熊，我都能用这把猎枪搞定。”

“如果**真有**灰熊呢？”耶稣会士坚持他的意见，“而且，你们会迷路的。这里没有路，也没有城市。连桥也没有。你们怎么过河……”

“费德里克，”伊妮娅握住神父的前臂，轻柔但坚定，“这是我和劳尔的新婚夜。”

“哦。”神父说，他迅速地抱了抱她，和我握了握手，然后朝后退去。

“我能提个主意吗，伊妮娅女士，安迪密恩先生？”贝提克胆怯地说道。

我刚把带鞘短刀插在皮带上，听到这话我抬起了头。“你打算告诉我们，你们这些在缔之虚对面的家伙，在未来的几年里对地球的规划？”我说，“或者，终于打算亲自向人类问声好了？”

机器人看上去一脸尴尬的样子。“啊……不，”他说，“其实，我是想送你们一件结婚礼物，东西很普通，我的主意主要是和它有关。”他把那只皮盒子递给了我们。

我马上认出了这是什么。伊妮娅也是。我们跪身趴在地上，拿出霍鹰飞毯，把它摊在草地上。

我轻轻一按，毯子便激活了，悬浮在距地面一米的半空。我们把背上的包裹堆了上去，绑定，又把枪放上去，即便这样，还是有一些空间可以容纳我俩——我可以盘腿坐在上面，而伊妮娅背靠我的胸膛，坐在我的怀中。

“有了它，我们便能过河，飞过野兽的头顶。”伊妮娅说，“今晚，我们不打算到太远的地方露营。只要过河就好，只要你们听不到我们的声音就行。”

“听不到声音？”耶稣会士说，“但如果你们喊出声，我们又听不见，为什么要待在这么近的地方呢？如果你们大喊救命，然后……哦。”他的脸顿时红了。

伊妮娅抱了抱他，继而和凯特·罗斯蒂恩握握手。“两星期后，如果瑞秋他们想来四处看看，那就请你们让他们传输下来，也可以乘领事的飞船下来。在正午的时候，我们在马丁叔叔的墓碑那儿见个面。他们可以在这儿待到日落。两年后，地球欢迎任何打算自由传输前来的人，他们可以随意探索这片土地。”她说，“但他们只能待一个月，再长就不行。也不能建造任何永久性建筑。不管是大楼，还是城市、道路，还是篱笆。两年……”她朝我微微一笑，“今后几年，我和狮虎熊会为这个星球做些有趣的规划。但是，接下来两年时间，是我们的……我和劳尔的。所以，巨树的忠诚之音，请你在驾着树舰离开的时候，拉个‘严禁进入’的牌子，可以吗？”

“行。”圣徒说。他走回到塔楼中，安排尔格立即起飞。

我和伊妮娅坐上飞毯，我的臂膀环抱着她。接下来这段时间，我再也不想放手让她离去。一个地球年，十一个月，一星期，六小时，如果你想让它变成无限的时光，那它就会。一天也会。一小时也会。

德索亚神父向我们赐福，接着说道：“接下来几个月里，我能为你们做些什么吗？你们需要什么物资，要我送到旧地上来吗？”

我摇摇头。“不需要，谢谢，神父。我们有露营装备，有医疗箱、充气筏，还有这把枪，一切都妥妥当当的。我在海伯利安上当过猎人向导，那可不是徒有其名的。”

“有件事。”伊妮娅说。我看到她的嘴角微微抽动了一下，在往常，这预示着恶作剧即将上演。

“愿闻其详。”德索亚神父说。

“要是你能在一年后回来，”伊妮娅说，“我可能需要用到一个接生婆。时间够长，你可以研读一下这方面的知识。”

德索亚神父的表情一片茫然，似乎想要张口说话，又好好想了想，接着严肃地点了点头。

伊妮娅大笑起来，她摸了摸他的手。“和你开玩笑，”她说，“多吉帕姆和德姆·洛亚已经答应我，如果我需要她们，她们就会自由传输到这里。”她扭回头，看了看我，“我的确会需要她们。”

德索亚神父舒了一口大气，他伸出一只强健的手，摆在伊妮娅的脑袋上，做最后一次赐福，接着缓缓走上安迪密恩城，沿着坡道，回到了塔楼中。我们目送他消失于黑影之中。

“他的教会最后会怎么样？”我轻声问伊妮娅。她摇摇头。“不管发生什么，它都有机会获得新生……去重新发现它的灵魂。”她扭过头，望着我。

“我们也是。”

我觉得自己的心脏因紧张而猛烈跳动了起来，但我还是开口了：“丫头？”

伊妮娅转过头，脸颊贴着我的胸膛，仰望着我。

“男孩还是女孩？”我说，“我从没问起过。”

“什么？”伊妮娅有点困惑。

“大约一年之后，你需要金刚亥母和德姆·洛亚前来的原因啊？”我的声音有点含糊不清，“是男孩还是女孩？”

“啊。”伊妮娅终于明白了我的意思。她又把脸转了回去，背靠着我，圆圆的后脑勺抵在我的下巴上。当她开口时，我能感觉到那些字正通过骨骼传导而来，“我不知道，劳尔。我真的不知道。一直以来，我都想避免瞥见我生命的这一部分。接下来发生的一切，都将是崭新的。哦……我当然瞥见过这之后的事，因此知道我们会有一个健康的宝宝，离开我的宝宝……离开你……将是我这一生最难承受的事……比我自投圣彼得大教堂、亲面圣神宗教法官还要难。我还瞥见，在这段时光之后，我会重新和你在天山上相见，那是我的未来、你的过去，因为无法告诉你真相，于是承受着莫大的痛苦。但是，我也非常宽心，因为在未来，我们的宝宝将会安然无恙，不管是男孩还是女孩，你都会抚养他长大。我知道，你永远也不会让孩子忘记我是谁，还有我有多么爱你们两个。”

她深深吸了口气。“不过，至于是男孩还是女孩，或者我们会给他起什么名……亲爱的，对此我一无所知。我宁愿不去看这段时光，我们的时光，我是和你一起，一天一天地去亲历。和你一样，对这个未来，我一无所知。”

我抬起臂膀，交叉在她的胸前，紧紧抱住她，贴着自己。从旁边传来一声尴尬的咳嗽声，我们抬起头，这才意识到贝提克还站在霍鹰飞毯旁。

“老朋友，”伊妮娅说，她抓住他的手，而我仍旧紧紧抱着她，“还有什么话吗？”

机器人摇摇头，继而说道：“伊妮娅女士，你有没有读过令尊的十四行诗，《致荷马》？”

我的爱人想了想，皱皱眉，接着回答道：“应该有，但我记不起来了。”

“安迪密恩先生刚才询问德索亚神父教会的未来，也许，这首诗的其中一部分，和这个问题，还有其他一些事都有着一点联系。可以让我念念吗？”

“有请。”伊妮娅说。透过紧贴着我的她那强壮后背的肌肉，还有用力捏着我的右大腿的手，我感觉她和我一样，急不可待地想要马上离开，找一个露营地。希望贝提克的背诵能简短一点。机器人吟诵道：

“哎，黑暗的边缘总有光线，
悬崖之上有未践的草地，
子夜总怀着待绽的曙天，
敏锐的盲人有三重视力……”

“谢谢，”伊妮娅说，“谢谢，我亲爱的好友。”她稍稍挣脱我的怀抱，最后一次吻了吻机器人。

“嗨。”我就像是个被人丢在一旁的小孩，发着牢骚。

伊妮娅吻了吻我，这一次时间很长，非常长，非常深远。

我们挥挥手，做最后的道别。我按按飞控线，这飞毯有着好几世纪的悠久历史，它向上升了五十米，最后一次在漂泊的安迪密恩城的岩石塔楼上方飞了一圈，绕过领事那乌黑的太空船，接着笔直向西飞去。我们已经以北极星为引导，轻声谈论着西面几公里外的一块高地，那里似乎有一个风景优美的露营地。我们飞过诗人老头的墓穴，伯劳仍旧静静站在那里，就像是一名守卫。我们飞过河流，夕阳的最后一抹霞光正照射在波光粼粼的河面漩流上，接着，我们向高空升去，俯瞰着青翠欲滴的草地和迷人的森林，这是我们新的游乐场，我们的古老世界……我们的新世界……我们的第一个世界，未来的世界，也是最好的世界。

全系列完

图书在版编目（CIP）数据

安迪密恩的觉醒 / （美）丹·西蒙斯（Dan Simmons）著；潘振华译. -- 上海：文汇出版社，2017.8
（读客全球顶级畅销小说文库）
ISBN 978-7-5496-2205-4
Ⅰ. ①安… Ⅱ. ①丹… ②潘… Ⅲ. ①科学幻想小说—美国—现代 Ⅳ. ①I712.45
中国版本图书馆CIP数据核字（2017）第155815号

安迪密恩的觉醒

作　　者 / （美）丹·西蒙斯
译　　者 / 潘振华

责任编辑 / 周小诠
特约编辑 / 叶　子　孟汇一
封面装帧 / 李子琪　陈　昭

出版发行 / 文汇出版社
上海市威海路755号
（邮政编码200041）
经　　销 / 全国新华书店
印刷装订 / 三河市中晟雅豪印务有限公司
版　　次 / 2017年8月第1版
印　　次 / 2026年1月第15次印刷
开　　本 / 890mm×1270mm　1/32
字　　数 / 677千字
印　　张 / 24.5

ISBN 978-7-5496-2205-4
定　　价 / 98.00元